B. K. Borison

GOOD SPIRITS

Aus dem amerikanischen Englisch
von Michaela Link

HarperCollins

Die Originalausgabe erschien 2025 unter dem Titel
Good Spirits bei HarperCollins Publishers, New York.

1. Auflage 2025

Deutsche Erstausgabe

Valentinskamp 24 · 20354 Hamburg
info@harpercollins.de
Gesetzt aus der Adobe Garamond
von GGP Media GmbH, Pößneck
Druck und Bindung von CPI books GmbH, Leck
Printed in Germany
ISBN 978-3-365-01178-2
www.harpercollins.de

Druckprodukt mit finanziellem Klimabeitrag
ClimatePartner.com/15109-2009-1001

MIX Papier FSC FSC® C083411

Für alle, die verloren und vergessen wurden.
Und für diejenigen, die glauben und sie zurückbringen.

Kapitel 1

Harriet

Am ersten Dezembertage, da schenkt das Schicksal mir …

Ein kaputtes Knie, eine verhedderte Girlande und einen aufsässigen Kater.

Nichts davon kann ich gebrauchen, aber alle drei sind da und wetteifern um meine Aufmerksamkeit, als ich vor meiner Verandatreppe hinfalle und liegen bleibe, nachdem ich über den streunenden Kater gestolpert bin. Er miaut, huscht zu mir und leckt mir den Handrücken mit seiner rauen Zunge ab – als wäre er nicht der Grund dafür, dass ich wie in einer Anfangssequenz von *CSI: Annapolis* auf dem Gehweg vor meinem kleinen Haus liege, mein Knöchel in einer glitzernden Girlande verheddert.

Der Kater, den ich bei seinen Besuchen Oliver nenne, gibt ein klagendes Miauen von sich, als ich mich aufsetze und mein Knie inspiziere. Meine Strumpfhose ist zerrissen, und ich werde einen üblen blauen Fleck bekommen, aber es blutet nicht … allzu viel. Es könnte wohl schlimmer sein.

Dann bemerke ich, dass der Kater, der für meine frühmorgendliche Akrobatik verantwortlich ist, nun einen Umschlag aus schwerem Fotokarton mit Goldfolie zwischen seinen winzigen spitzen Zähnen trägt, und meine positiven Gedanken sind wie weggeblasen.

»Das hätte auch bis später warten können, Oliver«, brumme ich und streichle ihn, während er mir die Einladung in den Schoß fallen lässt.

Tatsächlich hätte das auch bis zum *Sankt-Nimmerleins-Tag* warten können.

Wieder miaut er, stupst mit der Stirn gegen meinen Arm und springt dann davon. Ein stummes *Kopf hoch, Schätzchen.* Sein orangefarbener Schwanz peitscht durch die Luft, als er um die Ecke verschwindet, um seinen alltäglichen Beschäftigungen nachzugehen, wie auch immer die aussehen mögen.

Mein Blick fällt auf den Umschlag auf meinem Schoß. Während der letzten fünfundzwanzig Jahre hat meine Mutter das Design kein einziges Mal verändert. Als ich ein kleines Mädchen war, versteckte ich mich immer im Eingangsbereich ihres Büros und beobachtete, wie sie langsam jeden Namen schrieb. Damals dachte ich, ihre Sorgfalt und Liebe zum Detail bedeuteten, dass sie etwas Besonderes schaffen wollte. Heute weiß ich, dass sie einfach nur eine gute Show liefern will.

Ich fahre mit dem Finger über meinen Namen: *Harriet York.*

Nicht die kleinste persönliche Note oder irgendein Hinweis darauf, dass die Person, die diese Karte geschrieben hat, dieselbe Frau ist, die mich großgezogen hat. Es ist genau die gleiche Einladung, die der Buchhalter meines Vaters bekommt, ebenso wie die restlichen Gäste, die zur jährlichen Weihnachtsgala der Familie York eingeladen werden. Der Brief kommt jedes Jahr pünktlich am ersten Dezember an, denn das Traditionsbewusstsein und die Einhaltung von Etikette sind bei meiner Mutter unübertroffen.

Ich stecke ihn in meine Tasche und achte darauf, den Karton nicht zu knicken. Sosehr ich mir auch wünsche, es wäre nicht so, liegt mir doch viel daran, dass ich eingeladen bin. Es bedeutet, dass ich immer noch als Teil der Familie gesehen werde, auch wenn unsere Beziehung angespannt ist.

Ich rapple mich vom Gehweg auf, wickle die widerspenstige Girlande von meinem Bein ab und sammle die Tüten ein, die im Gebüsch neben meinem Treppengeländer gelandet sind. Die Weihnachtsdekoration hängt bei mir immer schon, wenn die Einladung meiner Mutter eintrifft. Das ist meine kleine Tradition für die mir liebste Zeit des Jahres. Ich habe das Wochenende damit verbracht, alles von meinem Dachboden zu holen und in entsprechenden Stapeln zu ordnen. Nicht, dass es jetzt noch darauf ankäme. Die Girlande, die kunstvoll um mein Treppengeländer geschlungen war, hängt bereits lasch herunter. Dem riesigen Weihnachtsstern, für den ich sechsundzwanzig Minuten gebraucht habe, um *genau die richtige* Position zu finden, fehlt eins der roten Hochblätter.

Ich drehe den übergroßen Blumentopf so, dass die kahle Stelle versteckt ist.

»Na bitte«, sage ich. »So gut wie neu.«

Meine Tante Matilda pflegte immer zu sagen, dass es nur wenige Dinge gibt, die sich nicht durch einen Perspektivwechsel und mit ein paar glitzernden neuen Dekoartikeln lösen lassen. Das habe ich auf mein eigenes Leben übertragen, indem ich mir maßlos übertriebene Weihnachtsdekoration kaufe. Ich versuche, in allem das Positive zu sehen, und wenn gar nichts mehr hilft, bleibt immer noch das Blaubeer-Plundergebäck aus der heimeligen Bäckerei um die Ecke, damit die schlechte Laune verfliegt.

Ich mag mich nicht auf das Schlechte konzentrieren. Das war schon immer so.

Also tue ich es nicht.

»Alles in Ordnung, Harry?« Ein Schatten fällt über den niedrigen Holzzaun, der mein Grundstück umgibt. Darryl, der Postbote, der für unsere Gegend zuständig ist, bemüht sich sichtlich, über die gestapelten Pakete in seinen Armen zu spähen.

»Alles bestens, Darryl.« Ich humple zu ihm hinüber und nehme ihm das oberste Paket von seinem riesigen Stapel ab. Er grinst erleichtert, und sein dichter Schnurrbart verdeckt zwar den größten Teil seines Mundes, aber dafür sind die tiefen Lachfalten um seine Augen umso besser zu sehen.

»Woher wussten Sie, dass das gleich herunterfällt?«

»Wahrscheinlich daher, dass Sie um den Stapel herum nichts sehen können.« Der Turm in seinen Händen wackelt bedenklich, die

Tasche über seiner Schulter ist prall gefüllt. Ich runzele die Stirn. »Ist das schon der weihnachtliche Hochbetrieb? So früh?«

»Nein, nein, ich bringe nur ein paar falsch zugestellte Sendungen wieder auf den richtigen Weg.« Er dreht sich um und wirft einen Blick über die Schulter. »Ich weiß nicht, wieso ich immer durcheinanderkomme.«

Er kommt schon sein ganzes Berufsleben lang *durcheinander*, da er seit über zwanzig Jahren die falschen Pakete an die falschen Leute ausliefert. Warum ein Mann ohne jeglichen Orientierungssinn beschließt, Postbote zu werden, ist mir ein Rätsel. Ich werfe einen kurzen Blick auf das Paket in meinen Händen und drehe Darryl dann in Richtung des grünen Straßenschilds an der Ecke. »Sie sind in der falschen Straße. Auf dem Versandetikett steht, dass es in die Morris Street muss. Sie sind in der Murray Street.«

Er kneift die Augen zusammen, um die Buchstaben auf dem Papier besser zu erkennen, und ihm bleibt ein erstauntes *»Ach«* im Halse stecken. »Ich kann gar nicht glauben, dass mir das nicht aufgefallen ist.«

Ich auch nicht, vor allem, da er letzte Woche den gleichen Fehler gemacht hat. Die meisten von uns verbringen ihre Sonntage damit, zu sortieren, wer was bekommen hat und wo es hingehört. Letzte Woche gab es so viele falsch zugestellte Pakete, dass wir eine Art Tauschbörse veranstaltet haben, zu der jeder falsch gelieferte Pakete mitbrachte und die richtigen abholen konnte.

»Wie wär's …?« Ich klemme mir das verirrte Paket unter den Arm. »Ich behalte das und gebe es auf dem Weg zur Arbeit für Sie ab. Dann können Sie diese Straße fertig machen, ohne zurückgehen zu müssen.«

Sein Gesicht hellt sich auf. »Das würden Sie für mich tun?«

Ich habe schon kompliziertere Dinge gemacht und dafür weniger Anerkennung bekommen, also lächle ich ihn an. »Ich spiele sehr gerne den Weihnachtsmann«, sage ich und klopfe ihm auf die Schulter. »Bis später?«

Er zwinkert mir kurz über die Schulter zu und geht bereits den Bürgersteig entlang. »Nicht, wenn ich es verhindern kann.«

❄

Am ersten Dezembertage, da schenkt das Schicksal mir …

Zwei weitere verirrte Pakete, die richtig zugestellt werden müssen, einen Abstecher zum Laden, um Pflaster zu besorgen, und kein Blaubeer-Plunderteilchen in Sichtweite.

»Es tut mir so leid, Schätzchen, aber wir haben keine mehr.« Paula schaut mich hinter der Theke stirnrunzelnd an, und die Falten um ihre Mundwinkel werden noch tiefer. Seit meinem sechsten Lebensjahr bin ich Stammgast in Paulas Bäckerei. Früher presste ich mein Gesicht an die Vitrine, Blaubeerflecken auf den Wangen. »Möchtest du stattdessen eins mit Cranberrys und Äpfeln?«

Nein. Ich möchte ein Blaubeer-Plunderteilchen. Nur die Aussicht auf diese süße, klebrige Köstlichkeit hat mir geholfen, diesen höllischen Morgen zu überstehen. Ich habe sie mir quasi wie eine Karotte am Stock vor der Nase baumeln lassen. Aber es ist nicht Paulas Schuld, dass sie ausverkauft sind, also zwinge ich mich zu einem Lächeln und nicke, bereit, von dieser Frau buchstäblich Krumen anzunehmen. »Cranberry klingt toll, danke.«

Sie greift in die lange Glasvitrine, während ich mein Knie inspiziere. Das Loch in meiner Strumpfhose hat sich vergrößert und zieht sich jetzt wie ein Schnitt über meinen ganzen Oberschenkel. Mit meinem Tweedrock und den kniehohen Stiefeln sehe ich aus wie eine Art festliche Grunge-Rock-Prinzessin. Das Einhorn-Pflaster sorgt immerhin für ein wenig Farbe. Das ist doch schön.

»Oje.«

Ich schaue auf. Paula beugt sich über die Auslage und sucht darin herum.

»Warum *›Oje‹*?«, frage ich. Ich hasse *»Oje«*. Ich weiß nicht, wie viele *»Ojes«* ich heute noch verkraften kann.

»Ich glaube, wir haben gar keine Plunderteilchen mehr.«

»Gar keine mehr? Nicht mal mehr die mit Cranberry?«

Bei der völligen Verzweiflung, die aus meiner Stimme spricht, wird ihr Gesicht ganz weich. Am ersten Dezember hole ich mir *immer* ein Plunderteilchen. *Immer.*

»Du bist viel später dran als sonst«, sagt sie und wirft einen kritischen Blick über die Theke. Sie nickt in Richtung meines lädierten Knies. »Hast du dich in einer Gasse geprügelt? Was ist passiert?«

»Das Leben ist mir passiert«, murmle ich. Ich bin später dran als sonst, weil ich etwas Gutes tun wollte, aber ich schätze, keine gute Tat bleibt ungestraft.

Als ich die Schlange bemerke, die sich hinter mir bildet, scanne ich die Auswahl. Sie hat nur noch ein paar Buttercroissants und wenige Donuts mit Puderzucker übrig.

»Ich nehme einen Donut.« Einen Blick über die Schulter werfend sage ich: »Tut mir leid, dass alle warten müssen.«

»Mach dir deswegen keine Sorgen.« Mit ihrer Metallzange greift sie einen Donut und packt ihn in eine Tüte zum Mitnehmen. »Hol dir doch noch einen Kaffee für unterwegs. Wir haben diesen Pfefferminz-Mocha da, den du so magst. Sag Imani an der Kasse, dass er aufs Haus geht.«

Mir gelingt ein gezwungenes Lächeln. »Danke, Paula.«

Auf dem Weg zum *Krähennest,* dem Antiquitätengeschäft, das ich vor einigen Jahren von meiner Tante Matilda geerbt habe, esse ich meinen Mitleids-Donut und trinke meinen Mitleids-Kaffee. Puderzucker ziert die Vorderseite meines Pullovers, als ich in eine der vielen krummen Alleen einbiege, die sich durch die Innenstadt von Annapolis schlängeln, und dem Kopfsteinpflasterweg am Hafen entlang folge, der zum Krähennest führt. Am Ende der Straße taucht es auf – mein zweites Zuhause –, auf beiden Seiten von glitzerndem Wasser umrahmt.

Schindeln aus Zedernholz. Grüne Zierleisten. Ein Schild mit geschwungenen goldenen Buchstaben über der Tür. Wenn ich näher herangehe, kann ich die verblassten Bleistiftmarkierungen auf der

Innenseite des Türrahmens erkennen, wo meine Schwester und ich uns jeden Sommer gemessen haben.

Während meine Eltern unsere Schulzeugnisse in einem ordentlichen braunen Umschlag in ihrem gemeinsamen Büro aufbewahrten, ritzte meine Tante Matilda unsere Kindheit in ihre Wände. Zwischen den vergessenen Dingen, mit denen die Regale vollgestopft sind, habe ich immer ein Zuhause gefunden. Diese Gegenstände haben mir Hoffnung gegeben. Sie haben mir Gesellschaft geleistet. Mehr als einmal habe ich irgendeinen verlorenen kleinen Schatz aufgehoben und die Schönheit in seiner Unvollkommenheit entdeckt. Dann habe ich mich gefragt, ob ich, wenn ich nur hart genug an meinen verletzten und kaputten Stellen arbeiten würde, auch wieder glänzen könnte. Ich habe mich gefragt, ob mich jemals jemand als etwas Wertvolles betrachten würde.

Ich trete vom Gehweg auf die kleine Holzbrücke direkt vor dem Eingang, und meine Stiefelabsätze klacken leise. *»Über die Planke gehen«*, pflegte Tante Matilda mit einem Augenzwinkern zu sagen. Ich hüpfe über das letzte Brett und begrüße die beiden massiven Douglasien, die geduldig an der Tür warten, eine Lieferung von einer Weihnachtsbaumplantage ein paar Ortschaften weiter. Ich habe vor, heute das Geschäft zu schmücken, während Bing Crosby im hinteren Teil des Ladens auf dem alten Plattenspieler trällert, und mich dabei mit so viel Peppermint-Bark-Schokolade vollzustopfen, dass der Morgen bald nur noch eine schlechte Erinnerung sein wird.

Aber meine sorgfältig durchdachten Pläne bleiben unter den Bäumen begraben. Ich komme nicht einmal dazu, sie in ihre Ständer zu stellen. Sobald ich das Schild »GESCHLOSSEN« zu »GEÖFFNET« umdrehe, werden wir von einem steten Strom von Kundschaft überflutet. Ich sollte für den Andrang dankbar sein, aber es ist die Art von Kunden, die viele Fragen hat und dann absolut gar nichts kauft. Sie stellen die positive Einstellung, an der ich mit purer Willenskraft festhalte, auf die Probe. Normalerweise stört es mich nicht, wenn ich mich unterhalten muss, aber eine Frau telefoniert fünfzehn Minuten lang auf Lautsprecher, eine andere versucht, mir irgendeine Haarmaske zu verkaufen, die sie seit zehn Jahren mit religiösem Eifer benutzt, und ein Mann mittleren Alters in New-Balance-Schuhen stapft schnaufend und keuchend durch die Möbelabteilung.

»Haben Sie keine unmontierten Nachttische?«, ruft er, die Hände in die Hüfte gestemmt und einen cremefarbenen Turnschuh zur Seite gestreckt.

Das hier ist kein IKEA, möchte ich ihm zurufen. Aber ich begrabe es tief in mir an derselben Stelle, an der schon die Trauer über das Blaubeer-Plunderteilchen liegt, und setze ein Lächeln auf.

Das Positive sehen, sage ich mir. *Das Positive sehen, das Positive sehen, das Positive sehen.*

»Nein, wir verkaufen keine unmontierten Antiquitäten.« Ich bin stolz auf mich, dass mein Tonfall ruhig bleibt. »Aber wir haben einige wirklich schöne Stücke.«

Als die Sonne durch die hinteren Fenster scheint, bin ich müde, mein Knie schmerzt, und im Laden ist keine einzige Dekoration angebracht, außer einem halbherzigen Mistelzweig über der hinteren Abstellkammer. Ich drehe das Schild an der Tür um, tätschle einen der Bäume und fahre mit den Fingern über die stachligen Zweige.

»Keine Sorge, Kumpel. Morgen ist auch noch ein Tag.«

Hoffentlich ein besserer. Hoffentlich einer, an dem ich Lichterketten an meinen Bäumen anbringen kann.

Der Wind pfeift übers Wasser, als ich die Tür zum Laden hinter mir abschließe, und der verzierte Messingschlüssel liegt schwer in meiner Hand. Eine weitere von Tante Matildas Eigenheiten, die ich noch nicht zu modernisieren übers Herz gebracht habe. Ich stecke den Schlüssel in meine Tasche und gehe die Straße entlang, während die Laternen auf beiden Straßenseiten in der beginnenden Dämmerung zum Leben erwachen.

Auf meinem Heimweg treffe ich keine streunenden Katzen. Es gibt auch keine falsch zugestellten Pakete, und es liegt kein verhedderter Haufen übertriebener Weihnachtsdekoration vor der Veranda. Ich finde nur mein ruhiges im Craftsman-Stil gehaltenes Haus in einer Seitenstraße von Annapolis vor und eine Tür, gegen die ich unten rechts treten muss, um sie zu öffnen.

Mein leuchtender Weihnachtsbaum begrüßt mich, als ich meine Sachen neben der Tür fallen lasse und mich aus meiner Strumpfhose schäle. Ich ziehe meinen Lieblingspyjama an – ein rot-weißes Flanellset mit tanzenden Rentieren – und binde meine Locken zu einem Pferdeschwanz zusammen. Heute Abend werde ich die Enttäuschungen des Tages mit »White Christmas« und Pfefferminztee hinter mir lassen. Morgen wird es dann hoffentlich besser.

Für mich war die Weihnachtszeit schon immer die schönste Zeit des Jahres. Nur zu dieser Jahreszeit hat man das Gefühl, dass Magie tatsächlich existieren könnte und lediglich knapp unter der Oberfläche verborgen liegt. Als könnte man sie mit den Händen greifen. Als könnte man sie zwischen den vor Kälte tauben Fingerspitzen spüren wie Bonbons und Popcorn am Schleifenband. Knisternde Feuer im Kamin und frisch gebackene Lebkuchen. Weihnachten hat sich immer richtig angefühlt. Weihnachten hat sich immer echt angefühlt.

Ich lasse mich auf meine bequeme Couch sinken, schaue mir meinen Lieblingsfilm an und packe eine Zuckerstange aus, während Betty und Judy über Schwestern singen. In meiner Kehle bildet sich ein Kloß. *Schwestern.*

Als wir klein waren, lagen meine Schwester und ich auf dem Boden und lehnten uns aneinander, wenn wir uns diese Szene immer wieder anschauten. Wir versprachen uns, dass wir genauso sein würden, fröhlich, lächelnd und tanzend – und immer *zusammen.*

Wir mussten mit ansehen, wie unsere Mutter und unsere Tante so lange aneinandergerieten, bis ihre Beziehung nur noch ein Häufchen Asche war. Wir wussten, dass wir etwas anderes wollten. Etwas Besseres.

Aber als ich das letzte Mal mit meiner Schwester sprach, blühten die Kirschbäume, und ihr liefen die Tränen über die Wangen. Irgendwie sind wir trotz aller guten Vorsätze genau wie meine Mutter und ihre Schwester geworden.

Ich schlug einen Weg ein. Samantha einen anderen.

Diesen Gedanken verdränge ich. Heute ist der erste Dezember. Kein Tag für schmerzliche Erinnerungen. Es ist ein Tag für Danny Kaye und Pfefferminzbonbons und meine kuschligsten Socken.

Tradition. Hoffnung. Herzensgüte.

Ich bin so damit beschäftigt, Tee in mich hineinzuschütten und mir selbst einzureden, dass es mir gut geht, dass ich die wichtigen Dinge gar nicht bemerke. Und zwar den fremden Mann in meinem Wohnzimmer. Ich sehe ihn erst, als er um meinen Weihnachtsbaum herumschleicht. Es ist das Scharren seiner Stiefel auf dem Boden, auf das ich aufmerksam werde, sein Schatten groß und bedrohlich im Schein meiner Lichter. Er räuspert sich, mein Kopf schnellt zu ihm herum, und ich … ich schreie. Ich schreie aus vollem Halse und schleudere das nächstbeste Wurfgeschoss, das sich mir bietet, in seine Richtung. Die Fernbedienung fliegt über seine Schulter und landet vorbei an einem Baumschmuck in Form eines Leuchtturms zwischen den Ästen.

Er zuckt nicht einmal zusammen und starrt mich unverwandt aus dem Schatten heraus an. »Hallo, Harriet«, sagt er gelassen.

Seine Stimme ist rau. Ein schwacher Akzent, den ich nicht einordnen kann oder erkenne. Ich *erkenne* gar nichts an ihm, denn er ist größtenteils im Schatten verborgen. Das bisschen, was ich doch sehen kann, sind ein markantes Kinn, ein kräftig gebauter Körper und locker an den Seiten herabhängende Arme.

Ich sinke tiefer in die Couch. Mein Atem wird flach. Jeder Krimi-Podcast, den ich je gehört habe, hat genau so angefangen.

Der Fremde hebt die Hände, die Handflächen nach außen gerichtet. »Keine Angst.«

Keine Angst. Okay. Sagt der Mann, der – ungebeten – mitten in meinem Wohnzimmer steht. Als er näher kommt, tanzen Lichter über sein kantiges Gesicht. Er fährt sich mit einer Hand durch sein wirres, vom Wind zerzaustes Haar.

Ich umklammere meine Zuckerstange. Sie ist nicht spitz genug, um ihn damit zu erstechen, aber mein Adrenalinspiegel ist so hoch, dass ich damit wahrscheinlich etwas Schaden anrichten könnte.

»Was wollen Sie?«, keuche ich.

»Ich will dir helfen.« Er kommt näher. »Es ist noch nicht zu spät, Harriet. Du kannst dein Leben noch in Ordnung bringen.«

Ich blinzle. »Sind Sie so jemand, der alle Häuser abklappert und überall klingelt? Ich habe kein Interesse, Ihrer Sekte beizutreten, danke.« Sein Gesicht bleibt ausdruckslos. Mein Blick huscht zur Tür und wieder zurück. »Wie sind Sie in mein Haus gekommen?«

»Ich …«

»Viel wichtiger, wann gehen Sie wieder?«

»Ich bin nicht …«

»Ich habe keine Wertsachen«, sage ich und beiße mir auf die Unterlippe. »Eigentlich ist das gelogen. Das Lebkuchenhaus zu Ihren Füßen ist handbemalt. Dafür könnten Sie auf dem Schwarzmarkt wahrscheinlich ein bisschen was bekommen.«

»Schwarzmarkt«, wiederholt er langsam. Er betrachtet das fragliche Lebkuchenhaus und zieht die Augenbrauen hoch.

»Sie können es haben«, flüstere ich. »Bitte gehen Sie jetzt.«

Er schüttelt den Kopf und richtet seinen Blick wieder auf mich. Seine Augen verweilen einen Tick zu lange auf dem gemusterten Stoff meiner Pyjamahose. Er fährt sich mit der Hand übers Kinn. »Dein Lebkuchenhaus interessiert mich nicht.«

»Was interessiert Sie dann? Mord?«

Gut gemacht, Harriet, zwitschert es in meinem Gehirn. *Sehr dezent.*

»Ich habe auch kein Interesse an Mord.« Das Licht wandert über sein Gesicht. Er besteht nur aus Kanten und scharfen, wissenden

Augen. Er spannt die Kiefer an und hebt das Kinn. »Ich interessiere mich für deine Seele«, sagt er ominös, und mir krampft sich der Magen zusammen.

Abwartend schweige ich, aber er sagt nichts weiter. »Sehen Sie, das klingt ein bisschen nach Mord.«

»Es geht hier nicht um Mord.«

»Es klingt aber *wirklich sehr* nach Mord.«

»Ist es aber nicht«, beharrt er. »Ich bin kein …«

»Es ist nur so, wenn Sie kein Mörder sind, sollten Sie wirklich mal daran arbeiten, wie Sie rüberkommen, denn …«

»Ich bin hier, damit du Bilanz ziehen kannst.« Er unterbricht mich schnell und erhebt die Stimme. Er klingt frustriert, als würde nie etwas nach Plan laufen. Gut. Damit wären wir schon zu zweit. Dann presst er die Lippen zusammen und wirft mir einen Blick zu, bei dem etwas hinter seinen Augen aufflackert. Eine Flamme. Oder eine Kerze. »Ich bin ein Geist der vergangenen Weihnacht, Harriet. Deine Läuterung wartet auf dich.«

Mein Mund steht offen. Die Zuckerstange fällt zu Boden. Am ersten Dezembertage, da schenkt das Schicksal mir …

Eine Pechsträhne und einen Geist, wie es scheint.

Kapitel 2

Nolan

Sie beobachtet mich mit stummem, erstarrtem Staunen von ihrem Platz auf der Couch aus, ihre braunen Augen weit aufgerissen, die Decke fest an die Brust gepresst. Nach der heftigen ersten Reaktion scheint sie beschlossen zu haben, so zu tun, als wäre sie unsichtbar.

Das ist völlig in Ordnung. Ich bin ein geduldiger Mann.

Außerdem erhole ich mich selbst immer noch von dem Schock, dass die Fernbedienung mir fast das Ohr abgerissen hätte. Heftige Reaktionen auf mein Auftauchen sind zwar nichts Ungewöhnliches, aber ich kann nicht behaupten, dass ich so etwas von dieser winzigen Frau in ihrem lächerlichen Pyjama erwartet hätte.

Ich drehe mich halb um und greife in den Baum hinter mir, um das schmale Teil herauszuholen, während sie noch alles verarbeitet. Ich lege das Gerät behutsam auf ihren Couchtisch.

Sie stößt ein unverständliches, brabbelndes Geräusch aus.

Reizend.

»Sie sehen …« Sie schluckt, holt kurz Luft und atmet dann wieder aus. »Sie sehen nicht aus wie ein Geist«, sagt sie schließlich.

»Nun …« Das Wort kommt mir nur stockend über die Lippen. Ich bin es nicht gewohnt, dass Menschen an meiner Existenz zweifeln, wenn ich vor ihnen stehe.

»Nun?«, wiederholt sie und starrt mich verwirrt an. Neben ihr steht eine Tasse in Form eines Weihnachtsbaums, und an verschiedenen Lampen hängen so viele Zuckerstangen, dass sie wahrscheinlich eine Brandgefahr darstellen. Jeder Zentimeter des verfügbaren

Raums hier ist mit Krempel vollgestopft. Dieses Haus ist eine Katastrophe, aber … weihnachtlich, schätze ich. Eine weihnachtliche Katastrophe.

Ich versuche, all meine geisterhafte Kühnheit zu mobilisieren. »Ich bin aber einer.«

»Ein Geist?«

»Ja.« Ich nicke. »Ich bin ein Geist. Oder ein Gespenst. Wie auch immer du es nennen willst.«

Als Antwort blinzelt sie mich einmal langsam an. Ihr Haar ist ein Wirrwarr wilder blonder Locken, die achtlos zu einem Pferdeschwanz zusammengebunden sind. Zwei Strähnen haben sich gelöst und streichen über ihre hohen Wangenknochen. Sie drückt sich eine Faust aufs Auge, als wollte sie ihren Blick klären, lässt sie dann wieder sinken und blinzelt mich trübe an.

»Natürlich. Das leuchtet ein.« Ein leicht hysterisches Lachen dringt aus ihr heraus, als sie die Augen zur Decke verdreht. »Sie sind ein Geist«, sagt sie leise. »Er ist ein Geist.«

Ich nicke. »Ja. Ich bin ein Geist.«

Das Lächeln verschwindet allmählich von ihrem Gesicht. »Sie sind ein Geist«, wiederholt sie, und der Sarkasmus weicht der Ungläubigkeit.

»Ein Geist der vergangenen Weihnacht, ja.«

»Der geschickt wurde, um mich heimzusuchen?« Sie bohrt sich einen Finger in die Brust. »Mich?«

Ich brumme bestätigend.

»Ich werde heimgesucht? Jetzt gerade?« Sie kneift die Augen zusammen und rümpft die Nase. »Das ist … Es fällt mir schwer, das zu glauben.«

»Das ist eine ziemlich gängige Reaktion.«

»Sie suchen *mich* heim? Mich. Ich bin ein guter Mensch. Ich zahle meine Steuern. Ich füttere die Katze meines Nachbarn.« Sie kneift die Augen zusammen. »Sind Sie sich sicher, dass Sie nicht einfach nur bei mir einbrechen?«

Kopfschüttelnd deute ich ins Zimmer. »Ich bin nicht eingebrochen. Ich erscheine dort, wohin ich gerufen werde. Das ist eine unbeabsichtigte Folge des allgemeinen Spukens.«

Sie setzt sich unter ihrer Decke anders hin und verzieht nachdenklich den Mund. Auch das passiert. Der langsame Übergang von Schock zu Verwirrung zu Verleugnung. Dass die Menschen versuchen, sich mein plötzliches, unerwartetes Auftauchen logisch zu erklären. Ich *weiß,* dass ich nicht wie ein Geist aussehe. Ich sehe aus wie ein ganz normaler Mensch. Braune Stiefel. Dunkle Jeans. Ein warmes Flanellhemd. Mit dem ganzen Blitz-und-Donner-Programm konnte ich noch nie viel anfangen, im Gegensatz zu einigen meiner Kollegen. Kostüme sind überflüssig, wenn ich einfach aus dem Nichts auftauchen kann. Ich habe nicht vor, mir einen langen weißen Umhang zuzulegen, nur um das Ganze dramatischer zu gestalten.

Aber vielleicht sollte ich das. Es könnte die Dinge beschleunigen.

Kleine Randnotiz fürs nächste Mal.

Ihr Blick kehrt langsam zu meinem zurück, und irgendetwas an ihrem Gesichtsausdruck verursacht ein Kribbeln in meinem Hinterkopf. Ich lege den Kopf schief und betrachte sie genauer. Irgendetwas an dieser Frau kommt mir bekannt vor. Wie der Hauch einer Erinnerung, die ich nicht ganz zu fassen kriege. Oder fast wie ein … Sinneseindruck. Ein Lied, das ich schon mal gehört habe.

»Kennen wir uns?«, frage ich.

»Das weiß ich nicht«, sagt sie mit schwacher Stimme. Sie rutscht auf der Couch so zur Seite, dass das Licht aus einem anderen Winkel auf sie fällt. Das Gefühl verschwindet. »Sagen Sie es mir. Sind Sie außer einem Einbrecher auch noch ein Stalker?«

Als Antwort verdrehe ich die Augen. »Ich bin nicht in dein Haus eingebrochen, Harriet. Ich habe meine Magie eingesetzt.«

»Magie«, wiederholt sie skeptisch. »Ihnen ist schon klar, dass die Methode nichts an dem eigentlichen Einbruch ändert, oder?«

Ich kneife mir in die Nase. »Können wir bitte das Thema Einbruch hinter uns lassen?«

»Das hätten Sie wohl gerne, was?«

Ja, hätte ich. Und wie. Diese Aufgabe hat gerade erst begonnen, und ich bin bereits genervt. Normalerweise stellt sich dieses Gefühl erst bei der zweiten oder dritten Erinnerung ein. Dass ich meine Weihnachtszeit damit verbringe, die schlimmsten Vertreter der Gesellschaft heimzusuchen, hat meine rauen Kanten im Jenseits nicht gerade abgeschliffen.

Mir entgleitet die sorgfältige Kontrolle über einen Teil meiner Magie, sodass die Lichter im Raum kurz aufflackern. Ihre Augen werden groß.

»Machen Sie das noch mal«, haucht sie.

»Nein.«

»Warum nicht?«

Weil es nicht beabsichtigt war, aber das muss sie nicht wissen. »Weil du nicht das Sagen hast.«

Das scheint einen Funken Rebellion in ihr zu entfachen. Sie setzt sich aufrechter auf die Couch, sodass die Decke, die sie um ihre Schultern gewickelt hat, ein wenig verrutscht.

»Ich will Beweise«, fordert sie.

»Wofür?«

»Für Ihre … Geisterhaftigkeit. Haben Sie irgendeine Art von Bescheinigung?« Eine schlanke Hand taucht unter der Decke auf und hält eine Zuckerstange. Das Ende läuft spitz zu. »Eine … Dienstmarke vielleicht?«

»Eine Geisterdienstmarke?«

»Ich weiß nicht, wie solche Dinge funktionieren.«

»Wir tragen keine Dienstmarken mit uns rum. Und auch sonst keine Nachweise.«

Ihr Blick wird schmal. »Wie außerordentlich praktisch.«

Ich zucke mit den Achseln. »Dann werde ich das bei der nächsten Mitarbeiterversammlung ansprechen.«

»Mitarbeiterversammlung? Gibt es noch mehr von Ihnen?«

Ich nicke. Uns gibt es zu Hunderten. Sie glaubt doch nicht etwa, dass es nur einen einzigen Geist der vergangenen Weihnacht gibt, der die schlimmsten Übeltäter heimsucht. Das wäre eine unmögliche Aufgabe.

»Okay, gut. Das ist in Ordnung. Das hier ist in Ordnung«, flüstert sie vor sich hin. Ihre Augen huschen nach oben und dann weg. Zurück und wieder weg. Beim dritten Mal bleibt ihr Blick schließlich hängen.

»Tun Sie irgendwas Gespenstisches«, fordert sie.

Meine Güte. Diese Frau. »Nein.«

»Beweisen Sie, dass Sie ein Geist sind«, beharrt sie. »Tun Sie etwas, das nur ein Geist tun würde. Machen Sie noch mal diese Sache mit dem Licht.«

Ich verschränke die Arme vor der Brust. »Ich bin nicht zu deiner *Unterhaltung* hier.«

Sie wird aufmüpfig. »Das würde jemand sagen, der kein Geist ist.«

»Ich bin gerade in deinem Wohnzimmer aufgetaucht. Das sollte doch wohl genügen.«

»Sie sind hinter dem Baum hervorgetreten«, stellt sie klar. »Es ist durchaus möglich, dass Sie durch die Haustür hereingekommen sind.«

Demonstrativ drehe ich den Kopf und starre auf das Schloss an ihrer Tür. Die Kette ist immer noch vorgelegt. »Das bin ich nicht.«

»Dann durchs Fenster.«

»Das Fenster ist auch verriegelt.«

Ihre Augenbrauen schießen nach oben, während sie angestrengt nach einer Erklärung sucht.

»Vielleicht träume ich ja sehr intensiv«, sagt sie mit schwacher Stimme. Sie kneift sich in die Innenseite ihres Handgelenks.

Ich grinse. »Das tust du nicht.«

Sie stößt einen genervten Seufzer aus. »Sie sind ein bisschen zu jung, um ein Geist zu sein.«

»Sagt wer?« Ich zucke mit den Achseln. »Ich bin jung gestorben.«

»Und Ihre Stimme. Was hat es damit auf sich?«

Ich ziehe eine Augenbraue hoch. »Mein Akzent?«

Sie nickt.

»Ich bin als Ire gestorben.«

Ihre Augenbrauen ziehen sich zusammen. »Und jetzt sind Sie kein Ire mehr?«

»Doch, ich bin immer noch Ire.«

»Warum suchen Sie dann nicht irgendein nettes Mädchen in Irland heim?«

»Ich weiß es nicht. Das hier ist der Ort, der mir zugewiesen wurde.« Ich kratze mich am Kinn. »Wahrscheinlich, weil ihr Amerikaner mehr heimgesucht werden müsst als die meisten anderen Menschen.«

Sie schnappt beleidigt nach Luft. »Wie unhöflich.«

Wieder zucke ich mit den Achseln. »Stimmt aber. Ihr seid ein Haufen Narzissten.«

Sie wird still und denkt darüber nach. Man hört nur das Summen ihres Fernsehers hinter mir und das Knacken, als sie das Ende ihrer Zuckerstange abbeißt. Sie trägt einen Flanellpyjama mit lauter kleinen Rentieren darauf und dicke rote Socken. Das Outfit ist merkwürdigerweise entzückend, aber auch völlig absurd.

»Ich werde von einem Geist heimgesucht«, stellt Harriet fest. »Ich habe anscheinend irgendetwas Schreckliches getan und werde jetzt heimgesucht. Von einem Geist.«

»So ungefähr, ja.«

»Und Sie sind sich sicher, dass Sie mich heimsuchen sollen? Mich?«

Mit einem Fingerschnippen erscheint ein Stück Papier in meiner Hand. Ich entrolle es und blinzle die krakelige Handschrift an. Isabella, meine Vorgesetzte in der Abteilung für Heimsuchungen und

Geister, bevorzugt altmodische Methoden. Unsere Aufträge werden immer handschriftlich verfasst und persönlich überbracht.

»Du bist Harriet York, ja? Siebenundzwanzig Jahre alt? Eigentümerin des Krähennests?«

Sie blinzelt mich an und starrt auf die Stelle, an der das Papier aufgetaucht ist. »Sie haben da ein Stück Papier mit meinem Namen?«, flüstert sie.

»Es wurde mir gegeben, ja.«

»Nicht gerade hilfreich, um die Stalker-Theorie zu widerlegen.«

Ich seufze. »Das ist kein Stalking. Das ist Heimsuchen.«

»Klar.«

»So wird das nun mal gemacht.«

Jeder Geist der vergangenen, gegenwärtigen und zukünftigen Weihnacht erhält am letzten Tag im November ein Schreiben von Isabella, und los geht's. Wir haben den ganzen Dezember lang Zeit, um die Einstellung unserer widerspenstigen Klienten zu ändern, sonst sind sie zu einem elenden und traurigen Leben verdammt. Ich muss Harriet vor Heiligabend an ihren nächsten Geist weiterreichen, sonst ist sie für immer verloren.

Oder so ähnlich. Ich habe mich nie genug dafür interessiert, um im Detail zu erforschen, was passiert, wenn meine Arbeit getan ist. »Sollen wir noch mal von vorne anfangen?«, frage ich. »Hilft dir das, mit dem, was hier passiert, klarzukommen?«

Sie schlägt die Beine auf der Couch unter. Eine weitere wilde Locke bahnt sich den Weg in die Freiheit. »Versuchen können wir es ja.«

»Ich bin ein Geist der vergangenen Weihnacht. Ich wurde geschickt, um dir zu helfen, dich zu bessern. Wir werden deine Vergangenheit durchgehen, damit du aus deinen Fehlern lernen kannst.«

»Okay«, sagt sie langsam und zieht das Wort in die Länge, bis es eher wie eine Frage als wie eine Aussage klingt.

»Ja? Alles klar? Können wir loslegen?«

»Nicht ganz.« Sie presst sich ihre Zuckerstange fest in eine Wange. »Ich habe ein paar Fragen.«

Ich lasse die Schultern hängen. »War ja klar.«

»Diese Fehler …« Ihre Stimme wird leiser. Ein Anflug von Bedauern blitzt in ihren braunen Augen auf. Sie blinzelt, und es ist verschwunden. »Welche sind das?«

»Alles wird offenbart, wenn wir deine Vergangenheit besuchen.«

»Das ist alles?«

»Mehr oder weniger.«

Sie wirkt nicht überzeugt. »Und Sie sind sich sicher, dass ich diese Fehler gemacht habe? Dass ich mir diesen Spuk verdient habe?«

Fast greife ich erneut nach dem Papier, das jetzt wieder zerknittert in der Gesäßtasche meiner Jeans steckt, um es ihr unter die Nase zu halten. *Auf dem Papier steht dein Name*, möchte ich sie anschreien. *Warum stellst du die Magie eines Weihnachtsgeistes infrage?* Frustriert fahre ich mir mit einer Hand durch die Haare und reibe mir den Nacken. »Die Magie entscheidet. Du wurdest als noch zu retten eingestuft, wenn du nur dein Verhalten änderst. Du musst Wiedergutmachung leisten.«

Diese Sterblichen sind alle gleich. Am Anfang wehren sie sich noch dagegen – behaupten, sie seien *gut*, sie hätten es nicht verdient –, aber sie können der Wahrheit nicht entkommen. Die Erinnerungen lügen nicht.

Und ich kann nicht weiterziehen, solange ich meine Geisterpflichten nicht erfüllt habe. Mir liegt nichts daran, länger als nötig an diesem höllischen Ort zu bleiben. Ich habe hundert Jahre mit *Bleiben* verbracht. Ich bin es leid, auf der Stelle zu treten.

Ungeduldig strecke ich meine Hand aus. »Lass uns anfangen.«

»Das könnten wir wohl tun. Schätze ich«, sagt sie. »Oder wir könnten warten.«

Ich unterdrücke nur mit Mühe ein Stöhnen. »*Warum* sollten wir warten?«

»Weil ich alles andere als überzeugt bin, dass es sich hierbei nicht um einen medizinischen Notfall handelt, und weil ich mich heute Abend einer Heimsuchung durch Geister nicht gewachsen fühle, vielen Dank. Sie können … Du kannst wieder in die Ecke meines Gehirns zurückkehren, aus der du aufgetaucht bist, und ich kann schlafen gehen und diesen ganzen Abend einer seltsamen Charge Pfefferminztee in die Schuhe schieben.« Sie runzelt die Stirn und drückt sich zwei Finger an die Schläfe. »Oder einer Gehirnerschütterung.«

»Auch wenn ich mich freue zu hören, dass ich im Einklang mit irgendwelchen Träumen bin, die du vielleicht hast, so funktioniert das nicht. Ich kann nicht einfach verschwinden. Ich bin für die Weihnachtszeit an dich gebunden, bis du die Fehler deiner Vergangenheit erkennst und ich dich an den Geist der gegenwärtigen Weihnacht weiterreichen kann.«

Sie lacht, fast schon etwas irre. »Oh gut. Noch mehr Regeln.«

Ich nicke. »Ja. Es gibt einen Übergabeprozess.«

Sie formt mit den Lippen das Wort *Übergabeprozess.* »Das ist ja alles sehr gut durchorganisiert.«

»Ja«, gebe ich zu. »So hatte ich es mir auch nicht vorgestellt.«

Als ich starb, hatte ich keine Wahl, aber wenn ich eine gehabt hätte, hätte ich das hier nicht gewählt. Dieses völlig banale Dasein, bei dem ich anderen Menschen dabei zusehe, wie sie ihr Leben leben, während ich immer genau dort bleibe, wo ich bin. Als Geist schreckliche Menschen heimsuche. Ihre trostlosen, traurigen Erinnerungen beobachte.

Nachdem ich fast hundert Jahre lang die schlimmsten Vertreter der Menschheit heimgesucht habe, kann ich mich kaum noch an mein menschliches Leben erinnern. Es kommt und geht in Farb- und Klangblitzen. Türkisblau. Meerglasgrün. Blasses Rosa. Wellen, die an der Seite eines Schiffes plätschern, und eine Kirchenglocke irgendwo in der Ferne. Ein Leuchtturm am Ufer.

Blitze statt Momente. Ich habe alles verloren, was ich einmal war.

Stattdessen bin ich jetzt das hier. Der Schatten eines Mannes, gezwungen, das Schlimmste von dem zu ertragen, was andere durchmachen.

Wieder strecke ich frustriert meine Hand aus. »Zeit, anzufangen.«

Sie rührt sich nicht. »Nein, danke.«

Ich lasse die Hand sinken. »Harriet.«

Sie nimmt ihre Tasse. »Geistermann.«

»Du kannst deinem Schicksal nicht entkommen.«

Sie zieht eine Augenbraue hoch. »Oh, das ist ein toller Spruch.«

Ich fühle mich unwohl und trete von einem Fuß auf den anderen. Diesen Spruch habe ich mal von einem anderen Geist der vergangenen Weihnacht gehört. Er schien immer sehr überzeugend zu sein.

Anscheinend nicht.

»Wie kann ich dich dazu überreden, meine Hand zu nehmen?«

Nachdenklich lässt sie ihren Blick an meiner Schulter entlang und an meinem Arm hinunter wandern. Als Geist werde ich selten gesehen – fast nie genau betrachtet. Es ist ein ungewöhnliches Gefühl. Ihr langsames Mustern jagt mir ein Kribbeln über den Rücken.

Meine Finger zucken.

»Du kannst mir beweisen, dass du wirklich hier sein sollst.« Sie blickt wieder zu mir auf. »Ich würde gerne mit deinem Vorgesetzten sprechen, Geist der vergangenen Weihnacht.«

»Ach bitte. Sei nicht so.«

Sie lacht. Ein fröhlicher Ausbruch, mit dem sie plötzlich herausplatzt. Sie lacht, als wäre sie genau dafür geschaffen, und das reicht aus, dass ich beinahe ins Wanken komme.

»Dann sprich *du* mit deinem Vorgesetzten«, sagt sie und grinst immer noch. »So kannst du mich davon überzeugen, mir meine Vergangenheit anzuschauen oder was auch immer du vorgibst zu tun.« Sie zieht ihre abgeworfene Decke wieder zurecht und kuschelt sich hinein wie eine Art Wühlmaus. Ihre Wangen sind rosig, und ihre Lippen sind so rot wie ein Liebesapfel. Sie passt zu den Lichtern an ihrem Baum, die alle bunt und hell sind. Sie hat nur ein paar kleine Macken. »Wenn du morgen wieder auftauchst, glaube ich vielleicht, dass das hier kein seltsamer Fiebertraum war.«

»Ist das alles, was du brauchst? Dass ich zurückkomme?«

Sie nickt und schaut an mir vorbei zu ihrem Fernseher, wo der Film noch immer läuft. Ich erinnere mich an das Jahr, in dem *White Christmas* in die Kinos kam. Ich saß ganz hinten im Saal, zusammen mit all den Sterblichen, eine Schachtel Hot Tamales auf dem Schoß und mit klopfendem Herzen. Ich sah zu, wie Danny Kaye Vera-Ellen in einem blassrosa Kleid herumwirbelte, und spürte eine schmerzhafte Sehnsucht in meinen Handflächen. Heimweh oder so etwas in der Art. Ein Ziehen unter meiner Brust wegen etwas, das ich nicht haben konnte. Etwas, das ich nicht einmal *benennen* konnte.

Mich packt wieder dieses Gefühl, dass sie mir irgendwie bekannt vorkommt.

Das Knarren eines Bootes unter meinen Füßen. Die salzige Seeluft, und meine Hände auf poliertem Metall.

Sehr blasses Rosa.

»Morgen«, wiederhole ich langsam und versuche, das Gefühl festzuhalten, aber es gelingt mir nicht, während ich mitten in ihrem Wohnzimmer herumtrödele. So etwas ist mir noch nie passiert. Noch nie hat sich jemand geweigert, meine Hand zu nehmen, und … darum gebeten, mit einem Vorgesetzten zu sprechen. Wenn ich mich nicht gerade auf sie stürze und sie zwinge, zuzustimmen, kann ich sie nicht dazu bringen, ihre Vergangenheit noch einmal zu durchleben. Sie muss sich selbst dafür entscheiden.

Eine weitere unserer kleinen Regeln.

»Ja. Morgen.« Wie aus dem Nichts holt sie eine Schüssel Popcorn hervor. Ihre eigene Art von Magie. »Wenn du beim Gehen das

Fenster benutzt, denk bitte daran, es ganz zu schließen. Sonst zieht es.«

Ich atme aus, widerwillig amüsiert. »Ich werde nicht das Fenster benutzen, Harriet. Ich bin ein Geist.«

»Das behauptest du.«

Zögernd trete ich einen Schritt zurück zum Baum. »Bis morgen«, sage ich mit fester Stimme. Vielleicht habe ich bis dahin wieder die nötige Entschlossenheit beisammen.

Abwesend macht sie eine Daumen-hoch-Geste. Ich verdrehe die Augen und rufe meine Magie herbei. Sie erfasst mich, bevor Harriet weitere Ausreden vorbringen kann.

Oder mir noch etwas an den Kopf werfen kann.

Kapitel 3

Nolan

Auf halber Strecke über das Kopfsteinpflaster zwischen dem Annapolis State House und dem Hafen befindet sich ein leer stehendes Lokal. Es ist unscheinbar und liegt direkt zwischen einer Eisdiele und einem Geschäft für maritime Artikel. Die Fenster sind mit vergilbtem braunem Papier verkleidet, und die Markise hängt schief. Der grüne Stoff ist zerrissen, als hätte jemand versucht, sie herunterzureißen.

Die Leute gehen achtlos daran vorbei, ohne die staubigen Fenster eines Blickes zu würdigen, weil sie weiter entlang der Straße auf Süßigkeiten hoffen. Zu dieser Jahreszeit duftet alles nach Karamell und Kakao. Nach heißem Buttertoffee. Nach Crushed Velvet und frischer Kiefer.

Ich werde genauso wenig beachtet wie das leere Schaufenster, auf das ich zusteuere, und vergrabe mein Kinn im Mantelkragen, während die Menschen an mir vorbeiziehen, die ihre Weihnachtseinkäufe erledigen. Als ich vom Gehweg trete, rempelt mich eine Frau mit ihrer Schulter an, und ihre leuchtend rote Tasche mit Goldverzierung reißt mir fast die Beine weg. Ich packe die Frau an den Armen, damit sie nicht hinfällt, und sie lächelt mich verlegen und geistesabwesend an, entschuldigt sich und eilt davon, um sich ihren Freunden anzuschließen.

Sie wird sich nicht an mich erinnern. Sie wird nie wieder an mich denken. Mit Ausnahme der Menschen, denen ich im Rahmen meiner Missionen zugeteilt werde, und der Handvoll Geister, die diese Stadt bevölkern, hat mich seit fast einem Jahrhundert niemand mehr direkt angesehen. Die Menschen halten ganz von allein Abstand und bewegen sich an mir vorbei, wie ein Fluss um einen Felsen herumfließt. Irgendwo in ihren Köpfen ist ein sechster Sinn verborgen, der ihnen sagt, dass ich etwas anderes bin, dass sie sich von mir fernhalten sollten. Ich bin nicht von hier oder dort, sondern komme von einem ganz anderen Ort. Aus einer anderen Zeit. Ich warte und höre zu und beobachte, wie die Welt um mich herum wächst und sich verändert, ohne dass ich mich selbst von der Stelle bewege.

Wenn ich ein griesgrämiger Mensch wäre, würde ich es ein Schattenleben nennen.

So wie es aussieht, ist es einfach mein Leben nach dem Tod.

Die Tür des verlassenen Ladens knarrt, als ich sie öffne, und dann verkündet ein Glöckchen an einem hübschen roten Band meine Ankunft. Lange Zeit fand irgendjemand, dass es eine gute Idee wäre, den Zugang zum Büro in der Handtuchabteilung eines Bed Bath & Beyond zu haben. Das *Beyond* sollte wohl auf das *Great Beyond,* das Jenseits anspielen. Aber dann gab es einen Zwischenfall mit einem Poltergeist und einem Sitzsack in Form eines Cheeseburgers, und die Sterblichen begannen, Fragen zu stellen. Jetzt sind wir diskreter.

Trotz der schäbigen, verfallenen Fassade ist der Raum durch ein breites Oberlicht, das sich über die gesamte Länge der Decke erstreckt, hell und sonnendurchflutet. Eine massive Eibe hat sich mitten im Raum durch den Fliesenboden gebohrt und streckt ihre knorrigen Äste in die Höhe. Zwei bequeme Stühle stehen an ihrem Stamm, und ein großer Mahagonischreibtisch füllt den Raum dahinter aus, bewusst vor einer einzelnen Tür aufgestellt.

»Nolan!« Eine kleine Frau mit glattem blondem Haar winkt mir hinter dem Empfangsschreibtisch zu, dabei klimpern die Armreifen an ihren Handgelenken. Ihre Bluse ist vorne mit Marmelade bekleckert, und an einer Ecke ihres Schreibtisches liegt ein halb aufgegessenes Gebäckstück. »Was für eine Überraschung!«

Der Mann, der geduldig vor ihrem Schreibtisch steht, dreht sich halb um, einen abgegriffenen Cowboyhut unter den Arm geklemmt. Als er mir zunickt, hebe ich grüßend die Hand. Ich kenne ihn nicht, aber das ist nicht ungewöhnlich. Manchmal glaube ich, dass es in dieser Stadt mehr Geisterwesen als Menschen gibt.

Betty, die schon die Empfangsdame ist, solange ich denken kann und wahrscheinlich noch länger, deutet auf einen der Stühle. »Ich kümmere mich erst um den Herrn hier, bin dann aber gleich bei dir.«

»Lass dir ruhig Zeit, kein Problem.« Ich lasse mich auf einen der Sitze fallen und strecke meine Beine unter dem Baum aus. »Ich kann warten.«

Durch das Oberlicht beobachte ich die Wolken, während sie ihr leises Gespräch mit dem seltsamen Cowboy beendet. Wenn ich in diesem Raum sitze, fühle ich mich immer wie am Boden eines Kaleidoskops. Sanfte, verschwommene Farben und gedämpfte Klänge.

In Harriets Haus habe ich mich genauso gefühlt, aber mit etwas mehr Überschwang. Ein Weihnachtskaleidoskop.

Die Zuckerstangen. Ihr wildes Haar, das fast schon ein Eigenleben zu führen schien. Dieser Rentierpyjama. Noch nie in meinem Leben habe ich einen so lächerlichen Pyjama gesehen, und das schließt die Zeit ein, in der ich einen Mann heimsuchte, der es für angebracht hielt, einen einteiligen Schlafanzug aus Spandex zu tragen.

War das ein Geschenk von jemandem? Ein Witz? Hat sie ihn sich selbst gekauft?

Was für eine seltsame, schrullige Frau. Und meiner Meinung nach eine richtige Nervensäge.

Als sich die Tür hinter dem Schreibtisch öffnet und schließt, richte ich den Blick auf Betty.

»Nolan.« Sie winkt mich zu sich heran, ein Marmeladentörtchen in der Hand. »Ich bin jetzt so weit.«

Sie nimmt einen riesigen Bissen, und dabei regnen Krümel auf ihre Bluse. Vor Verzückung schließt sie die Augen.

Ich starre sie an. »Bist du dir sicher? Wenn du einen Moment allein sein willst, kann ich auch später wiederkommen …«

»Nein, nein.« Sie isst den Rest des Törtchens auf und bekommt ganz dicke Backen. »Es gibt ein kleines Problem mit dem Gasthof am Church Circle«, erklärt sie, nur undeutlich zu verstehen, da sie den Mund voller Gebäck und Marmelade hat. Sie schluckt und drückt sich die Faust auf den Mund. »Reed hat Schwierigkeiten mit seinem Auftrag. Es gibt eine neue Besitzerin, und die besteht darauf, die oberen Räume mit Salbei auszuräuchern. Das vertreibt ihn jedes Mal, und er kann nirgendwo anders hin.« Sie schenkt mir ein knappes Lächeln. »Aber genug davon. Womit kann ich dir helfen? Normalerweise sehe ich dich nie so früh in der Weihnachtszeit. Wie läuft dein Auftrag?«

Mein Auftrag ist eine Katastrophe. Meine Zielperson glaubt mir kein Wort und besteht darauf, sie sei unschuldig. Ach ja, und sie hat verlangt, dass ich herkomme und mit meiner Vorgesetzten spreche.

Ich kratze mich am Kinn. »Ich bin auf eine kleine Hürde gestoßen«, antworte ich ausweichend. »Und ich hatte gehofft, das mit Isabella besprechen zu können.«

Bettys Gesicht verzieht sich mitfühlend. »Hat deine Zielperson versucht, dich auszuräuchern?«

»Nein. Es war kein Salbei im Spiel.«

»Diese billigen Kerzen von der Wahrsagerin drüben in Waldorf?«

»Die auch nicht.« Zum Glück. Ich habe gehört, dass man von diesen Kerzen noch zehn Jahre später Kopfschmerzen hat. »Ich hatte nur gehofft, dass Isabella einen Moment Zeit für mich hat, wenn es nicht zu viel Mühe macht.«

Betty sieht mich wissend an. »Na ja«, sagt sie und wischt sich die Krümel von ihrem Rock. »Du kennst ja Isabella.«

Ja, ich kenne Isabella. Ich kenne Isabella seit dem Tag, an dem ich in ihr blitzblankes Büro kam, verwirrt und immer noch klatschnass vom Meer, in dem ich ertrunken war. Sie warf mir einen Blick zu, zog eine Augenbraue hoch und sagte: *Warum schaust du mich so an?*

Als hätte ich mich mitten in einem Wintersturm absichtlich über Bord gestürzt. Feingefühl ist nicht gerade ihre Stärke.

»Ich würde sie trotzdem gern sehen.«

Betty nimmt das Telefon vom Rand ihres Schreibtisches und tippt drei Zahlen ein. Direkt daneben erscheint wie durch Zauberhand ein weiteres Gebäckstück, als wüsste das Universum oder das Schicksal oder was auch immer diese Welt regiert, dass sie eine Stärkung braucht.

»Du schaufelst dir dein eigenes Grab«, sagt sie zu mir.

Ich lächle schwach. »Wäre nicht mein erstes.«

Sie prustet vor Lachen. »Behalte unbedingt deinen Humor, wenn du Isabella siehst.«

Ich höre das träge Summen eines Wähltons, eine scharfe Stimme und dann eine Pause, während Betty die Situation erklärt. Die Pause dauert mehrere ungemütliche Sekunden. Sogar der Baum hinter mir raschelt nervös mit seinen Nadeln.

Betty legt das Telefon zurück auf die Gabel und verzieht das Gesicht. »Sie empfängt dich jetzt.«

Ich rühre mich nicht. »Ist sie sauer?«

Betty verschränkt die Finger auf dem Schreibtisch. Sie öffnet den Mund, schließt ihn wieder und versucht es dann noch einmal. »Das darf ich nicht sagen.«

Ich seufze. »Also ja.«

»Am besten abwarten und Tee trinken«, schlägt sie vor. Sie deutet auf die geschlossene Tür hinter sich. »Du kennst ja den Weg.«

Die unscheinbare Tür hinter Bettys Schreibtisch führt in einen ebenso wenig eindrucksvollen Flur, der statt von natürlichem Licht von Leuchtstoffröhren erhellt wird. Zu beiden Seiten befinden sich in gleichmäßigen Abständen ordentlich beschriftete Türen zu den Büros. Ich sehe sie mir im Vorbeigehen an.

Phantome, Ghule, Böse Geister auf der linken Seite. *Schutzengel, Armors, Beseelte* auf der rechten Seite.

Harriets Stimme schallt mir noch in den Ohren. *Das ist ja alles sehr gut durchorganisiert.*

Wenn sie wüsste.

Ich habe nicht gescherzt, als ich von den Mitarbeiterversammlungen sprach. Es gibt auch Quartalsberichte. Eine Stelle für Zusatzleistungen, deren Nutzung ich noch nicht ganz verstanden habe, und ein Sommerpicknick, an dem teilzunehmen immer von uns erwartet wird.

Die Tür zu *Besitzergreifungen* klappert bedrohlich, als ich daran vorbeigehe. Vor *Sensenmänner* tropft ein Wasserspender. Ich komme an *Poltergeister* vorbei, wo ein hitziger Streit durch die Tür dringt, bei dem jemandes starker Südstaatenakzent lauter wird und dann wieder verhallt. Ich frage mich, ob der Cowboy aus dem Empfangsbereich dort gelandet ist.

Weihnachtsgeister liegt ganz am Ende des Flurs hinter einer dunklen Holztür mit glänzendem goldenem Türgriff. Früher hing ein hübscher Mistelzweig über der Tür. Ich habe nie verstanden, warum Isabella ihn heruntergerissen hat.

Ich klopfe zweimal zu der vagen Melodie von »Jingle Bells« an, in der Hoffnung, Pluspunkte zu sammeln.

Es funktioniert nicht.

»Herein«, hallt es von drinnen.

Ich stecke erst einmal nur den Kopf durch die Tür, bevor ich ganz eintrete. Isabella runzelt bereits die Stirn, und die Strenge ihres Gesichts wird durch das blinkende Rentier-Stirnband, das sie trägt, noch verstärkt. Nur Isabella schafft es, selbst eine festliche Weihnachtskopfbedeckung einschüchternd wirken zu lassen. Ihr dunkles Haar ist ordentlich hinter die Ohren geklemmt, ihre gebräunte Haut ist glatt und makellos. Scharfe Wangenknochen. Dunkle, wissende Augen.

Gerüchten zufolge starb sie kurz vor ihrem zwanzigsten Geburtstag und war zu wütend über ihren frühen Tod, um loslassen zu können. Sie begann in der Abteilung für *Déjà-vus,* wechselte aber irgendwann zu *Heimsuchungen und Geister.* Seitdem ist sie Leiterin der Abteilung für *Weihnachtsgeister*.

Ihr Büro ist genauso karg wie der Rest der Abteilung, abgesehen von ihrem Schreibtisch und dem Bücherregal dahinter. Jeder Zentimeter des verfügbaren Raums ist mit Schneekugeln in verschiedenen Größen und Formen ausgefüllt. In einigen wirbelt der Schnee herum, andere sind völlig still. Sie hält eine mit einer kaum erkennbaren Skyline in der Hand, in der kleine weiße Schneeflocken träge hinter dem Glas treiben.

Sie stellt sie beiseite, während ich die Tür hinter mir schließe. »Nolan«, begrüßt sie mich nüchtern.

»Isabella.« Ich nicke. »Immer ein Vergnügen.«

Sie summt und zieht einen blutroten Fingernagel über eine andere Schneekugel. »Du hast entweder einen bemerkenswerten Rekord aufgestellt oder du bist hier, um mich zu ärgern.« Sie hält inne. »Was ist es?«

Ich verschränke die Hände hinter dem Rücken. »Ich habe keinen bemerkenswerten Rekord aufgestellt.«

Sie spitzt die Lippen. Das Rentier-Stirnband blinkt abwechselnd rot und grün.

Rot. Grün. Rot. Grün.

»Was hat es mit dem Stirnband auf sich?«, frage ich. Noch nie habe ich sie auch nur mit peppigen Ohrringen gesehen.

Ihr Gesicht verfinstert sich. »Die Chefetage war der Meinung, ich sollte etwas mehr Weihnachtsstimmung verbreiten. Für die Moral des Teams. Bist du hier, um mich wegen meines Stirnbands zu befragen?«

»Nein, ich …«

»Vielleicht wegen des Weihnachtsessens, zu dem jeder etwas mitbringen soll?«

»Auch nicht. Ich habe mich gefragt, ob …«

»Ich gehe davon aus, dass du dich *irgendetwas* fragst, wenn du hier bist. In meinem Büro. Zu Beginn der Weihnachtszeit.« Sie lehnt sich in ihrem Stuhl zurück. »Spuck's aus, Nolan.«

Ich beiße die Zähne zusammen und entspanne den Kiefer dann wieder. Man kann wohl mit Sicherheit sagen, dass das Stirnband heute nicht gerade für gute Laune sorgt. »Bin ich gerade in irgendeine Art von Übung zu Trainingszwecken verwickelt?«

Ihr Stirnrunzeln ist wie ein Strich quer über ihrem Gesicht. »Was?«

»Findet gerade eine Übung zu Trainingszwecken statt, von der ich nichts weiß?«

Isabella starrt mich so lange an, dass ich schon überlege, wieder durch die Tür zu verschwinden. Ich taxiere sie misstrauisch.

»Welches Datum haben wir heute, Nolan?«

Ich inspiziere das Bücherregal hinter ihr. Inmitten all der Schneekugeln befindet sich ein kleiner quadratischer Kalender. Der zweite Dezember starrt mich praktisch über ihre Schulter hinweg finster an.

»Heute ist der zweite Dezember.«

»Richtig.« Sie berührt leicht ihr Stirnband, und die blinkenden Farben wechseln zu einem gleichbleibenden Rot. Es wirft scharfe Kanten und Schatten auf ihr Gesicht, und der tiefe Purpur ihrer Lippen sieht für meinen Geschmack ein wenig zu sehr nach Blut aus. Sie könnte wirklich für *Böse Geister* arbeiten, wenn sie wollte. Ich habe keine Ahnung, warum sie nie gewechselt ist.

»Und glaubst du wirklich«, fährt sie fort, »dass ich am zweiten Dezember – dem Beginn unserer betriebsamsten Zeit – eine Übung zu Trainingszwecken abhalten würde?«

Ich stecke die Hände in die Taschen und fühle mich in die Ecke gedrängt. »Nein.«

»Brauchst du eine Übung zu Trainingszwecken, Nolan?«

»Nein?«

»Das klang wie eine Frage.«

»Nein«, sage ich noch einmal, bemüht, meine Antwort knapp zu halten. »Nein, ich brauche keine Übung zu Trainingszwecken.«

»Du bist seit über hundert Jahren ein Geist. Das sollte man also meinen.« Sie tippt erneut auf ihr Stirnband, und das Blinken setzt wieder ein. »Warum bist du hier und fragst mich nach Übungen zu Trainingszwecken? Hast du nichts zu tun?«

»Deshalb bin ich ja hier. Irgendetwas stimmt da nicht.«

Isabella starrt mich an.

»Mit meiner Zielperson«, erkläre ich.

»Wie meinst du das?«

»Sie ist …« *Chaotisch. Unordentlich. Ehrlich.* »Jung.«

»Das Alter sagt nichts über den Charakter aus, Nolan«, sagt sie mit abschätzigem Tonfall und Blick. »Du hast schon Jüngere heimgesucht als sie.«

»Ich weiß. Aber irgendetwas stimmt bei ihr nicht.«

Wie ein Buch, das am falschen Platz im Regal steht. Eine einzelne Note, die schief ist. Ein Seil, das in der Mitte ausgefranst ist. Harriet York ist irgendwie anders, und ich kann nicht genau sagen, was es ist.

»Sie ist nett«, füge ich unbeholfen hinzu und versuche, das bizarre Gespräch, das ich gestern Abend mit ihr geführt habe, in Worte zu fassen, was mir nicht gelingt. »Meine Zielpersonen … sind normalerweise nicht nett.«

Sie ist ein bisschen besessen von Zuckerstangen und besitzt eine etwas seltsame Auswahl an Nachtwäsche, aber sie hat etwas an sich, das aufrichtig wirkt. Authentisch. Sie hat mir gesagt, dass sie ein guter Mensch sei, und ich …

Ich habe ihr wohl geglaubt.

Das ist mir noch nie passiert.

Isabella sieht gelangweilt aus. »Und du bist nach einem einzigen Gespräch zu dieser erstaunlichen Einschätzung ihres Charakters gekommen?«

Ich schaue finster, und meine Zurückhaltung weicht allmählich der Frustration. »Hast du mir nicht immer wieder gesagt, ich solle auf mein Bauchgefühl hören?«

»Du hast keinen Bauch mehr«, sagt sie knochentrocken. »Du bist tot.«

»Irgendetwas an ihr fühlt sich anders an.« Fast vertraut. Vielleicht fehl am Platz. »Ich glaube nicht, dass sie wirklich heimgesucht werden soll. Ich wäre dir dankbar, wenn du überprüfen könntest, ob es sich um einen Fehler handelt.«

Isabellas Lippen werden schmal. Sie nimmt eine weitere Schneekugel in die Hand – diesmal ein Hafen mit einem Leuchtturm in der Mitte. Sie schüttelt sie mit einer anmutigen Bewegung ihres Handgelenks, und das Glas wird weiß. Als sich die Schneeflocken gelegt haben, ist der Leuchtturm in funkelnde Lichter gehüllt. Ein fahler Schein der Laterne im Inneren flackert auf und wird dann schwächer.

»Ich bin schon seit Hunderten von Jahren hier, Nolan. Ich habe jede Vergangenheit, Gegenwart und Zukunft gesehen, die du dir vorstellen kannst. Ich habe Dinge zu Gesicht bekommen, die du nicht einmal ansatzweise verstehen könntest.« Sie blickt von ihrer Schneekugel auf, ihre dunklen Augen sind ernst. Müde. So menschlich habe ich sie noch nie gesehen.

»Es werden keine Fehler gemacht«, sagt sie. »Nicht hier. Nicht bei diesen Dingen. Du hast deine Aufgabe aus einem bestimmten Grund bekommen. Es liegt an dir, herauszufinden, warum.«

Der Herzschlag, den ich gar nicht brauche, pocht unregelmäßig in meiner Brust. Irgendwo in diesen Worten liegt eine Drohung. Oder zumindest eine Warnung.

»Und wenn ich es nicht tue?«

Isabella dreht die Schneekugel erneut, und das Licht erlischt abrupt. »Dann wirst du mit den Konsequenzen deines Versagens konfrontiert werden.«

Kapitel 4

Harriet

»Da unten ist ein Riss. Sehen Sie? Genau da.«

Ich beiße mir innen auf die Wange und heuchle Interesse, während ich den winzigen Riss am unteren Rand der Spieluhr untersuche, die ich letzte Woche verkauft habe. Es ist eines meiner Lieblingsstücke. Ein goldener Käfig mit einem Vogel in der Mitte, umgeben von blühenden Ranken. Ich hatte mich gefreut, es an jemanden zu verkaufen, der es verschenken wollte, und hatte mir besonders viel Zeit fürs Einpacken genommen.

Ich hatte das gute Geschenkpapier verwendet und das Geschenkband gekräuselt.

Jetzt ist das Geschenkband weg. Und das zarte Goldpapier auch. Ich stelle mir vor, wie meine mühsame Arbeit irgendwo in einem Mülleimer gelandet ist, und der Frust nagt an mir. Ich gebe dem Ganzen einen Moment Zeit, atme tief durch und verdränge den Ärger dann.

Es ist nur Papier. Nur Geschenkband. Leicht ersetzbar.

Die Frau in den lululemon-Leggings dreht die Spieluhr auf die Seite und tippt mit dem Finger immer wieder auf den Riss von der Größe einer Reißzwecke.

»Ich kann meiner Schwester doch zu Weihnachten keine kaputte Spieluhr schenken«, sagt sie. »Es ist unglaublich, dass Sie kaputte Spieluhren überhaupt verkaufen.«

»Sie ist nicht kaputt«, erkläre ich. Vorsichtig drehe ich die Spieluhr um und ziehe sie auf. Der Vogel dreht sich, und eine liebliche, glockenhelle Melodie erklingt. »Sehen Sie? Sie spielt die Musik.«

Die Frau ignoriert das Lied und kippt die Spieluhr wieder auf die Seite. Sie schlägt dumpf auf der Arbeitsplatte auf, und ich beiße die Zähne so fest aufeinander, dass sie knirschen. Sie ist nicht gerade vorsichtig.

»Aber da ist ein Riss«, sagt sie erneut.

»Ja, aber …«

»Da ist ein Riss«, wiederholt sie, wobei sie ihre Worte verlangsamt und jede Silbe betont, als hätte ich sie die ersten siebenundvierzig Mal nicht gehört. Der Frust in meiner Brust breitet sich bis in meine Wangen aus, und mein Gesicht brennt heiß. Der Drang, mich zu entschuldigen, brodelt in meiner Kehle, aber ich ignoriere ihn. Sie kneift die Augen zusammen. »Ein Riss bedeutet, dass sie kaputt ist.«

Ein Riss bedeutet nicht, dass sie kaputt ist. Ein Riss bedeutet, dass sie über Generationen hinweg genau das getan hat, was sie tun sollte. Ein Riss bedeutet, dass Hunderte von Händen sie gehalten haben … diesem kleinen Vogel beim Singen zugehört haben. Ein Riss bedeutet, dass sie einzigartig ist. Anders als alles andere.

Ein Riss bedeutet, dass sie etwas Besonderes ist.

Wegen einer winzigen Unvollkommenheit ist diese Frau bereit, das Stück abzuschreiben.

Als ich die Spieluhr näher zu mir heranziehe, unterdrücke ich die Seite in mir, die protestieren will. Heute bin ich müde, und kein noch so guter Kaffee aus dem Café gegenüber kann mich munter machen. Ich hatte letzte Nacht seltsame Träume. Von einem gut aussehenden Mann in einem alten, verblichenen Flanellhemd. Stirnrunzelnd hielt er mir seine Hand hin.

Das kommt davon, wenn man im Schein des Weihnachtsbaums einschläft, nachdem man eine halbe Schachtel Pfefferminztee mit abgelaufenem Verfallsdatum getrunken hat. Ich bin auf der Couch aufgewacht, hatte meine Haare im Mund, und auf dem Fernseher lief erstaunlicherweise immer noch *White Christmas*, ohne dass der Mann, der behauptete, ein Geist zu sein, zu sehen war.

Ich habe die Schlösser an meinem Fenster überprüft, nur um sicherzugehen.

»Was sollen wir wegen des Sprungs tun?«, frage ich. Was ich tun möchte, weiß ich. Ich würde am liebsten den ganzen Tag anhalten und wieder ins Bett gehen. Bei jedem Gespräch habe ich das Gefühl, zwei Schritte hinterher zu sein, was mich ärgert.

»Nun, ich hätte gerne eine andere Spieluhr«, sagt die Frau und spricht immer noch so mit mir, als wäre ich blöd. »Ohne den Sprung.«

Ich runzle die Stirn. »Ich habe keine andere Spieluhr. Das hier ist ein Antiquitätengeschäft. Hier gibt es nur Einzelstücke.«

Einzigartig und echt und von mir persönlich auf Online-Auktionen, bei Haushaltsauflösungen und bei Schnäppchenjagden bei Goodwill im ganzen Bundesstaat handverlesen, genau wie meine Tante Matilda es immer gemacht hat. Ich habe meine Kindheit damit verbracht, durch die überfüllten Gänge zu rennen, während meine Eltern im Parlamentsgebäude ihren Aufgaben nachgingen. Damals kam es mir wie Magie vor. Halsketten und Ringe, so groß wie meine Handfläche, mit glänzenden bunten Edelsteinen. Spieluhren und Teller mit aufgemalten Pferden. Handgeflochtene Körbe und Kristallgläser, die Regenbögen an die Decke warfen. Tante Matilda pflegte zu sagen, wenn man durch die Eingangstür des Krähennests schritt, sei das so, als würde man in eine Schatztruhe eintreten.

Diese Magie hat es immer noch, aber heute Morgen fällt es mir schwer, sie zu spüren. Ich mag es nicht, wenn Leute hierherkommen und alles wie eine amüsante kleine Kuriosität behandeln.

Und ich hatte immer noch keine Gelegenheit, meine Bäume aufzustellen.

Die Frau runzelt die Stirn. »Sie wollen mir sagen, dass Sie keine weitere Spieluhr wie diese haben? Keine einzige?«

Genau das habe ich gesagt. Genau das habe ich *die ganze Zeit* gesagt. »Wir haben Spieluhren. Verschiedene Spieluhren«, sage ich und fasse mich kurz. »Keine, die genauso ist wie diese, aber etwas genauso Besonderes. Möchten Sie sich den Rest unserer Auswahl ansehen? Ich bin mir sicher, dass wir etwas finden, …«

»Ich will diese hier.« Sie tippt oben auf den vergoldeten Käfig. »Die mit dem Vogel. Meine Schwester ist eine begeisterte Vogelbeobachterin. Sie liebt Spatzen.«

Ich starre sie an. Der Vogel im Käfig ist kein Spatz. Es ist eine Taube. »Möchten Sie … möchten Sie, dass ich sie Ihnen erneut einpacke?«

»Nein, ich möchte dasselbe *ohne die* Beschädigung am Sockel. Ich kann nicht fassen, wie oft ich Ihnen das jetzt schon erklären musste.«

Wir drehen uns im Kreis. Ich frage mich, ob diese Frau mit dem Mann verwandt ist, der die unmontierten Nachttische haben wollte.

»Wie wäre es stattdessen mit einer Rückerstattung?« Es war für mich immer schon einfacher, einen Schlag einzustecken, als zu kämpfen, und dieser Kampf lohnt sich kaum. Ich nehme die Spieluhr hoch, die ich sowieso lieber behalten würde. »Und ich kann Ihnen ein Geschäft zwei Straßen weiter empfehlen, bei dem Sie vielleicht mehr Glück haben.«

Die Retoure dauert nur ein paar Augenblicke, und dann eilt die Frau mit ihrer übergroßen Brille auf der Stupsnase wieder zur Tür hinaus. Ich drehe den Mechanismus an der Unterseite der Spieluhr und lausche den ersten paar schrägen Tönen, während sich die Tür hinter ihr schließt.

»Du bist nicht kaputt, stimmt's? Nur ein bisschen mitgenommen.« Ich fahre mit dem Finger über den winzigen Riss am Boden. »Das ist okay. Ihr Pech.«

Ich stelle die Spieluhr hin, schließe die Augen und drücke mir die Fingerknöchel auf die Brustmitte. Dort sitzt ein Schmerz, den ich nicht ganz loswerden kann, wie sehr ich es auch versuche.

Vielleicht war dieser seltsame Traum letzte Nacht eine Art Prophezeiung. Ein Spiegel, der mir vor Augen gehalten wurde. Vielleicht habe ich schlechte Entscheidungen getroffen. Vielleicht bin ich *wirklich* ein schlechter Mensch.

»Na, die war ja ätzend.« Sasha, meine Ladenmanagerin, taucht wie eine Rauchwolke zwischen den Regalen auf. Ich zucke leicht zusammen, und sie sieht mich mit zusammengekniffenen Augen an. »Was macht dich so nervös?«

»Du meinst, abgesehen von dir, wenn du hier so herumschleichst?«

Sasha zuckt mit den Achseln.

»Es ist nichts.« Ich streiche mir die Haare aus dem Gesicht. »Seltsame Träume. Tee mit abgelaufenem Verfallsdatum.«

Männer, die behaupten, sie seien Geister, und mich heimsuchen, weil ich ein schrecklicher Mensch bin.

Sie sieht mich prüfend an, während sie hinter den Tresen schlurft, an ihren rechtmäßigen Platz. Den Platz, den ich vor fünfundzwanzig Minuten verlassen habe, um endlich meine Bäume aufzustellen. Den Platz, an dem sie ganz sicher nicht war, als *lululemon* durch die Tür kam.

»Wir könnten sie auf die schwarze Liste setzen«, sagt Sasha.

»Wir haben keine schwarze Liste«, antworte ich und beobachte, wie sie auf der uralten Ladenkasse herumtippt. Ihre Fingernägel sind mit schwarzem Nagellack lackiert, der abgesplittert ist, und an ihren Fingern trägt sie eine Auswahl zusammengewürfelter Ringe. Ihr rotblondes Haar leuchtet fast rosafarben im Kontrast zu dem Schwarz ihres Pullovers, und unter dem gedämpften Licht der Buntglaslampe über uns funkelt sie regelrecht. Für eine Person, die aussieht, als würde sie als Topping auf einen Cupcake gehören, hatte sie nie Probleme, sich abzugrenzen.

Ich möchte so sein wie sie, wenn ich groß bin.

»Wir haben aber eine Regel, die besagt, dass es keine Erstattungen gibt«, sagt sie mit singender Stimme. »Das hat dich allerdings noch nie davon abgehalten, einzuknicken.«

Ich ignoriere sie. Wir sind uns nicht einig, was unsere Erstattungspolitik angeht, und auch nicht in Bezug auf die schwarze Liste. Sasha und ich spielen sozusagen die Rolle des guten und des bösen Cops. Ich gebe jeder Kundenforderung nach, und Sasha starrt ausdruckslos vor sich hin, ohne zu reagieren, wenn sie genervt ist.

»Wo warst du eigentlich eben?«, frage ich. »Ich dachte, du hättest hinter dem Tresen gestanden.«

Sie schiebt ihre Brille auf der Nase nach oben. »Als sie zur Tür hereinkam, hab ich den Duft von Love Spell von Victoria's Secret gerochen. Da wurde ich plötzlich im Lager gebraucht.«

»Wer soll dich denn im Lager gebraucht haben?« Wir sind die einzigen beiden Personen, die gerade hier arbeiten.

»Ich selbst habe mich im Lager gebraucht.«

Ich schnaube. »Du meinst, du musstest dich auf dem Sitzsack in der hintersten Ecke des Lagers niederlassen, von dem ich deiner Meinung nach nichts weiß, und ein bisschen lesen, während ich mich um die schwierige Kundin gekümmert habe.«

Ein kleines zufriedenes Lächeln umspielt ihre Mundwinkel. »Jacke wie Hose.«

Sie drückt auf einen Knopf, woraufhin in Zeitlupe eine Quittung oben aus der Kasse herauskommt. Wir bräuchten wirklich mal eine neue Kasse, aber jedes Mal, wenn ich das quietschende Glöckchen höre, das beim Auswerfen der Wechselgeldschublade ertönt, könnte ich schwören, Tante Matilda leise fluchen zu hören. Sie zu vermissen, fühlt sich immer noch an wie ein schwerer Stein auf meiner Brust. Ich bin zu sentimental, um mich von irgendetwas zu trennen, das mich an sie erinnert.

Erneut stöhnt die Kasse gequält auf. Ich verziehe das Gesicht. »Kannst du die Bestellung für die Immobilien-Staging-Firma heute noch erledigen?«

Sasha nickt und lässt den Blick bereits über die Unterlagen schweifen. »Ja. Ich lade die Sachen hinten auf die Paletten. Heute Abend sollte alles für den LKW bereit sein.«

»Ausgezeichnet. Danke.« Ich lasse mich vielleicht von Kunden an der Nase herumführen, aber dieselbe positive Energie hat mir auch geholfen, eine Reihe von Verträgen mit örtlichen Partnern abzuschließen, die uns aus einem Jahrzehnt der Verschuldung herausgeholt haben. Zum ersten Mal seit langer Zeit schreibt das Krähennest wieder schwarze Zahlen.

Sasha reißt den Kassenbon ab, der bis zum Boden baumelt, und faltet ihn zu drei ordentlichen Quadraten zusammen. »Die Mädels lieben einen ästhetischen Moment.«

»Und dafür lieben wir sie.« Ich stoße mit meiner Hüfte gegen ihre. »Tu nicht so, als hättest du die bronzenen Kerzenhalter nicht gehortet.«

Sasha kichert. »Erwischt.« Sie zieht ein Klemmbrett und eine kleine Tüte Studentenfutter unter der Theke hervor, die sie wohl irgendwann letzte Woche dort versteckt hat. »Alles klar. Ich bin hinten. Ruf mich, wenn du mich brauchst.«

Ich beobachte, wie sie sich ihren Weg zwischen den Regalen bahnt. »Aber kommst du dann auch?«

»Das ist fraglich«, antwortet sie, indem sie die Silben alle einzeln singt. Sie bleibt in der Nähe eines verzierten immergrünen Schranks stehen. Ich kann nur den Scheitel ihres himbeerfarbenen Haars erkennen.

»Denk dran, standhaft zu bleiben!«, ruft sie. »Hör auf, Leuten ihr Geld zurückzugeben, und lass dich nicht mehr von ihnen herumschubsen!«

Ich nehme die Spieluhr wieder in die Hand.

»Ich werde mir Mühe geben.«

Aber ich habe gar nicht vor, das durchzuziehen. Meine zurückhaltende Art wurde schon immer als Schwäche angesehen. Jedes Mal, wenn ich an einer Debatte an der juristischen Fakultät teilnehmen musste, bekam ich dasselbe Feedback. *Zu schüchtern. Gibt dem Druck von außen nach. Zögern mindert die Schlagkraft des Arguments.* Von der jüngsten York wurde mehr erwartet, und dieses

Gefühl hat mich mein ganzes Leben lang mehr oder weniger begleitet. Auf dem Papier war ich schon immer besser.

Aber es ist auch eine Stärke, wenn man sich seine Schlachten aussucht. Ich bin gut darin, die Stimmung von Menschen einzuschätzen und meine Erwartungen entsprechend anzupassen. Diese Fähigkeit habe ich perfektioniert, während ich in einem kalten Zuhause mit kalten Eltern aufwuchs. Manchmal ist es am besten, sich so klein wie möglich zu machen, damit man unbemerkt bleibt.

Auch wenn es einem das Herz bricht, unbemerkt zu bleiben.

»Ich kann mir kaum vorstellen, dass sie von dir gesprochen hat«, sagt eine vertraute Stimme mit einem leichten Akzent von der anderen Seite des Tresens. »Standhaft bleiben?« Er schnalzt mit der Zunge. »Ich hätte nicht gedacht, dass du damit Probleme hast.«

Mein Kopf fährt so schnell hoch, dass mein Nacken protestierend knackt. Es ist der sogenannte Geistermann aus meinen von Pfefferminztee-Trunkenheit und Gehirnerschütterung vernebelten Träumen. Er steht mir gegenüber mit zwei Bechern Kaffee in den Händen.

Letzte Nacht konnte ich seine Gesichtszüge nicht deutlich erkennen, aber jetzt sehe ich die Details.

Mitternachtsblaue Augen. Dichte Wimpern. Eine leicht schiefe Nase, als wäre sie ein- oder zweimal gebrochen worden. Volle Lippen, die er auf einer Seite leicht nach oben zieht. Eine dünne weiße Narbe über der linken Augenbraue.

Wenn er ein Geist ist, dann aber ein hübscher.

»Du«, flüstere ich.

»Ich«, sagt er. Die Fältchen um seine Augen werden durch den amüsierten Gesichtsausdruck noch tiefer. Zwei Grübchen blitzen in seinem Dreitagebart auf.

Verdammt, flüstert mein Gehirn.

Er stellt einen Kaffeebecher vor mir ab und stützt sich mit einem Arm auf dem Tresen ab. »Hallo noch mal, Harriet.«

Die dunkelgrüne Thermojacke, die er trägt, hat er offenbar sehr gern. Am Kragen hat sie einen kleinen Riss. Ich betrachte den Riss, statt ihm in die Augen zu sehen. Seine Kehle bewegt sich, als er schluckt.

»Ich dachte, ich hätte mir dich nur eingebildet«, flüstere ich.

Als Antwort grinst er, und die Grübchen vertiefen sich, zwei Dellen in seinen Wangen.

Oder er ist der Gegenstand eines besonders unanständigen Traums. Er sieht aus wie einer dieser Männer auf den Buchumschlägen von alten Liebesromanen. Die, die meine Tante Matilda immer in einem chaotischen Stapel auf ihrem Nachttisch liegen hatte. Er scheint stark. Ungeschliffen.

Die Grübchen sind eine unfaire – und ehrlich gesagt unnötige – Zugabe.

»Nope.« Er lässt das P am Ende des Wortes knallen und schiebt mir den Kaffeebecher ein Stück entgegen. »Hier. Den hab ich dir mitgebracht.«

»Bin ich wieder die Treppe runtergefallen? Oder hab ich zu viel Hustensaft getrunken?« Einmal hatte ich tatsächlich versehentlich zu viel Hustensaft getrunken und dachte, auf meiner Fensterbank tanzten Erdhörnchen. Ich habe sogar einen Kammerjäger angerufen. Ich bin mir sicher, dass meine Voicemail legendär geworden ist. Wahrscheinlich spielen sie sie bei der Einweisung neuer Mitarbeiter ab. »Liege ich im Koma?«, frage ich leise.

»Nein. Du liegst nicht im Koma.« Er wirft einen Blick auf die wunderschöne Buntglaslaterne, die zwischen uns hängt. Tante Matilda hat sie bei einem Nachlassverkauf in Baltimore erstanden, ging dann auf Einkaufstour und beschaffte etwa sechzehn weitere Laternen. Sie hängen im ganzen Laden in unterschiedlicher Höhe verteilt. »Obwohl diese Lampen ziemlich tief hängen. Es ist durchaus möglich, dass du dir den Kopf an einer gestoßen hast.«

»Schlafe ich?« Wieder kneife ich mir in die Haut über dem Handgelenk. »Habe ich irgendein Halluzinogen genommen?«

»Du bist bei Bewusstsein und unversehrt.« Er verzieht angesichts des roten Flecks auf meinem Handgelenk die Miene, nimmt dann den Becher von der Theke und hält ihn mir vors Gesicht. »Trink deinen Kaffee.«

Ich runzle misstrauisch die Stirn.

»Das ist Pfefferminz-Mocha, kein Arsen.« Er wackelt mit dem Becher hin und her. »Trink.«

»Ich bin mir nicht sicher, ob ich von fremden Männern irgendwelche komischen Getränke annehmen sollte.«

Er stellt den Becher zurück auf die Theke und tauscht ihn gegen seinen aus. »Dann nimm meinen.«

»Du trinkst Kaffee?«

Er führt den Pfefferminz-Mocha an seine Lippen und nimmt einen Schluck. Während er offensichtlich mühsam schluckt, zieht er die Schultern bis zu den Ohren hoch. »Das hier würde ich kaum als Kaffee bezeichnen.«

»Aber du hast gesagt … du bist ein Geist?«

Blaue Augen richten sich auf meine. »Das bin ich. Schön zu sehen, dass du dich tatsächlich an unser Gespräch erinnerst.«

»Geister trinken Kaffee?«

Eine seiner dunklen Augenbrauen hebt sich. »Darauf willst du dich jetzt einschießen?«

Ich nicke. Entweder das oder ich muss alles, was ich je wusste, neu evaluieren. Und ich bin mir nicht sicher, ob ich im Moment die mentalen Kapazitäten habe, mit dem ganzen Universum zu ringen.

Er reibt sich den Hinterkopf und fährt sich dann über seine Kieferpartie. Seine Bartstoppeln kratzen dabei hörbar über seine Haut. Es ist ein Geräusch, das man sonst mitten in der Nacht hört, am besten in Kombination mit raschelnden Laken und Schlafzimmergeflüster. Mit Wind, der an den Fenstern entlangstreift, und Händen, die über schlafwarme Haut streicheln.

Ich kneife mir so fest ins Handgelenk, dass ich scharf nach Luft schnappen muss.

Solche Dinge passieren, wenn ich nicht richtig ausgeschlafen bin. Mein Gehirn schweift in Gassen ab, in denen es nichts zu suchen hat. Ich habe plötzlich unanständige Fantasien über *Geister*.

»Ich trinke Kaffee. Ich nehme Nahrung zu mir«, sagt mein Geist langsam, ohne sich meines mentalen Niedergangs bewusst zu sein. »Ich schlafe in einem Bett und habe eine ziemlich heiße Liebesaffäre mit Hot Tamales. Um als Geist zu existieren, muss ich nichts von alledem tun, aber alte Gewohnheiten wird man nur schwer los.«

»Gewohnheiten aus … der Zeit, als du ein Mensch warst?«

»Ja.«

»Weil du ein Geist bist.«

»Ja«, sagt er erneut, mehr als nur ein wenig genervt. »Weil ich ein Geist bin.«

»Hmm.«

Seine Augen werden schmal. »Du hast gesagt, du würdest mir glauben, wenn ich am nächsten Tag wiederkäme.«

»Ja, na ja, ich dachte aber auch, ich hätte mir dich nur eingebildet. Abmachungen aus Träumen zählen nicht.«

»Es war kein Traum.«

»Anscheinend nicht.« Nach kurzem Zögern nehme ich mir den Kaffeebecher, den er nicht in der Hand hält, und trinke einen Schluck. Es ist eine dunkle Röstung aus Paulas Café ohne irgendwelche Zusatzstoffe. Er schmeckt furchtbar.

»Möchtest du deinen Pfefferminz-Mocha wiederhaben?«, fragt er mit einer Stimme, in der mehr selbstgefällige Belustigung mitschwingt, als irgendein lebender oder toter Mann jemals an den Tag legen sollte.

»Ja, bitte.« Ich werfe ihm seinen Becher förmlich zu und ergreife den anderen mit beiden Händen. Wie ein gieriger kleiner Kobold schlürfe ich den Kaffee daraus. Die perfekte Balance aus süß und vollmundig, bei der Schokolade und Pfefferminze auf meiner Zunge zergehen.

Er stützt sich nach hinten auf seine Ellbogen und lehnt sich mit dem Rücken gegen meinen Tresen, die Ärmel hat er an den Unterarmen hochgeschoben. Seine Hände sind mit Narben übersät. Dünne weiße Narben über seinen Knöcheln.

»Besser?«, fragt er.

»Dieser Kaffee ist viel besser, danke.« Mein Leben hingegen gerät immer mehr aus den Fugen.

»Ausgezeichnet. Sollen wir jetzt alles Weitere besprechen?«

»Eine steile These, dass ich auch nur die leiseste Ahnung hätte, was *alles Weitere* sein soll«, sage ich leise vor mich hin. Ich nehme all meinen Mut zusammen, unterdrücke die zehntausend Fragen, die in meinem Kopf herumschwirren, und schüttle mein Haar nach hinten, aus dem sich ein oder zwei widerspenstige Strähnen im Kragen meines Pullovers verfangen haben. Ich versuche, sie einzufangen, habe aber Mühe, sie alle zu fassen zu kriegen.

Heute ist mein Haar besonders schwer zu bändigen, da die trockene Winterluft es mit statischer Elektrizität auflädt. An manchen Tagen versuche ich, es unter eine Mütze zu stopfen oder mit einem Zopf in Schach zu halten, aber nach der unruhigen Nacht war ich zu müde, um irgendetwas damit anzustellen. Jetzt lässt es mich seinen Unmut spüren, wahrscheinlich erhebt es sich über meinem Kopf wie ein Seeungeheuer. Ich wette, ich sehe aus wie Medusa.

Seufzend lasse ich es fallen. Es gibt Wichtigeres, als mich um den Zustand meiner Haare zu kümmern. Zum Beispiel der selbsternannte Geist, der vor mir steht, und seine sogenannte Seelenbilanz. Ich betrachte ihn. An ihm ist nichts Außergewöhnliches.

»Sasha ist hier«, sage ich ihm unvermittelt.

Sichtlich widerwillig lässt er seinen Blick von meinen Haaren zu meinem Gesicht wandern. »Wer?«

»Meine Ladenmanagerin. Sie ist hier. Wenn sie auftaucht, wird sie sehen, dass ich nur mit der Luft rede, und mich wahrscheinlich in eine dieser speziellen Spa-Kliniken einweisen lassen.«

Er versteckt sein Lächeln hinter dem Deckel seines als Kaffee getarnten Motoröls. »Die Leute können mich sehen, Harriet.«

»Ach ja?«

Er nickt. »Sie sehen mich, aber sie erinnern sich nicht an mich. Geister bewegen sich am Rande des Bewusstseins der Menschen.«

»Ja, na klar.« Ich schnaube. Es platzt einfach aus mir heraus, ohne dass ich es will oder darüber nachdenke.

Seine blauen Augen blicken mich scharf an, die Neugierde darin glüht kobaltblau. »Was soll das denn heißen?«

Ich mache eine Geste, die seine gesamte Person einschließt, während meine Wangen heiß werden. Der Dreitagebart. Die Kieferpartie. Die Haare. Die … Unterarme. »Du willst behaupten, die Leute bemerken dich nicht?«

Ein Lächeln umspielt seine Mundwinkel. Es ist fast so umwerfend wie die Grübchen. »Flirten wird dir keine Vorteile verschaffen, Harriet.«

»Ich flirte nicht«, sage ich meinem Kaffeebecher. Um seine Augen herum bilden sich wieder Fältchen. »Hmm.«

»Wirklich nicht.«

»Aye, alles klar.« Er lacht, dann nimmt er noch einen großen Schluck von seinem Kaffee und kratzt sich am Kinn. Sein Blick wird nachdenklich. »Hattest du schon mal völlig grundlos eine Gänsehaut? Warst du schon mal in einem sonst leeren Raum und hattest das Gefühl, dass noch jemand da ist?«

Mir stockt der Atem. Manchmal, wenn ich alleine hier bin, könnte ich schwören, dass ich eine leise Stimme in der hinteren Ecke höre, die den Refrain von »I'll Be Home for Christmas« summt. Die Dielen knarren im Takt der Schritte, die ich in- und auswendig kenne, und dann erwarte ich, dass Tante Matilda jeden Augenblick mit einem Windspiel oder einem Ringteller aus einem Gang kommt und stolz ihren neuesten Schatz präsentiert.

»Manchmal«, krächze ich.

Er nimmt noch einen Schluck von seinem Kaffee. »Wahrscheinlich ein Geist in der Nähe. Man spürt es, auch wenn man es nicht versteht. Kinder können das normalerweise besser als Erwachsene.« Er hält inne und legt nachdenklich den Kopf schief. Es ist eine herzzerreißend menschliche Geste. Völlig ungekünstelt. »Katzen auch«, fügt er mit einem kleinen Lächeln hinzu.

»Katzen?«

Er nickt. »Katzen spüren immer, wenn ein Geist in der Nähe ist.«

»Gibt es … Kannst du erkennen, ob es hier noch einen anderen Geist gibt? Jetzt gerade?«

Er runzelt die Stirn. »In deinem Laden?«

Ich nicke und wage kaum zu atmen. Er sieht sich schnell um, seine Augen huschen über die hintere Ecke, ohne sich die Mühe zu machen, dort zu verweilen. Meine Hoffnung schwindet und erlischt.

»Ist schon in Ordnung«, sage ich schnell, obwohl er sich nicht entschuldigt. Er sieht mich an, als würde er auf eine Erklärung warten, aber ich möchte diesen speziellen Schmerz nicht offenlegen. »Ich habe noch eine Frage.«

Er stößt einen Seufzer aus und verzieht die Lippen wieder zu einem Lächeln. »Natürlich hast du das.«

»Hast du einen Namen oder bevorzugst du deinen … Titel?«

Verwirrt runzelt er die Stirn.

»Dein Name«, sage ich langsam. »Du hast doch sicher einen.«

Oder vielleicht auch nicht. Was weiß denn ich? Mein Gehirn hinkt immer noch vierzehn Meilen hinterher und betrachtet die ganze Situation mit kaum verhohlener Skepsis.

Ein Geist der vergangenen Weihnacht. Der *mich* heimsucht.

Zwischen seinen Augenbrauen erscheint eine senkrechte Falte. »Habe ich den noch nicht erwähnt?«

Ich schüttle den Kopf.

»Das tut mir leid.« Er richtet sich zu seiner vollen Größe auf, nur ein paar Zentimeter größer als ich, aber irgendwie wirkt er imposanter. Ich hebe mein Kinn, um ihn anzusehen, und beobachte, wie ein Schatten hinter seinen Augen vorbeizieht. Er streckt seine Hand zwischen uns aus, fast schon peinlich altmodisch. Aber das passt ja zu ihm, nicht wahr?

»Mein Name ist Nolan. Es ist mir eine Freude, dich kennenzulernen.«

Misstrauisch starre ich auf seine Hand. Gestern Abend hat er mir sie aus einem ganz anderen Grund gereicht. »Wenn ich deine Hand nehme, dann wirst du mich doch nicht plötzlich in irgendein Geisterreich entführen, oder?«

Seine Brust bebt vom stillen Gelächter. »Nein. Ich entführe dich nicht in irgendein Geisterreich. Ich schüttle dir nur die Hand und stelle mich vor, ja?«

Na gut.

Langsam strecke ich ihm meine Hand entgegen, und er umschließt meine Finger sanft mit seiner großen Pranke, in der meine winzig wirkt. Seine ist etwas kühl, mit Schwielen an der Handwurzel. Ich erwarte einen Ruck oder einen Funkenregen, aber es passiert nichts Ungewöhnliches, als wir uns berühren. Ich werde nicht in eine andere Realität gerissen. Zu unseren Füßen öffnet sich kein wirbelndes Portal des Verderbens. Wir stehen nur da und geben uns im Eingangsbereich meines gemütlichen kleinen Antiquitätengeschäfts die Hand.

»Schön, dich kennenzulernen, Nolan.«

Er senkt das Kinn. »Gleichfalls, Harriet.«

Wir schütteln uns weiter die Hände und starren einander an. Sein Griff wird fester, und das amüsierte Grinsen verschwindet langsam aus seinem Gesicht. Stattdessen mustert er mich, als würde er nach etwas suchen, und legt die Stirn in Falten. Ich schaue ihm offen ins Gesicht und lasse ihn mich ansehen. Ich habe nichts zu verbergen.

Irgendwo in den Tiefen des Ladens kratzt ein Stuhl über den Boden.

Ich ziehe meine Hand weg und lege sie mir an die Brust. Nolan räuspert sich.

»Ich habe mit meiner Vorgesetzten gesprochen, wie du es wolltest«, erklärt er in der entstandenen Stille. Er nimmt seinen Kaffee wieder und trinkt einen großen Schluck. Ich versuche, nicht zu bemerken, wie er seinen Mund direkt auf den schwachen roten Lippenstiftabdruck setzt, den ich hinterlassen habe.

»Ach, wow. Ich hatte irgendwie vergessen, dass ich das gestern Abend verlangt hatte.« Pfefferminztee-Harriet ist ein echter Knaller.

In seinem Gesicht taucht wieder eine Spur von Belustigung auf, die seine harten Züge weicher macht. »Ich kann wirklich kaum glauben, dass irgendjemand denkt, du müsstest standhafter auftreten.«

»Ja, nun. Wie gesagt, ich dachte, es wäre ein Traum.« Mit dem Ärmel meines Pullovers wische ich den Wasserrand weg, der auf dem Tresen zurückgeblieben ist. »Was hat deine Vorgesetzte gesagt?«

Ich stelle mir eine geisterhafte Figur vor, die auf einem Thron sitzt, ihre majestätische Gestalt in ein langes und wallendes Gewand gehüllt. Nolan kniet unterwürfig zu ihren Füßen. Ein alter Foliant liegt aufgeschlagen auf ihrem Schoß, mein Name doppelt unterstrichen.

»HARRIET YORK«, hat sie wahrscheinlich gedonnert. *»SIE VERDIENT ES, BUßE ZU TUN. LASS SIE LEIDEN.«*

»Sie sagte, es werden keine Fehler gemacht. Wenn ich dich heimsuche, gibt es Gründe dafür.«

Stirnrunzelnd betrachte ich den nassen Fleck an meinem hellgrünen Pullover. Ich denke an eine kalte Nacht mitten im Dezember, meine Hände an meinem Rock zu Fäusten geballt. Das angespannte Gesicht meiner Mutter, bevor sie wütend wurde.

»Welche Gründe?«, frage ich.

Nolan zieht eine Augenbraue hoch.

»Ich meine, welche Gründe gibt es normalerweise, um jemanden heimzusuchen? Nenn mir ein Beispiel, damit ich weiß, was ich getan haben könnte.«

Er seufzt und richtet den Blick gedankenverloren nach oben zur Wellblechdecke. »Es gab mal einen Mann, der die Miete für eine seiner Mieterinnen immer weiter erhöhte, bis sie sich ihre Wohnung nicht mehr leisten konnte, nur weil sie seine Annäherungsversuche zurückwies. Ein anderer entließ alle, die für ihn arbeiteten, einen Tag vor Weihnachten.«

Ich verziehe das Gesicht. »Uff.«

»Es gab eine Frau, die immer wieder die Polizei rief, wenn Kinder in ihrer Nachbarschaft Basketball spielten. Ein anderer Typ schickte ständig betrügerische E-Mails an seine Freunde und Familie. Ach ja, und dann war da natürlich noch der Vater, der nie an die Weihnachtskonzerte seines Kindes dachte. Stattdessen war er im Casino, mit Geld vom Sparkonto der Familie.«

Meine Stirn legt sich in Falten. »So was in der Art habe ich nie getan.«

»Das werden wir wohl sehen«, sagt er gelassen, aber mit einer gewissen Wachsamkeit. Eine leise Warnung, die mir zu verstehen gibt, dass er sich nicht unter Druck setzen lässt. Nicht in dieser Angelegenheit.

Ihm ist anzumerken, dass er mir nicht glaubt – dass er denkt, ich würde irgendein großes Geheimnis verschweigen –, aber damit liegt er falsch. Mein größtes Geheimnis ist, dass ich meine Wäsche manchmal eine Woche lang im Trockner lasse und das Gerät immer wieder neu starte, um die Falten zu glätten, die nie ganz verschwinden. Ich bin wohl kaum das Monster, für das er mich hält.

Abgesehen von einer Nacht. Einem Fehler.

Und den Preis für diesen Fehltritt habe ich bereits bezahlt.

»Und wie willst du dann über mich urteilen?«, frage ich langsam. Ich versuche mich daran zu erinnern, was in *Eine Weihnachtsgeschichte* passiert ist, aber ich entsinne mich nur verschwommen.

Ein Geist mit einem Truthahnschenkel vielleicht? Ein Türklopfer, der lebendig wurde? Da war definitiv ein Geist mit Ketten um Hand- und Fußgelenke, mit denen er herumschlurfte.

Ich spähe über den Rand des Tresens und schaue mir Nolans Beine an.

Zwei braune Stiefel, leicht abgewetzt.

Keine Ketten.

»Ich werde dich führen, und gemeinsam werden wir deine Erinnerungen betrachten. Wir werden bei denen landen, die genauer geprüft werden müssen, und wenn du zu deiner Schlüsselerkenntnis kommst, wirst du an den nächsten Geist weitergereicht. Es ist ein ziemlich einfacher Prozess.«

»Einfach.« Ein Lachen bricht aus mir heraus. »Nichts daran ist einfach, Nolan.«

Nolan nickt, und der Schatten eines Lächelns erscheint auf seinem Gesicht. Aber es ist so schnell verschwunden, wie es gekommen ist, und dann gräbt sich wieder der ernste Ausdruck in seine Züge. Entweder hatte er vor mir bemerkenswert einfache Aufgaben, oder er macht das schon so lange, dass er gar nicht mehr merkt, wie verrückt das alles eigentlich ist.

»Es kann einfach sein, wenn du es zulässt. Was machst du denn sonst gerade?«

»Jetzt gerade?« Mein Blick schweift durch den Laden. »Jetzt gerade arbeite ich.«

Sein Mund verzieht sich zu einer schmalen Linie, während seine Augen den leeren Laden absuchen. »Ja, ich sehe, dass du sehr beschäftigt bist.«

Vor Empörung richte ich mich kerzengerade auf. »Ich muss mich um den Eisenwarenbestand kümmern. Papierkram erledigen. Meine Bäume …« Ich deute auf die beiden Douglasien, die noch immer wie in Habachtstellung vor den Schaufenstern stehen, die Äste kahl. »Ich muss mich um meine Bäume kümmern.«

»Deine Bäume kommen schon zurecht.«

»Woher willst du das wissen?«

»Als ich ankam, hast du trübsinnig auf einen winzigen Vogel gestarrt. Du hast Zeit.« Er klopft zweimal mit seinem Becher auf den Tresen. »Lass uns gehen.«

»Warte, warte, warte. Jetzt sofort?«

Er trinkt seinen Kaffee aus und wirft den leeren Becher in den Mülleimer hinter der Kasse. »Ja, jetzt sofort.« Er sieht mich streng an. »Für jemanden, der angeblich ein *guter Mensch* ist, sträubst du dich ganz schön. Hast du etwas zu verbergen, Harriet?«

»Nein«, sage ich, in die Defensive gedrängt. Mist. Das klingt definitiv so, als hätte ich etwas zu verbergen. Was nicht der Fall ist. »Was, wenn Sasha mich braucht? Ich kann nicht einfach verschwinden.«

»Wir werden auf die Sekunde genau zu diesem Moment zurückkehren. Es wird so sein, als wäre überhaupt keine Zeit vergangen.« Wieder streckt er mir seine offene Hand entgegen. Ich trete zwei Schritte zurück und drücke mir meine Hand an die Brust.

Nolan seufzt und wackelt mit den Fingern. »Harriet.«

»Ich bin nur … Ich bin nervös.« Ich atme scharf aus. »Wie fühlt es sich an?«

»Wie fühlt sich *was* an?«

Wenn er frustriert ist, höre ich seinen Akzent deutlicher. Ein raues An- und Abrollen der Worte. Ich frage mich, wie es klingt, wenn er wütend oder müde ist. Ob dasselbe passiert, wenn er glücklich ist.

Er scheint nicht sehr glücklich zu sein.

Ich verschränke die Finger ineinander. »Das … Geisterportal zu besuchen, oder was auch immer es ist. Wird es wehtun?«, frage ich.

»Nein, es wird nicht wehtun«, sagt er, und sein Gesicht wird bei meiner Erklärung endlich etwas weicher. »Es fühlt sich an … es fühlt sich an, als würde man in einen Traum eintauchen.« Mit seinen Fingerspitzen berührt er meinen Handrücken und fordert mich damit stumm auf, loszulassen. Ihm zu vertrauen. An dieses außergewöhnliche Märchen zu glauben, zu dem mein Leben irgendwie geworden ist. »Als würde man auf einer langen und kurvenreichen Straße einschlafen und an einem anderen Ort wieder aufwachen.«

»Ah.« Als ich ihn anblinzle, fällt die Anspannung plötzlich von meinen Schultern ab. Wie er es beschreibt, klingt es nach etwas, das ich tun *will.* »Hast du schon mal über eine Karriere in der Verkaufsbranche nachgedacht?«

»Nicht im Entferntesten«, antwortet er. Er schluckt und sieht mir forschend in die Augen. »Bei mir bist du sicher. Du hast mein Wort.«

Ich kaue auf meiner Unterlippe und lockere den festen Griff, mit dem ich mich selbst gehalten habe. Meine Hände zittern. »Du wirst mich nicht loslassen?«

Er schüttelt den Kopf. »Ich werde dich nicht loslassen.«

»Versprich es mir.« Wenn ich mich schon auf diese Übung einlasse, möchte ich die Zusicherung haben, dass ich nicht im achten Kreis der Hölle lande. Oder auf der Insel aus *Lost.* Ich würde in 0,2 Sekunden sterben, wenn ich einen Eisbären im Dschungel sähe.

Nolan tritt einen Schritt näher. »Ich verspreche es dir, Harriet. Ich werde nicht loslassen.«

Ich könnte noch weiterdiskutieren, einen Grund finden, es hinauszuzögern. Mir ist immer noch nicht ganz klar, wie ich hier gelandet bin, aber ich nehme an, sehen heißt glauben. Nolan hat seinen Teil der Abmachung eingehalten. Es ist Zeit, dass ich es auch tue.

Vermutlich habe ich schon immer an den Zauber von Weihnachten geglaubt.

Ich strecke meine Hand aus, drücke meine Handfläche auf seine, und dann verschwinden wir gemeinsam.

Kapitel 5

Nolan

Ihre Hand ist warm. Weich. In meinem festen Griff fühlt sie sich klein an.

Das ist alles, woran ich denken kann, während die Zeit um uns herumwirbelt. Ich habe ihr gesagt, eine Reise in die Vergangenheit wäre wie ein Eintauchen in einen Traum, aber es ist eher so, als würde man in einen Sturm geworfen. Eine Flut, die viel zu schnell hereinbricht. Sie peitscht einem durchs Haar und reißt an einem, als würde sie versuchen, herauszufinden, wo genau man hingehört. Ich habe das schon über hundertmal gemacht und habe mich immer noch nicht daran gewöhnt.

Aber zu sagen, *es fühlt sich einfach schrecklich an*, ist nicht gerade eine glühende Empfehlung, also habe ich die Wahrheit ein wenig angepasst. Ich weiß nicht, was passiert, wenn ich Harriet nicht an ihren nächsten Geist weitergebe, und ich habe auch nicht vor, es herauszufinden. Mit Warten habe ich schon genug Zeit verbracht. Ich muss diesen Auftrag zu Ende bringen. Ich muss weiterziehen.

Bei einem besonders ruckartigen Schub umklammert Harriet meine Hand fester, und ich drücke sie und gebe ihr Halt. Es wird nicht mehr lange dauern.

Der Druck lässt nach, blitzende Farbkleckse klingen ab, als wir mitten in einer Art schicker Lobby zum Stehen kommen. Die Zeit setzt uns mit derselben mangelnden Anmut ab, mit der sie uns eingesammelt hat, und Harriet stolpert seitlich gegen mich. Ich packe sie am Ellbogen, während sie versucht, Tritt zu fassen.

»Du meine Güte«, haucht sie. »Du *meine* Güte. Du hast keine Witze gemacht.«

»Worüber?«

»*Worüber?* Über Zeitreisen. Über … über die *Magie.*« Sie macht eine komplizierte, flatternde Geste mit den Händen. »Du hast Magie benutzt, Nolan.«

»Das ist mir bewusst.« Meine Hand rutscht von ihrem Ellbogen zu ihrem Unterarm. Ich widerstehe dem Drang, wie ein trotziges Kind zu schreien: *Ich hab's dir doch gesagt.* »Und streng genommen ist es keine Zeitreise.«

»Egal.« Harriet schüttelt meine Hand ab und beugt sich mit den Händen auf den Knien nach vorne. »Was zum Teufel hast du damit gemeint, *es ist, als würde man in einen Traum eintauchen?* Was hast *du* denn für Träume?«

»Ich habe seit über hundert Jahren nicht mehr geträumt«, antworte ich zerstreut. Dieser Ort fühlt sich kalt an, und das liegt nicht nur an dem ganzen Marmor. Zu beiden Seiten des Raums stehen massive verzierte Säulen, zwischen denen ein Adventskranz in der Größe eines Kleinflugzeugs hängt. Auf der einen Seite befindet sich eine Reihe von Aufzügen, auf der anderen ein Empfangstresen, der unbesetzt ist. »Ich brauchte deine Zustimmung«, füge ich hinzu.

»Tja, jetzt fühlt sich mein Magen an, als würde er versuchen, aus meinen Augäpfeln herauszuklettern, vielen Dank dafür.« Ihr Haar ist, wenn das überhaupt möglich ist, noch wilder als in ihrem kleinen Antiquitätengeschäft. Blonde Korkenzieherlocken fliegen in alle Richtungen, und die Hälfte davon fällt ihr ins Gesicht. Sie schiebt sie zurück und richtet sich langsam auf. »Du träumst nicht?«

»Wohl eine weitere geisterhafte Begleiterscheinung«, gebe ich zu. Ich schlafe, aber ich träume nicht. Ich esse, aber ich schmecke nichts. Alles wird nur vage wahrgenommen. Als würde man gegen kaltes Glas atmen, ein Bild nachzeichnen und dann zusehen, wie es verblasst.

»Das ist aber traurig«, sagt sie mit gerunzelter Stirn.

Ich zucke mit den Achseln. »Alles halb so wild.«

Früher hat mich das gestört. Existieren, ohne zu leben. Dinge tun, ohne Befriedigung zu verspüren. Meine Zeit damit zu verbringen, die schlimmsten Vertreter der Menschheit zu beobachten, ohne jegliche Erlösung.

Aber ich hatte genug Zeit, mich anzupassen. Ich weiß jetzt, was ich zu erwarten habe.

Harriet sieht aus, als würde sie gerne mehr sagen, aber dann wird ihr Gesicht kreidebleich, und sie krümmt sich. Sie stößt einen Laut aus wie ein Nebelhorn.

»Oh Gott«, flüstert sie mit belegter Stimme. »Ich glaube, ich muss mich übergeben.«

Unbeholfen klopfe ich ihr auf den Rücken, während sie tief durchatmet, um ihren Anfall von Übelkeit zu überwinden. Ihr Rücken hebt und senkt sich, und ich spreize meine Finger weit und streiche langsamer darüber. Sie stößt einen zitternden Atemzug aus. »Ich kann nicht fassen, dass du Magie benutzt hast«, flüstert sie vor sich hin.

Schließlich gebe ich dem Drang nach. »Ich hab's dir doch gesagt.«

»Ja, aber …« Sie würgt. »Ich habe dir nicht geglaubt.«

Wieder reibe ich ihr über den Rücken.

»Das wird schon wieder. Warte einfach einen Moment, ja?«

Sie trägt einen dicken grünen Pullover, der genauso weich ist, wie er aussieht. Meine Hand setzt wie von selbst ihre Reise fort. Auf und ab. Hin und her. Zwischen ihren Schulterblättern hindurch und hinunter zu ihrem Kreuz. Beim dritten Rundgang streift mein Daumen eine empfindliche, verborgene Stelle unter all dem Haar in ihrem Nacken. Dort verweile ich und streiche über die weiche, warme Haut.

Seit Jahrzehnten habe ich niemanden mehr zur Beruhigung berührt. Und mich hat noch länger niemand mehr berührt. Bei mir gab es nur scharfe Kanten und knappe Worte. Ich habe vergessen, wie sich Weichheit anfühlt.

Als ihr Atem stockt, ziehe ich verlegen meine Hand zurück.

Ich sollte Harriet nicht anfassen. Ich sollte sie nicht trösten.

Ich sollte auf meine Umgebung achten. Ich sollte versuchen, ihre Geheimnisse aufzudecken. Harriet könnte eine besonders hartnäckige Betrügerin sein, nach allem, was ich weiß. Ich muss sie aus der Reserve locken, die Leichen in ihrem Keller enttarnen und ihr den Weg weisen.

Ich muss mich an den Plan halten. Ich muss *weiterziehen*.

Während ich die Hände in die Taschen schiebe, schaue ich mich in dem Raum um. Die Erinnerungen, in denen ich sonst lande, sind normalerweise nicht so … leer.

»Ich höre nie wieder auf dich«, stößt Harriet hervor und richtet sich langsam auf.

»Wir werden sehen. Ich bin an dich gebunden, schon vergessen?« Ich lege den Kopf in den Nacken, um die verzierte Decke zu betrachten. Dort oben ist filigranes Gold zu sehen. Eine riesige Glaskuppel, die dunkel getönt ist. *Reiche Leute.*

»Kennst du diesen Ort?«, frage ich.

»Verschwommen«, antwortet sie, ihre Aufmerksamkeit auf die Modelleisenbahn gerichtet, die am Fuß der großen Empfangstheke aufgebaut ist. Eine schnittige schwarze Lokomotive tuckert herum und zieht sechs bunte Waggons hinter sich her. Harriet tritt näher.

»Diese Eisenbahn«, sagt sie. »Irgendetwas an dieser Eisenbahn kommt mir bekannt vor.« Sie hält inne. »Glaube ich.«

Gut. Wenn sie den Ort kennt, wird sie auch merken, was uns hergeführt hat. Vielleicht wird das doch ein kurzer Auftrag, trotz meiner anfänglichen Bedenken.

Ich gehe die Möglichkeiten durch, während Harriet den Zug inspiziert. Vielleicht ist dies der Beginn eines ausgeklügelten Banküberfalls. Vielleicht hat sie einen Liebhaber, und wir werden zusehen, wie sie von seiner Frau erwischt wird. Ich habe schon alle möglichen Verfehlungen bezeugt. Das Schlimmste im Menschen. Ich bezweifle, dass mich noch viel überraschen kann.

Mit konzentriertem Gesichtsausdruck schlurft Harriet noch einen Schritt näher an den leeren Tresen heran. »Ich erinnere mich an das Geräusch«, sagt sie. »Das Pfeifen.«

Wie aufs Stichwort ertönt ein hohes Pfeifen von dem Zug, der in der Kurve an Fahrt aufnimmt. Von der anderen Seite der Lobby ertönt eine Glocke an der Reihe der Aufzüge. Erwartungsvoll spanne ich die Schultern an.

Aber hinter den glänzenden goldenen Türen verbirgt sich weder ein verschmähter Liebhaber noch eine Person mit Sturmmaske oder irgendetwas anderes Interessantes. Zwei kleine Kinder stürmen lachend aus dem Aufzug.

»Seid vorsichtig, Mädchen!«, ruft eine Frauenstimme aus dem Hintergrund. Kleine Schuhe klappern auf dem Marmor, und zwei Gestalten huschen an uns vorbei. »Passt auf dem glatten Boden auf!«

»Harriet!«, ruft die Frau erneut. »Nicht rennen!«

Ein kleines Mädchen mit dichten blonden Locken kichert wie verrückt und greift nach ihrer Gefährtin, die Mühe hat, mit ihr Schritt zu halten. Sie sind verwackelte Spiegelbilder voneinander. Als hätte man einen Stein in ein stilles Gewässer geworfen, kräuseln sich ihre ähnlichen Abbilder, bis sie sich unterscheiden.

Neben mir gibt Harriet einen leisen Laut von sich.

»Meine Schwester«, sagt sie mit gedämpfter Stimme. Als wären wir in einer Kirche oder einem Museum. An einem Ort, der Ehrfurcht verdient. »Das ist meine … das ist meine Schwester. Wir sind Kinder.«

Ihr Blick trifft meinen, und ihre Augen glänzen und sind weit aufgerissen. »Ich schätze, ich glaube dir jetzt.«

»Endlich«, sage ich, aber sie beachtet mich nicht. Ihre Aufmerksamkeit ist woanders, sie beobachtet die kleinen Mädchen, die durch die Lobby hüpfen.

»Komm schon, Sammy«, ruft die Miniaturausgabe von Harriet mit einem leichten Lispeln in der Stimme. »Lass uns schauen!«

»Ich komme.« Das andere Mädchen lacht. »Aber lauf langsamer, okay? Ich bin nicht so schnell wie du.«

»Stimmt nicht! Du bist schneller und stärker und klüger und viel, viel hübscher.« Neben mir stößt Harriet ein ersticktes Lachen aus. Das kleine Mädchen mit den Locken dreht sich auf dem Absatz um und breitet die Arme weit aus. »Du bist die beste große Schwester auf der ganzen Welt!«

Am Rand der Eisenbahnlandschaft sinken sie auf die Knie, die Hände fest verschränkt. Zwei Erwachsene folgen ihnen langsam, die Köpfe im Gespräch zusammengesteckt. Die Frau verzieht das Gesicht. Worüber auch immer sie sprechen, sie sind nicht glücklich darüber.

»Es war natürlich Matilda«, sagt die Frau höhnisch. »Sie hat immer einen Kommentar parat.«

»Reiner Neid«, erwidert der Mann gelangweilt. Er sieht aus, als wäre er lieber ganz woanders. »So simpel ist das. Ignorier sie einfach.«

»So simpel ist das nicht«, erwidert sie schnippisch. »Das verstehst du nicht.«

Sie streiten weiter und schlendern durch die Lobby hinter den Mädchen her.

»Deine Eltern?«, frage ich.

Harriet nickt und wirft einen kurzen Blick auf ihre Mutter, bevor sie sich wieder den beiden kleinen Mädchen zuwendet, die vor dem Zug flüstern. Die Lokomotive rattert wieder vorbei, und die kleine Harriet klatscht vor Vergnügen in die Hände.

Ihre Mutter kommt näher. Mir fällt die Ähnlichkeit der Haarfarbe auf, ein dunkles Blond, das in dem künstlichen Licht eher wie gesponnenes Gold aussieht. Aber damit enden die Ähnlichkeiten auch schon, denn der Gesichtsausdruck ihrer Mutter ist streng und unbarmherzig, auch während sie ihren Mädchen dabei zusieht, wie sie sich über die Eisenbahn freuen. Sie presst ihre Handflächen an den Saum ihres roten Samtkleides. Es passt zu den Kleidern der Mädchen, aber sie schafft es irgendwie, es eher streng als festlich aussehen zu lassen. Ein Schwan aus Kristallglas, der auf dem obersten Regal steht.

Ich habe schon genug fragwürdige Menschen mit schwachen Moralvorstellungen beobachten müssen, um einen miesen Charakter zu erkennen, wenn ich einen sehe.

»Harriet«, faucht sie erneut, und ich bemerke, wie sich die erwachsene Harriet neben mir versteift. Ich beobachte sie genau und präge mir die Details ihrer Reaktion ein. Darin werden Hinweise stecken, die ich vielleicht später verwenden kann. Meine Aufgabe ist es, aufmerksam und überzeugend zu sein, und beides kann ich gut.

»Du bist zu alt, um mit Zügen zu spielen«, sagt sie. »Das ist nicht angemessen.«

»Ich schaue doch nur, Mutter«, sagt das kleine Mädchen und wirft einen verlegenen Blick über die Schulter. Ihre Wangen sind rosig, ihre Hände im Tüll des Rocks vergraben. »Es ist so hübsch, und der Zug bewegt sich so schnell, und schau! Dieses Jahr haben sie einen Hafen mit kleinen Booten hinzugefügt …«

Ihre Mutter wendet sich ab. Das kleine Mädchen plappert weiter und zeigt auf verschiedene Gegenstände, ohne das Desinteresse ihrer Mutter zu bemerken. Neben mir tritt Harriet näher und nickt wie ihre kindliche Version, als könnte sie deren Begeisterung spüren.

Aber schließlich bemerkt das Mädchen die Abwesenheit ihrer Mutter und wird still, ihre kleine Stimme verliert sich.

»Warum sind wir hier?«, fragt Harriet, den Blick auf die Kinder gerichtet. Die jüngere Harriet hat ihren Kopf an die Schulter ihrer Schwester gelegt, ihre Arme eingehakt, während der Zug weiter im Kreis fährt. Irgendwo hinter uns streiten ihre Eltern über familiäre Verpflichtungen, und der Name Matilda fällt immer wieder.

Harriet verschränkt die Finger und hält sie unter ihr Kinn. »Warum hast du diese Erinnerung gewählt?«

»Ich wähle die Erinnerungen nicht aus. Meine Magie leitet uns. Wir sehen, was wir sehen müssen«, antworte ich ernst. Über diesen Teil habe ich keine Kontrolle. Ich bin nur eine Begleitperson. Ich führe meine Schützlinge in ihre Vergangenheit und helfe ihnen, sich durch ihre schlimmsten Entscheidungen zu bewegen. Ich lasse sie den Schaden sehen, den ihre Fehler angerichtet haben.

Aber nichts an dieser Szene wirkt wie eine Fehlentscheidung. Sie ist nur ein kleines Mädchen, das einem Zug zuschaut.

»Harriet! Samantha!« Diesmal ist es ihr Vater, der auf Drängen der Frau neben ihm ruft. Die Mutter tippt genervt mit einem Schuhabsatz auf den Marmor und starrt aus den vorderen Fenstern, während sie verärgert und ungeduldig wirkt.

Samantha zieht sich pflichtbewusst von der Eisenbahn zurück, aber Harriet bleibt dicht dran und betrachtet das winzige Dorf und die Flotte von Holzbooten unter einer Brücke aus Eisstielen. Sie berührt eines der Boote leicht und freut sich, als es in einem Meer aus Luftpolsterfolie auf und ab wippt.

»Komm schon, Harry«, fleht das andere kleine Mädchen und wirft nervöse Blicke zwischen ihren Eltern und ihrer Schwester hin und her. Sie zupft leicht an Harriets Kleid.

Aber ihre Schwester reißt sich los. »Ich will nur noch einmal den Zug herumfahren sehen.«

Samantha kommt näher. »Aber sie werden sauer.«

Harriet hebt ihre Hand wieder über die Anlage, die kleinen Finger strecken sich nach den Baumspitzen. »Das sind sie doch sowieso schon«, sagt sie mit einer Stimme, die für ein so kleines Mädchen viel zu alt klingt.

»Aber sie werden immer ärgerlicher«, flüstert Samantha eindringlich. Hinter ihr schreitet ihre Mutter jetzt mit entschlossenen, klappernden Schritten über den Boden. Neben mir stößt Harriet einen Atemzug aus, der wie ein Lachen klingt.

Ich drehe mich halb zu ihr um. Sie beobachtet, wie ihre Mutter durch die Lobby marschiert, und ein bitteres Lächeln zeigt sich auf ihren Lippen.

»An diesen Teil erinnere ich mich«, sagt sie.

Ihre Mutter zerrt an dem Arm der kleinen Harriet, zieht sie energisch auf die Beine und weg von der Eisenbahn. Das kleine Mädchen versucht sich umzudrehen, wird aber von zwei perfekt manikürten Händen an den Schultern gepackt und in Richtung Ausgang gedreht.

»Warum musst du mir immer alles so schwer machen?«, schimpft ihre Mutter.

»Das will ich doch gar nicht«, sagt die kleine Harriet im Chor mit ihrer älteren Version an meiner Seite. Harriet lächelt mich schmal an, und wieder überkommt mich dieses beklemmende Gefühl. Dieser Hauch von Vertrautheit ganz hinten in meinem Kopf.

»Du hast mich auf der Party blamiert«, fährt ihre Mutter fort und steuert die kleine Harriet durch die Lobby. Das Mädchen stolpert, und ihre Mutter seufzt, als wäre auch das ein Fehltritt. »Fällt es dir wirklich so schwer, dich mal einen Abend lang zu benehmen? Sieh dir deine Schwester an.«

Harriet dreht sich im Griff ihrer Mutter und blickt zu ihrer Schwester. Samantha wendet das Gesicht ab und tut so, als würde sie sich stattdessen für ihre Schuhe interessieren.

»Samantha«, sagt ihre Mutter, »trifft *immer* die richtige Entscheidung.«

Harriet sackt in sich zusammen. »Es tut mir leid«, sagt sie kleinlaut. »Ich werde auch gute Entscheidungen treffen. Genau wie Samantha, versprochen.«

Ihre Mutter zieht eine Augenbraue hoch. »Das bezweifle ich doch stark.«

Ich auch. Denn sobald Harriets Mutter um sie herum zur Tür geht, sehe ich ein kleines Holzboot in Harriets Hand. Sie steckt es schnell hinter die große Schleife an ihrem Rücken und setzt ein bescheidenes, zerknirschtes Gesicht auf.

Ich lache. Eine winzig kleine Betrügerin in einem Samtkleid.

»Zu meiner Verteidigung«, sagt Harriet, »ich hätte es wahrscheinlich nicht gestohlen, wenn sie mich einfach hätte schauen lassen.«

Dazu schnaube ich nur. »Du warst ja ein richtiges kleines Teufelchen.«

Die Familie verschwindet durch die Eingangstür. Neben mir rafft Harriet ihre wilden Haare zusammen und ordnet sie zu einem lockeren Knoten. »An das Boot kann ich mich nicht mal mehr erinnern.« Sie starrt auf die Eisenbahnanlage. »Ich fühle mich schlecht. Irgendjemand hatte hart an dieser Anlage gearbeitet.«

Ich summe leise vor mich hin und wippe auf den Fersen vor und zurück. Harriet wirft mir einen finsteren Blick zu. »Was? Glaubst du, ich wollte die Weihnachtsdekoration unbedingt zerstören?«

»Ich habe nichts gesagt.«

»Dein Gesicht sagt genug. Das Boot war nicht mal gut für irgendetwas. Meine Mutter hat es wahrscheinlich gefunden und zerstört.«

»Sie hat dich deine Schätze nicht behalten lassen?«

»Was glaubst du wohl?«

Nein, ich glaube nicht, dass Harriets Mutter ihr viele Dinge ließ. Vielleicht hat sie deshalb jetzt ihren Antiquitätenladen, in dem die Regale mit so viel Krimskrams vollgestopft sind, dass man kaum durchkommt. Vielleicht ist ihr Haus deshalb eine Explosion aus Farben. Ein Drache, der sein Gold hortet.

»Was?«, fragt sie. »Was soll dieser Blick?«

»Nichts.« Ich setze wieder eine neutrale Miene auf und strecke meine Hand mit der Handfläche nach oben aus. »Können wir gehen?«

»Das war's?« Harriet runzelt die Stirn und blickt sich um. »Ich hatte irgendetwas … Wesentlicheres erwartet.«

Ich weiß nicht, wie ich ihr sagen soll, dass es mir genauso geht. Dass es nicht gerade den Vergehen entspricht, die ich normalerweise mitbekomme, wenn ein kleines Mädchen ein Spielzeugboot stiehlt. Aber ich weiß nicht, wie viel von dem vorgegaukelt ist, was sie mir zeigt, und wie viel wahr ist. Die Vergangenheit wird ihre Geheimnisse irgendwann enthüllen, auch wenn es etwas länger dauert.

Ich kann geduldig sein.

»Bist du deshalb hier?«, fragt sie. »Weil ich ein Spielzeugboot gestohlen habe?«

»Es gibt einen Grund, warum ich hier bin«, antworte ich verhalten. »Vielleicht ist das nur der Auftakt zu einem Leben voller Diebstähle.«

»Diebstähle?« Sie lacht.

»Möglich wär's. Ich kenne dich nicht, Harriet. Du könntest alle möglichen Geheimnisse verbergen.«

Ihr Lächeln schwindet, und sie senkt den Blick. Ich runzle die Stirn. Irgendetwas stimmt hier nicht, aber ich komme nicht dahinter, was es ist.

»Vielleicht hast du recht«, sagt sie. Sie blickt zu der Tür hinaus, durch die ihre Familie verschwunden ist. »Vielleicht habe ich alles vermasselt.«

Ich zögere. Meine Aufgabe ist es nicht, dafür zu sorgen, dass sie sich besser fühlt, aber ich mag weder ihren Gesichtsausdruck noch die Art, wie sie sich jetzt hält. Die Hände an den Ellbogen, die Schultern leicht nach vorne gebeugt. Hier in der Vergangenheit wirkt sie kleiner. Niedergedrückt.

»Nur damit das klar ist«, gebe ich langsam zu, »ich glaube nicht, dass man ein schlechter Mensch ist, bloß weil man ein Boot von einer Modelleisenbahnanlage gestohlen hat.«

Sie schaut mich misstrauisch an. »Tust du nicht?«

Ich schüttle den Kopf. »Nein.«

Als ein schüchternes Lächeln über ihr Gesicht huscht, wird das Kribbeln in meiner Brust durch einen festen Druck ersetzt. Etwas Schweres und Unangenehmes, als hätte mich jemand geschubst.

Wenn ich ein Geist bin, ist sie vielleicht eine Hexe. Es hat schon Seltsameres gegeben.

»Siehst du?« Sie tippt mir auf die Brust. »War das so schwer?«

»Was?«

»*Nett* zu sein. Mit Honig fängt man mehr Fliegen, weißt du.«

Ich verdrehe die Augen. »Bist du in diesem Szenario die Fliege oder der Honig?«

»Nun, das hat gerade mal dreißig Sekunden gedauert.« Das Lächeln verschwindet wieder aus ihrem Gesicht. »Du bist irgendwie ein Idiot, weißt du das?«

»Und dein wahres Gesicht wird sich in Kürze offenbaren. Das tut es immer.« Ich strecke meine Hand zwischen uns aus. »Zeit, zu gehen«, brumme ich.

Ich konnte sie schon in der Gegenwart kaum dazu bringen, meine Hand zu nehmen, und jetzt ziert sie sich auch noch in der Vergangenheit. Ich glaube langsam, dass es Harriet Yorks wahre Bestimmung ist, mir mächtig auf die Nerven zu gehen.

Vielleicht ist das hier *meine* Abrechnung mit dem Karma. Nicht ihre.

Sie ignoriert meine Hand zwischen uns und lässt stattdessen ihre Schultern kreisen. Dann streckt sie erst einen Arm quer vor ihrer Brust aus und dann den anderen.

»Was machst du da?«

»Ich bereite mich auf den Tornado der Zeit vor oder was auch immer dieses magische wirbelnde Ding ist. Und du bist ganz schön herrisch.« Sie senkt ihre Stimme. *»Lass uns gehen, Harriet. Du kannst deinem Schicksal nicht entkommen, Harriet. Was hast du …«*

»Ich versuche nur, meine Arbeit zu machen«, verteidige ich mich mürrisch.

Sie hebt die Stimme und spricht über mich hinweg. *»Was hast du zu verbergen, Harriet? Was ist dein Geheimnis, Harriet?«*

»Was *hast* du denn zu verbergen, Harriet?«

»Ich meine ja nur«, fährt sie fort und ignoriert meine Frage, »es würde dich nicht umbringen, ein bisschen netter zu sein.«

Es würde mich nicht umbringen. »Dir ist schon klar, dass ich bereits tot bin, oder? Es würde mich nicht umbringen, weil ich – Harriet – tot bin.«

Ein kleines Grinsen zeigt sich in ihren Mundwinkeln. »Dann kannst du es dir ja erst recht leisten, nett zu sein.«

Ich schnaube. Ihr zaghaftes Lächeln wird breiter. Nachdem sie mit ihrer Aufwärmübung fertig ist, tippt sie mit einem Fuß auf den Marmorboden und gibt vor, auf eine imaginäre Armbanduhr zu schauen. Ich wünschte, ich fände das nicht so charmant, wie ich es tatsächlich tue.

»Harriet«, versuche ich es mit sanfter Stimme. Ich halte ihr meine Hand hin. Immer wieder scheine ich die Hand nach dieser Frau auszustrecken. »Würdest du bitte meine Hand nehmen, damit wir diesen Ort verlassen und in die Gegenwart zurückkehren können?« Ich füge eine halbe, ironische Verbeugung hinzu. »Wenn es dir nicht allzu viel ausmacht.«

»Daran muss noch gearbeitet werden«, sagt sie. »Aber fürs Erste reicht es.«

Sie schaut sich ein letztes Mal in der Lobby um, und ihr Blick bleibt an dem Zug hängen. Er tuckert immer noch fröhlich um den Empfangstresen herum, und die Brücke schwankt leicht, als er darüberfährt.

»Harriet.«

»Ja«, sagt sie und reißt die Augen davon los. »Wir können gehen.«

»Wunderbar.«

Sie kichert und streckt ihre Hand nach meiner aus.

»Halt dich fest«, sage ich.

Das Letzte, was ich sehe, ist ihr Lächeln, verhalten, aber es scheint noch durch, wie das letzte bisschen Sonne, bevor sie am Horizont verschwindet. Ein Lichtblitz, und dann …

Und dann nichts mehr.

Kapitel 6

Harriet

Mit dem Kinn auf den verschränkten Armen starre ich von meiner Couch aus durchs Fenster und beobachte, wie sich schwere Wolken über dem Hafen zusammenziehen. Ich habe versucht, mich mit meinen Lieblingsdingen abzulenken – einem frischen, also nicht abgelaufenen Pfefferminztee, einem passenden Pyjamaset aus Baumwolle, einer warmen Decke aus dem Trockner und einer Schüssel Popcorn, die so groß ist wie mein Kopf –, aber meine Gedanken schweifen immer wieder zu einer Modelleisenbahn mit zwei kleinen Mädchen neben den Gleisen ab.

Wann ich das letzte Mal an die protzige Lobby der Anwaltskanzlei meiner Eltern gedacht habe, weiß ich gar nicht mehr. Nicht wegen eines lange zurückliegenden Traumas. Es fühlte sich einfach nie wie ein Ort an, an den ich mich erinnern sollte. Bei all seiner Pracht und griechisch inspirierter Architektur hat er mich als Kind nie beeindruckt. Es fühlte sich an, als würde man einen Ausstellungsraum betreten. Einen kalten und leblosen Ort, an dem alle nur flüsternd miteinander sprachen.

Aber das ist die Erinnerung, zu der Nolan mich mitzunehmen beschlossen hatte. Oder zu der er mir gefolgt ist, nehme ich an, da er ja angeblich nicht bestimmen kann, wohin wir gehen. Mir kommt das alles etwas zu einfach vor, aber ich bin noch nie von Geistern heimgesucht worden und kenne die Regeln nicht.

Nachdenklich blicke ich auf mein verschwommenes Spiegelbild im Fenster. Diese Erinnerung von außen zu erleben, war verwirrend. Ich dachte, ich hätte mich von dem kleinen Mädchen im roten Kleid mit den wilden Haaren wegentwickelt, aber ich glaube, ich bin immer noch dieselbe wie früher. Impulsiv. Realitätsfern. Chaotisch.

Eine Enttäuschung.

Als ich die Szene von außen beobachtete, spürte ich fast den kratzenden Samtstoff zwischen meinen Schulterblättern. Meine Mutter bestand immer darauf, dass wir bei der jährlichen Weihnachtsgala passende Kleider trugen. Sie schreibt mir immer noch vor, was ich dabei tragen soll, und kann diesen eisernen Griff um die Kontrolle einfach nicht lockern. Ich bin mir sicher, dass sich in dem Umschlag, den ich noch nicht geöffnet habe, ein kleines Stück hochwertigen Briefpapiers befindet, auf dem in gestochen scharfer Handschrift meine Anweisungen stehen.

Bodenlanges Kleid. Marineblau. Perlenohrringe.

Meine Mutter war immer stolz auf ihre hübschen Bilder.

Ich schaue mir die Erinnerung erneut von allen Seiten an und analysiere sie. Was war daran so bedeutsam? Warum haben wir diesen Zeitpunkt besucht? Diesen Ort? Musste ich unbedingt noch mal die Missbilligung meiner Mutter sehen? Das war schon als Kind nichts Neues und wurde nur noch schlimmer, als ich erwachsen war. Brauchte ich einen Logenplatz, um die Zwiespältigkeit meines Vaters live mitzuerleben? Die gleiche Geschichte.

Ich hörte, wie meine Mutter Tante Matilda erwähnte. Ihre Beziehung war immer angespannt gewesen, aber sie verschlechterte sich immer mehr, als ich älter wurde. Als ich ein Teenager war, sprachen sie bereits nicht mehr miteinander. Und als Tante Matilda plötzlich an einem Herzinfarkt starb, hatten sie sich seit Jahren nicht mehr gesehen.

Ich fahre mit den Fingern am Rand des Fensters entlang und spüre, wie die kalte Luft von außen gegen die Scheibe drückt. Irgendwo im Hafen treibt ein Boot vorbei, dessen Mast mit weihnachtlichen Lichterketten umwickelt ist.

Vielleicht ging es um Samantha. Samantha, die ich seit sechs Monaten nicht mehr gesehen habe. Wie konnten wir uns von kleinen Mädchen, die Händchen hielten, zu Schwestern entwickeln, die einander kaum noch zur Kenntnis nehmen? Es fühlt sich an wie eine Neuauflage des Streits zwischen meiner Mutter und Tante Matilda, nur etwas weniger heftig. Wir haben die hitzigen Auseinandersetzungen gegen eisiges Schweigen getauscht. In vielerlei Hinsicht fühlt sich das noch schlimmer an.

Wir stritten uns, als ich das Krähennest übernahm, obwohl das wahrscheinlich niemandem aufgefallen wäre, der uns beobachtet hätte. Wir waren dabei ruhig. Wir wurden nie laut. Aber das machte die Spitzen, die wir uns gegenseitig zufügten, nicht weniger schmerzhaft. Sie fand, dass ich kindisch sei, und ich fand sie kaltherzig. Ich wollte das Vermächtnis meiner Tante mit beiden Händen festhalten, und sie war bereit, es wegzuwerfen. Ich erinnere mich noch gut daran, wie enttäuscht sie aussah, als ich in meinem Frust die Beherrschung verlor und wütende, gehässige Worte ausspuckte. *Warum ist dir das alles nicht wichtig? Warum bin ich dir nicht wichtig?* Abgehackte Fragen, unter Buntglaslaternen gestellt.

Ein Leben lang Menschen enttäuscht zu haben und nicht *richtig* zu sein, brachte mich zum Platzen, und all mein Schmerz brach aus mir heraus.

Warum sind wir nicht zu *dieser* Erinnerung zurückgekehrt? Zu der, in der ich Dinge sagte, die ich nicht so meinte, und meine Schwester zum Weinen brachte? Wenn ich die Übeltäterin bin, für die Nolan mich hält, sollten wir vielleicht dort anfangen.

Ich ziehe mein Handy unter meinem Deckenberg hervor und scrolle zu Samanthas Nummer. Nach kurzem Zögern beiße ich die Zähne zusammen und tippe eine kurze Nachricht.

Ich denke an dich, schreibe ich schließlich. *Ich hoffe, es geht dir gut.*

Es klingt wie etwas, das meine Mutter schreiben würde, und ich verziehe das Gesicht, als ich auf Senden drücke. Nach kurzer Überlegung tippe ich schnell eine weitere Nachricht.

Ich vermisse dich, Sammy.

So. Das ist ein Schritt in Richtung Versöhnung oder … irgendetwas. Nolan sollte stolz auf sich sein. Eine kleine Heimsuchung, und schon passe ich mein Verhalten an.

Nicht, dass er besonders hilfreich gewesen wäre, seit wir zurück sind. Sobald wir aufgehört hatten, durch die Geisterversion eines Schleudergangs zu trudeln, kamen wir wieder exakt da an, wo wir gestartet waren, genau wie er es vorhergesagt hatte. Sasha brüllte mir aus dem Lager hinten eine Frage zu, ich rief eine Antwort, und als ich mich umsah, war Nolan verschwunden. Nur sein weggeworfener Kaffeebecher im Mülleimer unter dem Tresen und die Gänsehaut auf meinen Armen zeugten noch von seinem Besuch.

Man spürt es, auch wenn man es nicht versteht.

Nun, damit hatte er recht. Ich verstehe rein gar nichts. Magie und Erinnerungen und sture Männer ohne Sinn für Humor.

»Blöde Geister«, brumme ich, lasse mich rücklings auf die Couch fallen und starre an die Decke. »Kommen und gehen, wie es ihnen passt. Erklären einem rein gar nichts. Sind nervtötend wischiwaschi und geheimnisvoll.«

»Ich bin ja wohl kaum geheimnisvoll.«

Mit einem Schrei rolle ich mich zur Seite und lande auf dem Boden meines Wohnzimmers. Meine vom Trockner noch warme Decke zieht sich wie eine Schlinge um meine Beine. Nolan sieht mir gelassen zu, wie ich mich abmühe, sie loszuwerden, und hält zwei Tassen dampfenden Tees in den Händen.

Er hebt sie als stumme Erklärung kurz höher.

»Du hast eine Packung Tee auf der Arbeitsplatte stehen lassen«, sagt er und beobachtet mich dabei, wie ich mit meiner Decke kämpfe. »Ich habe uns zwei Tässchen gemacht. Ich hoffe, das ist dir recht.«

Unter anderen Umständen wäre ich entzückt davon, wie er *Tässchen* sagt. Aber so versuche ich mich selbst davon zu überzeugen, dass ich nicht gleich ermordet werde.

Schon wieder.

»Es ist mir nicht recht.« Ich keuche. »Es ist mir ganz und gar nicht recht.«

Er runzelt die Stirn. »Du willst keinen Tee?«

»Doch, ich will Tee. Ich will nur nicht, dass ein *Eindringling* ihn mir kocht.«

»Eindringling«, sagt er und seufzt müde. »Das schon wieder.«

»Ja, Nolan. Das schon wieder.«

»Wenn du keinen Tee willst, hättest du die Tasse nicht herumstehen lassen sollen«, sagt er. Er wirft einen Blick über die Schulter in meine Küche. »Aber du scheinst generell ein Problem damit zu haben, Dinge ordentlich wegzuräumen.«

»Nolan.« *Gott.* Wie lange lauert er schon lautlos in meinem Haus? Stöbert vielleicht sogar in meinen Sachen herum?

»Was denn?« Sein Gesicht verzieht sich verärgert, seine Brauen bilden dicke Balken über seinen dunklen Augen. »Bist du so sauer wegen des Tees?«

»Mit dem Tee habe ich kein Problem. Ich habe ein Problem damit, dass du einfach aus dem Nichts aufkreuzt. Schon wieder!«

»Ich bin nicht einfach *aufgekreuzt*«, sagt er beleidigt. »Ich habe Hallo gerufen. Den Wasserkocher gefüllt und angestellt. Hast du mich denn nicht gehört? Ich habe so viel Krach gemacht, dass es Tote hätte wecken können.«

Mit schmalen Augen sehe ich ihn an. Ich kann nicht erkennen, ob das ein Witz sein soll oder nicht. »Versuchst du gerade, lustig zu sein?«

»Lustig zu sein wird mir nicht oft vorgeworfen, Harriet.«

Das glaube ich ihm aufs Wort. »Hör zu. Ich möchte, dass du an die Tür klopfst wie ein vernünftiges …« Ich sage fast *menschliches Wesen.* »Wie ein vernünftiger Geist«, ergänze ich. Endlich gelingt es mir, meine Beine aus der Decke zu befreien, und ich trete sie beiseite. »Wie lange bist du schon in meinem Haus?«

»Zehn Minuten oder so«, antwortet er, den Blick auf meine

nackten Beine geheftet. Seine Augen werden schmal, die Falte zwischen seinen Brauen vertieft sich. Er deutet mit einem der Becher auf meine Beine. »Was zum Teufel ist das?«

»Was ist was?« Ich schaue schnell nach unten und erwarte, eine wütende Horde Feuerameisen zu sehen, die über meine Kniescheiben marschiert, so finster ist sein Gesichtsausdruck. Stattdessen sehe ich nur meine blasse Haut und meine zu großen Socken, von denen eine dank meines Radschlags von der Couch etwas höher sitzt als die andere.

»Das da.« Er nickt in Richtung meiner Körpermitte.

Ich ziehe an meinem Hemdchen. Darauf sind überall kleine Zuckerstangen aufgedruckt. Ich liebe es. »Das hier? Mein Pyjama?«

Er schnaubt. »Das ist doch kein Pyjama.« Sein Blick weicht nicht von dem Stoff.

»Den habe ich in einer Schlafanzugabteilung gefunden«, verteidige ich mich. Er ist butterweich und herrlich bequem. Passende Pyjamasets waren schon immer eine kleine Schwäche von mir. Es hat etwas mit dem seidig glatten Material und der völligen Abkehr von Zweckmäßigkeit zu tun. Wenn ich sie trage, fühle ich mich verwöhnt. Etwas Besonderes nur für mich.

Als ich vom Boden aufstehe, ziehe ich die passenden Shorts zurecht, die mir bis zur Mitte der Oberschenkel reichen. Nolan gibt einen erstickten Laut von sich.

»Den habe ich als Sonderangebot bei Nordstrom erstanden«, erkläre ich.

»Was zum Teufel ist ein Nordstrom?«, fragt er und wirkt benommen. Sein Blick schweift wieder zu meinen Beinen. Er beißt die Zähne zusammen, und über seinem Bartschatten zeichnet sich ein Hauch von Rosa ab. Mir war nicht klar, dass jemand aufeinander abgestimmte Kleidungsstücke so sehr hassen kann.

»Das ist ein Laden.« Ich schlurfe mit meinen Socken hin und her und überlege, ob ich mich wieder in meine Decke einwickeln soll, verwerfe den Gedanken aber sofort. Es ist sein Problem, nicht meins. Ich muss mich für meine weihnachtliche Aufmachung nicht schämen.

Stattdessen stemme ich die Hände in die Hüfte und versuche, den oft nur schwer zu lokalisierenden selbstbewussten Teil von mir zu finden. »Wenn du wie gebeten an die Tür geklopft hättest, hätte ich vielleicht Zeit gehabt, mir etwas Vernünftigeres anzuziehen.«

Widerwillig lenkt er seinen Blick wieder auf mein Gesicht. Seine Miene ist gewittrig. »Wie bitte?«

»Die Tür«, wiederhole ich. »Ich möchte, dass du sie benutzt, wenn du zu Besuch kommst. Du hast mich jetzt schon zweimal erschreckt. Du kannst die Tür verwenden.«

»Ist das dein Ernst?«

Ich nicke und widerstehe dem Drang, es gleich wieder zurückzunehmen. Ihm zu sagen, dass es schon in Ordnung sei. Es ihm leicht und bequem und angenehm zu machen. Ich war schon immer gut darin, auf die Bedürfnisse anderer einzugehen, aber ich schätze, irgendetwas an der Erinnerung gestern hat einen lange verschütteten Wunsch nach Rebellion geweckt. Das kleine Holzboot, das mein sechsjähriges Ich in der Hand hielt, hat mich inspiriert.

Ich wünschte, ich wäre immer noch so mutig wie dieses kleine Mädchen. Und auch so hoffnungsvoll.

Also hebe ich den Kopf. »Ich finde nicht, dass das zu viel verlangt ist.«

Sein Blick hält meinen, seine Mundwinkel sind nach unten verzogen. Eine dunkle Haarsträhne fällt ihm über die Stirn und wirft einen Schatten über seine Augen.

»Bitte«, füge ich hinzu.

Als Antwort rollt er mit den Augen, dreht sich auf dem Absatz um und stapft mit dem Tee zurück in meine Küche. Ich höre das Scheppern der Tassen im Spülbecken, einen gedämpften Fluch, und dann – nichts mehr.

Nicht das Geringste.

Unschlüssig trete ich einen Schritt in Richtung Küche und spüre die Reue wie einen Stein in meinem Magen. Ich habe es zu weit getrieben. Ich war unangemessen unhöflich. Er ist ein *Geist.* Er ist schon ewig tot. Er hat nur das *Schlimmste* in den Menschen gesehen. Natürlich ist er auch ein bisschen ein anmaßendes Arschloch. Seit über hundert Jahren kennt er es schließlich nicht anders.

»Nolan?«

Ein ungeduldiges Klopfen an meiner Tür ertönt im selben Moment, in dem mein Telefon mit einer Benachrichtigung piept. Der Druck in meiner Brust lässt nach wie bei einem geplatzten Ballon und wird durch etwas Leichtes und Warmes ersetzt.

Er ist nicht fortgegangen. Ich habe ihn nicht verjagt. Ich habe meinen Standpunkt vertreten und es durchgezogen, und es ist nichts Schlimmes passiert.

Es klopft noch einmal, diesmal kürzer, und ich wische über den Alarm meiner Video-Türsprechanlage und grinse wie eine Verrückte. Als ich Nolans mürrisches Gesicht auf dem Bildschirm sehe, während er böse meine Tür anstarrt, lache ich laut auf.

Ich drücke auf die Sprechtaste. »Also benutzt du *doch* deine Magie.«

Wie hätte er sonst von meiner Küche auf meine Veranda gelangen können? Ich bezweifle, dass er seinen kräftigen Körper durch das winzige Fenster über meinem Spülbecken gezwängt hat.

Beim Klang meiner Stimme zuckt er zusammen. »Natürlich benutze ich meine Magie. War die Reise durch die Zeit nicht Beweis genug?«

»Für andere Dinge als das, meine ich. Ich möchte immer noch eine Demonstration sehen.«

»Das *war* die Demonstration.«

»Trotzdem«, beharre ich und freue mich, dass ich ihn durch die Tür hindurch aufziehen kann. Fühlt es sich so an, wenn man für sich einsteht? Ich bin berauscht von meiner Macht.

Er zeigt den Stinkefinger in Richtung meiner Kamera, und wieder muss ich laut auflachen. Er muss magische Kräfte haben. Das ist die einzige Erklärung dafür, dass er durch diese Kamera so verdammt gut aussieht. Niemand sieht durch diese Kamera gut aus. Manchmal bekomme ich Warnmeldungen, wenn ich die Mülleimer zum Straßenrand schiebe, und durchlebe dann drei Sekunden lang blanke, nackte Angst. Bis mir einfällt, dass die Vogelscheuche auf dem Bildschirm nur ich selbst bin, bevor ich mir die Haare gekämmt habe.

Nolan hingegen sieht so aus, als hätte ihn jemand aus einem Prospekt von Patagonia gepflückt und auf meine Veranda gestellt. Er schiebt sich die Haare aus den Augen und sucht die Tür ab, um herauszufinden, woher meine Stimme kommt.

Es ist entzückend, wie irritiert er dreinblickt.

»Du hast es fast«, singe ich. »Such weiter.«

Schließlich beugt er sich vor, um meine Türklingel zu inspizieren, und seine Nase erscheint durch das Weitwinkelobjektiv lächerlich groß. Ich bin begeistert, dass ich mir diese zwanzig Sekunden immer wieder werde ansehen können, wann immer ich will.

»Anscheinend bin ich nicht der Einzige, der zaubern kann«, höre ich seine Stimme aus dem Lautsprecher, schwach und weit entfernt.

Ich gehe durchs Zimmer und öffne die Tür. Nolan richtet sich auf und wirft nur einen kurzen Blick auf mein Outfit, bevor er sich wieder auf mein Gesicht konzentriert.

»Hast du so was wirklich noch nie gesehen?«, frage ich.

»Meinst du deine Unterwäsche, die so tut, als wäre sie ein Pyjama, oder den winzigen, bösartigen Geist, der in deiner Türklingel wohnt?«

Ich lache. »Das nennt man eine Sprechanlage.«

»Es ist eine Zumutung«, sagt er und fährt sich mit der Hand über den Kiefer, während er mich mit einem bittenden Blick ansieht. »Darf ich jetzt reinkommen, oder gibt es noch mehr Reifen, durch die ich springen soll?«

Ich tippe mit den Fingern auf meine Lippen und tue so, als würde ich über die Frage nachdenken. Mir ist kalt, weil die Tür offen steht, aber das ist es wert, ihm dabei zuzusehen, wie er zappelt. Nolan hat irgendetwas an sich, das mich mutiger macht als sonst. Er stachelt mich an, zu erkunden, wie weit ich gehen kann. »Keine weiteren Fragen, aber ich habe eine Bitte.«

Er verschränkt die Arme vor der Brust und lehnt sich mit der Schulter an den Türrahmen. »Ich hätte es wissen müssen. Fahr fort.«

»Ich möchte sehen, wie du deine Magie benutzt«, platzt es aufgeregt aus mir heraus. Ich habe sie gespürt. Ich habe in ihr existiert. Aber ich habe sie nicht *gesehen*. Wenn ich schon heimgesucht werde, möchte ich auch etwas davon haben. Ich hätte zu meiner ewigen Verdammnis gerne eine kleine Show.

Was kann er sonst noch bewirken? Hat es mit der Weihnachtszeit zu tun? Kann er Bonbons tanzen lassen?

Nolans Augenbrauen ziehen sich bedrohlich zusammen, und jede Spur von Verspieltheit verschwindet aus seinem Gesicht. Mein Hochgefühl stürzt in den tiefsten Keller.

»Nein«, sagt er.

»Was? Warum nicht?«

Er stößt sich vom Türrahmen ab, die Hände locker an den Seiten. Er ballt die Fäuste und lockert sie dann wieder. »Ich hab's dir gesagt«, erwidert er mit scharfer Stimme. Sein Akzent ist jetzt stärker. Rauer. »Ich mache das nicht zur Unterhaltung.«

»Das ist mir klar, ich wollte nur …«

»Kann ich jetzt reinkommen? Habe ich dein Bedürfnis nach sinnlosem Geschwätz ausreichend befriedigt?«

Ich klappe den Mund zu, gründlich zurechtgewiesen. Kurz überlege ich, ihm die Tür vor der Nase zuzuschlagen, aber so wie ich Nolan kenne, würde er wahrscheinlich einfach in meinem Kamin auftauchen. Ich trete von der Tür zurück, er schiebt sich an mir vorbei, und sein Arm streift meinen.

»Ich mache uns einen Tee«, sagt er, als würde er sich darüber streiten wollen, und geht direkt in meine Küche. »Noch mal«, fügt er hinzu und schafft es irgendwie, diese beiden Worte mit so viel Gift zu versehen, dass ich den Kopf einziehe.

Ich schließe die Tür hinter ihm und zittere in dem eisigen Wind, der durch die Ritzen weht. Mein Haar fliegt hoch und legt sich dann wie wildes Gestrüpp über meine Schultern. Im Moment ist es die Verkörperung dessen, wie ich mich fühle.

»Bedien dich«, rufe ich. »Noch mal.«

Er winkt ab und verschwindet hinter einer mit Blümchentapete bespannten Wand. Eine Sekunde später höre ich das Geklapper der Keramikbecher und des Wasserkessels auf dem Herd. Ich lasse mich wieder auf der Couch nieder, hebe meine Decke auf und lege sie mir über den Schoß, während er in meiner Küche herumwerkelt.

Ich warte.

Und dann warte ich weiter. Und immer weiter.

Schuldgefühle plagen mich, je länger ich dasitze und an den losen Fäden eines kleinen Risses in der Decke ziehe. Bei meinem Versuch, verspielt zu sein, habe ich wohl irgendeine alte Wunde aufgerissen. Die Umstände, unter denen Nolan zum Geist wurde, sind mir unbekannt. Ich habe keine Ahnung, was er alles gesehen hat oder was er tun musste. Vielleicht habe ich nicht darum gebeten, in der Weihnachtszeit heimgesucht zu werden, aber ich glaube auch nicht, dass Nolan darum gebeten hat, jemanden heimzusuchen. Er hat sehr deutlich zu verstehen gegeben, dass er seinen Job machen und dann weiterziehen möchte. Und ich habe ihm Steine in den Weg gelegt.

Vielleicht steht hier irgendetwas für ihn auf dem Spiel. Das sollte ich nicht auf die leichte Schulter nehmen.

Als er schließlich mit zwei dampfenden Tassen Pfefferminztee zurückkommt, habe ich mich schon gründlich in eine Angstspirale hineingesteigert. Das Loch in meiner Decke sieht aus wie eine klaffende Wunde.

Nolan stellt mir meine Tasse auf den Couchtisch und nimmt dann in dem gemütlichen Sessel Platz, der dem Baum am nächsten steht. Er streckt seinen langen Körper aus, legt einen Knöchel über das andere Knie und lässt den Löffel beim Umrühren geräuschvoll in der Tasse klirren. Er unterbricht sein systematisches Rühren, als er das Loch sieht, das ich in einen etwa faustgroßen Krater verwandelt habe, aus dem lose Fäden wie die Überlebenden einer Garnkatastrophe über meinen Handrücken hängen.

Er klemmt den Löffel mit dem Finger fest und hebt den Becher an den Mund. »Was hat dir die Decke getan?«, fragt er.

Meine Hand verkrampft sich um den Stoff, um das riesige Loch zu verbergen. Ich werde es später flicken.

»Nichts«, sage ich und fühle mich tollpatschig und überfordert. Ich hasse es, mich so zu fühlen. Als hätte ich etwas falsch gemacht. Als müsste ich die Leere zwischen mir und jemand anderem füllen, bis das flaue Gefühl in mir verschwindet. »Ich hätte nicht … Es tut mir leid.«

Nolans Augenbrauen heben sich hinter seinem Becher.

»Ich hätte dich nicht drängen sollen wegen …« Ich schlucke. »Wegen der Sache, um die ich dich gebeten habe, dass du sie mir zeigst«, füge ich umständlich hinzu. Ich könnte nicht suspekter klingen, selbst wenn ich es versuchen würde.

Nolan senkt langsam den Becher. Seine Zunge taucht kurz in seinem Mundwinkel auf. »Die Sache, um die du mich gebeten hast, dass ich sie dir zeige«, wiederholt er.

Vielleicht liegt es daran, wie langsam er die Worte ausspricht, oder vielleicht liegt es an der Art, wie er sitzt – seine Knie sind weit gespreizt, und er nimmt jeden Zentimeter des Sessels ein, als würde er ihm *gehören*. Meine Verlegenheit schlägt in etwas anderes um. Etwas Flüssiges, Heißes, das in meinem Bauch versinkt.

»Sag es nicht so«, flüstere ich.

»Wie?«

»Du weißt schon. Als ob … als hätte ich dich angebaggert.«

»Baggerst du mich an, Harriet?«

Ich stöhne und ziehe die Decke hoch, um mich dahinter zu verstecken. Durch das Loch im Stoff sehe ich, wie sich Nolans Gesicht zu einem selbstgefälligen Lächeln verzieht.

»Es ist gar nicht so lustig, wenn man geärgert wird, hm?« Er lässt sich tiefer in den Sessel sinken.

»Nein, das stimmt wohl.«

Er lacht. Meine Kehle fühlt sich zu eng an. Mein Mund zu trocken. Vielleicht ist *das hier* seine Magie. Mich sprachlos zu machen.

»Das kam eben falsch rüber.« Ich befeuchte meine Lippen. Nolan nimmt amüsiert einen weiteren Schluck Tee. »Ich wollte deine Magie sehen, aber jetzt verstehe ich, dass du darüber nicht sprechen willst. Ich werde nicht noch mal darum bitten.«

»Du hast recht«, sagt er langsam. »Ich spreche nicht gerne darüber, aber …« Er verzieht den Mund, während er versucht, seine eigenen Gedanken zu entwirren, und sein Blick huscht über meine Schulter zum Fenster hinter mir. »Dafür musst du dich nicht entschuldigen.«

Um meine Hände mit irgendetwas zu beschäftigen, greife ich nach dem Tee und nehme einen Schluck. Nolan muss Honig hineingetan haben. Genau so mag ich ihn. »Du darfst dich so fühlen, wie du dich fühlst«, sage ich leise.

»Und du darfst mir Fragen stellen«, erwidert Nolan mit ungewohnt sanfter Stimme. Er atmet tief ein und stößt einen Seufzer aus. »Außerhalb meiner Verpflichtungen zum Heimsuchen spreche ich nicht oft mit Menschen. Du musst mir verzeihen, wenn ich schroff bin. Ich bin aus der Übung.«

»Schon verziehen«, sage ich bereitwillig und meine es auch so. Verwirrt runzelt er die Stirn, und ich muss lachen. »Sieh uns nur an. Wir haben gerade unseren ersten Streit überstanden.«

Eine Augenbraue hebt sich. »Den ersten?«

»Okay. Vielleicht den zweiten. Oder dritten«, schiebe ich nach. Ich rutsche auf meinem Sitz hin und her und strahle ihn an. »Es ist fast so, als wären wir Freunde.«

Er grunzt.

»Darf ich dir noch eine Frage stellen?«

Er schließt die Augen und nickt mir kurz zu.

»Hast du wirklich mit niemandem gesprochen? Schon länger nicht mehr?«

»Ich bin ein Geist, Harriet.« Er öffnet die Augen, und ein kleines trauriges Lächeln umspielt seinen Mund. »Ich kann nicht mit jemandem sprechen, der mich nicht wirklich sieht. Und die Einzigen, die mich wirklich sehen, sind die, zu denen ich bei meinen Aufträgen geschickt werde.«

Meine Stirn legt sich in Falten. »Das klingt einsam.«

»Ich bin eh nicht so auf Konversation aus.« Er nimmt einen großen Schluck von seinem Tee. »Offensichtlich.«

»Ich meinte nicht nur das«, sage ich. Dabei versuche ich, es mir vorzustellen. In dieser Stadt zu leben, aber mit keinem einzigen Menschen zu sprechen. Gesehen, aber nicht wahrgenommen zu werden. Am äußersten Rand der Welt zu stehen. Seit Jahrzehnten. »Nolan«, hauche ich. »Es tut mir so leid.«

Er zupft am Knie seiner Jeans, eines seiner langen Beine ist gerade ausgestreckt. »Ich war schon immer ein Einzelgänger, und Bücher leisten mir gute Gesellschaft. An mein sterbliches Leben erinnere ich mich kaum, aber daran … daran erinnere ich mich. Allein zu sein.« Der entspannte Ausdruck auf seinem Gesicht schwindet, und ich sehe darunter den Riss. Ein Aufblitzen von scharfem, intensivem Schmerz. »Ich habe Wege gefunden, mich im Jenseits zu beschäftigen.«

»Wie?«, frage ich.

Er lächelt schief. »Ich bin mit den Jahren sehr gut darin geworden, mich um streunende Katzen zu kümmern. Aus irgendeinem Grund scheinen sie besonders angetan von der Bibliothek zu sein, die ich mir zu Hause zugelegt habe. Sie leisten mir gute Gesellschaft.«

»Hast du gedacht, dass es so sein würde?«, frage ich, neugierig wie ein kleines Kind. »Dein Leben nach dem Tod?«

Er schüttelt langsam den Kopf. »Ich dachte, es gäbe noch etwas darüber hinaus. Etwas, das nicht …«

»Wie das hier ist?«, ergänze ich. »Im Wohnzimmer einer Fremden herumzuhängen und ihr Tee zu kochen, während du versuchst, die größten Verfehlungen ihres Lebens aufzudecken?«

»Aye«, sagt er, und in diesem einen Wort ist sein Akzent stärker als in allem, was er bisher gesagt hat. Ein Laut, der tief aus seiner Kehle dringt. »So was in der Art.«

Mir war nicht klar, dass wir beide darum ringen, Halt zu finden. Der Gedanke ist seltsam beruhigend, ein zarter Faden, der uns verbindet.

Ich schenke ihm ein zaghaftes Lächeln, und er erwidert es. Ein Teil der Schwere verschwindet und verwandelt sich in angenehme Stille. Er hat mir eine Kleinigkeit verraten, und ich möchte mehr wissen.

»Was ist es?«, fragt er, lehnt den Kopf hinten an den Sessel und macht es sich bequem. »Du platzt da drüben ja förmlich vor Neugier.«

Er hat gesagt, ich könnte ihm Fragen stellen.

»Was hast du gemacht? Früher? Was war dein Job?«

»Ich war Fischer.« Er legt den Kopf zur Seite, fast bis auf die Schulter. Ein Auge kneift er zusammen. »Warum fragst du?«

Ich nehme die unterschwellige Kraft seines Körpers zur Kenntnis. Die Ärmel seines Hemdes sind hochgeschoben, und seine große Hand umschließt den Becher. Eine Narbe, die ich gerade noch über seiner Augenbraue erkennen kann, der Bartschatten entlang seines Kiefers. Er sieht fast anzüglich aus, wie er da sitzt, die beiden obersten Knöpfe seines Hemdes offen, sodass sein starker Hals sichtbar wird. Ich kann mir genau vorstellen, wie er auf dem Deck eines Schiffes gewirkt haben muss. Sonne auf seiner Haut. Wind in seinen Haaren.

»Du siehst auch aus, als wärst du ein Fischer.«

Irgendetwas an dieser Aussage amüsiert ihn. »Inwiefern?«

»Du siehst … fähig aus«, stelle ich fest und starre wieder auf seine Hände. »Robust.«

»Ist das etwas Gutes?«

Ich puste oben auf meinen Tee und beobachte, wie der Dampf über den Rand tanzt. »Nicht für mich«, murmle ich.

Nolan kichert – ein leises, heiseres Grollen –, und mir läuft eine Gänsehaut über die Arme.

»Ah«, sagt er. »Stimmt ja. Du dachtest am ersten Abend, ich sei Einbildung.« In seinen Augen blitzt etwas Übermütiges und Wissendes auf. »Ich bin wohl dein Traummann.«

Ich schnaube. »Lass uns nicht gleich übertreiben.«

Wieder lacht er, und ich verstecke mein eigenes Lächeln hinter dem Rand meines Bechers. Ich ziehe die Knie an die Brust, die Decke auf dem Schoß.

»Also«, sage ich, begierig darauf, dieses leichte, warme Gefühl zwischen uns zu vertiefen. »Was jetzt?«

Ich liebe es, herauszufinden, was Menschen von mir brauchen. Sasha hätte an dieser Stelle sicher etwas zu meinem Wunsch nach Bestätigung von außen zu sagen, aber es gibt mir ein gutes Gefühl, den Dingen auf den Grund zu gehen und die Puzzleteile zusammenzufügen, bis sie ein vollständiges Bild ergeben. Die Menschen um mich herum zu verstehen. Von ihnen verstanden zu werden.

»Was meinst du?«, fragt er.

»Ich weiß, dass du nicht in meinem Haus aufgetaucht bist, um mir Tee zu machen. Was tust du hier? Heute Abend?«

»Ah. Harriet. Am besten gewöhnst du dich daran, mich zu sehen. Ich werde all deine Abende mit dir verbringen.«

Ich schlucke schwer.

»Während der Weihnachtszeit bin ich an dich gebunden«, fährt er fort. »Ich soll deine Vergangenheit erforschen und dich dann deiner Gegenwart zuführen.« Nolan zieht eine Augenbraue hoch. Er sieht wirklich so aus, als hätte mein Verstand ihn zusammenfantasiert und ihn mir unter den Baum gesetzt. Er hebt seinen Becher zu einem stummen Toast. »Wir haben eine Aufgabe vor uns, Harriet York.«

Kapitel 7

Nolan

Zwanzig Minuten später stehen Harriet und ich mitten in einem Wäldchen, bis zu den Knien im Schnee. Als ich sagte, dass wir eine Aufgabe zu erledigen hätten, hatte ich nicht erwartet, dass es so … rustikal werden würde.

»Ich bin froh, dass du mir gesagt hast, ich soll mich umziehen. Im Pyjama hätte ich mich halb tot gefroren.«

Als Antwort grunze ich nur, meine Hände tief in den Jackentaschen vergraben. Ich habe ihr nicht gesagt, dass sie sich umziehen soll, weil ich Angst hatte, dass ihr kalt werden könnte. Ich habe ihr das gesagt, weil ich meine Faust durch eine Wand gerammt hätte, wenn ich noch einmal hätte zusehen müssen, wie ihr der dünne Träger ihres Hemdchens von der Schulter rutscht.

Pyjama. Diese dürftigen Shorts mit dem Schlitz an der Seite waren kein *Pyjama*. Sie trug ein vom Teufel entworfenes Kleidungsstück, das speziell darauf ausgelegt ist, Männer in die Knie zu zwingen.

»Ich schätze, das ist mir bei der letzten Erinnerung gar nicht aufgefallen, aber die Vergangenheit fühlt sich anders an«, fährt Harriet fort, ohne zu bemerken, dass ich unkonzentriert bin. Sie wackelt im Schnee hin und her, testet ihn, streckt dann ihre Hand aus und fängt eine Schneeflocke auf. Die behält ihre winzige kristalline Form eine halbe Sekunde länger als vorgesehen und schmilzt dann auf ihrer Haut. »Die Kälte ist nur halb kalt. Es ist, als wäre man in einer Blase«, sinniert sie. »Oder in einem Raumanzug.«

»Wir sind Beobachter«, erkläre ich. »Keine Akteure.«

Während die Harriet von heute über die praktischen Seiten der Erinnerung nachdenkt, in der wir gelandet sind, müht sich die Harriet aus der Vergangenheit ab, einen Baum zu fällen. Unter einem Gewirr von Ästen kann ich nur ihre in Jeans steckenden Beine erkennen. Seit wir hier sind, versucht sie, den Baum zu fällen. Ich habe keine Ahnung, was sie da unten macht.

Und ich habe keine Ahnung, was wir hier machen, in *dieser* Erinnerung. Es ist ein weiterer völlig harmloser Blick auf Harriets Vergangenheit. Absolut unspektakulär. Wir befinden uns auf einem ruhigen schneebedeckten Gelände voller üppiger Fraser-Tannen. Aus der großen roten Scheune in der Ferne ertönt Weihnachtsmusik. Man hört immer wieder Gelächter, als Kinder vorbeirennen, die mit ihren Eltern unterwegs sind, und unter ihrem Baum hantiert Harriet mit einer, wie ich vermute, schrecklich ineffizienten Säge herum.

Vielleicht wird sie die Tanne irgendwie in Brand stecken und den ganzen Baumbestand hier abfackeln? Vielleicht ist der Baum, den sie zu zerstören versucht, ein wertvolles naturgeschichtliches Relikt? Vielleicht fällt sie ihn nur, um jemand anderem eins auszuwischen, der in … Weihnachtsstimmung ist?

Was *verheimlicht* sie?

»Es ist, als wäre ich hier, aber irgendwie auch nicht«, fährt Harriet fort, während sie sich auf dem Absatz im Kreis dreht und ich still neben ihr grüble. Sie beugt sich nach vorn, nimmt etwas Schnee in ihre Hände und lässt ihn wieder fallen. »Der Schnee fühlt sich an wie Marshmallows.«

»Das liegt daran, dass wir in der Vergangenheit sind«, sage ich erneut und lege besorgt den Kopf schief, als der Baum zu wackeln beginnt. Ich blicke auf das verlassene Gelände. Was, wenn er umfällt? Sie ist hier draußen ganz allein, und es ist niemand da, der ihr mit dem verdammten Ding helfen kann.

Weiß irgendjemand, wo sie ist? Benutzt sie überhaupt eine Säge oder nagt sie sich mit den Zähnen durch den Stamm? Meine Hände verkrampfen sich an meinen Seiten.

»Lass das mit dem Schnee«, schnauze ich sie genervt an. Genervt, dass *ich genervt bin.* »Du kriegst sonst kalte Hände.«

»Ich spüre keine Kälte.«

»Du wirst sie spüren, wenn wir zurückkommen«, erkläre ich und beobachte, wie der Baum hin und her schwankt. »Diese Zustände halten sich in der Regel hartnäckig.«

»Wirklich?«

Ich nicke. Wenn sie nicht aufpasst, wird sie noch tagelang die Kälte des Schnees spüren. Mir war das nie besonders wichtig, aber bei Harriet scheint es mir wichtig zu sein.

Ich bin *genervt.*

Sie schaut auf ihre Hände und bewegt die Finger. »Wie seltsam.«

Suchend krame ich in meinen Taschen herum. »Möchtest du meine Handschuhe haben?«

»Du hast Handschuhe?«

»Es ist Winter. Natürlich habe ich Handschuhe.«

Ich ziehe meine Fäustlinge aus der Tasche und reiche sie ihr. Sie zieht sie sich an. An ihr sind die Handschuhe lächerlich groß – fast wie Ofenhandschuhe.

Harriet klatscht erfreut in die Hände. »Hast du die selbst gestrickt?«

»Nein.« *Ja.* Ich habe unendlich viel Zeit und nur sehr wenige Hobbys. Ich stricke. Ich lese. Ich kümmere mich um die Katzen, die alle paar Monate aus unerfindlichen Gründen an meinem Fenster auftauchen. Gelegentlich entwende ich eines der kleinen Fischerboote, die im Hafen anlegen, und mache damit eine Spritztour. »Die habe ich 1976 in dem Krämerladen am Hafen gekauft.«

Ihre dichten Wimpern legen sich wie Fächer über den oberen Teil ihrer Wangen, und ihre Nasenspitze ist von der Kälte rosa gefärbt. Auch ihr Mantel ist rosa. Sie sieht aus wie Zuckerwatte.

Aber verdammt, sie ist hübsch.

»1976?«, fragt sie.

»Mm-hmm«, lüge ich und drehe mich wieder der anderen Harriet und dem gefährlich schiefen Baum zu. »Die waren im Angebot.«

»Fäustlinge im Angebot.«

»Richtig.«

»1976.«

»Ja.«

»Okay.« Ich beobachte sie aus dem Augenwinkel, während sie eine Hand mit dem Handschuh in die Manteltasche bohrt. »Du lügst, aber das ist in Ordnung.«

Sie kämpft weiter, ihre Hand sitzt in der engen Manteltasche fest, und sie wackelt mit dem Ellbogen wie ein Huhn in Not. Sie wackelt nach links, dann nach rechts.

»Alles in Ordnung?«, frage ich und blicke von oben auf ihren Scheitel.

»Mir geht's gut.«

»Bist du dir sicher?«

Sie nickt und wird still. Einen Moment später versucht sie wieder, ihre Hand zu befreien. Ich stehe daneben und schaue zu, wie sie sich abmüht.

Schließlich dreht sie sich um und starrt mich kläglich an. Ihr Arm ist immer noch seitlich eingeklemmt.

»Ich brauche deine Hilfe«, sagt sie.

Ich beiße mir innen auf die Wange, um mir ein Grinsen zu verkneifen. »Wobei?«

»Meine Hand steckt fest.« Sie wackelt mit dem Arm, um das Gesagte zu unterstreichen. »Und ich kriege meine Zuckerstange nicht raus.«

»Wo ist die Zuckerstange?«

»In meiner Tasche. Ich habe immer Zuckerstangen in der Tasche.«

Natürlich hat sie das. Das leuchtet ein, wenn man bedenkt, wie viele davon sie ständig im Haus hat.

Ich ziehe die Augenbrauen hoch. »Und wie soll ich dir helfen?«

»Mich befreien?« Sie dreht sich und streckt mir ihren Ellbogen entgegen. »Ein kräftiger Ruck sollte genügen.«

»Ein Ruck?«

»Ja, ein Ruck. Ich habe diesen Mantel bei Goodwill gefunden, und die Taschen sind zu eng. Das passiert mir öfter.«

Das kann ich mir vorstellen, bei all den Süßigkeiten, die sie offenbar darin hortet. Harriet scheint sich achtzig Prozent der Zeit in einem katastrophal chaotischen Zustand zu befinden. Sie rückt näher und drückt mir ihren Arm gegen die Brust. Sie nickt in dessen Richtung. »Nur zu.«

Ich zögere. »Bist du dir sicher?«

»Ja, bitte. Ich möchte meinen Arm heute noch mal benutzen. Und ich könnte eine Zuckerstange gebrauchen.« Mit dem Kopf deutet sie zu ihrem früheren Ich, das immer noch am Baum sägt. Es gibt einen dumpfen Aufprall und ein Stöhnen. »Wenn ich mich richtig erinnere, werden wir eine Weile hier sein.«

»Du erinnerst dich daran?«

Sie nickt, und ein verstohlenes Lächeln umspielt ihre Mundwinkel. Mein Blick bleibt dort hängen, bis sie mir mit ihrem Arm gegen die Brust schlägt. Dann erst ergreife ich ihn und packe fest zu. Der Mantel, den sie trägt, ist genauso weich wie der Pullover, den sie neulich anhatte, aber dicker.

»Nolan«, sagt Harriet lachend. »Komm schon. Hilf mir.«

Ich stelle uns richtig hin und ziehe vorsichtig an ihrem Arm.

»Was soll das? Was machst du da?«, fragt sie und klingt dabei, als würde sie jeden Moment loslachen. Ich kann ihr Gesicht nicht sehen, da sie sich an mich drückt und ihre Haare ihr Gesicht verdecken. »So wird das nichts.«

»Ich hätte dir meine Fäustlinge nicht geben sollen«, brumme ich. »Du hast keinen Funken Dankbarkeit in dir.«

»Meine Hände sind schön warm, vielen Dank. Versuch es jetzt noch mal. Aber mit etwas mehr Kraft.«

Ich setze nicht nur etwas mehr Kraft ein. Diesmal lasse ich all meinen Frust und auch ein wenig Ärger in die Aktion einfließen. Keine Ahnung, wie ich immer wieder in diese lächerlichen Situationen mit Harriet gerate, aber ich würde wirklich gerne meine eigentliche Aufgabe erfüllen und das Thema noch in der Vorweihnachtszeit ad acta legen. Ich sollte meiner Zielperson nicht meine Handschuhe anbieten, an denen ich fast einen Monat lang gestrickt habe. Und es sollte mir auch egal sein, ob ihre Hände kalt sind.

Aber das habe ich, und das ist es nicht, und allen meinen Bemühungen zum Trotz bereue ich nichts davon.

Ich reiße zu stark an ihr, sie quietscht, und ihre Hand löst sich ruckartig. Sie verliert im Schnee das Gleichgewicht, rudert mit den Armen, und eine einzelne Zuckerstange und eine dunkle Schachtel landen in der Schneewehe zu unserer Linken. Bevor sie selbst auch hinfallen kann, packe ich sie um die Taille, und sie klammert sich mit den Fäustlingen vorne an meinem Mantel fest.

So halte ich sie, bis ich mir sicher bin, dass sie wieder festen Boden unter den Füßen hat, und dann halte ich sie noch eine Sekunde länger. Sie ist warm und fest und echt, und es ist so verdammt lange her, dass ich gespürt habe, wie sich jemand an mich drückt.

Ich spanne meine Finger auf ihrem Rücken an. Ihre Hände finden meine Schultern. Sie atmet aus, und ihr warmer Atem streift meine Kehle.

Mit gespreizten Fingern ziehe ich sie ein paar Zentimeter näher zu mir heran. Sie beugt sich leicht nach hinten und legt den Kopf in den Nacken. Das wirkt sich gefährlich auf meine Selbstbeherrschung aus. Die Magie brodelt in meiner Brust, ein leises Summen.

»Okay?«, frage ich.

Sie nickt stumm und mit weit aufgerissenen Augen. Ich richte mich auf und stelle sie wieder auf die Füße. Als sie ohne weitere rutschige Missgeschicke stehen kann, lasse ich sie los, bücke mich und sammle ihre Sachen aus dem Schnee auf.

Ich halte sie ihr hin.

»Danke«, haucht sie. Ich bin so sehr damit beschäftigt, ihr beim Erröten zuzusehen, dass ich nicht bemerke, wie sie versucht, mir die Schachtel an die Brust zu drücken.

Ich packe sie am Handgelenk. »Was machst du da?«

»Die sind für dich.« Sie schüttelt die Schachtel, in der etwas klappert. »Bonbons. Du hast gesagt, du magst Zimt, oder? Ich habe dir eine Schachtel besorgt.«

»Ein Geschenk?«

»Das ist es wohl, ja.« Sie zuckt mit den Achseln, ihre Wangen immer noch knallrot. »Ist nichts Großes. Ich habe sie gesehen und dachte, du magst vielleicht was zum Naschen.«

Tue ich nicht. Die Leugnung liegt mir auf der Zunge. Es lohnt sich nicht. Wenn ich etwas esse, bekomme ich immer nur einen vagen Eindruck des Geschmacks. Der Grund, warum ich Hot Tamales so mag, ist, dass der Zimt ein bisschen durch die Taubheit dringt. Das kommt dem Genuss irgendeines Geschmacks seit Jahrzehnten am nächsten.

Wenn ein Besuch in der Vergangenheit so ist, als wäre man unter Wasser, dann ist das Leben in der Gegenwart für einen Geist so, als wäre man zu einem festen Eisblock gefroren. Nichts dringt durch.

Harriet will wieder in ihre problematische Tasche greifen. »Ich habe auch Zitronenbonbons, wenn du die lieber …«

Erneut packe ich sie am Handgelenk. »Hände aus den Taschen, Fräulein.«

Sie hält still. »Ja. Hast recht.«

»Wie viele Süßigkeiten hast du eigentlich dabei?«

Sie lächelt mich an. »Du würdest es mir nicht glauben, wenn ich es dir sage.«

Plötzlich muss ich lachen. Vermutlich hat sie recht. Ich stecke einen Finger in ihre linke Manteltasche.

»Sind hier die Zitronenbonbons?« Ich ziehe an der Tasche und drehe Harriet leicht zu mir. Ich weiß nicht, warum, aber mit ihr herumzualbern, ist, als würde ich eine rostige Tür zu einem Teil von mir aufbrechen, der seit über hundert Jahren kein Licht mehr gesehen hat. Ich begebe mich auf einen sehr gefährlichen Pfad.

Sie nickt. »Ja. Da sind sie drin.«

»Gut«, sage ich. »Aber ich hole sie raus.«

Ich schiebe meine Hand in ihre unglaublich enge Tasche, ohne den Blick von ihrem Gesicht abzuwenden. Ihre Lippen öffnen sich, als meine Finger ungefähr zehntausend Bonbons ertasten. Ich bekomme meine Hand bei all den Süßigkeiten kaum hinein.

»Du hast ein Problem.«

»Man weiß nie, wann einen der Heißhunger packt«, sagt sie mit schwacher Stimme.

Als ihre Zunge an ihrem Mundwinkel auftaucht, zieht sich alles in mir zusammen. Eine Schneeflocke schwebt träge vom Himmel herab und landet auf ihrer Unterlippe, ein winziges kristallines Wunder, bevor sie auf ihrer Haut schmilzt.

Ich atme tief durch die Nase ein und wieder aus. Dann ziehe ich die Bonbons aus ihrer Tasche und halte sie in meiner Handfläche.

»Danke«, bekomme ich heraus, aber meine Stimme klingt, als wäre sie über Steine geschleift worden.

Harriet lächelt und richtet ihren Blick wieder auf den schwankenden Baum. »Gern geschehen.«

Während ich ein Zitronenbonbon auspacke, starre ich ihr Profil an und versuche, mir den immer stärker werdenden Druck in meiner Brust zu erklären. Harriet ist seit zehn Jahren die erste mir zugewiesene Person, die in etwa so alt ist, wie ich es zuletzt als Sterblicher war. Normalerweise führe ich keine lockeren Gespräche. Ich kann mich nicht daran erinnern, wann mich das letzte Mal jemand berührt hat, ohne dass es ein Versehen oder Teil meiner Arbeit war. Sie ist quälend schön, hat einen umwerfenden Sinn für Humor und eine Sehnsucht nach Güte, von der ich langsam glaube, dass sie nicht gespielt ist.

Ihre Nähe wirkt sich irgendwie auf mich aus. Das ist alles, was dieses Gefühl ist.

Ich schiebe mir das Bonbon in den Mund. Für einen einzigen, hoffnungsvollen Augenblick glaube ich, es schmecken zu können. Samtige, cremige Zitrone und die Nuance von etwas Scharfem. Aber dann wird der Geschmack schal und verschwindet, und meine Sinne sind wieder stummgeschaltet.

Ich seufze. »Was genau tust du dem Baum da drunter eigentlich an?«

Harriet kichert. »Ich traktiere das arme Ding furchtbar. Ich war einundzwanzig und hatte keine Ahnung von Forstwerkzeugen. Und mit der Säge kam ich überhaupt nicht klar.« Der Baum zittert, und unter den Ästen ertönt ein triumphierendes Kreischen. »Warte kurz. Jetzt kommt der beste Teil.«

»Ich verstehe nicht, warum du ganz allein hierhergekommen bist.« Immer noch warte ich darauf, dass irgendjemand auftaucht. Ein Familienmitglied oder vielleicht ein Freund. Jemand, der ihr mit dem Baum hilft, der etwa fünfmal so groß ist wie sie. »Oder warum du dir ausgerechnet diesen Baum ausgesucht hast.«

Harriet strafft die Schultern und hält ihre Zuckerstange wie eine Zigarre zwischen den Zähnen. »Weil ich eine starke, unabhängige Frau bin.« Nachdenklich zieht sie die Nase kraus. »Obwohl …«

Eine Vorahnung packt mich im Nacken. »Obwohl was?«

Ein lautes Knacken ertönt, als der Stamm schließlich nachgibt. Ich sehe zu, wie der Baum fällt – nach vorne statt nach hinten. Direkt auf Harriets ausgestreckte Beine.

»Ich habe in die falsche Richtung gesägt«, sagt Harriet neben mir und lacht. »Physik war noch nie meine Stärke.«

Der Baum landet mit einem dumpfen Aufprall im Schnee und begräbt Harriet unter sich. Vor uns sehen wir, wie sie unter dem Gewicht des Baumes kämpft. Ich habe mich noch nie in die Vergangenheit eingemischt, aber jetzt würde ich es am liebsten tun. Ich möchte den Baum packen und ihn von ihr runterziehen. Ich möchte ihr aufhelfen und die Nadeln aus ihrem Haar bürsten, die sich zweifellos darin verfangen haben.

Ich möchte sichergehen, dass es ihr gut geht.

Es scheint, als hätte sie niemanden, der darauf achtet, dass es ihr gut geht.

»Du hättest hier draußen nicht allein sein sollen«, sage ich stattdessen und balle die Hände an meinen Seiten zu Fäusten. Dann beiße ich auf das Zitronenbonbon und kaue aggressiv darauf herum, bis ich mich nicht mehr so unbeherrscht fühle.

Harriet winkt ab und bedeutet mir, dass nichts passiert ist. »Sieh doch, alles ist gut gegangen.«

Der Baum kippt zur Seite, und Harriet kommt mit rotem Gesicht und triumphierend zum Vorschein. Sie hat tatsächlich Tannennadeln im Haar. Und auch einen Tannenzapfen. Die Mütze, die sie trug, hat sich nun in den Ästen des Baumes verfangen und wird so zu einem unbeabsichtigten Weihnachtsschmuck.

Aber es ist ihr Gesichtsausdruck, der mir den Atem raubt. Sie strahlt den Baum an, als hätte sie gerade irgendetwas erobert.

»Ich hatte niemanden mit dabei«, erklärt Harriet. »Du hast es sicher schon bei unserem letzten Ausflug in die Vergangenheit bemerkt, aber die Mitglieder meiner Familie sind nicht unbedingt Leute, die durchs Gelände spazieren und körperliche Arbeit verrichten. Meine Mutter wollte nicht …« Sie atmet tief durch die Nase ein und dann langsam wieder aus und lässt den Rest des Satzes fallen. »Sie hatten andere Pläne, und ich wollte einen Baum für meine allererste eigene Wohnung als Erwachsene. Meine Tante Matilda bot mir an, mitzukommen, als sie mitbekam, dass ich keine Hilfe hatte, aber ich glaube, ich wollte beweisen, dass es in Ordnung ist, Dinge allein zu schaffen. Dass ich etwas haben wollen durfte und es auch verdiente. Dass es sich lohnen würde, auch wenn es am Ende schwer würde.«

Wir beobachten, wie die frühere Harriet sich bückt und den Stamm ihres Baums ergreift. Sie hebt ihn ächzend an und zieht ihn rückwärts durch den Schnee.

»Und hat es sich gelohnt?«, frage ich.

Ihr Lächeln ist etwas wehmütig, als sie sich selbst beobachtet. »Was glaubst du denn?«

Der Tannenzapfen fällt ihr aus dem Haar, als sie einmal besonders kräftig an dem Baum zerrt. Er prallt von ihrer bauschigen Jacke ab und landet neben ihrer Mütze. Harriet hört auf zu zerren, starrt auf den Zapfen und fasst sich mit einer Hand an den Kopf. Als ihr klar wird, was passiert ist, erhellt sich ihr Gesicht, und dann bricht sie in Gelächter aus. Es hallt über das Gelände und wickelt sich wie Lametta um die Bäume. In diesem Klang liegt echte Freude. Und auch Erleichterung.

Sie hat gefunden, wonach sie gesucht hat. »Ja«, sage ich. »Ja, das war es wert.«

❄

Wir bleiben nicht mehr lange in der Vergangenheit.

Sobald die frühere Harriet mit ihrem Baum den Hügel hinunter verschwindet, strecke ich meine Hand aus, und die jetzige Harriet nimmt sie wortlos. Der Wind, der um die Bäume herumgewirbelt ist, konzentriert sich nun auf uns, fegt an unseren Knöcheln entlang und schraubt sich um uns herum, bis mir ihr Haar ins Gesicht fliegt und ich einen Kloß im Hals habe. Ich bin mir all der Stellen bewusst, an denen wir uns berühren, während wir durch die Zeit taumeln. Hände, Hüften, Schultern. Ihr gleichmäßiger Atem an meinem Hals und ihre Hand in meiner.

Als wir langsamer werden und zum Stillstand kommen, sind wir wieder in ihrem Wohnzimmer, und unsere Teetassen stehen genau dort, wo wir sie abgestellt hatten. Ich sammle mich, indem ich mich auf die Dinge konzentriere, die ich sehen kann. Ihre Decke liegt über der Armlehne der Couch. Die Lebkuchenmänner aus Keramik liegen auf dem Sims über dem Kamin. Der Weihnachtsbaum steht in der Ecke.

»Hast du den hier auch selbst gefällt?«, frage ich.

»Ja«, antwortet sie. »Damals habe ich eine neue Tradition begründet, obwohl ich mir einbilde, dass ich jetzt besser mit der Säge umgehen kann. Und … mit der Schwerkraft, schätze ich. Inzwischen ist viel weniger Action dabei.« Nachdenklich spitzt sie die Lippen. »Die Bäume für den Laden bestelle ich allerdings. Drei Bäume in einer Saison zu fällen, fühlt sich an, als würde ich mein Glück herausfordern.«

Ein selbstironisches Lächeln breitet sich auf ihrem Gesicht aus. Ich fahre mit meinem Daumen über ihre Fingerknöchel, da wir uns immer noch an den Händen halten. Ich wünschte, sie würde nicht meine Fäustlinge tragen. Ich möchte ihre Haut spüren.

Vermutlich weiß auch ich ein paar Dinge darüber, wie man sein Glück herausfordert.

Ich lasse sie los und drücke mir stattdessen die Hand in den Nacken. Ich muss mich neu kalibrieren. Wir haben jetzt zwei Reisen in die Vergangenheit unternommen, und keine davon war besonders aufschlussreich. Vor mir liegt ein Puzzle, bei dem die Hälfte der Teile fehlt.

»Bäume fällen und Boote stehlen«, sage ich frustriert. »Was könnte als Nächstes kommen?«

»Im Laufe der Jahre habe ich wohl den einen oder anderen Lebkuchen anbrennen lassen. Vielleicht müssen wir bei unserem nächsten Besuch zusehen, wie ich eine ganze Lakritzstadt ausrotte.« Ihr Lächeln wirkt gezwungen, sie schaut mich mit suchendem Blick an. Irgendwie habe ich sie enttäuscht. Ich habe das Falsche gesagt. »Du denkst immer noch, dass ich irgendetwas verheimliche, oder?«

Ich glaube, dass mich irgendetwas hier festhält. Etwas, das ich noch nicht wahrgenommen habe. Vielleicht will sie mich gar nicht täuschen, aber Fakt ist, dass es etwas gibt, das ich finden muss. Etwas, das ich sehen muss. Und das ist keine Modelleisenbahn oder Bäume im Wald.

Es werden keine Fehler gemacht. Nicht hier. Nicht bei diesen Dingen.

»Das ist mein Job«, sage ich und verspüre ein schlechtes Gewissen aus Gründen, die ich nicht einmal ansatzweise benennen kann. »Ich muss dich zu deinem nächsten Geist bringen.«

»Meinem nächsten Geist«, wiederholt sie.

»Sosehr ich mich hier auch amüsiere«, sage ich und versuche, sarkastisch zu klingen, »ich habe noch andere Dinge zu erledigen. Da sind Leute, denen ich Rede und Antwort stehen muss.« Mein Frust sitzt mir siedend heiß im Nacken. »Glaubst du wirklich, dass du eine Ausnahme von den Regeln bist, die seit Jahrtausenden diese und die nächste Welt lenken?«

Harriet wirkt wie vor den Kopf gestoßen und sackt in sich zusammen. Sie zieht sich die Fäustlinge von den Händen.

»Natürlich«, krächzt sie. »Ich habe jede Menge Fehler gemacht. Und viele Menschen verletzt. Bestimmt …« Sie atmet schaudernd ein. »Bestimmt habe ich das hier verdient.«

Wieder nagt das schlechte Gewissen an mir. Ein dumpfer Druck, der sich weiter aufbaut, je länger sie auf ihre Füße starrt. »Harriet …«

»Ich meine, ich habe keine Kinder bei der Polizei angezeigt oder dafür gesorgt, dass jemand sein Zuhause verliert, aber …« Sie zuckt müde mit den Achseln. »Vielleicht ist das, was ich getan habe, genauso schlimm.«

Ich kneife die Augen zusammen. »Was hast du getan?«

Sie zupft an einem losen Faden an den Fäustlingen und dreht sie immer wieder in ihren Händen. »Das werden wir wohl noch herausfinden, oder? Ich kann mich nicht vor meiner Vergangenheit verstecken, wie du so gern betonst.« Sie lächelt angespannt. »Aber ich verstehe es. Nichts für ungut. Ich will dich nicht aufhalten oder davon abhalten, weiterzuziehen.«

Sie hält mir meine Fäustlinge hin.

Das ist ja das Problem. Ich werde nicht weiterziehen. Ich werde genau dort bleiben, wo ich bin, an diesen Ort gefesselt, bis ich alle Anforderungen erfüllt habe, die er an mich stellt. Wie viele

Jahrzehnte habe ich damit verbracht, herausfinden zu wollen, wie ich weiterziehen kann? Wie viele Jahrzehnte wird es noch dauern?

»Behalte die Handschuhe«, sage ich ihr, plötzlich erschöpft. »Ich habe noch andere.«

Ich kann noch mehr stricken. Dann habe ich etwas zu tun.

»Oh, na gut.« Sie drückt sie fest an sich. »Bist du dir sicher? Die waren doch im Angebot.«

»Sie sind zwanzig Jahre alt. Ist schon in Ordnung.«

Verwirrt zieht sie die Mundwinkel nach unten. »Ich dachte, du hättest sie 1976 gekauft.«

Mist.

»Zeit ist für mich nur noch ein schwammiger Begriff«, sage ich ausweichend. »An vieles kann ich mich nicht mehr erinnern.«

»Wenn du dir sicher bist«, sagt sie schließlich langsam. Sie legt sie hinter sich auf die Armlehne der Couch. »Möchtest du … noch ein bisschen bleiben?« Sie deutet auf die halb leere Tasse auf dem kleinen runden Tisch neben dem Baum. Ihre Augen leuchten hoffnungsvoll. »Du könntest deinen Tee austrinken. Wenn du möchtest. Wir könnten … reden, worüber auch immer du reden möchtest. Du musst nicht einsam sein.«

Ich schüttle den Kopf. Das Letzte, was ich gebrauchen kann, ist, mehr Zeit in diesem Haus zu verbringen, das nach Pfefferminze und Kiefernholz riecht. Diese Zugeständnisse an Harriets Wohlbefinden müssen aufhören. Ich bin nicht dazu da, ihr Freund zu sein. Ich bin dazu da, mit ihr Bilanz zu ziehen. »Ich sollte jetzt gehen.«

»Okay«, sagt sie leise, und dadurch fühle ich mich noch schlechter. Ihre bereitwillige Zustimmung. Sie sieht überhaupt nicht mehr aus wie die Harriet, die den Baum gefällt hat. Die Harriet hier sieht müde und gebrochen aus. Als würde sie gleich in sich zusammensacken.

Sie schlüpft aus ihrem Mantel und wirft ihn über die Rückenlehne der Couch. Als sie die Arme über den Kopf streckt, erhasche ich einen Blick auf die glatte, blasse Haut an ihrem Bauch. Die Wölbung ihrer Hüfte und die Kuhle ihres Bauchnabels.

Ich schlucke schwer und wende den Blick ab, zum Baum.

»Glaubst du, dass …«

Sie hält abrupt inne. Ich warte darauf, dass sie fortfährt, aber sie tut es nicht.

»Was ist?«

Sie schaut mich unter ihren Wimpern hervor an. »Glaubst du, dass ich das wieder in Ordnung bringen kann? Was auch immer ich falsch gemacht habe?«

Da ich keine Antwort weiß, schweige ich. Ich hatte noch nie einen Auftrag, bei dem man mich gefragt hat, ob man die Sache *in Ordnung bringen* kann. Ich hatte noch nie mit jemandem zu tun, der das auch nur versuchen wollte. Normalerweise dauert das so lange, bis sie mit ihrem dritten Geist und ihrem tragischen und/oder vorzeitigen Tod konfrontiert werden, bevor sie überhaupt bereit sind, darüber nachzudenken.

Eilig versucht sie, die Stille zu füllen, und ihr Gesicht ist ernst. »Glaubst du, ich kann wieder ein guter Mensch werden?«

Ich starre sie an. Sie scheint im Licht des Baumes zu glühen. Mir fällt nichts ein, was ich sagen könnte. »Das werden wir wohl herausfinden«, sage ich schließlich und wiederhole damit ihre Worte.

Wieder lässt sie die Schultern hängen und richtet den Blick zu Boden. Ich verspüre den irrationalen Wunsch, ihr Gesicht in meinen beiden Händen zu halten. Ihr Kinn anzuheben.

»Ich sollte jetzt gehen«, sage ich stattdessen und trete einen Schritt zurück. Dabei stoße ich gegen den Couchtisch, und unsere Teetassen klappern. »Ich melde mich wieder.«

Sie nickt. »Wohin wirst du gehen?«

»Wann?«

Sie hebt das Gesicht zu mir. In dem Lächeln, das sie zu erzwingen versucht, liegt etwas Melancholisches. »Wenn du nicht hier bist. Wohin gehst du dann? Hast du einen Teilzeitjob zum Spuken auf dem Friedhof?« Ihr Lächeln wird ungezwungener, als sie sich über ihren eigenen Witz amüsiert. »Schwebst du stöhnend und ächzend um den verlassenen Leuchtturm in der Bucht herum?«

»Ich habe ein Zuhause«, antworte ich. Obwohl die Idee mit dem Leuchtturm nicht schlecht ist. Wenn mir langweilig wird, kann ich ja mit meinem Sack Recyclingmüll dorthin gehen und ein bisschen herumklappern.

»Das freut mich«, sagt sie. Auf meinen fragenden Blick hin erklärt sie: »Ich freue mich, dass du ein Zuhause hast.«

Es ist ganz in Ordnung. Ein kleines Reihenhaus mit Blick aufs Wasser am anderen Ende der Stadt, das, glaube ich, im 19. Jahrhundert als baufällig eingestuft wurde. Die Stadt Annapolis hält es für eine Bruchbude, aber die Behörde hat es schön hergerichtet. Ich verbringe meine Tage damit, auf der hinteren Veranda Kaffee zu trinken und in einem der zig Bücher zu lesen, die meine Regale füllen. Anfang der Neunzigerjahre besaß ich kurzzeitig einen Fernseher. Dann schaute ich versehentlich zwei Folgen von *The Jerry Springer Show*, dachte, ich hätte mich geradewegs in die Hölle befördert, und setzte das Gerät auf der Treppe der Feuerwache aus.

Mein Dasein in dem Haus ist ruhig, klein und überschaubar. Kein Vergleich zu dem Zuhause, das Harriet sich geschaffen hat, das mit einem Baum, den sie selbst gefällt hat, und zehntausend Zuckerstangen vollgestopft ist.

Es fühlt sich gut an, hier zu sein. Es ist, als würde ich etwas von ihrem Licht absorbieren.

Und genau deshalb sollte ich gehen.

Aber es fällt mir schwer, sie zu verlassen, solange sie noch so niedergeschlagen wirkt. Sie steht allein in der Mitte ihres Wohnzimmers und hat die Arme um sich geschlungen.

Ich könnte ihr entgegenkommen.

Wenn ich wollte.

»Warum siehst du mich so an?«, flüstert Harriet.

Die Magie in meiner Brust zuckt beim Klang ihrer Stimme zusammen, huscht durch meinen Blutkreislauf und sammelt sich in meinen Handflächen. Es fühlt sich seltsam an. Nicht ganz unwillkommen, aber seltsam. Meine Magie ist normalerweise nicht so sprunghaft.

»Ich denke über etwas nach.«

»Worüber denkst du nach?«, flüstert sie.

»Friedensangebote.«

»Oh«, sagt sie und kneift die Augen zusammen. »Ich verstehe nicht.«

»Sei … einfach mal kurz still.«

»Okay«, flüstert sie.

Ich betrachte ihr Gesicht, während ich versuche, den Ort in meiner Brust zu finden, von dem die Magie ausgeht. Dieses tiefe Ziehen irgendwo in der Nähe meiner Lunge. Als ein Lächeln ihre Mundwinkel umspielt, ruckt die Magie in meiner Brust, ein heißes Aufflackern von *irgendetwas.* Ich greife nach dem goldenen glitzernden Faden und ziehe daran, und der Boden unter meinen Füßen verschwindet.

Das Letzte, was ich höre, bevor ich meine Magie einsetze, um von ihrem Haus zu meinem zu springen, ist ihr entzücktes Lachen, fast so hell wie der Zauber, der durch meine Adern rauscht.

Kapitel 8

Harriet

»Was denkst du über Geister?«

Sasha runzelt nachdenklich die Stirn, während sie ihr Tuch um den Griff einer großen Serviergabel wickelt. Sie hat bei einer Haushaltsauflösung in Baltimore ein atemberaubendes silbernes Tafelbesteck gefunden, und wir haben die erste Stunde des Morgens damit verbracht, ihm seinen alten Glanz zurückzugeben. Abgesehen von zwei Löffeln ist alles vollzählig. Ich stelle mir vor, dass diese beiden Löffel irgendwo in einer Schublade liegen, eng aneinandergeschmiegt und glücklich.

»Was für Geister?«, fragt sie.

»Ich weiß nicht. Einfach Geister.«

Sie denkt über die Frage nach. »Als Kind haben mich meine Eltern ins Bengies Autokino mitgenommen, um *Casper* zu sehen. Das fand ich cool.« Sasha hält ihre Gabel ins Licht und kneift die Augen zusammen. »Aber nicht so cool wie diese Gabel. Sieht sie nicht aus wie ein Dreizack?« Sie rammt sie in die Luft. »Vielleicht sollten wir sie in die Abteilung für mittelalterliche Waffen einordnen.«

»Wir haben keine Abteilung für mittelalterliche Waffen.«

»Die könnten wir aber haben. Wenn du den Streitkolben von diesem unheimlichen Typen gekauft hättest.« Ich schnappe mir die Gabel, bevor sie mich oder sich selbst damit noch erstechen kann.

»Hörst du dir eigentlich selbst zu? Ich hätte diesem Typen niemals einen Streitkolben abgekauft. Erstens hatte ich keine Möglichkeit, ihn zu authentifizieren. Und zweitens hatte er einen Ziegenbart. Traue niemals einem Mann mit einem Ziegenbart.« Ich lege die Gabel wieder an ihren vorgesehenen Platz in der Holzkiste. »Und Dreizacke haben drei Zacken, nicht zwei. Polier doch als Nächstes die Messer.«

Sasha brummt etwas vor sich hin, das sich wie *Ich wünschte, wir hätten einen Streitkolben* anhört, während ich meinen Gedanken nachhänge. Ich habe Nolan seit vier Tagen nicht mehr gesehen. Seit er mit einer Welle seiner Magie aus meinem Wohnzimmer verschwand, warte ich ständig darauf, dass er hinter einem der überfüllten Regale im Antiquitätengeschäft auftaucht oder vielleicht wieder an meine Tür klopft, aber es herrscht völlige Funkstille.

Wo ist er hin? Was macht er? Er hat gesagt, dass es bei dieser ganzen Heimsuchungssache eine Frist gäbe. Sollte ich ihn nicht regelmäßiger sehen, wenn es eine Frist gibt? Wird er sich verabschieden oder wird der Geist der diesjährigen Weihnacht plötzlich in meinem Badezimmer auftauchen? Ich habe keine Ahnung.

Vielleicht habe ich ihn gesehen und erinnere mich nur nicht daran. Er hat gesagt, dass Geister am Rande des Bewusstseins existieren. Vielleicht war er jeden Tag hier, und ich habe ihn jedes Mal wieder vergessen.

Ich höre auf, mein Poliertuch zu zwirbeln.

»Warum fragst du mich nach Geistern?«, erkundigt sich Sasha und nimmt ein zierlich aussehendes Buttermesser in die Hand. Sie wirft es in die Luft und fängt es am Griff auf. »Hast du irgendetwas erlebt?«

Ich denke an Nolans Hand in meiner. Daran, wie er jedes Mal, wenn wir die Vergangenheit besuchen, meine Finger drückt. Ich denke daran, wie ich im Schnee gestolpert bin, als meine Hand in meiner Tasche stecken blieb. Wie er mich festgehalten hat, während ich an ihn geschmiegt war und mir das Herz pochte wie wild.

Er roch nach warmer Haut und salziger Luft. Nach etwas Dunklerem. Nelken vielleicht.

Und ob ich etwas erlebt habe.

Ich zucke mit den Achseln und nehme einen weiteren Löffel in die Hand. »Ich bin nur neugierig. Wir arbeiten in einem Antiquitätengeschäft und haben noch nie darüber gesprochen.« Nachdenklich blicke ich durch die Gänge. »Ich wette, in einigen dieser Sachen spukt es.«

»Wahrscheinlich«, stimmt Sasha zu. »Ich wette, ein paar der Leute, denen dieses Zeug gehörte, sind eines grausamen Todes gestorben.«

»Sasha.«

»Was? Das ist doch eine einfache Rechnung«, witzelt sie. »Soll ich ein Hexenbrett rausholen? Wir könnten versuchen, eine andere Dimension zu erreichen.«

»Funktionieren diese Dinger?«

Vielleicht kann ich eins benutzen, um mit Nolan Kontakt aufzunehmen. *Wohin bist du verschwunden? Liegt es daran, dass ich dich gebeten habe, mir deine Magie zu zeigen? Liegt es daran, dass du mir deine Magie* tatsächlich *gezeigt* hast?

Hast du diese Fäustlinge selbst gestrickt?

Es würde ihm wahrscheinlich viel Spaß machen, langsam D-U K-A-N-N-S-T M-I-C-H M-A-L–! zu buchstabieren.

»Ich weiß es nicht«, sagt Sasha lachend. »Mein Wissen über Untote beschränkt sich auf das, was ich bei Übernachtungen bei anderen Kindern gelernt habe. Und auf Serienmarathons von *Unsolved Mysteries* auf Lifetime. Ich schätze, wir könnten ins Badezimmer gehen, das Licht ausschalten und dreimal hintereinander ›Bloody Mary‹ singen. Mal sehen, was passiert.«

Mich fröstelt. »Nein, danke.« Jetzt, da ich weiß, dass Nolan existiert, stelle ich mir vor, dass es noch viele andere Geister gibt, die sich hier herumtreiben. Ich möchte niemanden, der Bloody Mary heißt, zum Tee einladen, vielen Dank auch. »Was glaubst du, warum jemand zum Geist wird?«

Sasha legt ein Messer hin und nimmt ein anderes in die Hand. »Statt … was genau?«

»Keine Ahnung. Ewige Ruhe zu finden?« Ich bin in keinem religiösen Elternhaus aufgewachsen. Meine Eltern waren eher die Art von Menschen, die nur zu Ostern und Weihnachten in die Kirche gingen, und das auch nur, weil man dort gut netzwerken konnte. Meine Ansichten über das Leben nach dem Tod sind bestenfalls philosophischer Natur. »Warum sollte sich jemand dafür entscheiden, hierzubleiben?«

»Zur Unterhaltung«, antwortet sie. »Unsere Gesellschaft ist ja in letzter Zeit das reinste Affentheater. Hast du diese neue Realityshow gesehen? Über Menschen, die Beziehungen mit leblosen Gegenständen führen? Dafür verzichte ich gern auf ein Leben nach dem Tod.«

»Ich meine es ernst, Sasha.«

Sie legt ihr Poliertuch beiseite und schenkt mir ihre volle Aufmerksamkeit, indem sie mich durch ihre dicke Brille anblinzelt. Ihre Nägel sind heute in einem leuchtenden, funkelnden Violett lackiert und glitzern mich an, während sie ihre Brille zurechtrückt. »Ja, das sehe ich.« Sie runzelt die Stirn und widmet sich mit nachdenklichem Gesicht wieder ihrem Messer. »Vielleicht ist es keine Wahl? Ich kann mir nicht vorstellen, dass irgendjemand das einer goldenen Wiese mit einem nie endenden Sonnenuntergang vorzieht.« Sie presst die Lippen aufeinander und denkt nach. »Churros, so viel man essen kann. Nachos, die nicht von der Salsasoße durchweicht werden. Oh! Endlose Brunchs, für die man keine Reservierung braucht.«

Wahl. Mein Gehirn bleibt an diesem Wort hängen, während Sasha damit fortfährt, die Annehmlichkeiten in ihrer Version des Jenseits aufzuzählen, und die meisten davon haben mit Nahrung zu tun. Hatte Nolan nicht gesagt, dass er dachte, es würde da noch mehr geben? Etwas Besseres?

Vielleicht hatte er keine Wahl. Er hat gesagt, er sei für die Weihnachtszeit an mich gebunden, aber vielleicht ist er auch an diesen Ort gebunden. Steckt hier fest, bis er tut, was auch immer er tun muss.

Bis ich für meine mutmaßlichen Sünden büße.

Missmutig blicke ich auf das Besteck.

»Meine Mutter dachte, in unserer Vorratskammer in der Küche spukt es«, fährt Sasha fort. »Sie sagte, der Geist hätte noch etwas zu erledigen, nämlich ein Brotrezept zu perfektionieren, und deshalb würde er immer wieder Mehl auf dem Boden verteilen.« Sie wirft mir einen schelmischen Blick zu. »Aber sie wusste nicht, dass das Mehl von meiner Schwester stammte. Elena war ganz versessen auf die Lollis im obersten Regal, und der Mehlsack war der beste provisorische Tritthocker.«

Ich lache. »Das hätte ich von Elena nicht anders erwartet. Oder von deiner Mutter.«

Während meine Eltern spießig und verklemmt sind, sind Sashas zwei Mütter unkonventionell und herzlich. Alle paar Wochen kommen sie mit frisch gebackenen Bio-Plätzchen vorbei und freuen sich über die neuesten Fundstücke im Laden. Sasha ist das immer furchtbar peinlich, aber ich bin zutiefst neidisch. Ich würde auch gerne so laut geliebt werden.

»Meine Mutter hatte eine ausgeprägte Phase, in der sie ihren sechsten Sinn entdeckte. Sie war überzeugt, dass hinter jeder ungewöhnlichen Begebenheit jemand steckte, der noch eine Rechnung offen hatte.« Sie legt das Messer beiseite und nimmt ein anderes in die Hand. »Vielleicht ist das die Antwort. Offene Rechnungen.«

»Hmm. Vielleicht.«

Nolan entspricht nicht den Klischees, die ich von Geistern kenne. Er scheint nicht von Wut oder Bosheit getrieben zu sein. Er ist nicht besonders begeisterungsfähig oder leidenschaftlich, was seine Rolle angeht. Oder seine Magie. Oder … überhaupt irgendetwas. Er scheint einfach nur zu existieren. Sich treiben zu lassen.

Die Eingangstür des Ladens öffnet sich knarrend. Unwillkürlich schaue ich hin, aber da ist niemand. Eine Sekunde später huscht etwas Orangefarbenes vorbei.

Meine Schultern entspannen sich. Ich habe Oliver seit dem Zwischenfall mit dem Brief vor meiner Veranda nicht mehr gesehen. Langsam habe ich mir schon Sorgen gemacht.

Sasha schnaubt. »Dieser Kater ist eine Plage.«

»Sei still. Er ist süß.«

»Er hat es auf deine Leckerlis abgesehen. Und du bist immer so nett, ihm nachzugeben.« Sie hebt die Dose mit der Politur auf und runzelt die Stirn. »Die ist leer. Ich hole hinten neue.«

»Nichts da. Ich hole sie«, sage ich ihr. Ich will nicht, dass Sasha wieder den halben Tag lang verschwindet. Als ich das letzte Mal nachgesehen habe, hatte sie Lichterketten in ihrer Leseecke angebracht. Es ist ein Wunder, dass sie überhaupt noch da rauskommt. »Ich bin gleich wieder da.«

Mit der leeren Dose in der Hand gehe ich zum Abstellraum.

Offene Rechnungen. Könnte das der Grund sein, warum Nolan hier ist? Er hat gesagt, er sei jung gestorben, dass er nie damit gerechnet hätte, ein Geist zu werden, also vielleicht … vielleicht braucht er irgendetwas, das ihm hilft, weiterzuziehen. Einen Gegenstand vielleicht? Etwas in meinem Laden. Vielleicht ist meine Neigung zu Fehlentscheidungen nur ein *Teil* des Grundes, warum er hier ist. Vielleicht kann ich meine vergangenen Verfehlungen wiedergutmachen, indem ich *ihm* helfe. Ich könnte ihn dabei unterstützen, seine offenen Rechnungen zu begleichen – wie auch immer das aussehen mag.

Vielleicht ist das mein Weg nach vorne.

Oliver schlängelt sich zwischen meinen Beinen hindurch, als ich zum hinteren Teil des Ladens schlendere. Er macht einen Buckel und drückt seinen Kopf oben gegen meinen Stiefel, und ich schlage blind auf den Lichtschalter im Abstellraum. Als das Licht plötzlich angeht, miaut der Kater, sein kleines Gesicht zu mir gewandt.

»Tut mir leid, Schätzchen. Heute gibt es keine Leckerlis.« Ich bücke mich, um ihn am Kopf zu kraulen, aber meine Finger sind mit einer klebrigen Schicht Politur bedeckt. Oliver faucht und flitzt davon, als es an seinem weichen Fell ziept, und bei seiner hastigen Flucht stößt er eine kleine Meerjungfrauenfigur um. Ich seufze und versuche, die Mischung aus Katzenhaaren und Politur an meinem Rock abzuwischen.

Die Glühbirne in der Mitte des Abstellraums flackert und erlischt dann mit einem leisen *Plopp*, sodass es dort plötzlich ziemlich finster ist.

»Natürlich«, murmle ich und taste nach dem Regal mit der Politur. »Vielleicht habe ich Glück, und Bloody Mary beschließt, dass sie während der Weihnachtszeit auch noch an mich gebunden ist.«

»Das bezweifle ich«, ertönt eine Stimme dicht an meinem Ohr. Meersalz und Gewürze. Kaffee und Nelken. »Mary ist nicht gerade gesellig und hasst die Weihnachtszeit.«

Meine Hand schießt vor, und die ganze Kiste mit der Silberpolitur fällt zu Boden. Die Dosen schlagen auf das Hartholz auf wie Regentropfen auf Fensterglas, während mein Herz mir am liebsten aus der Brust springen würde.

Nolan steht hinter mir, die Hände in den Hosentaschen. Im Dunkeln ist er größtenteils nur als Silhouette zu erkennen, aber dieses tiefe Lachen würde ich überall wiedererkennen.

»Hallo, Harriet.«

Ich schlage ihm gegen die Schulter. Es ist mir egal, ob er Politur oder Katzenhaare abbekommt. Beides hat er verdient. »Ich dachte, wir hätten darüber gesprochen, dass du mich nicht so erschrecken sollst!«

Er zuckt mit den Achseln, dreht sich weg und bückt sich, um die Dosen aufzuheben, die noch über den Boden rollen. »Ich konnte nicht anders«, sagt er. »Und du hast so laut nachgedacht, dass du mich sowieso nicht gehört hättest.«

»Versuche es nächstes Mal wenigstens«, brumme ich. Er greift um mein Bein herum nach einem verirrten Behälter und streift dabei mit seinem Unterarm meine Wade. Eine Gänsehaut kribbelt auf meiner Haut. »Wo warst du?«

Nolan richtet sich zu seiner vollen Größe auf, meine Kiste an seine Brust gedrückt. Kurz mustert er das Regal, dann schiebt er sie an ihren richtigen Platz zurück und stützt sich anschließend mit der Hand am Pfosten ab, als bräuchte er den Halt. Sein Oberarm ist nur wenige Zentimeter von meinem Gesicht entfernt.

»Ich war unterwegs«, sagt er ausweichend.

»Unterwegs.«

»Jepp.« Er stößt das P des Wortes ploppend hervor.

»Es sind vier Tage vergangen.« Ich halte inne, und die Peinlichkeit lässt mich aufleuchten wie eine Sonneneruption. »Nicht, dass ich … nicht, dass ich mitgezählt hätte.«

Zum Glück scheint Nolan meinen Ausrutscher nicht bemerkt zu haben. Mit der freien Hand fährt er sich über die Wange und seine Bartstoppeln. »Entschuldige. Ich hatte eine Art … Zwischenfall.«

So wie er das Wort *Zwischenfall* ausspricht, klingt es nach: *Ich habe eine Leiche in einer Gasse entsorgt und mich dann an ihrer Seele gelabt, um Lebenskraft zu tanken.* Ich lehne mich rücklings an die Regale und versuche, sein Gesicht im Dunkeln zu lesen.

»Was für einen Zwischenfall?«, frage ich.

Er seufzt, und sein warmer Atem streift meine Stirn. »Nichts, was auch nur annähernd so dramatisch ist wie das, was du gerade denkst, da bin ich mir sicher.«

»Hast du jemanden entführt?«, flüstere ich.

»Nein«, sagt er langsam. »Ich habe niemanden entführt.«

»Irgendwelche Seelen gegessen?«

»Was? Nein. Harriet, ich …« Er schüttelt den Kopf. »Du und dein eigenwilliger Dickschädel«, sagt er mit nachsichtiger Verzweiflung.

»Was hast du dann getrieben?«

Wieder brummt er etwas Tiefes und Unverständliches. Ich kann fast spüren, wie es an meiner Brust vibriert. Was würde er tun, frage ich mich, wenn ich mich an ihn lehne? Würde er die Arme um mich schließen, wie er es im Wald getan hat? Würde er die Finger weit spreizen, als ob er so viel von mir berühren wollte wie möglich? Oder würde er mich wegstoßen? Mich mit einer weiteren scharfen Bemerkung abkanzeln?

»Meine Katze hat sich die Pfote verletzt«, sagt er schließlich.

Ich starre in die Dunkelheit. »Was?«

»Meine Katze«, sagt er noch einmal, diesmal langsamer. »Builín. Sie hat sich die Pfote verletzt.«

»Du hast eine Katze?«

»Ja.« Er nickt. »Ich habe dir doch gesagt, dass ich mich um die Streuner kümmere.«

»*Sich um die Streuner kümmern* ist etwas anderes als *Ich habe eine Katze.*«

»Für mich nicht.« Er hält inne. »Sie sind die einzige Gesellschaft, die ich habe. Ich möchte sichergehen, dass es ihnen gut geht.«

Nun, das ist ... süß.

»War es schlimm? Vier Tage sind eine lange Zeit.«

Das Metallregal hinter mir knarrt bedrohlich. Ich stelle mir vor, wie Nolan ein Kätzchen gesund pflegt. Seine großen Hände. Winzige rosa Zehenballen. Eine verletzte kleine Pfote. Ein flauschiger Körper, der sich eng an seine nackte Brust schmiegt.

In diesem gedanklichen Szenario ist Nolans Oberkörper offenbar unbekleidet.

Diese Gedanken verbanne ich schnell.

»Jetzt geht es ihr wieder gut«, sagt er. »Aber sie hat ein Drama daraus gemacht. Ich hatte kein gutes Gefühl dabei, sie allein zu lassen.«

»Das ist lieb von dir.«

Immer wieder erhasche ich einen Blick auf Nolans sanftes Wesen. Vielleicht auf den Mann, der er früher einmal gewesen sein könnte. Es weckt in mir eine Gier nach mehr.

Ich verlagere mein Gewicht und streife dabei seine Brust. Er steht so nah, dass er mich praktisch zwischen sich und dem Metallregal gefangen hält.

Nachdem ich ihn ein paar Tage nicht gesehen habe, wirft mich seine plötzliche Anwesenheit in diesem winzigen Raum aus der Bahn.

Ich bin von Natur aus ein körperlicher Typ. Ich mag Umarmungen. Händchenhalten. Kuscheln auf der Couch. Samantha hat dieses Bedürfnis bei mir gestillt, als wir jünger waren – meine Tante Matilda auch –, aber als Erwachsene fehlt mir das schrecklich. Ich frage mich, was Nolan tun würde, wenn ich einfach meine Arme um ihn legen und ihn drücken würde. Er sieht aus, als könnte er eine ordentliche Umarmung gebrauchen.

»Ich bin froh, dass es ihr jetzt besser geht. Deiner Katze.« Ich halte inne und beiße mir auf die Unterlippe. »Ihr Name ist Builín?«

»Aye«, sagt er. »Das bedeutet Brotlaib. Sie sieht ein bisschen wie einer aus.«

Ich warte darauf, dass er noch etwas sagt. Dass er erklärt, warum er hier ist, dass er mir die übliche Rede darüber hält, dass meine Seele in der Schwebe hängt, aber er tut es nicht. Er … steht einfach nur da, während wir beide eng beieinander von der Dunkelheit umschlossen sind.

Mir fallen die beiden fehlenden Löffel aus dem Besteckkasten vorne ein.

»Ich war mir nicht sicher, ob du zurückkommen würdest«, sage ich und taste mich vorsichtig vor. Er neigt sein Gesicht zu mir, aber ich kann seine Züge nicht erkennen. Warme Luft weht mir entgegen. Kaffee, schon wieder.

»Wir haben noch nicht herausgefunden, was du angestellt hast«, antwortet er. »Ich bin …«

»An mich gebunden«, seufze ich. »Ja, ich weiß.«

Irgendetwas schnürt sich in meiner Brust zusammen. Ich hasse die Art, wie er das sagt, halb spöttisch, halb resigniert. Mir ist nicht klar, ob er es nicht mag, ein Geist zu sein, oder ob er es nicht mag, mit mir verkuppelt zu sein. Keine der beiden Optionen gefällt mir besonders gut, aber ich rede mir innerlich aufmunternd zu. Ich habe schon mit schwierigeren Dingen zu tun gehabt als mit einem unwirschen Geist, der seinen Heimsuchungsverpflichtungen nicht ordentlich nachkommt.

»Ich wollte mir schon ein Hexenbrett kaufen«, sage ich leichthin.

Sein Lachen grollt zwischen uns. Das Hochgefühl, seine Stimmung herumgerissen zu haben, schießt wie Elektrizität durch meine Adern. Er stößt sich vom Regal neben mir ab, und das Metall hinter mir klirrt. »Also *deshalb* haben mir die Ohren geklingelt.«

Meine Augen werden groß wie Untertassen. »Warte. Wirklich?«

Er schüttelt den Kopf. »Nein, Harriet.« Im Dunkeln kann ich hören, wie sich sein Lächeln um meinen Namen legt. Ich wette, seine Grübchen machen gerade irgendetwas Unanständiges. »Die funktionieren nicht.«

»Wie soll ich dann mit dir Kontakt aufnehmen? Wenn ich dich brauche?«

Seine Stiefel scharren über den Boden, und ich spüre, wie mich im Dunkeln etwas leicht am Handgelenk berührt.

»Hast du mich gebraucht?«

»Du hast gesagt, du hast eine Frist einzuhalten«, sage ich und versuche, so zu klingen, als würde es nichts mit mir anstellen, wie er mit seinen Fingerspitzen über den Puls an meinem Handgelenk streicht. Er versucht absichtlich, mich aus der Fassung zu bringen. Da bin ich mir sicher. »Ich wollte nur helfen.«

»Helfen.« Er brummt. »Die hilfsbereite Harriet.«

»Ja«, antworte ich misstrauisch. Irgendetwas an der Art, wie er es sagt, lässt mich vermuten, dass ich darauf nicht stolz sein sollte. Als sollte ich mich mehr anstrengen, um anders zu sein, obwohl ich doch immer nur *hilfsbereit* sein wollte. Hilfsbereit, unkompliziert, entgegenkommend. Ich habe den Menschen um mich herum alles gegeben, mich in winzige Teile zerlegt, um genau das zu sein, was alle anderen gebraucht haben. Ich habe versucht, mich an die Erwartungen anderer anzupassen, aber am Ende war ich selbst immer wie angeschlagen.

Und wofür? Das Universum hat sowieso entschieden, dass es nicht genug ist. Ich wurde als schlechter Mensch abgestempelt. Offenbar auf einer Stufe mit Männern, die auf der Straße Frauen nachpfeifen.

Ich schlucke den Kloß in meinem Hals hinunter. »Ich versuche, hilfsbereit zu sein. Ich versuche, gut zu sein.«

»Ich weiß«, sagt Nolan sanft. Ein seltenes Zugeständnis. Mit einer Hand hält er das Ärmelbündchen meines Pullovers fest.

Weich, glaube ich, ihn murmeln zu hören, aber ich nehme an, dass das nicht für meine Ohren bestimmt war. Er lässt los, und ich reibe mir das Handgelenk.

»Es wird keine weiteren Unterbrechungen geben«, sagt er. »Ich habe vor, den Rest dieser Heimsuchung durchzuziehen. Wenn du mich brauchst, werde ich da sein. Du musst nur ... an etwas Schönes denken, dann tauche ich auf.«

Ich verdrehe die Augen. »Okay, Tinkerbell.«

Er schweigt für die Dauer von drei Herzschlägen. »Wer ist Tinkerbell?«, fragt er schließlich.

»Egal.« Ich strecke ihm meine Hand hin, die Handfläche nach oben, und wackle mit den Fingern. »Ich bin jetzt bereit zu gehen. Lass uns zusehen, wie ich die Aufführung des Musicals *Rudolph the Red Nosed Reindeer* in der dritten Klasse ruiniere, indem ich über einen der Wichtel stolpere und die gesamte Kulisse niederreiße.«

Er seufzt wehmütig. »Noch nie habe ich mir mehr gewünscht, eine Erinnerung aussuchen zu können.«

»Denk an etwas Schönes, dann klappt es vielleicht.« Ich stupse ihm gegen die Brust. »Komm schon. Lass uns den Tag nutzen.«

Meine neue Theorie macht mir Mut, und die Vorstellung, dass ich vielleicht diejenige sein könnte, die ihm hilft, gibt mir Energie. Es ist Balsam gegen den scharfen Stich meiner Einstufung als *böser Mensch*. Eine Alternativlösung für diese ganze lächerliche Situation.

Er wurde mir nicht zugeteilt, weil ich *böse* bin. Vielleicht wurde er mir zugeteilt, weil ich *gut* bin.

Weil ich die Einzige bin, die helfen kann.

»Langsam.« Er packt mein Handgelenk und hält meine Handfläche von seiner fern. »So wie deine Hand aussieht, fasse ich sie nicht an.«

»Was stimmt nicht mit meiner Hand?«

»Sie ist völlig verdreckt.« Er hält inne. »Außerdem könntest du Handcreme gebrauchen.«

Ich schnappe beleidigt nach Luft. »Wie bitte? Ich benutze eine sehr teure Handlotion.« Die kaufe ich immer im Angebot, dort, wo ich auch all meine schicken Pyjamas bekomme. »Ich glaube, du hasst Nordstrom einfach.«

»Ich weiß immer noch nicht, wer dieser Nordsturm ist und warum er mit lächerlichen Fetzen von Kleidung hausieren geht.«

»Nordstrom«, sage ich. »Nord-strom. Es ist ein … Weißt du, was? Vergiss es.« Ich will mir das Poliertuch schnappen, das ich bei seinem plötzlichen Auftritt in nackter Panik weggeworfen habe, und taste mit meiner Handfläche blind über das Regal. »Ich trage die Lotion zweimal täglich auf«, erkläre ich ihm. »Nach dem Duschen und bevor ich abends ins Bett gehe. Vielleicht sind deine schwachen Geisterhände … Oh. Was machst du da?«

Nolan hält mein Handgelenk mit sanftem Griff fest. Vorsichtig dreht er meine Handfläche nach oben und stützt sie mit seiner ab.

»Schwache Hände«, wiederholt Nolan und langt über meiner Schulter nach dem Lappen, den ich nicht finden konnte. Seine Brust streift meine, als er sich vorbeugt. »Das hast du neulich aber anders ausgedrückt«, flüstert er mir ins Ohr.

Mein Atem stockt bei dieser Anspielung. Hitze steigt mir in den Kopf und breitet sich aus, bis ich das Gefühl habe, auf dem Boden zerfließen zu können. Als könnte ich in einen dieser Politurbehälter gegossen werden.

»Was habe ich denn da gesagt?«, hauche ich.

»Du hast mich als robust bezeichnet, glaube ich.« Er zieht meine Hand näher zu sich heran. Zunächst nimmt er meinen kleinen Finger, wickelt ihn in den Lappen ein und wischt die Politur mit festen Streichbewegungen ab. Noch nie zuvor hat sich eine so unschuldige Berührung so verboten angefühlt. Ich habe das Gefühl, meine Kleider könnten mir auf der Haut zu Staub zerfallen.

»Ich war high von diesem abgelaufenen Pfefferminztee«, erkläre ich und wundere mich, wie atemlos ich bin.

»Diese Ausrede kannst du nicht immer wieder benutzen.« Er geht zu meinem Ringfinger über, und ich zittere. Ich will, dass er aufhört. Ich will, dass er *niemals* aufhört.

»Okay?«, fragt er.

Meine Antwort ist ein unverständlicher Laut, und Nolan kichert. Er senkt den Kopf zwischen uns, während er zu meinem Mittelfinger übergeht, und begutachtet sein Werk. Ich starre auf sein Gesicht in dem Lichtschein, der durch den Türspalt fällt.

Die dünne Narbe über seiner Augenbraue. Die markante Kinnpartie. Das dunkle, unordentliche Haar, das ihm über die Stirn fällt, und die gerade Linie seines Mundes, während er sich konzentriert.

Als er schließlich bei meinem Daumen ankommt, geht mein Atem stoßweise und ich lehne mich mit meinem ganzen Gewicht an das Regal hinter mir. Falls Nolan meinen halb aufgelösten Zustand bemerkt, hat er den Anstand, nichts dazu zu sagen.

»So«, meint er und zieht meine Hand näher an sein Gesicht, um seine Arbeit zu inspizieren. Mein Magen zieht sich zusammen. Ich wusste gar nicht, dass meine Handfläche so viele Nervenenden hat, aber ich schwöre, ich spüre seine Berührung überall. »Alles wieder sauber.«

Ich löse mich nicht aus seinem Griff. »Danke.«

»Gern geschehen.« Seine Finger spannen sich um meine. »Bist du bereit, meine schwache Hand zu nehmen und dich auf den Weg zu machen?«

»Ich habe deine schwache Hand noch gar nicht losgelassen.«

»Richtig.« Er verschiebt seinen Griff, bis sich unsere Handflächen berühren. Die Schmetterlinge in meinem Bauch verwandeln sich in einen Wirbelsturm. Ich schiebe es darauf, dass die Welt unter meinen Füßen zu verschwinden beginnt, und auf das scharfe Ziehen der Magie am unteren Ende meiner Wirbelsäule. Mit geschlossenen Augen wappne ich mich, erleichtert, als Nolan meine Hand fester hält.

»Auf geht's«, sagt er, und seine Stimme ist kaum mehr als ein Flüstern in dem wachsenden Getöse um uns herum. »Halt dich gut fest, Harriet.«

Kapitel 9

Nolan

Wir landen wieder im Abstellraum, fuchteln mit den Armen herum, fluchen gedämpft und haben eine kleine Feigenmarmeladenexplosion hinter uns.

»Ich verstehe nicht, warum du das ganze Glas mitnehmen musstest.« Meine klebrige Hand verfängt sich in ihrem klebrigen Haar, während wir mit unseren klebrigen Pullovern gegen die jetzt klebrigen Regale stoßen. »Es gibt einen Grund, warum man keine Dinge aus der Vergangenheit mitbringen soll.«

Der Ausflug war reine Zeitverschwendung – *wieder*. Über Harriet wurde keine einzige schändliche Sache aufgedeckt, außer vielleicht der, dass sie eine extreme Naschkatze ist. Wir sahen zu, wie sie mit einer Frau in einer Catering-Uniform Weihnachtsmarmelade herstellte und jedes Einmachglas mit einer Vichy-Schleife versah. Sie leckte nicht einmal den Löffel ab oder versuchte, heimlich zu naschen.

Eine absolute *Verschwendung*.

»Vielleicht hättest du das erwähnen sollen, als ich *danach gegriffen habe*.«

»Ich habe *stopp* gesagt.«

»Das hätte sich auf, keine Ahnung, tausend Dinge beziehen können, Nolan. Du warst nicht konkret!«

Ich schließe meine Kiefer so fest, dass meine Zähne knirschen. Diese *Frau*.

»Dieses Rezept suche ich schon seit Ewigkeiten«, fährt Harriet fort, ihre Stimme gedämpft durch meinen Pullover, während wir uns weiter zu befreien versuchen.

Als sie ihr Handgelenk schüttelt, landet ein Klecks Marmelade mit einem schmatzenden Geräusch auf dem Boden. »Ich wusste doch nicht, dass das Glas beim Aufprall explodieren würde.«

»Das Glas ist nicht beim Aufprall explodiert. Das Glas ist irgendwo auf unserer Reise explodiert, wie der aktuelle Zustand beweist. Wir haben Glück, dass sich mir wegen dir keine Glassplitter in den Schädel gebohrt haben.«

»Du bist ein *Geist*«, zischt sie. »Soweit ich weiß, kannst du nicht noch mal sterben. Und wenn irgendwo Glas gelandet sein sollte, dann hättest du es wahrscheinlich verdient.«

Die Marmelade muss sich irgendwie vermehrt haben, während wir durch die Zeit getrudelt sind. Ich habe keine andere Erklärung dafür, dass sie ... überall ist. Sie klebt an meinem Hals. Sie tropft mir unter dem Hemd über die Brust. Sie ist an meinen Händen und in meinen Haaren.

Und Harriet klammert sich mit derselben Hartnäckigkeit an mich wie die Marmelade, ihre Arme fest um meine Taille geschlungen. Sie hat sich an mich geheftet, sobald ich uns aus der Erinnerung herausgezogen habe, aus Angst, ich würde sie dort zurücklassen. Ich spüre all die Stellen, an denen ihr Körper sich perfekt an meinen anschmiegt. Die Rundung ihrer Hüfte und der sanfte Druck ihrer Brüste. Jedes Mal, wenn sie mit dem Hintern wackelt, verliere ich ein bisschen mehr von meinem Verstand.

Das. *Das* ist der Grund, warum ich mir die Ausrede mit der Katze ausgedacht habe und vier Tage lang weggeblieben bin. Ich habe gehofft, dass mir die Auszeit etwas Klarheit verschaffen würde. Ich habe gehofft, dass ich mich durch die Auszeit wieder in den Griff bekommen würde.

Leider hat sich dadurch alles nur noch verschlimmert. Ich habe keine Sekunde aufgehört, an Harriet zu denken.

»Harriet.« Ich packe sie energisch an der Hüfte und kneife die Augen zusammen. »Hör auf, dich zu bewegen.«

»Du bist doch derjenige, der mich hier gegen das Regal presst.«

Sie windet sich noch ein wenig und biegt den Rücken durch. Meine Hüfte schmiegt sich zwischen ihre Schenkel, ihr Haar hängt mir ins Gesicht. Sie riecht nach Honig und Zucker. Wie eine der Süßigkeiten, die sie immer bei sich trägt.

»Das war aus Versehen«, bringe ich gepresst hervor. Sie hatte sicher nicht vor, mitten auf der Strecke eine Explosion auszulösen. Und ich hatte auch nicht vor, sie mit meinem Körper gegen die Wand zu drücken. Aber da sind wir nun. Zwei sture Dummköpfe. »Ich muss in deiner verdammten Marmelade ausgerutscht sein.«

»Jetzt rutschst du aber nicht aus«, erwidert sie. Sie stützt sich mit einer Hand am Metallregal ab und bleibt endlich – *Gott sei Dank* – still an meiner Seite stehen. Wir versuchen, unsere Atmung zu regulieren, und stoßen dabei mit der Brust gegeneinander. Mein Körper fühlt sich schwer an, mein Puls pocht in meiner Kehle und in meinen Handflächen.

Es wäre so einfach, meine Hand von ihrer Hüfte zu ihrem Oberschenkel zu schieben, meine Finger um ihre köstlichen Kurven zu legen, auf ihren wunderschönen Hintern, und sie hochzuheben. Im Handumdrehen hätte sie sich ganz um mich geschlungen, ihr Mund nur einen halben Zentimeter von meinem entfernt. Würde sie schmecken wie die Marmelade, die sie der Vergangenheit entreißen wollte? Oder nach etwas Dunklerem? Etwas Intensiverem?

Ich rühre mich nicht. Sie tut es auch nicht. Nur wir beide, eng aneinandergepresst in der Dunkelheit. Ich stehe an der Schwelle zu einer Entscheidung, und die Versuchung quält mich.

»Alles in Ordnung?«, frage ich.

Ihr Lachen ist ein Wispern an meinem Hals. Meine Haut kribbelt bei dieser bewussten Wahrnehmung.

»Ja, mir geht's gut«, sagt sie. »Ich habe gerade zugesehen, wie mein Ich aus Kindertagen Weihnachtsmarmelade eingekocht hat. Zusammen mit einer von meiner Mutter angeheuerten Frau, damit sich meine Mutter selbst diese Mühe ersparen konnte. Ich bin überall mit Marmelade vollgeschmiert, die ich seit zwanzig Jahren nachzumachen versuche. Ein einziges Mal wollte ich etwas für mich ergattern, und jetzt ist das Zeug … jetzt ist es überall, nur nicht da, wo ich es haben will.«

»Wo willst du es denn haben?«

»Am liebsten auf Toast.« Sie schaut auf den Marmeladenklecks an ihrem Pulloverärmel und seufzt. »Ich habe sie nicht mal probieren können«, fügt sie traurig hinzu.

Ich gebe ihrem Gesichtsausdruck die Schuld … und dem konfusen, benebelten Gefühl, das sich immer noch eng um den Ansatz meines Schädels schmiegt, nachdem wir durch die Zeit geschleudert wurden. Dem heftigen, ausufernden Schmerz tief in meiner Brust. Es gibt keine andere Erklärung dafür, warum ich ihr die Hand an die Wange lege, um den dicken Streifen gezuckerter Feigen direkt unter ihrem Kinn abwischen zu können.

Ihre Haut ist warm, und die Marmelade ist es auch. Klebrig. Eine totale Schweinerei.

Ich führe meinen Finger zum Mund und lecke ihn ab.

Der Geschmack ist gedämpft, aber da. Süß und säuerlich. Kurz blitzt Schärfe auf, dann vergeht sie. So nah bin ich dem Genuss eines Geschmacks seit Jahrzehnten nicht mehr gekommen.

Sofort will ich mehr.

»Schmeckt gut«, sage ich ihr.

»Ich dachte, du hast gesagt …« Sie schluckt und starrt auf meinen Mund. »Ich dachte, du hast gesagt, du kannst nichts schmecken«, beendet sie den Satz.

»Manchmal bekomme ich einen Hauch davon mit«, sage ich ihr, und meine Stimme klingt, als käme sie von sehr weit entfernt. Ich bewege mich auf einem Pfad, auf dem ich nichts zu suchen habe, aber Harriets Lippen sind geöffnet, und sie hat noch mehr Marmelade an ihrem langen Hals kleben, und es ist *so lange her*, dass ich mir erlaubt habe, etwas anderes als selbst auferlegte Abgestumpftheit zu empfinden.

»Ah«, sagt sie.

Harriet zögert, dann nimmt sie meine Hand. Sie fährt mit den Fingerspitzen über meine Handfläche und verweilt über einer Narbe, von der ich nicht mehr weiß, wie ich sie mir zugezogen habe, bevor sie etwas verkleckertes Gelee abwischt. Sie senkt den Kopf und führt ihren Zeigefinger zum Mund, die Wangen hohl, als sie daran lutscht. Meine Hand zuckt in ihrer. Ich muss die Zähne zusammenbeißen, um mich zu beherrschen und keine Dummheit zu machen.

Sie gibt einen überraschten Laut von sich.

»Was meinst du?«

»Schmeckt gut«, wiederholt sie und lacht, irgendwo tief in ihrer Kehle, und ihre Augen leuchten hell in dem winzigen dunklen Raum, als sie zu mir aufblickt. Im Dunkeln sehen sie aus wie Whiskey. Ein halb gefülltes Glas, ein einzelner Eiswürfel am Boden. »Das war diese ganze Sauerei fast wert.«

Ich verlagere mein Gewicht und spüre wieder die Marmelade auf meiner Brust, die innen an meinem Hemd klebt. »Fast«, gebe ich zu. »Kann ich sie wegmachen oder willst du noch mal probieren?«

»Nein, danke«, sagt sie, und ihre Stimme klingt immer noch etwas heiser, während sie die Hände vor sich hin und her dreht. Ich weiß nicht, ob sie sich wegen der ganzen Situation unwohl fühlt, wegen meiner Unfähigkeit, mich unter Kontrolle zu halten, oder wegen der Marmelade, die sich gerade in ihren Haaren einnistet, aber ich möchte nicht, dass sie sich meinetwegen so verkrampft. Ich greife nach dem Ort in mir, an dem meine Magie steckt, und ziehe daran.

Sofort verschwindet alles Klebrige von meiner Brust, meinen Armen und meinem Hals. Harriet atmet erleichtert auf.

»Wieder eine faszinierende Reise in meine Vergangenheit, was?« Sie streicht sich vorn über den Pullover, um zu sehen, ob ich irgendwelche Kleckse übersehen habe.

»Aye.« Ich strecke die Hand aus und tue so, als würde ich Marmelade von einer ihrer Locken wischen. Ihr Haar ist so weich, es fühlt sich an wie Seide. Behutsam streiche ich es ihr hinters Ohr und lasse die Hand wieder sinken. »Du bist nach wie vor ein Musterbeispiel für gutes Benehmen.«

Sie schnaubt. »Versuch mal, nicht so überrascht zu klingen.«

»Ich bin nicht überrascht, ich bin …« Verwirrt. Verärgert. Ich mache alles genau so, wie ich es machen soll, und nichts ändert sich. Sie ist nicht die Person, die sie sein sollte. Wir sind in einer Art Schwebezustand gefangen, in dem ich nicht weiterkomme, und sie auch nicht. Aber ich bin es so leid, festzustecken. »Ich versuche herauszubekommen, wie das hier für uns beide enden wird.«

Sie zögert. »Darüber habe ich auch schon nachgedacht.«

Meine Augen werden schmal. »Worüber?«

Sie zieht den Saum ihres Pullovers über ihre Fäuste, spreizt die Finger weit und schließt sie dann wieder. »Vielleicht bist du gar nicht wegen mir hier«, sagt sie langsam. Ihr Blick huscht zu mir, um meine Reaktion zu überprüfen. »Vielleicht bist du wegen dir hier.«

Ich reibe mir über den Mund. »Was soll das heißen?«

Sie stößt sich vom Regal ab. »Vielleicht … vielleicht gibt es etwas, das du tun musst. Um weiterzuziehen, weißt du? Du hast gesagt, du bist schon eine ganze Weile hier … Vielleicht soll ich dir helfen.« Sie presst die Lippen zusammen und denkt nach. »Ich habe ein Antiquitätengeschäft. Da glaube ich nicht, dass du zufällig mit mir verkuppelt wurdest.« Vor Aufregung leuchten ihre Augen, und ihre Gesichtszüge hellen sich in ihrem Eifer auf. »Vielleicht gibt es hier irgendetwas, das dir gehört. Einen Talisman oder so was. Vielleicht hält der dich hier fest oder … keine Ahnung. Vielleicht ist da irgendetwas, das du mit mir zusammen sehen sollst. Wir könnten als Team arbeiten, um es zu finden.«

Ein schroffer Laut dringt aus mir heraus, zu hart, um ein Lachen zu sein. Der Gedanke, nach hundert Jahren am selben Ort endlich weiterziehen zu können, ist … bestenfalls lächerlich. Schlimmstenfalls vernichtend. Es gibt nichts, wohin ich weiterziehen *könnte*. Es gibt nur das hier. Eine ziellose, treibende Existenz, in der ich mich an *nichts* festhalten kann. In der ich langsam und schmerzhaft all die Dinge verliere, die mich einst menschlich gemacht haben.

Und dass Harriet – eine Frau, die ich kaum kenne – irgendwie der Schlüssel dazu sein soll, dass ich weiterziehen kann, ist … das ist zu viel.

Das ist ein Witz. Es muss einer sein.

Aber der hoffnungsvolle Ausdruck in ihrem Gesicht erlischt nicht und wird auch nicht schwächer.

»Habe ich irgendetwas Lustiges gesagt?«, fragt sie.

»Du meinst es wirklich ernst.«

»Natürlich meine ich es ernst«, sagt sie. »Wie kommst du darauf, dass ich Witze mache?«

Ich fahre mir mit der Hand durchs Haar und reibe mir dann den Nacken. In der Hoffnung, dass der Druck mich von dem Brodeln in meiner Brust ablenkt, drücke ich fest zu. »Zum einen wegen der Tatsache, dass du überhaupt nichts über meine Existenz weißt.« Seufzend versuche ich, den giftigen Unterton in meiner Stimme etwas abzumildern. Aber es gelingt mir nicht. Es gelingt mir nicht, weil sie keine Ahnung hat, wie sehr es schmerzt, wenn man mir das, wonach ich mich am meisten sehne, wie einen Leckerbissen vor die Nase hält, obwohl ich weiß, dass ich es nie werde haben können. »Vor ein paar Tagen war dir nicht mal klar, dass es überhaupt Geister gibt. So funktionieren diese Dinge nicht.«

»Ich weiß, dass ich vieles nicht weiß, aber überleg doch mal. Wir haben meine Erinnerungen besucht, und du hast nichts Schreckliches an mir entdeckt. Wir sind mehrmals in meine Vergangenheit gereist, und jedes Mal war es etwas völlig Banales.«

»Harriet …«, sage ich.

»Ich glaube nicht, dass ich ein schlechter Mensch bin«, sagt sie, hebt die Stimme und fällt mir ins Wort. »Zumindest nicht die Art schlechter Mensch, mit der du normalerweise zu tun hast. Ich bin nur jemand, der sein Bestes gibt und gelegentlich Fehler macht.«

Sie legt den Kopf schief. »Sag mir die Wahrheit. Hast du irgendetwas gesehen, das eine Heimsuchung rechtfertigt?«

»Das habe ich nicht, aber …«

»Dann glaube ich, dass dies die Antwort ist!«, sagt sie mit leuchtenden Augen, die wie Kupfer glänzen. Sie hört auf, ihre Hände zu verdrehen, und wedelt stattdessen mit ihnen zwischen uns hin und her. »Du hast gesagt, du hängst fest, dass du dachtest, es würde noch etwas anderes geben. Du hast gesagt, Fehler würden nicht gemacht. Vielleicht haben wir das Ganze einfach aus dem falschen Blickwinkel betrachtet.«

»Aus dem falschen Blickwinkel«, wiederhole ich, während sich langsam ein taubes Gefühl in meiner Brust ausbreitet.

Sie nickt. »Vielleicht ist das hier etwas, das *dir* helfen kann. Nicht mir.«

Ich denke über diese Möglichkeit nach. Als ich ein Geist wurde, war genau das anfangs meine Hoffnung. Stunden, Tage, Wochen verbrachte ich damit, mich mit dieser Frage abzuquälen. Und dann wurden aus Wochen Monate und aus Monaten Jahre. Ich ging sämtliche Details meines Lebens durch und suchte nach dem Auslöser für diese unergründliche Existenz. Akribisch beleuchtete ich alles, bis die Einzelheiten verschwammen. Bis ich mich kaum noch an die Person erinnerte, die ich einmal gewesen war. An die Dinge, die ich getan hatte.

Ich wartete immer auf eine Entscheidungsmöglichkeit – eine Chance.

Aber als sich nie eine ergab, wurde mir klar, dass ich ein Narr war.

Für mich gibt es kein Happy End. Es gibt kein … Licht am Ende des Tunnels. Es gibt nur das hier.

Nach einem Jahrzehnt gab ich die Hoffnung auf. Nach einem Jahrhundert gab ich auch meine Erwartungen auf.

Und jetzt hat Harriet beschlossen, dass sie die Sache in Ordnung bringen kann. Dass sie *mich* in Ordnung bringen kann.

»Wie lange denkst du schon darüber nach?«, kann ich gerade noch fragen.

Ihr Lächeln wird unsicher. »Nun, als ich heute Morgen mit Sasha sprach …«

»Heute Morgen«, wiederhole ich, und in meiner Brust brodelt der Frust hoch. Er schwappt über, bis ich darin gebadet bin wie vorher in der Marmelade, die sie unbedingt aus der Vergangenheit mitbringen wollte. Sie hat kein *Recht dazu.* Kein Recht, mir Hoffnung zu machen, nachdem ich schon so lange ohne Hoffnung existiere, wie ich mich erinnern kann. »Du hast *eine Stunde lang* über etwas nachgedacht, von dem du so gut wie keine Ahnung hast, und ich soll glauben, dass du plötzlich eine Antwort hast?«

Langsam zieht sie den Kopf ein. »Nolan …«

»Danke, Harriet«, sage ich, und der Frust verwandelt sich in etwas Dunkleres. Schrofferes. Wilderes. Meine Magie leckt warnend innen an meiner Brust, heiß und strafend. Ich ignoriere sie. »Da bin ich aber erleichtert, dass du die Lösung für diese absolute Hölle gefunden hast, in der ich stecke.«

»Nolan«, sagt sie erneut, ihre Stimme ein Flüstern. In ihrem Gesicht ist kein Funken Begeisterung mehr zu sehen. Ich habe ihr alles Licht entzogen und es in meinen Fäusten zerquetscht, aber ich kann nicht anders. Was sie gerade getan hat, fühlt sich wie eine ultimative Grausamkeit an.

»Eine Frau, die nur einen Bruchteil meiner Erdenzeit existiert hat, soll irgendwie der Schlüssel zu meiner Erlösung sein. Wie konnte ich das nur nicht früher erkennen?«, fahre ich fort, und mein Sarkasmus ist wie eine Klinge zwischen uns. »Danke, Harriet. Du bist ja *so was von* hilfsbereit. Jetzt verstehe ich, warum dich so viele Menschen um sich haben wollen.«

Der Schlag sitzt, genau wie ich es beabsichtigt hatte. Sie zuckt zusammen und schnappt nach Luft.

»Es ist nicht falsch, helfen zu wollen. Das ist nicht der Grund, warum ich allein bin.« Sie hält inne. Schluckt. Ihre Augen werden glasig und feucht. »Du brauchst nicht grausam zu sein«, flüstert sie zum Schluss.

»Ich will deine Hilfe nicht. Darum habe ich nie gebeten. Du hast keine Ahnung, wovon du sprichst«, erkläre ich. Vor zehn Minuten habe ich noch verzweifelt versucht, sie nicht zu küssen. Jetzt kann ich es kaum ertragen, mit ihr im selben Raum zu sein. Sie ist diejenige, die grausam ist, und sie weiß es nicht einmal. Sie verspricht mir Dinge, die sie nicht wahrmachen kann.

»Du kannst nicht …« Ich versuche, mich zu beruhigen. »Ich will nicht, dass du das jemals wieder erwähnst. Nie wieder.«

Ihr Lachen vermisst jegliche Heiterkeit. Es ist traurig und hohl. Sie schlingt die Arme um sich. »Darüber musst du dir keine Sorgen machen.«

Die Magie in meiner Brust tobt. Ich kann kaum atmen. Ich muss hier weg. Ich muss von ihr weg.

»Gut«, fauche ich.

Sie nickt und beißt sich auf die Unterlippe. Während sie ihre Dosen mit Politur und den Lappen, den ich auf das oberste Regal geworfen hatte, einsammelt, dreht sie mir den Rücken zu und verbirgt ihr Gesicht hinter ihrem Haar. Sie schnieft einmal, und mein Magen rutscht mir bis in die Kniekehlen. Der erste Stich der Reue traktiert mein Gewissen, das ich über Bord hätte werfen sollen, sobald ich zum Geist wurde.

Ich bin dankbar, dass sie sich abgewandt hat, denn so muss ich ihren Gesichtsausdruck nicht sehen. Vielleicht kann ich mit genügend Entschlossenheit und blindem Optimismus vergessen, dass ich ihr absichtlich wehgetan habe.

Aber mein Stolz hält mich davon ab, mich zu entschuldigen. Mein eigener Schmerz.

»Ich gehe dann mal«, sagt sie, nachdem sie ihre Sachen zusammengesucht hat. Als sie sich umdreht, sieht sie mir kaum in die Augen. Ich bin so daran gewöhnt, dass ihr ausdrucksstarkes Gesicht jede meiner Bewegungen beobachtet, dass sich die plötzlich fehlende Aufmerksamkeit wie ein gekapptes Tau anfühlt. Wie ein erloschenes Licht. Sie zwingt sich zu einem gequälten Lächeln, und ihr Blick bleibt irgendwo um meinen Hals herum hängen. »Sicher sehen wir uns in ein paar Tagen wieder.«

Sie wartet nicht auf meine Antwort, sondern schlurft an mir vorbei zur Tür des Abstellraums, bleibt einen Moment stehen und dreht den Kopf halb zur Seite.

»Ich bin froh, dass es deiner Katze gut geht«, flüstert sie.

Ohne ein weiteres Wort geht sie und lässt die Tür zum Abstellraum angelehnt. Ich bleibe im Dunkeln zurück und starre angestrengt auf die Stelle, an der sie gerade noch stand.

Obwohl ich meine Wut an ihr ausgelassen und mein Bestes getan habe, um ihr die gleichen Schmerzen zuzufügen, die ich selbst spüre, steht sie darüber und erweist sich als der bessere Mensch.

Aus dem vorderen Teil des Ladens dringen gedämpfte Stimmen. Leise Gesprächsfetzen und dann ein Ausbruch von Gelächter. Ich reiße an meiner Magie, sobald ich Harriets leises, heiseres Kichern höre, das sich seinen Weg durch die Regale zu dem winzigen Abstellraum im hinteren Bereich bahnt.

Ich will es nicht hören. Wahrscheinlich habe ich es auch gar nicht verdient.

Kapitel 10

Nolan

Drei Stunden später denke ich immer noch an Harriet.

Die Rundung ihrer hängenden Schultern. Wie sie leicht durch die Nase nach Luft geschnappt hat. Ihr Haar, das ihr ins Gesicht fiel, damit sie sich vor mir verstecken konnte.

Ich liege flach auf dem Rücken in einem Bett, das nicht besonders bequem ist, und starre zur Decke, an der Lichtstreifen entlangziehen. In jedem Lichtstrahl, der über die Schatten fällt, sehe ich Harriets Gesicht, vor allem den Moment, als ihre Augen feucht wurden, weil ich mich über ihren Versuch lustig machte, mir helfen zu wollen.

Ich habe genug von ihrer Vergangenheit gesehen, um zu wissen, dass sie das Gefühl hat, eine Bürde für die Menschen um sie herum zu sein. Ihre Eltern haben ihr kein bisschen Zuneigung entgegengebracht, und sie hat Mühe gehabt, ihren Platz zu finden. Obwohl ich weiß, dass das ihr wunder Punkt ist, habe ich trotzdem darauf herumgedrückt.

Sie hat recht. Ich war grausam.

»Scheiße«, brumme ich und reibe mir mit den Handballen die Augen, bis ich schwarze Punkte sehe. Wie sehr haben mich die Menschen, die ich heimgesucht habe, verdorben? Wie viel von mir habe ich inzwischen verloren?

Sie wusste nicht, wovon sie sprach, als sie über mein Weiterziehen redete, aber deshalb hat sie es noch lange nicht verdient, dass ich meinen Frust an ihr auslasse. Sie hat es nicht verdient, verletzt zu werden.

Ich lasse meine Hände aufs Bett fallen. Morgen werde ich wieder in den Antiquitätenladen gehen. Ich werde es wiedergutmachen. Ihr die Situation erklären. Versuchen … meine eigenen Gefühle zu artikulieren, obwohl ich wahrscheinlich erst einmal herausfinden sollte, welche das sind.

Unabhängig davon werde ich es besser machen.

Die Dielen im Flur knarren. Ich stütze mich auf meine Ellbogen, und die Decke legt sich um meine Hüfte.

»Builín?«, rufe ich.

Jahrelang hat mein kleines Haus am Wasser Katzen angezogen. Manchmal tauchen sie auf der Veranda auf. Ein anderes Mal schleichen sie sich durchs Fenster herein, das sich nie ganz schließen lässt. Ich hatte im Laufe der Jahre unzählige nicht eindeutig zuzuordnende Haustiere, die kamen und gingen, wie es ihnen gefiel.

Aber seit etwa zehn Jahren ist nur noch Builín da. Wahrscheinlich ist sie zurückgekommen, um sich wie jeden Abend in meinen Decken zu verkriechen. Oder weil sie unbedingt die Bücherstapel in meinem Wohnzimmer terrorisieren muss.

»Nolan?«, ruft eine Stimme zurück.

Harriet kommt zum Vorschein, nur vom Licht erhellt, das durch die Fenster dringt. Sie trägt wieder ihren knappen Pyjama – den mit den aufgedruckten Zuckerstangen –, und bei ihrem Anblick wird mein Mund trocken.

Blasse Haut. Runde Hüfte. Unter dem Saum ihres Hemdchens ist ein winziger Streifen ihres Bauches zu sehen. Nackte Schultern und goldenes Haar, das im Mondlicht silbern wirkt.

»Harriet?« Meine Hände krallen sich in die Decke neben mir. »Was machst du denn hier?«

»Ich konnte nicht schlafen«, bringt sie mit schwerer Zunge hervor und reibt sich die Augen. »Nachdem wir uns so getrennt haben. Ich komme nicht …« Sie lässt die Hände sinken. »Ich komme nicht gut mit Konflikten klar. Wie du wahrscheinlich schon bemerkt hast.«

Sie schlurft barfuß zum Bett. Nachdem ihre Knie die Matratze berührt haben, klettert sie, ohne zu zögern, auf mich, während ich noch halb aufgerichtet unter der Bettdecke gefangen bin. Das ist zu viel Körperkontakt, zu schnell. Ich habe mir selbst nur sehr eingeschränkt erlaubt, Harriet zu berühren, und jetzt legt sie ein Festmahl vor mir aus. Ich packe sie an der Hüfte, als sie mir ihre Arme über die Schultern legt und ihre nackten Schenkel um meine Seiten schließt. Der dünne Träger an ihrer Schulter fällt zu ihrem Ellbogen hinunter, und die Rundung ihrer Brust zeichnet sich verführerisch durch den Stoff ab.

»Ich wollte dich nicht verärgern«, flüstert sie und drückt ihre Nase an meine nackte Schulter. Ich bin mir schmerzlich bewusst, wie wenig Stoff zwischen uns ist. »Ich wollte wirklich nur helfen.«

»Ich bin nicht verärgert«, sage ich, immer noch verwirrt von ihrem plötzlichen Auftauchen, aber nicht genug, um es zu hinterfragen. Ich drücke sie mit meiner Hand unten auf ihrem Rücken enger an mich, dann streiche ich an ihrer Wirbelsäule entlang, bis ich meine Finger in ihr Haar krallen kann. Meine Magie summt in leiser Zustimmung, meine Haut kribbelt überall dort, wo wir uns berühren.

In der Stille meines Schlafzimmers verlagert Harriet ihr Gewicht in meinen Armen. Nur das Rascheln meiner Bettwäsche und ihr gleichmäßiger Atem sind zu hören. Ich weiß nicht, wie sie mich gefunden hat, aber ich bin froh, dass sie hier ist. Ich drücke sie fester an mich, und sie legt ihr Kinn auf meine Schulter.

»Ich hätte nicht so reagieren dürfen.« Ich raffe ihr Haar mit beiden Händen zusammen und lasse es durch meine Finger gleiten. »Bist du sauer?«, frage ich.

»Nein. Ich bin nicht sauer.«

»Das solltest du aber sein.«

»Ja, wahrscheinlich.« Sie schmiegt sich tiefer in meinen Schoß, und ich stöhne und umklammere sie noch fester. Sie fühlt sich so gut an, ihr Gewicht drückt mich auf die Matratze. Sie fühlt sich fest an. *Echt.* Um sie besser sehen zu können, lasse ich mich nach hinten in die Kissen fallen und schiebe meine Hände wieder zu ihrer Hüfte.

Sie bleibt sitzen und thront auf meinem Schoß wie eine Art Mondgöttin. »Vielleicht bin ich morgen sauer. Heute Nacht …« Sie streicht über meine Schultern, über meine nackte Brust und bis zu der Stelle tief unten, an der die Decke sich um meine Hüfte schmiegt. Ich biege den Rücken durch, und meine Lider schließen sich unwillkürlich. So hat mich seit Jahren niemand mehr berührt. Es fühlt sich … unbeschreiblich an. Sie schiebt die Finger unter meine verhedderte Flanelldecke und zieht sie tiefer. Die kühle Nachtluft küsst meine vom Schlaf warme Haut.

»Heute Nacht«, fährt sie fort, und ihr Atem streift meine Kehle. Ihr Haar kitzelt meine nackten Arme. »Heute Nacht will ich etwas anderes von dir.«

Ihr Mund schwebt über meinem. Ich will es *so sehr.*

Küssen. Verschlingen. *Nehmen.*

Mit einem Ruck wache ich auf, mein Herz pocht wild in meiner Brust. Mein Bett ist leer, die Bettdecke hat sich um meine Mitte geschlungen. Ich spüre immer noch Harriets Gewicht auf meinem Schoß, schmecke ihren Pfefferminzgeschmack an meinem Mund. Mein Schwanz liegt schwer zwischen meinen Beinen, die Magie singt in meinem Blut.

Ich lasse mich aufs Bett zurückfallen, werfe einen Arm über meine Augen und stöhne. Hitze pulsiert durch meine Adern und sammelt sich tief zwischen meinen Lenden. Harriet in diesem Pyjama. Harriets Mund auf meiner Haut.

Harriet, Harriet, Harriet.

Nach kurzem Zögern stecke ich meine Hand unter die Bettdecke und schließe die Finger um mein Glied. Ich drücke zu, und meine Hüfte hebt sich.

Ein Traum. Es war ein Traum.

Zum ersten Mal seit über einem Jahrhundert hatte ich einen Traum. Und ich habe von Harriet geträumt.

»Scheiße«, murmle ich.

Kapitel 11

Harriet

Zwei Tage später steht Nolan mit einem Becher Kaffee und einem zerknirschten Gesichtsausdruck auf meiner Veranda.

Keins von beiden begeistert mich besonders, und ich ignoriere die Türklingel, als er sie betätigt. Stattdessen beobachte ich ihn durch die Kamera, während ich weiter die Feigen wasche, die ich heute Morgen spontan auf dem Markt gekauft habe.

Ich habe beschlossen, meine eigene verdammte Marmelade zu machen. Irgendetwas Positives sollte ich aus dieser ganzen Geistersache doch mitnehmen können. Die Marmelade scheint mir dafür die beste Wahl zu sein.

Die Marmelade würde mich nicht in einem Abstellraum anschreien.

Die Marmelade würde mich auch nicht zwei Tage lang ignorieren, obwohl er gesagt hatte, dass er sich melden würde. Allmählich glaube ich, dass die Katzengeschichte ein Haufen Blödsinn war.

Außer von jedem anderen Menschen, der mir je auch nur ansatzweise wichtig war, werde ich jetzt auch noch von einem echten Geist geghostet. Mein Leben ist ein Witz.

Mein Handyalarm piept erneut, und Nolan stützt sich mit der Hand am Türrahmen ab. Nicht, dass es mich interessieren würde, aber auf dem winzigen grobkörnigen Bild sieht er frustriert aus. Seine Haare stehen in alle Richtungen ab, und der Kragen seines Hemds ist schief. Er wirkt, als hätte ihn auf dem Weg hierher ein Tornado erwischt. Oder vielleicht ein Müllwagen.

Gut so. Als ich ihn das letzte Mal gesehen habe, war er ein Arsch. Eigentlich sollte er noch schlimmer aussehen. Diese Locke über seiner Stirn ist eine Beleidigung. Der Schatten seiner Grübchen eine Frechheit.

Er drückt erneut auf die Türklingel.

Ich ignoriere ihn noch etwas länger.

»Ich könnte auch einfach in deiner Küche auftauchen«, sagt er im Plauderton, und seine Stimme klingt durch den Lautsprecher meines Telefons blechern. Er blinzelt mich durch die Kamera an. »Ich versuche, nett zu sein.«

»In meiner Abstellkammer hast du nicht versucht, nett zu sein«, murmle ich vor mich hin und schrubbe eine meiner Feigen so heftig, dass sie ins Spülbecken fällt und darin herumhüpft. Mit weißen Knöcheln kralle ich mich an meinem Ärger fest. Ich bin es so leid, dass mich die Leute so behandeln, als wäre ich entbehrlich, als wären meine Gefühle unwichtig. Als wäre ich es nicht wert, dass man sich mit mir abgibt oder sich für mich einsetzt, nur weil ich nicht ihren Erwartungen entspreche. Dabei habe ich nur eine Idee geäußert. Ich habe ihn nicht … als Geisel im Abstellraum festgehalten und verlangt, dass er sich meinen Launen unterwirft. Mein ganzes Leben lang musste ich mir anhören, wie enttäuscht die Leute darüber sind, dass ich nicht so bin, wie sie mich gern hätten.

Das muss ich mir nicht auch noch von Untoten geben.

»Harriet«, versucht er es erneut. Er steht wie ein großer, schmaler Strich auf meiner Veranda. Wie zum Zeichen seiner Niederlage lässt er den Kopf hängen, als könnte er sich nicht mehr aufrecht halten. Als er wieder aufblickt, ist sein Gesicht ernst.

Verächtlich schnaube ich. Bestimmt hat er diese Geste vor dem Spiegel geübt. Ich wette, er hat zweiundzwanzig Jahre lang nichts anderes getan.

»Harriet«, sagt er erneut. »Öffne deine Tür.«

Ich tippe mit einem eingeseiften Knöchel auf den Bildschirm

meines Telefons. »Nenn mir einen guten Grund, warum ich dich reinlassen sollte«, sage ich über den Lautsprecher.

»Nun, ich bin an ...«

»Wenn du jetzt sagst, dass du über die Weihnachtszeit an mich gebunden bist, dann werde ich ... werde ich ...« Ich werde in meiner Küche in winzige Wutkonfetti explodieren. Ich werde eine dieser Feigen durch meine denkmalgeschützten Fenster schleudern. »Dann werde ich etwas Unfreundliches tun«, beende ich den Satz.

Durch die Kamera beobachte ich, wie ein aufreizendes Grinsen seinen linken Mundwinkel umspielt. Er sollte vor Angst zittern, nicht lächeln. »Und was wäre das, Harriet?«

»Ich werde dir nichts von der Marmelade, die ich gerade einkoche, abgeben.«

Seine Augenbraue hebt sich interessiert. »Du kochst Marmelade ein?«

»Ja. Und ich werde sie nicht mit dir teilen, wenn du dich nicht aufrichtig bei mir entschuldigst.« Der Wind in meinen Segeln flaut etwas ab, und ich verliere an Fahrt. Ich bin nicht besonders gut darin, Dinge von anderen zu verlangen, und noch schlechter darin, mich zu behaupten. Normalerweise bin ich die Erste, die sich entschuldigt, auch wenn es gar nicht nötig wäre. Das Einzige, was ich noch mehr hasse, als ständig unterschätzt und nicht wertgeschätzt zu werden, ist, Staub aufzuwirbeln. Das kratzt derart an den Wänden meines Herzens, dass ich mich immer fast überschlage, um sicherzustellen, dass es allen anderen gut geht.

»Ich verstehe, dass ich dich vielleicht versehentlich an einem wunden Punkt getroffen habe, aber du hättest nicht so unhöflich sein müssen«, fahre ich fort, während ich immer noch meinen Finger ans Telefon halte. *Du hättest mich nicht zu verletzen brauchen*, sage ich fast. *Nicht, nachdem ich dachte, dass wir vielleicht Freunde sind.*

»Darf ich reinkommen? Ich möchte dein Gesicht sehen, wenn ich mit dir spreche.« Er richtet sich auf und hält den Pappbecher hoch. »Ich habe dir ein Pfefferminzgetränk mitgebracht.«

Ich lasse die Feigen ins Sieb fallen, schleppe mich zur Haustür und wische mir dabei die Hände an meiner Pyjamahose ab. Heute trage ich ein kirschrotes übergroßes Flanellset, das ich angezogen habe, als ich vom Wochenmarkt nach Hause gekommen bin.

Nolans Augen leuchten auf, als er mich sieht, und sein Blick wandert schnell zu meinen nackten Füßen und wieder nach oben.

Den Ausdruck auf seinem Gesicht kann ich nicht deuten. Ich will es auch gar nicht.

»Meine Vergebung kannst du nicht mit überteuerten weihnachtlichen Getränken erkaufen.«

Das ist eine Lüge. Meine Vergebung lässt sich durchaus mit überteuerten weihnachtlichen Getränken erkaufen, vor allem, wenn er daran gedacht hat, Schlagsahne draufgeben zu lassen. Aber ich möchte etwas Neues ausprobieren, indem ich nicht sofort einknicke, um es jemand anderem leichter zu machen.

Nolan streckt mir den Becher hin. »Ich weiß.«

Ich nehme ihn. »Und ich will kein einziges Wort über meine Wahl an Klamotten hören«, warne ich ihn. Ich habe Angst, dass ich, wenn er noch irgendetwas Abwertendes zu mir sagt, vollends zusammenbreche.

»Ich finde, du siehst hübsch aus.« Sein Blick fällt auf meine Hüfte, und er macht eine lange Pause. Seine Kehle hüpft, als würde er schwer schlucken. »Die sind … ähm. Sehr süß.«

Ich verdrehe die Augen und trinke einen Schluck Kaffee. Er ist noch heiß. Ich frage mich, ob er die Magie, die er so zu hassen scheint, benutzt hat, um ihn warm zu halten, oder ob er einfach mit einem Power-Walk von dort, wo immer er zu Hause ist, hierhermarschiert ist.

Keine Ahnung, Nolan redet ja nicht mit mir. Ich bin nur ein Job. Ein Punkt zum Abhaken auf seiner To-do-Liste.

»Möchtest du mir als Nächstes ein Kompliment für meine Frisur machen?« Ich deute auf das Chaos auf meinem Kopf. »Oder vielleicht für meine erstaunlichen organisatorischen Fähigkeiten?« Ich schwenke meinen Arm in Richtung meines Wohnzimmers. Zu den vollgestopften, überfüllten Bücherregalen und dem Kaminsims, der so überfüllt ist mit leeren Bilderrahmen und Nippes, dass er nur durch ein Wunder hält. »Was noch?«

Nolan runzelt die Stirn. »Du glaubst nicht, dass ich das ehrlich gemeint habe?«

»Ich glaube, du sagst nette Dinge, weil du neulich ein Idiot warst.« Um Zeit zu schinden und Mut zu fassen, nehme ich einen weiteren großen Schluck von meinem Getränk. »Aber ich will nicht, dass du mir Komplimente machst, nur weil du dich schlecht fühlst.«

»Das tue ich auch nicht.«

»Ach nein?« Ich weiß genau, wann jemand aufrichtig ist und wann eine Person mich für irgendetwas braucht. Nolan will weiterziehen. Diese Tatsache hat er mich nicht vergessen lassen. Ich bin für ihn lediglich ein Mittel zum Zweck. Unser Gespräch im Abstellraum hat das nur bestätigt.

»Hör zu.« Es ist zu schwierig, ihm weiter ins Gesicht zu sehen, also schaue ich stattdessen auf meine nackten Füße. Gestern Abend habe ich mir die Fußnägel knallrot lackiert, weil sich das gut anfühlte. Weil ich immer in der Lage war, mein Glück selbst in die Hand zu nehmen, wenn die Menschen um mich herum der Meinung waren, dass ich die Mühe nicht wert sei. »Wir können einfach unseren jeweiligen Aufgaben nachgehen. Diesen Teil müssen wir nicht mehr machen.«

»Diesen Teil?«

»Den Teil, bei dem du so tust, als wären wir Freunde.«

Nolan rückt näher, seine Stiefel links und rechts neben meinen nackten Füßen. Sanft fährt er mit den Fingern unter meinem Kinn entlang, bis ich ihm ins Gesicht sehe. Seine Augen sind wie Gewitterwolken, und zwischen seinen Augenbrauen steht eine dicke Falte. Sein Gesichtsausdruck wirkt wie in Stein gemeißelt, mit scharf geschnittenen Zügen. Wohl zum ersten Mal glaube ich tatsächlich, dass er etwas … anderes ist. Er sieht Ehrfurcht gebietend aus. Als hätte er beim Sterben einen Teil des Meeres in sich aufgenommen, das nun in ihm brodelt.

»Ich tue bei gar nichts so, als ob«, behauptet er. »Wenn ich sage, dass du hübsch aussiehst, dann meine ich das auch so.« Er streicht an meinem Kinn entlang. Für einen flüchtigen Moment glaube ich zu spüren, dass er zittert. Doch dann lässt er die Hand sinken, und ich sage mir, dass ich aufhören soll, mir Dinge einzubilden, die nicht da sind. »Manchmal glaube ich, dass ich dir gegenüber sogar zu ehrlich bin.«

Ich schnaube. »Von dir ist noch gar nichts Ehrliches gekommen.«

»Ich war zu dir schon ehrlicher als zu jedem anderen Menschen, Harriet.« Er reibt sich über die Wange. Immer noch steht er dicht vor mir. »Ich muss mich bei dir entschuldigen.«

»Ja«, stimme ich zu. »Finde ich auch.«

Er sieht mir suchend in die Augen, den Mund zusammengepresst. »Harriet, ich …«

In der Küche klingelt mein Telefon und unterbricht ihn. Mir krampft sich der Magen zusammen. Dieser Klingelton ertönt nur, wenn eine ganz bestimmte Person anruft. Es ist mein ganz persönlicher Wirbelsturm-Alarm.

Das hat mir wohl gerade noch gefehlt.

Langsam und geschlagen mache ich mich auf den Weg in die Küche. Nolan folgt mir dicht auf den Fersen.

»Was ist das für ein Geräusch?«, fragt er. »Ein Notfall?«

Ich weiß nicht, warum er denkt, dass ich einen Notfall auf meinem Handy mit »Misery Business« kennzeichnen würde, aber ich vermute, dass er technologisch nicht auf dem neuesten Stand ist. Wahrscheinlich auch nicht, was Popkultur angeht.

»Kennst du Paramore?«, frage ich.

Er stolpert hinter mir her und stößt mit dem Knie gegen mein Lebkuchenhaus. Etwas klappert. Er bemerkt es kaum.

»Du hast einen Liebhaber?«, fragt er.

Ich schnappe mir mein Handy vom Tresen. »Was? Nein. Ich …« Ich habe diesen Anruf schon zu lange klingeln lassen. Gott steh mir bei, wenn die Mailbox anspringt. Donna York hinterlässt keine *Nachrichten.* »Ich muss diesen Anruf von meiner Mutter annehmen, dann können wir weiterreden.«

Nolan lehnt sich an der Theke neben mir zurück und macht es sich bequem. »In Ordnung.«

»Du kannst im Wohnzimmer warten.«

Er zuckt mit den Achseln, und in seinen Augen blitzt Neugierde auf. »Hier ist es auch in Ordnung.«

Ich verdrehe die Augen und drücke die Annehmen-Taste, bevor der Anruf auf die Mailbox umgeleitet wird und ich mir die Hölle auf Erden einhandle.

»Hallo, Mom.« Mühsam versuche ich, meiner Stimme etwas Fröhliches und Begeistertes zu entlocken statt des bleiernen Grauens, das sich jedes Mal in mir ausbreitet, wenn ich ihren Namen auf dem Display aufblitzen sehe. Ich bin allerdings aus der Übung. »Wie geht es dir?«

Es gibt eine kurze Pause, dann höre ich im Hintergrund das Klirren einer Porzellantasse. Sie trinkt wohl gerade ihren täglichen 11-Uhr-Tee. Earl Grey. Ein Stück Zucker. Immer in derselben Hermès-Porzellantasse serviert, die sie schon hatte, als ich noch ein Kind war.

»Harriet«, sagt sie zur Begrüßung. »Warum hast du so lange gebraucht, um dranzugehen?«

Mein Blick fällt auf den Mann, der für die Verzögerung verantwortlich ist und der sich an mein Spülbecken lehnt und mich mit ruhigen, wachsamen Augen beobachtet. Ich fühle mich wie ein Wombat in einem Zoogehege. Oder wie ein besonders aufwühlendes Kunstobjekt im Baltimore Museum of Art. An einer der High Schools wurde vor ein paar Jahren *Sweeney Todd* aufgeführt, und alle im Publikum hatten den gleichen Gesichtsausdruck wie Nolan jetzt.

Beklommenheit. Besorgnis. Und Anzeichen dafür, dass man sich auch ein bisschen unterhalten fühlt.

Ich schiebe mir eine Haarsträhne aus dem Gesicht. »Konnte mein Handy erst nicht finden«, lüge ich geschmeidig. »Aber jetzt bin ich ja hier. Was kann ich für dich tun?«

»Du und dein Häuschen. Es ist so vollgestopft. Das ist das Problem, wenn man sich mit Unordnung umgibt, Harriet. Man findet nie, was man sucht.«

Mein Haus ist kein Häuschen. Es ist ein historisches Gebäude, das restauriert wurde. Und es ist nicht *unordentlich*. Es ist gemütlich und komfortabel, mit all den Dingen, die mich glücklich machen. Aber meine Mutter ist durch und durch berechenbar, und sie hat die Kunst der indirekten Beleidigung perfektioniert.

Egal, wie oft meine Mutter beweist, dass sie sich nicht für das Leben interessiert, das ich führe, ich hege immer wieder einen Funken Hoffnung, dass dieser Besuch, dieser Anruf, dieses Gespräch anders sein könnte.

Aber das passiert nicht. Das passiert nie. Und wenn mein hoffnungsvolles Herz diese Lektion endlich mal lernen könnte, wäre ich besser dran.

»Das ist ein guter Punkt«, sage ich zu ihr, und Nolan verlagert sein Gewicht am Rande meines Gesichtsfeldes. Seine Beine sind an den Knöcheln übereinandergeschlagen, und er runzelt die Stirn. Ich habe keine Ahnung, ob sein gesteigertes Hörvermögen zu seinen geisterhaften Superkräften gehört oder ob er einfach nur neugierig ist. Ich kehre ihm den Rücken zu und gehe zum Kühlschrank. »Du rufst wegen der Gala an, vermute ich.«

»Sie erinnert sich also daran, dass sie familiäre Verpflichtungen hat.«

»Ich hatte vor, heute Nachmittag anzurufen.« Wieder eine Lüge. »Ich habe die Zeit aus den Augen verloren.« Die Zeit *heute* habe ich aus den Augen verloren, weil ich stattdessen die im Blick hatte, als ich sechs Jahre alt war und meine Mutter noch Schulterpolster trug.

Ich schürze die Lippen. »Brauchst du wirklich eine Rückmeldung von mir, ob ich zu der Gala komme, zu der ich jedes Jahr auftauche?«

»Das gehört sich so«, erwidert meine Mutter sachlich.

»Gut. Dann hast du jetzt ja meine Rückmeldung. Entschuldige die Verspätung.«

Es folgt eine Pause. »Du wirst natürlich auch schriftlich zusagen.«

Ich starre auf den Umschlag, der mit einem tanzenden Erdbeermagneten an meinem Kühlschrank befestigt ist. Ich habe mir noch nicht die Mühe gemacht, ihn zu öffnen. »Natürlich«, antworte ich.

»Wunderbar«, sagt meine Mutter, und das Wort klingt fremd aus ihrem Mund. Ich kann mich nicht erinnern, wann meine Mutter das letzte Mal etwas wirklich wunderbar fand. »Danke. Wenn du mir einen weiteren Anruf ersparen könntest, indem du innerhalb des angemessenen Zeitfensters antwortest, wäre das hilfreich. Mein Terminkalender ist sehr voll.«

Plötzlich bin ich wieder ein kleines Kind in einem unbequemen roten Kleid und glänzenden Schuhen, die an den Zehen drücken. *Warum musst du mir immer alles so schwer machen?* Sechzehn, vor einem Bankettsaal stehend, bemüht, nicht zu weinen. *Mach keine Szene, Harriet.* Fünfundzwanzig und an einem eleganten Tisch sitzend, auf meinen Teller starrend. *Wie konntest du uns das antun? Wie konntest du so egoistisch sein?*

Ich schlucke, weil ich plötzlich einen Kloß im Hals habe. Meine Schuldgefühle habe ich immer wie einen kratzigen Pullover getragen. »Ich verstehe«, kriege ich gerade noch heraus.

»Gut. Wir sehen uns am Achtzehnten«, sagt sie und legt ohne ein weiteres Wort auf. Ich behalte das Telefon am Ohr und lausche dem Freizeichen. Ich bin mir nur allzu bewusst, dass Nolan hinter mir immer noch an der Spüle lehnt.

»Tschüss, Mom«, sage ich in die Stille und hoffe, dass ich überzeugend klinge. »Bis bald.«

Ich nehme das Telefon vom Ohr und packe all meine quälenden, turbulenten Gefühle langsam weg, bis ich wieder ruhiges Fahrwasser erreicht habe.

Halbwegs ruhig. Halbwegs ruhiges Fahrwasser.

»Nun«, sagt Nolan. »Deine Mutter scheint ja eine Wucht zu sein.«

Ich schaue über meine Schulter zu ihm. »Wie viel hast du mitbekommen?«

Sein Gesicht ist unergründlich. »Genug.«

Wieder drehe ich mich weg und beschäftige mich mit den Magneten an meinem Kühlschrank. Ich ordne sie zu einem Smiley an und hoffe, dass ich es vielleicht auch fühlen kann, wenn ich mich nur genug anstrenge.

»Du hättest nicht zuhören sollen«, tadele ich ihn.

»Ich habe deine Vergangenheit besucht, Harriet. Dass ich ein Telefongespräch mit angehört habe, sollte deine geringste Sorge in Bezug auf deine Privatsphäre sein.« Als ich mich umdrehe, wirft er mir einen Blick zu. »Warum macht dir das etwas aus?«

»Weil es peinlich ist«, flüstere ich, und meine Stimme bricht am Ende.

»Warum?«

Weil meine Mutter mich behandelt, als wäre ich eine Last. Weil das Universum oder das Schicksal oder wem auch immer Nolan Rechenschaft ablegt, nicht die Einzigen sind, die mich für einen schlechten Menschen halten.

Weil nicht einmal die Menschen, die mich *eigentlich* lieben sollten, es schaffen.

Weil ich es so verdammt leid bin, mir Mühe zu geben, nur um dann doch zu scheitern. Immer wieder.

»Ich weiß nicht«, antworte ich, nicht bereit, solche Dinge mit Nolan zu teilen, nach dem, was im Laden passiert ist. »Es ist einfach so.«

Nolan starrt mich lange an, und seine Augen huschen hin und her.

»Du bist nicht diejenige, der das peinlich sein sollte«, sagt er schließlich.

Sein Blick schweift ab und fällt auf das Sieb voller Feigen im Spülbecken. Er nimmt eine davon und beißt hinein, als wäre dieser einfache Satz nicht Balsam für über zwei Jahrzehnte Herzschmerz. »Sie wollte wissen, ob du zu einer Party kommst?«

Ich nicke. »Meine Familie veranstaltet jedes Jahr vor den Feiertagen eine Wintergala. Normalerweise hätte ich schon zugesagt, aber ich habe es vergessen, weil ... so viel anderes los war.«

Er nimmt noch einen Bissen von seiner Feige. Etwas Fruchtsaft läuft ihm über die Fingerknöchel. »Klingt nach einer förmlichen Angelegenheit.«

»Das ist es auch.« Es ist die jährliche Gelegenheit für meine Mutter, im Namen der Nächstenliebe vor ihren Freunden anzugeben. Viel zu viel Geld für eine pompöse Zurschaustellung ihres Erfolgs auszugeben. Meine Anwesenheit wird nicht aus dem Wunsch heraus verlangt, mich zu sehen. Ich habe eine Rolle zu spielen. Die dekorative Tochter, die das Familienporträt vervollständigt.

Ich bin überrascht, dass sie mich überhaupt noch dabeihaben wollen, wenn man alle Umstände bedenkt.

»Du scheinst nicht sehr glücklich darüber zu sein«, sagt Nolan, isst seinen Snack auf und greift nach einem Handtuch.

»Mir geht es gut«, antworte ich automatisch. Zumindest wird es mir wieder gut gehen. Bis zur Gala ist noch genug Zeit, um meine Rüstung zusammenzuflicken. Ich werde es rechtzeitig schaffen. Das tue ich immer. »Lass mich kurz etwas anderes anziehen, dann kannst du mich entführen.«

»Und wohin entführe ich dich heute?«

»Das werden wir sicher herausfinden. Ich will dich bei deinen Heimsuchungen keinesfalls aufhalten.« Ich bin immer noch sauer, und er weiß es.

Nolan beobachtet mich aufmerksam, nach wie vor an meine Küchenspüle gelehnt. Um seine stürmischen Augen herum bilden sich

Falten. »Du hast mich vorhin nicht ausreden lassen. Ich habe es mir anders überlegt.«

»Was genau?«

Er legt mein Küchenhandtuch auf die Arbeitsplatte, so gefaltet, wie ich es mag. »Wir werden heute nicht deine Vergangenheit besuchen.«

»Nicht?«

»Ich muss mich immer noch bei dir entschuldigen.« Sein Gesicht wird ernst. Aufrichtig. *Schüchtern.* Ein Angebot, wenn ich mutig genug bin, es anzunehmen. »Ich dachte, wir könnten uns heute deine Gegenwart ansehen.«

Kapitel 12

Nolan

Als ich Harriet sagte, wir könnten tun, was immer sie will, hatte ich nicht erwartet, dass sie Schlittschuh laufen will.

Ich dachte, wir würden uns einen ihrer Filme ansehen. Vielleicht die Marmelade einkochen, auf die sie so versessen zu sein schien, als ich bei ihr zu Hause ankam. Im schlimmsten Fall dachte ich, sie würde mich vielleicht zu einer dieser Baumschulen mitnehmen, die sie anscheinend so mag.

Ich hatte nicht erwartet, mit Rasierklingen unter den Schuhen über gefrorenes Wasser zu gleiten, während aus den Lautsprechern über mir etwas über die zwölf Weihnachtstage gebrüllt wird.

Harriet saust zum sechsten Mal in ebenso vielen Minuten mit wehendem blondem Haar an mir vorbei. Anmutig vollführt sie eine Pirouette, schlängelt sich dann zurück und umkreist mich, während ich langsam über das Eis schlurfe.

»Wenn du gehofft hast, mich umzubringen«, sage ich und halte mich an der Bande fest, »dann möchte ich dich daran erinnern, dass ich bereits tot bin.«

Sie strahlt mich an, und ihre frühere Melancholie ist wie weggeblasen. »Für einen Geist der Weihnacht bist du ziemlich mürrisch in Bezug auf weihnachtliche Dinge.« Das Lied wechselt zu dem, in dem Mommy den Weihnachtsmann küsst. Ich stöhne.

Harriet verdreht die Augen, schenkt mir ein weiteres warmes Lächeln und saust davon. Trotz der Musik und meiner Unfähigkeit, Schlittschuh zu laufen, bin ich froh, dass wir hier sind und nicht irgendwo in ihrer Vergangenheit. Ich habe nicht die geringste Lust,

Harriet dabei zuzusehen, wie sie sich noch kleiner macht, zermürbt von einer Enttäuschung nach der anderen. Vor allem nach dem Anruf ihrer Mutter.

Dass ich zu diesem Gefühl beigetragen habe, finde ich schrecklich. Dass ich noch jemand war, der sie herabgesetzt hat, finde ich schrecklich.

»Komm schon«, ruft sie von der gegenüberliegenden Seite der leeren Eisbahn. Sie macht irgendeine komplizierte Bewegung mit ihren Füßen und führt einen weiteren Drehsprung aus, der in mir eine seltsame Mischung aus Erregung und panischer Angst auslöst. »Ich dachte, du wärst seefest, Mister Fischer.«

»Das hier ist nicht die See«, schreie ich zurück. »Das hier ist eine gefrorene Todesfalle.«

Harriets Lachen hallt von den Banden wider, und ich spüre, dass ich unwillkürlich lächle. Wir sind ganz allein auf der großen Eisbahn, um deren Rand herum goldene Kugellampen aufgereiht sind, und über uns spannt sich ein großes weißes Zeltdach. Harriet zufolge wird diese Fläche über die Feiertage abends von der Öffentlichkeit zum Eislaufen genutzt, aber die Besitzerin lässt Harriet herein, wann immer sie will. Sie haben eine Vereinbarung getroffen, bei der die Besitzerin im Gegenzug für die kostenlose Eislaufzeit im Krähennest einen Rabatt auf Modeschmuck bekommt.

Die Frau, die uns die Tür öffnete, trug ein schiefes Lächeln und massive Ohrringe mit blauen Edelsteinen. Sie reichte Harriet ein kleines Päckchen, beschwerte sich über einen Mann namens Darryl, der die falschen Dinge an die falschen Adressen liefere, und redete dann sieben Minuten lang über Online-Auktionen.

Während ich gerade mal eine Runde schaffe, läuft Harriet schon die fünfte. Auf ihrer letzten Runde passt sie sich meinem Tempo an. Ich werde allmählich besser und fühle mich sicherer auf den Beinen, aber mit Harriet kann ich nicht mithalten.

Sie hat sich die Haare zu einem hohen Pferdeschwanz zusammengebunden, sodass ihr die Locken gerade über die Schulterblätter fallen, während sie die Hände locker an den Seiten hin- und herschwingen lässt. Es fällt mir schwer, sie anzusehen.

Seit ich von ihr geträumt habe, schlafe ich nicht mehr. Das erlaube ich mir nicht. Ich habe Angst davor, was meinem Unterbewusstsein alles einfallen könnte, wenn es die Gelegenheit dazu bekäme, und mein Körper braucht sowieso keinen Schlaf. Um ehrlich zu sein, schäme ich mich dafür, dass ich mir bei dem Gedanken an sie einen runtergeholt habe. Ich habe die Kontrolle über die Situation völlig verloren.

»Danke, dass du mit hierhergekommen bist«, sagt sie. Sie trägt ihren rosafarbenen Mantel und die Fäustlinge, die ich ihr geschenkt habe. »Ich bin schon viel zu lange nicht mehr Schlittschuh gelaufen.«

»Dann bin ich froh, dass wir herkommen konnten«, antworte ich ihr. »Ich hab es ernst gemeint, als ich sagte, dass es mir leidtut, ja? Du hattest so etwas von mir nicht verdient.« Sie gibt einen leisen Laut der Bestätigung von sich, sagt aber nichts weiter, als sie sich umdreht, um neben mir über das Eis zu gleiten. Wir laufen schweigend eine weitere Runde, und nur das Kratzen unserer Kufen auf dem Eis ist zu hören. Unsere Hände berühren sich zufällig, streifen sich und entfernen sich dann wieder voneinander. Ich sehne mich bis in die Knochen danach, ihre Hand zu halten. Würde sie mich ihre Hand halten lassen?

Meine Magie schießt mir den Rücken hinauf und setzt sich zwischen meinen Schulterblättern fest. *Warte,* sagt sie. *Noch nicht.*

Aus Harriets Zorn ist etwas Weicheres, Formbareres geworden. Das ist zwar das, was ich wollte, aber ich bin mir nicht sicher, ob ich mich dadurch besser fühle. Ich glaube, Harriet verdrängt ihre Gefühle, um es anderen leichter zu machen, mit ihr umzugehen.

Aber wenn sie wütend ist, dann soll sie auch wütend sein dürfen. Wenn sie traurig ist, soll sie traurig sein dürfen.

»Als ich ein Geist wurde …« Ich zögere, weil ich mit meinen Schlittschuhen strauchle. Harriet stützt mich mit sanfter Hand an meinem Ellbogen, und ich versuche es noch einmal. »Als ich starb, ging alles so schnell. Ich war auf meinem Boot, und dann …« Dunkler, schwerer Himmel. Das Deck schwankt unter meinen Füßen. Salzwasser in meiner Nase und etwas Goldenes, gerade außer Reichweite. Nach all den Jahren sind das alles nur noch ein paar Sinneseindrücke. Ein zunehmendes Taubheitsgefühl und eine Hand, die mich hinten am Mantel packt und wegzieht.

»Im einen Moment war ich noch auf meinem Boot, im nächsten nicht mehr«, fahre ich fort. »Ich war tot und hatte keine Zeit, das zu verarbeiten. Ich hatte einen Job zu erledigen und musste Erwartungen erfüllen, und alles fühlte sich an wie ein … wie ein Albtraum. Natürlich gab es eine Einweisung …«

Harriet unterdrückt ein erstauntes Lachen. »Natürlich.«

»… aber ich fühlte mich gefangen. Diesen Ort hier habe ich mir nicht mal aussuchen können. Ich konnte mir *gar nichts* aussuchen. Plötzlich war ich hier, allein, und es war …« *Erschütternd. Schrecklich. Furchterregend. Einsam.* »In den ersten Jahrzehnten habe ich immer auf den nächsten Schritt gewartet. Ich habe versucht, meine Arbeit gut zu machen, und gehofft – tja, ich glaube, ich habe gehofft, dass ich zu etwas anderem aufsteigen würde, wenn ich die Anforderungen erfülle.«

Harriet denkt darüber nach. »Du dachtest, du würdest im Jenseits ewige Ruhe finden. Nicht mehr arbeiten müssen.«

»Aye.« Wir drehen noch eine Runde auf der Eisbahn, und Harriet schweigt neben mir. »Aber dazu ist es nie gekommen. Nichts hat sich geändert. Ich musste meine Erwartungen hinter mir lassen. Das ist einfacher für mich als die Alternative.«

»Die Alternative?«

»Dass es für mich vielleicht nichts anderes gibt.«

Harriet runzelt die Stirn. »Glaubst du das wirklich?«

»Ich will nicht mehr hoffen. Wenn ich mir keine Hoffnungen mehr mache, kann ich auch den Gedanken daran loslassen, dass sich nichts ändern lässt. Dadurch wird alles erträglicher. Es ist nicht schlimm, ein Geist zu sein. Nicht, wenn ich vergesse, was vorher war, und ignoriere, was danach kommen könnte.« Ich lächle gequält. »Ich bin gut darin, meine Augen vor der Wahrheit zu verschließen.«

Sie lächelt zurück. »Das Konzept ist mir vertraut«, sagt sie leise.

»Deine Mutter?«

»Ja. Bei mir ist es allerdings anders. Was sie angeht, kann ich mir nicht helfen, ich hoffe immer noch.«

»Warum ist sie so …«

»Kalt?«, fragt Harriet.

»Schrecklich«, verbessere ich sie.

Harriet zieht den Kopf ein und verbirgt ihr Gesicht. Ich möchte ihr Kinn berühren und ihr Gesicht wieder zu meinem drehen. Als ich in ihrer Küche sagte, dass sie sich für nichts schämen müsse, meinte ich das ernst.

»Mein Großvater war ein schwieriger Mensch«, sagt Harriet langsam. »Meine Mutter war die Älteste, und ich glaube, dass sie den Großteil seiner Erwartungen erfüllen musste. Seine Sanftheit sparte er für meine Tante Matilda auf, und ich glaube, meine Mutter hat ihm das übel genommen.«

Sie legt den Kopf in den Nacken und starrt zu dem Zeltdach über uns hinauf. Die goldenen Lichter drehen sich und schwanken in der kalten Luft. »Er starb früh, und das trieb einen Keil zwischen sie. Sie stritten sich über sein Testament und sprachen jahrelang kein Wort miteinander. Als meine Mutter dann mit Samantha und mir schwanger wurde, versuchten sie, sich zu versöhnen. Aber der Schaden war zu weit fortgeschritten. Fast wie Narbengewebe, weißt du? Sie schienen immer in einem Streit gefangen zu sein, von dem wir anderen nichts wussten. Und keiner der beiden wollte jemals darüber sprechen. Aber ich hing sehr an meiner Tante.« Harriet lächelt. Weich. Abwesend. *Traurig.* »Sie gab mir die Zuneigung, nach der ich mich so verzweifelt sehnte, und ich glaube, das hat meine Mutter verletzt. Dass ich mich für Matilda entschieden habe.

Ich habe immer wieder auf einen wunden Punkt gedrückt, von dem ich nicht einmal wusste, dass er da war. Es ist also nicht unbedingt ihre Schuld.«

»Sie hat ein Kind dafür bestraft, dass es geliebt werden wollte. Wer könnte sonst schuld sein?«, frage ich. Harriet sieht mich aufgebracht an. »So ist es nun mal. Von uns beiden bin ich wohl der Experte für schlechtes Benehmen.«

»So einfach ist das nicht«, erklärt Harriet. »Sie will nur, dass ich mein volles Potenzial ausschöpfe.«

Ich kann mich kaum beherrschen, nicht die Augen zu verdrehen. Harriet ist sehr gut darin, Entschuldigungen für die Unzulänglichkeiten anderer zu finden.

Sogar bei mir.

»Ich möchte mich noch mal bei dir entschuldigen«, sage ich und komme auf den Grund dafür zurück, warum wir hier sind. »Anscheinend bist du nicht die Einzige, die bei anderen auf wunde Punkte drückt.«

Harriets Gesichtsausdruck verändert sich. »Ich hatte dich in die Ecke gedrängt«, sagt sie leise. »Du hattest recht. Ich habe die Sache nicht durchdacht.«

Frustriert schüttle ich den Kopf. »Und ich habe überreagiert. Ich hätte meine Wut nicht so an dir auslassen dürfen. Das war total daneben, Harriet. Es wird nicht wieder vorkommen.«

Harriet atmet langsam aus. Wir laufen schweigend eine Runde, dann noch eine. Ich lasse ihr Zeit, über meine Entschuldigung nachzudenken, ohne sie zu drängen.

»Versprichst du es?«, fragt sie schließlich.

»Das tue ich.«

»Gut.« Sie nickt ein Mal. »Dann verzeihe ich dir.«

Ich spüre, wie sich meine Augenbrauen heben. »Einfach so?«

Sie lächelt schief. »Ich bin nicht nachtragend, schon gar nicht Wesen gegenüber, die schon lange existierten, bevor ich auf diesem Planeten überhaupt unterwegs war.«

Ich lache. »Na schön.«

Sie wirft mir einen schelmischen Blick zu, bei dem ihr der Pferdeschwanz über die Schulter fliegt. »Möchtest du es dir lieber erst verdienen?«

Ein wissendes Lächeln umspielt meine Mundwinkel. »Ich hätte nichts dagegen, es mir zu verdienen«, sage ich leichthin.

Sie sieht mich an, und ihre braunen Augen werden dunkel. Wir betreten jetzt ein anderes Terrain. Den Ort, an dem ich im Traum war, mit ihren Händen in meinen Haaren und meinem Gesicht an ihrem Hals. Ihr kleines Zuckerstangenoberteil um ihre Taille, ihre nackten Brüste an meine Brust gedrückt.

»Das ist, ähm, gut zu wissen«, stottert sie, und ihre Wangen werden rot. Man sieht Harriet immer an, was sie gerade fühlt. Ich weiß nicht, ob das gut ist oder nicht, aber ich weiß, dass ich noch nie jemanden wie sie gekannt habe.

Schweigend drehen wir noch eine Runde, und dabei wird das Band, das sich um meine Brust geschnürt hatte, mit jedem rhythmischen Schwung unserer Schlittschuhe etwas lockerer. Es ist schon lange her, dass ich mich so wohl gefühlt habe wie jetzt.

»Komm«, sagt sie schließlich und wird langsamer, als die Musik zu etwas Leichterem und Verspielterem wechselt. »Ich habe Hunger.«

Gehorsam folge ich ihr vom Eis zurück in die Lobby der Eishalle, einem offenen Bereich mit langen Holzbänken. Auf der einen Seite befindet sich ein steinerner Kamin, in dem ein Feuer lodert, und über dem Kaminsims hängt eine frische Weihnachtsgirlande. Harriet hatte unsere Stiefel vor dem Kamin abgestellt, bevor wir unsere Schlittschuhe angezogen haben, und ich bücke mich, um sie aufzusammeln, während wir langsam durch den Raum trippeln.

Als meine Fingerspitzen das Leder berühren, lasse ich sie sofort wieder fallen. Meine Stiefel sind heiß.

Ich konnte es *fühlen*.

Harriet dreht sich zu mir um. »Alles in Ordnung?«

Ich nicke und starre immer noch stirnrunzelnd auf meine Stiefel. »Aye«, antworte ich langsam und reibe meine Finger aneinander. Sie sind rot. Die Haut ist gereizt. »Alles in Ordnung.«

Erst träume ich, jetzt fühle ich auch noch, aber alles ist *in Ordnung*.

Die Wahrheit wird verdrängt, wie immer.

Ich lasse mich auf die Bank neben Harriet fallen, meine Hüfte an ihrer, und starre immer noch auf meine Finger. Sie brummt neben mir und schlitzt mir mit ihrem Schlittschuh fast die Wade auf.

»Und du? Auch alles in Ordnung?«

»Mir geht's gut«, presst sie hervor und beschäftigt sich mit ihren Schnürsenkeln.

»Du siehst aber nicht so aus.«

Ihre Fäustlinge liegen neben ihr, ihr Pferdeschwanz hängt ihr über eine Schulter. Mit einem frustrierten Grunzen zerrt sie noch ein wenig an ihrem Schlittschuh. »Der Knoten ist hartnäckig. Aber ich krieg das hin.«

»Gib mir deinen Fuß.«

»Was? Nein. Wozu brauchst du meinen Fuß?«

»Damit ich dir helfen kann.« Ich bücke mich, packe ihren Knöchel und hebe ihr Bein auf meinen Oberschenkel. Jetzt bekomme ich den ausgefransten Schnürsenkel zu fassen. »Bist du immer so stur, wenn man dir helfen will?«

Ich löse den Knoten und lockere die Schnürsenkel vorne an ihrem Schlittschuh. Dann ziehe ich hinten an der Kufe und streife ihr den Schuh vom Fuß. Jetzt schnappe ich mir ihren Stiefel. Er ist noch warm vom Feuer, und sie sieht mir dabei zu, wie ich ihn ihr über die Rentiersocken ziehe. Ich tätschle ihren Knöchel, stelle ihren Fuß auf den Boden und nehme mir den anderen vor.

Sie hebt ihn brav auf meinen Schoß.

»Die Leute bieten normalerweise keine Hilfe an«, sagt sie mit leiser Stimme, während ich zugange bin. Ich schaue ihr ins Gesicht, aber sie beobachtet meine Hände, die an den Schnürsenkeln ziehen. Die sind weit weniger verheddert, aber ich lasse mir trotzdem Zeit. Meine Hand, die nicht mit dem Knoten kämpft, hält ihren Knöchel fest, meine Finger weit gespreizt.

»Ich schon.«

Das sollte ich nicht. Ich weiß, dass ich das nicht sollte. Sie wurde mir als Aufgabe anvertraut, und ich habe nicht viel Zeit. Ich wurde hierhergeschickt, um ihre schlimmsten Geheimnisse zu enthüllen.

Aber mir ist anscheinend nicht zu helfen.

Ihre Fingerspitzen streichen über meinen Handrücken. »Vielleicht können wir uns gegenseitig helfen?«, fragt sie mit einem Hauch von Unsicherheit in der Stimme. Meine Magie zwickt mir warnend in den Nacken. Ich habe diese Angst dort verursacht. Ich habe dafür gesorgt, dass sie sich scheut, mich um etwas zu bitten.

Das will ich wieder in Ordnung bringen.

Schließlich befreie ich sie von dem Schlittschuh und lege ihn zu dem anderen, bevor ich nach ihrem Stiefel greife. »Das wäre schön.«

»Ja?«

»Ja«, sage ich, und mein nutzloses Herz hämmert in meiner Brust.

An ihre Theorie glaube ich immer noch nicht. Sie kann nichts tun, damit ich weiterziehe. Aber wenn es sie glücklich macht, es zu versuchen – wenn es etwas von der Traurigkeit aus ihrem hübschen Gesicht vertreibt – wenn ich diese eine Person sein kann, die sie nicht enttäuscht oder im Stich lässt –, dann kann ich das ertragen.

Den Job werde ich zu Ende bringen. Harriet wird ihr Leben weiterleben, und ich … ich werde hier sein. Sie wird nie erfahren, dass ihre Mühe umsonst war. Sie wird vergessen, dass es mich je gab, und ihr hoffnungsvolles Herz wird sich einem anderen hoffnungslosen Fall widmen.

Wir können einander helfen. Nur nicht so, wie sie denkt.

»Bereit zum Aufbruch?«, frage ich.

Sie nickt und streckt mir ihre Hand hin. »Jepp.«

Ich starre ihre Hand an. »Ich meinte, zurück in deinen Laden oder zu dir nach Hause oder … was auch immer du für den Rest des Tages geplant hast.«

»Du hast eine Frist einzuhalten. Lass uns nachsehen, was meine Vergangenheit heute enthüllt.« Sie stupst ihre Hand gegen meine. »Ich verspreche, keine Marmelade zu stibitzen.«

»Wir müssen nicht«, biete ich an. »Wir können noch einen Tag warten.«

Aber das sollten wir eigentlich nicht. Die anderen Geister werden wahrscheinlich schon ungeduldig. Ich verkürze ihre Zeitachsen, was es schwieriger macht, einen Fall erfolgreich abzuschließen. Aber das ist mir egal. Wenn sie ein Problem damit haben, wie ich arbeite, können sie eine formelle Beschwerde bei Isabella einreichen.

»Lass uns jetzt gehen«, drängt Harriet. »Ich habe ein gutes Gefühl bei der Sache.«

»Werden deine Geheimnisse bald gelüftet, Harriet?«

Sie grinst. »Das werden wir wohl sehen.«

Sie wackelt mit den Fingern und wippt auf den Zehenspitzen.

Ich nehme ihre beiden Hände und drücke sie ein Mal. Ihre Haut ist so viel weicher als meine. Blass. Keine Narben auf den Knöcheln oder Schwielen an den Handflächen.

Meine Magie funkelt und perlt als Reaktion, ein warmer Wind umschlingt meine Knöchel, wirbelt nach oben und außen, bis er ihren Pferdeschwanz erfasst und das Ende über ihre Wangen peitscht. Ihr Lächeln wird breiter, bis sie lacht, ihre Hände fest in meinen. Farben und Klänge tanzen um sie herum, als wir an einen anderen Ort gezogen werden. Die Eisbahn verschwindet und wird durch das Aufblitzen anderer Umgebungen ersetzt, während meine Magie entscheidet, wo sie uns absetzt.

Ein Abendessen bei Kerzenschein. Eine Gasse zwischen Backsteinhäusern. Ein überfüllter Gang und ein Krankenhausflur. Alles zieht so schnell vorbei, dass ich es nicht festhalten kann, während Harriet und ich uns im Sturm gegenüberstehen.

So sieht sie aus, als stünde sie im Zentrum von alledem.

Vielleicht tut sie das wirklich.

Als wir endlich langsamer werden und anhalten, ist weit und breit keine Menschenseele zu sehen. Außer uns beiden gibt es nur einen weitläufigen Strand und die Wellen, die ans Ufer schwappen. Grauer Sand unter unseren Stiefeln, der sich bis dorthin erstreckt, wo die Küste abrupt in üppige grüne Hügel übergeht, die sich über uns erheben. In der Ferne sind Häuser zu erkennen. Ein Leuchtturm, der mit dicken schwarzen und weißen Streifen bemalt ist.

»Ich erkenne diesen Ort nicht wieder«, sagt Harriet neben mir und schirmt ihre Augen ab, während sie über das Wasser blickt. Ihr Haar fliegt ihr ins Gesicht, als sie sich wieder zu mir umdreht. »Ich bin mir nicht sicher, ob ich diese Erinnerung kenne.«

Mein Magen zieht sich zusammen. Meine Hände fangen an zu zittern, und das Zittern wandert über meinen Rücken, bis ich das Gefühl habe, am ganzen Körper zu vibrieren.

»Das liegt daran, dass es nicht deine Vergangenheit ist«, höre ich mich sagen. Es ist ein Wunder, dass ich überhaupt Worte herausbringe. »Es ist meine.«

Kapitel 13

Harriet

Nolan sieht aus, als würde er sich gleich übergeben.

Die Meeresbrise spielt mit seinem Haar, seine Wangen sind auffallend weiß, und er steht wie erstarrt auf dem Strand.

Noch nie hat er so sehr wie ein Geist ausgesehen.

»Nolan«, sage ich versuchsweise. Er starrt mit großen leeren Augen auf die Häuserreihe hinter dem Strand. Seine Hände, die zu Fäusten geballt waren, öffnen sich, aber das ist das Einzige, was sich an ihm bewegt. »Wie meinst du das? Wie sind wir denn in deine Vergangenheit gelangt?«

»Ich weiß es nicht«, flüstert er. Er hält sich die Hand vor den Mund. »Ich weiß es nicht. Ich weiß nicht …«

Über den Strand schallt ein lautes Lachen, dann taucht ein kleiner Junge auf der Hügelkuppe auf. Nolan dreht sich um und sieht zu, wie der Junge den Hang hinunterstürmt, und die kleinen Beine können kaum mit dem Rest seines Körpers mithalten. Seine Hose ist ihm zu groß, hochgezogen und mit einem Gürtel gesichert, der nur mit Mühe hält. Ein älterer Mann mit einem breiten Lächeln im bärtigen Gesicht jagt dem Jungen hinterher.

»Nolan!«, ruft der Mann. »Komm zurück, du kleiner Schlingel!«

Der Junge kreischt vor Freude und purzelt zum Strand hinunter. Er versucht, sich im Sand zu wälzen, um dem Mann hinter ihm zu entkommen, aber er ist nicht schnell genug. Der ältere Mann hebt ihn hoch, wirft ihn sich über die Schulter und wirbelt ihn herum. Der kleine Junge lacht, und seine Freude ist so unschuldig, dass ich sie in eine Flasche abfüllen und aufbewahren möchte.

»Das ist mein Dad.« Nolan schluckt schwer. »Das bin ich und … das ist mein Dad.«

Er tritt zwei Schritte zurück, bis seine Füße in der Brandung stehen. Aber ich glaube nicht, dass er sie spürt, denn er ist zu sehr damit beschäftigt, mit ungläubigen Augen die beiden Gestalten am Strand zu beobachten. Ich verstehe nicht, was hier vor sich geht, aber dafür den Ausdruck auf Nolans Gesicht.

Sehnsucht. *Schmerz.*

»Ich kann mich nicht …« Nolan holt tief Luft, dann noch einmal, und sein Körper versucht, mit seiner Panik Schritt zu halten. »Ich kann mich nicht an diesen Tag erinnern.« Seine großen Augen suchen hektisch die Umgebung ab. »Ich kann mich kaum an diesen Ort erinnern. An diesen Strand. Und ich kann mich nicht … ich kann mich nicht an diesen Tag erinnern.«

»Dir passiert nichts.« Ich packe ihn direkt über den Ellbogen und halte ihn fest. Er bewegt sich immer weiter rückwärts, und ich folge ihm, bis das Wasser um unsere Knie schwappt. »Nolan. Sieh mich an.«

Seine wilden Augen finden meinen Blick. Seine Brust hebt und senkt sich bei jedem keuchenden Atemzug. Ich fahre mit meinen Händen seine Arme hinauf zu seinen Schultern und wieder zurück, in der Hoffnung, dass meine Berührung ihn wieder erden kann.

»Alles wird gut«, sage ich ihm. »Ich bin bei dir. Du bist nicht allein.« Um die Verzweiflung in seinem Gesicht zu vertreiben, suche ich nach den richtigen Worten. Nach dem, was er jetzt braucht, aber ich weiß nicht, wo ich anfangen soll. Er sieht aus, als würde er am liebsten im Wasser versinken und verschwinden. Ich packe fester zu. »Es ist nur eine Erinnerung.«

Er nickt und greift mit beiden Händen nach meiner Jacke. Er klammert sich an dem dicken, weichen Stoff fest. Hinter uns sammelt der kleine Junge am Strand Stöcke, während sein Vater ihm liebevoll lächelnd zusieht.

Nolan schaut nicht in ihre Richtung. Er starrt weiterhin mich an.

»Ich muss hier weg«, sagt er.

»Bist du dir sicher?« Ich werfe einen Blick über die Schulter auf den kleinen Jungen, der Stöcke in die Brandung wirft. Sie sind jetzt näher gekommen, und der Mann wuschelt dem kleinen Jungen durch die Haare. Was, wenn das Nolans einzige Chance ist, diese Dinge zu sehen? Sich zu erinnern? Diesen Teil von sich selbst zurückzubekommen?

Was, wenn das dazugehört, damit er weiterziehen kann?

Nolan schüttelt den Kopf und beißt die Zähne zusammen. Seine Pupillen sind so groß, dass seine Augen fast schwarz aussehen. »Ich kann nicht hier sein. Ich kann nicht ... Ich erinnere mich nicht, und ich kann nicht ...« Seine Unterlippe zittert, bevor er seinen Mund zu einem festen Strich zusammenpresst. »Ich muss gehen. Bitte. Es ist zu viel.«

»Okay«, antworte ich. Es macht mir etwas Sorgen, dass er seine Magie einsetzt, obwohl er so aufgewühlt ist, aber ich vertraue darauf, dass er auf mich aufpasst. Mit einem letzten Blick zum Leuchtturm auf dem Hügel greift er nach meiner Hand und verschränkt unsere Finger ineinander. Handfläche liegt an Handfläche, und der Boden unter meinen Füßen verschwindet. Als Letztes höre ich die Brandung, den Ruf eines Seevogels und das Lachen eines kleinen Jungen. Nolan klammert sich noch fester an meine Hand, und eine Sekunde später stehen wir vor dem Kamin in der Eishalle.

Sofort lässt er meine Hand los und dreht sich weg, hebt beide Arme und krallt sich die Finger ins Haar. Ich starre auf seinen Rücken und beobachte, wie er zum Kamin geht, sich daneben fallen lässt und einen Ellbogen auf dem kleinen Kaminsims abstützt. Das Atmen fällt ihm zunehmend schwerer. Ich halte meine Hand über seiner Wirbelsäule in der Schwebe.

»Es ist alles in Ordnung«, flüstere ich und wünschte, ich wüsste, was ich sagen soll. Der Teil meines Herzens, der sich danach sehnt, anderen Menschen ein gutes Gefühl zu geben, schmerzt bei seinem Anblick. Er kann sich kaum noch zusammenreißen. Ich streiche ihm über den Rücken und spüre, wie sich seine Lungen unter meiner Handfläche ausdehnen.

»Wir sind nicht mehr dort. Wir sind zurück in der Eishalle und … und gerade wird Mariah Carey gespielt. Die Eishalle ist geschlossen, und im Moment sind nur wir hier. Wir und Denise, die wahrscheinlich in ihrem Büro sitzt und online nach Schmuckauktionen sucht. Ich habe ihr schon tausendmal gesagt, dass sie aufhören soll, Dinge vom Facebook-Marktplatz zu kaufen, aber ich glaube, sie ist süchtig nach dem Adrenalinrausch. Letztes Jahr um Ostern herum ist sie zu jemandem nach Hause gegangen, um sich ein Paar Ohrringe zu holen, die aussahen wie Orangen. Sie hat Glück, dass sie jetzt kein Geist ist. Ein Geist schlechter Online-Einkäufe.«

Obwohl ich nur Unsinn daherrede, scheint Nolan sich mit jedem Wort, das aus meinem Mund kommt, etwas mehr zu sammeln. Ich drücke ihm meine Hand fester auf den Rücken und verlangsame meine Streichbewegungen, bis ich nur noch festen Druck ausübe. Ich spreize meine Finger weit, um zu sehen, wie viel von seinem Rücken ich abdecken kann. Er lehnt sich leicht herüber, bis er den Kopf an meine Schulter drückt, statt auf seinen Bizeps, und mir bricht fast das Herz.

»Ich weiß nicht, ob du es bemerkt hast, aber ich habe heute Rentiersocken an. Sie sind gerade nass, vom … vom Meer, glaube ich, aber …« Er schaudert, und ich lasse diesen Gedanken fallen. »Mein Rentierpyjama schien dir zu gefallen«, sage ich.

Das ist eine Einladung an ihn, darauf zu reagieren. Ich weiß, wie sehr er meinen Rentierpyjama hasst. Er hat ihn angeschaut, als hätte er noch nie etwas so Abstoßendes gesehen. Aber er lässt den Kommentar unbeantwortet, den Kopf immer noch an meine Schulter gelehnt, die zitternden Hände schlaff an den Seiten. »Okay, kein Wort zu den Rentieren.« Ich werfe einen verstohlenen Blick in den offenen Raum. In der hinteren Ecke, neben dem Schlittschuhverleih, gibt es eine Snackbar. Sie ist zwar gerade nicht besetzt, aber ich weiß, dass es hinten heiße Schokolade gibt.

»Komm mit. Ich habe eine Idee.« Während er sich widerwillig aufrichtet, ergreife ich seine Hand, aber er gibt meinem beharrlichen Ziehen nicht nach. Er ist ein unbewegliches Objekt vor dem Kamin, das meine Hand fest umklammert.

»Hier entlang.« Dabei nicke ich in Richtung der Snackbar. »Heiße Schokolade wird helfen.«

»Gleich«, sagt er, fast ohne den Mund zu bewegen. Er ist nicht mehr so blass wie am Strand, aber er sieht immer noch abwesend aus. Ein bisschen verloren. »Ich brauche eine Sekunde«, sagt er noch einmal.

»Kann ich …« Ich beobachte ihn genau. »Nolan. Brauchst du eine Umarmung?«

Ich weiß immer noch nicht, wo Nolan und ich auf der Skala angemessener körperlicher Berührung stehen, aber ich weiß, dass ich mich nach einer Umarmung immer besser fühle. Er sagt nichts, und ich will gerade einen Rückzieher machen – eine Ausrede erfinden, ihm Freiraum lassen –, als er seine Arme um meinen Oberkörper schließt.

Er schmiegt sich um mich wie eine Schlingpflanze, presst sich an mich, bis sein Gesicht an meinem Hals liegt und meine Arme über seinen Schultern hängen. Seine Hände sind so groß, dass sie auf beiden Seiten meine Rippen bedecken, seine Arme überkreuzt.

Meine Füße hängen in der Luft, als er mich hochhebt und an seine Brust drückt, und meine Stiefelspitzen streifen seine.

Erstaunt blinzle ich die Wand an, dann schlinge ich meine Arme um ihn und drücke ihn ebenso fest an mich.

Ein tiefer Laut entringt sich ihm.

»Geht's?«, frage ich.

Er nickt und schüttelt dann den Kopf. Als ich mit einer Hand durch sein wirres Haar fahre, drückt er mich noch fester an sich. Meine Fingernägel kratzen über seinen Nacken, und er zittert.

So halte ich ihn in der Lobby der Eislaufhalle, schmiege mich an ihn, lasse meine Füße vor seinen Schienbeinen baumeln, und seine

Arme umschließen fest meine Taille. Ich umarme ihn, bis meine Arme taub werden.

»Nur noch einen Moment«, bittet er, nachdem ich ihm das Haar aus dem Gesicht gestrichen und die Form seiner Ohren so oft nachgezeichnet habe, dass ich nun die halbmondförmige Narbe auf dem einen Ohr kenne, deren zarte Haut unter meiner Berührung leicht erhoben ist. Nolan drückt sein Gesicht noch tiefer an meinen Hals und stupst mich mit der Nase an. »Nur noch einen Moment, dann geht es mir wieder bestens.«

»Nimm dir so viel Zeit, wie du brauchst«, sage ich leise und streiche ihm erneut über den Kopf. Sein Haar ist so weich. Ich fahre mit meiner Hand wieder über seine Ohren und dann tiefer zur warmen Haut seines Nackens. Ich folge seinen Schultern und streiche dann wieder nach oben, um seine Wange zu umfassen.

»Fühlt sich gut an«, nuschelt er.

Wieder streiche ich ihm über den Kiefer. »Was denn?«

Er umklammert mich fester. »Dich zu halten«, sagt er, und ich spüre, wie sich seine Lippen an meiner Haut bewegen. »Ist schon eine Weile her, dass mich jemand umarmt hat«, fügt er leiser hinzu.

Durch den plötzlichen Druck hinter meinen Augen und auf meiner Nasenwurzel blinzle ich. Wie einsam er all die Jahre gewesen sein muss. Auf etwas wartend, das nie kam. Sich nach Veränderung sehnend. Kein Wunder, dass er ausgeteilt hat, als ich ihm Hoffnung auf Veränderung machen wollte.

Er atmet noch einmal tief durch und lockert die Arme.

Nein, möchte ich protestieren. *Noch nicht.*

Aber er stellt mich wieder auf den Boden und verzieht verlegen das Gesicht, die Abdrücke meiner Jacke noch auf der Wange. Ich reibe darüber.

»Besser?«, frage ich.

Er nickt zerstreut, die Mundwinkel nach unten verzogen. »Aye. Danke.« Dann nimmt er meine Hand und zieht sie von seinem Gesicht weg. »Ich muss gehen.«

Mein Magen krampft sich zusammen. »Jetzt sofort?« Ich schaue über meine Schulter zu dem verlassenen Stand. »Aber die heiße Schokolade. Die wird dir helfen. Versprochen.« Ich halte inne. »Wir müssen über nichts reden, wenn du nicht willst. Aber ich finde nicht, dass du jetzt allein sein solltest.«

Du könntest bleiben, sage ich fast. *Ich könnte versuchen, es dir erträglicher zu machen.*

Er drückt meine Hand, den Blick fest auf die Tür gerichtet. »Wenn wir meine Vergangenheit besucht haben, dann stimmt etwas nicht. So etwas sollte nicht passieren.« Er schluckt und verzieht erneut das Gesicht. Er sieht so *müde* aus. Mitgenommen. »Ich muss mit Isabella sprechen.«

»Isabella?« Mein Herz schlägt unangenehm laut.

Sein Gesichtsausdruck wird etwas weicher, und er streicht mir beruhigend über den Ellbogen. »Meine Vorgesetzte«, erklärt er. »Ich muss das klären. Morgen bin ich wieder da. Spätestens übermorgen.«

Wo wirst du sein, möchte ich fragen. *Wie kann ich dich erreichen? Geht es dir gut? Brauchst du noch eine Umarmung?*

Er sieht immer noch so aus, als würde er sich nur mit purer Willenskraft zusammenreißen. Seine Augen sind blutunterlaufen, und seine Hände zittern. Ich möchte die Hand ausstrecken und ihn packen. Meine Hände in sein Haar schieben und ihn festhalten. Ihn in eine Decke wickeln und auf meine Couch legen. Ihn umarmen, bis er sich daran erinnert, wie sich das anfühlt.

Ich weiß nicht, warum, aber es kommt mir vor, als würde ich ihn nie wiedersehen, wenn er dieses Mal verschwindet.

»Versprichst du es?«, frage ich.

Er zögert, dann nickt er. »Morgen«, sagt er. Er lässt meinen Ellbogen los. »Ich werde dich finden.«

Statt in sein Gesicht schaue ich auf meine Füße und nicke gedankenverloren. »Na gut«, stimme ich zu. »Pass auf dich auf …«

Aber als ich aufblicke, ist er bereits weg.

»… und bis bald«, füge ich hinzu. Mit einem Seufzen atme ich aus. Wenigstens musste ich nicht mit ansehen, wie er verschwand.

Eine weitere Minute starre ich auf die Tür der Eislaufbahn, dann gehe ich zur Snackbar in der Ecke. Das flaue Gefühl in meinem Magen ignoriere ich und versuche zu entscheiden, ob ich Marshmallows möchte oder nicht.

Das hier sind vertraute Gefilde. Ich weiß, wie man Enttäuschungen übersteht. Alle Menschen, die mir jemals etwas bedeutet haben, haben mich irgendwann im Stich gelassen.

Ein vergessenes Objekt, genau wie die Schätze, die ich in meinen Regalen aufbewahre.

Kapitel 14

Nolan

»Sie ist nicht da?«

Betty rückt das Telefon auf ihrem Schreibtisch zurecht und nimmt dann einen monströsen Cupcake in die Hand. Sie pflückt die Fondant-Schneeflocke von der Spitze und beißt anmutig hinein. »Leider ist Isabella wegen eines Notfalls in der Abteilung nicht im Büro.« Sie lächelt mich freundlich an. »Du kannst gerne warten oder eine Nachricht hinterlassen.«

Ich atme hörbar aus. Warten will ich nicht. Eine Nachricht hinterlassen auch nicht. Ich will mit Isabella reden und herausfinden, warum ich plötzlich meine Vergangenheit statt Harriets besuche.

»Es ist dringend«, versuche ich es noch einmal.

»Das hast du bereits erwähnt«, sagt Betty, geduldig wie immer. Hinter mir recken sich die Äste der massiven Eibe, die in einem nicht vorhandenen Wind rascheln. Eine Warnung, mich zu benehmen.

Seit ich mit Harriet an dem Strand gelandet bin, ihre Hand in meiner und mein Vater vor uns auf dem Sand, bin ich wie elektrisiert.

An den Tag damals entsinne ich mich nicht. Ich erinnere mich kaum an den Strand. Die einzigen Erinnerungen, die ich noch an meinen Vater habe, sind bestenfalls verblasst, glatt geschliffen wie ein Flussstein.

Meine Eltern haben mich mit allem geliebt, was sie zu geben hatten, und ich konnte ihnen nicht einmal die Ehre erweisen, mich *an sie zu erinnern.*

Was habe ich noch alles vergessen? Was hat mir die Zeit noch genommen? Und warum zum Teufel besuche ich diese Erinnerungen jetzt?

»Bitte, Betty. Wenn sie irgendwann heute Zeit hat, musst du mich dazwischenschieben.«

Sie stellt ihren Cupcake ab.

»Wie gesagt, Isabella ist heute nicht da«, erwidert Betty mit bedauerndem Gesichtsausdruck. Ich wirke wohl verzweifelt genug, dass die Empfangsdame des Jenseits beunruhigt ist. »Sie wird für den Rest der Woche nicht verfügbar sein. Es gab einen Zwischenfall mit einem Sensenmann. Wir haben alle Hände voll zu tun.«

Ich runzle die Stirn. Sensenmänner sind berüchtigt für ihre eigenbrötlerische Art und ihre mächtige Magie. Sie sind gnadenlos und unberechenbar. Kaltblütig und eigennützig. Zufälligerweise machen sie auch immer die Konkurrenz beim jährlichen Boccia-Turnier der Abteilung platt.

»Was ist denn passiert?« Todesmagie ist uralt, älter als die Erde selbst. Sie war schon hier, bevor wir kamen, und wird noch lange nach uns bestehen bleiben.

Sie ist ewig. Feststehend.

Unversöhnlich.

An dem Tag, an dem ich starb, packte mich ein Mann in einem schwarzen Gewand und mit einer Sense über dem Rücken am Kragen meines Pullovers und zog mich mit einem leisen *»Verdammt noch mal«* aus dem Wasser. Dann schnippte er mit dem Handgelenk, und seine Magie wickelte sich um uns. Sie fühlte sich an meiner Haut wie Teer an, glitt schwer und dickflüssig meine Arme hinauf, bevor ich mich in Isabellas Büro wiederfand und ihren Teppich volltropfte. Der Sensenmann pflanzte mich auf einen Stuhl, beschwerte sich darüber, Wasser in seine italienischen Halbschuhe bekommen zu haben, und verschwand dann umgehend.

Seitdem habe ich mit keinem Sensenmann mehr gesprochen.

Betty wirft einen verstohlenen Blick über die Schulter auf die Tür hinter sich, beugt sich dann vor und flüstert: »Gerüchten zufolge hat sich eine der Schnitterinnen nicht zu ihrer Schicht gemeldet. Sie wird vermisst.«

»Vermisst?«

Betty nickt. »Niemand kann sie finden. Und wie du sicher weißt, können wir diese Art von Magie nicht ohne die entsprechenden Vorsichtsmaßnahmen draußen in der Welt herumlaufen lassen. Isabella und die anderen Abteilungsleiter versuchen, sie zu finden.«

Beunruhigt kratze ich mich am Kinn. Das ist ja alles schön und gut, aber ich habe auch ein Problem. Ein Problem, das eher früher als später gelöst werden muss. Sensenmänner müssen sich nicht mit dem Weihnachtscountdown herumschlagen.

»Dann muss ich wohl eine Nachricht hinterlassen«, sage ich frustriert.

»Wunderbar!«, sagt Betty, und sofort erscheint ein Stift in ihrer Hand, pinkfarben und mit einem glitzernden Pufferball an der Spitze. »Kann losgehen.«

»Sag ihr, dass es bei meinem Auftrag weitere Komplikationen gibt und ich das persönlich mit ihr besprechen möchte.« Bitte schön. Das klingt vernünftig. Und besser als: *Was zum Teufel ist hier los?*

Betty kritzelt mit gesenktem Kopf auf ihrem glitzernden Notizblock herum. »Was für Komplikationen?«

»Harriets Erinnerungen haben nichts ergeben.« Ich schlucke. »Sie sind bestenfalls banal. Und unsere letzte Reise in die Vergangenheit war … kompliziert.«

»Inwiefern?«

»Na ja. Es war nicht ihre Vergangenheit.«

Bettys Stift hört auf zu kritzeln. »Wessen Vergangenheit war es denn dann?«

»Es war meine.«

Der Stift zerbricht in zwei Teile. Tinte spritzt oben heraus. Betty hebt den Kopf und blickt mich mit offenem Mund an, blaue Tinte auf ihrer Wange.

»Was hast du gerade gesagt?«

»Wir sind in meiner Vergangenheit statt in ihrer gelandet. Es war eine meiner Erinnerungen.«

Betty starrt mich immer noch verblüfft an. Falten bilden sich auf ihrer Stirn. »Bist du dir sicher?«

Ich nicke. Mein Vater. *Ich.* Der Strand in unserem kleinen Fischerdorf. Der Leuchtturm auf dem Hügel.

Alles schmerzt wie ein frisch gerichteter Knochenbruch. Die wichtigste Person in meinem Leben, und ich hatte ihn vergessen.

»So etwas habe ich ja noch nie gehört«, sagt Betty. Ich weiß nicht, ob ich mich dadurch besser oder schlechter fühle. Sie tippt sich mit den Resten ihres Kugelschreibers an den Mund. »Vielleicht sollten wir dich mit jemandem reden lassen. Dir einen anderen Fall zuweisen. Ein anderer Geist kann sich um Harriet kümmern, während wir das hier klären.«

»Nein.« Meine Antwort kommt reflexartig, ohne dass ich nachgedacht hätte, und aus tiefster Brust. Der Baum hinter mir erbebt, und die Äste schwingen leise ächzend hin und her.

»Nein«, sage ich noch einmal etwas leiser. »Isabella hat mir diesen Auftrag nicht ohne Grund gegeben. Ich kann … ich kann das klären. Ich hatte nur auf ein wenig Beistand gehofft.«

»Aber wenn du deine eigene Vergangenheit besuchst, Nolan …« Betty legt ihren zerbrochenen Stift beiseite. »Das ist ein ernstes Problem. So etwas passiert nicht einfach so.«

Wie gut, dass ich meinen Traum nicht erwähnt habe oder wie ich die Feigenmarmelade schmecken konnte, die Harriet aus der Vergangenheit mitgebracht hatte. Oder dass ich seit meinem letzten Besuch in diesem Büro Dinge *fühlen* kann. Die Wärme des Kamins in der Eislaufhalle und das Kratzen des Eises an meinen Handflächen.

Und während ich in diesem Büro stehe, sind meine Socken immer noch nass von der Brandung in meiner Erinnerung. Ich habe die Vergangenheit *noch nie* mit mir zurückgebracht.

Betty würde mich wahrscheinlich ins Hinterzimmer sperren und den Schlüssel wegwerfen, wenn sie davon wüsste. Dann wäre Harriet allein und ich …

Ich wäre auch allein. Sogar noch mehr, als ich es jetzt schon bin.

»Möglicherweise übertreibe ich«, versuche ich zu relativieren. Das hier war ein Fehler. Ich hätte nicht herkommen sollen. Ich bin in Panik geraten und habe überstürzt gehandelt. »Ich bin mir sicher, dass es nur ein Ausrutscher war.«

»Ein Ausrutscher«, wiederholt Betty und verzieht die Lippen zu einem festen Strich. »Ein Besuch in deiner Vergangenheit ist mehr als ein *Ausrutscher*, Nolan.«

»Ich hatte meine Magie während der letzten Reise nicht vollständig unter Kontrolle. Ich war abgelenkt.« Nur die Hälfte dieser Aussage ist wahr. Ich war abgelenkt, aber nicht genug, um an einem völlig anderen Ort zu landen, in einer Zeit, zu der ich keinen Zugang haben sollte.

Aber ich möchte nicht von Harriet ferngehalten werden.

Ich weiche zur Tür zurück. Die Äste über meinem Kopf rascheln erneut, als könnte der uralte Baum meine Unaufrichtigkeit spüren. Einige der dünnen, zarten Blätter lösen sich und flattern zu meinen Füßen auf den Boden. »Isabella wird sicher eine Erklärung haben, wenn sie zurückkommt. Keine Eile. Bis dahin werde ich … einfach bei Harriet bleiben.« Ich zwinge mich zu einem Lächeln. »Ich wette sogar, dass dieser Auftrag bis zu Isabellas Rückkehr erledigt ist. Kein Grund zur Sorge.«

Betty legt den Kopf schief und nimmt ihren Cupcake in die Hand. Sie zieht das Papier ab und schnippt die Krümel in einen kleinen Papierkorb neben ihrem Schreibtisch.

»So etwas kann Geistern manchmal passieren, wenn sie unter Stress stehen. Anomalien. Sie landen an Orten, an denen sie nicht sein sollten. Habe ich dir je von dem Poltergeist erzählt, der bei den Schutzengeln aufgetaucht ist?« Sie lacht. »Kannst du dir das vorstellen? Es herrschte wochenlang ein einziges Chaos.«

Sie nimmt einen großen Bissen und denkt nach, während sie kaut. »Wann hast du dich das letzte Mal richtig ausgeruht? Ich kann dir die Kontaktdaten des Buchclubs der Bösen Geister geben. Ich glaube, du könntest von einem Austausch mit ihnen wirklich profitieren …«

Betty redet weiter über Buchclubs, Mitbringpartys und geselliges Beisammensein mit meinen Kollegen, während ich mich geistig ausklinke.

Ausruhen. Ich brauche keine Ruhe. Mein Job dauert einen Monat im Jahr, und ansonsten sitze ich in meinem abbruchreifen Haus am Wasser, stricke mittelmäßige Fäustlinge und adoptiere streunende Katzen, die in meine Küche einbrechen und meine Topflappen stehlen.

Ich mache nichts anderes, als mich auszuruhen.

Ich ruhe mich aus und warte.

Ich *warte.*

Ich warte darauf, dass sich etwas ändert, und seit ich hinter ihrem Weihnachtsbaum hervorgetreten bin und Harriet auf ihrer Couch entdeckt habe, haben sich die Dinge geändert. Es ist, als wäre ich wachgerüttelt worden, als würde das Gefühl in meine Glieder zurückkehren, nachdem ich zu lange in derselben Position gelegen habe.

Ich fahre mir mit der Hand über den Mund und spüre es wie ein Feuerwerk in mir. Vielleicht hat Harriet recht. Vielleicht ist sie wirklich der Schlüssel dazu, dass ich weiterziehe. Es wäre möglich, dass sie etwas in ihrem Besitz hat, das mir einmal gehört hat, aber vielleicht …

Vielleicht ist sie einfach die hoffnungsvolle, optimistische Antithese zu dem dunklen Schatten, zu dem ich geworden bin, und soll mir den Spiegel hinhalten, was *mein Leben* und *mein Handeln* betrifft.

»Verdammt«, flüstere ich und streiche mir durchs Haar. Sie könnte der Schlüssel zu allem sein, und ich habe mich von meinen Trieben überwältigen lassen.

Ich habe das alles falsch interpretiert.

Betty hält mitten in ihrer leidenschaftlichen Rede über die Bedeutung der Sonneneinstrahlung inne.

»Du gehst?«, fragt sie. »So schnell?« Sie starrt auf ihren Schreibtisch und den Cupcake, den sie irgendwie schon halb vernichtet hat. Sie schnippt mit den Fingern, und ein weiterer erscheint. »Willst du einen Cupcake?«

»Nein, danke.« Ich räuspere mich. »Ich sollte zu Harriet zurückgehen. Den Auftrag zu Ende bringen.« Dabei schiebe ich beide Hände in die Jackentaschen. »Die Zeit läuft und ... und so weiter.«

»Du hast wirklich eine knappe Deadline. Es ist bereits der zehnte Dezember. Ist es zu fassen, wie die Zeit vergeht?« Sie lacht, während ich versuche, nicht zu schreien, während sie sich etwas Zuckerguss vom Mundwinkel abwischt. »Ich weiß nicht, ob du je so lange gebraucht hast, um jemanden weiterzugeben.«

Normalerweise habe ich meine Aufträge innerhalb von einer Woche erledigt, bevor ich zu meinem ansonsten langweiligen Leben am Wasser zurückgekehrt bin. Aber Harriet hat uns auf einen anderen Kurs gebracht, und mir bleiben nur noch fünfzehn Tage bis zu meinem festen Abgabetermin an Heiligabend. Fünfzehn Tage, um herauszufinden, warum.

Und wenn Harriet tatsächlich der Schlüssel ist, damit ich weiterziehen kann ... Wenn sie mir helfen soll, herauszufinden, was ich noch regeln muss ...

Dann habe ich vor, diese Zeit maximal zu nutzen.

Kapitel 15

Harriet

Während ein Verrückter an meine Tür hämmert, eile ich die Treppe hinunter, meine Zahnbürste in der Wange verkeilt. Ich hatte keinen Besuch erwartet, und Nolan schon gar nicht. Nicht so kurz nach seinem überstürzten Verschwinden.

Unbeholfen versuche ich, die Tür aufzuschließen, während sein Schatten auf der anderen Seite meiner Vorhänge auf und ab geht, die Hände in die Hüfte gestemmt und den Kopf gesenkt.

»Du hattest recht«, sagt er atemlos, sobald ich die Tür endlich aufbekomme. Die ganzen vier Minuten, die ich dafür gebraucht habe, hat er damit verbracht, abwechselnd meine Türklingel zu traktieren und sie anzuknurren und mit der Faust gegen die Tür zu schlagen, als beides nichts zu bringen schien. Seine Haare sind völlig durcheinander, seine Jacke ist auf links gedreht, und seine Augen leuchten.

Er sieht aus, als hätte er gerade eine ganze Kanne Espresso getrunken. Das, oder er hat zwischen Zeitreisen, Vergangenheitserkundungen und Herumgeistern ein neues Hobby gefunden. Vielleicht das Schnupfen von Brausepulver. Oder Basejumping.

Ich beäuge ihn besorgt, während mir immer noch die Zahnbürste aus dem Mund hängt. Als er mich an der Eisbahn stehen ließ, konnte er sich kaum aufrecht halten. Jetzt sprüht er geradezu vor Energie.

»Alleschokay?«, frage ich.

Er starrt mich an. »War das Englisch?«

Ich nehme die Zahnbürste aus dem Mund. »Alles okay?«, versuche ich, mich mit einem Mund voller Zahnpasta verständlich zu machen.

Er stützt eine Hand am Türrahmen ab und blinzelt mich an. »Was tut dir weh?«

Ich verdrehe die Augen, drehe mich um und gehe in das kleine Gästebad im vorderen Teil des Hauses. Die Haustür lasse ich als stumme Einladung offen, verwirrt von seiner plötzlich veränderten Stimmung.

In einer meiner Vorlesungen an der juristischen Fakultät war mal ein Student, der mitten in der Sitzung durchdrehte. Er fing an, unkontrolliert zu lachen, während er Seiten aus einem Buch riss. Er stülpte sich Socken über die Ohren und sagte, er sei ein Elefant. Er musste von der Campuspolizei hinausbegleitet werden.

Ich frage mich, ob Nolan sich auch Socken über die Ohren gestülpt haben wird, wenn ich zu ihm ins Wohnzimmer komme.

Nach dem Ausspucken der Zahnpasta schnappe ich mir das Handtuch und vergrabe mein Gesicht in dem weichen Stoff. Als ich wieder aufschaue, steht Nolan direkt hinter mir.

»Lieber Gott«, keuche ich. »Du brauchst ein Glöckchen.«

»Ein Glöckchen?«

Ich drehe mich um, den Rücken ans Waschbecken gepresst. Hier drin ist nicht genug Platz für zwei Erwachsene. Hier ist kaum genug Platz für einen Erwachsenen. Jedes Mal, wenn ich einatme, streift seine Brust die meine.

»Warum bist du in meinem Badezimmer?«

Nolan runzelt die Stirn und mustert die Toilette. Er sieht verwirrt und überrascht zugleich aus, als hätte er nicht erwartet, dass ich sanitäre Anlagen im Haus habe. »Das ist das hier? Ich dachte, es sei ein Schrank.«

»Du dachtest, ich würde meine Zahnpasta im Schrank ausspucken?«

»Die Gepflogenheiten der Sterblichen sind mir fremd.« Er wedelt mit der Hand über dem Kopf herum. »Ich muss mit dir reden.«

»In meinem Badezimmer?«

»Der Ort spielt keine Rolle.«

»Na gut.« Das ist … in Ordnung. Erklärt aber nicht, warum er so verdammt dicht vor mir steht und mich mit einer Intensität ansieht, die an Manie grenzt. Dunkle Augen. Leicht geöffnete Lippen. Ein Kiefer, der sich spannt und knackt, während Nolan mich mustert. Ich drehe mich halb um und lasse meine Zahnbürste in einen der Ersatzbecher fallen, dann unterdrücke ich ein Gähnen hinter vorgehaltener Hand.

»Hatte deine Chefin eine Erklärung für dich?«, frage ich und kämpfe mit meiner Erschöpfung. Ich sollte mich wohl damit abfinden, dass ich nie eine Ahnung haben werde, was vor sich geht. Mit einem Blinzeln vertreibe ich die müden Tränen, die sich in meinen Augenwinkeln sammeln. »Hatte sie irgendwelche Ratschläge?«

»Nein«, sagt er und starrt mich immer noch an. Er hebt eine Hand und spielt mit einer Strähne meines Haars, klemmt sie mir hinters Ohr. Seine Fingerknöchel streifen meine Wange. »Dein Haar«, seufzt er. »Du hast so viel davon.«

»Das ist mir bewusst.« Ich raffe es mit einer Hand zusammen und werfe es mir über die Schulter. »Was ist los mit dir? Du benimmst dich seltsam.«

»Ich benehme mich nicht seltsam.«

»Du benimmst dich total seltsam.«

»Das ist eine Frage der Perspektive. Ich würde den Begriff *energiegeladen* bevorzugen.«

»Okay«, sage ich langsam. »Wodurch bist du so *energiegeladen?*«

Er lehnt sich mit einer Schulter an die Wand. »Ich hatte keine Gelegenheit, mit meiner Chefin zu sprechen.«

»Nein?«

Er schüttelt den Kopf. »Es gab einen Notfall mit einer Schnitterin.«

»Einer Schnitterin?«

»Einem Sensenmann«, erklärt er, als würde es genügen, die Verkörperung des Todes zu nennen, und nicht sofort siebzigtausend weitere Fragen aufwerfen.

»Die gibt es wirklich?«, flüstere ich.

»Darum geht es in diesem Gespräch nicht.«

»Ich wünschte, ich wüsste, worum es in diesem Gespräch geht.«

Ich will nicht mit ihm hier drin sein. Ich will in meinem Bett liegen, halb bewusstlos, und verzweifelt versuchen, nicht daran zu denken, wie es sich anfühlt, wenn Nolan mir seine volle und ungeteilte Aufmerksamkeit schenkt.

Diese Woche habe ich jede Nacht von ihm geträumt, vor allem in Form neuer Interpretationen von Erinnerungen aus dem wirklichen Leben. Einer Linkskurve statt einer Rechtskurve. Andere sind reine Erfindungen. Fantasien. Nolan an meinem Küchentisch, wie er Cranberrys auf ein Band fädelt. Nolan auf meiner Couch, nur mit einer roten Rentier-Pyjamahose bekleidet. Ich im passenden Oberteil, rittlings auf seinem Schoß. Meine Lippen an seinem Hals und seine Hände in meinen Haaren.

Nolan im Antiquitätenladen, in der hinteren Ecke lesend, den Knöchel übers Knie geschlagen, und sein Gesicht strahlend, als er mich sieht.

Es wird langsam zum Problem. Ich glaube, ich entwickle Gefühle.

Ich entwickle Gefühle für einen Geist, der bis zum Ende des Monats verschwunden sein wird.

Aber ich kann nichts dafür. Nolan fühlt sich nicht körperlos oder unwirklich an, wenn wir zusammen sind. Er fühlt sich wie ein Mensch an. Ein Mann mit einem widerwilligen Lächeln, einem scharfen Verstand und einem unglaublich weichen Herzen unter all dem Flanell. Jemand, der genauso einsam ist wie ich.

»Ich konnte nicht warten«, sagt er und legt neben meiner Hüfte eine Hand auf das Waschbecken. »Darum geht es in diesem Gespräch.«

Er streckt den kleinen Finger aus und fährt über den weichen Stoff meines Pyjamas. Ich habe mir für den heutigen Winterschlaf einen grünen mit tanzenden Nussknackern ausgesucht.

»Ich wollte nicht warten«, fügt er leise hinzu und hebt den Blick von meiner Pyjamahose zu meinem Gesicht.

Mein Magen schlägt einen Purzelbaum, der olympiareif wäre.

»Unser Gespräch neulich«, sagt er und mustert mich immer noch. »Als wir über meine unerledigten Angelegenheiten sprachen. Ich glaube, du hattest recht.«

Ich zucke zurück und runzle die Stirn. *Gespräch* ist ein höflicher Ausdruck für das, was das war.

»Ich weiß nicht, ob wir darüber noch mal reden sollten«, sage ich.

Ich weiß nicht, ob mein Herz noch einen weiteren Schlag verkraftet. Nicht nach der Eislaufbahn, als es sich anfühlte, als würden wir uns langsam auf etwas zubewegen, das sich wie Freundschaft anfühlt. Nicht, nachdem er sich vor dem Kamin an mich geklammert hat, sein Gesicht an meinem Hals vergraben und am ganzen Körper zitternd. Nicht, nachdem ich mir eingestanden habe, dass ich Nolan sehr, sehr gern habe. Zu gern.

»Warum nicht?«, flüstert er.

»Weil du ein wenig überdreht wirkst.« Ich schiebe mich an ihm vorbei ins Wohnzimmer und steuere direkt auf die Keksdose in Form eines Schneemanns auf dem Kaminsims zu. Darin bewahre ich einen Vorrat an Zuckerstangen für emotionale Notfälle auf. Dies scheint ein geeigneter Zeitpunkt zu sein.

Leider sind keine Zuckerstangen mehr in der Dose. Ich schätze, ich habe in den letzten anderthalb Monaten eine Menge emotionale Unterstützung gebraucht.

Also lasse ich die leere Keksdose stehen und gehe zu dem Lebkuchenhaus unter dem Baum, hebe den Deckel an und schaue hinein.

Nolan folgt mir brav vom Lebkuchenhaus zur Couch und bis zum Brotkasten in der Küche.

Jedes Versteck ist leer.

»Konsumiere ich wirklich so viel Zucker?«

Nolan lehnt sich mit verschränkten Armen an den Türrahmen. »Ja«, sagt er. »Das tust du.«

Während ich durch die Nase ausatme, starre ich an die Decke. Ich bin frustriert, aber mehr noch bin ich genervt.

Aus dem Augenwinkel sehe ich, wie Nolan näher kommt. »Warum folgst du mir?«, sage ich gereizt.

»Ich gehe dahin, wo du hingehst, Harriet«, antwortet er.

Nur mit Mühe kann ich mir ein Augenrollen verkneifen. Ich habe nie um das hier gebeten. Ganz sicher habe ich nie um einen Mitleidsgeist gebeten, der nur aus Pflichtgefühl bei mir bleibt. Die ständige Erinnerung daran ist wie Salz in kaum verheilten Wunden.

Niemand ist je bei mir geblieben. Niemand hat sich je für mich entschieden. Ich kann es nicht gebrauchen, ständig daran erinnert zu werden, dass er nur hier ist, weil er es muss.

»Weil du mich heimsuchst«, sage ich zur Zimmerdecke, schärfer als beabsichtigt.

Sanfte Fingerspitzen berühren meine Wange. Nolan hält mir eine Zuckerstange vor die Nase.

Ich zögere, dann nehme ich sie.

»Warum bist du angefressen?«, fragt er, während ich aggressiv auf dem Ende des Pfefferminzstäbchens herumkaue. Es ist die Marke, die ich bevorzuge, mit den dünnen roten Streifen statt der dicken. »Ich dachte, du würdest dich freuen.«

»Du hast deine Meinung ziemlich schnell geändert, wenn man bedenkt, wie wenig enthusiastisch du vorher warst. Verzeih mir, wenn ich nicht ganz so begeistert bin.«

»Nicht so schnell, wie du denkst, und es ist nicht nur die Vergangenheit, deretwegen ich meine Meinung geändert habe.«

»Was soll das heißen?«

»Es gibt noch andere Dinge. Dinge, die … mich davon überzeugt haben, dass du mir vielleicht helfen kannst. Genau wie du gesagt hast.«

Ich schiebe die Zuckerstange in die andere Wange. »Und was sind das für Dinge?«

Seine Wangen röten sich direkt über den Bartstoppeln. Für meine Neugier ist das wie Blut im Wasser für einen Hai.

»Muss ich sie dir sagen?«

Ich nicke. Unter keinen Umständen lasse ich ihn ohne eine Erklärung aus diesem Raum. Nach allem, was war, ist es das Mindeste, was er tun kann.

Er seufzt und wendet das Gesicht zur Decke, sein Hals und sein Kiefer zeichnen sich scharf ab. Er sieht wirklich aus, als käme er aus einer anderen Welt, einer anderen Zeit. Wie ein verblichenes Foto ganz unten in einer Truhe, an den Ecken verzogen, die Ränder wellig. An manchen Stellen dunkel, an anderen hell.

Etwas, das zurückgelassen wurde. Etwas, das vergessen wurde.

»Es liegt was in der Luft. Ich kann es *spüren*. Es ist wie … wie der Himmel, ja? Kurz bevor es schneit. Wenn die Nacht den Atem anhält und sich alles schwer anfühlt. Wenn es noch nicht wirklich dunkel ist, sondern … etwas anderes. Wie eine Laterne hinter den Wolken. So fühle ich mich. Als wäre eine Laterne angezündet worden. Ich weiß nicht, wie ich es sonst beschreiben soll.« Seine Augen forschen in meinen, tauchen kurz ab, um den Konturen meines Gesichts zu folgen. Ich frage mich, wonach er dort sucht und ob er es finden kann. Sein Mund verzieht sich auf einer Seite, der Schatten seiner Grübchen erscheint auf beiden Wangen. »Du bist seit hundert Jahren die Erste, bei der ich überhaupt etwas empfinde, Harriet York, und ich glaube nicht, dass das aus Versehen passiert.«

Langsam atme ich aus. Es fällt mir schwer, diese Worte zu hören, ohne mich an den Gedanken zu klammern. Ich war noch nie etwas Besonderes für irgendjemanden. *Niemand* brauchte mich je. Die einzigen Gefühle, die ich bei anderen hervorgerufen habe, sind vage Frustration und unergründliche Enttäuschung.

Oder schlimmer noch, gar nichts.

Es ist verlockend, für Nolan etwas anderes zu sein. Trotzdem. Ich brauche mehr.

»Was hat sich geändert?«, frage ich.

Sein schiefes Lächeln wird grimmiger. Er greift nach einer meiner Locken, wickelt sie sich um den Zeigefinger und zupft ein Mal daran. »Du meinst, abgesehen davon, in einer meiner Kindheitserinnerungen zu landen?«

Ich nicke. »Ja. Abgesehen davon.«

Er atmet tief aus und schiebt die Hand unter meine Haare. Er legt sie um meinen Nacken, oben auf meine Wirbelsäule. Vielleicht, um sich zu stützen, oder vielleicht, um mir Halt zu geben.

»Ich habe Angst«, gesteht er.

»Wovor?«, frage ich sanft.

Seine Augen huschen zwischen meinen hin und her. »Ich habe Angst, dass es nicht mehr real ist, wenn ich es laut ausspreche.«

»Mir kannst du es sagen.«

Seine Finger spannen sich in meinem Nacken an. »Mein Kaffee war heute Morgen angebrannt.« Er schluckt. »Er hat beschissen geschmeckt.«

»Ähm … okay?«

»Ich konnte es schmecken, Harriet. Ich konnte meinen Kaffee heute Morgen schmecken und das Zitronenbonbon, das du mir in dem Wäldchen gegeben hast. Vor dem Kamin in der Eishalle habe ich mir die Hand verbrannt, und heute Morgen war mir kalt, als ich das Haus verlassen habe. Ich fühle wieder.« Sein Blick forscht in meinem. »Ich fühle ziemlich viel.«

Ein schmerzhafter Stich durchzuckt meine Brust. »Sonst noch was?«

»Reicht das nicht?«

»Irgendetwas hast du mir noch nicht erzählt. Das spüre ich.«

Sein Mund verzieht sich zu einem grimmigen Lächeln, sein Kiefer wird hart und entspannt sich abwechselnd. »Ich habe von dir geträumt.«

»Von mir?«

»Aye«, sagt er. »Von dir.«

»Ich dachte, du hättest gesagt, du träumst nicht.«

»Das stimmt«, bestätigt er mit plötzlich dunklerer Stimme.

»Oh.«

Ich denke an die Träume, die ich von ihm hatte. Das warme, pulsierende Gefühl unter meiner Haut. Wie ich manchmal aufwache und meine Hand tief unten auf meinem Bauch liegt. Meine Wangen werden heiß. »War es ... war es wenigstens ein schöner Traum?«

Sein Blick wandert über mein Gesicht. Tiefer, zu dem Ausschnitt meines Pyjamahemds und dorthin, wo ich definitiv keinen BH trage. Seine Zunge erscheint in seinem Mundwinkel, und er spannt die Hand in meinem Nacken an. Ich seufze.

»Es war ein sehr schöner Traum«, sagt er mit heiserer Stimme.

Mein Magen schlägt Purzelbäume. Als ich mir die Lippen lecke, beobachtet Nolan mich dabei. Er fährt mit der Hand langsam über den Ansatz meiner Wirbelsäule, und ich erschauere in meinem Pyjama.

Ich wette, mein Puls fühlt sich gerade an wie ein Presslufthammer. Wie eine Art schwere Maschine, die immer schneller wird, je länger ich hier so stehe, mit ihm.

Aber ich schäme mich nicht. Ich bin mir meines Körpers und seines bewusst. Des Moments, der sich zwischen uns ausdehnt, bis sich alles träge und langsam anfühlt. Lichter vom Baum und ein Schiffshorn jenseits des Hafens. Wind an den Fenstern und eine klebrige Pfefferminzstange in meinem Mund.

»Ich glaube, du erweckst mich wieder zum Leben, Harriet.«

»Das ist eine lächerliche Behauptung.«

Er zuckt mit den Achseln. Kaum merklich. »Nicht, wenn es wahr ist.«

Ich atme langsam aus und mustere ihn. Er sieht mich offen und ehrlich an, lässt mich ihn anschauen.

»Dann ist das wohl ein guter Grund«, flüstere ich, um den Raum zwischen uns auszufüllen und die Spannung zu lösen, die uns beide fest im Griff hat. Ich möchte das wissenschaftlich angehen, ein weiteres Indiz an seinen richtigen Platz rücken, aber ich möchte mich auch nach vorne lehnen und mein Gesicht an seiner Brust vergraben.

»Das ist … ähm. Das leuchtet mir ein. Wenn du, äh, solche Dinge durchmachst. Jetzt verstehe ich, warum du deine Meinung geändert hast.«

Die Anspannung um seine Augen herum lässt etwas nach, aber sein Gesicht ist so ernst, dass ich weinen könnte. »Du wirst mir also helfen?« Er versucht zu lächeln. »Du wirst Jahrzehnte blinder Verzweiflung beenden und mich in das Jenseits meiner Träume schicken?«

Ich versuche, hinter seine blumigen Worte zu blicken. »Ist es das, was du willst, Nolan? Wirklich?«

Das schelmische Lächeln verschwindet aus seinem Gesicht.

»Ich brauche das, Harriet«, sagt er. »Ich muss weiterziehen. Ich brauche etwas anderes.«

Obwohl ich versuche, mich von diesen Worten nicht verletzen zu lassen, sind sie wie ein Eimer kaltes Wasser über der schwelenden Hitze zwischen uns. Ich reiße mich von ihm los.

Natürlich will er etwas anderes. Er ist seit Jahrzehnten hier, ohne Hoffnung, an der er festhalten könnte. Er hasst dieses Dasein.

Damit darf ich nicht egoistisch umgehen. Denn welche Zukunft könnte ich schon mit einem Geist haben? Ich habe mich einer Fantasie hingegeben, und das muss aufhören.

Ich muss das alles wegpacken und loslassen.

»Natürlich«, sage ich und setze ein Lächeln auf, während ich die Enttäuschung ignoriere, die sich wie ein Gummiband langsam um meine Brust zusammenzieht. Ich kann das schaffen. Ich kann ihm helfen, ohne weiter in das hineinzufallen, was auch immer das hier ist. Ich werde ihm helfen, weiterzuziehen, er wird verschwinden, und ich werde zu meinem geisterfreien Leben zurückkehren. Ich werde schöne Erinnerungen an diese … absolut lächerliche Reihe von Ereignissen haben. Wie die Messing-Anhänger, die an meinem Baum vor dem Fenster hängen. Nach der Weihnachtszeit werde ich sie sorgfältig einpacken und auf dem Dachboden verstauen. Ab und zu werde ich sie herausholen, um mich daran zu erfreuen, wie hübsch, besonders und einzigartig sie sind, und dann werde ich sie wieder wegräumen.

Es wird schon werden.

Mir wird es gut gehen.

Das ist immer so.

Wieder setze ich ein Lächeln auf. »Ich werde tun, was ich kann, um zu helfen.« Ich war schon immer gut darin, genau das zu sein, was die Leute brauchen.

Kapitel 16

Nolan

Ich starre auf die unbeschriftete Tür vor mir.

Obwohl ich nicht das beste Zeitgefühl habe, weiß ich, dass ich schon so lange auf diesem abscheulichen goldgemusterten Stuhl sitze, dass eines meiner Beine eingeschlafen ist und jedes Mal, wenn ich auch nur daran denke, mich zu bewegen, ein unangenehmes Kribbeln in meiner Wade aufsteigt. Das ist eine weitere neue Entwicklung in meinem sich laufend verändernden Leben.

Als ich mein Bein anhebe und wieder fallen lasse, durchzuckt mich ein kribbelndes, unangenehmes Gefühl unter der Haut. Eine der Verkäuferinnen kommt mit einem leicht amüsierten Gesichtsausdruck und einem Bündel Seide und Wolle auf dem Arm vorbei. Harriet hat sich inzwischen fast fünfundzwanzig Minuten lang in der Umkleidekabine eingeschlossen, um Kleider für die Gala ihrer Eltern anzuprobieren, während ich auf diesem Foltergerät, das sich als Stuhl ausgibt, festsitze.

Gestern Abend hat sie mir zwar ihre Hilfe zugesagt, aber seitdem ist sie auch distanziert. Sie war sehr zugeknöpft, was ihre Pläne für den Tag anging, als ich sie auf dem Bürgersteig vor ihrem Haus traf. Erst als ich sie mit einem Blaubeer-Plunderteilchen bestach, das ich aus einer Laune heraus gekauft hatte, knickte sie ein und verriet sie mir. Sie hatte das Gebäckstück unangenehm lange angestarrt. Zuerst dachte ich, ich hätte einen Fehler gemacht, aber dann lächelte sie halbherzig, verschlang es mit drei Bissen und lud mich widerwillig ein, sie bei ihren morgendlichen Besorgungen zu begleiten.

Aber sie meidet meinen Blick. Ihr Lächeln muss ich mir mühsamer verdienen. Ich habe irgendetwas verbockt und weiß nicht, wie ich es wiedergutmachen soll. Ich weiß nicht mal, wo ich anfangen soll.

Dabei dachte ich, sie würde sich freuen. Selbstgefällig zu sein, passt nicht zu Harriet, aber ich ging davon aus, es gäbe ihr zumindest eine Genugtuung, dass sie recht hatte.

Hinter der geschlossenen Tür wird es unruhig, dann fliegt ein weiteres marineblaues Kleid oben über den Rand und landet achtlos auf den anderen. Ein Schlachtfeld aus schweren, gestärkten Stoffen. Ich fahre mir mit der Hand über den Hinterkopf und seufze.

»Das hier war deine Idee.« Harriets ungehaltene Stimme ertönt unter der Tür hindurch. »Niemand hat verlangt, dass du mit mir Kleider shoppen gehst.«

Ich *dachte,* ich würde einen Logenplatz haben, um Harriet in Abendgarderobe zu beobachten, aber bisher habe ich nur die gesprenkelte weiße Farbe der Umkleidetür zu sehen bekommen, während Harriet dahinter mit verschiedenen Materialien kämpft.

Letzte Nacht habe ich wieder von ihr geträumt. Sie trug eines ihrer passenden Pyjamasets, eines, das ich noch nie gesehen habe. Ein übergroßes Flanellhemd, das bis zur Mitte der Oberschenkel reichte, darunter die blasse Haut ihrer Beine. Ich trug die dazu passende Hose, als sie auf meinen Schoß kletterte, ihre Ellbogen auf meine Schultern legte und ihre Knie an meine Hüfte schmiegte. Ich schob meine Hände hinten unter ihr Hemd und strich über ihre warme Haut, während ich sie nur ansah.

Als ich aufwachte, hätte ich schwören können, dass es nach Pfefferminze roch.

»Könntest du mir das hier in einer anderen Größe besorgen?« Harriets Arm taucht über der Tür auf und hält ein Kleid. Sie wedelt damit hin und her, während ich versuche, mich aus dem Nebel meiner Fantasie zu befreien.

Mit einem Ächzen stehe ich auf und schnappe mir das Kleidungsstück durch den Türspalt, den sie sofort wieder schließen will. Aber ich zwänge meinen Stiefel dazwischen. Ein großes braunes Auge blickt mich an, während eine chaotische Lockenpracht ihr halbes Gesicht verdeckt.

»Du hast mir noch kein einziges Kleid gezeigt«, sage ich. »Ich dachte, ich würde dich in den Kleidern sehen.«

»Niemand hat behauptet, dass du die Kleider zu Gesicht bekommen würdest.«

»Es wurde angedeutet.«

»Von wem?«

Von mir, denke ich betrübt, *und von diesem schmerzhaften Sehnen in meiner Brust. Diesem … Verlangen, das ich nicht loszuwerden scheine.*

Seit Jahrzehnten habe ich nach nichts mehr verlangt, aber ich glaube, ich will dich.

Stirnrunzelnd betrachte ich eines der abgelegten Kleider. »Warum diese Farbe?«

»Weil das die Kleiderordnung für diese Veranstaltung ist.« Eine Falte erscheint zwischen ihren Augenbrauen. Ich stupse sanft dagegen. Sie schlägt meine Hand weg. »Und ich halte mich an Anweisungen.«

Ich weiß, dass sie das tut. Das ist wahrscheinlich ihre liebenswerteste und frustrierendste Eigenschaft. Harriet tut genau das, was sie sagt, egal, was es sie selbst kostet. Egal, wie sie im Gegenzug behandelt wird.

»Ich finde, du solltest Rot tragen«, sage ich ihr. Sie gehört in etwas Lebendiges. Etwas, das sie zum Strahlen bringt.

»Und ich finde, du solltest mir eine andere Größe besorgen«, erwidert sie in singendem Tonfall und schubst mich von der Tür weg. Ich verdrehe die Augen und raffe den glatten Stoff ihres Kleides zusammen, um mich in den Gang zurückzuziehen, aus dem sie es geholt hat.

Ich hänge das Kleid an den richtigen Ständer und stöbere durch die Auswahl. Aus den winzigen Etiketten werde ich nicht schlau, also ignoriere ich sie und schlendere stattdessen zu einem ganz anderen Bereich. Ein Kleid fällt mir ins Auge, und ich grinse, als ich es mir schnappe, zu Harriets Festung der Einsamkeit zurückwandere und zweimal klopfe.

Die Tür öffnet sich. Eine Hand streckt sich mir entgegen, und ich reiche ihr das neue Kleid.

»Nolan«, sagt Harriet sofort. »Das ist nicht das, worum ich gebeten habe.«

»Du hast recht. Es ist besser.« Als ich es mir wieder auf dem Stuhl bequem mache, strecke ich die Beine aus. Das Kribbeln von vorhin ist verschwunden und wurde durch eine nervöse Vorfreude ersetzt. »Los. Probier es an.«

Sie steckt den Kopf aus der Umkleidekabine. Ihre Schultern sind nackt, ihr Haar zur Seite gelegt. Ich greife nach der Lehne des schrecklichen Stuhls, bis das Holz protestierend knarrt.

»Das kann ich nicht anziehen.«

Ich höre auf, die Sommersprossen auf ihrer geschwungenen Schulter zu zählen. »Sagt wer?«

Sie zieht die Nase kraus. »Meine Mutter. Und die bereits erwähnte Kleiderordnung.«

»Tust du immer, was sie sagt?«

»Ja«, antwortet Harriet schlicht. »Ich tue, was alle sagen. Das ist eine meiner wichtigsten Charaktereigenschaften.«

»Du tust aber nicht, was ich sage.« Dabei deute ich auf das Kleid an ihrer Seite. »Wie man sieht.«

»Tja, du bist eben du.«

Daraufhin grinse ich. Ich bin gern die Ausnahme von Harriets Regeln, auch wenn mich das manchmal frustriert. »Mir fällt da ein kleines Mädchen ein, das mit Begeisterung ein Boot stahl.«

Als Antwort darauf umspielt ein Lächeln ihre Mundwinkel. »Das ist schon lange her. Seitdem habe ich die eine oder andere Lektion gelernt.« Das Lächeln verschwindet und wird durch ein nachdenkliches Stirnrunzeln ersetzt. »So ist es einfacher.«

»Für dich oder für alle anderen?«

Sie antwortet nicht, aber ihr gesenkter Blick sagt genug.

Ich beiße mir auf die Zunge, um nicht zu seufzen. Harriet versteckt so viel von der Person, die sie sein möchte, hinter der Person, von der sie glaubt, sie müsse sie sein. Es ist klar, dass ihre Mutter eine große Rolle dabei gespielt hat, ihr das Gefühl zu geben, dass sie nichts anderes sein darf als perfekt und vernünftig, aber es ist auch offensichtlich, dass Harriet das Bedürfnis verspürt, irgendetwas wiedergutzumachen. Ich wünschte, ich wüsste, was das ist.

»Vielleicht brauchst du einen kleinen Schubser in die richtige Richtung.« Ich nicke zu der pflaumenfarbenen Seide in ihrer Hand. »Tu mir den Gefallen.«

Sie sieht mich lange an und verschwindet dann wortlos in der Umkleidekabine. Ich sitze da, starre auf die Tür und erlaube mir, sie mir dahinter vorzustellen.

Wie das Kleid sanft über ihren Körper fließt. Die dünnen, zarten Träger auf ihren Schultern. Ihr Haar, das mit den Rundungen ihrer Brüste flirtet. Ihre Nippel, die gegen den zarten Stoff drücken. Wie sich der winzige Reißverschluss am Rücken anfühlt, wenn ich das Metall zwischen meinen Fingern spüre. Mein Mund an ihrem Hals und meine Nase in ihrem Haar. Ich frage mich, wie weit sich ihr Erröten ausbreiten würde. Ob ich den seidigen, glatten Stoff ihres Rocks in meinen Fäusten zusammenraffen und sie gegen den Spiegel drücken könnte. Ob sie zusehen würde, wie ich hinter ihr im Spiegelbild auf die Knie gehe, oder ob sie sich umdrehen würde. Ob sie ihre Finger in mein Haar krallen würde, während ich mein Gesicht zwischen ihre Schenkel drücke und …

»Wenn ich hiermit fertig bin, können wir abreisen«, ruft sie durch die Tür. Ich werde so heftig aus meinem Tagtraum gerissen, dass ich mit meinem Knie gegen den winzigen, nutzlosen Marmortisch neben dem Stuhl stoße. Ein Verkäufer schlendert mit einem selbstgefälligen Schnauben an mir vorbei und wirft mir einen wissenden Blick zu.

Ich strecke mein Knie finster dreinschauend aus. »Abreisen?«

»Auf Reisen gehen«, sagt sie langsam, mit so viel Diskretion wie ein Nebelhorn. »Du weißt schon. An Orte, die wir in der *Vergangenheit* besucht haben.«

In meiner Brust macht sich Heiterkeit breit. »Ja, ich kann dir folgen.« Ich halte inne, immer noch damit beschäftigt, mein Gehirn von den Bildern nackter Haut und glatter Seide loszureißen. Ich lasse meine Zunge gegen meine Zähne schnalzen. »Wir können abreisen oder erst etwas zu Mittag essen. Was immer du bevorzugst.«

»Zu Mittag essen?«

»Man hat mir gesagt, dass Menschen so etwas tun.«

Sie ist drei Herzschläge lang still. »*Menschen* tun so etwas«, sagt sie schließlich.

Ich lache in meine Faust. »Ich wäre gern ein Mensch mit dir, Harriet.«

Hinter der Tür summt sie. Das Summen geht schnell in ein Ächzen über. Es folgt ein scharfes Ausatmen und dann ein dumpfer Schlag. Es klingt, als würde sie da drin mit einem Dachs ringen.

»Alles in Ordnung?«, frage ich.

»Ich glaube, ich stecke fest.«

»In dem Kleid?«

»Ja, im Kleid.« Sie murmelt etwas, das ich nicht ganz verstehe. »Der Reißverschluss ist verdreht oder … irgendwas. Ich bin mir nicht mal sicher, ob du mir die richtige Größe besorgt hast.«

Ich bin mir fast sicher, dass ich das nicht getan habe. Nachdem ich das Etikett kurz ansah, habe ich stattdessen einen Blick auf den Stretch-Stoff geworfen und mir vorgestellt, wie er sich über Harriets kurvigem Hintern spannt. Es war keine logische Entscheidung.

Mit zwei schnellen Schritten stehe ich vor der Tür, beide Arme gegen den Rahmen gestützt.

»Mach auf.«

Sie gibt einen entrüsteten Laut von sich. »Auf keinen Fall.«

»Harriet.« Ich lehne meine Stirn an die Tür und klopfe damit zweimal dagegen. Diese Frau. »Sei nicht so stolz.«

»Das ist keine Frage des Stolzes.« Sie hält eine lange Minute inne. »Es ist eine Frage des Anstands.«

Mein Magen krampft sich zusammen, eine schmerzhafte Enge schnürt mir die Kehle zu. Ich räuspere mich einmal, dann noch einmal. Vor meinem inneren Auge sehe ich pflaumenfarbenen Seidenstoff und alabasterfarbene Haut. Die Röte auf ihren Wangen und das honigblonde Haar. »Dann schließe ich die Augen«, sage ich mit heiserer Stimme.

»Nein, danke. Ich kriege das schon hin.« Geduldig warte ich und lausche den Geräuschen ihres Kampfes. »Okay. Ich glaube, ich muss aus diesem Kleid herausgeschnitten werden. Kannst du die Verkäuferin holen?«

Mit einem Blick über die Schulter erkenne ich, dass die Verkäuferin nirgends zu sehen ist. »Klar«, lüge ich und rühre mich nicht vom Fleck.

»Ich kann deine Füße unter der Tür sehen, Nolan.«

Verdammt. »Ich weiß nicht, wo sie hingegangen ist. Wenn du mich reinlässt, erledige ich das schnell.« Ich verziehe das Gesicht. Selbst wenn ich es versuchte, könnte ich nicht mehr wie ein übereifriger, unerfahrener Junge klingen. »Ich meinte nur …«

Die Tür wird entriegelt. Ihr Gesicht sieht aus wie – genauso wie neulich, als wir uns zum ersten Mal durch ihre Vergangenheit bewegten. Mit rosigen Wangen und ein wenig durcheinander. Abgekämpft, aber tapfer.

Wunderschön.

»Ich weiß, was du meinst«, sagt sie geschlagen. Sie greift durch den Türspalt und packt mich vorne an meinem Hemd. Nachdem sie mich in den winzigen Raum gezogen hat, schließt sie schnell die Tür hinter mir. Dann dreht sie sich um und zeigt mir ihren Rücken, die Schultern zu den Ohren hochgezogen.

Einer der Träger ist verdreht. Er hat sich im Reißverschluss verfangen, der irgendwo unten an ihrem Rücken sitzt.

Ihres nackten Rückens, auf dem nirgendwo ein Unterhemd zu sehen ist.

Ich starre auf die Ansammlung von Sommersprossen in ihrem Nacken und atme aus tiefster Seele aus.

Sie wackelt mit den Schultern. »Hilf mir, bitte.«

Eigentlich bin ich es, der Hilfe braucht. Die nackte Schönheit ihres Rückens verschlägt mir die Sprache. Die sanfte Kurve und die beiden Grübchen am Ansatz ihrer Wirbelsäule, die mich zwischen den Falten des üppigen Stoffes verführen.

Ich möchte beide Seiten des Kleides packen und daran ziehen. Ich möchte auf die Knie fallen und herausfinden, wie diese Grübchen schmecken.

»Nolan«, zischt Harriet. »Bring den Reißverschluss in Ordnung.«

Der Reißverschluss. Der Reißverschluss. Ich sehe keinen Reißverschluss.

»Ich bin … was willst du … das heißt …« Mein Kiefer knackt, und ich klappe den Mund zu. Ich muss mich sammeln, aber ich weiß nicht, wo ich anfangen soll. »Ich kann den Reißverschluss nicht finden«, stoße ich mühsam hervor.

Sie sieht mich über ihre Schulter hinweg an. Einst bin ich im Meer ertrunken, und ich glaube, ich könnte genauso gut in Harriet ertrinken. In ihr versinken und mich tagelang verlieren.

Vielleicht war es nicht die klügste Idee, nach einer Reihe unanständiger Träume von ihr zu einer halb bekleideten Harriet in diesen winzigen Raum zu treten.

Ich habe die Macht des Kleides unterschätzt. Ich habe *Harriets* Macht unterschätzt.

»Du hast gesagt, du würdest helfen«, zischt sie halblaut und zieht die Schultern noch höher. Einer der Träger fällt ihr über den Arm, und ich schiebe ihn geistesabwesend wieder nach oben.

»Ich versuche zu helfen.«

»Indem du … was genau tust? Dastehst? Ab und zu grunzt?«

Ich antworte mit einem weiteren tiefen Laut aus der Mitte meiner Brust. »Ich überlege mir eine Strategie.«

»Eine Strategie«, wiederholt sie trocken.

»Ja. Ich versuche herauszubekommen, wo ich anfangen soll.«

»Fang mit dem *Reißverschluss* an«, schnauzt sie mich an.

Ich zögere. »Bist du dir sicher?«

»Nolan, ich schwöre dir …«

»Schon gut, schon gut.« Ich finde den Reißverschluss ganz unten an ihrem Rücken, wo er sich im Stoff verfangen hat. Sie zittert, als ich ihn anpacke, und meine Fingerknöchel berühren ihre Haut, während ich vorsichtig an dem eingeklemmten Stoff ziehe. Um besseren Halt zu bekommen, schiebe ich einen Finger zwischen das Kleid und ihren Rücken und beiße die Zähne zusammen, als er über die Rundung ihres Hinterns streift.

»Einen Moment noch«, bitte ich sie, eine Hand an ihrer Hüfte, die Finger weit gespreizt, um sie festzuhalten. All diese warme Haut. Wie sie sich mir zuneigt. Ich habe das Gefühl, gleich einen Herzinfarkt zu bekommen. »Fast geschafft.«

Mit einem weiteren sanften Ruck befreie ich den Reißverschluss, der sich nun geschmeidig nach oben ziehen lässt, sodass die beiden Hälften des Kleides zueinander finden.

Es passt perfekt, sobald der Stoff nicht mehr verdreht ist.

»So«, sage ich und lasse meine Hände sinken. Ich schaue ihr über die Schulter und betrachte unser Spiegelbild. »Geschafft.«

»Danke.« Sie seufzt erleichtert.

»Kein Problem«, sage ich zerstreut und lasse meinen Blick über das Kleid und die Art und Weise schweifen, wie sich der tiefviolette Stoff an ihre Kurven schmiegt. Das Mieder sitzt eng, die weichen Rundungen ihrer Brüste werden nach oben gedrückt. Der Rock fällt wie Wasser um ihre Hüften und ist an einer Seite gerafft. Sie verlagert ihr Gewicht, und ein blasser Oberschenkel erscheint in dem hohen seitlichen Schlitz.

Verdammt. Sie sieht aus wie etwas, das aus Marmor gemeißelt wurde. Wie etwas, das es verdient, angebetet zu werden.

»Du starrst mich an«, flüstert sie.

»Ich kann nicht anders«, flüstere ich zurück.

Ihre Hände zittern vor ihrem Bauch, bevor sie sie in den Stoff des Rocks krallt.

»Ist es … sieht es schlimm aus?«

»Schlimm?« Mein Blick schießt zu ihrem zurück. »Harriet. Du bist wunderschön.«

Sie streicht sich über den Rock. »Es ist ein beeindruckendes Kleid«, sagt sie.

»Ich spreche nicht von dem Kleid.«

Sie neigt den Kopf zur Seite, und es kostet mich all meine Willenskraft, nicht ihr ganzes Haar zusammenzuraffen und den zarten Wirbel oben in ihrem Nacken zum Vorschein zu bringen. Die Stelle, die meine Finger immer so gerne berühren würden. Mit einem leisen Seufzen weicht die Anspannung aus ihrem Körper, und anstelle der Reserviertheit, an der sie den ganzen Morgen festgehalten hat, tritt ein zufriedenes Lächeln.

»Du hast die anderen Kleider noch nicht gesehen«, sagt sie.

»Das muss ich auch nicht.«

Sie senkt den Kopf, um ihr breiter werdendes Lächeln zu verbergen, aber ich sehe es trotzdem.

»Ich sollte fragen, ob sie es auch in Blau haben.«

»Du solltest aufhören, deiner Mutter alles recht machen zu wollen.«

Sie dreht sich leicht hin und her und beobachtet im Spiegel, wie der Rock um ihre Knöchel schwingt. »Das habe ich früher mal versucht. Es hat für mich nicht funktioniert.«

»Was ist passiert?«

Harriet versteift sich, ihre Augen werden trüb. »Es hat ihr das Herz gebrochen«, sagt sie leise. »Das Mindeste, was ich jetzt tun kann, ist, die Farbe zu tragen, die sie für mich ausgesucht hat.«

»Hat das Bootestehlen irgendwann zu leichtem Vandalismus geführt? Vielleicht zu einem Flirt mit Brandstiftung?«

»Nein. Nichts so Dramatisches.«

Ich gebe der Versuchung nach und fahre mit meinen Fingern durch ihre Haarspitzen. »Ich kann mir nur schwer vorstellen, dass du jemals absichtlich jemandem das Herz gebrochen hast. Wie hast du das geschafft?«

Müde zieht sie die Schultern hoch und lässt sie wieder fallen. Im Spiegelbild treffen sich unsere Blicke. »Indem ich meinem gefolgt bin.«

❄

Während Harriet wieder den winzigen Tweedrock und die kniehohen Stiefel anzieht, die sie zuvor getragen hatte, und ihr Haar hastig zu einem Zopf zusammenbindet, beschlagnahme ich erneut den schrecklichen goldenen Stuhl. Sie meidet meinen Blick, als sie die Kleider zurückgibt, die sie anprobiert hat, die pflaumenfarbene Seide liegt dabei ganz oben auf.

»Die hier haben nicht gepasst«, sagt sie zu der Verkäuferin, die endlich wieder aufgetaucht ist, und lässt ihre Finger über den Stoff gleiten, als würde sie sich nur ungern davon trennen. »Aber danke.«

Wir treten vorne im Geschäft durch die gläsernen Doppeltüren ins helle Sonnenlicht des Winternachmittags hinaus. Harriet hält sich die Hand vor die Augen, während sie an ihrer Handtasche herumfummelt. Sie hat es nur geschafft, einen Ärmel ihrer Jacke anzuziehen, während sie mit dem anderen Arm herumfuchtelt, um den Rest überzustreifen. Amüsiert beobachte ich einen Moment lang, wie sie sich abmüht. Sie sieht ein bisschen aus wie ein Hund, der seinen eigenen Schwanz jagt.

»Brauchst du Hilfe?«

»Nein.« Sie wirbelt erneut herum und versucht, den Ärmel ihrer Jacke zu erwischen. »Ich schaffe das schon, danke.«

Bei ihrer nächsten Umdrehung schnappe ich mir behutsam ihren Kragen und führe ihn um ihre Schultern. Dann greife ich durch den Ärmel, nehme ihr Handgelenk und ziehe daran, bis ihre Hand herauskommt. Nun bücke ich mich, hebe ihre heruntergefallene Tasche auf und klemme sie mir unter den Arm.

Sie schaut mich finster an. »Die kann ich selbst tragen.«

»Ich weiß, dass du das kannst. Aber ich kann es auch.« Ich fixiere sie mit einem Blick. »Warum wehrst du dich heute so gegen mich?«

»Ich wehre mich nicht gegen dich.«

»Sagt sie, während sie sich gegen mich wehrt.«

»Tue ich nicht. Ich bin …« Sie wedelt mit der freien Hand vor sich herum, als wollte sie damit eine vage Erklärung abgeben, während sie mit der anderen Hand weiter in ihren Taschen herumwühlt. »Ich glaube, ich bin nur müde. Ich habe in letzter Zeit seltsame Träume und kann nicht …«

Sie unterbricht sich selbst und kämpft nun mit ihren Taschen anstatt mit mir.

»Was suchst du?«, frage ich. Sie kramt in ihrer Jacke herum, als würde sie dort Erlösung finden. Gut, dass sie heute keine Fäustlinge trägt.

»Eine Zuckerstange«, jammert sie. »Ich dachte, ich hätte vorhin eine hier reingetan, aber sie ist nicht … Oh. Wo kommt die denn her?«

Ich packe das Ende einer Zuckerstange aus und stecke sie ihr zwischen die Lippen. »Ich dachte mir, dass du ein Leckerli brauchen würdest.«

Sie schiebt sie mit der Zunge in den Mundwinkel. »Hast du die den ganzen Morgen in deiner Tasche herumgetragen?«

Tatsächlich habe ich sechs Stück in meiner Tasche, was lächerlich ist, weil ich sie mit meiner Magie nach Belieben herbeirufen kann.

»Die habe ich umsonst von dem Typ in dem Weihnachtsmannkostüm an der Ecke bekommen«, lüge ich. »Hab sie einfach aufbewahrt.«

Harriet strahlt mich an, während ihr der Zopf über die Schulter schwingt. »Danke.«

»Mach dir keine Gedanken«, antworte ich und starre immer noch auf den Laternenpfahl, damit ich nicht sehen muss, wie ihre Wangen hohl werden, während sie ihre Süßigkeit genießt. Allmählich verkomme ich zur schlimmsten Version meiner selbst. Vielleicht ist das die Hölle, und meine Strafe besteht darin, dass ich eine Frau begehre, die ich unmöglich haben kann.

»Wir sollten heute nach Hinweisen suchen«, sage ich widerwillig, »wenn wir *reisen*. Nach allem, was heraussticht oder ungewöhnlich erscheint.«

»Du meinst, abgesehen von Marmelade.« Sie lächelt mich an, ihre schlechte Laune durch den Zucker vorübergehend besänftigt. Sie betrachtet mich nachdenklich. »Du glaubst, in den Erinnerungen stecken Hinweise?«

Ich zucke die Achseln. »Ich wüsste nicht, warum wir dir sonst beim Fällen eines Baumes zuschauen sollten, es sei denn, es wäre eine Metapher oder ein Fingerzeig auf etwas Größeres.«

Als ich Harriet meinen Ellbogen hinstrecke, hakt sie sich, ohne zu zögern, bei mir ein und vergräbt ihre Finger im Stoff meiner Jacke. Wir schlendern die gewundene Straße entlang, rote Schleifen an den Straßenlaternen, dazwischen schwere Girlanden.

»Wir hatten die schicke Lobby in der Firma meiner Eltern, das Einkochen von Marmelade …« Sie hebt für jede Erinnerung, die wir besucht haben, einen Finger.

»Dein Baummassaker«, füge ich hinzu.

Sie lacht. »Ja, mein Baummassaker. Und dann sind wir irgendwie in deine Vergangenheit gelangt«, sagt sie und wirft mir einen verstohlenen Blick zu. »Der Tag am Strand«, sagt sie vorsichtig, als hätte sie Angst vor meiner Reaktion.

Langsam atme ich tief ein und wieder aus. Jetzt, da der Schock nachgelassen hat, kann ich besser darüber nachdenken. Es ist leichter zu ertragen. Wenn ich es wie ein Indiz behandle statt wie ein entscheidendes Stück meines Herzens, das ich vergessen hatte, kann ich damit umgehen.

»Spontan erkenne ich keine Verbindung. Abgesehen vom Offensichtlichen.«

»Vom Offensichtlichen?«, fragt Harriet.

Ich stupse sie mit meiner Schulter an und biege in die Straße ein, die zum Krähennest führt. Es liegt am Ende des Kopfsteinpflasters wie ein Fanal – wie eines der Lebkuchenhäuser, die Harriet so liebt – die Fenster leuchten golden im Licht der untergehenden Sonne.

»Du hast ein Boot gestohlen, als wir in dieser schicken Lobby waren«, sage ich ihr. »Und ich war einmal ein Fischer.«

Harriet muss lachen. *»Das* ist die Verbindung, die du gefunden hast?«

»Ich sehe nicht, dass du irgendwelche Zusammenhänge erkennst.«

Nachdenklich schiebt sie ihre Zuckerstange in die andere Wange. »Ich glaube nicht, dass es irgendetwas mit meinen Erinnerungen zu tun hat. Ich glaube … ich glaube, es könnte etwas mit mir zu tun haben, mit dem Laden und der Ansammlung von Krimskrams, die wir dort haben. Die Erinnerungen entstehen einfach durch deine Magie, die tut, was deine Magie eben tut.«

Diese Vermutung hat sie schon früher geäußert. »Du glaubst, dass es etwas in deinem Laden gibt, das mich hier festhält.«

»Mehr oder weniger. Es ist möglich, dass es Hinweise in der Vergangenheit gibt, aber …« Sie spitzt nachdenklich die Lippen. »Aber ich sammle sehr alte Dinge. Und du bist …«

»Ein sehr altes Ding.« Ich lache, als ich ihren Gedanken zu Ende führe. »Schlau.«

Durch meine Jacke hindurch drückt sie meinen Arm. »Das wollte ich so nicht sagen.«

Aber ich streichle ihre Hand und führe sie weiter die Straße entlang. »Und doch ist es wahr.«

»Es ist bloß … Wer weiß schon, was alles in meinem Laden herumliegt. Wir führen zwar eine Bestandsliste, aber ich finde immer wieder irgendwelche Ecken und Winkel, in die meine Tante Matilda irgendetwas hineingestopft hat. Da könnte etwas versteckt sein, das mit dir in Verbindung steht. Es ist wie eine interdimensionale Schnitzeljagd.«

Ich überlege. »Ist *interdimensional* das richtige Wort?«

»Transtemporal?«

»Möglicherweise.«

Diese Antwort scheint zu offensichtlich, aber es könnte sich vielleicht lohnen, dem nachzugehen. Eine Hoffnung, an die ich mich klammern kann, wo ich doch so wenig davon habe.

»Ich glaube nicht, dass ich irgendetwas besessen habe, das mir wirklich am Herzen lag. Auf jeden Fall nichts, was mich in einer Art Fegefeuer halten würde, während ich darauf warte, dass es irgendwann wieder auftaucht.«

»Dein Boot?«, fragt sie.

Ich ziehe eine Augenbraue hoch. »Hast du ein Boot im Laden?«

Sie lächelt. »Nein. Aber es ist eine Idee, die man in Betracht ziehen sollte.« Wir gehen weiter die Straße entlang, während der Weihnachtsmann an der Ecke mit dem falschen weißen Bart seine Glöckchen läutet. Heute hängt der Bart schief, und der untere Teil ist vermutlich durch einen verirrten Donut mit Marmeladenfüllung verfärbt.

»Vielleicht weißt du nicht mehr, was es ist. Du hast schon einige Dinge vergessen«, meint Harriet, als ich eine Münze in seinen glänzenden roten Eimer werfe.

»Aye. Das habe ich.«

Sie rückt näher. »Irgendetwas hilft deinem Gedächtnis vielleicht auf die Sprünge. Vielleicht sind diese Ausflüge in die Vergangenheit genau das. Wir müssen nur Augen und Ohren offen halten.«

Das ist leichter gesagt als getan, wenn meine Augen und Ohren offensichtlich nur auf Harriet gerichtet sind. »Ein Abenteuer.«

Harriet lächelt mich an. »Das klingt gut.« Wir bleiben am Eingang des Krähennests stehen, und das Licht der Bäume im Fenster taucht alles in einen warmen Schein. Während die Sonne im Wasser über dem Hafen versinkt, ist der Himmel rosa wie Zuckerwatte.

Das sind die Nächte, die ich am meisten geliebt habe, wenn ich auf dem Meer unterwegs war. Wenn die ganze Welt still zu werden scheint und das letzte bisschen Sonnenlicht verharrt.

Harriet betätigt den Türgriff. Ein verziertes goldenes Ding in Form einer Löwentatze.

»Und nur fürs Protokoll«, sagt sie mit einem leicht durchtriebenen Lächeln. »Zufällig mag ich sehr alte Dinge.«

Kapitel 17

Harriet

»Suchst du irgendetwas Bestimmtes?«, rufe ich von hinter der Theke und drehe mich auf meinem Hocker hin und her.

Nolan ignoriert mich und durchstöbert ein Tablett mit Knöpfen mitten im Laden, als würde er eine Bombe entschärfen. Er beugt sich dabei tief über den Tisch, um jeden einzelnen Knopf zu untersuchen.

»Du hast dich für Knöpfe entschieden.« Ich stütze mein Kinn in die Hand und beobachte ihn. »Glaubst du wirklich, dass der Schlüssel zu deiner Erlösung in einem Knopf liegt?«

Er hätte mit den Büchern an der hinteren Wand anfangen können. Vielleicht mit einigen der zusammengewürfelten Kunstwerke, die neben den Fenstern hängen, aber nein. Er bestand darauf, eine fast nutzlose Sammlung alter Knöpfe zu studieren.

Nolan schaut stirnrunzelnd auf das Tablett und geht weiter den Inhalt durch. »Zu meiner Zeit habe ich viele Jacken getragen.«

»Viele Jacken«, wiederhole ich.

»Vielleicht habe ich von einer einen Knopf verloren.«

Ich warte darauf, dass er grinst, aber er sieht sich weiter die Knöpfe an. Einen bernsteinfarbenen hebt er auf, hält ihn mit zusammengekniffenen Augen gegen das Licht und legt ihn dann wieder zu den anderen.

»Nolan.« Ich richte mich auf und lege meine Hände flach auf die Theke. »Kann es sein, dass du Angst davor hast, die Vergangenheit zu besuchen?«

Das Kratzen der Knöpfe auf dem Tablett hört abrupt auf. »Wie bitte?«

Ich schiebe mein Haar zurück und streiche oben über die Vogelkäfig-Spieldose, die ich immer noch nicht von der Theke geräumt habe. Dabei fahre ich über eine der filigranen Ranken und spüre, wie abgenutzt das Metall ist. Es ist tröstlich, diese Dinge, die so geliebt wurden, in den Händen zu halten. Zu wissen, dass jemand anderes das auch getan hat. Dadurch fühle ich mich immer weniger allein. Stärker verbunden.

Sorgfältig wähle ich meine nächsten Worte. »Unser letzter Ausflug in die Vergangenheit ist … schlecht für dich ausgegangen. Hast du Angst, die Vergangenheit erneut zu besuchen, weil du denkst, dass wir in deiner landen könnten?«

Den ganzen Tag warte ich schon darauf, dass Nolan seine Magie einsetzt. Aber jedes Mal, wenn ich sage, dass ich bereit bin, hat er eine andere Ausrede parat. Zuerst bestand er darauf, mit mir Kleider shoppen zu gehen. Dann schlug er vor, zum Mittagessen etwas von Paulas Café mitzunehmen. Jetzt schaut er sich Knöpfe an.

Er schnaubt abfällig. »Ich habe keine Angst.«

»Okay.«

»Wirklich nicht«, sagt er noch einmal und blickt von seiner kleinen Schatztruhe auf. Seine Augen leuchten nachtblau im schwachen Licht der Buntglaslampen. Die Nacht drängt von draußen durch die Fenster herein. Der ganze Tag ist uns abhandengekommen.

»Na gut«, sage ich gelassen. »Vergiss, dass ich etwas gesagt habe.«

Die Muskeln in seinem Kiefer zucken. »Nennst du mich einen Feigling, Harriet York?«

Aus irgendeinem Grund wird mir bei der Art, wie er meinen vollen Namen ausspricht, ganz heiß. Ich presse die Innenseiten meiner Handgelenke aneinander. »Nein. Das tue ich nicht, Nolan …«

Ich zögere. Seinen Nachnamen kenne ich nicht.

»Callahan«, sagt er mit rauer Stimme, und sein Akzent schimmert wieder durch.

»Ich nenne dich nicht einen Feigling, Nolan Callahan.«

Seine Augen blitzen auf, und er lässt das Tablett stehen und pirscht sich näher an die Theke heran. Ich fühle mich wie eine Maus, die unter der Pfote einer Katze gefangen ist. Oder wie ein besonders dämlicher exotischer Vogel, der ein Raubtier auf sich zukommen sieht. Während er sich an die Theke lehnt und mit beiden Händen die Kante festhält, streiche ich meinen Pullover glatt.

»Das gefällt mir«, stößt er hervor.

»Was?«, frage ich. »Das Tablett mit den Knöpfen? Wenn du wirklich ausflippen willst, kann ich dir die Türknäufe zeigen.«

»Nein, nicht das Tablett mit den Knöpfen.« Seine Augen fixieren meine Mundpartie. »Mir hat gefallen, wie du meinen Namen gesagt hast. Meinen vollen Namen habe ich schon seit …« Er atmet aus. »Schon sehr lange nicht mehr gehört.«

Eine Gänsehaut läuft mir über die Arme. »Ich spreche ihn gern aus«, bringe ich mit schwacher Stimme hervor. Der Hocker quietscht unter mir.

»Gut.« Auf seiner Wange taucht ein Grübchen auf. »Nun zurück zum ursprünglichen Punkt. Als du mich einen Feigling genannt hast.«

Ich verdrehe die Augen. »Ich habe dich nie einen Feigling genannt.«

»Bist du dir sicher?«, fragt er. »Denn so habe ich es verstanden.«

»Dann solltest du mal zum Ohrenarzt gehen, alter Mann.« Er stützt sich mit einem Ellbogen auf der Theke ab, und mir stockt der Atem. Ich kann das Salz auf seiner Haut riechen, das von unserem Spaziergang am Hafen stammt. Den Kaffee, den er den größten Teil des Nachmittags geschlürft hat. Flanell und Nelken. Warme Haut und geflüsterte Gedanken und Hände auf meiner Hüfte in einer dunklen Kammer. Er riecht *köstlich*. »Ich dachte, wir hätten einen Plan, und du schaust dir Knöpfe an. Es scheint, als würdest du das Unvermeidliche absichtlich hinauszögern.«

Seine Augen blitzen auf. »Die Knöpfe sind wichtig.«

Ich verziehe die Lippen, um mein Lächeln zu verbergen. »Klar.«

»Selbst kleine Dinge können wichtig sein.«

Ich weiß gar nicht mehr, worüber wir eigentlich reden. »Okay.«

Der Tresen ist das Einzige, was zwischen uns ist. Seine Arme liegen zu beiden Seiten meiner Arme, er wirkt entspannt und sinnlich. Die Luft um uns herum scheint zu vibrieren. Vielleicht liegt das an seiner Magie. Oder vielleicht liegt es einfach an ihm.

Als ich heute Morgen aufgewacht bin, nahm ich mir vor, all diese Gefühle wegzupacken. Aber jetzt, ihm so gegenüber, nachdem wir einen ganzen Tag zusammen verbracht haben …

Es ist unmöglich. Ich mag es, wie ich mich fühle, wenn er da ist. Ich mag diese verschwommene Mischung aus Zuneigung und Spannung. Ich mag es, wie er mich ansieht, und ich mag es, wie er mich berührt.

Ich kann nichts davon wegpacken. Und ich will es auch gar nicht.

Nolans Blick sucht mein Gesicht ab, abwägend. »Gib mir deine Hand«, sagt er schließlich.

»Was?«

»Deine Hand«, sagt er erneut, und die Augenbraue mit der Narbe darin wandert nach oben. »Gib sie mir.«

Bei allen anderen auf der Welt tue ich immer genau das, was von mir verlangt wird. Es bereitet mir große Freude, Erwartungen zu erfüllen. Sie sogar zu übertreffen.

Aber irgendetwas an Nolan bringt mich dazu, Grenzen ausloten zu wollen.

»Sag bitte«, hauche ich.

Ein entzücktes Grinsen umspielt seine Mundwinkel. Seine Haare fallen ihm in die Stirn, und er fährt mit der Zunge innen an seiner Wange entlang. Er nimmt sich Zeit, die Konturen meines Gesichts zu studieren, und sein Blick wird dabei hungrig und verweilt auf meinem Mund.

Tu etwas, denke ich benommen. *Berühre mich. Küss mich. Scheiß auf die Konsequenzen. Hör auf, dich zusammenzureißen. Gib nach.*

»Bitte, Harriet«, sagt er mit leiser, rauer Stimme. Ich spüre sie, wie ich in der Umkleidekabine seine Fingerknöchel unten an meinem Rücken gespürt habe. Seine Nase an meinem Hals in der Eishalle. Ich zittere, als er seine Hand mit der Handfläche nach oben zwischen uns hält. »Nimm meine Hand und lass mich dir etwas beweisen.«

Als ich meine Hand in seine lege, wirbelt die Welt um mich herum davon.

Kapitel 18

Harriet

Der Sog setzt augenblicklich ein, und seine Magie lodert um uns herum heiß auf. Die Spieluhr auf dem Tresen kippt um, als wir mitgerissen werden und durch die Zeit wirbeln und purzeln. Nolans eine Hand, die nicht meine hält, legt sich mit weit gespreizten Fingern auf meine Hüfte. Während ich meine Augen gegen die gewaltigen Kräfte verschließe, schiebt er seine Finger unter den Saum meines Pullovers und weiter auf die nackte Haut darunter. Als er eine langsame Bahn an meinem Hüftknochen entlang beschreibt, stoße ich einen zittrigen Laut aus, der von einem dumpfen Brüllen verschluckt wird. Magie und fließende Bewegungen und seine nackte Haut an meiner. Mein Körper wird von innen heraus in Brand gesteckt, und ein Schauer goldener Funken ergießt sich wie Glühwürmchen über meinen Schultern.

Dann kommen wir langsam zum Stehen. Ich halte meine Augen weiterhin fest geschlossen. Nolan verlagert sein Gewicht vor mir, legt seinen Arm um meine Schultern und zieht mich enger an sich. So hält er mich, geborgen im Schutz seines Körpers.

»Harriet«, sagt er.

Noch immer versuche ich, mein Gleichgewicht zu finden, meine Nase an seinem Hemd vergraben.

»Harriet«, sagt er erneut mit eindringlicher Stimme.

Ich öffne die Augen. Wir stehen hinter dem Tresen im Krähennest.

Mit gerunzelter Stirn sehe ich mich um. »Sind wir … zehn Minuten in meine Vergangenheit gereist?«

Nolan sieht sich nach dem Tablett mit den Knöpfen um. »Ich bin mir nicht sicher.«

»Bist du gerade … über den Tresen gereist?«

Er sieht mich merkwürdig an.

»Was?«, frage ich. »Das ist das Einzige, was anders ist.«

»Meine Magie hätte sich nicht so angefühlt, wenn ich nur über den Tresen gesprungen wäre, Harriet.«

Das ist ein guter Punkt. Als ich den Mund für eine weitere nutzlose Erklärung öffnen will, erregen zwei Stimmen im hinteren Teil des Ladens meine Aufmerksamkeit. Eine rau und heiser, als hätte sie geweint. Die andere hell und tröstlich. Es ist eine Stimme, die mich an heiße, klebrige Hefeschnecken erinnert, frisch aus dem Ofen. An Fenster, die zum Wasser hin offen stehen, und feuchte, salzige Luft. Kühle Hände auf meinen Wangen.

Vorsichtig trete ich von der Theke zurück und stoße mit der Hüfte an eine Auslage mit Weihnachtsschmuck. Die Gegenstände bewegen sich trotz der Wucht überhaupt nicht und liegen unheimlich still im Regal. Diese Auslage haben wir vor einem Jahr weiter nach hinten in den Laden gerückt, aber meine Tante Matilda hat sie immer vorne an zentraler Stelle aufbewahrt. Sie sagte, sie mochte es, wie das Licht mit dem Messing spielte.

Nolan folgt mir. »Was ist los?«

Das Licht, das durch die Fenster fällt. Die roten Samtschleifen, die um die Lampen gebunden sind. Die Girlande, die ich letzten Winter ausgetauscht habe, weil sie in der Mitte verschlissen war, und die Kiefernnadeln, die jedes Mal überall auf dem Boden verstreut waren, wenn ich auch nur daran *dachte,* sie woanders aufzuhängen.

»Wir sind gereist«, erkläre ich und versuche, über die Regale nach hinten zu spähen. »Wir sind in meine Vergangenheit gereist. Als meine …« Ich schlucke den schmerzenden Kloß in meinem Hals herunter. »Als meine Tante Matilda noch am Leben war.«

Nolan legt seine Hand um meinen Ellbogen. »Alles in Ordnung mit dir?«

Ich nicke ruckartig. »Ja«, flüstere ich. »Sie hat mir einfach viel bedeutet. Und auf ihren Tod war ich nicht vorbereitet.«

»Wir können auch gehen«, sagt Nolan. Die Stimmen aus dem hinteren Teil des Ladens kommen näher. Meine Tante Matilda lacht, und sofort brennen mir Tränen in den Augen. Es ist *so lange her*, dass ich diesen Klang gehört habe, und meine Erinnerung daran ist bestenfalls verschwommen. Als würde man durch ein Milchglas schauen oder versuchen, auf den Grund eines Sees zu spähen. Ich habe noch eine vage Vorstellung davon, aber die Realität, der Klang ihrer Stimme, *hier*, an diesem Ort, das ist …

Das ist ein Geschenk. Ein Geschenk, das ich glaubte, verloren zu haben.

»Wir können sofort wieder gehen«, sagt Nolan erneut. Ich schüttle den Kopf und gehe benommen auf die gedämpften Stimmen zu.

»Nein«, antworte ich leise. Es fühlt sich heilig an, an diesem Ort zu sein, zu dieser Zeit. Magisch. »Ich will es sehen.«

Vorsichtig schleiche ich um den Schrank aus Nadelholz mit den unterschiedlichen Beschlägen herum und gehe den Gang mit den Teewärmern und den handgestrickten Schals entlang. Bei den Kunstwerken biege ich links ab und trete näher. Ich spüre Nolan dicht hinter mir, seine Anwesenheit wie ein warmer, tröstlicher Schatten. Aber dann verschwindet alles – das übergroße Gemälde eines Segelboots auf offener See, Nolans tiefes, gleichmäßiges Atmen, das Sonnenlicht, das durch farbiges Glas dringt, und die Staubpartikel, die zur Decke wirbeln – alles verschwindet, als ich *sie beide* am Ende des Ganges sehe.

Uns.

Meine Tante Matilda mit einer Kiste unterm Arm und mich – zehn Jahre zuvor in meiner Schuluniform, mit Tränenspuren auf den Wangen.

»Deine Eltern werden krank vor Sorge sein«, höre ich meine Tante Matilda mahnen, während sie die Hand hebt, um mir übers

Gesicht zu wischen. Ich sehe zu, wie ich mich in ihre Berührung hineinlehne und mit einer zittrigen Hand unter meiner Nase entlangwische.

»Machst du Witze?«, frage ich mit brüchiger Stimme und tränenersticktem Lachen. »Sie werden es nicht mal bemerken.«

Meine Tante presst die Lippen zusammen. Die Locken hat sie im Nacken zu einem Pferdeschwanz frisiert. Normalerweise machte sie gar nichts damit, und sie hatte genauso wirres Haar wie ich. Aber wenn sie sich um eine neue Lieferung kümmerte, band sie es immer zusammen.

Ich fand es toll, dass wir die gleiche Art Haar hatten. Es fühlte sich an wie etwas Besonderes, nur für uns beide. Vor allem, weil meine Mutter mein Haar so sehr zu hassen schien. Es war ihr immer *zu schwierig, zu unordentlich.*

Meine Augen verschlingen gierig jedes Detail an ihr, wie sie da am Ende des Ganges steht. Der festliche rote Pullover mit den weiten Ärmeln. Ihre hellgrünen Clogs und dicken grauen Socken. Das Loch im Knie ihrer Jeans und ihr bunter Nagellack, der am Ringfinger abgesplittert ist, wahrscheinlich vom Wühlen in Kisten.

Es tut weh, aber es ist die gute Art von Schmerz. Es gibt so vieles an ihr, was ich schon vergessen hatte.

Nolan tritt neben mir besorgt von einem Fuß auf den anderen. »Harriet …«

Hastig wische ich mir über die Wange. »Mir geht es gut. Versprochen.« Ich strecke die Finger nach hinten aus und drücke seine Hand. »Vertrau mir.«

Er brummt etwas, aber er hört auch zu und dreht seine Hand so, dass unsere Finger verschränkt sind. Während ich die beiden Menschen am Ende des Ganges beobachte, traue ich mich kaum zu blinzeln. Tante Matilda ist in dieser Erinnerung irgendwo in ihren Vierzigern, an ihren Schläfen zeigen sich erste graue Strähnen. Meine Mutter hat das Grau in ihrem Haar gnadenlos blondiert, aber meine Tante Matilda hat sich nie daran gestört.

Ich wünschte, sie hätte lange genug gelebt, um mehr davon zu bekommen.

»Ich konnte da nicht bleiben«, höre ich mich mit belegter Stimme sagen, während ich mir mit einer im Ärmel versteckten Faust unter der Nase entlangfahre. »Es war schrecklich.«

Tante Matilda umklammert den Rand der Kiste, auf der in leuchtend roter Farbe ANNAPOLIS CANNING CO. aufgedruckt ist. Ich wette, sie hat sie irgendwo am Straßenrand gefunden und beschlossen, sie mit nach Hause zu nehmen. Sie hat immer irgendwelche kaputten und ausrangierten Dinge eingesammelt.

»Alle Männer sind doof, Schätzchen, aber Jungs im Teenageralter sind die schlimmsten«, sagt sie und rückt die Kiste in ihren Armen zurecht. »Erzähl mir, was passiert ist.«

Ich erinnere mich an diesen Tag. Am Nachmittag nahm ich einen Bus von meiner Schule zum Krähennest und weinte still auf der hintersten Sitzbank vor mich hin. Ich erinnere mich an den Schmerz in meiner Brust. Wie meine Wangen brannten, weil ich mich so beschämt fühlte.

Das junge Mädchen am Ende des Ganges schnieft noch mehr und schlurft mit den Füßen. Neben mir umklammert Nolan meine Hand fester.

»Sie haben einen Mistelzweig in der Cafeteria aufgehängt. Zuerst habe ich ihn gar nicht gesehen, aber sie haben dafür gesorgt, dass ich dort stehen blieb, und dann habe ich ihn doch bemerkt und …«

Beide Hände, die in den Ärmeln stecken, presse ich mir auf die Augen. »Ich dachte, Tommy Hildenbrand wollte mich küssen, aber das wollte er gar nicht. Er hat mir ins Gesicht gelacht und gesagt … er hat gesagt, niemand würde mich jemals wollen.« Mit einem rauen Schluchzen beende ich den Satz. Meine Tante stellt die Kiste zu ihren Füßen und umarmt mich. Ich fühle mit diesem jungen, unbeholfenen, schlaksigen Mädchen in seinem seltsam sitzenden Pullover, das sich so sehr danach sehnte, geliebt zu werden. Das sich unter dem Mistelzweig von dem beliebtesten Jungen der Schule küssen lassen wollte, aber stattdessen bloßgestellt wurde.

Tante Matilda drückt mir einen Kuss auf die Schläfe, und ich schwöre, dass ich ihn fast spüren kann.

»Ich weiß, dass es sich im Moment nicht so anfühlt, aber dieser Schmerz wird vergehen«, flüstert meine Tante. Sie streicht mir beruhigend über den Rücken, in sanften Kreisbewegungen, die ich mir manchmal vorstelle, wenn ich nicht schlafen kann. Wenn ich sie so sehr vermisse, dass ich das Gefühl habe, keine Luft mehr zu bekommen. »Du willst deinen ersten Kuss doch nicht von einem dieser eingebildeten Schnösel bekommen, oder?«

»Nein«, antworte ich und klammere mich hinten an ihren Pullover. »Wahrscheinlich nicht.«

»Nein, das willst du nicht«, erwidert sie und wiegt mich hin und her. »Und schon gar nicht von einem Jungen namens Tommy Hildenbrand.« Sie wiegt sich im Takt eines alten Weihnachtsliedes, das aus dem Plattenspieler im hinteren Teil des Ladens ertönt. »Ich wette, er küsst nicht mal besonders gut. Ich wette, er hat spröde Lippen.«

»Wahrscheinlich hat er spröde Lippen«, höre ich mich selbst mit einem Schnauben zustimmen.

»Siehst du? Kein großer Verlust.« Tante Matilda schiebt mich etwas zurück und wischt mir über die Wangen. »Also. Wir machen Folgendes.«

Ich nicke, lege ihr meine Hände an die Ellbogen und starre sie an, als wäre sie der Mittelpunkt meines Universums. In vielerlei Hinsicht war sie das auch. Sie war die einzige Erwachsene in meinem Leben, die mir Zuneigung entgegenbrachte. Die nie versuchte, aus mir etwas anderes zu machen als einfach nur mich selbst. Sie nahm mich wahr. Sie hatte mich *lieb*. Es fühlte sich an, als würden wir beide gegen den Rest der Welt antreten, und als ich sie verlor, stand ich ganz allein da.

Eine Träne läuft mir über die Wange, und ich wische sie mir mit dem Handrücken unsanft weg. Nolan rückt näher zu mir.

»Ich mache heute früher zu, und dann gehen wir zu mir nach Hause. Ich mache dir den Pot Pie, den du so magst, und dann bewerfen wir Tommy Hildenbrands Haus mit dem restlichen Gemüse.« Nolan und ich schnauben gleichzeitig. Ich werfe ihm einen Blick zu und sehe das schiefe Lächeln auf seinem Gesicht. Seine Miene wird weicher.

»Alles okay?«, fragt er.

Ich nicke und richte meine Aufmerksamkeit wieder auf meine Tante. Sie zählt immer noch verschiedene Ideen für Vandalismus auf.

»Und wenn wir damit fertig sind, Klopapier um seinen Briefkasten zu wickeln, gehen wir noch ein Eis essen. Dann bringe ich dich nach Hause zu deinen Eltern.«

Ich sehe zu, wie ich betrübt die Stirn runzle. Tante Matilda streicht mir über die Arme.

»Ich weiß«, sagt sie leise. »Ich weiß, dass ihre Liebe zu dir anders aussieht als die Art von Liebe, die du dir wünschst, aber das bedeutet nicht, dass sie nicht da ist.«

»Ich bin mir nicht sicher, ob sie da ist. Jedenfalls nicht für mich.«

»Das ist sie, Schätzchen. Das verspreche ich dir.« Sie hält inne, die Lippen zusammengepresst. »Ich weiß, dass deine Mutter und ich unsere Differenzen haben, aber bitte lass dich davon nicht beeinflussen. Wir haben unsere Entscheidungen getroffen. Es ist unser Konflikt, nicht deiner.«

Eindringlich schüttle ich den Kopf. »Ich passe da nicht hin.«

Matilda runzelt die Stirn. »Wie meinst du das?«

Die jüngere Version von mir zuckt mit den Achseln. Beim Zuschauen ist es so einfach, so zu tun, als wäre sie ein anderer Mensch. Aber dieses Mädchen da ist immer noch ein Teil von mir. Ihre Verletzungen sind meine, gut versteckt unter den Verbänden, die ich mir selbst angelegt habe.

Ich habe immer noch das Gefühl, dass ich nirgendwo richtig reinpasse, aber ich habe aufgehört, mich in Bereiche zu drängen, die nicht für mich gemacht sind. So gut es geht, tue ich so, als würde es mich nicht stören. Ich gebe mein Bestes, um die Erwartungen meiner Eltern lächelnd zu erfüllen. Aber zu wissen, dass ich dabei immer noch kläglich scheitere, ist … es ist schwer für mich.

»Sie wollen etwas anderes«, höre ich meine Stimme flüstern. »Ich habe versucht, herauszufinden, was das ist, um mehr wie Samantha zu sein, aber das ist es nicht – sie wollen nicht …«

Noch mehr Tränen fließen, und Matilda drückt mein Gesicht an ihre Schulter. Sie flüstert mir etwas ins Ohr, das ich nicht hören kann, aber ich erinnere mich an das Gefühl. Wie sie versuchte, all die Löcher in mir mit ihrer Zuneigung zu stopfen. Sie wusste immer genau, was sie sagen musste, damit ich mich stark fühlte.

Ich vermisse sie *so sehr.*

Nolan zieht an meiner Hand, bis ich wieder ihn anschaue. Er runzelt die Stirn, als ich ihm eindrucksvoll meine Wangen mit der nicht wasserfesten Wimperntusche präsentiere. Sanft wischt er mir übers Gesicht, genau wie meine Tante Matilda es getan hat.

Ich schaffe ein wackeliges Lächeln. Sein Stirnrunzeln wird nur noch tiefer.

»Zeit, zu gehen«, sagt er. »Von dieser Erinnerung brauchen wir nichts weiter.«

Aber wir haben auch nichts von dem bekommen, wofür wir hergekommen sind. Falls es hier versteckte Hinweise gibt, habe ich sie nicht gesehen. Ich habe mir nicht einmal die Mühe gemacht, danach zu suchen, weil ich zu abgelenkt war.

Ich ziehe meine Hand aus seiner. »Nur noch ein bisschen«, flehe ich ihn fast an. »Bitte. Ich möchte nur noch …«

Er nickt mit verständnisvollen, schmalen Augen. »Aye, wir können noch ein paar Minuten bleiben. Aber komm her«, grunzt er und zieht mich näher zu sich heran. »Du bist zu weit weg.«

Ich lasse mich von ihm heranziehen, seinen Arm um meine Schulter und seine Hand auf meinem Schlüsselbein. Besitzergreifend. Danach giere ich – nach der Zuneigung, der Bestärkung, dem stetigen Pochen seines Herzens an meinem Rücken. Er legt sein Kinn auf meinen Scheitel, und ich seufze dankbar auf. So, in seinen Armen, fühle ich mich geerdeter. Beschützt, als würde mir vielleicht nicht der Boden unter den Füßen wegbrechen, sobald wir diesen Ort verlassen. Als könnte ich diese Erinnerung festhalten, so wie ich mich an ihm festhalte.

Wir sehen zu, wie sich meine Tante und meine Teenager-Version im dahinschmelzenden Tageslicht aneinanderklammern, und ich lasse zu, dass ich jedes bisschen Trauer spüre, die ich mir so selten erlaube. Aber zum ersten Mal seit langer Zeit schimmert ein Licht direkt darunter. Es ruft mir ins Gedächtnis, dass ich mich erinnern kann, ohne dass es zu sehr schmerzt. Dass ich überall, wo ich hingehe, etwas von Tante Matilda in mir trage. Dass ich jeden Tag an denselben Stellen stehe wie sie und sie immer noch in den Spuren sehen kann, die sie in mir hinterlassen hat.

Sie muss nicht fort sein. Nicht, wenn ich sie nicht gehen lassen will.

Die beiden Frauen wenden sich ab und lassen Nolan und mich allein in der Mitte des Ladens zurück. Ich klammere mich an seinen Unterarm und atme einmal zitternd ein. Dann noch einmal.

»Okay. Ich glaube, ich bin bereit.«

Sein Arm spannt sich fester um mich, und schon drehen wir uns, wirbeln herum, strudeln davon, während sich seine Magie um meine Beine schlingt und sich um meine Taille verankert. Ich kneife die Augen fest zusammen, weil ich nicht zusehen will, wie wir aus dieser Erinnerung gerissen werden.

Auch bei der Landung halte ich die Augen geschlossen. Ich spüre die Stille, spüre den Druck von Nolans Fingern an meiner Schulter. Dann lausche ich unserem Atem und höre, wie er leise meinen Namen sagt, während sich seine Bartstoppeln in meinem Haar verfangen.

»Danke«, flüstere ich mit rauer Stimme.

Sein Griff um mich wird fester. »Dafür, dass ich dich zum Weinen gebracht habe?«

»Du hast mich nicht zum Weinen gebracht. Das sind Freudentränen«, versuche ich zu erklären. »Das war … Du hast mir etwas von ihr zurückgegeben. Du hast es mir leichter gemacht, mich zu erinnern.« Ich lehne den Kopf zurück, um ihn anzusehen, und sein Arm liegt immer noch quer vor meiner Brust. »Danke«, flüstere ich.

Nolan schaut mir forschend in die Augen, sein Gesicht ist ernst. Er ist so lange still, dass ich denke, ich hätte etwas Falsches gesagt. Aber dann spüre ich es. Hell und überschäumend wie Seifenblasen, die auf meiner Haut zerplatzen. Nolans Magie kitzelt mich und tanzt dann wieder verspielt davon.

»Nolan, was …«

Er umfasst meinen Hinterkopf und dreht mich sanft zu sich, bis wir uns direkt gegenüberstehen. Als er seine Stirn an meine legt, halte ich mich an seinen Handgelenken fest. Mein Herz rast und schlägt einen Takt, mit dem ich nicht mithalten kann. Seine Magie wirbelt um uns herum, schneller und schneller. Sie windet sich nach oben und über uns hinaus. Eine steigende Flut.

Aus dem Augenwinkel erhasche ich das Aufblitzen von etwas Grünem. Als ich mich umdrehe, um nachzusehen, verschlägt es mir den Atem.

Zwischen den Buntglaslaternen sprießt ein Mistelzweig unter der Wellblechdecke meines Antiquitätengeschäfts. Wie bei einem lebendigen Wald brechen langsam Hunderte von grünen Blättern hervor und werden von Sekunde zu Sekunde größer. Zwischen den Paneelen schieben sich schwere Büschel mit glänzenden roten Beeren hindurch. Kleinere mit leuchtenden Blättern ranken sich an den Lampen nach unten. Die gesamte Decke vibriert vor lauter Misteln in allen Formen und Größen, während ein kleiner goldener Funkenregen zwischen ihnen tanzt und von Blatt zu Blatt springt.

Nolans Magie, wie mir klar wird.

Ich reiße den Blick von der Decke los und richte ihn stattdessen auf ihn, dessen Mund nur wenige Zentimeter von meinem entfernt ist.

»Du hast deine Magie benutzt«, flüstere ich entzückt.

Er nickt und streift meine Nase dabei mit seiner. »Das habe ich.«

»Warum?«

»Weil ich eine Ausrede haben wollte.«

Ich wage kaum zu atmen. »Wofür?«

»Hierfür«, sagt er.

Und dann senkt er den Kopf und küsst mich.

Kapitel 19

Nolan

Sie schmeckt nach Pfefferminze.

Nach Pfefferminze und dem ersten Bissen einer frischen Orange, deren Saft mir übers Kinn läuft. Ich presse meinen Mund auf ihren, ohne jede Eleganz, zu gierig auf ihren Geschmack, um mir Zeit zu lassen. Sie überrascht mich immer wieder. Selbst wenn das Leben ihr nichts als Grausamkeiten beschert hat, trägt sie ihr Haupt hoch erhoben. Sie lächelt über das Schlimmste hinweg, und ich kann nicht … ich kann mich nicht mehr von ihr fernhalten.

Ich sauge an ihrer Unterlippe, fahre mit den Zähnen über ihren Mundwinkel und küsse sie, als wollte ich sie in mich aufsaugen. Ich bin aus der Übung, außer Kontrolle, meine Hände zittern, weil ich mich so zurückhalten muss, mir nicht zu viel zu nehmen, nicht zu hastig zu sein. Aber ich habe mich bei jedem Blick auf Harriet belogen und gedacht, dieses Gefühl würde vergehen, wenn ich ihm nur genug Zeit gebe. Wenn ich nur stark genug wäre.

Aber ich bin überhaupt nicht stark, und sie schmeckt nach Pfefferminze.

Wieder küsse ich sie, meine Nase bohrt sich in ihre Wange, meine Hand liegt in ihrem Kreuz, und ich drücke sie an mich. Sie gibt einen leisen Laut von sich – ein kurzes überraschtes Keuchen –, und dann packt sie mich vorne am Hemd und küsst mich zurück. Sie stellt sich auf die Zehenspitzen und jagt meinen Mund mit ihrem.

Ich kann ihr gar nicht nah genug sein. Ich kann nicht genug von ihr *festhalten*.

Sie schmeckt nach Pfefferminze.

»Nolan«, flüstert sie zwischen feuchten, hektischen Küssen. »Nolan, *bitte.*«

Unterhalb meiner Gürtellinie zieht sich alles zusammen, ein schwerer Stein der Begierde versinkt in meinem Bauch. Ich stupse ihre Wange mit meiner Nase an und hebe ihr Kinn, um einen besseren Winkel zu finden. Schneller. Tiefer. Härter. Sie wimmert, und meine Magie flammt heiß auf und streift über meinen Nacken. Dann über meine Arme und irgendwo mitten über meine Brust.

Verdammt.

Ich gehe nicht langsam vor. Ich bin nicht sanft. Ich bin ungeschickt und ungestüm. Mein Hunger ist wie zum Greifen, ein Trommelwirbel der Lust, der mir sagt, ich solle *nehmen, nehmen, nehmen.* Sie ist weich und warm und genauso ungeduldig wie ich, und ich will das hier schon viel zu lange.

Ihre andere Hand findet meine Wange, hält mich so fest, und ich stöhne, wild, schiebe meine Hand grob nach unten, um sie ihr durch den Stoff ihres schicken kleinen Rocks auf die Wölbung ihres Hinterns zu legen. Sie trägt immer die unpraktischsten Sachen. Bunte Pullover und winzige Röcke. Stiefel, die ihre Beine aussehen lassen, als wären sie kilometerlang, und dünne, halb durchsichtige Blusen, die mehr verführen als verhüllen. Ich presse mich an sie, begierig nach mehr, und wir stolpern durch den engen Raum hinter der Theke.

Als sie mit dem Rücken gegen die Wand stößt, fällt etwas herunter und klappert über den Boden. Aber sie hält nicht inne, und ich tue es auch nicht. Wir küssen uns immer noch hektisch, als wäre dies die einzige Chance, die wir bekommen.

»Mehr«, fordere ich dicht an ihrem Mund, während ich an ihrer Hüfte und ihren Schenkeln zerre, um sie so auf die Theke zu bugsieren, damit sie mir noch näher ist. Sie gibt ohne zu zögern nach, und dann lecke ich in ihren Mund und drücke ihre Beine weit auseinander, um meine Hüfte zwischen ihre Schenkel zu schieben.

Wir passen perfekt zusammen, ihre weichen Kurven schmiegen sich an all meine harten Kanten. Seit über hundert Jahren habe ich nichts auch nur annähernd so Gutes mehr gespürt. Weder in diesem noch im vorherigen Leben.

»Ich brauche …«, sagt sie, ganz atemlos und süß, als etwas im hinteren Teil des Ladens zerbricht. Meine Magie schießt mir jetzt singend durch die Adern, summt auf eine Weise, die ich noch nie zuvor gespürt habe. Ich vergrabe eine Hand in ihrem dicken, unglaublichen Haar und *ziehe* leicht daran.

Ich weiß genau, was sie braucht. Ich brauche es auch.

Keuchend drücke ich mich an ihren Hals, zerre wieder sanft an ihren Haaren und genieße es, all ihre schweren Locken zu spüren. Wie oft habe ich mir genau das vorgestellt? Wie ihr Haar über meine Hände fällt, mein Gesicht an ihrem Hals. Als ich mit den Zähnen über ihre Halsschlagader fahre, zittert sie in meinen Armen. Ich drücke meine Zunge auf die Stelle und spüre ihren rasenden Herzschlag.

»Bitte«, wispert sie. Ich ringe mir genug Selbstbeherrschung ab, um ihr ins Gesicht zu sehen. Sie legt den Kopf in den Nacken, die Augen fest geschlossen, und formt die Worte mit dem Mund. *Bitte, bitte, bitte.*

Keine Ahnung, worum sie bettelt, aber ich werde es ihr geben. Ich werde ihr alles geben, was sie sich wünscht.

»Harriet«, murmle ich an ihrer Haut, nur um das Vergnügen zu haben, ihren Namen in meinem Mund zu spüren, während sie sich an mich schmiegt. Sie schiebt beide Hände unter mein Hemd und drückt sie fest auf beide Seiten meiner Wirbelsäule. Als sie mit den Fingernägeln nach oben fährt, zuckt mein Unterkörper nach vorn. Sie bohrt die Nägel in meine Schulterblätter, und es zwingt mich fast in die Knie.

»Wir sollten …« Sie schnappt nach Luft, als ich den Halsausschnitt ihres Pullovers mit der Nase zur Seite schiebe und feuchte Küsse entlang ihrer Schulter verteile. Dann packe ich ihren Oberschenkel und hebe ihn höher, bis er an meiner Hüfte anliegt. »Wir sollten darüber reden. Ich will nicht …«

Erschauernd besinne ich mich. Ich halte inne und bette die Stirn auf ihr Schlüsselbein, nehme die Hände von ihrem Hintern und lege sie rechts und links neben ihrer Hüfte auf die Theke. Das verwitterte Holz ächzt unter meinen Händen, als ich es fest umklammere.

»Du willst nicht …?«, frage ich atemlos.

»Ich will nicht, dass das hier ein Kuss aus Mitleid ist«, stößt sie keuchend hervor, ihre Stimme gedämpft am Stoff meines Hemdes.

Ich lehne mich zurück. »Kuss aus Mitleid?«

Sie nickt, hält ihr Gesicht aber weiterhin an meine Brust gedrückt. Versteckt. »Ja, du weißt schon. Wegen dieser ganzen bescheuerten Teenager-Sache.«

Fast muss ich lachen. Sie könnte von der Wahrheit nicht weiter entfernt sein, selbst wenn sie es versuchen würde. *Kuss aus Mitleid.* Ich gebe einen Scheiß auf diesen Jungen und darauf, was er getan oder nicht getan hat – außer, dass er Harriet zum Weinen gebracht hat.

Ich habe sie geküsst, weil ich es wollte. Weil ich nicht länger vor ihr stehen und es *nicht* tun konnte.

Für dieses Gespräch möchte ich ihr in die Augen sehen, und aus egoistischen Gründen möchte ich auch wissen, wie meine brennenden Küsse von eben auf ihrem Mund aussehen. Ich tauche meine beiden Hände in ihr Haar ein, drehe ihr Gesicht zu mir und fahre mit meinem Daumen über ihre roten geschwollenen Lippen.

Sie öffnet den Mund und berührt mit der Zunge kurz meine Haut. Ich stoße scharf die Luft aus.

»Was an diesem Kuss hat sich für dich mitleidig angefühlt?«

Ein kleines Lächeln umspielt ihren Mund, dann schaut sie zu den Mistelzweigen an der Decke. Ich folge ihrem Blick zu den zitternden glänzenden Blättern. Hunderte davon bedecken die gesamte Zimmerdecke.

»Wow«, flüstert sie. »Das ist wunderschön.«

Ich gebe einen weiteren undeutlichen Laut von mir. So etwas hat meine Magie noch nie zuvor bewirkt. Ich habe keine Ahnung, wie das passiert ist. Ich weiß nur, dass ich daran gedacht habe, Harriet zu küssen, und an … Mistelzweige.

Harriet schmiegt ihr Gesicht in meine Hand und starrt immer noch an die Decke. »Hast du mich nur geküsst, weil ungefähr zehn Millionen Mistelzweige aus dir explodiert sind?« Ein selbstironisches Lächeln huscht über ihre Lippen. »Werden Weihnachtsgeister bestraft, wenn sie Traditionen nicht einhalten?«

Langsam fahre ich mit meiner Hand von ihrer Wange zu ihrem anmutigen Hals und streiche über den kleinen Knutschfleck, den ich auf ihrer Haut hinterlassen habe. In meiner Brust brennt ein Gefühl der Befriedigung. Die Blätter an der Decke rascheln, als würde die Magie erneut aufflackern.

»Ich habe dich geküsst, weil ich es wollte, Harriet«, sage ich. Sie schaut mir in die Augen. »Und ich werde dich wieder küssen, wenn du das auch willst. Aber sei dir darüber im Klaren, dass es dabei nichts Mitleidiges oder Aufgezwungenes geben wird, okay? Ich existiere seit Jahrzehnten. Ich tue nichts, was ich nicht tun will.«

Sie nickt. Eine leichte Bewegung ihres Kinns zur Brust. »Okay.«

»Okay.« Wieder schiebe ich ihr die Finger durchs Haar. Seit Tagen suche ich nach Vorwänden, um es zu berühren. Ich möchte es überall spüren. Wie es meine Brust streift. Über meine Schenkel fällt. Wie es sich an meiner Schulter verheddert, wenn ich mich im Bett an sie schmiege.

Ich räuspere mich. »Allerdings muss ich zugeben, dass Tommy Hildenbrand ein Vollidiot von monumentalem Ausmaß ist.«

Harriet schnaubt und legt ihre Arme locker um meine Taille. Sie schmiegt ihre Wange an mein Herz. »Das ist er. Oder zumindest war er es. Wer weiß, was er jetzt so treibt.«

Ich bette meinen Kopf an ihren und schließe die Augen, während sie mir mit sanften Kreisbewegungen über den Rücken streicht. Je länger sie das tut, desto stärker lehne ich mich an sie. Dann kratzt sie mir unten über den Rücken, und ich drücke mein Gesicht an sie und schmiege mich an ihren Hals. Sie lacht und kratzt noch einmal, diesmal fester.

»Fühlt sich gut an«, stöhne ich, meinen Mund an ihrer warmen Haut.

»Gut«, sagt sie.

»So hat mich schon ewig niemand mehr berührt.«

Die Stille dehnt sich zu einer gähnenden, angenehmen Ruhe aus. Harriet bewegt ihre Hände auf meiner Haut, und ich entspanne mich in diesem Muster und gebe mich dem seltenen Moment des Friedens hin. Ich habe mich seit Jahrzehnten nicht mehr so sehr an einem Ort verwurzelt gefühlt.

»Ich glaube, ich möchte dich noch mal küssen.« Die Worte hauche ich auf ihre Haut. »Lässt du mich?«

Ihre Hände stocken in ihrem Rhythmus, dann fahren sie wieder fort, leicht und spielerisch.

»Ja.« Sie atmet tief aus, eine Entscheidung, die sich in der Art und Weise ausdrückt, wie sich ihr ganzer Körper an meinem entspannt. Sie hat alle ihre Schutzpanzer fallen lassen, an denen sie sich festgehalten hat, und ich habe noch nie eine solche Erleichterung und einen solchen Druck zugleich verspürt. Ich möchte ihres Vertrauens würdig sein. Ich möchte es mir verdienen.

Sie schließt ihre Arme um meine Taille. »Lässt du mich dich denn auch küssen, Nolan?«

»Darauf bestehe ich sogar, glaube ich.«

Sie kichert an meinem Hemd. Es gibt nur uns und die Mistelzweige in ihrem winzigen Laden, und die Zeit scheint um uns herum stillzustehen. Wenn ich jemals die Wahl hätte, zu einer bestimmten Erinnerung zurückzukehren, dann würde ich mir wünschen, dass es diese ist.

»Nolan?«, fragt sie mit verträumter, schwerer Stimme. »Ist das hier eine gute Idee?«

»Das hier?«, frage ich.

Sie zeichnet den Verlauf meiner Wirbelsäule nach. »Das hier«, sagt sie mit gedämpfter Stimme. Ich drücke sie fester an mich.

»Das weiß ich nicht«, sage ich ihr. Die Dinge, die ich von Harriet will, passen nicht zu den Dingen, die unvermeidlich sind. »Ich werde nicht …« Ich schlucke, weil mein Hals plötzlich trocken ist, und ich hasse die Wahrheit. Aber ich weiß, dass sie sie verdient. Ich kann darüber nicht lügen.

»Ich werde nicht bleiben können«, ächze ich. »Ich kann dir keine Zukunft bieten. Selbst wenn ich nicht weiterziehe, wirst du dich nicht an mich erinnern. Nicht nach Heiligabend.«

»Nein«, haucht sie. Ihre Unterlippe zittert.

Ich streiche mit meinem Daumen darüber. »Doch«, widerspreche ich sanft.

Sie schüttelt den Kopf. »Ich werde dich nicht vergessen. Das kann ich nicht.« Sie spannt die Kiefer an. »Das werde ich nicht, Nolan.«

»Das liegt nicht in deiner Macht. Es ist Teil unserer Magie. Deine Erinnerungen werden verblassen, bis sie ganz verschwunden sind.«

Sie sucht in meinem Gesicht nach einer Antwort, die ich nicht habe. »Wirst du dich an mich erinnern?«, flüstert sie.

»Ja«, gestehe ich. »Ich werde mich an alles erinnern.«

Ihre Miene wird ganz traurig. »Nolan.«

»Pscht.« Als ich ihr Gesicht zwischen meine Hände nehme, streicheln meine Daumen über ihre Wangen. »So ist es vom Schicksal bestimmt.«

»Das glaube ich nicht. Das kann ich nicht.«

»Aber es ist so«, sage ich behutsam. »Das können wir nicht ändern.«

Hier sind Mächte am Werk, die größer sind als wir beide. Der Sand rieselt durch unsere Sanduhr, und es spielt keine Rolle, wie viele Handvoll ich davon auffange, um unsere Zeit zu verlängern. Heiligabend endet meine Frist.

Ihre Hände ballen sich zu Fäusten auf meinem Rücken. »Was, wenn …«

»Was?«, frage ich.

Ein trauriges Lächeln umspielt ihren Mund. »Ich weiß, dass ich dich nicht behalten kann, aber …« Sie sägt mit den Zähnen an ihrer Unterlippe und sieht mich mit ihren großen kaffeebraunen Augen an. Sie trägt ihr Herz auf der Zunge, und meines steckt mir in der Kehle fest. »Was, wenn ich noch eine Weile an dir festhalte? Nur bis du gehen musst. Wenn wir so tun, als müsste ich dich am Ende nicht gehen lassen?«

Mir bricht es fast das Herz. »Harriet«, flüstere ich.

»Kann ich dich … kann ich dich einfach so haben? Solange es geht?« Ich stöhne wie ein verwundetes Tier.

»Wenn du das nicht willst, ist das in Ordnung. Ich verspreche, dass ich es dir nicht schwer machen werde. Ich werde dir helfen, zu deinem nächsten Leben zu gelangen, wie wir es beschlossen haben, egal was passiert.« Sie holt tief Luft und sammelt all ihren Mut. »Aber wenn es einen Teil von dir gibt, der mich so will, wie ich dich will, dann …«

»Ja«, sage ich schnell. »Das tue ich. Natürlich tue ich das.« Rasch senke ich den Kopf und berühre ihre Lippen mit meinen. Ich will ihr eigentlich nur einen zärtlichen Kuss geben – kurz, beschwichtigend –, aber ich werde von dem leisen Stöhnen abgelenkt, das aus ihrer Kehle dringt. Ich lecke in ihren heißen Mund und sauge an ihrer Unterlippe, beide Hände in ihrem Haar vergraben.

Als ich mich zurückziehe, atmen wir beide schwer, und sie krallt die Hände fest in mein Hemd.

»Ich will dich wirklich«, sage ich und lege meine Stirn wieder an ihre.

Harriet entspannt sich. »Dann ist es vielleicht das, was wir kriegen können. Nur das. Solange es eben hält. Ohne Erwartungen, von keinem von uns. Wir machen uns keine Sorgen um die Zukunft. Wir haben einfach das Hier und Jetzt.«

»Ja«, bestätige ich, obwohl sich die Last auf meiner Brust verdoppelt hat und es in meinem Hinterkopf und in meinen Handflächen summt. »Das hier können wir haben.«

Fast erkenne ich das Gefühl nicht wieder, aber es steigert sich zu einem dumpfen Dröhnen, durch das alles unter meinen Füßen vibriert. Meine *Magie*. Wir werden weggezogen, gegen meinen Willen. Harriet keucht, und ich greife nach ihr, genau wie meine Magie, die uns wegwirbelt, bevor ich sie richtig festhalten kann. Sie schlingt mir ihre Beine um die Hüfte, die Theke ist plötzlich verschwunden, und ich ziehe Harriet in meine Arme, bis sie sich ganz um mich gewunden hat.

Mein Magen zieht sich zusammen, als die Zeit an uns zerrt. Ich war nicht bereit für diesen Sog, und sie war es auch nicht. Verzweifelt klammert sie sich mit ihren Beinen an mir fest.

»Ich hab dich«, rufe ich über das Heulen hinweg und drücke sie fester an mich. Bilder und Töne verschwimmen, ihr Haar peitscht um uns herum.

Harriet klammert sich an mich. »Nicht loslassen!«

»Werde ich nicht.«

Ich könnte genauso gut ins Nichts schreien. Das Tosen um uns herum übertönt alles. Noch nie bin ich so kurz nach einer anderen Reise in die Vergangenheit gesprungen, und noch nie habe ich es getan, ohne selbst an meiner Magie zu zupfen. Es fühlt sich heftig und ungezügelt an. Rau. Fordernd.

Als wir endlich stolpernd anhalten, torkle ich mit Harriet in den Armen rückwärts und stoße unsanft gegen einen Schrank, der größer ist als ich.

Um uns herum bewegt sich nichts. Nichts reagiert auf uns.

Harriet hebt ihr Gesicht von meinem Hals und blinzelt mich benommen an. »Bitte sag mir, dass du nicht versucht hast, einer ernsten Unterhaltung aus dem Weg zu gehen, indem du uns in meine Vergangenheit zurückgeworfen hast.«

Ich löse ihre Beine von meiner Taille, streiche ihr den Rock glatt und betrachte dabei unsere Umgebung. »Warum sollte ich ein Gespräch vermeiden wollen, das mir gefiel?« Ich stupse mit den Fingerknöcheln sanft ihr Kinn an und gebe ihr einen flüchtigen Kuss auf die Nase. Ich hoffe, sie damit zu beruhigen, dass ich sie nicht immer wieder enttäuschen werde. Nicht, wenn ich es verhindern kann. »Nein, dieser kleine Ausflug war nicht gewollt.«

»Passiert das öfter?«

»Mir ist das noch nie passiert.«

Sie lächelt angespannt. »Noch eine Anomalie.«

Der Raum, in dem wir uns befinden, riecht nach warmem Schwarzbrot und Meersalz und wird nur spärlich durch das einzige Fenster an der gegenüberliegenden Wand beleuchtet. Kalksteinwände und ein niedriges Strohdach. Eine Kerze in der Mitte eines kleinen Holztisches. Ich kann die Wellen draußen hören. Eine leise Stimme, die die ersten Takte eines Weihnachtsliedes vor sich hin brummt und dann abbricht.

Harriet greift nach meiner Hand. »Ich kenne diese Stimme«, sagt sie.

Eine große Gestalt kommt geduckt in den Raum. Das Hemd hängt dem Mann aus der Hose, und die Hosenträger baumeln um seine Taille. Es ist, als würde ich in einen leicht verzerrten Spiegel schauen. Meine Haare sind um die Ohren und den Kragen herum länger als jetzt. Wirr und vom Wind zerzaust, weil ich draußen auf dem Wasser war.

Als die Gestalt näher kommt, stehe ich … mir selbst gegenüber. Winter 1902, plus/minus ein paar Monate. Kurz vor meinem Tod.

»Aye«, sage ich schwach und beobachte, wie ich mich am Tisch niederlasse und die Kerze näher heranrücke. Ich ziehe ein Buch unter dem Arm hervor und lege es auf den Tisch, blättere darin, bis ich die richtige Seite finde. »Ich auch.«

Kapitel 20

Harriet

Ein Nolan im Raum ist bereits Ablenkung genug.

Zwei fühlen sich wie ein persönlicher Angriff an.

Meine Aufmerksamkeit ist zwischen dem Nolan, der mit einer dampfenden Schüssel Suppe am Küchentisch sitzt, und dem Nolan, der die Arme verschränkt an einem Schrank lehnt und mit finsterer Miene sein jüngeres Ich betrachtet, hin- und hergerissen. Er scheint mit dieser Reise besser zurechtzukommen als mit der letzten, und ich frage mich, inwieweit das daran liegt, dass wir hier anscheinend die Einzigen sind.

Nolan, der frühere Nolan und ich.

»Das hier ist der seltsamste Tag meines Lebens«, murmle ich.

Nolan schnaubt. »Ich weiß genau, was du meinst.«

»Geht es dir einigermaßen?«, frage ich vorsichtig.

Er nickt mit einem abwesenden, versonnenen Gesichtsausdruck, während er auf die brennende Kerze auf dem Tisch direkt vor dem Fenster starrt. Die Flamme spiegelt sich tanzend in der dicken verformten Glasscheibe.

»Ja, mir geht es großartig.« Er blickt wieder zu dem Mann, der am Tisch leise seine Suppe isst und sein Buch aufgeschlagen hat. Er kratzt sich unter dem Ohr. »Ich bin nicht … in Panik … wie letztes Mal.«

»Gut.« Mit gefalteten Händen versuche ich, den Raum zu erkunden, aber mein Blick wandert immer wieder zu dem Mann, der über den Tisch gebeugt dasitzt. Der heutige Nolan sitzt genauso, als könnte sein Körper gar nicht anders, als Platz zu beanspruchen.

Allerdings trägt er in dieser Version von sich selbst definitiv interessantere Kleidung.

»Warum schaust du mich so an?«, brummt Nolan.

»Ich schaue nicht dich an. Ich schaue ihn an.«

Nolan schnaubt. »Das ist nur eine andere Formulierung, Harriet.« Er kommt etwas näher und fährt mit seiner flachen Hand langsam und schlängelnd über meinen Rücken. »Warum starrst du *ihn* so an?«

Weil sein zerschlissenes weißes Hemd bis zur Mitte der Brust aufgeknöpft ist und zwei breite Hosenträger um seine Taille hängen. Er sieht aus wie die Hauptfigur in einem Kostümdrama auf Steroiden. Meine Gedanken sind alles andere als anständig, das steht fest.

»Hemd«, hauche ich. »Hosenträger«, füge ich hinzu.

Ein diabolisches Lächeln umspielt seine Lippen, und seine Augen leuchten wissend.

»Ah«, sagt er.

Ich werde nie verstehen, wie er es schafft, eine einzige Silbe mit so viel selbstgefälligem Spott zu versehen. Ich strecke meine Hand aus und kneife ihn in die Seite.

»Halt die Klappe.«

»Ich fürchte, das werde ich nicht tun.« Er lacht und zieht mich an sich, damit ich ihn nicht noch mal kneifen kann. »Er hat eine Wirkung auf dich, Harriet.«

»Natürlich hat er das.« Ich lehne mich entspannt an ihn, meinen Arm locker um seine Taille gelegt. Nolan blättert eine weitere Seite in seinem Buch um und bricht dabei ein Stück von seinem Brot ab. »Denn das bist ja du.«

Vor dem kleinen Fenster schlagen Wellen gegen die Felsen. Aus einiger Entfernung ruft ein Vogel. Eine Kirchenglocke hallt über das Wasser.

Und Nolan sitzt allein an einem Holztisch mit nur einem Stuhl, lediglich ein Buch als Gesellschaft.

Mein Herz krampft sich zusammen, als mir die Ähnlichkeit bewusst wird. Das könnte auch eine Erinnerung an mich sein. Wie oft habe ich morgens an meinem Küchentisch gesessen, aus dem Fenster aufs Wasser gestarrt, die vorbeifahrenden Schiffe beobachtet und auf eine Veränderung gehofft? Den leeren Platz vor mir habe ich mit irgendeiner Ablenkung gefüllt, um den Schmerz meiner Einsamkeit nicht spüren zu müssen.

»Meine Mutter hat an jedem Heiligabend eine Kerze ins Fenster gestellt«, sagt Nolan neben mir. Er schaut wieder zum Fenster. »Sie sagte, es würde verlorenen Seeleuten helfen, zu Weihnachten nach Hause zu finden. Dass es Glück brächte.« Er presst die Lippen zusammen, seine leichten Streicheleinheiten auf meinem Rücken stocken und werden dann wieder gleichmäßiger. »Manchmal, wenn ich mit meinem Boot unterwegs war, dachte ich, ich könnte sie im Hafen flackern sehen. Das hatte ich ganz vergessen.«

»Das ist eine schöne Tradition.«

»Es gibt so vieles, das ich vergessen habe«, sagt er mit belegter Stimme. »Dieser Tag am Strand. Ich habe erst bemerkt, wie viel, als … als ich es wieder gespürt habe. Das Lachen meines Vaters. Die Kerze. Dieser Ort. Mein *Zuhause.*«

Ich drücke meine Wange an seinen Arm. »Erzähl mir von ihnen.«

»Ich bin mir nicht sicher, ob ich mich erinnere.«

»Versuch es.«

Er atmet bebend aus, und ich spüre, wie sein Kinn meinen Scheitel streift. Dann einen dumpfen Druck, als hätte er mir einen Kuss auf mein Haar gedrückt.

»Der Name meiner Mutter … ihr Name war Caoimhe«, sagt er stockend. »Beim Kochen sang sie gern, und sie … strickte. Sie strickte unförmige Pullover für meinen Dad, die er stolz auf unserem Boot trug, obwohl … obwohl die anderen Seeleute ihn deswegen immer aufzogen.« Er hält inne und denkt nach. *Er erinnert sich.* »Mein Dad hat mir immer einen Kuss auf den Kopf gegeben, wenn ich aus dem Haus ging, selbst als ich schon erwachsen war. Er fand, ich verbrächte zu viel Zeit auf dem Wasser.«

»Und hast du das?«

Nolan zuckt mit den Achseln. »Wahrscheinlich. Es fühlte sich nie richtig an, wegzugehen. Da war die Arbeit, ja, aber da war auch noch etwas anderes. Ich habe mich immer zu irgendetwas hingezogen gefühlt. Als gäbe es eine Sache, die ich finden sollte.«

»Was war es?«

»Ich weiß es nicht«, überlegt er mit leiser Stimme. »Ich bin gestorben, bevor ich es aufspüren konnte.«

»Das ist wirklich ein Jammer.«

Er lacht schnaubend. »Aus mehreren Gründen, ja.«

Ich beobachte den Mann am Tisch, der Nolan so ähnlich sieht, der aber auch anders ist. Jünger. Weicher. Noch nicht von der Zeit und von Enttäuschungen verhärtet.

»Es ist leichter«, sagt er langsam, mit leiser, rauer Stimme. »Mit dir hier.«

In mir leuchtet etwas Sanftes, Warmes und Glühendes auf. Wenn ich magische Kräfte hätte, würde es sich bestimmt so anfühlen.

»Was ist leichter?«, frage ich.

»Mich zu erinnern«, antwortet er. »Alles.« Er dreht sich zu mir um, und um seine Augen bilden sich Fältchen. Kurz taucht eines seiner Grübchen auf, und ich strecke den Finger aus, um es zu berühren. Seine Miene entspannt sich, und er drückt mir einen Kuss auf die Handfläche.

Der Mann am Tisch stimmt ein paar unsichere Takte eines anderen Weihnachtsliedes an, und mein Herz schlägt Purzelbäume in meiner Brust.

Du bist nicht allein, möchte ich ihm sagen. *Ich bin bei dir.*

»Du hast eine schöne Stimme«, sage ich stattdessen. Sie ist ungeschliffen und etwas rostig, so wie das Buch zerlesen ist, das er mit dem abgewetzten Buchrücken und den ausgeblichenen Seiten auf dem Tisch aufgeschlagen hat. Die Stimme ist unvollkommen, wie alle echten Dinge. Ich liebe sie. »Wie kann ich dich dazu überreden, für mich zu singen?«

»Keine Chance.« Er sieht mich mit einer kleinen, nachdenklichen Falte zwischen den Augenbrauen an. »Du bist gerade sehr umgänglich.«

»Bin ich das?«

»Mm-hmm.« Seine Finger wandern wieder meinen Rücken hinauf. »Vielleicht sollte ich dich öfter küssen.«

»Ich bilde mir ein, immer umgänglich zu sein.« Meine Wangen glühen heiß. »Aber ja, vielleicht.« *Küss mich, so oft du kannst*, flehe ich in Gedanken. *Küss mich, bis ich dich unmöglich vergessen kann.*

Er hat mir gesagt, dass Heiligabend seine Frist abläuft und dass ich ihn vergessen würde, sobald seine Magie ihn fortzieht. Aber ich kann meine Gefühle für ihn nicht einfach unter Verschluss halten. Jetzt nicht mehr.

Also werde ich etwas Neues ausprobieren. Ich werde im Jetzt leben, ohne Angst vor dem, was als Nächstes kommt. Ich werde die Konsequenzen tragen. Ich werde die Zeit, die wir zusammen haben, genießen und sie als das schätzen, was sie ist. Ich werde mich nicht an meinen Erwartungen festklammern.

Nolan senkt hoffnungsvoll den Kopf.

»Jetzt kannst du mich nicht küssen.« Ich lache. »Du musst dich konzentrieren.«

Seine Nase streift meine Wange. »Ich bin konzentriert.«

»Auf die Erinnerung, Nolan.«

Er grunzt und richtet sich wieder auf. »Na schön. Wonach soll ich suchen?«

»Ich bin mir nicht ganz sicher.« Dabei wedele ich mit der Hand in Richtung der Szene vor uns herum. »Wie sieht etwas aus, mit dem man im Leben noch nicht abgeschlossen hat?«

»Ich habe nicht die leiseste Ahnung.«

Ich verziehe den Mund. Diese Erinnerung strotzt nicht gerade vor inspirierenden Eindrücken. Er isst allein Suppe an einem Tisch und liest dabei ein Buch. Die Möbel sind schlicht. Auf der Anrichte ist kein Krimskrams zu sehen. Nur ein angebissener Apfel und ein Häufchen Bronzemünzen. Ein zerknülltes Stück Papier und ein Bleistift. Wenn er nicht noch eine Rechnung mit einem Obst- und Gemüseverkäufer zu begleichen hat, weiß ich wirklich nicht, was wir hier machen.

»Vielleicht ist es das Buch.« Ich trete näher und neige den Kopf, um den Titel besser lesen zu können.

»Vielleicht ist es der Löffel«, brummt Nolan hinter mir.

Ich verdrehe die Augen, als ich mich neben dem anderen Nolan vorbeuge und meine Hand neben seine auf den Tisch lege. Seine Präsenz ist hier in der Vergangenheit gedämpft. Ich kann das Salz auf seiner Haut nicht riechen. Ich kann seine Wärme nicht spüren. Er blättert eine Seite um und liest die erste Zeile leise vor, bevor er noch einen Löffel Suppe nimmt. Ich lächle ihn an.

»Hör auf damit«, sagt Nolan an meiner Schulter.

»Hör auf womit?«

»Mir schöne Augen zu machen.«

Ich muss kichern. »Ich mache dir keine *schönen Augen.*« Dem Mann am Tisch kehre ich den Rücken zu und betrachte stattdessen die Wände. Sie sind genauso schmucklos wie die Möbel. Ein Regal, auf dem wahllos Bücher gestapelt sind, und der Tisch mit der einzelnen Kerze vor dem Fenster. Am Eingang liegen auf einem kleinen Tischchen irgendwelche Ausrüstungsgegenstände eines Fischers. Ein Hut. Ein Stück Zwieback oder so, halb in ein Taschentuch eingewickelt. In der Ecke stehen seine Stiefel. Sein Mantel hängt an einem Haken. Ein verbeulter Kompass mit einer gerissenen Kette.

»Da«, sage ich und deute auf den Kompass. »Was ist das?«

Nolan schnaubt. »Der Kompass?«

Ich nicke.

»Das Ding hat nie richtig funktioniert. Es konnte zu keiner Zeit den Weg finden. Der Pfeil drehte sich immer im Kreis und wollte sich nicht auf einen einzigen Punkt festlegen, geschweige denn den

Norden anzeigen.« Er hält inne. »Mein Vater muss ihn billig von einem der Jungs in der Kneipe bekommen haben. Wahrscheinlich eine verlorene Wette.«

Mist.

Ich gehe auf das vollgestellte Bücherregal zu. Vielleicht ist ja etwas zwischen den gestapelten Bänden eingeklemmt. Soweit ich das beurteilen kann, scheint es keinerlei Ordnung zu geben, aber …

»Harriet«, zischt Nolan, und seine Stimme verliert ihren spielerischen Klang.

»Ich mache dir keine schönen Augen!«, wiederhole ich. Für jemanden, der mehrere Lebzeiten hinter sich hat, kann er ganz schön unsicher sein. »Und selbst wenn«, füge ich leise hinzu, während ich mit den Fingern über die Buchrücken streiche. »Ich schaue ja nur dich an.«

Er ignoriert mich. »Harriet«, sagt er erneut mit angespannter Stimme. »Komm her.«

Ich drehe mich zu ihm um. Er hat die Fäuste geballt, und zwischen seinen Knöcheln sprühen Funken, die über seinen Handrücken tanzen. Sie wickeln sich um seine angespannten Muskeln und winden sich weiter hinauf, bis seine Arme von dünnen glitzernden Seilen umschlungen sind. Seine Augen verdunkeln sich, sein Körper ist angespannt. Er vibriert fast. Kann sich kaum noch unter Kontrolle halten.

Er schließt für zwei lange Sekunden die Augen und öffnet sie dann wieder. Etwas Goldenes leuchtet in ihnen.

»Komm zu mir«, sagt er. »Jetzt gleich, bitte.«

Als ich den kleinen Raum zu ihm durchquert habe, packt er mich sofort, zieht mich an seine Brust und hält mich fest, während die Funken von seinen Händen meine Wirbelsäule hinaufzischen. Es brennt nicht, ist aber unangenehm.

»Meine Magie zieht uns fort. Wir gehen.«

»Jetzt gleich? Aber wir haben doch kaum …«

»Es ist nicht freiwillig, Harriet. Halte dich an mir fest.«

Kapitel 21

Harriet

Er hat seine Warnung kaum ausgesprochen, als wir von einem heftigen, wütenden Wind erfasst werden. Er ist noch rauer als beim letzten Mal und peitscht mir so wild um die Beine, dass ich stolpere. Nolan schlingt mir seinen anderen Arm um den Rücken und zieht mich an sich, bis mein Gesicht an seinem Hals liegt und ich mich mit beiden Händen an seinem Flanellhemd festklammere. Ich schließe die Augen und halte mich fest, während mir das Gehirn im Schädel herumpoltert.

Es fühlt sich an, als würden wir durch einen unglaublich engen Schlauch gepresst. Druck, Druck, Druck, der nicht nachlässt. Er wird nur immer stärker und schwerer, bis ich kaum noch Luft bekomme.

Und dann hört es auf. Es endet so schnell, wie es begonnen hat, und lässt uns mitten auf einer belebten Straße zurück. Ich blinzle in das helle Licht um uns herum und nehme vage einen Weihnachtsmarkt in Baltimore wahr. Kleine Holzbuden reihen sich entlang eines Gehwegs. Lichter hängen kreuz und quer über uns. Ein Boot liegt im Hafen, mit Lametta geschmückt. Irgendwo in der Nähe singt eine Gruppe von Sternensängern eine aufgepeppte Version von »Stille Nacht«.

Ich presse mir die Hand auf die Stirn und verziehe das Gesicht.

»Alles okay?«, fragt Nolan und tritt einen Schritt zurück, um mir ins Gesicht zu sehen. Er drückt mir sanft den Nacken. Die goldenen Fäden sind verschwunden, seine Augen sehen wieder normal aus. Er beugt sich zu mir herunter. »Harriet. Ist alles in Ordnung?«

Ich lasse meine Stirn los. »Warum hat sich das angefühlt, als würden wir durch einen Fleischwolf gedreht?«

Bei der Metapher zieht er eine Grimasse. »Wir sind wieder gesprungen.« Seine Augen huschen hin und her, um unsere Umgebung zu erfassen, dann richten sie sich wieder auf mich. »Ich habe noch nie …« Plötzlich zuckt er heftig zusammen. »Irgendetwas stimmt nicht«, schließt er und schüttelt den Kopf.

»Ja. Das scheint ein Dauerthema bei uns zu sein.« Dabei packe ich ihn an den Ellbogen. »Bist *du* in Ordnung?«

»Ein bisschen durcheinander, um ehrlich zu sein.« Er mustert mich eine weitere Minute lang, aber sein Körper scheint sich irgendwie langsamer zu bewegen. Er kippt zur Seite und fängt sich dann mit einem heftigen Kopfschütteln. Ich beobachte, wie er wieder zu sich kommt, als würde er aus dem Wasser auftauchen und sich das Salz aus den Augen blinzeln.

Dann dreht er sich halb um und betrachtet die Menschenmenge um uns herum. »Erkennst du diesen Ort?«

»Das ist die Innenstadt von Baltimore.« Ich behalte ihn noch eine Sekunde im Auge, bevor ich auf einen Glühweinstand zeige, der wie einer dieser deutschen Glockenturm-Dinger gestaltet ist. »Wir sind auf dem jährlichen deutschen Weihnachtsmarkt, den sie immer am Hafen aufbauen. Ich war schon seit Jahren nicht mehr hier.«

Hinter ihm blitzt etwas Kirschrotes auf. Ein vertrauter blonder Schopf, geglättet statt gelockt. Die frühere Harriet schlendert mit einem Keramikbecher in Form eines Stiefels zwischen den Lederhandschuhen einen überfüllten Weg entlang und studiert interessiert die einzelnen Kunsthandwerksstände. Meine Mutter geht ein Stück hinter ihr, den Arm bei einem jungen Mann eingehakt, der sich ein Telefon ans Ohr hält. Ihr Gesichtsausdruck ist … siegesgewiss.

»Ah«, sage ich.

Nolan folgt mit suchenden Augen meinem Blick.

»Was siehst du?«

Ich deute auf die Stelle, an der meine frühere Version vor einem Stand stehen geblieben ist und eine Reihe kleiner Dekoartikel aus Glas begutachtet. »Da.«

»Wo?«

Ich deute erneut. »Da. Da drüben. Am Stand mit dem Glas.«

Er kneift die Augen zusammen, um besser sehen zu können. »Das bist *du?*«

»Ja.«

»Nein.«

»Doch«, sage ich lachend.

»Dein Haar«, sagt er schwach. »Was wurde ihm angetan?«

Ich schnaube. Er klingt kurzatmig. *Entsetzt.* »Ich habe es geglättet.«

»*Warum?*«

Weil der Mann, der zwei Schritte hinter mir telefoniert, es so lieber hatte. Brent. Ich lernte ihn in meinem ersten Jahr an der juristischen Fakultät kennen, und noch vor den Herbstferien waren wir ein Paar. Er war charmant und mitreißend. Charismatisch. Sah gut aus. Jeder wollte mit ihm befreundet sein, und er wollte *mich*. Die schüchterne Harriet York mit ihren unförmigen Pullovern, die mit ihren handschriftlichen Notizen hinten im Vorlesungssaal saß, während alle anderen auf ihren Computern herumtippten. Wenn er sich mir zuwandte, fühlte es sich an, als würde ich in die Sonne treten.

Als wir anfingen, uns zu treffen, war meine Mutter überglücklich. Endlich genügte ich ihren Erwartungen, und das alles nur, weil jemand anderes Interesse an mir zeigte. Trotzdem genoss ich ihre Anerkennung. Zum ersten Mal in meinem Leben fühlte ich mich gesehen. Wirklich gesehen und geliebt.

Brents Vorlieben waren zunächst Vorschläge, die sich dann aber langsam in Forderungen verwandelten. Er wollte, dass ich meine Frisur änderte, meine Kleidung … die zusammengewürfelten

Möbel in meiner winzigen Wohnung. Er wollte, dass ich stilvoller, eleganter und professioneller würde. Es sei zu meinem Besten, sagte er. Wie sollte mich sonst irgendjemand ernst nehmen?

Und ich? Ich wollte einfach nur geliebt werden. All diese Dinge waren mir ein leichtes Opfer für seine Zuneigung und die Anerkennung meiner Mutter. Meine Mutter fand Brent wunderbar, und ich fand es wunderbar, mir *endlich* ihre Aufmerksamkeit verdient zu haben. Als die eine Hälfte eines Ganzen wurde ich plötzlich zum Empfänger all der Wertschätzung, die sie mir jahrzehntelang vorenthalten hatte. Einladungen zum Mittagessen. Cocktails im Bootshaus. Spontane Shoppingtouren für Kleidung, die *Brent* gefallen würde. Um meine Mutter für mich zu gewinnen, musste ich anscheinend einfach nur alles an mir ändern.

Also tat ich es. Und ich ignorierte die Wunden, die es meinem Herzen zufügte.

»Es lässt sich leichter bändigen, wenn es glatt ist«, entgegne ich ausweichend und beobachte mein jüngeres Ich, als es versucht, Brent herüberzuwinken. Er und meine Mutter wechseln einen amüsierten Blick und verdrehen die Augen. Er kommt nicht zu mir an den Stand.

Schau dir die kleine Harriet an, scheint dieser Blick zu sagen, *die sich wieder ihrem skurrilen Unsinn hingibt.*

Wie lange habe ich diese herablassenden Blicke ignoriert? Wie oft habe ich Ausreden erfunden und mich in die von ihnen gewünschte Form gepresst? Wie viel von mir selbst habe ich verloren?

»Tatsächlich …«, korrigiere ich, weil ich plötzlich einen starken Drang verspüre, die damalige Version von mir in Schutz zu nehmen. Sie hatte niemanden, der auf sie aufpasste. Nicht einmal sich selbst. »… hasse ich es, wenn es glatt ist. Es dauert ewig, und mein Kopf sieht dann platt aus.«

Nolan gibt einen leicht empörten Laut von sich. »Dein Kopf sieht nicht platt aus.«

»Doch. Er sieht aus wie ein Pfannkuchen.«

Nolan bleibt still neben mir, aufmerksam. Er beobachtet, wie ich einen Anhänger aufhebe und ihn vor eine Lichterkette halte, um mich an den Regenbogen zu erfreuen, die er auf den Ärmel meiner eleganten Jacke wirft. Die andere Harriet lacht, und Nolan schüttelt den Kopf.

»Das gefällt mir nicht.«

»Das habe ich mir schon gedacht.«

Immer noch starrt er auf die jüngere Version von mir, aber seine Augenlider bewegen sich beim Blinzeln etwas zu langsam und schwerfällig. Ich runzle die Stirn.

»Nolan, bist du …«

»Das passt nicht zu dir«, fährt er fort. »Das ist zu … gezügelt.«

»Mein Haar?«

»Ja, dein Haar. Aber … alles andere auch.«

»Und? Darf ich nicht auch mal gezügelt sein?«

Er schüttelt den Kopf und kneift die Augen zusammen. Mein früheres Ich ist jetzt auf halber Strecke die Straße entlang und entfernt sich immer weiter von Brent und meiner Mutter. Sie bemerken es nicht einmal.

»Nein«, sagt Nolan sachlich. »Du bist nicht zu zügeln. Du bist unbändig.«

»Unbändig«, wiederhole ich unbeeindruckt.

»Ja. Unbändig«, sagt er noch einmal. »Ich könnte dich ewig studieren und wüsste immer noch nicht, was du als Nächstes tun wirst. Du gibst so viel von dir, so bereitwillig. Du bist … wild mit deiner Zuwendung. Ein Wunder. Ich habe so viele Leben gesehen, Harriet, aber ich habe noch nie jemanden so leben sehen wie dich.«

Mein Mund wird trocken. »Mich?«

Er schaut mich an. »Dich«, sagt er.

Ich sehe zu ihm auf. Noch nie hat jemand so über mich gesprochen. Als wäre ich etwas, das man zu schätzen weiß, anstatt etwas, das man wegwirft. *Ein Wunder.* Ich lasse mir die Worte auf der Zunge zergehen. Sie sind köstlich. *Etwas Besonderes.* Meine

Wangen brennen heiß. Meine Hände kribbeln. Es fühlt sich an, als würde ich im freien Fall durch die Ozonschicht rasen, immer schneller werden und dabei Feuer fangen.

Zuerst denke ich, dass mich seine Worte in eine Art Taumel versetzt haben, aber dann schnellt Nolans Arm vor und legt sich um mich. Mir wird klar, dass es seine Magie ist. Schon wieder. Sie rauscht brüllend an uns hoch, packt mich am Rücken meiner Jacke und schleudert mich nach hinten. Ich fühle mich wie am Ende eines sehr langen Seils festgemacht – rennen, rennen, rennen – und dann abrupt gestoppt werden.

Wir wirbeln rückwärts, aber diesmal bleiben wir nirgends stehen. Unsere Füße berühren kaum den Boden in einer neuen Erinnerung – ein Landungssteg aus Steinen, der sich über das Wasser erstreckt, der junge Nolan, der auf dem Deck eines kleinen Bootes ein Seil aufrollt –, bevor wir wieder weggedreht werden und woanders landen. Eine schwach beleuchtete Taverne, ein Mann, der in der Ecke Geige spielt. Nolans Vater, den Mund besorgt verzogen. *Du verbringst zu viel Zeit da draußen, Nolan. Wonach suchst du?*

Und wieder weg. Ein kleines Mädchen mit wilden Haaren, das sich bückt und in den unteren Regalen des Antiquitätengeschäfts stöbert. Tante Matilda, die lacht. *Wonach suchst du?*

Ein Leuchtturm am Wasser, eine einsame Gestalt, die sich mit den Ellbogen auf dem Geländer abstützt. Ein langer, feierlich gedeckter Tisch. Flackernde Kerzen. Ein Grabstein, auf dem ein verblichenes, verwittertes Notizbuch liegt. Ein anderer mit einem Strauß Wildblumen.

Ein Mann, der allein an einem für eine Person gedeckten Tisch sitzt und sein Abendessen verzehrt.

Eine Frau, die mit auf der Rückenlehne verschränkten Armen allein auf der Couch sitzt und die Schiffe im Hafen beobachtet.

Wonach suchst du?

Die Erinnerungen schlängeln sich und verweben sich miteinander. Meine, seine, wieder meine. Immer weiter, bis ich meine Augen dagegen zukneifen muss und mich an Nolan drücke. Er zieht mich näher heran und umarmt mich fest. Ich kann nicht verstehen, was er sagt, aber ich spüre die Schwingungen seiner Stimme, die von seinem Körper zu meinem übertragen werden. Ein paar Wortfetzen dringen zu mir durch. *»Harriet …«* und *»… halt dich fest«* und *»… bin bei dir«* und *»… lasse dich nicht los«*.

Er schiebt die Hand in mein Haar, legt sie um meinen Nacken und hält mich fest.

Er lässt mich nicht los, sage ich mir und versuche, die Angst zu unterdrücken. *Er lässt mich nicht los.* Kaum habe ich das gedacht, landen wir auf festem Boden. Der Lärm rauscht in einem Vakuum davon, bis meine Beine zittern und meine Ohren klingeln.

Buntglasfenster. Ein Plattenspieler im hinteren Bereich. Überfüllte Regale und eine auf die Seite gekippte Spieluhr.

Die Zeit spuckt uns einfach mitten im Krähennest wieder aus, dort, wo wir gestartet sind. Ich stolpere gegen die Theke hinter mir, und mir dreht sich der Magen um.

»Was zum Teufel war das?«, keuche ich und schaue zu Nolan hinüber.

Aber Nolan sieht mich nicht an. Er starrt auf die Mistelzweige an der Decke, als hätte er sie noch nie gesehen, und schwankt. Sein Gesicht ist blass, seine Hände zu Fäusten geballt.

»Ich glaube«, sagt er langsam, mit schwerer Zunge. »Ich glaube, irgendwas stimmt hier nicht.« Und dann bricht er zusammen.

Kapitel 22

Nolan

Als ich ein Junge war, hatte ich die verrückte Idee, ich könne fliegen.

Meine Mutter versuchte natürlich, mich davon abzubringen, indem sie mir eine Ohrfeige verpasste und mir sagte, ich solle lieber die Wäsche aufhängen. Dass ich doch *losfliegen* könne, um das zu tun, wenn ich so darauf versessen sei.

Aber die Idee ließ mich nicht los, und etwa eine Woche später versuchte ich, von einer der niedrigeren Klippen in unserem kleinen Fischerdorf zu springen. Ich flog nicht, aber ich schaffte es, mir das Knie übel zu verdrehen. Fast einen Monat lang konnte ich nicht richtig laufen.

An diese Erinnerung habe ich ewig nicht gedacht, aber jetzt kommt sie mir in den Sinn, und mein ganzer Körper pulsiert, als wäre ich noch einmal gegen jede scharfe Kante an diesem Hang geknallt.

Mit einem Ruck wache ich auf, meine Kehle ist wie zugeschnürt, und meine Augen sind trocken. Mein Kopf hämmert, als hätte mir jemand eine Schaufel auf den Schädel geschlagen, aber da schmiegt sich auch ein kleiner, warmer Körper an meinen.

Das Bewusstsein kehrt in trägen Wellen zu mir zurück, kommt näher und entfernt sich dann wieder. Nicht greifbar.

Harriet, denke ich benommen, während der Körper neben mir sich bewegt. Das Letzte, woran ich mich erinnere, ist, dass wir durch die Zeit wirbelten. Farben und Lichter und … zu viel Lärm. Eine weitere Welle von Schmerz schießt mir durch den Schädel.

Ich ziehe Harriet enger an mich, spanne die Hände an.

Ich halte mich an ihr fest.

Sie ist hier, rede ich mir selbst gut zu. *Sie ist in Sicherheit.*

Du hast sie nicht losgelassen.

»Waschip…«, murmle ich, als wäre mein Mund mit Watte gefüllt. Ich lecke mir die Lippen und versuche es noch einmal. »Was ist passiert?«

Harriet dreht sich und drückt sich drei köstliche Herzschläge lang gegen meine Lenden. Sie streckt ihre Beine aus und schiebt sie dann wieder an meine heran.

»Nolan.«

Ein rauer Laut dringt aus meiner Brust. Manche meiner Träume haben genau so angefangen.

Mein Kopf pocht wieder dumpf, und ich stöhne. Ich würde fragen, ob ich tot bin, aber ich kenne die Antwort bereits.

Mit einer Hand streiche ich über eine mit Seide bedeckte Hüfte. »Harriet?«

»Ich bin hier«, flüstert sie. Ihre Stimme ist schläfrig und schleppend. Rauer als sonst. Der Klang schleicht sich an mir hinunter und setzt sich irgendwo tief in meinem Unterleib fest, genau dort, wo sie sich eng an mich drückt. »Bist du wieder da?«

Ich öffne blinzelnd die Augen und kneife sie wieder zusammen. Durch eine Lücke in den Vorhängen fällt sanftes Morgenlicht in den Raum. Wir sind in einen Kokon aus weicher Bettwäsche gehüllt, unter einer dicken minzgrünen Bettdecke. Die Laken sind cremefarben und überall mit winzigen Bären auf Schlitten bedruckt. Verwirrt starre ich sie an.

Ich bin in Harriets Schlafzimmer. Genauer gesagt, liege ich in ihrem Bett, an sie gekuschelt, und halte sie fest wie einer der Bären, die auf ihre Laken gedruckt sind.

»Wieder da?«

»Du warst die ganze Nacht über immer mal da und dann wieder weg.«

Ich runzle die Stirn. Da und dann wieder weg … von was? Vom Bewusstsein? Das würde jedenfalls die Kopfschmerzen erklären, die mir den Schädel zu spalten drohen.

»Ich glaube, ich bin wieder da.« Als ich versuche, mich zu bewegen, fühle ich mich, als hätte mich ein Frachtschiff gerammt. Ich bin bleischwer, und in meinem Gehirn kullern Murmeln herum.

»Was ist passiert?« Ich wühle mich tiefer in das Nest aus Decken und stelle fest, dass mir mein Hemd fehlt. Dann bewege ich meine Beine. Meine Hose fehlt auch. »Wo sind meine Sachen?«

»Wahrscheinlich da, wo meine auch hin verschwunden sind.« Harriet löst sich von mir und setzt sich auf, die Schultern an das plüschige grüne Kopfteil gepresst. Es passt fast perfekt zu dem Pyjama, den sie trägt. Seidig und verführerisch, nur ein paar Stofffetzen auf ihrer cremigen Haut. Sie wirft ihr Haar zurück und mustert mich aufmerksam. »Woran erinnerst du dich?«

Mein Blick bleibt an dem zarten Träger ihres Hemdchens hängen. »Was?«

»Woran erinnerst du dich?«, fragt sie erneut, und ihre Lippen formen die Worte betont langsam. »Gestern Abend.«

Alles ist verschwommen und undeutlich, als würde man versuchen, durch den Boden eines trüben Glases zu schauen. Ich drehe mich mit einem Ächzen in ihrem Bett auf den Rücken, die lächerlichen Laken um meinen Oberkörper verheddert, und presse mir die Fäuste auf die Augen. »Meine Magie war außer Kontrolle. Ich habe versucht, sie zu unterdrücken, aber ich konnte es nicht.«

Ich erinnere mich an die tiefe Panik, als ich versuchte, meine Faust um diese goldene Magiesträhne zu legen, sie aber nicht greifen konnte. Stattdessen packte sie mich und schlang sich in dicken glitzernden Bändern um meine Arme.

Ich erinnere mich an wirbelnde, aufblitzende Bilder. Erinnerungen aus Harriets und meiner Vergangenheit, die sich so schnell miteinander verflochten, dass sie nicht mehr zu unterscheiden waren. Bilder, die einander so exakt widerspiegelten, dass es fast schien, als würden sie verschmelzen und denselben Raum einnehmen.

Dann erinnere ich mich daran, wie wir wieder im Krähennest landeten. Ein stechender Schmerz am Schädel. Kribbeln in den Handflächen, und dann …

Nichts.

Ich erinnere mich an nichts mehr.

»Bin ich ohnmächtig geworden?«, frage ich Harriet.

Sie nickt, die Unterlippe zwischen den Zähnen. »Ja, das bist du.« Sie streckt die Hand aus und fährt mir mit den Fingern über die Stirn. Über meiner linken Augenbraue spüre ich eine empfindliche Stelle. Ich neige den Kopf, um ihre Berührung besser zu spüren, und ihre Finger wandern nach oben und fahren mir durchs Haar.

Harriet lächelt. »Du hast dir den Kopf ziemlich heftig an der Theke angeschlagen. Ich dachte schon, ich müsste eine Art Geistheiler rufen.«

»Es gibt keine Geistheiler«, erkläre ich mit geschlossenen Augen. Es gibt weder Ärzte noch Krankenschwestern, die Geister behandeln, denn Geister verletzen sich nicht. Wir sind nicht von dieser Welt. Wir bluten nicht. Ich hätte nicht mal einen blauen Fleck bekommen dürfen. »Wie hast du mich hierhergeschafft?«

»Ich konnte dich gerade so weit aufwecken, dass du aufstehen konntest, aber du warst dabei … größtenteils weggetreten.«

Ihr Blick huscht zu ihrer Bettdecke, wo sie an einem losen Faden zupft. Misstrauisch verengen sich meine Augen. Es sieht Harriet nicht ähnlich, ihre Gedanken zu zensieren. Jedenfalls nicht in meiner Gegenwart.

Ich suche nach meiner Geduld, so begrenzt sie auch sein mag. »Was bedeutet *größtenteils weggetreten?*«

»Du hast … Sachen gesagt.«

»Was für Sachen?«

»Du hast viel über meine Haare gesprochen«, sagt sie. Die fraglichen Haare fallen ihr über die Schulter. »Du hast gesagt, ich hätte ganze Universen in meinen Haaren, was auch immer das heißen mag. Dass du dir wünschst, du könntest dich darin einwickeln wie in eine Decke.«

Okay, na gut. Jetzt verstehe ich zumindest ihr Zögern.

»Das ist, äh …« *Tragisch. Peinlich. Absolut zutreffend.* Ich kratze mich hinter dem Ohr. »Habe ich sonst noch irgendetwas gesagt?«

»Du hast ein paar Dinge über deinen Vater erwähnt. Über Leute, die ich nicht kenne, und Orte, die ich nicht verstanden habe. Fliegen? Klippen? Irgendwann kam dann eine ganze Rede über Pfefferminze, die irgendwie darin überging, wie müde du bist.« Sie zieht die Mundwinkel nach unten, und ihre Hand findet über der Decke meinen Unterarm. Sie zeichnet dort abwesend eine Form nach. »Du hast gefragt, ob ich noch Zitronenbonbons hätte, und du warst … sehr anschmiegsam.«

»Anschmiegsam«, wiederhole ich.

Bernsteinfarbene Augen finden meinen Blick und schweifen dann wieder ab. Ihre Wangen werden rosa. »Ja.«

»Ich habe doch nicht …« Mit Mühe behalte ich die Fassung. »Ich habe doch nichts Anstößiges getan, oder? Ich habe dir doch kein … Unbehagen bereitet?«

Mir ist fast schmerzhaft meine nackte Haut unter der Bettdecke bewusst. Habe ich mich ausgezogen? Habe ich mich in ihr Bett gedrängt? Mir fällt ein, wie ich mich an sie geklammert habe, als ich aufgewacht bin. Habe ich mich *ihr aufgezwungen?*

Harriet muss meine Panik bemerkt haben, denn die Anspannung in ihrem Gesicht lässt nach, und sie streichelt meinen Unterarm entschlossener. »Nein, Nolan. Was auch immer du vielleicht denkst, nein.« Sie rutscht auf dem Bett nach unten, und ihr Knie berührt meines unter der Bettdecke. »Du hast gar nichts gemacht.«

Ein Lächeln erhellt ihr Gesicht. »Es war sogar schön. Du warst wie ein großer, kuschliger Bär. Du hast immer wieder gesagt, wie sehr du meine Umarmungen magst. Und als ich dich endlich hierhergebracht und ins Bett bugsiert hatte, hatte ich zu viel Angst, dich allein schlafen zu lassen. Du schienst ... fast betrunken zu sein? Wie von der Magie betrunken. Ich habe versucht, dir beim Umziehen in etwas Bequemeres zu helfen, aber du ... du hast deine Kleidung einfach *mit einem Windhauch* abgestreift.« Ich stöhne, als sie lacht. »Bis auf deine Unterhose. Die trägst du immer noch.«

»Kleine Wunder«, bekomme ich heraus. Mein Blick fällt auf ihren glänzenden grünen Pyjama. »Und du?«

»Ich?«

Ich nicke in Richtung ihres Oberteils. »Du hast gesagt, deine Kleidung hätte ein ähnliches Schicksal ereilt, aber du scheinst immerhin welche zu tragen.«

»Oh.« Sie schaut an sich herunter und lacht. »Gerade mal so. Du, äh, hast meine Kleidung ebenfalls *mit einem Windhauch* fortgeweht und mir stattdessen diese hier gegeben?« Sie zupft an dem Stoff ihres Oberteils. »Du hast gesagt, du hättest davon geträumt.«

Oh Gott. Ich presse meine Lippen zusammen und schaue zur Zimmerdecke. »Ah.«

Harriet lacht schnaubend. »Ich wollte auf dem Boden schlafen, aber du hast darauf bestanden, das Bett zu teilen, und nun ... Da sind wir also.« Sie stupst mir gegen die nackte Schulter. »Du bist im Schlaf sehr anhänglich, weißt du das?«

Das weiß ich nicht. Ich habe mein Bett schon seit einer ganzen Weile mit niemandem mehr geteilt, außer mit Builín, und die ist nicht gerade mitteilsam, was Details angeht.

Harriet legt sich den Handrücken auf den Mund, um ein Gähnen zu unterdrücken, einen Arm über den Kopf gestreckt. Ihr winziges grünes Hemd hebt sich, und ich erhasche einen Blick auf ihre blasse, cremige Haut. Meine kleine Episode von gestern Abend hatte zumindest etwas Gutes. Sie sieht köstlich aus, verschlafen und verwuschelt. Ein Kissenabdruck auf ihrer Wange und ihr Körper völlig entspannt. Ein verträumtes Lächeln und warme Haut.

Aufmerksam betrachte ich ihr Gesicht. »Wenn ich dich irgendwie belästigt habe, dann ...«

»Nolan, hör auf«, unterbricht sie mich. »Ich habe dir doch schon gesagt, dass du das nicht getan hast. Du warst völlig in Ordnung.« Sie zieht die Knie an die Brust und dreht sich auf die Seite. »Geht es dir besser?«

Ich mache es ihr nach, schiebe einen Arm unter ein Kissen und strecke mein Bein nach vorne, sodass ich unter der Bettdecke an sie gekuschelt bin. Ich gebe meinem Aussetzer die Schuld, wenn es sein muss. Mir ist immer noch etwas schwummrig, aber meine Kopfschmerzen lassen nach und werden erträglich. »Ja, tut es.«

»Gut. Ich habe mir Sorgen gemacht.« Sie schiebt sich die Haare aus dem Gesicht und legt sich die Hand unter die Wange. Sie sieht hier in ihrem Bett unglaublich weich aus. In ihrem schrulligen Bettzeug und dem schrulligen Pyjama. »Was glaubst du, warum deine Magie …« Sie macht eine vage Geste und bläst die Wangen auf. Wie eine Explosion.

Ich muss lachen.

Sie lächelt. »Was glaubst du, warum deine Magie verrückt gespielt hat?«, fragt sie.

»Ich weiß es nicht. Das ist der längste Einsatz, den ich je hatte.« Das Wort fühlt sich auf meiner Zunge irgendwie unpassend an. Ich betrachte Harriet schon seit einiger Zeit nicht mehr als Auftrag. Es ist eine unzutreffende Bezeichnung, obwohl ich die richtige nicht erkennen würde, selbst wenn sie mir ins Gesicht geschleudert würde. Sie ist eine ganz eigene Kategorie, und ich bin mir nicht ganz sicher, was ich damit anfangen soll.

»Vielleicht rebelliert meine Magie. Zwingt mich in eine Richtung. Sie schiebt uns wegen der Verzögerung alles auf einmal zu.«

»Wie viele Erinnerungen besuchst du normalerweise? Wenn du im Einsatz bist?«

»Zwei oder drei reichen normalerweise aus. Es ist kein besonders komplizierter Prozess.«

Sie sieht mir forschend in die Augen. »Bei mir ist das anders.«

»Aye.«

Es ist in so vielerlei Hinsicht anders mit Harriet.

Ich könnte in die Dienststelle zurückgehen und noch einmal darum bitten, Isabella zu sehen, aber ich habe Angst, dass das weitere Fragen aufwirft. Ich möchte das hier bis zum Ende durchziehen, wie auch immer es aussehen mag.

Und ich möchte so viel Zeit wie möglich mit Harriet verbringen.

Harriet läuft mit ihren Fingern meinen nackten Arm hinauf und dann wieder hinunter. Begierig nach ihrer Berührung zerre ich an der Bettdecke, damit sie mich besser anfassen kann.

»Hast du irgendetwas Hilfreiches gesehen?«, fragt sie. »Letzte Nacht?«

Obwohl ich versuche, mich an das zu erinnern, was wir in dem Wirbelwind zu Gesicht bekommen haben, kann ich mich nur an Harriets Haare in meinem Gesicht entsinnen und daran, wie ich meine Handflächen fest auf ihren Rücken gepresst habe. Ich hatte solche Angst, dass sie mir wegrutschen könnte. Dass ich sie in dem Strudel der Zeit verlieren würde. Alles ging so schnell. »Nein. Ich war zu sehr in Panik, um irgendwie Nachforschungen anzustellen. Und du?«

Sie schüttelt den Kopf. »Ich habe nichts gesehen, was dir helfen könnte, weiterzuziehen.«

Etwas schnürt mir die Kehle zu. Seit Jahrzehnten ist es die treibende Kraft hinter meinem Dasein, mich irgendwo anders hinzubewegen, aber es fällt mir schwer, daran zu denken, wenn ich in Laken gehüllt bin, auf denen kleine Bären abgebildet sind. Mit einem Kissen, das nach Harriets Shampoo duftet.

Jetzt möchte ich nirgendwo anders sein. Ich möchte genau hier sein. Sie verwechselt mein Zögern mit etwas anderem.

»Mach dir keine Sorgen«, sagt sie schnell und fährt weiter mit den Fingernägeln an meinem Unterarm auf und ab. »Wir werden nicht aufhören zu suchen. Als Kind war ich richtig gut in diesen Wimmelbild-Dingern.«

»Was für Wimmelbild-Dinger?«

»Die hinten in den Zeitschriften?« Ich schaue sie mit leerem Blick an. »Egal. Der Punkt ist, ich bin mir sicher, dass ich das mit etwas mehr Zeit herauskriegen kann.«

»Aye«, sage ich, meine Stimme rau und kratzig. »Mehr Zeit.«

Mehr Zeit.

Mehr Zeit.

Mehr Zeit.

Während meiner gesamten Existenz habe ich mir immer gewünscht, dass die Zeit schneller vergeht. Jetzt möchte ich verzweifelt, dass sie langsamer wird.

»Wir gehen da wieder raus«, versichert sie mir, und ihre Streicheleinheiten auf meinem Arm werden länger und intensiver. Erschauernd lehne ich mich näher an sie heran. Ich bekomme eine Gänsehaut.

Ich wusste gar nicht, dass ich Gänsehaut bekommen kann.

»Harriet.«

»Was?« Ihre Hand wandert höher, über meinen Bizeps, meine Schulter bis nach oben auf meine Brust. Sie wandert meinen Hals hinauf, und ich drücke meinen Kopf in ihr Kissen.

»Was machst du da?«, frage ich mit leiser, grollender Stimme.

»Oh«, sagt sie und hebt ihre Hand. »Ich wollte nur … Soll ich aufhören?«

Ich greife nach ihrem Handgelenk und ziehe ihre Hand zu meiner nackten Brust zurück. »Nein.«

Lachend fährt sie mit ihrem langsamen, gleichmäßigen Muster fort. »Du hast gestern Abend etwas gesagt …«

Ich öffne ein Auge und beobachte sie. »Anscheinend habe ich gestern Abend so einiges gesagt.«

Sie spreizt ihre Finger weit, um so viel Haut wie möglich zu berühren. Mein Herz pocht unter ihrer Handfläche. »Als ich dir den Rücken massiert habe, hast du mir gesagt, wie schön sich das anfühlt. Du hast gesagt … du hast gesagt, dass dich seit hundert Jahren niemand mehr berührt hat.«

Die Scham, die in mir brennt, versuche ich zu unterdrücken. Es ist keine Schande, dass ich mich nach Berührungen sehne, nachdem ich so wenig davon hatte. Dass ich nach all dieser Zeit Harriets Zuwendung genieße.

»Es ist eine ganze Weile her«, gebe ich zu. Erneut halte ich inne und schlucke. »Es fühlt sich gut an.«

Als ich mich auf den Rücken drehe, rutschen die Laken tiefer in Richtung meiner Hüfte. Es kommt mir schamlos vor, dies im weichen Licht des Morgens zu tun, aber mein Verlangen, Harriets Hände auf meiner Haut zu spüren, überwiegt jede Scham. Ihre Handfläche gleitet über meinen Bauch und erkundet Neuland.

»Okay?«, fragt sie.

Ich nicke. Mein Körper fühlt sich an, als würde er unter ihrer Berührung zum Leben erwachen, meine Muskeln brennen vor Ungeduld, meine Haut kribbelt überall dort, wo ihre Hand hinwandert. Sie folgt keinem festgelegten Pfad. Jedes Mal, wenn ich denke, ich wüsste, wohin sie als Nächstes geht, ändert sie die Richtung.

Sie fährt mit den Fingerspitzen über die Haut an meiner Seite. Ihre Handflächen streichen über meine Brust. Ihre Fingernägel kratzen über ein paar Sommersprossen, und ihre Haare fallen mir über den Hals. Ich stoße einen gequälten Laut aus.

Sie lacht leise und fährt mit den Fingern über eine weitere dünne weiße Narbe direkt unter meinem Schlüsselbein. »Woher kommt die?«

»Weiß ich nicht mehr«, sage ich ihr, meine Augen immer noch zusammengekniffen. Mein Schwanz fühlt sich schwer an zwischen meinen Beinen, alles an mir ist bleischwer. Ich bin dankbar für die Decken, die sich über meinem Schoß bauschen, und es ist mir peinlich, dass mich so harmlose Berührungen erregen.

»Und diese hier?«

Sie lässt ihre Finger zu einer Stelle in der Nähe meiner Hüfte gleiten, und ich biege wie von selbst den Rücken durch. Selbst wenn sie mir ein Messer an die Kehle setzen und fragen würde, könnte ich die Erinnerung an diese Narbe nicht heraufbeschwören.

»Ich weiß es nicht«, bringe ich mit schleppender Stimme hervor. »Ich erinnere mich nicht an viel aus meiner Zeit als Lebender.«

Ihr Haar fällt über meinen Bauch. Etwas Warmes und Feuchtes streift meine Narbe.

Meine Hände verkrampfen sich in der Bettdecke.

»Das muss schwierig für dich sein. Dich nicht zu erinnern.«

Das hier ist schwierig für mich. Stillzuhalten, während sie mich überall berührt. Nicht zu reagieren. Mich nicht zu blamieren.

Ich öffne die Augen und starre sie über meinen Bauch hinweg an. Bei dem hübschen Bild, das sie bietet, kocht mein Blut. Mit einer Hand stützt sie sich neben meiner Hüfte ab, die andere liegt flach auf meinem Bauch, sodass sie mit dem Oberkörper über mir schwebt. Wieder ist ihr einer ihrer Träger von der Schulter gerutscht und hat sich in der Ellbogenbeuge verfangen. Ich sehe die Wölbung ihrer Brüste. Ihre steifen Nippel zeichnen sich durch den dünnen Stoff ab. Sie schaut mich an, die Unterlippe zwischen den Zähnen, das ganze blonde Haar fällt ihr über die Schultern.

Sie hält meinen Blick fest und schiebt die Hand tiefer, die Fingernägel kratzen über den dunklen Streifen Haar unter meinem Bauchnabel.

»Darf ich …«

»Bitte«, keuche ich und lasse sie ihre Frage gar nicht erst beenden. Meine Hüfte hebt sich unter der Bettdecke und sucht ihre Berührung. »Bitte, Harriet, ich werde …«

Ich würde so gut wie alles tun, um ihre Hände auf mir zu spüren.

Sie bedeutet mir mit einem Lächeln, still zu sein, und richtet sich auf. Mit einer Fingerspitze fährt sie von einem Hüftknochen zum anderen, und ich stoße ein klägliches Wimmern aus und lasse meinen Kopf zurück auf ihr Kissen fallen. Sie grinst mich an.

»Ich möchte, dass du dir sicher bist«, sagt sie.

»Ich bin mir sicher«, murmle ich zurück, trunken vor Lust und verloren. Es fühlt sich an wie eine der Zeitreisen. Wie wenn sich ein Seil um meine Brust spannt und immer enger wird. »Nicht aufhören.«

»Werde ich nicht«, verspricht sie. Sie findet den Teil der Decke, der unter meiner Hüfte eingeklemmt ist, und zieht daran. »Heb mal hoch für mich«, raunt sie.

Ich tue, worum sie mich bittet, hebe die Hüfte an und lasse Harriet die Decken um mich herum wegziehen. Meine Verlegenheit ist verflogen und wurde durch freudige Erwartung ersetzt. Es ist mir egal, dass ich durch ein paar unschuldige Berührungen so schmerzhaft erregt bin. Es ist mir egal, dass Harriet es sehen wird.

Ich *will, dass* sie es sieht. Sie verdient es zu wissen, wie sehr ich mich nach ihr verzehre.

Sie zieht die Laken weg und wirft sie ans Fußende des Bettes, ohne hinzusehen, und ihre Hände ruhen nun an meiner Hüfte. Ich schiebe meine Hände unter das Kopfkissen und umklammere den mit Federn gefüllten Stoff fest. Meine Arme spannen sich an. So habe ich mich gefühlt, als ich zum ersten Mal meine Magie einsetzte. Als würde ich die Kontrolle verlieren.

Ihr Blick huscht nach unten, und als sie sieht, wie sich mein Slip spannt, werden ihre Augen groß.

»Oh«, sagt sie und befeuchtet ihre Unterlippe mit der Zunge.

»Ja«, stoße ich hervor. Jetzt gibt es kein Verstecken mehr. Ich könnte wahrscheinlich schon kommen, wenn ich sie nur ansehe. »Ich bitte um Entschuldigung«, füge ich nach einem weiteren Moment schwerer Stille hinzu, ohne es auch nur ansatzweise so zu meinen.

Harriet sieht mich überrascht an. »Du entschuldigst dich?«

Sie taucht einen Finger unter den Bund und streicht über die zarte Haut an der Innenseite meiner Hüfte. Ein Punkt, der anscheinend direkt mit meinem Schwanz verbunden ist.

»Ja.«

Sie schiebt ihre ganze Hand unter den Gummizug, und das Material dehnt sich, sodass sie hineinpasst. Sie berührt mich absichtlich nicht dort, wo ich es am dringendsten möchte, sondern streicht stattdessen über die Innenseite meines Oberschenkels. »Warum entschuldigst du dich?«

»Ich weiß nicht«, stöhne ich. »Kommt mir vor, als würde das der Anstand gebieten.«

Sie grinst. »Meine Hand vorn in deiner Unterhose fühlt sich nicht nach dem richtigen Moment für Anstand an.«

Verflucht. Das hoffe ich auch. Sie legt ihre Hand um meinen Schwanz, ihre Berührung viel zu leicht.

Das reicht nicht. Ich brauche mehr.

»Harriet. *Bitte*«, flehe ich.

»Tu ich dir weh?«

»Nein.« *Ja.* »Fester. Bitte. Schließ deine Hand um mich und … *ja,* so. Ich brauche …«

»Shh.« Sie bedeutet mir zu schweigen und verlagert ihr Gewicht. Ihr Griff wird fester, und der leicht amüsierte Ausdruck verschwindet aus ihrem Gesicht, während sie ihre Faust auf und ab bewegt. Ich stoße ein unverständliches, keuchendes Geräusch aus. »Ich kümmere mich um dich«, sagt sie.

»Ich weiß, dass du das tust«, sage ich, Unsinn redend, zu sehr darauf konzentriert, wie ihre schlanke Hand an meinem Schwanz auf und ab streicht. Lange, träge Bewegungen. »Das tust du immer.«

Sie weiß gar nicht, wie gut sie sich um mich kümmert. Mit ihrem bereitwilligen Lächeln und ihren vorsichtigen Berührungen. Ihrem zu weichen Herzen und diesem klugen Mund. Durch sie fühle ich mich nach diesen knapp zwei Wochen schon lebendiger als in den ganzen letzten Jahrzehnten. Sie hat all meine dunkelsten Ecken erhellt.

»Fester. Mach es … mach es mir gröber.«

Sie gibt einen zufriedenen Laut von sich und erhöht den Druck. Nach einer Handvoll Strichen bin ich bereits kurz vor dem Höhepunkt, und meine Hüfte stemmt sich ihrer Berührung entgegen. Meine Hände finden das Kopfteil des Bettes und umklammern die Kante. Das Holz knarrt.

Ich kneife die Augen zusammen und versuche, mich noch zu beherrschen. Ich will nicht, dass es endet. Es ist zu schön.

»Harriet«, keuche ich, und sie gibt ein weiteres leises Geräusch von sich. Ich spüre, wie es in meinen Knochen vibriert, eine schwere Welle der Erregung, die dort beginnt, wo sie mich berührt, und sich spiralförmig nach außen ausbreitet. Es fühlt sich an wie der Sog meiner Magie, aber wärmer. Eindringlicher. Sie breitet sich in meiner Brust aus und pulsiert nach außen, im Einklang mit dem Blut, das durch meinen Körper rauscht, und der Bewegung von Harriets Hand.

»Ich bin kurz davor«, sage ich ihr. »Ich bin … ich bin kurz davor.«

Sofort lockert sich ihr Griff. »Noch nicht«, flüstert sie.

»Nein. Bitte.« Die Wonne schwindet, und ein schmerzhaftes Verlangen bleibt, das mir den Atem raubt. Ich bin verzweifelt, ausgehungert, auf eine hirnlose, bettelnde Version meiner selbst reduziert. Ich öffne die Augen, stemme mich auf die Ellbogen hoch und sehe zu, wie sie meinen Slip weiter herunterzieht.

»Ich kümmere mich um dich«, sagt Harriet erneut, und bevor ich ihre Absichten begriffen habe, legt sie ihre Hände auf meine Hüfte und senkt den Kopf über meinen Schoß. Sie nimmt mich in ihren warmen, feuchten Mund.

»Verdammt.« Ich stöhne. Mit einer zitternden Hand greife ich in ihr Haar. »Ich werde … ich kann nicht … du siehst … *Himmel.*«

Sie hebt den Blick zu mir, und ich raffe ihr ganzes Haar zusammen und nutze es, um ihr das Tempo vorzugeben. Sie folgt mir auf wunderbare Weise, bewegt sich nach unten und wieder hoch und dann wieder nach unten. Ihr Blick weicht nicht von meinem.

»Sag es mir«, ächze ich. »Sag mir, dass ich darf.«

Sie gibt mir mit einem langsamen Wimpernschlag die Erlaubnis und lutscht mich fest und mit hohlen Wangen. Dann leckt sie mit der Zunge um meine Eichel und – das war's. Ich bin erledigt. Ich sinke in die Kissen, kralle die Hände in ihr Haar, ergebe mich und stoße grob in ihren Mund, während die Lust wie ein Wirbelsturm durch mich hindurchbraust. Harriet lässt mich gewähren und stöhnt an meinem Schaft, als mich mein Orgasmus überrollt.

Ich bestehe nur noch aus Empfindungen. Hitze, Lust und Delirium. Rohe Kräfte umhüllen mich, sprühen Funken, die aber wie Schneeflocken herabfallen.

Ich spüre vage, wie Harriet sich von mir löst, ihre Hände noch auf meinen Oberkörper gestützt.

»Nolan.« Harriets Stimme klingt sehr weit weg. »Nolan, öffne deine Augen.«

»Kann ich nicht«, keuche ich, während sich meine Brust hebt und senkt. »Bin tot.«

Harriet prustet vor Lachen. »Du warst schon die ganze Zeit tot, du riesiger Trottel.« Sie drückt wieder gegen meine Brust. *»Schau.«*

Mühsam öffne ich die Augen. Der Raum ist mit wirbelnden Schneeflocken gefüllt, die träge von der Decke treiben und auf unserer nackten Haut landen. Ich muss die Kontrolle über meine Magie verloren haben, als ich … als ich die Kontrolle über mich selbst verlor. Zwischen den Schneeflocken tanzen goldene Funken, und meine Magie summt unter meiner Haut. Harriet streckt lachend ihre Hand aus und versucht, einige davon aufzufangen, während sie davontanzen. Ich spüre, wie sie auf meiner nackten Brust schmelzen, während ich benommen zur Decke blinzle. Warme Küsse statt kalter Bisse.

Als meine Magie erneut pulsiert, fallen weitere Schneeflocken von der Decke.

»Du hast eine Schneekugel erschaffen«, sagt Harriet entzückt.

Ich strecke die Hand nach ihr aus. Ich brauche sie näher bei mir. Mit einem dumpfen *»Uff«* landet sie auf meiner Brust, Schneeflocken in ihrem Haar.

Sie ist das Schönste, was ich je gesehen habe.

»Nein«, sage ich, und meine Magie rast fast so schnell wie mein Herz. Die Schneeflocken nehmen entsprechend an Geschwindigkeit auf, dazwischen goldene Lichtpunkte. »Das warst du.«

Kapitel 23

Harriet

Ich bin recht zufrieden mit mir.

Noch nie habe ich einen Mann dazu inspiriert, neue Wetterlagen zu erschaffen, aber ich nehme an, ich war auch noch nie mit einem Mann wie Nolan zusammen. Seine Haut. Sein Geschmack. Die *Laute,* die er ausgestoßen hat. Wie er sich bewegt hat, verzweifelt und voller Verlangen. Nach mir. Meiner Berührung.

Ich habe mich mächtig gefühlt. Berauscht. Begehrt.

Nolan dreht den Kopf auf dem Kissen hin und her und sieht mich mit schwerem Blick an. Von der Decke fallen immer noch Schneeflocken, die in seinem Haar hängen bleiben, bevor sie schmelzen. Er hebt die Hand und reibt mir mit dem Daumen über den Mundwinkel.

»Ich mag diesen Ausdruck an dir«, raunt er mit unglaublich tiefer Stimme.

Ich schmiege den Kopf an seine Schulter. »Und ich mag diesen Ausdruck an *dir*«, antworte ich ihm. Ich lege mein Kinn auf seinen Arm und schaue ihm ins Gesicht. »Du siehst …«

Die Spuren seiner Erregung sind noch nicht verschwunden – gerötete Wangen, verwuscheltes Haar, eine befriedigte Trägheit in seinem ernsten Gesichtsausdruck. Ich habe ihn noch nie so entspannt erlebt, und das gibt mir das Gefühl, ich hätte eine Medaille um den Hals verdient.

»Verzückt aus?« Er blinzelt schläfrig. Seine Hand fährt durch meine Haare, um meinen Nacken zu berühren. Seine Lieblingsstelle. »Leidenschaftlich glühend?«

Unwillkürlich muss ich lachen. Die Schneeflocken halten mitten in der Luft inne und zittern, nehmen dann wieder Fahrt auf und wirbeln in einem neuen Muster herum. »So ähnlich.« Ich kichere.

Er grinst mich breit und strahlend an, so ungehemmt, dass mir der Atem stockt. Nolan ist sonst immer so beherrscht, was seine Reaktionen angeht, und so zurückhaltend, was seine Gefühlsäußerungen betrifft, dass mir dieses Lächeln das Gefühl gibt, als hätte man mir etwas Kostbares anvertraut. Wie einer der Schätze, die ich in meinem Laden aufbewahre.

Ich berühre sanft eines seiner Grübchen.

Er dreht den Kopf, um mir einen Kuss auf die Finger zu hauchen, und tief in meinem Bauch zieht sich etwas Warmes und Schmelzendes zusammen. »Du solltest öfter einen Orgasmus haben, wenn das deine Reaktion ist.«

Er lacht, ein tiefes Grollen, das über meine Haut huscht wie die Schneeflocken, die immer noch von der Decke fallen. »Du bist unglaublich.«

Mir steigt die Röte in die Wangen. Ich habe ihn gerade in meinem Mund gehabt, in meinem Bett mit den Teddybär-Mustern, und jetzt bringt mich dieses Kompliment zum Erröten. Nicht zu fassen. »Ich glaube, auch das könnte der Orgasmus sein, der da aus dir spricht.«

Sein Lächeln versiegt. »Warum kannst du kein Lob hören, ohne es gleich abzuwehren?«

»Weil«, sage ich und schaue auf seinen Hals statt in sein Gesicht. »... Ich gerade eine hundertjährige Durststrecke bei dir beendet habe. Ich bin mir sicher, dass die Endorphine einen Freudentanz aufführen.«

»Weißt du, was ich glaube?«

Ich sehe ihn an. »Du hast noch nie gezögert, es mir zu sagen.«

Er kneift mir sanft ins Kinn und lenkt meinen Blick fest auf sich. »Ich glaube, du weißt nicht, wie man ein Kompliment annimmt.«

»Das ist …« Ich überlege, es abzustreiten. »Wahrscheinlich wahr«, antworte ich stattdessen seufzend.

Auf seiner Stirn bilden sich Falten. Ich glaube nicht, dass er mit meinem so schnellen Zugeständnis gerechnet hat. Er beobachtet mich einen Moment lang, dann beugt er sich zu mir vor und richtet den Blick auf meinen Mund. »Daran sollten wir arbeiten, Harriet.«

»Klar«, sage ich, und dann stockt mir der Atem, als seine Hand langsam weiter nach unten wandert. Er spreizt die Finger weit auf meiner Brust und drückt unnachgiebig zu, bis ich mich wieder in die Kissen neben ihm fallen lasse. Ich lande mit einem »Uff«, und Nolan stützt sich auf seinem Ellbogen über mir ab, seine Hand immer noch leicht an meinem Halsansatz, um mich festzuhalten.

»Wir fangen jetzt sofort an«, sagt er. »Mit Komplimenten.«

»Was?«, frage ich lachend. »Wir müssen nicht …«

»Dieser Pyjama«, sagt er einfach über mich hinweg. »Der macht mich wahnsinnig.«

»Das klingt nicht nach einem Kompliment.«

Er spielt mit einem der dünnen Träger, die über meine Schulter fallen. »Der macht mich wahnsinnig, seit dem ersten Abend, an dem ich ihn gesehen habe.«

»Na ja, du bist derjenige, der ihn mir gestern Abend angezogen hat. Also, das musst du mit dir selbst ausmachen, mein Lieber.«

»Das werde ich wohl nicht tun«, brummt er. Er dreht den Träger, den er untersucht, und führt ihn über meine Schulter bis zur Armbeuge. Dabei rutscht mein Hemdchen leicht nach unten und bleibt oben auf meinen Brüsten hängen. Nolan leckt sich über die Unterlippe und wiederholt den Vorgang auf der anderen Seite, bis mein kaum vorhandenes Oberteil kaum noch an mir haftet.

»Deine Haut sieht aus, als würdest du strahlen, wenn du diese Farbe trägst.« Sein Blick wandert über meine gerade entblößte Haut, die Träger an meinen Ellbogen, meine Haare auf dem Kissen. »Du siehst immer aus, als würdest du strahlen«, fügt er hinzu.

Wenn er mich so ansieht, fühle ich mich tatsächlich so, als würde ich strahlen. Ich winde mich in den Laken unter ihm, mein Atem ist flach.

Er schaut mir in die Augen und hält meinen Blick fest. »Du solltest dich bedanken.«

»Was?«

Ich rutsche hin und her und kämpfe gegen den Drang an, mich bedecken zu wollen. Mit meinem Körper habe ich mich nie besonders wohl gefühlt. Die Männer, mit denen ich zusammen war, haben meine kleinen Brüste oder meine breite Hüfte nie überschwänglich gelobt. Auch nicht die ungewöhnliche Länge meiner Gliedmaßen oder die widerspenstige Natur meiner Haare. Mich zu entblößen, hatte immer nur praktische Gründe. Es war der erste Schritt in einem Prozess, der am Ende zu einer lauwarmen Befriedigung führte.

Nolan aber packt mich aus wie eine der bunten Leckereien, die ich in einem Glas auf meinem Küchentisch aufbewahre, und mit jedem Zentimeter, der freigelegt wird, flammt die Hitze in seinen Augen stärker auf.

»Wenn dir jemand ein Kompliment macht«, sagt er langsam, »solltest du dich bedanken.«

»Oh.« Ich befeuchte meine Lippen und blinzle zu ihm hoch. »Danke.«

Er schnalzt mit der Zunge. »Klingt nicht so, als würdest du es ernst meinen.«

»Doch. Ich meine es ernst.«

»Du musst schon etwas überzeugender sein.« Er beugt sich herunter und drückt mir einen feuchten, saugenden Kuss auf den Hals. Seine Finger verfangen sich in meinem Haar auf dem Kissen. »Versuchen wir es noch einmal.«

Ich schließe die Augen, während er mit seinen Lippen über meine Haut streicht, ungeduldig mit den Zähnen darüber schabt und kurze, heisere Laute von sich gibt. Es ist berauschend, zu spüren, wie er sich für mich zurückhält. Ich möchte diese strenge Kontrolle bei ihm auf die Probe stellen. Ich will, dass er vergisst, welches Spiel er spielt, und seinen Mund stattdessen auf meine Brüste legt. Aber er ist ein Mann auf einer Mission, der sich ganz auf den pochenden Druck meines Pulses und die Stelle unter meinem Ohr konzentriert, und dabei zucken meine Beine in den Laken immer weiter auseinander.

Ich fühle mich leer und heiß und sehne mich schmerzhaft nach ihm, aber Nolan bleibt mit seinem Mund an meinem Hals, als hätte er es nicht besonders eilig.

Wie schön für ihn.

»Deine Haut ist so weich«, sagt er nach einer ungewissen Zeit, nach der ich das Gefühl habe, gleich aus meiner Haut zu fahren. Mein Hals war noch nie so empfindlich.

»Oh«, hauche ich. »Ich benutze, ähm, Lotion.«

Er drückt mir einen weiteren langsamen Kuss auf die zarte Haut direkt unter meinem Puls. »Es ist nicht die Lotion, wegen der du weiche Haut hast, Harriet.« Mit den Zähnen knabbert er an mir. »Und vergiss nicht, dich zu bedanken.«

»D–Danke«, stottere ich, und mein Herz klopft heftig. Ich lege ihm die Hand auf den Rücken und streiche über seine warme Haut, und seine Schulterblätter bewegen sich, als er sich über mich beugt. Er brummt anerkennend, dann bohre ich ihm meine Fingernägel ins Kreuz, und ein Teil seiner endlosen Geduld reißt.

Er tastet nach der Vorderseite meines Hemdchens, aber dieses Mal belässt er es nicht bei den leichten, aufreizenden Berührungen. Er zerrt daran, bis sich das seidige Material um meine Taille bauscht, und als Schneeflocken auf meiner nackten Haut landen, ziehen sich meine Brustwarzen zusammen. Nolan stemmt sich über mir hoch, um sein Werk zu begutachten.

»Sieh dich nur an«, flüstert er. »Du bist wunderschön.«

Seine großen Hände legen sich um meine Brüste, seine Daumen finden meine Nippel. Vor Lust biege ich den Rücken durch, und er zieht mich ganz unter sich.

»Sag danke, Harriet.«

Meine Lippen verziehen sich zu einem Lächeln. »Danke, Harriet.«

Kurz und etwas halbherzig verdreht er die Augen, dann drückt er mir einen Kuss direkt zwischen meine Brüste, dorthin, wo mein Herz hämmernd versucht, aus meiner Brust zu springen. Dort lässt er seine Stirn einen Moment lang ruhen und stupst mich mit seiner Nase an, und in meine brennende Erregung mischt sich ein warmes, wohliges Gefühl.

»Dein Herz«, sagt er dicht an meiner Haut. »Dieses törichte, wunderschöne Ding. Es wurde verletzt, nicht wahr?«

Meine Finger klettern an seinen Rippen entlang und spüren, wie sich seine Brust bei jedem Atemzug hebt und senkt. Hinter meinen Augen baut sich Druck auf. Ich nicke.

»Aber du lässt dich trotzdem noch von ihm mitreißen, stimmt's?« Er schiebt sich auf mich, eines seiner Beine zwischen meinen. »Was für ein Geschenk das ist. Immer noch zu wünschen, zu träumen und etwas zu wollen. Das Gute zu finden. Es auf der Zunge zu tragen.«

»Es fühlt sich nicht wie ein Geschenk an.« Eine Träne kullert aus meinem Augenwinkel und vermischt sich mit dem Schnee, der um uns herum fällt. Nolan wischt sie mit einem Finger weg.

»Es fühlt sich an wie ein Fluch. Als hätte ich meine Lektion nicht gelernt. Als würde ich Enttäuschungen geradezu herausfordern.«

Als wäre ich albern und naiv, weil ich hoffe, dass die Dinge sich ändern. Dass, wenn ich so strahlend und positiv wie möglich bin, etwas davon auf die Menschen um mich herum abfärbt. Dass ich das reparieren kann, was in mir dafür sorgt, so leicht abserviert und missachtet zu werden.

Nolan schüttelt den Kopf. »Ich glaube nicht, dass du mich verstehst, Harriet. Das hier ist keine Diskussion.« Seine Stimme ist liebevoll, irgendwie schwingt darin etwas Amüsiertes mit. »Komplimente, erinnerst du dich? Ich will keine Widerrede hören. Ich will ein Dankeschön hören.«

Ich schlucke schwer bei dem beschwörenden Befehl, der in seiner Stimme liegt, aber irgendetwas in mir wird weich und bricht. Es ist eine Erleichterung, die Kontrolle abzugeben. Dass mir meine Rolle so einfach zugewiesen wird. Dass ich genau weiß, was zu tun ist.

Der Knoten in meiner Mitte löst sich, flüssige Wärme strömt heraus.

»Okay«, flüstere ich. »Danke.«

»So ist es gut.« Seine Augen werden noch dunkler – so blau, dass sie fast schwarz sind. Stille, tiefe Wasser. »Ich habe länger gelebt, als ein Mensch es je dürfte. Ich gebe mich nicht mit Heuchelei ab. Das weißt du inzwischen sicher.«

Er zupft an meiner Brustwarze und zwirbelt sie leicht. In einem überraschenden Moment der Erkenntnis wird mir klar, dass Nolan, wenn er seit fast einem Jahrhundert nicht mehr berührt wurde, auch selbst niemanden berührt hat. Was für eine Ehre es ist, so vor ihm zu liegen, mit nackter Haut und wildem Haar.

Ich entspanne mich und sinke tiefer in die Kissen, biete mich ihm mehr an.

»Sollen wir es noch mal versuchen?«

»Ja«, hauche ich sofort.

Er grinst mich an, strahlend und jungenhaft, so wunderbar jugendlich, dass ich sein Lächeln unwillkürlich erwidere. Er rückt jetzt mit beiden Knien zwischen meine Schenkel und drängt sie auseinander, dann rutscht er etwas nach unten, um sich mit dem Becken an mich zu schmiegen. Die Muskeln in seinen Armen spannen sich an, seine Bartstoppeln kratzen auf meiner Haut, kurz bevor seine Zähne es tun.

»Du fühlst dich …« Er atmet tief ein und versucht, sich zu beherrschen. »Du fühlst dich so gut an. Besser als jeder Traum, den ich je hatte.« Er legt seine Hand auf meine Hüfte und hebt sie an, sodass sich unsere Becken berühren und wieder voneinander lösen. »So warm.«

Ich hake meinen Fuß hinter seinem Knie ein und versuche, ihn noch näher zu ziehen. »Danke«, hauche ich.

»Darf ich dich wirklich so haben?« Er legt sich schwerer auf mich. »Ist das nicht wieder ein Traum?«

»Es ist kein Traum. Ich bin hier, und du bist auch hier, und ich brauche … ich brauche es, dass du …«

Er macht »Psst«, stemmt seine Hüfte gegen meine und drückt mich tiefer ins Bett. »Ich lasse mich nicht hetzen, Harriet.«

Ich stöhne.

»Hieran habe ich schon gedacht, als du diesen roten Pyjama getragen hast«, sagt er. »Ich habe daran gedacht, dir die Shorts bis zu den Knöcheln herunterzuziehen, auf die Knie zu gehen und meine Lippen auf dich zu pressen.«

Mein Innerstes zieht sich zusammen. »Ich dachte, du hasst diesen Pyjama.«

»Das tue ich auch«, sagt er. »Dieser Pyjama macht mich verrückt. Dieser Pyjama regt meine Fantasie an, was du sonst noch alles in deinem Kleiderschrank haben könntest. Und dann dieses Kleid …« Er stößt einen tiefen, grollenden Laut aus. Ein gequältes Knurren mit gefletschten Zähnen an meiner Haut. »*Verdammt,* dieses Kleid.«

»Welches Kleid?«

»Du weißt schon, welches.« Er zieht mein Oberteil weiter nach unten, sodass nur noch ein nutzloser seidener Fetzen um meine Taille hängt. »Das Kleid, das ich für dich ausgesucht habe. Du warst so wunderschön.«

Ich schließe seufzend die Augen. *Wunderschön.* So hat er mich schon einmal genannt. In einer winzigen Umkleidekabine, mit seinem warmen Atem in meinem Nacken. Es ist jetzt genauso aufregend wie neulich.

Hat mich jemals irgendjemand angeschaut und nicht nur eine Frau gesehen, die kläglich hinter den Erwartungen zurückbleibt?

Das Wort *wunderschön* ist für andere Menschen gedacht. Für weiche, strahlende Menschen, die von achtsamen Händen gehalten werden.

»Was solltest du sagen?«, raunt er heiser an meiner Haut, und in meinem Bauch zieht sich alles zusammen, ein pulsierendes Echo meines Herzschlags, das sich zwischen meinen gespreizten Schenkeln ansiedelt.

»Danke«, hauche ich, ohne zu zögern.

»Gut, Harriet«, sagt er, und das ist fast noch besser als seine Lippen auf meiner Haut, das elektrisierende Gefühl, das diese Worte in mir entfachen. »Siehst du? Es ist gar nicht so schwer, oder?«

Als ich den Kopf schüttle, schmunzelt er wissend und drückt mir eine Hand zwischen die Schenkel. Er reibt mich dort etwas schroff und folgt dabei den verzweifelten Bewegungen meiner Hüfte.

Der Laut, der aus meinem Mund kommt, wäre peinlich, wenn ich nicht so erleichtert über seine Berührung wäre.

»Wunderschön«, sagt er wieder, und ich beiße mir auf die Lippe, um nicht zu wimmern. »Ist es das hier, was du brauchst?«

Ich nicke und versuche, meine Beine noch weiter zu spreizen, obwohl mich das Gewirr aus Decken bewegungsunfähig macht. Ich lasse ihn los und versuche stattdessen, meine Haare von meinem klebrigen Hals zu ziehen. Ich brauche etwas, woran ich mich festhalten kann. Etwas, das mich davon abhält, mit den Schneeflocken zur Decke zu schweben.

Immer mehr davon landen auf meiner Haut, und die anderen in der Luft werden schneller, während Nolans Hand den schweren Rhythmus beibehält, winzige weiße Kristalle, die meine nackten Brüste und die wogende Vertiefung meines Bauches kitzeln. Meine geschwungene Hüfte und meinen offenen, keuchenden Mund. Jede einzelne fühlt sich wie ein Kuss an. Als wären Nolans Hände und Lippen überall.

Er senkt den Kopf und beobachtet, wie seine Hand zwischen uns vor und zurück fährt. »Mehr?«, fragt er.

»Bitte.«

Er streicht mit seiner Hand meinen Oberschenkel hinauf und schiebt sie unter den lockeren Saum meiner Shorts. »Du hattest das wirklich nötig.« Er ächzt. »Verdammt. Du bist so nass.«

Es sollte mir peinlich sein, aber das ist es nicht. Nicht bei Nolan. Er findet mich *wunderschön.*

»Ja«, sage ich.

»Das habe ich mit dir gemacht, oder? Mit diesen kleinen Berührungen.« Er sieht mich mit einem schweren, heißen Blick an. »Mit meinem Schwanz in deinem Mund.«

»Ja.« Als er einen Finger, dann zwei in mich hineinschiebt, japse ich. Es ist, als wäre er zu ungeduldig, um noch länger zu warten. Seine ganze Beherrschung hat sich in Luft aufgelöst.

»Sag es mir.« Er streicht mit dem Daumen um meine Klitoris, beugt sich vor und küsst mich heiß und leidenschaftlich. »Sag mir, wie sehr du es gebraucht hast«, flüstert er und begleitet die Worte mit weiteren rauen Stößen seiner Finger.

»Das habe ich«, stammle ich sofort. Er hat es verdient, das zu wissen. Und er hat vollkommen recht. Er hat das mit mir gemacht. »Hieran habe ich schon vorher gedacht, an dich. Ich brauchte deine Berührungen. Ich brauchte, dass du mich willst.«

Die Worte sprudeln mir nur so aus dem Mund, unbedacht, durchdrungen von Verlangen. Als sie im Raum widerhallen und zwischen den Schneeflocken tanzen, verziehe ich das Gesicht. Es war zu viel. Zu viel des Geheimnisses, das ich tief in meinem Herzen verborgen gehalten und nur in der Stille zwischen Schlaf und Wachsein näher betrachtet habe, wenn die Konsequenzen weit weg und die Träume zum Greifen nah waren. Meine Zuneigung zu Nolan ist stetig zu etwas Unkontrollierbarem angewachsen. Ein Ballon in meiner Brust, von dem ich befürchte, dass er platzen wird, und dann werde ich in Fetzen auf dem Boden liegen.

Ich schließe die Augen, halte den Atem an und versteife mich unter ihm. Nolan berührt mich langsamer, und ich bedecke meine nackte Brust mit einem Arm, weil ich mich bloßgestellt fühle.

Das passiert mir immer. Ich rede zu viel. Ich mache eine große Sache aus etwas, das keine ist. Nolans Zuwendungen habe ich mit etwas Ernsthafterem verwechselt, obwohl er von Anfang an klargestellt hat, dass ich eine Art Auftrag bin. Ein Weg zu einem Ziel. Einem Ziel, auf das er schon sehr, sehr lange gewartet hat.

Es ist nicht fair von mir, ihm die Last meiner wachsenden Gefühle aufzubürden.

»Harriet«, flüstert Nolan, aber ich drehe mein Gesicht zur Seite und verkrieche mich in meinem Kissen. Als ich versuche, meine Beine zu schließen, legt er seine andere Hand auf mein Knie und drückt es wieder auf die Matratze, sodass ich breitbeinig für ihn daliege. Er beugt sich über mich, seine Nase an meine Schläfe gepresst. »Harriet«, sagt er noch einmal, diesmal schärfer.

»Es tut mir leid«, sage ich schnell mit einer höheren Stimme als sonst, weil ich verzweifelt versuche, nicht zu weinen. Ich habe es vermasselt. Wir hatten Spaß, und ich habe es vermasselt. »Ich hab es nicht so gemeint … Ich bin nur …«

Mir ist alles zu viel, glaube ich. So wie jetzt war es bei mir noch nie. Magie und Hitze und Verlangen, so scharf, dass ich das Gefühl habe, mich selbst daran zu schneiden.

»Du hast es nicht so gemeint?«, fragt er. Ich schüttle den Kopf, traue mich aber nicht zu sprechen. Wenn wir einfach zum Vergnügen zurückkehren, vergesse ich vielleicht, wie sehr mein Geständnis in meiner Brust brennt. Ich versuche, meine Hüfte gegen seine zu wiegen, aber Nolan hält mich fest und zischt an meinem Ohr. »Sieh mich an.«

Ich ignoriere ihn und beiße mir auf die Lippe. Seine Fingerspitzen berühren mein Kinn und lenken mein Gesicht zu seinem. »Sieh mich an«, sagt er erneut, diesmal sanfter.

»Du brauchtest, dass ich dich will?«

Ich suche in seinem Gesicht nach Anzeichen dafür, dass er mir gleich den Boden unter den Füßen wegziehen wird. Aber ich kann mich nirgendwo verstecken, wenn ich so unter ihm gefangen bin, also nicke ich, bevor ich mich dagegen entscheiden kann. Nolan hat vielleicht noch nicht das Schlimmste an mir gesehen, aber er hat mehr gesehen als die meisten. Die kaputten Teile, die ich nach besten Kräften selbst zusammengeflickt habe.

»Du brauchtest es, dass ich dich *will*«, wiederholt er, diesmal nicht als Frage, und seine Stimme bricht bei diesem letzten Wort.

Unwillkürlich schrumpfe ich unter ihm zusammen und ziehe mein Kinn an die Brust. Tränen brennen hinter meinen Augen. Ich schäme mich so sehr.

»Es ist okay.« Ich stemme meine Handflächen gegen seine Schultern. »Wir müssen nicht …«

»Harriet«, sagt er mit scharfer Stimme. »Du verstehst mich falsch.«

»Ich …«

»Das *Wollen* haben wir schon vor langer Zeit hinter uns gelassen.« Er schüttelt den Kopf. »Dein Pyjama und deine Zuckerstangen. Deine frechen Sprüche und dein großes Herz. All dieses *Haar.*« Er greift mit der freien Hand hinein und kratzt mit seinen kurzen Fingernägeln über meine Kopfhaut. »Wie kannst du auch nur eine Sekunde lang glauben, dass ich dich *nicht* will?«

»Ich weiß nicht«, sage ich und klinge dabei atemlos. Ich versuche immer noch, nicht zu weinen. »Du schreist mich oft an.«

Er zieht eine Augenbraue hoch. »Du hast versucht, mich anzugreifen, als du mich zum ersten Mal gesehen hast.«

»Du bist in mein Haus eingebrochen.«

»Ich bin nicht eingebrochen …« Seine Mundwinkel zucken amüsiert. »Darüber willst du jetzt wirklich reden?«

Er fährt mit der Hand langsam über meine Haut direkt unter meinem Bauchnabel. Seine Finger sind noch feucht von mir, und mein Verlangen ist zwar gedämpft, aber nicht vergessen.

»Ich weiß eigentlich gar nicht mehr, worüber wir reden«, hauche ich.

Er senkt den Kopf, und seine Hand gleitet wieder an meinem Oberschenkel hoch. »Muss ich dich erst überzeugen?«

Ich kneife die Augen fest zusammen. »Nein.«

Zwei Finger finden die samtige Wärme zwischen meinen Beinen mit einem etwas raueren Druck, bevor er seine Berührung wieder lockert. Aufreizend. Ich stoße einen erstickten, kehligen Laut aus.

»Okay, vielleicht.«

Er grinst an meiner Wange. »Das ist gut, Harriet, denn das habe ich auch vor.« Er legt seine Hand ganz auf mich und dreht sein Handgelenk hin und her, sodass er damit genau dort reibt, wo ich es brauche. Der Druck ist köstlich. Ich öffne meine Beine weiter und rutsche im Bett nach unten, seiner Berührung entgegen. »Hiermit fangen wir an.«

Ohne zu zögern, nimmt er den gleichen Rhythmus erneut auf und bringt mich wieder an den Rand der Ekstase, an dem er mich schon einmal hatte. Nur dieses Mal stoppt er nicht, sondern stößt mit zwei Fingern wieder in mich hinein, mit rauer, beharrlicher Intensität. Ich halte mich an dem Arm fest, den er um meinen Kopf gelegt hat, und kralle meine Nägel in seinen Bizeps, als ich es kaum noch aushalte.

»Nolan«, wimmere ich, und daraufhin stößt er einen wilden Laut aus. Er packt mein Kinn mit seiner freien Hand und zieht meine Lippen zu seinen, leckt in meinen Mund.

»Nächstes Mal werde ich geduldig sein«, sagt er an meinem Mund, als er sich kurz zurückzieht. Wir keuchen beide, und er hält mein Kinn weiter fest, damit ich nur ihn ansehen kann, während er mich um den Verstand bringt. Seine Finger bewegen sich schneller zwischen meinen Beinen, als bräuchte er es genauso sehr wie ich. »Dann werde ich mir Zeit lassen und dir zeigen, was ich meine. Und ich werde dich meinen Namen immer wieder so sagen hören wie eben. Nächstes Mal ziehe ich dir diese verdammten Shorts aus und schaue zu, wie sehr du mich genießt.« Seine Zähne blitzen weiß auf, als er sie zusammenbeißt, kaum noch in der Lage, sich zu beherrschen. Er stößt mit der Hüfte gegen seinen Handrücken, als würde er mich mit mehr als nur seinen Fingern vögeln.

»Ich werde Zentimeter für Zentimeter in dich eindringen, und du wirst dich so gut anfühlen«, keucht er. »Du wirst mir danken. Nicht wahr, Harriet?«

»Oh *Gott*«, stoße ich hervor, als sich alles in mir zusammenzieht und ich in den Rausch der Ekstase stürze. Der Rest der Fantasie, die er sich ausdenkt, geht im Hintergrundrauschen meines Kopfes verloren. In der wilden, aus der Übung gekommenen Art, wie er mich berührt. Es ist nicht das Versprechen von *mehr,* sondern das Versprechen von *noch einmal,* das mich unter ihm erbeben lässt, während ich mich an allem festhalte, was ich zu fassen kriege.

Ich habe es nicht vermasselt. Ganz und gar nicht.

Ich habe es noch *besser* gemacht.

Nolan treibt mich mit einem leisen ermutigenden Knurren zum Orgasmus, seine Stirn an meine Schläfe gepresst, während ich unter ihm zittere und bebe und seine Brust bei jedem keuchenden Atemzug gegen meine stößt. Ich halte die Augen geschlossen und gebe mich dem Gefühl ganz hin. Dabei murmelt er Dinge wie *gut* und *wunderschön* und andere Worte, die ich noch nie mit mir in Verbindung gebracht habe.

Aber Nolan gibt mir das Gefühl, dass ich es vielleicht könnte.

Ich streiche ihm über die Schultern, hinunter zu den Handgelenken und wieder hinauf, während die Lust in mir verebbt wie eine Welle, die sich vom Ufer zurückzieht. Plötzlich bin ich erschöpft, mein Körper ist schlaff und warm.

Nolan lacht heiser und lässt sich neben mir zusammensinken, seine Hand an meiner Hüfte. Er drückt sie einmal. Ich lasse meine Hände über seine warme Haut gleiten, während ich auf den nächsten Teil warte. Den Teil, in dem er mir sagt, dass er nur für eine kurze Zeit hier ist. Dass er keine Versprechungen machen kann. Dass das, was wir gerade getan haben, ein Fehler war und wir es nicht noch mal tun können.

Aber stattdessen streift er nur mit dem Mund an meiner Ohrmuschel entlang, und die Schneeflocken werden immer langsamer, bis keine weiteren mehr kommen.

»Glaubst du mir jetzt?«, fragt er dicht über meiner Haut, ohne auch nur einen Zentimeter wegzurücken. Mein hoffnungsvolles Herz hüpft mir in der Brust, obwohl ich versuche, es mit aller Kraft in den Boden zu stampfen. Wir werden nie mehr haben können als diese flüchtigen Momente, die wir uns stehlen.

Aber es fällt mir schwer, mich zu sorgen, als Nolan sich von meinem Bett erhebt und ich seine wirren Haare und die halbmondförmigen Abdrücke meiner Fingernägel auf seinem unteren Rücken sehe. Er schaut über seine Schulter zu mir herüber, lächelt über meinen Gesichtsausdruck und drückt kurz meinen Knöchel.

»Ja«, sage ich. »Ich glaube dir.«

Kapitel 24

Nolan

In der hinteren Ecke von Harriets Antiquitätenladen halte ich mir eine silberne Servierplatte vors Gesicht und betrachte mein Spiegelbild. Ich fahre mit dem Finger über den Rand des lilafarbenen Blutergusses auf meiner Stirn, den ich mir zugezogen habe, als ich mit dem Kopf gegen die Theke geknallt bin, dann kippe ich die Servierplatte nach unten und hebe das Kinn an, um mir den Fleck an meinem Hals anzusehen. Eine andere Art von Bluterguss.

Ich muss grinsen.

Diesen Morgen mit Harriet hatte ich nicht erwartet. Ich hatte darauf gehofft – in irgendeinem entfernten Teil meines Wesens, der noch zu so etwas fähig ist. Aber neben ihr aufzuwachen, die Wärme ihres Körpers zu spüren, ihren Mund um mein Glied, die warme, feuchte Hitze zwischen ihren Schenkeln …

Ich lasse die Platte fallen, und das Metall scheppert laut auf dem Holzfußboden, sodass ich zusammenzucke.

»Was war das?«, ruft Harriet von irgendwo im vorderen Teil des Ladens.

»Nichts«, rufe ich zurück, hebe die Platte auf und lege sie wieder auf das Regal, aus dem ich sie genommen habe.

Seit anderthalb Stunden sitze ich in einem gemütlichen Sessel am Fenster, blättere in Büchern, die ich in verschiedenen Ecken und Winkeln gefunden habe, und höre Harriet zu, wie sie summend hin und her huscht. Ab und zu vernehme ich das Glöckchen des als Weihnachtsmann verkleideten Mannes an der Ecke. Das Lachen der Kinder, die an den Fenstern vorbeirennen.

Es ist schön. Tröstlich. Eigentlich sollte ich das Inventar nach allem durchsuchen, was mit meiner Vergangenheit zu tun haben könnte, aber tatsächlich habe ich mir noch gar nicht die Mühe gemacht, nachzuschauen. Ich habe keine Lust dazu.

Harriet erscheint in der Tür. Sie hat sich in eine hautenge Jeans und einen cremeweißen Pullover mit einer großen roten Schleife geworfen, bevor wir heute Morgen ihr Haus verlassen haben. Sie sieht aus wie ein Geschenk, das ich auspacken möchte.

»Hast du etwas gefunden?«

»Nein.«

Sie hebt eine Augenbraue. »Hast du überhaupt gesucht?«

»Das habe ich«, sage ich und deute auf den Stapel Bücher neben mir. »Bei unserer letzten Reise in die Vergangenheit war ich ganz auf mein Buch konzentriert. Ich dachte, ich fange mal damit an.«

»Sieht nicht so aus, als hättest du viel angefangen«, witzelt Harriet und wirft mir einen amüsierten Blick zu, während sie sich an ein Regal voller Teekannen lehnt, die wie verschiedene Gemüse angefertigt sind. Sie nimmt eine winzige Kanne in Form eines Kohlkopfes in die Hand, lächelt sie an und wischt mit dem Saum ihres Pullovers etwas Staub davon ab. Ich erhasche einen Blick auf die blasse Haut ihres Bauches, und mein Mund wird trocken.

Jetzt weiß ich, wie diese Haut dort schmeckt. Ich kenne exakt den Laut, den sie macht, wenn ich mit meinen Bartstoppeln darüberstreiche.

Seit ich aus ihrem Bett gestiegen bin, schwebe ich auf einem Rausch von Endorphinen. Wir haben in ihrer kleinen Küche Kaffee getrunken, bis ich von ihrem nackten Oberschenkel unter ihren grünen Shorts abgelenkt wurde. Dann habe ich sie auf meinen Schoß gelockt und sie geküsst, bis sie kleine, abgehackte Laute an meinem Mund von sich gab, während sie mit gespreizten Beinen auf mir saß und ich meine beiden Hände in ihrem Haar vergraben hatte. Fast wäre ich schon wieder gekommen, nur weil ich sie so auf mir spürte.

»Irgendwas Brauchbares dabei?«, fragt Harriet und stellt den Kohlkopf zurück ins Regal. Als sie meinen leeren Blick sieht, lacht sie auf. »Bei den Büchern, Nolan.«

»Oh«, sage ich zerstreut. »Nein. Noch nicht wirklich.«

Sie legt den Kopf schief. »Bist du dir sicher, dass alles in Ordnung ist?«

»Mir geht's gut«, sage ich und lehne mich nach vorne, um meinen Finger in eine ihrer Gürtelschlaufen zu stecken. Sie trägt so selten Jeans, und die hier sehen aus, als wären sie aufgemalt. Ich liebe es.

Mit einem Ruck ziehe ich Harriet zu mir heran, bis sie zwischen meinen Beinen steht. »Hast du etwas gefunden?«

Sie legt mir die Hände ums Gesicht und streicht mit den Daumen über meine Wangen. Ich stoße einen peinlichen Laut aus, eine Mischung aus Knurren und Rasseln. Ihr Lächeln wird breiter.

Meine Magie bäumt sich in meiner Brust auf und knickt dann ein.

»Ich habe nicht gesucht«, murmelt sie.

Mit einem Seufzer der Erleichterung lasse ich meine Stirn auf ihren Bauch sinken und ermutige sie, mir mit den Fingernägeln über den Schädel zu kratzen. Meine Finger spannen sich an ihrer Hüfte. »Da sind wir schon zu zweit.«

»Möchtest du …«

»Ja«, unterbreche ich sie sofort.

Ihr Lächeln wird noch breiter, und um ihre Augen bilden sich Fältchen. »Ich habe meinen Satz noch gar nicht zu Ende gebracht.«

»Das ist mir egal.«

»Ich könnte sagen, dass ich wieder Schlittschuh laufen möchte.« Ihre Augen leuchten vor Vergnügen. »Ich könnte sagen, dass ich einen Weihnachtsbaum fällen gehen möchte.«

»Beide Optionen klingen akzeptabel.«

Ich möchte tun, was auch immer Harriet tun möchte. Still dasitzen oder Eisenwaren nach Größe sortieren. In die kleine Bäckerei am Ende der Straße gehen, die sie so sehr zu mögen scheint, oder mehr Kugeln an den Weihnachtsbaum hängen. Ich möchte ihr Gesellschaft leisten, mit ihr zusammen sein, solange wir noch Gelegenheit dazu haben.

Ich schlucke schwer. »Vielleicht könnten wir …«

Vorne im Laden ertönt ein erschrockenes Kreischen, dicht gefolgt von einem Krachen, das viel lauter ist als das Klappern meiner silbernen Servierplatte. Es folgt undeutliches Geschrei, ein Keuchen, das sich sehr nach *»Ach du heilige Scheiße«* anhört. Und dann: *»Was zum Kuckuck.«*

Harriet zuckt zusammen und dreht sich halb zur Kasse um. »Ich glaube, Sasha ist hier.«

Ich grunze und umklammere sie fester.

Harriet lacht. »Ich sollte wohl mal nachsehen, was da los ist.« Aber ich lasse sie nicht los. »Schließlich gehört mir dieser Laden.« Ich lasse sie immer noch nicht los. »Und sie ist meine Angestellte.« Ich drücke mein Gesicht fester an ihren Bauch. »Nolan«, sagt sie halb amüsiert.

»Oder«, schlage ich vor, »du könntest hier bei mir bleiben.« Ich schmiege mich an ihren Bauch und registriere mit Befriedigung, dass ihr der Atem stockt. Meine Hände wandern über die Kurven ihres Hinterns und drücken zu. »Wir könnten herausfinden, wie leise du sein kannst.«

Sie summt. Ich lasse meine Hände über ihre Rundungen gleiten und spüre, wie ihr Widerstand bröckelt, genauso wie ich heute Morgen den Geschmack von Kaffee auf ihrer Zunge schmecken konnte, als sie auf meinem Schoß saß. Sie lehnt sich näher an mich.

Dann kracht es vorne im Laden erneut, begleitet von einem Schrei.

»Harriet! Ich glaube, die Mistelzweige bewegen sich!« Eine Pause. »Und was das angeht: Wo zum Teufel kommen all diese Mistelzweige her?«

»Ich bin gleich da!«, ruft Harriet über ihre Schulter und befreit sich aus meinem Griff. »Bin sofort wieder zurück«, sagt sie. »Ich muss nur …« Sie zeigt hinter sich und verzieht das Gesicht. »Ich muss nur versuchen, zu erklären, warum wir plötzlich etwa siebzehntausend Mistelzweige an der Decke haben.«

Ich sinke tiefer in den Sessel, zufrieden mit der Erinnerung an unseren Kuss und die Dinge, die er meine Magie hat vollbringen lassen. »Es tut mir nicht leid.«

»Mir auch nicht.«

»Gut.«

Ihr Gesicht entspannt sich, und in meiner Brust erwacht eine Zärtlichkeit, die fröhlich mit meiner Magie tanzt. Harriet ist so *gut,* und das hat nichts mit den Dingen zu tun, die wir heute Morgen in ihrem Bett gemacht haben. Durch sie fühle ich alle möglichen Dinge, die zu fühlen ich eigentlich kein Recht habe.

»Harriet«, beginne ich, ein Geständnis auf der Zunge. »Ich …«

Ein weiteres lautes Geräusch hallt vorne im Laden wider. »Harriet!«, brüllt Sasha.

»Ich komme!«, schreit Harriet und bahnt sich nun energisch ihren Weg nach vorne, während sie die Augen verdreht. Mein Blick folgt ihrem Hintern, der sich in der engen Jeans wiegt, während ihr das blonde Haar offen über den Rücken fällt. Ich lasse den Kopf nach hinten auf den Sessel fallen, genervt von der Unterbrechung, aber auch dankbar dafür. Wenn ich kein Recht habe, die Dinge zu fühlen, die ich fühle, dann habe ich sicherlich auch kein Recht, sie Harriet mitzuteilen. Es fühlt sich egoistisch an. Sie hat etwas Besseres verdient.

Ich hebe eins der Bücher von meinem Stapel auf und wende es, um auf die Rückseite zu schauen. Irgendetwas über einen Herzog und eine Inselprinzessin. Mein Interesse ist geweckt. Neugierig blättere ich die ersten Seiten durch.

»Ich hätte dich nicht für den Typ gehalten, der auf historische Liebesromane steht«, sagt eine geschmeidige Stimme aus der Ecke am Fenster. Ich fahre in meinem Stuhl hoch und werfe das Buch fast durch den Raum.

Isabella stößt sich von dem Regal in ihrem Rücken ab, ein spitzes Lächeln auf den Lippen. Ihr Rentier-Haarreif wurde durch eine einzelne goldene Spange ersetzt, die direkt über ihrem linken Ohr sitzt. Sie zupft an einem Fussel am Saum ihres Pullovers. »Du bist mir aus dem Weg gegangen.«

»Ich bin dir nicht aus dem Weg gegangen.« Meine Magie sprüht warnend Funken entlang meiner Arme. Isabella macht mich schon an normalen Tagen nervös. Plötzlich in der Welt der Sterblichen aufzutauchen, ist nicht ihre Art, und ich bin in höchster Alarmbereitschaft. »Ich dachte nur, dass du dich um die Angelegenheit mit der Schnitterin kümmerst.«

Sie verschränkt die Arme vor der Brust und schaut zur Decke. Ihre dunklen Augen blicken prüfend, und sie katalogisiert die Mistelzweige, die sich über die Wellblechplatten verteilen. Irgendwie hat die Pflanze es geschafft, sich bis hierher vorzuarbeiten, bis in die hinterste Ecke des Ladens. Wahrscheinlich ist das kein guter Zeitpunkt, um darauf stolz zu sein.

»Ich hatte in der Tat noch mit der Angelegenheit bezüglich der Schnitterin zu tun«, gibt sie langsam zu. Ihre Augen richten sich wieder auf meine. »Aber jetzt hat Gideon beschlossen, sich einzuschalten, und er ist mehr als fähig, die Sache zu regeln. Alle Abteilungsleiter sollen wieder wie gewohnt ihrer Arbeit nachgehen.«

Ich richte mich auf. »Gideon?«

Während Sensenmänner sowieso schon Furcht einflößend sind, ist Gideon … Ehrfurcht gebietend. Er ist der älteste existierende Sensenmann – manche sagen, er sei der Tod selbst. Kalt. Bösartig. Berechnend. Wenn er sich in der Welt der Sterblichen aufhält, ist die Lage brenzliger, als Isabella es zugeben möchte.

»Er ist immerhin für die Schnitter zuständig«, sagt Isabella. Sie nimmt dieselbe Teekanne in die Hand, die Harriet zuvor betrachtet hat, und runzelt die Stirn. »Und obwohl sein plötzliches Auftauchen nach dreihundert Jahren beispiellos ist, ist das nun nicht länger mein Problem.« Sie stellt die Kanne wieder ins Regal und faltet die Hände. »Ich bin hier, um über dich zu sprechen.«

»Was ist mit mir?«

Ihr Blick huscht zur Decke. Der magische Mistelzweig zittert unter ihrem prüfenden Auge. »Hast du Probleme, deine Magie zu kontrollieren, Nolan?«

»Nicht, dass ich wüsste.«

»Hmm.« Sie streicht mit einem Finger über die Kante eines Nachttisches aus Eichenholz mit einem aufgemalten Pfau und wischt dann, ein Ausdruck von Abscheu im Gesicht, den Staub an ihrer maßgeschneiderten schwarzen Hose ab. »Ich sag dir mal, was ich beobachtet habe, und dann sagst du mir, was du festgestellt hast.«

»Na gut«, sage ich widerwillig. Lieber würde ich mich aus dem Fenster stürzen und durch die Bucht waten, aber ich glaube nicht, dass das ein Vorschlag war. Es war vielmehr ein Befehl.

»Meine Empfangsdame hat mir erzählt, dass du plötzlich aufgetaucht bist, ganz aufgelöst warst und von Reisen in deine eigene Vergangenheit und verrückten Träumen erzählt hast. Als sie dir dann vernünftigerweise eine andere Vorgehensweise vorgeschlagen hat, hast du deine Geschichte abrupt geändert.« Sie kommt noch einen Schritt näher. Ich sinke tiefer in meinen Sessel, die Schulterblätter fest an das weiche Polster gepresst. »Ich dachte mir, ich schaue mal persönlich bei dir vorbei, wenn man bedenkt, wie lange du brauchst, um diesen Fall abzuschließen, und was finde ich vor? Eindeutige Beweise für magische Extravaganz.« Sie runzelt die Stirn und blickt wieder zu den Misteln auf. »Das verstößt gegen die Vorschriften, Nolan.«

Ich fahre mir mit der Hand über den Nacken und drücke zu. »Das war ein Versehen.«

»Ein Versehen«, wiederholt sie. »Rebelliert deine Magie, Nolan?«

»Ich habe alles unter Kontrolle.« Bei ihrem skeptischen Blick fahre ich fort. »Jetzt. Ich habe *jetzt* alles unter Kontrolle.«

»Du hast einen blauen Fleck auf der Stirn«, bemerkt sie.

»Ich weiß. Ich … Ich hab das im Griff.«

»Das hast du nicht«, schnauzt sie. »Du spielst mit Kräften, die du nicht verstehst, Nolan. Muss ich dich an deine Frist erinnern? Heiligabend rückt immer näher. Du musst Harriet bis dahin an ihren nächsten Geist weitergeben.«

Ich schweige.

»Ich muss dich offenbar daran erinnern, was passiert, wenn du es nicht schaffst, da ich sehe, dass es dir nichts auszumachen scheint. Der blaue Fleck ist nur der Anfang. Die Dinge werden sich weiter verändern. Und du wirst nicht der Einzige sein, der die Konsequenzen zu tragen hat.«

Furcht breitet sich wie Eis in meinem Inneren aus. Meine Magie sticht mir in den Nacken. »Was soll das heißen?«

Isabella schnauft kurz, und ihr Frust weicht Verärgerung. »Ich habe es dir doch gesagt. Harriet wurde dir aus einem bestimmten Grund zugeteilt. Die Entscheidungen, die du triffst, werden sich auf euch beide auswirken.«

»Und was bedeutet das?«

»Das bedeutet das, was ich gesagt habe.«

»Du hast gar nichts gesagt!«, bekomme ich zwischen zusammengebissenen Zähnen heraus, wobei ich darauf achte, meine Stimme leise zu halten, damit Harriet nicht auf uns aufmerksam wird. Falls Isabella versucht, mich zur Ausübung meiner Arbeit zu nötigen, hat sie eine sehr effektive Methode dafür gefunden. »Drohst du Harriet?«

»Ich erkläre dir nur, was passiert, wenn du versagst«, antwortet Isabella ruhig. »Es ist ganz einfach. Dies ist dein Job. Wenn du deinen *Job* nicht erledigst, ziehst du nicht weiter.« Sie legt den Kopf schief, sodass ihr das Haar wie ein dunkler Vorhang ums Gesicht fällt. »Obwohl ich es sehr interessant finde, dass erst die Wahrnehmung einer Bedrohung gegen Harriet eine solche Reaktion bei dir hervorgerufen hat. Du hängst mehr an ihr, als du solltest, Nolan. Streitest du das ab?«

Ich fahre mir mit beiden Händen durch die Haare. »Ich …« Die Worte bleiben mir im Hals stecken. Am liebsten würde ich es leugnen. So wie dieses Gespräch verläuft, sollte ich das wahrscheinlich auch. Aber ich kann es nicht. Seit diesem ersten Abend kreist alles um Harriet. Seit sie mir eine Fernbedienung an den Kopf geworfen und mich einer ganzen Reihe von Vergehen beschuldigt hat. Aus Spaß und Neugierde ist langsam Zuneigung geworden, und nach dem heutigen Morgen fürchte ich, dass das nur die Spitze des Eisbergs ist.

»Nein«, sage ich schließlich. »Ich streite es nicht ab.«

Isabellas Gesicht wird nachdenklich, sie runzelt die Stirn. »Ich weiß es zu schätzen, dass du nicht lügst.«

»Vielleicht sollte ich das aber«, brumme ich zurück und starre auf den Boden, anstatt mich ihrem harschen Urteil zu stellen. Aus dem vorderen Teil des Ladens höre ich gedämpfte Stimmen. Harriet und Sasha, die irgendwelche Dinge herumbewegen. Mir wird flau im Magen. »Wenn du vorhast, mich irgendwo anders einzusetzen, lass mich wenigstens vorher Abschied nehmen.«

Ich möchte nicht noch jemand sein, der Harriet enttäuscht. Der sie im Stich lässt. Wenn ich zum Gehen gezwungen werde, möchte ich die Gelegenheit haben, ihr alles zu erklären. Ihr zu sagen …

Nun. Ich bin mir nicht einmal sicher, was ich ihr sagen würde.

»Sie wird sich nicht an dich erinnern, wenn du gehst«, sagt Isabella.

Ich starre auf meine Hände. »Dann eben für mich selbst.«

Ich hätte gerne die Gelegenheit, mich zu verabschieden.

Isabella verdreht die Augen. »Hör auf, den traurigen Märtyrer zu spielen, Nolan. Ich werde dich nicht versetzen.« Mein Kopf schnellt hoch. »Du hast deine Befehle. Du hast deine Warnung gehört. Ich erwarte, dass du deinen Kurs entsprechend anpasst. Lass deinen inneren Kapitän raus oder was immer du früher mal warst.«

»Das war's?«

»Hast du etwas Dramatischeres erwartet?« Sie inspiziert ihre Fingernägel. »Soll ich ein bisschen Höllenfeuer heraufbeschwören, nur so aus Jux und Tollerei?«

»Aus Jux und Tollerei«, wiederhole ich langsam. »Ich hätte nicht gedacht, dass du diesen Ausdruck kennst.«

Sie grinst mich an. Ein Schauer läuft mir über den Rücken. Sie ist wirklich Furcht einflößend. »Ich mag diese kleinen Phrasen, die die Sterblichen verwenden.« Sie macht eine wegwerfende Handbewegung. »Jetzt komm. Zeig mir das Mädchen.«

Meine Erleichterung weicht einem mulmigen Gefühl. Bis zum Ende dieses Gesprächs habe ich bestimmt ein Magengeschwür entwickelt. »Wie bitte?«

»Du hast doch nicht etwa gedacht, dass ich extra herkomme und sie dann nicht sehen will?« Sie streicht sich das Haar ordentlich hinter die Ohren und bewegt sich ohne mich zum vorderen Teil des Ladens. »Ich würde gern die Frau kennenlernen, für die du unbedingt alle unsere Regeln brechen willst.«

Kapitel 25

Harriet

»Du willst mir also erzählen, dass du das alles hier …« – Sasha deutet auf die Mistelzweige an der Decke – »zu einem Sonderpreis von irgendeiner verschlafenen Baumschule an der Küste bekommen hast.«

»Das ist keine verschlafene Baumschule. Das ist ein ziemlich solides Unternehmen«, erkläre ich. »Die haben sogar eine Eislaufbahn. Und eine Bäckerei.«

Sasha schaut mich über ihre Brille hinweg an. »Okay. Du willst mir also erzählen, dass du fünftausend Kilo Mistelzweige von einem *soliden Unternehmen* bekommen hast. Und dass du das alles selbst aufgehängt hast. An dem einen Tag, an dem ich diese Woche nicht gearbeitet habe.«

Ich schaufle eine weitere Handvoll loser Knöpfe auf und fülle sie in eine Vase in Form eines Igels. Das ursprüngliche Glasgefäß hat sein Ende auf dem Holzfußboden des Ladens gefunden, dank Sashas übergroßer Handtasche. Sie war zu sehr damit beschäftigt, mit offenem Mund an die Decke zu starren, um zu bemerken, dass sie die Hälfte unseres saisonalen Inventars zerstörte.

»Ja«, sage ich. »So ist es. Das sage ich dir jetzt schon zum dritten Mal.«

»Werd bloß nicht frech.« Ihre Augen werden schmal. »Was hast du benutzt?«

»Wofür?«

»Für die Mistelzweige.« Sasha zeigt angriffslustig an die Decke. »Was hast du benutzt, um die Mistelzweige zu befestigen?«

»Oh. Ähm.« Ich betrachte sie prüfend und blinzle. »Schnur? Und etwas … doppelseitiges Klebeband?«

Sasha stößt einen ungläubigen Laut aus. »Da muss ja eine Menge Weihnachtszauber im Spiel sein, wenn doppelseitiges Klebeband so etwas hinkriegt.«

Ja, möchte ich ihr sagen. *Da oben ist eine Menge Weihnachtszauber im Spiel. Ich habe einen Geist der vergangenen Weihnacht geküsst, und seine Magie ist außer Kontrolle geraten. Ich sollte ihm eigentlich helfen, weiterzuziehen, aber stattdessen entwickle ich Gefühle für ihn. Diese Entscheidungen werden mir wehtun, wenn er irgendwann verschwindet, aber ich weiß nicht, wie ich damit aufhören soll. Ich will es auch gar nicht.*

Wieder sammle ich eine Handvoll Knöpfe ein und lasse sie hinten in den stacheligen kleinen Igel fallen. Typisch, dass ich ausgerechnet für den unerreichbarsten Mann im Umkreis Gefühle entwickle.

Seit wir heute Morgen mein Haus verlassen haben, schwebe ich auf einer Wolke, aber jetzt kommen meine Füße langsam wieder auf dem Boden an. Nolan ist ein *Geist.* Er wird *verschwinden.* Und ich gebe mich diesen Gefühlen hin, als hätte ich nichts zu verlieren.

Aber ich kann den hoffnungsvollen Teil meines Herzens nicht abschalten. Er gehört zu mir wie das Atmen.

Die lange Reihe unbeantworteter Textnachrichten auf meinem Handy ist Beweis genug dafür.

Ich habe meiner Schwester heute Morgen eine Nachricht geschickt, als Nolan unter meiner Dusche stand, weil ich mit *irgendjemandem* über alles reden wollte, was mir auf der Seele brennt. Aber alles, was ich als Antwort bekam, war ein kurzes: *Bin in einer Besprechung, schreibe dir später.*

Aber später kam nichts mehr.

Ich weiß nicht, warum ich mir immer wieder die Mühe mache.

Weil du das Gefühl hasst, etwas falsch gemacht zu haben, flüstert eine kleine Stimme in meinem Hinterkopf. *Weil du deine Schwester vermisst.*

Früher dachte ich, dass Samantha der einzige Mensch ist, bei dem ich mich zugehörig fühle. Dass wir, wenn wir unsere turbulente Kindheit überstehen konnten und uns von unserer Mutter nicht ständig gegeneinander ausspielen ließen, immer eine Heimat hätten. Aber ich glaube, das ist jetzt vorbei, zerstört durch eine Handvoll ätzender Worte, die im Eifer des Gefechts gefallen sind.

Vielleicht gehöre ich nirgendwo dazu. Vielleicht soll ich das auch gar nicht.

Vielleicht ist ein Geist mit einem Schuldkomplex meine beste Wahl.

Leicht hysterisch lachend versuche ich, ein paar Knöpfe aufzuheben, die unter einen Couchtisch gekullert sind. Sasha sieht mich besorgt an.

»Alles in Ordnung mit dir?«

»Mir geht es gut«, antworte ich. Die Situation wächst mir über den Kopf, und die Zeit wird knapp, aber mir geht es gut.

Sie wirft mir einen weiteren skeptischen Blick zu, aber sie drängt mich nicht mehr. Das mag ich besonders an Sasha. Sie kann mich zur Rechenschaft ziehen, wenn es nötig ist, aber sie lässt mir auch den Freiraum, in meiner eigenen kleinen Traumwelt zu leben, wenn ich das brauche.

Ihr Blick schweift wieder zur Decke. »Müssen wir die irgendwie gießen?« Sie stellt sich so hin, dass sie eines der Gebinde berühren kann, und ist wie gebannt. »Die sind so schön.«

Das sind sie wirklich. Schön und schmerzhaft romantisch. Jeder Zentimeter meines Ladens ist damit bedeckt. Sogar im Abstellraum hängen Mistelzweige um die kaputte Glühbirne herum, die ich noch nicht ersetzt habe.

»Heilige *Scheiße!*«, flüstert Sasha, tritt einen Schritt zurück und schickt dabei fast ein weiteres Glasobjekt zu Boden. Ich packe sie am Pullover und ziehe sie von dem Kristall weg, aber sie stellt sich auf die Zehenspitzen und späht über meine Schulter. »Die sind aber auch schön«, sagt sie und klopft mir auf den Kopf, damit ich mich umdrehe. »Waren die die ganze Zeit schon hier?«

Ich schlage ihre Hand weg, richte mich auf und wische mir hinten über die Jeans, meine Igelvase mit den Knöpfen schützend im Arm. »Wovon redest du? Hör auf, mich zu schlagen.«

»Die da«, erklärt sie flüsternd und schüttelt mich. »Schau dir *die da* an.«

Endlich blicke ich hin. Nolan kommt durch einen der Gänge, sein hübsches Gesicht finster verzogen. Er ist weit entfernt von dem kuschligen, liebevollen Mann, den ich im hinteren Teil des Ladens zurückgelassen habe, aber nicht weniger auffällig. Mit präzisen, geübten Bewegungen krempelt er sein Thermohemd an den Unterarmen hoch, aber sein Frust lässt ihn nur noch wilder aussehen, auf eine sexy Piratenart.

Die Ursache seiner schlechten Laune erscheint hinter ihm in Gestalt der schönsten Frau, die ich je gesehen habe.

»Hui«, flüstere ich, und Sasha gibt einen zustimmenden Laut von sich. Nolan sieht aus, als würde er versuchen, mit seinem Gesichtsausdruck irgendetwas zu kommunizieren, aber ich bin zu sehr auf die atemberaubende Brünette hinter ihm konzentriert, um es zu entschlüsseln.

»Harriet«, sagt Nolan. »Ich möchte dir Isabella vorstellen.«

Isabella. Isabella. *Isabella.* Irgendwo in meinem Hinterkopf klingelt es kurz. Sie streckt mir anmutig die Hand entgegen, während mein Gehirn versucht, das Rätsel zu lösen. Ihre scharfen Augen tasten mich dabei von oben bis unten ab. Ich versuche, nicht am Saum meines Pullovers herumzuzupfen. Sie hat glänzendes dunkles Haar. Elegante Augenbrauen. Unglaubliche Wangenknochen. Sie sieht aus, als könnte sie einen Mann mit dem Absatz ihres Schuhs erdolchen und dann seine Seele mit einem lächerlichen Strohhalm aufschlürfen.

Und ich trage ganz unironisch eine riesige rote Schleife und bin mir ziemlich sicher, dass mir eine Wollmaus am Hintern klebt.

Als ich ihre Hand ergreife, fühle ich mich dumm und klein und mehr als nur ein bisschen eingeschüchtert.

»Schön, dich kennenzulernen«, piepse ich, und die zweite Hälfte des Satzes kippt in eine Frage um.

»Das ist es wirklich nicht«, grummelt Nolan vor sich hin.

Ein katzenhaftes Grinsen umspielt Isabellas Mundwinkel. »Ich würde gerne behaupten, dass Nolan mir alles über dich erzählt hat, aber er war … verschwiegen.« Wie Nolan hat sie einen leichten Akzent. Ihre Augen huschen zu ihm. »Jetzt sehe ich, dass er seine Gründe hatte.«

Unwillkürlich lasse ich ihre Hand los und klammere mich an meiner Vase fest. Ich schaue Nolan an, um Bestärkung zu erhalten, aber er kneift sich gerade mit Daumen und Zeigefinger den Nasenrücken. Blinzelnd schaue ich wieder Isabella an. »Wie meinst du das?«

Sie stößt ein kehliges Lachen aus. »Du hast da einen blauen Fleck am Hals.«

Ich erinnere mich an Nolans raues Knurren heute Morgen, als er an meinem Hals saugte, während er die Finger zwischen meinen Beinen verdrehte. Als wir gingen, habe ich den violetten Halbmond unter meinem Ohr im Flurspiegel entdeckt, und habe mein Bestes getan, ihn hastig mit Abdeckstift zu kaschieren.

Anscheinend nicht gut genug.

Mit hochrotem Kopf schlage ich mir die Hand auf den Fleck. »Lockenstab«, erkläre ich.

Sasha, Isabella und Nolan sehen mich alle ungläubig an. In Isabellas Blick liegt ein Hauch von Belustigung. In Nolans milde Genugtuung.

Sasha sieht aus, als würde sie gleich eine Tüte Popcorn aus ihrer Handtasche holen und einen der Beistelltische als Zuschauerbank benutzen.

»Du brauchst doch gar keinen Lockenstab«, flüstert Sasha aus dem Mundwinkel. Ich erröte noch mehr. »Danke für den Hinweis, Sasha.«

»Ist das ein Knutschfleck?«, fährt sie fort.

»Sasha.«

»Er hat auch einen. Hast du mit diesem heißen Typ rumgemacht?« Sie hält inne und rückt dabei immer näher. »Wer sind diese Leute? Wo kommen die her? Waren die die ganze Zeit schon hier? Sind das Kunden? Haben sie die Misteln mitgebracht? Sie sehen nicht aus, als würden sie in einer Baumschule arbeiten.«

Isabellas Lächeln verwandelt sich in etwas Raubtierhaftes.

»Ich habe sie nicht hereinkommen sehen«, fügt Sasha noch hinzu. »Wie sind sie in den Laden gelangt?«

Sie hätte sie überhaupt nicht sehen dürfen. Oder, wenn sie sie schon gesehen hat, hätte sie sie nicht *bemerken* dürfen.

Also ändern sich noch mehr Dinge. Isabella und Nolan tauschen einen vielsagenden Blick.

»Ich verstehe, was du meinst«, sagt Isabella zu Nolan. Ihr Blick huscht zwischen Sasha und mir hin und her. »Das ist eine ungewöhnliche Situation.«

Nolan stößt einen Seufzer der Erleichterung aus. »Ich hab's dir ja gesagt«, meint er leise zu ihr. Er sieht mich an und lächelt mir beruhigend zu. »Alles in Ordnung«, sagt er. »Isabella informiert sich nur über unser gemeinsames … Projekt.«

Langsam fügen sich die Teile zusammen. Isabella, Nolans Chefin aus dem Jenseits. Die, bei der er sich melden musste, als alles aus dem Ruder lief.

Sie schaut mich mit einem gerissenen Lächeln an. Ich erschaudere.

Sasha stößt mich mit dem Ellbogen an.

»Oh. Und das ist Sasha. Sie hilft mir, den Laden zu schmeißen.« Zu viert stehen wir da, unbeholfen und schweigend. »Vielleicht könnte sie dich ein wenig herumführen? Interessierst du dich für irgendetwas Bestimmtes?«

»Ich habe schon gesehen, was ich sehen wollte«, sagt Isabella mit festem Blick. Dann richtet sie ihre Aufmerksamkeit auf die Theke hinter mir, auf der verschiedene Gegenstände herumliegen. »Aber ich hätte nichts dagegen, mich ein wenig umzusehen. Eure Sammlung macht mich neugierig.«

»Ist das wirklich nötig?«, fragt Nolan, der so klingt, als wäre er mit seiner Geduld am Ende. Er wirft mir einen erschöpften Blick zu. Ich zucke mit den Achseln.

»Mir macht das nichts aus«, erkläre ich. Auf keinen Fall ist sie schlimmer als der New-Balance-Typ. Ich lächle Isabella schüchtern an. »Sag mir Bescheid, wenn du etwas siehst, worüber du mehr wissen möchtest.«

Sie steuert auf ein Regal voller Schneekugeln zu, die ich für die Weihnachtszeit aufgestellt habe. Als sie durch den Raum geht, überkommt mich plötzlich der irrationale Drang, Nolan zu verteidigen. Ich weiß nicht, warum sie hier ist, aber ich habe so meine Vermutungen. Nolan hat es nicht verdient, wegen meiner eigenen Unentschlossenheit leiden zu müssen.

»Nolan ist übrigens großartig«, platzt es aus mir heraus, während mein Puls wie Schmetterlingsflügel flattert. »Er war während dieses ganzen Prozesses sehr … hilfreich. Wenn er also irgendwie in Schwierigkeiten steckt, dann … ähm. Das sollte er nicht.«

Sasha runzelt die Stirn. »Wovon zum Teufel sprichst du? Wer ist Nolan?«

Nolan winkt kurz. »Das bin ich.«

»Welcher Prozess?«, zischt Sasha und ignoriert ihn. Sie schaut wieder misstrauisch an die Decke. »Geht es um die Mistelzweige? Dealst du jetzt mit illegalem weihnachtlichem Grünzeug?«

Ich sage »Pscht« zu ihr, halte dabei aber Augenkontakt mit Isabella, obwohl ich das Gefühl habe, als würde meine Wirbelsäule von einer Stimmgabel in Schwingung versetzt. »Wenn er also mit dem … *Grünzeug* gegen irgendeine Regel verstoßen hat, möchte ich dir versichern, dass er alles in seiner Macht Stehende tut, um das, ähm, Endprodukt rechtzeitig abzuliefern.«

Und das Endprodukt bin wohl ich mit meiner persönlichen Lebensbilanz.

Ich könnte nicht verdächtiger klingen, selbst wenn ich es darauf anlegen würde.

Isabellas Gesicht wird weicher, ihre Augen verlieren etwas von ihrem Feuer-und-Schwefel-Ausdruck. »Es ist alles in Ordnung, Harriet«, beruhigt sie mich. »Ich bin mir sicher, dass Nolan das Projekt rechtzeitig abliefern wird.« Ihre Augen verengen sich, als sie ihn ansieht. Eine Warnung. »Das tut er immer.«

Nolan schiebt seine Hände in die Taschen und wippt auf den Fersen hin und her. »Es ist mir immer ein Vergnügen, dich zu sehen, Isabella.«

»Und du warst schon immer ein furchtbar schlechter Lügner«, sagt sie lachend. Sie sieht mich an. »Harriet. Das hier war sehr aufschlussreich. Danke.«

»Gern geschehen«, antworte ich. »Glaube ich jedenfalls.«

Während sie zum Schneekugelregal zurückgeht, tausche ich einen weiteren bedeutungsschweren Blick mit Nolan. Ich bin mir nicht ganz sicher, was in diesem Gespräch passiert ist. Er kommt einen halben Schritt näher und will mir seine Hand auf den Ellbogen legen.

»Harriet«, sagt er. »Können wir …«

»Wo hast du die her?«, fragt Isabella plötzlich scharf. Sie hockt vor dem untersten Regalbrett und hält die zierliche Vogelkäfig-Spieldose in den Händen, die ich nie an ihren richtigen Platz zurückgestellt habe. Stattdessen habe ich sie zu den Schneekugeln getan, in der Hoffnung, dass jemand an der weihnachtlichen Auslage vorbeikommt und sie mitnimmt.

»Die Spieldose?«

Wortlos nickt sie und steht langsam auf. Ohne hinzusehen, greift sie nach dem Schlüssel an der Unterseite und dreht ihn mit kundigen Fingern dreimal herum. Die leichte, glockenhelle Melodie ertönt im Raum, und Isabella schließt die Augen und schwankt leicht.

»Meine Tante hat sie auf einem Flohmarkt in Baltimore gekauft«, erkläre ich, aber Isabella scheint nicht zuzuhören. »Normalerweise findet man da nur Schrott und Krempel, aber manchmal entdeckt man auch gute Sachen, wenn man sich die Zeit nimmt, richtig zu suchen.«

»Auf einem Flohmarkt«, flüstert sie, und ihre harte Schale schmilzt dahin und gibt den Blick auf etwas Weiches darunter frei. Sie fährt mit dem Finger über den Vogel. »Mein Vater hat mir als Kind genauso eine geschenkt. *Volière de la Cour*«, flüstert sie. Sie hebt den Kopf und drückt sie sich an die Brust. »Wie viel willst du dafür haben?«

»Ich schenke sie dir«, biete ich an, in der Hoffnung, mir damit ein wenig Wohlwollen von der winzigen furchterregenden Herrscherin der Geister zu erkaufen. Vielleicht auch etwas für Nolan.

Ihre dunklen Augen blicken mich prüfend an. »Bist du dir sicher?«

»Natürlich. Kein Problem.« Nolan protestiert mit einem leisen Laut. Ich ignoriere ihn. »Wir haben Goldpapier da, das ich sehr mag. Ich könnte sie dir einpacken, wenn du möchtest?«

»Harriet«, unterbricht Nolan. »Du musst sie ihr nicht schenken.«

»Warum nicht? Sie mag sie offensichtlich.«

»Du doch auch.«

»Aber nicht so«, sage ich.

Isabella steht an der Kasse und wiegt die Spieluhr in ihren Händen, ohne das Gespräch um sie herum wahrzunehmen. Sie hat nur Augen für den kleinen Metallvogel und die kostbare Dose darunter. Genauso hat meine Tante Matilda immer auf die Kisten geschaut, die an der Türschwelle des Krähennests ankamen. Dieser erste Blick, wenn sie den Karton aufriss, Staubpartikel aufwirbelten und alte, abgenutzte Dinge darin zum Vorschein kamen. Sie wusste, dass der Wert der darin enthaltenen Kostbarkeiten alles überstieg, was man mit Geld aufwiegen konnte. Sie wusste, dass Erinnerungen mit ihnen verbunden waren.

Das wusste sie zu schätzen.

Als die Melodie verstummt, dreht Isabella die Spule sofort wieder auf, und der erste Ton ist leicht verstimmt.

Nolan fährt sich mit der Hand durch die Haare und beißt die Zähne zusammen. »Du musst nicht immer alles tun, um andere glücklich zu machen.« Er kommt näher und senkt den Kopf. »Lass dich nicht so unterbuttern, Harriet.«

Ich lache. »Unterbuttern?«

»Du bist schon fast stur in deiner ganzen Selbstaufopferung.« Er schnaubt. Mein Lächeln erlischt. »Ich wünschte, du würdest dich öfter behaupten.« Der Schlag landet irgendwo an meiner empfindlichsten Stelle.

Ich wünschte, du würdest dich mal behaupten. Sei nicht so ein Weichei, Harriet, das ist doch gar nicht so schwer. Warum weinst du? Komm schon, Harriet. Du benimmst dich wie ein Kind.

Dieselben Bemerkungen höre ich mehr oder weniger seit zwei Jahrzehnten, und mir steigt Hitze in die Wangen. Nolan wird blass und blickt sofort reumütig. »Ich meinte nur, dass du nicht auf die Dinge verzichten musst, die du magst, nur um andere zufriedenzustellen.«

»Ich weiß, was du gemeint hast«, flüstere ich. Besser kann ich es nicht ausdrücken. »Falls du es noch nicht bemerkt hast, das hier ist ein Antiquitätengeschäft. Wir verkaufen Antiquitäten.« Und als ich diese spezielle Spieluhr zum ersten Mal verkaufte, ging sie an eine undankbare Frau in passender Sportbekleidung, die dachte, die Taube sei ein Spatz. In meiner Vorstellung geht sie jetzt an jemanden, der sie unendlich mehr zu schätzen weiß.

Er presst die Lippen zusammen. Ich werfe Isabella einen Blick zu, die unseren Austausch jetzt mit Interesse beobachtet. »Sasha kann sie dir einpacken«, erkläre ich. »Ich gehe nach hinten und hole einen Besen für den Rest dieser …« Ich deute auf den Krimskrams, der nach Sashas Missgeschick auf dem Boden verstreut liegt. Mit der zerbrochenen Kristallschale, die auf der Seite liegt, kann ich mich sehr gut identifizieren. »Für den Rest dieses Zeugs«, füge ich hinzu.

Nolan versucht, nach meinem Handgelenk zu greifen, als ich an ihm vorbeigehe, aber ich weiche seiner Berührung aus und suche

Zuflucht in der dunklen Abstellkammer. Es braucht nicht viel Reflexion, um zu erkennen, warum sich Nolans Worte wie ein Ballon anfühlen, der langsam die Luft verliert und unter meinem Brustkorb eingeklemmt ist.

Heute Morgen hat Nolan mir noch das Gefühl gegeben, dass meine weiche Wesensart das Schönste überhaupt an mir sei. Jetzt benutzt er sie als Waffe, um damit auszuteilen. Ich verstehe, dass er wegen des plötzlichen Auftauchens seiner Chefin angespannt ist, aber ich habe es nicht verdient, dass er seinen Frust an mir auslässt.

Nolan gewährt mir genau zweiunddreißig Sekunden Schonfrist im Dunkeln, bevor er sich zur Tür hereindrängt. Ich lehne an einem Regal.

»Wir müssen aufhören, uns im Dunkeln zu treffen.«

»Es tut mir leid«, sagt er sofort. »Ich wollte nicht, dass es so klingt, wie es geklungen hat.«

»Ich weiß, dass du es nicht so gemeint hast«, sage ich und starre pflichtbewusst auf eines meiner Lagerregale im Dunkeln. Während ich eine verirrte Dose Silberpolitur wieder an ihren Platz räume, versuche ich, den Felsbrocken, der mir auf der Brust liegt, wegzuschieben. »Das heißt aber nicht, dass es nicht wahr ist.«

Das heißt auch nicht, dass es nicht wehgetan hat, ihn das sagen zu hören.

»Harriet«, sagt er wieder, und dann spüre ich seine Hand zwischen meinen Schulterblättern. Er spielt mit einer meiner Locken. »Ich habe mich von meinem Ärger überwältigen lassen. Isabellas Auftauchen hier war … unerwartet.« Er hält inne. »Und ich mag es nicht, wenn sie deine Sachen anfasst«, fügt er knurrend hinzu.

»Diese Sachen gehören mir alle gar nicht«, sage ich leise. »Ich habe sie nur gefunden. Nur aufbewahrt. Aber sie gehören mir nicht.« Ich kann lediglich seine Umrisse und seinen Schatten sehen, seine Gesichtszüge sind im Dunkeln nicht zu erkennen. Das erinnert mich so sehr an unser erstes Treffen, dass es mir das Herz zusammenschnürt. »Machst du dir Sorgen?«, frage ich. »Wegen Isabella?«

»Ich bin mir nicht ganz sicher«, sagt er. »Ich glaube, es war eine Warnung. Oder das, was Isabella am ehesten als Warnung bezeichnen würde.« Er stößt einen weiteren leisen, frustrierten Laut aus. »Ich kann dich hier hinten nicht richtig sehen.«

Daraufhin deute ich an die Decke. »Ich habe die Glühbirne immer noch nicht gewechselt.«

Ohne hinzusehen, streckt er den Arm über uns aus und dreht an der kaputten Glühbirne. Sofort wird der Raum von einem weichen, goldenen Licht erhellt.

Unwillkürlich muss ich lachen. Ich kann nicht anders, als jedes Mal entzückt zu sein, wenn er seine Magie einsetzt.

»Angeber.«

Ein Grübchen blitzt auf seiner Wange auf, als er seine Hand sinken lässt und sie stattdessen um mein Gesicht legt. Er hält es so, wie Isabella die Spieluhr gehalten hat.

»So ist es besser«, sagt er. »Ich mag es lieber, wenn du lächelst.«

»Dann verdirb mir nicht die Laune.« Ich lege meine Finger um sein Handgelenk und halte ihn fest, während sich mein ganzer Groll bei dem Ausdruck auf seinem Gesicht in Luft auflöst. »Rede mit mir«, flüstere ich. »Sag mir, was los ist.«

»Isabella hat gesagt …« Er schluckt schwer, und seine Kehle arbeitet bei dieser Bewegung. »Isabella hat gesagt, dass die Konsequenzen meiner Handlungen uns beide betreffen werden.«

Ich runzle die Stirn. »Okay?«

Er lässt seine Hand sinken und legt sie stattdessen auf meine Hüfte. Seine Finger tasten sich unter meinem dicken Pullover vor, bis sie auf Haut stoßen, und dann seufzt er erleichtert auf. »Ich weiß nicht, was passiert, wenn ich meine Frist verpasse. Bisher dachte ich, ich müsste die Konsequenzen dieser Entscheidung allein tragen, aber jetzt …«

Ah, ich verstehe. »Du hast Angst, dass es auch mich betreffen wird.« Nolan nickt zögerlich.

»Was sind denn die Konsequenzen?«

»Das weiß ich nicht genau.«

Mir kommen Bilder von verrosteten Ketten, einer einsamen Gefängniszelle und Feuerhaken in den Sinn. *Keeping Up with the Kardashians* läuft auf Dauerschleife. »Soll ich … sie fragen?«

»Daraus wird nichts. Sie ist schon weg«, antwortet er und zieht an meiner Hüfte, bis er sein Kinn auf meinen Kopf legen kann. Sein Atem weht durch mein Haar. »Es gefällt mir nicht, dass sie hier war.«

»Deine Welten prallen aufeinander.« Ich gebe dem Drang nach, ihn so zu berühren, wie ich es möchte. Als ich meine Hände unter seinem Hemd nach oben schiebe, kratze ich ihm leicht zwischen den Schultern über die Haut. Er lässt sich an mich sinken.

Unser gemeinsamer Morgen scheint so weit zurückzuliegen, und der Hauch der Realität, der wir bisher aus dem Weg gegangen sind, wirft dunkle Schatten auf alles, was wir tun.

Wie oft werde ich ihn noch so berühren können? Wie viele Sekunden kann ich zu Stunden ausdehnen, bevor er weg ist?

Mit der Stirn an seinem Schlüsselbein lehne ich mich an ihn und schließe die Augen. Die Konsequenzen für mich kenne ich. Ich werde das alles hier vergessen. Mistelzweige an der Decke und unergründliche blaue Augen mit Fältchen an den Augenwinkeln. Seine Hände in meinen Haaren und dieses warme, zärtliche Gefühl in meiner Brust. Ich werde vergessen, dass ich jemandem während einer perfekten Weihnachtszeit wichtig war. Dass jemand mich *wunderschön* fand.

Nolan spannt die Hände an meinem Kreuz an. So etwas wie Entschlossenheit legt sich über seine kantigen Züge.

»Ich werde auf dich aufpassen«, verspricht er mir.

Ich nicke. Ein leichtes Lächeln umspielt meinen Mund, und ich kratze ihm leicht über den Nacken. Genau dort, wo sich sein Haar zu locken beginnt.

»Das weiß ich.«

Seine Augen blitzen auf, als seine Magie aus ihm herausströmt – weiße Schaumkronen auf dem Meer und ein schwarz verhangener Himmel statt schimmerndem Gold. Sie windet sich um meine Beine, gleitet über meine Schultern und umarmt meine Mitte. Mein Haar fliegt wie ein Vorhang um uns herum hoch, und seine Magie hüpft spielerisch durch die Strähnen und flicht sich auf die gleiche Weise ein, wie es seine Finger sonst tun. Ich lache über das kitzlige Gefühl, als würden wir barfuß im Gras stehen, und Nolans Gesichtsausdruck wechselt von ernst zu hoffnungsvoll. Sehnsüchtig.

Es ist das Letzte, was ich sehe, bevor ich nichts als Farbe und Klang wahrnehme, den Sog der Zeit, der uns ein weiteres Mal mit sich zurückreißt.

Kapitel 26

Nolan

Wir landen ohne weitere Zwischenfälle auf dem gepflasterten Gehweg vor einem prächtigen Haus im Kolonialstil. Weiße Lichter funkeln in den perfekt symmetrisch angelegten Gärten zu beiden Seiten des Eingangs. Ein Messingklopfer in Form einer venezianischen Maske an der Tür beobachtet uns teilnahmslos.

Harriet kichert. »Die Ironie dieses Moments ist offensichtlich.«

»Ironie?«

Sie deutet auf den Türklopfer. »Du weißt schon. Der Film? Das Buch? Die Sache mit dem Gesicht an der Tür.« Sie macht eine krampfhaft ernste Miene, und ich reibe mir mit den Fingerknöcheln über das Grinsen, um zu verbergen, wie sehr mich das amüsiert. Ihr Gesicht ist nicht dafür gemacht, ernst zu schauen.

»Ich habe keine Ahnung, wovon du sprichst«, sage ich zu ihr.

Sie blinzelt überrascht. »Du hast nie Dickens gelesen?«

»*Eine Weihnachtsgeschichte?* Aye, die habe ich gelesen.«

»Und?«

»Und ich fand sie schon zu Lebzeiten langweilig. Meine Meinung hat sich im Tod nicht geändert.«

Harriet schnaubt. »Obwohl sich herausgestellt hat, dass alles, worüber er geschrieben hat, wahr ist? Das hat dich nicht beeindruckt? Kein bisschen?«

Ich verdrehe die Augen. »Die Dinge, die er in diesem Buch geschrieben hat, sind wohl kaum wahr, Harriet. Sehe ich für dich wie eine flackernde Kerze aus?«

Ihre Mundwinkel zucken, während sie mich anstarrt. Ihre Augen sehen aus, als würden sie im Schein der über uns hängenden Lampe glühen – sie leuchten in einem hellen und glänzenden Goldton.

Vielleicht ist sie die Kerze, und ich bin der Idiot, der von ihrer Flamme angezogen wird. Sie ist so verdammt schön.

»Nein«, sagt sie. »Du siehst aus wie ein übellauniger Seemann.«

»Ich glaube, der Begriff, den du zuvor verwendet hast, war *robust.*«

»Ein robuster übellauniger Seemann also.«

»Besser.«

Harriet dreht sich zur Tür um und betrachtet den Türklopfer. »Ich hätte gedacht, dass du es beeindruckender finden würdest, dass jemand dein gesamtes geheimes Universum aufgedeckt hat«, überlegt sie.

»Geheimes Universum?«

»Die ganze Sache mit dem Reisen durch die Vergangenheit. Geister. Gespenster. Was weiß ich. Dickens *wusste* etwas.«

»Ah. Ja. Nun.« Ich falte die Hände. »Mir hat die Version der *Muppets Weihnachtsgeschichte* immer besser gefallen. Miss Piggy hat etwas seltsam Faszinierendes an sich.«

Sie muss lachen. »Du bist ein Mann voller Überraschungen, Nolan Callahan.«

»Ich bin ein Mann mit vielen Facetten.«

»Offensichtlich.«

Während wir noch auf der Veranda herumstehen, verfliegt ihre Heiterkeit langsam. Mir ist aufgefallen, dass ihr die Vergangenheit mehr Zeit als den meisten anderen lässt, mit ihren Erinnerungen zurechtzukommen. Wir tauchen nie mitten in einer Situation auf. Harriet bekommt immer genug Schonfrist, um sich langsam darauf einzulassen.

»Ich schätze, wir sollten reingehen«, sagt sie.

Ich zucke mit den Achseln. »Oder wir könnten warten. Ich habe es nicht eilig.«

Ihre Schultern sacken nach unten. »Nein, wir sollten es am besten hinter uns bringen und so weiter.«

Diese Erinnerung ist anders. Harriet ist nicht neugierig oder entzückt. Sie wappnet sich für etwas.

Sie weiß, wo wir sind.

Sie weiß, *wann* es gewesen ist.

Auf dem Gehweg hinter uns sind Schritte zu hören, und wir drehen uns um. Am Ende des Weges steht die frühere Harriet, ihr Haar zu einer Art glattem Dutt hochgesteckt. Sie sieht nicht viel jünger aus als jetzt, vielleicht eine Handvoll Jahre. Aber sie wirkt sehr angespannt. Überfordert. Um ihren Mund herum sind Falten zu sehen, und ihre bernsteinfarbenen Augen sind ungewöhnlich matt. Der Idiot mit dem Telefon läuft zwei Schritte hinter ihr her, immer noch anderweitig beschäftigt, nach wie vor schenkt er ihr nicht die geringste Aufmerksamkeit. Harriet dreht sich zu ihm um, runzelt die Stirn und hebt dann die Hand zum Messingklopfer. Sie trägt maßgeschneiderte Lederhandschuhe. Eine Jacke, die ihr exakt auf den Leib geschneidert ist. Es gibt keinen rosa Mantel. Keine Zuckerstangen. Keine Farbe.

Sie klopft zweimal an, wartet und strafft die Schultern. Sie sieht aus, als würde sie sich gerade auf einen Kampf vorbereiten.

»Sollen wir nach Hinweisen Ausschau halten?«, schlage ich vor und beobachte interessiert, wie Vergangenheits-Harriet mit den Zähnen an den Spitzen ihrer Handschuhe zupft, sie auszieht und in ihre Taschen stopft. Ihre Nägel sind frei von dem Lack, den sie jetzt so gerne trägt, und das ist fast so verstörend wie das, was sie mit ihren Haaren gemacht hat.

»Das hier ist keine Reise, um nach Hinweisen zu suchen«, sagt Harriet. »Ich weiß, warum wir hier sind.«

Als die Tür aufschwingt, taucht ihre Mutter im Eingang auf. Sie ist sichtlich älter als in der Erinnerung mit der Modelleisenbahn. Älter, aber nicht weniger würdevoll. Sie begrüßt ihre Tochter mit zwei Luftküssen auf die Wangen, aber ihre wahre Begeisterung gilt dem Mann hinter Harriet. Ein breites Grinsen erhellt ihr Gesicht, als sie ihn begrüßt.

Neben mir seufzt Harriet. »Das ist der Abend, an dem ich meiner Mutter das Herz gebrochen habe.«

❄

Harriet erstarrt immer mehr zur Salzsäule, während wir ihrer Erinnerung durch das Haus folgen. Als ihre frühere Version sich zum Abendessen an einen Tisch setzt, der mit glänzendem Silbergeschirr beladen ist, sieht sie aus, als könnte sie jeden Moment zerschellen, falls jemand sie umstoßen würde.

Was auch immer Harriet hier widerfahren ist, es ist nichts Gutes. Ich taste nach ihrer Hand und bin erleichtert, als sie sich nicht aus meinem Griff befreit.

»Ich bin hier«, sage ich ihr. »Ich bin bei dir.«

Sie verschränkt unsere Finger und umklammert fest meine Hand. »Ich weiß«, sagt sie und atmet schaudernd aus. »Ich weiß es«, sagt sie noch einmal, leiser, und ich denke, genau das könnte das Problem sein.

Dass ich hier bin. Dass ich diese Erinnerung mit ihr erleben werde.

Meine Magie zieht eine weitere unruhige Schleife in meiner Brust. Ich bin von dieser stillen und kalten Ausgabe von Harriet verunsichert, und meine Magie reagiert entsprechend. Sie legt sich wie Nadeln auf meine Handflächen. Eine quälende Unruhe am Ansatz meiner Wirbelsäule.

In dem förmlich gestalteten Esszimmer haben die fünf Personen, die pflichtbewusst auf ihre Teller starren, kaum mehr als Höflichkeiten ausgetauscht, seit sie sich hingesetzt haben. Wie Pappaufsteller von Menschen, die Liebe und Familie nachspielen. Harriets Mutter und Vater sitzen an den beiden Stirnseiten des Tisches. Harriet und ihre Schwester nehmen die beiden Längsseiten ein. Der … Schwachkopf mit dem Telefon, das scheinbar an seiner Hand festgewachsen ist, sitzt zu Harriets Linken.

Falten bilden sich auf meiner Stirn. »Na, das ist ja eine lebhafte Gesellschaft.«

Harriet verlagert das Gewicht, sagt aber nichts. Ich beschäftige mich damit, den Raum zu studieren. Obwohl Harriet darauf besteht, dass dies keine Erkundungsmission ist, betrachte ich es trotzdem als solche.

Feines Porzellan. Kunstvoll arrangierte Blumen. Beklagenswert deprimierende und wahrscheinlich sündhaft teure Kunstwerke. Dieser Ort sieht aus wie ein Mausoleum, das vorgibt, ein Esszimmer zu sein.

»Ich glaube, ich habe dich angelogen«, flüstert Harriet, während ich mir einige der Schnitzereien an dem übertrieben großen Kronleuchter ansehe, der tief über der Mitte des Tisches hängt. Ich kann nicht erkennen, ob es sich um einen Fuchs in Not oder einen besonders hässlichen Mann handelt.

Die Launen der Reichen. Das werde ich nie verstehen. »Wie das?«, frage ich zerstreut.

»Ich glaube, ich bin ein schlechter Mensch«, flüstert sie.

Stirnrunzelnd starre ich von oben auf ihren Scheitel. Sie hat sich in sich selbst zurückgezogen und hält meine Hand mit beiden Händen fest. »Ah ja. Eine winzige Frau, die bunte Pullover mag und denkt, Süßigkeiten seien eine der Hauptnahrungsmittelgruppen. Du bist in der Tat eine schlimme Übeltäterin.«

»Ich meine es ernst, Nolan.«

»Ich auch.«

Sie verstummt. Vor uns spielt sich das Gespräch um Harriet herum ab, während sie in ihren Kartoffeln herumstochert. Es ist, als wäre sie eine weitere Vase auf dem Tisch. Niemand fragt sie, wie es ihr geht. Niemand fragt sie nach ihrer Meinung.

Wie traurig es gewesen sein muss, in einem Raum voller Familienmitglieder so einsam zu sein.

»Was, wenn deine Meinung über mich falsch ist?«, fragt Harriet, während ihre Mutter über irgendetwas referiert, das mit Monogrammen zu tun hat. »Was, wenn *meine* Meinung über mich falsch ist?«

»Das glaube ich nicht.«

»Aber was, wenn …«

»Nein«, unterbreche ich sie bestimmt.

Ich weiß nicht, wie oder warum sie ihre Selbstsicherheit verloren hat und sich jetzt bei jeder Gelegenheit selbst herabsetzt, aber es gefällt mir nicht. Mir gefällt weder ihre Frisur noch der Idiot an ihrer Seite oder die Art und Weise, wie niemand wahrzunehmen scheint, dass sie mit am Tisch sitzt. Diese ganze Erinnerung gefällt mir nicht. »Bist du kurz davor, über den Tisch zu springen und deinen Vater mit der Serviergabel zu erstechen?«

»Nein, aber …«

»Vielleicht die Vorhänge in Brand zu stecken?«

»Nein, aber was …«

»Sie hätten es mit Sicherheit verdient. Dieses Muster ist grauenhaft.«

Ein kleines Lächeln bahnt sich seinen Weg durch ihren aufgewühlten Gesichtsausdruck. Dann lässt sie meine Hand los. »Es gibt Dinge, die du nicht über mich weißt.«

»Und es gibt Dinge, die du über mich nicht weißt.« Ich stupse sie mit meiner Schulter an. »Ein übertrieben förmliches Abendessen wird meine Meinung nicht ändern.«

Glas klappert auf dem Tisch. Es wird still. Mir war nicht bewusst, wie sehr die begrenzte Konversation den Raum gefüllt hat, bis sie ganz verschwunden ist. Mein Blick springt von Harriet neben mir zu der am Tisch, die mit weißen Knöcheln ihre Gabel umklammert.

Sie legt sie neben ihren Teller und faltet dann die Hände auf dem Schoß.

»Das ist die richtige Entscheidung für mich«, sagt sie, und ihre Stimme zittert am Ende. Ich beobachte, wie sie all ihren Mut zusammennimmt, ihren Blick zu ihrer Mutter hebt und ihn schnell wieder senkt. Sie atmet tief aus. »Ich weiß, dass es für euch unter Umständen enttäuschend ist, aber …«

Am Kopfende des Tisches lacht ihre Mutter höhnisch und scharf. »Das ist keine Enttäuschung, Harriet. Das ist Verrat.«

Beide Harriets zucken zusammen. Offensichtlich habe ich einen Teil des Gesprächs verpasst.

»Was passiert hier?«, frage ich.

»Ich habe meiner Mutter gerade gesagt, dass ich keine Anwältin mehr sein will.«

Der Schock packt mich am Genick. Ich wäre weniger überrascht, wenn sie mir sagen würde, dass sie Löwen für den Zirkus trainiert hat. Oder an einem dieser Wettessen teilgenommen hat, die in Annapolis während der Picknickmonate im Sommer so beliebt zu sein scheinen. Wenn sie mir sagen würde, dass sie zur Königin der Blaubeerkuchen gekrönt wurde, würde das mehr Sinn ergeben als das hier. »Du warst Anwältin?«

»Darüber spreche ich nicht gern.« Sie schaut mir kurz in die Augen. »Ich weiß, es ist schwer zu glauben. Es klingt lächerlich, wenn ich es sage.«

»*Lächerlich* ist nicht das Wort, das ich verwenden würde«, antworte ich. Unvereinbar vielleicht. Unpassend. Harriet gehört auf eine natürliche Art und Weise ins Krähennest. In einem Gerichtssaal kann ich sie mir nicht vorstellen.

Er wäre zu klein für sie. Zu … grau.

»Ich habe nur ein paar Jahre als Juristin gearbeitet.« Sie verschränkt die Arme vor der Brust und legt die Hände auf die Ellbogen. »An dem Abend hier habe ich meiner Mutter gesagt, dass ich die Stelle, die sie mir in einer renommierten Kanzlei besorgt hatte, aufgeben will. Sie, ähm … sie hat das persönlich genommen.«

Persönlich scheint eine leichte Untertreibung zu sein, denn Donna York brodelt am Kopfende des Tisches sichtlich vor Zorn.

»Mutter«, wirft Harriets Schwester ein. »Vielleicht sollten wir Harriet ausreden lassen.«

Das Gesicht ihrer Mutter ist verkniffen, ihre Haltung starr. »Ja,

Harriet. Bitte erkläre uns weiter, wie du vorhast, den Ruf unserer Familie zu zerstören.«

Harriets männlicher Begleiter lacht in seine geschlossene Faust. »Ich hab's dir ja gesagt«, erklärt er, laut genug, dass es der Rest der Tischgesellschaft hören kann. Harriets Wangen glühen feuerrot, und ich möchte den Burschen am liebsten mit dem Gesicht auf seinen Teller schmettern. Ihm vielleicht das Gerät, das er so liebt, in den Rachen stopfen.

»Vielleicht solltest du eine Nacht darüber schlafen«, schlägt Harriets Vater mit teilnahmslosem Gesichtsausdruck vor. Er schaut nicht von seinen grünen Bohnen auf und setzt sein Abendessen fort, als wäre dies ein typisches Gespräch an einem Sonntagabend. »Das ist eine große Entscheidung. Du hast sie nicht durchdacht.«

Wie oft hat Harriet ihren Mut zusammengenommen, das Wort zu ergreifen, nur um dann abgetan zu werden, als hätte sie den Mund nie aufgemacht?

»Nun, ich bin …« Harriet hält inne, schluckt schwer und rückt sich auf ihrem Stuhl zurecht. »Wie ihr wisst, habe ich …«

»Herrgott noch mal«, schnauzt ihre Mutter am Kopfende des Tisches. »Dieses ganze Herumgedruckse. Spuck's schon aus.«

»Ich mag meinen Beruf als Anwältin nicht«, platzt es nun aus Harriet heraus. Sie drückt sich die Hand auf die Lippen, als würde sie die Worte am liebsten in ihren Mund zurückschieben. »Ich mag ihn nicht … Er macht mich nicht glücklich. Ich möchte glücklich sein.«

»Glücklich«, spottet ihre Mutter. »Dein Beruf soll dich nicht *glücklich machen*. Er soll dein *Vermächtnis* sichern. Das Vermächtnis deiner Familie. Oder hast du das vergessen?«

»Das sehe ich anders«, sagt Harriet. Sie bemüht sich, Augenkontakt mit ihrer Mutter zu halten. »Es gibt alternative Möglichkeiten, das Vermächtnis unserer Familie zu ehren. Jura war für mich nie das Richtige. Das weißt du. Tante Matilda sagt …«

Donna York erstarrt. Harriet hat gerade Kerosin auf eine offene Flamme gegossen. »Du hast mit Matilda darüber gesprochen?«

»Ja.« Harriet zögert. »Aber nicht so, wie du denkst.«

»Und was denke ich?«

Am Tisch kehrt Stille ein. Sogar ihr Vater wirkt jetzt interessiert, seine Augen huschen zwischen Mutter und Tochter hin und her.

»Sie musste es regelrecht aus mir herauskitzeln. Ich bin nicht mit der Absicht zu ihr gegangen, mich zu beschweren. Aber sie merkt es, Mom. Sie merkt es, wenn ich unglücklich bin.«

Ihre Mutter zieht eine Augenbraue hoch. »Und ich etwa nicht?«

Harriet antwortet nicht, aber ihr Schweigen ist laut genug.

Du merkst es nicht. Das hast du noch nie.

»Ich verstehe.« Ihre Mutter legt die Gabel beiseite und faltet die Hände unter dem Kinn. »Und was hatte meine Schwester zu dieser Familienangelegenheit zu sagen?«

»Ich glaube nicht, dass …«

»Doch, doch. Ich würde gerne hören, was Matilda dazu zu sagen hat. *Matilda*«, sagt ihre Mutter mit sarkastischer Stimme, »die so versiert darin ist, familiäre Verpflichtungen zu missachten. Hatte sie ein paar Tipps und Tricks für dich? Erfolg versprechende Methoden?«

Harriet sieht ihre Schwester an, in der Hoffnung, dass die sie unterstützt, aber Samantha starrt auf ihren Teller und schiebt ihr Gemüse hin und her. Harriets Freund ist genauso nutzlos, er lehnt sich in seinem Sitz zurück, verschränkt die Arme vor der Brust und zieht die Augenbrauen hoch, während er das Gespräch beobachtet, als wäre es ein Tennismatch.

»Wir waren letzte Woche nach dem Jacobs-Fall einen Kaffee trinken«, beginnt Harriet.

»Oh, wunderbar«, unterbricht ihre Mutter. »Du trägst diese Entscheidung schon *seit einer ganzen Woche* mit dir herum.«

»Länger als eine Woche«, sagt Harriet mit bebender Stimme. Ich erinnere mich an einen Streit in einer Abstellkammer, bei dem ich sie beschuldigte, genauso voreilig zu sein. *Wie lange denkst du schon darüber nach?* Ich drücke ihre Hand.

»Der Fall Jacobs ging ja ziemlich daneben«, sagt ihr Vater lachend, während er ein Stück von seinem Steak abschneidet. Harriets Gesicht läuft rot an. »Die Gerichtsschreiber haben die ganze Woche darüber gesprochen.«

»Was ist da passiert?«, flüstere ich Harriet zu.

Sie schüttelt den Kopf und fährt sich mit zitternder Hand über die Stirn, während sie sich offensichtlich an die Ereignisse erinnert. »Ich war nervös, vor Gericht zu stehen. Ich … habe mich mitten in meinem Eröffnungsplädoyer in einen Mülleimer übergeben. Dann habe ich den Mülleimer aus Versehen umgestoßen.«

»Oh, Liebes.« Ich weiß, wie sehr Harriet daran liegt, was andere denken. Sie muss sich schrecklich gefühlt haben. »Das ist furchtbar.«

»Das war es auch«, bestätigt sie.

Am Tisch starrt Donna ihre Tochter weiterhin an. »Und? Was hat meine Schwester nun zu sagen gehabt?«

Harriet sieht aus, als würde sie am liebsten im Boden versinken. »Sie hat gemeint, ich solle darüber nachdenken, was ich wirklich will. Dass ich diesem Weg seit Jahren blind folge. Dass vielleicht … ein bisschen Zeit nicht schaden würde.«

Donna lacht freudlos. »Natürlich. Matilda hat ihr ganzes Leben damit verbracht, sich treiben zu lassen und ihren kleinen Launen nachzujagen. Sie war jedermanns Lieblingsverkäuferin, während ich *alles andere* am Laufen halten musste. Sie lebt in einer Märchenwelt, Harriet. Das hier ist das echte Leben.« Sie kneift die Lippen zusammen und isst dann weiter. »Das hier wird vorübergehen. Man lässt sich nicht unterkriegen, nur weil man einmal strauchelt. Du musst nur härter arbeiten. Sei fleißig.«

Harriets Wimpern berühren ihre Wangen, als sie blinzelt. »Das war ich«, sagt sie leise. Ich kann erkennen, dass sie versucht, nicht zu weinen.

»Ich habe gehört, dass sie sich *fleißig* im ganzen Gerichtssaal übergeben hat«, sagt ihr Vater kichernd. Brent stimmt mit einem lauten, bellenden Lachen ein.

»Aber das habe ich ihr auch schon alles gesagt, Donna«, sagt er, sobald er damit fertig ist, sich auf Harriets Kosten zu amüsieren. Er tupft sich mit seiner Serviette den Mundwinkel ab und setzt ein Grinsen für die gesamte Tischrunde auf, das er sicher für charmant hält. Ich habe keine Ahnung, was Harriet mit einem solchen Mann will.

»Brent«, flüstert sie und wirft ihm einen Blick zu, der offenbart, dass sie sich verraten fühlt, und den er nicht einmal bemerkt. »Du hast mir gesagt, dass du es verstehst. Du hast gesagt … du hast gesagt, du würdest mir helfen, die Sache zu klären.«

»Ich habe nicht gesagt, dass ich dir dabei helfen würde, alles hinzuschmeißen.« Er stößt ihr mit dem Knöchel leicht gegen die Wange, und sie zuckt davor zurück. Das ist herablassend und kindisch, und mein Blut rauscht als Reaktion darauf wütend in meinen Adern. »Ich verstehe schon. Es war dir peinlich. Ich wette, in ein paar Wochen denkst du anders darüber. Ich werde mit Jim sprechen. Mal sehen, ob er dir einen anderen Fall zuweisen kann.« Als er ihr auf die Schulter klopft, balle ich meine Hände zu Fäusten.

»Endlich eine konstruktive Lösung.« Harriets Mutter strahlt ihn an. »Das ist eine hervorragende Idee, Brent, vielen Dank.« Für sie ist die Sache damit erledigt. Sie deutet mit ihrem Messer. »Samantha. Erzähl uns von dem Schiedsverfahren, an dem du arbeitest. Du leitest es, nicht wahr?«

»Hank ist mit deiner Arbeit sehr zufrieden«, sagt Harriets Vater, den Mund voller grüner Bohnen. Mit einem Augenzwinkern zeigt er mit der Gabel auf sie. »Gute Arbeit, du Überfliegerin.«

Samantha wirft Harriet einen flüchtigen Blick zu. Harriet, die auf ihren Teller starrt, die Unterlippe zwischen den Zähnen, die Augen viel zu glänzend für das schwache Licht. Harriet, die wieder einmal wie eine lästige Angelegenheit behandelt wurde und nicht wie ein Mensch mit Gedanken, Gefühlen und Träumen.

Sie dachte wirklich, *das hier* sei ihre große Übeltat? Selbstbestimmung?

»Danke«, sagt Samantha langsam und wendet den Blick von ihrer Schwester ab.

Sie zwingt sich zu einem Lächeln. »Ich freue mich über diese Chance.«

Sie ist genau wie alle anderen.

Meine Magie pulsiert, und goldene Funken tanzen zwischen meinen Fingerknöcheln.

»Zeit zu gehen«, sage ich zu Harriet.

»Noch nicht«, sagt sie. »Da kommt noch mehr.«

»Mehr muss ich nicht sehen.«

»Ich schon«, sagt sie vollkommen niedergeschlagen. Sie wirft mir einen Blick zu. »Und ich denke, es wäre auch gut für dich. Damit du es verstehst.«

»Ich habe es dir bereits gesagt. Ich kenne die Wahrheit über deinen Charakter.«

»Wir werden sehen.«

Ich behalte ihre Vergangenheit im Blick und beobachte, wie sie am Tisch zusammensackt. So vieles an ihr ist mir in diesem Moment fremd. Ihr Haar, ihre Zurückhaltung. Ihre übertrieben formelle Kleidung und die Perlenkette um ihren Hals. Aber ich erkenne den Ausdruck in ihren Augen. Den Schmerz, den sie verzweifelt zu verbergen versucht.

Aber dann ändert sich etwas. Am Tisch bricht Gelächter aus, und Harriets Augen schnellen nach oben. Sie betrachtet jeden einzeln, und ihr Blick ruht am längsten auf ihrer Schwester. Sie scheint eine Quelle inneren Widerstands zu finden.

Ein kleines Mädchen mit einem Boot in der Hand.

»Ich war noch nicht fertig«, sagt sie. Am Tisch wird es wieder still. »Ich habe meine Entscheidung bereits getroffen, und sie hatte nichts mit Tante Matilda zu tun.« Sie schluckt. Wappnet sich. »Ich werde meine Tätigkeit in der Firma nicht fortsetzen. Ich habe gekündigt.«

Das Gesicht ihrer Mutter erblasst. »Du hast was?«

»Ich habe gekündigt«, wiederholt Harriet. »Ich habe vor, meine Arbeit in der letzten Januarwoche zu beenden. Das hier sollte keine Diskussion sein. Es war eine Geste der Höflichkeit. Die Sache ist längst beschlossen.«

Donna legt ihr Besteck so heftig hin, dass die Kristallgläser klirren. »Und was wirst du stattdessen tun? Vielleicht eine Auszeit in der Wildnis nehmen? Eine Séance abhalten, um deine wahre Berufung zu entdecken?«

Harriet beißt die Zähne zusammen. »Ich habe mich noch nicht entschieden.«

Donna lacht. »Oh, ausgezeichnet. Du hast keinen Plan.«

»Ich werde mir etwas Zeit nehmen, um herauszufinden, was ich wirklich will.« Sie hält inne. »In der Zwischenzeit werde ich im Krähennest sein und Tante Matilda helfen.«

Donna schüttelt den Kopf. »Natürlich wirst du das.«

»Ich habe ein paar Gespräche mit verschiedenen Arbeitgebern vereinbart, aber ich glaube, Zeit ist das, was ich am meisten brauche«, fährt Harriet mit klarer Stimme fort. Selbstbewusst. »Ich bin dort glücklich. Es ist ein guter Ort für mich, während ich mir über alles klar werde.«

Donna starrt ihre Tochter ausdruckslos über den Tisch hinweg an. »Was für eine schöne Strafe du dir da für mich ausgedacht hast, Harriet. Gut gemacht.«

»Strafe?«

»Ist es das denn nicht? Du hast dir den grausamsten Schlag ausgesucht, der möglich war, um deinen sogenannten Träumen zu folgen.«

Harriet wird blass. »Ich bin nicht … Ich will nicht grausam sein. Diese Entscheidung betrifft mich. Mit dir hat das nichts zu tun.«

»Das hat sehr wohl mit mir zu tun«, schäumt sie. »Du hast dich an meine *Schwester* gewandt. Die eine Person, die mir immer ganz deutlich zu verstehen gegeben hat, wie enttäuscht sie von mir ist. Sie hat sich seit Jahren nicht mehr herabgelassen, mit mir zu sprechen, aber mit dir hat sie keine Probleme. Du frisst ihr aus der Hand und gibst dich damit zufrieden, vollkommen gewöhnlich zu sein, während ich dich immer zu mehr angespornt habe. Also, ja. Hier geht es um mich. Bei dieser *Entscheidung* geht es um mich. Sie *ist* grausam. Und egoistisch. Ich hätte nicht gedacht, dass du zu beidem fähig bist, aber du hast es endlich geschafft, meine Erwartungen zu übertreffen. Herzlichen Glückwunsch.«

»Ich habe nicht …«

»Ich möchte, dass du gehst.«

Harriets Gesicht entgleist. »Was?«

Donna nimmt ihre Gabel und isst weiter. »Du hast dich auf eine Seite geschlagen. Ich möchte, dass du mein Haus verlässt.«

»Ich habe mich auf keine Seite geschlagen. Ich tue das für mich, weil ich …«

»Es ist mir egal, für wen oder was du das tust. Du hast deine Entscheidung getroffen, und jetzt habe ich meine getroffen. Verschwinde aus meinem Haus. Das ist ein Familienessen.«

Keiner der Anwesenden sagt ein Wort. Harriet bleibt erst reglos, dann rührt sie sich doch.

Sie rückt ihren Stuhl vom Tisch ab, faltet ihre Serviette ordentlich zusammen und legt sie neben ihren Teller. »Wenn du es so willst.«

Sie zögert – ich bin mir sicher, dass sie hofft, jemand würde ihr zu Hilfe kommen. Aber niemand tut es, und ich muss zusehen, wie Harriet auf dem Weg zur Tür vorsichtig um die Stühle herumgeht, auf denen ihre Familie sitzt. Sie hält den Kopf gesenkt, aber wegen ihres ordentlichen Dutts ist ihr Gesicht deutlich zu sehen. Wie ihre Augen im Kerzenlicht glänzen. Wie sie ihre Lippen aufeinanderpresst.

Harriet und ihr hoffnungsvolles Herz.

»Wenn es dich interessieren würde, was ich will, hättest du mit mir geredet statt mit meiner *Schwester*«, sagt ihre Mutter bissig, gerade als Harriet den Raum verlassen will. Donna nickt in Richtung Flur. »Vergiss deinen Mantel nicht, wenn du gehst.«

Ich kann es kaum ertragen, Harriet allein hinauseilen zu sehen. Schnell greife ich nach ihrer Hand und ziehe sie an mich. Meine Magie schießt explosionsartig hervor, und ich bin erleichtert, dass es ein Ventil gibt. Ihre Kräfte wirbeln um uns herum und reißen uns durch die Zeit nach vorn. Harriet ist stocksteif, krallt sich mit einer Hand an meinem Hemd fest und drückt ihre Stirn an mein Schlüsselbein. Ich schiebe eine Hand unter ihr Haar in ihren Nacken und halte sie mit der anderen an der Hüfte fest.

Aber es fühlt sich immer noch so an, als könnte ich sie gar nicht stark genug umarmen. Ich möchte das Tosen um uns herum stoppen und einen Ort und eine Zeit finden, wo uns niemand kennt. Wo es keine Erwartungen oder Konsequenzen gibt. Wo keine tickende Uhr über unseren Köpfen hängt oder Erinnerungen an eine dunklere, einsamere Zeit.

Ein flüchtiger Blick auf die dunkle, einsame Zukunft, die uns erwartet.

Ich will anhalten. Ich will atmen. Ich will Harriet in den Arm nehmen.

Mit einem dumpfen Schlag landen wir wieder im Abstellraum des Krähennests. Es fühlt sich an, als wäre mir ein Fass auf den Kopf gefallen. Als wäre ich eine Treppe hinuntergestolpert. Die Zeit erinnert mich unmissverständlich daran, dass ich mir nichts zu *wünschen* habe. Ich bin ein Sklave der Rolle, die mir zugewiesen wurde. Für mich gibt es nichts anderes.

Harriet tritt einen Schritt zurück, und ihr Haar fällt ihr ins Gesicht. Sie schaut mich nicht an, und das ist eine ganz eigene Art von Enttäuschung.

»Harriet.«

»Ich muss wieder nach vorn gehen«, sagt sie mit gedämpfter Stimme. »Wir sind schon länger weg. Sasha fragt sich bestimmt, wo ich bleibe.«

Dabei wissen wir beide, dass für Sasha nur eine Handvoll Sekunden vergangen sind. Harriet wischt sich mit dem Handrücken schnell unter dem linken Auge entlang. Etwas in mir zerbricht.

»Harriet«, versuche ich es erneut und strecke die Hand nach ihr aus.

»Mir geht's gut«, murmelt sie mit einem Schniefen.

»Bitte, weine nicht.« Ich greife sanft nach ihrem Ellbogen und versuche, sie an mich zu ziehen. »Ich kann es nicht ertragen, wenn du weinst«, gestehe ich ihr.

»Ich bin nur … Ich kann jetzt nicht darüber reden, okay? Ich muss … Ich muss wieder an die Arbeit.« Sie stellt sich auf die Zehenspitzen und gibt mir einen schnellen Kuss auf die Wange, ohne mir dabei in die Augen zu blicken. »Wir sehen uns später.«

Sie ist weg, bevor ich sie zum Bleiben überreden kann. Ich warte, bis ich ihr folge, hin- und hergerissen zwischen Bleiben und Gehen. Irgendetwas hält mich hier in diesem winzigen Raum fest, und die Glühbirne über mir flackert zum Zeichen meiner Unentschlossenheit. Aus und dann an und dann wieder aus.

Ich will sie gerade reparieren, als das Licht von irgendetwas Metallischem reflektiert wird, das auf dem obersten Regalbrett liegt. Ich trete näher, um es mir genauer anzusehen. Eine aufgerollte Kette. Ein zerbrochenes Ziffernblatt. Grüne, fleckige Farbe und ein Pfeil, der nie dorthin zeigt, wo er eigentlich hinzeigen sollte.

Ein eisiger Schauer läuft mir den Rücken hinunter.

Dort, auf dem obersten Regalbrett der winzigen Abstellkammer in der hintersten Ecke von Harriets Antiquitätenladen, liegt ein Kompass mit einer kaputten Kette.

Ein Kompass, den ich schon in der Hand gehalten habe. Ein Kompass, der auf dem Grund des Atlantiks liegen *sollte*.

Harriet hatte recht. Sie hat tatsächlich etwas, das mir gehört.

Denn dies ist mein Kompass.

Mein Magen zieht sich zusammen, wie damals, als mein Boot Wellen erklomm, deren Kronen ich nicht sehen konnte. Erst nach oben, dann nach unten, immer weiter nach unten – bis es sich überschlug. Ich kann nicht … Ich bekomme nicht genug Luft. Eigentlich sollte ich mich freuen. Erleichtert sein. Der Schlüssel zum Weiterziehen liegt direkt vor mir und verstaubt auf dem hinteren Regal einer Abstellkammer.

Aber alles, was ich fühle, ist Panik. So sollte es nicht sein.

Versteck ihn, flüstert mein Gehirn. *Versteck den Kompass. Harriet muss nichts davon wissen.*

Nach nur einem Moment des Zögerns finde ich eine alte Kiste und stelle sie auf den Kompass. Dann schiebe ich alles zusammen ganz nach hinten ins Regal und trete einen Schritt zurück.

Darum kümmere ich mich später. Wenn Harriet nicht mehr so traurig ist und wenn ich mich nicht mehr so hilflos fühle.

Es kann warten.

Morgen vielleicht. Oder übermorgen.

Aber ich kann nicht mehr bleiben – meine Selbstbeherrschung hängt an einem seidenen Faden, der sich um meinen Brustkorb spannt. Ich schließe die Augen, ziehe an diesem rasch dünner werdenden Faden der Magie und verschwinde.

Kapitel 27

Harriet

Als ich eine weitere Haarsträhne glatt streiche und mit einer Klammer feststecke, zucke ich zusammen, weil es ziept. Ich hasse meine Haare in diesem Zustand. Ich hasse die Haarklammern, und ich hasse das Haarspray, aber ich muss meine Locken irgendwie bändigen.

Die Hände an den Seiten, starre ich auf mein Spiegelbild. Mein Make-up ist perfekt. Meine Haare sind geglättet und im Zaum gehalten. Ich trage die Perlenkette, die ich aus der Schublade meines Nachttisches hervorgekramt habe, und mein Schultertuch liegt in Griffweite, über die Bettkante drapiert. Ich sehe genau so aus, wie ich sollte, bereit, mich in meine vorbestimmte Rolle als zuvorkommende Tochter zu begeben.

Die Tochter, die sich allen Erwartungen widersetzte und zu einer noch größeren Enttäuschung wurde, als irgendjemand hätte vorhersehen können.

Nach jener Konfrontation beim Abendessen sprach meine Mutter monatelang nicht mit mir. Dann kam die Weihnachtszeit, und in meinem Briefkasten lag die offizielle Einladung zur Weihnachtsgala der Familie York. Ich erinnere mich noch an das eisige Gefühl, das sich in meinem Bauch ausbreitete, als ich den Brief öffnete. Ich wusste, dass es kein Friedensangebot war. Es war eine Verschleierungstaktik.

Meine Mutter hat ihr Image immer über alles andere gestellt. Natürlich wollte sie, dass ich weiterhin meine Rolle spiele.

Und ich wollte die Verbindung behalten, auch wenn sie irgendwie hohl ist. Also bin ich genauso schuldig, weil ich diesen Zirkus immer noch mitmache. Ich habe ihre Brosamen angenommen und mich dafür auch noch bedankt.

Meine heiße Welle der Scham ist mir vertraut, aber dieses Mal wird sie von einem neuen und fremden Gefühl gejagt. Zorn. Unzählige Male habe ich diese Erinnerung schon durchgekaut. Sie war bisher für nächtliche Grübeleien reserviert. Für morgendliche Reflexionen. Bei jeder von meiner Schwester unbeantworteten Nachricht oder jedem von meinen Eltern nicht zur Kenntnis genommenen Meilenstein habe ich auf den leeren Bildschirm meines Telefons gestarrt und an jenen Abend gedacht.

Verschwinde aus meinem Haus. Das ist ein Familienessen.

Das habe ich angerichtet. Ich habe meine Mutter dazu gebracht, so zu reagieren. Indem ich meine Faust durch das zarte Netz aus Rissen rammte, das sich über das Fundament unserer Beziehung spannte. Mir war klar, wie es ihr damit gehen würde, als ich beschloss, nicht mehr als Anwältin zu arbeiten, und ich wusste, wie sie über die Rolle meiner Tante Matilda bei dieser Entscheidung denken würde. Ich wusste, dass sie es als Verrat empfinden würde, aber ich tat es trotzdem.

Die Konsequenzen habe ich ohne Murren auf mich genommen, weil ich das Gefühl hatte, sie verdient zu haben.

Aber jetzt ändert sich meine Sichtweise.

Was habe ich denn so Schreckliches getan? Ich habe meinen Berufsweg geändert, keinen … Rhododendron in Brand gesteckt. Oder eine Gabel durch den Raum geschleudert und dabei versehentlich jemandem ein Auge ausgestochen.

Ich habe eine gut durchdachte Entscheidung in Bezug auf meine eigene Zukunft getroffen. Damit bin ich für mich selbst eingetreten.

Ich kenne die Wahrheit über deinen Charakter.

Langsam fahre ich mit den Händen über den seidigen pflaumenfarbenen Stoff meines Rocks und drehe mich vor dem Spiegel halb um, um meinen nackten Rücken zu betrachten. Das ist heute

Abend das Einzige an mir, das nicht den Erwartungen meiner Mutter entspricht. Als ich es gestern Abend auf meinem Heimweg vom Krähennest im Schaufenster des Geschäfts hängen sah, kam mir das wie ein Zeichen vor.

Jetzt bin ich mir nicht mehr so sicher, ob ich bereit bin, mich so frech über die Kleiderordnung hinwegzusetzen.

Ich könnte mich immer noch umziehen. Noch ist Zeit. Dieses Stück könnte ich für ein anderes Mal in den hinteren Teil meines Schranks hängen und stattdessen das marineblaue Kleid anziehen, das an der Badezimmertür auf mich wartet. Das hier könnte ich irgendwann einmal tragen. Vielleicht, wenn ich mich etwas mutiger fühle.

Gerade greife ich nach dem Kleiderbügel, und meine Finger gleiten über den Stoff, als es an meiner Tür klopft. Ich erstarre.

»Harriet.« Nolans Stimme dringt durch die Fensterscheibe die Treppe hinauf. »Ich weiß, dass du da drin bist. Du kannst mir nicht ewig aus dem Weg gehen.«

Ich lasse das blaue Kleid los, raffe meinen seidenen Rock, drehe mich um und steige vorsichtig die Holzstufen hinunter.

»Du bist *mir* aus dem Weg gegangen«, murmle ich vor mich hin, während das Holz unter meinen nackten Füßen knarrt. »Herr ›Verschwindet-wortlos-aus-der-Abstellkammer‹.«

Obwohl ich so überstürzt aus der Kammer abgehauen war, dachte ich, dass er irgendwann zu mir nach vorn kommen würde. Dass er vielleicht in seinen gemütlichen Sessel in der Ecke zurückkehren würde und ich mich dann wieder zu ihm schleichen könnte, um einen Blick auf ihn zu werfen, wann immer ich es brauchte. Wie einen Schuss Dopamin oder eines meiner Plunderteilchen mit Blaubeeren. Wir hätten gemeinsam das Inventar durchsehen können oder einfach nur in der Stille sitzen. Ich wollte mehr von diesem leichten, prickelnden Gefühl, das Nolan mir gibt, bis meine Vergangenheit genau das wurde – meine Vergangenheit.

Aber er ging. Er ging, ohne sich zu verabschieden, und ich sollte darüber nicht traurig sein. Ich habe ihn um Abstand gebeten, und er hat ihn mir gegeben.

Ich weiß nicht, warum ich an meiner Enttäuschung festhalte.

Weil du ihn wolltest und er gegangen ist. Weil du hinter der Theke gewartet hast, hoffend, und er nicht aufgetaucht ist.

Vielleicht hat er seine Meinung über mich doch geändert, nachdem er diese Erinnerung gesehen hat, genau wie ich es befürchtet hatte. Vielleicht will er jetzt, nachdem er all die kaputten Teile von mir gesehen hat, die ich so gut wie möglich versteckt hatte, nicht mehr mit dem weitermachen, was auch immer wir gemacht haben.

Ich spüre eine seltsame Mischung aus Überforderung, gebrochenem Herzen und … Erschöpfung, glaube ich. Diese ständigen Versuche, alle um mich herum glücklich zu machen, und dann doch kläglich zu scheitern, immer und immer wieder – ich bin es so leid.

Nolan schlägt wieder ungeduldig mit der Faust gegen die Tür.

»Ich komme ja!«, rufe ich schärfer, als ich es wollte. Dann reiße ich die Tür auf, während er noch klopft, und er hält inne, die Faust erhoben, und reißt die Augen leicht auf. Sein Blick huscht schnell nach unten und dann wieder nach oben, als er das Kleid mustert.

Ich verschränke die Arme vor der Brust.

Am liebsten hätte ich mich umgezogen. Ich komme mir blöd vor. Als würde ich vorgeben, jemand zu sein, der ich nicht bin. Als wäre ich ein Kind in einem Kostüm, das eine Nummer zu klein ist.

»Heilige *Scheiße!*« Er schüttelt leicht den Kopf, den Blick irgendwo auf meine Körpermitte geheftet, während er sich grob mit der Hand den Hinterkopf reibt. »Du hast dir das Kleid doch noch geholt.«

Unruhig trete ich von einem Fuß auf den anderen. »Ja. Gestern Abend.«

»Du siehst …« Er hält inne. »Du siehst nett aus«, sagt er schließlich, und ein Hauch seines Akzents wird erkennbar.

»Nett«, wiederhole ich. Enttäuschung krallt ihre Finger in mein Herz und drückt zu. Es ist schlimmer als das Gefühl, das ich hatte, als ich gestern auf ihn gewartet habe.

Zuvor dachte er, ich sei *unbändig*, jetzt findet er mich *nett.*

»Aye. Sehr nett.« Er steckt die Hände in die Taschen. Ich schaue auf meine Füße.

»Danke«, flüstere ich. Am unteren Ende meiner Tür, direkt am Scharnier, ist ein Riss. Hat sie dem ganzen Druck nicht standgehalten? Ist sie unter der Belastung eingeknickt? »Falls du hier bist, um zu reisen …«, sage ich langsam. »Das müssen wir verschieben.«

»Was meinst du damit?«

Ich ordne meinen Rock neu und streiche mit den Fingern Falten glatt, die gar nicht da sind. »Heute Abend habe ich noch etwas vor. Ich habe also keine Zeit.« Kurz werfe ich ihm einen Blick zu. Er hat die Zähne zusammengebissen. »Vielleicht kannst du morgen wiederkommen? Oder wir können einen Termin vereinbaren …«

Er erwidert meinen Blick. Zwischen seinen Augenbrauen erscheint diese sture kleine Falte. »Einen Termin vereinbaren«, sagt er.

Ich nicke. »Ja. Wenn du willst.«

Mit einer Hand umklammert er den Türrahmen. Dort lasse ich meinen Blick ruhen.

»Du denkst, ich bin aus Pflichtgefühl hier?«

»Warum solltest du sonst hier sein?«

»Warum sonst?« Ein kurzes, verärgertes Lachen dringt aus ihm heraus. »Fangen wir also wieder damit an?«

»Womit?«

»Hiermit«, sagt er und tritt so schnell auf mich zu, dass ich zurückstolpere. Er bleibt beharrlich und steht über mir. Die Tür knallt hinter ihm zu, und seine Brust hebt und senkt sich mit einem frustrierten Atemzug. »Hiermit, Harriet. Mit diesem Tanz, bei dem du und ich so tun, als wären wir nicht das, was wir sind.«

»Und was sind wir?«, bringe ich mit einer Stimme heraus, die sich zu angespannt anfühlt.

»Gibt es ein Wort für das, was das hier ist?«, fragt er. Seine Augen halten meinen Blick fest. »Denn wenn es das gibt, bin ich nicht damit vertraut. Ich denke den ganzen Tag an dich. Ich schlafe ein, obwohl ich das gar nicht nötig habe, und träume von dir. Von deinem Lächeln, deinem Lachen und davon, wie dein Mund schmeckt. Von den Lauten, die du machst. Ich wache auf und frage mich, wo du bist, wie es dir geht, und hoffe …« Er schaut mir suchend in die Augen. »Hoffe, dass du auch an mich denkst. Du gibst mir Hoffnung, Harriet. Du weckst in mir Verlangen. Du suchst *mich* heim, Harriet.« Er legt mir seine Hand um den Nacken und drückt sanft. »Denk nicht, ich wäre ein guter Mann. Ich bin nicht aus falsch verstandener Ehre oder aus Pflichtgefühl hier. Ich möchte deine Aufmerksamkeit und sehne mich nach deiner Zuneigung.«

Mein Atem kommt stoßweise. »Gestern Abend bist du ohne ein Wort gegangen.«

»Das stimmt.« Er hält meinen Blick unverwandt fest. »Ich war zu wütend, um zu bleiben.«

Mein Magen zieht sich zusammen. »Auf mich?«

»Nein, nicht auf dich«, sagt er schlicht. »Auf das Universum vielleicht und seinen schrecklichen Sinn für Timing.«

»Was meinst du damit?«

»Das ist nicht wichtig.« Ein Schatten huscht über seine Augen, verschwindet aber genauso schnell, wie er aufgetaucht ist. »Es tut mir leid, dass ich einfach so gegangen bin«, sagt er mit rauer Stimme.

Ich hebe das Kinn höher. »Mach das nicht noch mal.«

Sein Daumen wandert an meinem Hals nach oben und streicht über meinen Puls. »Das werde ich nicht.«

Ich streiche ihm über die Schultern. Das ist ein verlockendes Versprechen, aber wir wissen beide, dass es nicht viel wert ist. Er könnte schon morgen wieder verschwinden, ohne sich zu verabschieden oder eine Erklärung abzugeben. Unsere gemeinsame Zeit gehört uns nicht.

»Ständig entschuldige ich mich bei dir«, sagt er leise.

»Ich habe nichts gegen Entschuldigungen.«

»Nein?«

Ich schüttle den Kopf. »Entschuldigungen bedeuten, dass du es noch mal versuchen willst.« Ich entspanne mich in seinem Griff und schaue zu ihm auf. »Aber ich habe einen Vorschlag. Wie du dieser Entschuldigung wirklich Nachdruck verleihen kannst, wenn du möchtest.«

Sein Blick wandert zu meinem Mund und bleibt dort haften. »Ja, das möchte ich.«

»Du könntest mich küssen«, sage ich und versuche, streng zu bleiben, scheitere aber kläglich. Nolan kommt näher, eine dunkle Augenbraue hochgezogen. »Das könnte ich allerdings.«

Ich lege den Kopf in den Nacken und lasse all die Komplikationen los, die zwischen uns für Verwirrung sorgen. Stattdessen jage ich den guten Gefühlen nach. Mein liebster Silberstreif am Horizont.

»Sieh zu, dass es ein guter Kuss wird«, flüstere ich. »Dann sei dir vergeben.«

Er lacht. »Ich gebe mein Bestes.«

Nolan küsst mich auf jeden Fall so, als würde er sich für etwas entschuldigen. Er geht langsam und gleichmäßig vor und ist köstlich gründlich, seine Lippen liebkosen meine, während er meinen Nacken umklammert. Aber dann stoße ich einen kleinen, abgehackten Laut aus, flüstere seinen Namen, und er verliert die Kontrolle.

Er hört auf, mich entschuldigend zu küssen, und wird stattdessen fordernd. Wie das Ausrufezeichen am Ende eines Satzes. Er führt mich rückwärts durch meinen Eingangsflur, bis ich mit dem Rücken gegen die Wand am Fuße der Treppe stoße und scharf ausatme, was er sofort von meinem Mund leckt. Die Hand um meinen Nacken hält mich fest, und mit der anderen findet er den Schlitz in meinem Kleid, zieht den Rock beiseite und presst seine Handfläche auf meinen nackten Schenkel.

Ich zittere und spreize meine Knie für ihn.

»Du bist zurückgegangen, um das Kleid zu holen«, sagt er an meinem Mund.

»Ja.«

»Gut.« Er ächzt und findet mit den Zähnen mein Schlüsselbein, während seine Finger den Saum meiner dünnen, zarten Unterwäsche streifen.

Den Kopf lasse ich gegen die Wand sinken, um ihm mehr Platz zu verschaffen, und starre auf die goldenen Papiersterne, die an meiner Decke verteilt sind. Die Tapete kratzt an meinem nackten Rücken, und Nolans Bartstoppeln kratzen über meinen Hals. Ich bestehe nur noch aus Sinnesempfindungen, eingeklemmt zwischen ihm und der Wand, mein Knie an seiner Hüfte, seine Finger zwischen meinen Beinen. Er streift mit den Knöcheln vorne über mein Höschen, und ich vergrabe meine Finger in seinem Haar.

»Du siehst aus wie ein Traum«, murmelt er.

»Du träumst doch nicht«, sage ich lachend.

»Doch, das tue ich. Ich träume von dir.« Seine Stimme ist tief. »Jedes Mal, wenn ich die Augen schließe, sehe ich nur dich. Will ich nur dich.«

Genau hier möchte ich am liebsten die Zeit anhalten. Keine Vergangenheit, keine Zukunft, keine unheilvollen Konsequenzen, die über unseren Köpfen schweben. Nur jetzt. Nur das hier.

Nur wir.

»Ich will dich auch«, flüstere ich.

Nolan gibt einen zittrigen, zufriedenen Laut von sich, drückt mir den Daumen unters Kinn und führt meinen Mund wieder zu seinem.

»Ich will dich in Unordnung bringen.« Mit den Zähnen zupft er an meiner Unterlippe. »Ich will dieses Kleid um deine Hüfte hochschieben und auf die Knie gehen.«

Atemlos lache ich, und mein Innerstes zieht sich zusammen. »Und all meine harte Arbeit zunichtemachen?«

Er nickt. Noch einmal drückt er mir sanft die Finger zwischen die Beine und zieht dann die Hand auf sichereres Terrain an meiner Hüfte zurück. Die Hitze und der Rausch des Augenblicks ziehen vorüber, und ich vergrabe meine Nase an seinem Hals und rieche das Salz, das irgendwie immer auf seiner Haut ist. Ich schließe die Augen und versuche, mir diesen Moment ganz genau einzuprägen. Wie gut ich mich an ihn schmiegen kann. Wie seine Finger über meine Hüfte streichen und wie seine Hand zudrückt. Wie er mich hält, als wollte er mich nicht mehr loslassen.

Daran möchte ich mich erinnern. An alles.

Ich hoffe, dass ich mich erinnern werde.

»Du bringst mich dazu, unmögliche Dinge zu wollen, Harriet.«

Das Gefühl kenne ich. »Ja«, seufze ich. »Du mich auch.«

Als ich mit meinen Fingernägeln über seinen Nacken fahre, erzittert er. Irgendwo auf der anderen Seite des Raums klirren die Kugeln an meinem Weihnachtsbaum. Mit einem Blick über seine Schulter beobachte ich die Lichterkette, die sich über dem Kaminsims entlangwindet. Sie flackert und leuchtet heller, bevor sie wieder schwächer wird. Ich lege Nolan eine Hand an den Hals, um seinen kräftigen Puls zu fühlen. Mit einem Anflug von Stolz stelle ich fest, dass die Lichter im Takt seines Herzschlags aufleuchten und wieder schwächer werden.

Das lässt mich grinsen.

Ich wünschte, ich hätte auch Magie. Ich würde wetten, dass der ganze Raum im Schein meiner LED-C9-Glühbirnen tanzen würde.

Nolan zieht sich zurück und gibt mir einen schnellen Kuss auf die Nase. »Du hast heute Abend deine Gala.«

Ich schwanke ein wenig. »Ja, das stimmt. Ich hätte es dir gestern sagen sollen, aber ich war …«

Frustriert. Verärgert. Verwirrt über meinen Ärger und darüber, warum ein Teil der Schuldgefühle, die ich seit fast einem Jahrzehnt mit mir herumtrage, stattdessen in Wut übergegangen ist. »Ich war mit den Gedanken woanders.«

»Es ist die Gala deiner Mutter, oder?«

»Eigentlich die meiner Familie, aber es war schon immer das Kronjuwel in ihrem Terminkalender. Sie macht gerne eine große Sache daraus.«

»Das kann ich mir vorstellen«, sagt er. Er blickt mir prüfend ins Gesicht. Ich lasse es zu und sage mir, dass ich mich nicht verstecken muss. Um seine Augen bilden sich Fältchen, aber das Lächeln erreicht seinen Mund nicht. »Lass uns über gestern Abend reden.«

»Was ist damit?«

Er zieht seine Hand unter meinem Rock hervor und drückt sie stattdessen flach an die Wand neben mir, und dabei lehnt er sich ganz dicht an mich. Es ist, als hätte ich eine Decke in Nolan-Form, die nach Nelken und Flanell duftet.

»Deine Vergangenheit«, sagt er. »Diese Erinnerung und dein daraus resultierender Glaube, dass du irgendwie einen großen Verrat begangen hättest, der die Behandlung, die du erfahren hast, rechtfertigt.«

»Ich weiß nicht, was du von mir hören willst.«

Nolans strenger Gesichtsausdruck wird weicher. Er klemmt mir eine Locke, die sich während unseres leidenschaftlichen Knutschens gelöst haben muss, hinters Ohr. Ich schließe die Augen, lehne meine Stirn an sein Kinn, gebe mich diesem einen Moment hin und wünschte, ich könnte ihn wie Toffee in die Länge ziehen.

»Du brauchst gar nichts zu sagen«, erklärt er mir mit rauer Stimme. Wie Kieselsteine am Strand. »Nicht, wenn du es nicht willst. Aber ich habe ein paar Dinge, die ich dir sagen möchte.«

Ich schnaube. »Natürlich hast du das.«

Er tippt mir leicht auf den Hintern, um mich zu ermahnen, und ich atme tief aus.

»Als ich dich das erste Mal getroffen habe«, sagt er langsam, den Mund an meiner Stirn, »dachte ich, du wärst unerträglich.«

Überrascht muss ich lachen. »Soll das eine Motivationsrede sein oder …«

»Pscht. Ich bin noch nicht fertig.«

»Oh, gut. Ich kann es kaum erwarten, den Rest zu hören.«

»Ich dachte, du wärst naiv, widerspenstig und viel zu fröhlich.«

Lachend lege ich mein Gesicht an seine Schulter und wiege meine Stirn hin und her. Nur Nolan konnte diesen Satz mit so viel liebevoller Entrüstung sagen, dass sich ein Feuerwerk in meiner Brust entzündet. Seine große Hand ruht unten in meinem Kreuz.

»Dann habe ich mehr Zeit mit dir verbracht …«

»Mit Heimsuchen«, korrigiere ich. »Du hast mich heimgesucht.«

»… und mir wurde klar, dass es deine Entscheidung ist, so zu sein.«

Um sein Gesicht sehen zu können, schiebe ich mich von ihm weg und grinse. »Das ist vielleicht die schlechteste motivierende Ansprache, die ich je erhalten habe.«

Der Ausdruck in seinen Augen wird weicher, in dem tiefen Blau spiegeln sich funkelnde Lichter. Sterne im Ozean. Er sieht so überirdisch aus wie nie zuvor.

»Du triffst diese Entscheidung, Harriet. Jeden Morgen. Du wachst auf, ziehst einen deiner bunten Pullover an und spazierst eine krumme Straße entlang, lächelst alle an, die du siehst. Du entscheidest dich dafür, an einem Ort zu sein, an dem du das Andenken an deine Tante ehren kannst. Wo du eine Arbeit verrichtest, die sich wichtig und gut anfühlt. Du hast diese Wahl getroffen. Und trotz der Enttäuschungen, die dir das Leben beschert hat …« Mit dem Handrücken fährt er über den dünnen Träger an meiner Schulter. Über die Vertiefung meiner Schlüsselbeine. Über das leichte Tal zwischen meinen Brüsten. Er klopft mir leicht auf die Mitte meiner Brust. »Trotz der Enttäuschungen, des Schmerzes und des gebrochenen Herzens entscheidest du dich dafür, dieses verspielte, farbenfrohe Wesen zu sein.«

Langsam und zitternd atme ich aus. Ich möchte ihm so gerne glauben, aber nach einem lebenslangen Abschleifen meiner Ecken und Kanten, um in die Schablonen zu passen, die andere für mich geschaffen haben, bin ich unsicher. Für mich ist es einfacher zu glauben, dass ich etwas getan habe, womit ich die Feindseligkeit meiner Mutter verdient habe, denn die Alternative ist vernichtend.

Ohne jeden Grund eine solche Enttäuschung zu sein? Nur weil meine Mutter an einer Fehde festhalten will, die schon vor meiner Geburt begann?

Es ist einfacher, ihr Gift zu ertragen, wenn ich etwas getan habe, um es zu verdienen.

Nolan sieht es. Ich weiß, dass er es sieht. Ein trauriges, verständnisvolles Lächeln umspielt seine Mundwinkel.

»Du bist nicht die Übeltäterin in deiner Geschichte.« Er stößt sich von der Wand ab und spielt mit dem Saum seiner Manschette. »Und du gehst auch nicht allein zu dieser Gala.«

»Nein?«

»Ehrlich gesagt bin ich beleidigt, dass ich keine Einladung bekommen habe.«

»Du wirkst nicht wie ein Typ, der sich gern in Schale wirft.«

»Jetzt bin ich noch beleidigter. Ich sehe in einem Anzug sehr gut aus, vielen Dank.«

»Der Dresscode schreibt Smoking vor.«

»Herr Jesus und alle Heiligen«, murmelt er. »Na schön.«

»Es werden Weihnachtslieder gesungen. Man wird sich gesellig unterhalten. Das wollte ich dir ersparen.«

Er verdreht die Augen. »Ich bin bereits tot, Harriet. Ein Abend mit geselliger Unterhaltung wird mir kaum Umstände bereiten.«

»Du liebst Totenwitze.«

»Das ist kein Witz.« Ein Lächeln hebt einen seiner Mundwinkel. »Ich meine es todernst.«

Stöhnend lehne ich meinen Kopf an seine Brust, während er lacht, ein raues Grollen, an das ich mein Ohr drücke. Er legt seine Arme um mich und drückt mich fest an sich, und sein Lachen geht in einen glücklichen Laut über, als ich über seinen starken Rücken streiche.

»Frag mich.«

Ich drücke meine Nase in sein Hemd. Es fällt mir immer noch so schwer, um die Dinge zu bitten, die ich mir wünsche. Als würde ich einen gezerrten Muskel benutzen oder ein verletztes Knie belasten.

»Möchtest du mit mir zur Gala meiner Mutter kommen? Es wird edlen Champagner und zu kleine Häppchen geben und peinliches Tanzen. Es wird furchtbar werden.«

»Ja, Harriet«, sagt er einen Hauch spitzbübisch, während sich seine Lippen an meiner Schläfe bewegen. Sein Körper spannt und lockert sich, und das heiße Aufflackern seiner Magie hebt den Saum meines Rocks an. Sein Hemd ist plötzlich gestärkt und steif, eine Fliege berührt meine Nase. Ich lehne mich zurück, damit ich ihn in seiner Abendgarderobe voll und ganz auf mich wirken lassen kann.

»Natürlich komme ich mit.« Um seine Augen bilden sich kleine Fältchen, als er seine Manschettenknöpfe richtet. Zwei kleine runde Stücke aus Meerglas, die zu seinen Augen passen. Mein Mund wird trocken. »Wie nett von dir, mich einzuladen.«

Kapitel 28

Nolan

Von dem Kompass habe ich Harriet noch nichts erzählt.

Ich wollte es ihr heute Abend sagen, aber dann öffnete sie die Tür in diesem tiefvioletten Kleid und sah aus wie eine verheerende Kombination aus hoffnungsvoll und verletzt, und ich konnte es nicht.

Und du wirst nicht der Einzige sein, der die Konsequenzen zu tragen hat.

Konsequenzen. Chronologien. Erinnerungen und Geheimnisse und Magie, die außer Kontrolle geraten ist. Alles verändert sich gerade. Eigentlich sollte ich diese Gelegenheit mit beiden Händen beim Schopfe packen und alles daransetzen, irgendwohin – *egal wohin* – zu kommen, nur weg von hier.

Aber stattdessen schlendere ich einen hübsch geschwungenen gepflasterten Weg entlang zu einem schwach erleuchteten Anwesen im Kolonialstil, aus dessen offener Tür Weihnachtsmusik dringt. Ich habe beschlossen, heute Abend egoistisch zu sein. Diesen Abend mit Harriet schenke ich mir selbst. Ich werde mir keine Gedanken über die Konsequenzen machen, die schwer über meinem Haupt hängen. Heute Abend will ich so tun als ob. Ich will mit ihr *zusammen sein.*

Autoreifen knirschen über die Kiesauffahrt, und Harriets Absätze klackern auf dem Gehweg.

»Du könntest neben mir gehen«, sagt sie über ihre Schulter und wirft mir einen wissenden Blick zu. Das ist eine deutliche Veränderung zu der finsteren Miene, die sie während der gesamten Fahrt hierher aufgesetzt hatte, als sich ihre Schultern immer straffer und straffer zusammenzogen, bis sie wie etwas aussah, das aus Stein gemeißelt war.

Bewundernd lasse ich meinen Blick über die Kurven ihres Pos schweifen. »Mir gefällt die Aussicht von hier hinten.«

Lachend greift sie nach mir, legt die Finger um mein Handgelenk und zieht daran. Wir sind nah genug am Wasser, dass eine leichte Brise den Saum ihres Mantels anhebt, der sie wie ein bonbonfarbener Panzer umhüllt. Sie hat darauf bestanden, neben der kleinen Kirche unten an der Straße zu parken, und hat Witze darüber gemacht, dass wir dann ganz schnell verschwinden könnten, anstatt auf jemanden vom Parkservice zu warten. Aber dann wurde ihr Kiefer starr, und ihr Blick wurde trüb und abwesend, und ich glaube nicht, dass das wirklich ein Scherz war. Der Rest der Fahrt verlief schweigend.

Als ich sie einhole, lege ich ihr meine Hand auf den Rücken. »Alles in Ordnung?«, frage ich.

Sie nickt stumm und schaut auf ihre Füße, als sie die breite Verandatreppe hinaufsteigt. Angespannt lächelt sie einem der Angestellten zu, der an der Tür steht, und tritt dann zur Seite. Sie verschränkt die Arme vor der Brust und starrt hinaus auf das dunkle Gelände des Anwesens.

Ein Steg erstreckt sich über das Wasser, Lichter funkeln um die Anlegestellen, die sich mit den Wellen auf und ab bewegen. Trauerweiden wiegen sich träge um ein leuchtend weißes Zelt, das Catering-Personal kommt und geht mit Tabletts, die auf den Handflächen balanciert werden. Ein Mann, der wie ein Weihnachtsmann der Luxusklasse gekleidet ist, raucht hinter einem niedrigen Zaun eine Zigarette, und zwei Rentiere in Rockette-Kostümen richten ihre Strümpfe.

Lächerlich. Das Ganze.

»Ich brauche noch eine Minute«, sagt Harriet und rutscht auf ihren todschicken Schuhen hin und her. Ihr Atem geht stoßweise in weißen Wölkchen. »Noch eine Sekunde, dann bin ich bereit.«

Am liebsten würde ich sie in meine Arme schließen und mit Harriet, den Sternen und einer Flasche Champagner als Begleitung den Gartenweg entlang verschwinden. Wenn sie eine schnelle Flucht will, hätte ich da schon ein paar Ideen.

»Ich habe es nicht eilig«, sage ich gelassen und stecke die Hände in die Taschen. An formelle Kleidung bin ich nicht mehr gewöhnt. In den letzten drei Jahrzehnten habe ich, glaube ich, nichts Extravaganteres als einen Regenmantel getragen. »Lass dir so viel Zeit, wie du brauchst.«

Eine ältere Frau in einem weißen Pelzumhang wirft uns einen neugierigen Blick zu, als sie vorbeigeht. Ich sammle all meine geisterhafte Energie und starre sie an, bis sie erblasst und in die Villa eilt.

Harriet schüttelt ihre Hände aus und murmelt etwas vor sich hin. Ein paar Worte verstehe ich: *Es wird alles gut, nur für einen Abend* und *diesmal nicht allein.*

Mir wird flau im Magen. Diesmal ist sie nicht allein, aber nächstes Mal wird sie es wahrscheinlich wieder sein. Und das Mal danach und das Mal danach, bis … bis irgendwann ein anderer Mann an meiner Stelle da sein wird. Jemand anderes, der ihre Hand hält und sie an die Wand ihres winzigen vollgestopften Hauses drückt. Jemand, der Zuckerstangen in seinen Taschen hat, nur für alle Fälle.

Der Gedanke erfüllt mich mit kaum bezähmbarer Panik – mir vorzustellen, dass eine fremde Person Zugang zu all dem hat, zu dem Harriet mir Zugang gewährt hat.

Das Einzige, was ich je wollte, war, endlich weiterzuziehen, und jetzt zögere ich. Bin unsicher, schwanke. Die Vorstellung, Harriet hier allein zu lassen, hasse ich fast genauso sehr wie die Vorstellung, weitere Zeit an diesem Ort zu verbringen. Vielleicht sogar noch mehr.

Ein anderes Paar betritt hinter uns das Haus, und Harriet setzt ein künstliches Lächeln auf. Das verabscheue ich am meisten.

»Harriet«, sage ich und beuge mich zu ihr hinunter, sodass mein Körper sie fast vollständig abschirmt. Ihre großen braunen Augen blicken zu mir auf, als wäre ich ihr Rettungsanker. »Hör mir zu.«

Ich verschränke unsere Finger ineinander und drücke ihr beruhigend die Hand.

»Wir gehen da jetzt rein«, sage ich mit leiser Stimme, mit Rücksicht auf die Angestellten hinter uns und den stetigen Strom von Gästen, die in das Herrenhaus hinein- und wieder hinausströmen. »Wir trinken den edlen Champagner. Wir essen ein paar von den winzigen Häppchen. Und dann tanzen wir.«

Ihre Augen funkeln interessiert. »Du wirst mit mir tanzen?«

Wieder spüre ich diesen Druck in meiner Brust und drücke ihre Finger noch fester. »Aye. Ich werde mit dir tanzen. Und ich werde dir unanständige Dinge ins Ohr flüstern und die Leute um uns herum pauschal verurteilen.«

Sie lächelt. »Und du wirst mich nicht allein lassen? Nicht mal für eine Sekunde?«

Ich schüttle den Kopf. Mein Herz *blutet.* »Das werde ich nicht. Versprochen. Es sei denn, du wünschst es. Wir machen das hier zusammen, ja?«

»Zusammen«, wiederholt sie. Der Hauch eines Lächelns zeigt sich. »Okay.« Sie nickt. »Okay, ich glaube, ich bin bereit.«

»Noch nicht ganz.« Seit ich vor ein paar Stunden mit Feuer in den Adern und Verzweiflung im Bauch bei ihr zu Hause aufgetaucht bin, nagt etwas an mir.

Ich lege ihr meine Hand in den Nacken, und meine Finger verfangen sich dort in ihrem Haar. Das bringt den glatten, akkuraten Dutt, den sie sich gemacht hat, durcheinander.

»Was machst du da?« Sie zerrt an meiner Hand. »Du ruinierst meine Frisur.«

»Ich weiß.«

Meine Magie erwacht in meinen Handflächen zum Leben, und Harriet hält still. Goldene Funken schlängeln sich langsam durch ihr

Haar und lösen es aus dem strengen Dutt, in den sie es gezwungen hatte. Sie stößt einen leisen, erleichterten Laut aus, als es ihr über die Schultern fällt und die glatten Strähnen sich wieder zu den Locken verdrehen, für die ich eine geradezu ungesunde Faszination hege. Als ich mit dem Daumen über ihr Ohr fahre, erscheinen dort Stechpalmenbeeren, eingebettet in ein goldenes Kämmchen.

»So.« Zufrieden betrachte ich mein Werk. »So ist es besser.«

Harriet verzieht amüsiert die kirschroten Lippen. »War das nötig?«

»Allerdings.« Ich nehme ihre Hand und ziehe sie zum Eingang. Je eher wir drinnen sind, desto eher können wir wieder gehen. »Jetzt siehst du aus wie du selbst.«

»Im Gegensatz zu …«

Sobald wir durch die Türen sind, ziehe ich meinen Wollmantel aus und reiche ihn einem Angestellten zu unserer Linken. Ich komme ihm zuvor, als er Harriet aus ihrem Mantel helfen will, und löse die schwere Schärpe von ihrer Taille. Dann ziehe ich ihr das Kleidungsstück von den Schultern, und sie zittert leicht, als ich mit dem Daumen über ihren nackten Rücken streiche. Mit einem kurzen Kuss auf ihren Hinterkopf beuge ich mich vor, um ihr ins Ohr zu flüstern.

»Im Gegensatz zu der Frau, die sich von anderen kleinmachen lässt. Vergiss nicht, wer du bist, Harriet. Und vergiss nicht, dass du nicht allein bist.« Ich gebe ihren Mantel ab und führe sie dann weiter. »Lass uns etwas zu trinken holen.«

Harriet seufzt tief. »Das klingt gut.«

❄

Ihre Mutter findet uns, bevor der Champagner es tut.

Sie begrüßt Harriet mit zwei Luftküssen auf die Wangen, ein höfliches Lächeln auf den Lippen. Sie sieht aus, als wäre sie seit dieser ersten Erinnerung kaum gealtert. In ihrer dunkelblonden Frisur ist kein einziges graues Haar zu sehen und auf ihrer Stirn keine einzige Falte.

Nur ihre Augen verraten sie. Ihre Augen sehen müde aus.

»Harriet«, sagt sie mit höflicher und distanzierter Miene. Ihr Blick schweift nach unten und dann nach oben. »Du trägst Lila.«

Kein *Hallo*. Kein *Frohe Weihnachten*. Ein Vorwurf, überreicht wie eine der Weihnachtskronen aus Papier, die meine Mutter früher aus alten Fischereirechnungen gebastelt hat.

Mich überkommt ein heftiger Drang, Harriet in Schutz zu nehmen, und er verbindet sich mit meiner Magie. Aber Harriet lässt sich nicht aus der Ruhe bringen. Sie lächelt. »Das tue ich.« Ihr Blick trifft meinen. »Es ist hübsch, nicht wahr?«

Ich bin verdammt stolz auf sie und zwinkere ihr kurz zu.

»Ich glaube, ich hatte Marineblau vorgesehen«, sagt ihre Mutter.

»Das hattest du«, antwortet Harriet und dreht sich mit ruhiger Stimme wieder um. Das einzige Zugeständnis an ihre Nervosität ist das leichte Zittern ihrer Hand. »Du siehst wunderschön aus, Mom. Alles sieht wunderschön aus. Du hast tolle Arbeit mit den Räumlichkeiten geleistet.«

Ihre Mutter ignoriert das Kompliment. »Und deine Haare.«

Harriets Lächeln schwindet. »Ja?«

»Sie sind … anders.«

»So trage ich sie normalerweise«, sagt Harriet und berührt den Mistelzweig, der hinter ihrem Ohr steckt. »Na ja, ein bisschen schicker als sonst.«

Ihre Mutter verzieht den Mund. »Ein bisschen schicker«, wiederholt sie mit trockener Stimme.

Als ich näher trete, lege ich meine Hand auf Harriets Rücken. »Ich finde, sie sieht wunderschön aus.«

Das sage ich wie eine Drohung. In demselben Ton würde ich wahrscheinlich sagen: *»Hoffentlich erstickst du an deinem Cranberry-Martini«* oder *»Du solltest dich zutiefst schämen«* oder *»Die von dir ausgewählten Servietten passen wohl kaum zu dem Tafelsilber für diese protzige Zurschaustellung von Reichtum«*.

Die volle Aufmerksamkeit von Donna York ist seltsam einschüchternd. Sie würde gut in die Abteilung für Poltergeister passen, sollte sie im Jenseits eine Beschäftigung brauchen.

»Und wer ist das?«, fragt sie.

Harriet schmiegt sich in meine Berührung. »Das ist Nolan. Er ist ein Freund.«

»Ein Freund, der auf die Einladung nicht zu- oder abgesagt hat.« Ihr Gesicht wird verkniffen und immer säuerlicher. »Du hast ihn nicht erwähnt, als wir neulich am Telefon über die Einzelheiten gesprochen haben.«

»Es war eine Entscheidung in letzter Minute. Ich war mir nicht sicher, ob er es schaffen würde.«

»Es scheint, als hätte es bei dir einige *Entscheidungen in letzter Minute* gegeben.« Ihre Oberlippe verzieht sich zu einem spöttischen Grinsen, bevor ihre Etikette greift und sie ihre Gesichtszüge glättet. Ich habe schon Statuen mit einem wärmeren Gesichtsausdruck gesehen.

Diese Frau. Harriets Erinnerungen an sie sind viel zu freundlich – durchdrungen von Harriets tief verwurzeltem Optimismus. Donna York in Wirklichkeit zu sehen, ist, als würde man eine Staubschicht von einem alten Spiegel wischen und endlich einen guten Blick erhaschen. Ich sehe all ihre Makel.

Während wir drei in peinlichem Schweigen dastehen, trommle ich mit den Fingern auf Harriets Rücken. Ich habe es absolut nicht eilig, diese Stille zu füllen, und suche den Raum nach dem Kellner mit dem Champagner ab. Harriet wippt im Takt zu »Little Drummer Boy«, das von einem Streichquartett in der Ecke gespielt wird. Donna mustert mich aus den Augenwinkeln, und ich verziehe keine Miene. Mir liegt nichts daran, ihre Anerkennung oder Zustimmung zu gewinnen, und sie scheint das zu merken.

»Was machen Sie beruflich, Nolan?«

»Ich arbeite in der Bilanzprüfung«, antworte ich mit einem rotzfrechen Grinsen.

Harriet schnaubt.

»Ach? Steckt der Laden in irgendwelchen Schwierigkeiten?« Donna klingt bei dieser Aussicht viel zu erfreut.

Harriets Heiterkeit schwindet, und meine Hand wandert höher, mein Daumen streicht über die nackte Haut direkt über ihrem elegant geschnittenen Kleid.

»Nicht im Geringsten«, sage ich ruhig. »Was Harriet mit dem Laden erreicht hat, ist bemerkenswert. Sie sollten stolz auf ihre Leistungen sein.«

Diesen letzten Teil trage ich etwas zu gehässig vor.

Harriet hält neben mir den Atem an und wappnet sich für das, was ihre Mutter gleich an Gift verspritzen wird. Aber Donna York hat mich entweder nicht gehört oder sie hat in den letzten drei Minuten beschlossen, ein Schweigegelübde abzulegen, denn sie geht ohne ein weiteres Wort davon, ein höfliches Lächeln auf den Lippen, während sie ein blondiertes Paar in Seide und Perlen begrüßt.

Das war wohl die beste Reaktion, die sie hätte zeigen können, denke ich.

»Das hättest du nicht tun müssen«, sagt Harriet und winkt einen Kellner heran, um ein Glas Champagner zu bekommen. »Ich könnte im selben Jahr den Friedensnobelpreis und das Daytona 500 gewinnen, und meine Mutter würde immer noch irgendetwas finden, worüber sie enttäuscht wäre.«

»Was ist das Daytona 500?«

»Das ist ein Autorennen«, erklärt sie. »Hast du wirklich noch nie davon gehört?«

Ich zucke mit den Achseln. Es könnte mir kaum gleichgültiger sein. »Ich kann nicht behaupten, dass ich mich genug dafür interessiere.«

»Tja.« Ihr Blick schweift durch den Raum und nimmt die Pracht in sich auf. Die übergroßen Ölgemälde an den Wänden und die goldenen, schimmernden Teller. Die hübschen Menschen in ihren hübschen Kleidern, durch und durch verdorben. »Bist du interessiert genug, um mit mir zu tanzen?«

»Also dafür kann ich schon etwas Begeisterung aufbringen.« Ich schiebe meine Finger zwischen ihre. »Los geht's.«

Kapitel 29

Harriet

Zu meiner völligen Überraschung ist Nolan ein guter Tänzer.

»Was ist?«, fragt er, als wir die Tanzfläche zum dritten Mal umrunden. Seine Schritte sind geschmeidig, sein Oberschenkel drückt sich kurz zwischen meine, bevor er mich wieder anmutig dreht. Ich habe das Gefühl, als würden wir dahingleiten, auf einer Wolke über dem Rest der Party driften. Seine Hand wandert ein paar Zentimeter tiefer entlang der Rundung meines Hinterns, und sein Mund schwebt dicht über meinem, während wir uns im Kreis drehen. Für einen Tanz auf der Weihnachtsgala meiner Eltern ist das wahrscheinlich zu viel, aber das ist mir egal.

So habe ich mir seine Magie vorgestellt. Dieser Funke in meiner Brust, der jedes Mal heller aufleuchtet, wenn die kleinen Fältchen um seine Augen herum sich vertiefen. Dieses Kribbeln in meinen Händen, wenn seine Nase über meine Wange streicht. Ich schließe die Augen und atme aus, lasse mich von ihm führen.

Diese Schwerelosigkeit in meinem Kopf und in meinem Herzen. Dieses vollständige und absolute Vertrauen, dass er mich festhält.

Nolan macht einen ordentlichen Wechselschritt und streckt den Arm aus, wirbelt mich herum und zieht mich wieder zu sich heran wie einen Kreisel an einer Schnur. Ich lande mit einem leisen *»Uff«* zurück an seiner Brust, und er wirbelt uns erneut herum, sodass mir die Haare um die Schultern fliegen.

»Du siehst mich an, als hätte ich mir gerade einen voll geschmückten Weihnachtsbaum aus dem Hintern gezogen«, sagt er mit einem teuflischen Grinsen.

»Ist das … etwas, das du kannst?«

»Du wirst vielleicht schockiert sein, aber diesen speziellen Zaubertrick habe ich noch nie ausprobiert.«

Ich überlege. »Jetzt kann ich nicht mehr aufhören, daran zu denken.«

»Vielleicht später.« Er lacht und streicht mir über die Wange. »Was ist denn los, dass du mich so ansiehst?«

»Du bist ein guter Tänzer«, erkläre ich. »Und ich habe Spaß. Beides habe ich nicht erwartet.«

Sein Lächeln wird schief. »Da steckt irgendwo eine Beleidigung drin.«

»Ach, komm schon.« Ich sehe ihn an. »Du vergisst, dass ich dich schon auf Schlittschuhen gesehen habe.«

»Da ist was dran.« Wir drehen noch eine Runde auf der Tanzfläche, und ich entspanne mich in seinen Armen. Er sieht mich mit sanftem Blick an. »Was machst du normalerweise?«, fragt er. »Bei diesen Veranstaltungen?«

»Normalerweise stehe ich in der Nähe der Küche und warte, bis die kleinen Häppchen kommen.« Mit finsterer Miene blicke ich über seine Schulter hinweg zu meiner Mutter, die in der Mitte zwischen einer Gruppe von Tischen steht. Seit der katastrophalen Begrüßung hat sie mich nicht mehr angesehen, aber ich bin mir sicher, dass sie mich später in irgendeiner dunklen Ecke stellen wird, um mich auf sämtliche meiner Fehler hinzuweisen. Ich habe einen nicht genehmigten Begleiter mitgebracht, trage Lila *und* habe mein Haar nicht frisiert? Ich hätte genauso gut die Vorhänge in Brand stecken oder einen Golfwagen stehlen können.

Vielleicht *sollte* ich die Vorhänge in Brand stecken und einen Golfwagen stehlen. Vielleicht *können* wir die Vorhänge noch in Brand stecken und einen Golfwagen stehlen.

»Ich weiß nicht«, fahre ich fort. »Normalerweise versuche ich einfach, mich zu verstecken.«

Da ich mich nie besonders willkommen gefühlt habe, suche ich mir sonst immer einen Platz, an dem ich mich unsichtbar machen kann. Um nicht aufzufallen. Wenn ich meine jährlich zugeteilten drei Stunden Familienzeit abgeleistet habe, gehe ich nach Hause und esse im Pyjama auf meiner Couch eine beim Lieferservice bestellte Pizza.

Mich überkommt derselbe seltsame Zorn wie heute Morgen. *Warum* mache ich das? Was habe ich getan, um eine solche Behandlung von meiner *Familie* zu verdienen? Von den Menschen, die mich lieben sollten, egal was passiert.

Nolan hat recht. Ich bin nicht die Übeltäterin in meiner Geschichte. Nicht einmal ansatzweise.

»Ich weiß nicht, warum ich das tue«, flüstere ich, und meine Augen brennen. »Ich glaube, es ist einfacher für mich, wenn ich das mache, was von mir erwartet wird. Damit versuche ich, all meine anderen Fehler wieder geradezubiegen. Ich habe wohl irgendwie die Hoffnung, dass sie ihre Meinung noch mal ändern. Aber vielleicht sollte ich das sein lassen. Damit bin ich nicht glücklich, und die anderen sind es auch nicht. Ich glaube, ich bin es leid, mich in der Ecke zu verstecken und die Kanapees zu essen.«

Nolans Augen blitzen inmitten der funkelnden Lichter auf, dann werden sie dunkel und eindringlich. »Heute Abend verstecken wir uns nicht.«

Ein Lächeln umspielt meine Lippen. »Nein«, sage ich. »Nein, das tun wir nicht.«

»Gut«, murmelt er. Dieses Wort setzt sich tief in meinem Bauch fest und verursacht ein Ziehen. Ich möchte mich zwar nicht mehr um die Anerkennung anderer bemühen müssen, aber ich höre es immer noch gerne, wenn Nolan mit mir zufrieden ist.

Das gefällt mir sehr.

Nolan beobachtet mich mit seinen dunklen Augen, während er mit dem Daumen erneut gekonnt über meinen nackten Rücken streicht. Ich stelle mir vor, wie mich dieser Daumen mit derselben gezielten Aufmerksamkeit woanders berührt. Wie er in meinen Mund gleitet und gegen meine Zunge drückt. Wie er langsam und grob zwischen meinen Schenkeln entlangstreift, während sich mein hübsches purpurfarbenes Kleid um meine Hüfte bauscht und meine zarte Unterwäsche um einen meiner Knöchel hängt.

»Woran denkst du gerade?«, brummt Nolan.

An dich, wie du in einer versteckten Nische kniest. Deine Hand in meinen Rock gekrallt, meine in deinem Haar.

»Nichts«, hauche ich und versuche, das Bild wegzublinzeln. »Warum fragst du?«

»Deine Wangen sind rosig.«

»Du hast gesagt, meine Wangen sind immer rosig.«

»Nicht so«, sagt er. »So siehst du aber bestimmt aus, wenn ich dich mit dem Mund verwöhne.«

»Nolan«, flüstere ich, unsicher, ob ich will, dass er aufhört oder weitermacht.

Das Streichquartett beendet die letzten ausklingenden Töne, und wir kommen langsam am Rand der Tanzfläche zum Stehen. Er hebt meine Hand an den Mund und streift meine Knöchel mit einem Kuss. »Lass uns etwas trinken gehen. Dann kann ich dich vielleicht überreden, mir von deinen schmutzigen kleinen Gedanken zu erzählen.«

»Ich habe keine schmutzigen Gedanken«, lüge ich.

Sein Grinsen ist fast schon selbstgefällig. »Klar.«

Gerade will ich es erneut abstreiten, als ein mir bekannter blonder Haarschopf hinter ihm meine Aufmerksamkeit erregt. Mir gefriert das Lächeln im Gesicht, bevor es bröckelt.

Auf der anderen Seite der Tanzfläche steht Samantha an einem Tisch mit einer Eisskulptur und unterhält sich mit einem Mann in einem blauen Samtsmoking. Als sie anmutig gestikuliert, lacht er. Ich bin beeindruckt, wie wohl sie sich zu fühlen scheint. Wie entspannt sie ist. Während ich mich immer die ganze Zeit in einer Ecke versteckt habe, ist Samantha mitten durch den Raum stolziert.

Wo bin ich falsch abgebogen? Wann bin ich zu jemandem geworden, der so einfach weggeworfen werden konnte?

»Ich sehe meine Schwester«, sage ich leise zu Nolan, und mein Puls rast nervös. Ich habe Nolan gesagt, dass wir uns heute Abend nicht verstecken werden, und das meinte ich auch so. »Ich werde mit ihr reden.«

»Brauchst du mich?«

Er fragt leise und aufrichtig, und mein Herz stolpert über sich selbst. Ich könnte Nolan sagen, dass ich für dieses Gespräch einen Teller mit edlem Brie brauche, und er würde ohne ein weiteres Wort für mich zum Büfett verschwinden. Niemand hat sich je so um mich gekümmert, wie Nolan es tut. Und ich bin mir nicht sicher, ob das jemals wieder jemand machen wird.

Aber ich schüttle den Kopf, stelle mich auf die Zehenspitzen und drücke ihm einen Kuss auf den Mund. Er ist kurz und keusch, aber Nolan sucht meine Lippen mit seinen und hält sanft meinen Hinterkopf fest, um mich nah bei sich zu halten. Er legt seine Stirn an meine, und unsere Nasen berühren sich.

Es ist unglaublich süß, und mein Herz macht einen weiteren Salto in meiner Brust. »Ich warte an der Bar. Gib mir ein Signal, wenn du mich brauchst.«

»Was für ein Signal?«

Er denkt nach. »Weißt du, wie man Vogelstimmen nachahmt?«

Ich grinse. »Ich würde dich ja bitten, es mir vorzumachen, aber ich habe ein bisschen Angst davor, was passieren könnte.«

Seine Augen strahlen vor Vergnügen. »Dann wird es eine Überraschung.« Er tätschelt mir die Seite und lenkt mich in Richtung meiner Schwester. »Ich werde dich im Auge behalten.«

»Danke.« Mutig mache ich zwei Schritte nach vorne, dann kehre ich um, weil mir noch etwas auf dem Herzen liegt. »Und danke, dass du hier bist. Ich bin wirklich froh, dass du heute Abend an meine Tür geklopft hast.«

Nolans Gesicht wird weicher. »Und ich bin froh, hier zu sein.« Er stupst mich an. »Geh schon. Lass mich nicht zu lange allein unter den Wölfen.«

Bevor ich es mir anders überlegen kann, eile ich davon und gehe auf Samantha zu. Der Mann, mit dem sie gesprochen hat, entfernt sich gerade. Sie trägt ein bodenlanges A-Linien-Kleid – natürlich marineblau –, und ihr Haar ist zu einem eleganten Pferdeschwanz zusammengebunden. Sie bemerkt mich und bleibt stehen, aber es dauert einen Moment, bis sie realisiert, wer da vor ihr steht.

Ihre Augen weiten sich.

»So lange ist es doch gar nicht her, seit du mich zuletzt gesehen hast«, sage ich, während ich näher trete und gegen den Drang ankämpfe, an meinem Rock zu zupfen. Noch vor zwei Wochen wäre ich mir wie das *Vorher*-Foto zu ihrem *Nachher*-Foto vorgekommen, mit einem Gefühl der Unzulänglichkeit, gegen das ich den Großteil meines Lebens angekämpft habe.

Aber nicht heute Abend.

Vielleicht liegt es an dem Kleid oder an dem Hochgefühl, von einem Mann, dem ich etwas bedeute, auf der Tanzfläche herumgewirbelt zu werden, oder vielleicht liegt es an Nolans Blick, den ich auf meinen nackten Schultern spüre und der sich intensiv und fürsorglich anfühlt … aber heute spüre ich Samantha gegenüber nur ein leises Grollen von Frust. Ich bin es so verflucht leid, um irgendwelche Brosamen der Zuneigung betteln zu müssen. Vor allem jetzt, da ich weiß, dass jemand sie so großzügig geben kann.

»Es ist fast ein Jahr her«, sagt Samantha mit weicher, voller Stimme. Sie betrachtet nachdenklich mein Haar, und ihre perfekt geformten karamellfarbenen Augenbrauen stoßen fast zusammen. »Im Frühling, glaube ich?«

»Das klingt richtig.«

»Nun, du siehst toll aus.« Samanthas Lächeln ist angespannt. »Das ist ja ein Wahnsinnskleid.«

»Ja, es ist schön.« Ich lache etwas gezwungen. »Muss das wirklich sein, Sam?«

Sie stellt ihr leeres Sektglas ab. »Was?«

»Wollen wir wirklich Small Talk machen? Wir?« Ich trete näher und achte darauf, meine Stimme leise zu halten. Alte Gewohnheiten legt man nur schwer ab, und Konfrontationen sind für mich schon Herausforderung genug. Ich möchte dabei keine Szene machen. »Du hast monatelang kaum mit mir gesprochen. Weder hast du auf meine Nachrichten geantwortet noch meine Anrufe entgegengenommen. Was ist los?«

»Ich hatte viel zu tun«, antwortet sie und meidet dabei meinen Blick. »Man hat mir mehr Fälle anvertraut, und ich bin für eine neue Interessengruppe mit der Abteilung für Unternehmensrecht zuständig. Das ist eine Menge Arbeit, Harriet. Es ist nichts Persönliches.«

Eis breitet sich in meiner Kehle aus. *Nichts Persönliches.* Es sollte aber etwas Persönliches sein. Ich *möchte,* dass es etwas Persönliches ist.

»Das klingt wirklich großartig, Sam, aber …« Ich schiebe die Zähne über meine Unterlippe und schwanke, ob ich es weiter forcieren soll. »Bist du wirklich deshalb so distanziert? Wegen der Arbeit?«

Ihr strenger Gesichtsausdruck fällt in sich zusammen und gibt etwas Weiches und Zartes darunter preis. Aber dann wischt sie es weg und kehrt zu ihrer kühlen und gleichgültigen Haltung zurück. Sie sieht unserer Mutter so ähnlich, dass ich weinen möchte.

»Ich bin nicht distanziert, Harriet. Ich bin nur beschäftigt.«

»Lass das«, sage ich. »Tu nicht so, als würde ich mir das alles nur einbilden. Du gehst mir aus dem Weg.«

»Ich habe es dir gerade gesagt, die …«

»Die Unternehmensrechtsgruppe, ich weiß.« Ich schlucke schwer und rede mir gut zu, mutig zu sein. »Aber ich möchte etwas über dich hören, Sam. Nicht über die Arbeit. Ich weiß, dass wir damals diesen Streit hatten, aber ich wollte nie, dass du dich so zurückziehst.«

Ich hatte ihr einen kleinen Teil von dem gezeigt, was ich vor allen anderen versteckt halte, und dafür hat sie mich bestraft. Sie bestraft mich immer noch dafür.

»Das ist ja das Problem, Harriet.«

»Was genau?«

»Wenn ich dir von der Arbeit erzähle, dann *erzähle* ich dir doch von mir.« Wieder huscht ihr Blick zur Seite, und ich muss mich nicht umdrehen und über die Schulter schauen, um zu wissen, wo sie hinsieht. Meine Mutter und mein Vater halten in der Mitte des Raumes Hof, und die Gäste strömen zu ihnen wie Motten zum Licht. »Bei mir läuft es gerade richtig rund, und alles fühlt sich gut an. Ich will das nicht vermasseln.«

»Es vermasseln«, wiederhole ich wie betäubt.

Samantha nimmt ein frisches Glas Champagner von einem vorbeikommenden Kellner entgegen. »Ich bin an einem guten Punkt. Das ganze familiäre Drama kann ich nicht gebrauchen, es lenkt mich von meinen Zielen ab.«

Mir bleibt ein Lachen im Hals stecken. »Ah, okay. Du willst nicht, dass *ich* es vermassle.«

Sie schüttelt frustriert den Kopf. »So habe ich das nicht gemeint.«

»Doch, hast du«, antworte ich und muss mich sehr bemühen, meine Stimme unter Kontrolle zu halten. »Genau das hast du gemeint. Ich habe immer nur versucht, exakt so zu sein, wie alle es von mir brauchten. Aber diese Familie behandelt mich trotzdem so, als wäre ich eine Katastrophe. Ich verstehe nicht, was ich eigentlich verbrochen habe.«

Ihre Wangen färben sich rot. »Glaubst du wirklich, dass du das versucht hast, Harriet? Du bist auf eine einzige Hürde gestoßen und hast alles hingeworfen. Du hast keine Ahnung, was ich durchgemacht habe, um den Schaden auszubügeln, den du angerichtet hast.«

Ich wende das Gesicht ab und fühle mich, als hätte man mir eine Ohrfeige verpasst. Es war nicht nur eine einzige Hürde. Es war eine dauerhafte Unvereinbarkeit. Ich habe mich für mein eigenes Glück entschieden, nicht für die Zerstörung eines angeblichen Vermächtnisses. Wenn sie mich so kennen würde, wie ich dachte, dass sie es tut, würde sie das verstehen.

Ich schlucke und kann Samantha nur schwer in die Augen sehen. »Also hast du mich einfach fallen lassen, als ich das Theater nicht länger mitspielen konnte. Du willst ja schließlich nicht, dass irgendetwas deine Beziehung zu Mom und Dad stört, nicht wahr?«

Seit Monaten versuche ich, die Kluft zwischen uns zu überbrücken, aber ich bin die Einzige, die eine Hand ausstreckt. Manchmal ist es einfach nicht mehr möglich, Brücken wiederaufzubauen. Der Gedanke, dass ich *ihr* das Leben schwer mache, wenn ich versuche, unsere Beziehung zu kitten, ist unerträglich. Meine Mutter hat mich jahrelang für egoistisch und grausam gehalten. Ich nehme an, sie ist nicht die Einzige.

Es ist genau so, wie ich es damals meiner Tante Matilda gesagt habe. Ich passe hier nicht hin. Ich habe nie hierhin gepasst.

Vielleicht sollte ich endlich aufhören, es zu versuchen.

»Es spielt keine Rolle«, sage ich leise und suche die Menge bereits nach Nolan ab. Das Quartett hat gerade etwas angestimmt, das wie Ariana Grandes »Santa Tell Me« klingt, und ich zähle eine alarmierende Anzahl von Juristen im Rentenalter, die sich auf der Tanzfläche abrackern. »Wir müssen nicht mehr darüber reden«, sage ich. »Wir müssen … wir müssen überhaupt nicht mehr reden.« Ich entdecke Nolan an der Bar, gegenüber von der Stelle, an der er warten wollte, mit einem grimmigen Gesichtsausdruck.

Erneut begegne ich Samanthas Blick, und mein Zorn verfliegt plötzlich. Stattdessen spüre ich nur noch Erschöpfung. Ich zwinge mich zu einem Lächeln. »Ich freue mich wirklich für dich, Sam. Und ich wünsche dir alles Gute.«

Als ich mich zum Gehen wende, ergreift sie meine Hand.

»Harriet, warte.« Mein Herz flattert hoffnungsvoll in meiner

Brust. »In ein paar Minuten wird das Familienfoto gemacht. Mom wird wollen, dass du bleibst.«

Ich blinzle sie an, und meine Hoffnung zerfällt zu Asche.

»Ach ja«, sage ich. Wie konnte ich das vergessen? Der Lieblingsauftritt meiner Mutter an diesem Abend. Wenn sie uns kunstvoll vor dem Weihnachtsbaum aufstellt und sich bei mir einhakt, als wäre sie nie glücklicher gewesen. »Ich treffe dich dann da drüben.«

Samanthas Maske verrutscht. »Harriet«, sagt sie erneut, aber dann wird mein Name nur zwei Meter hinter mir lauter und mit weitaus mehr Gehässigkeit wiederholt.

»Harriet«, zischt meine Mutter zornig und marschiert in ihren Stilettos über die Tanzfläche. Sie lächelt höflich jede Person an, an der sie vorbeigeht, aber mir schenkt sie keinerlei Liebenswürdigkeit. Sie krallt die Finger um meinen Arm und zieht mich zu sich heran. »Wo um alles in der Welt hast du diesen Mann aufgegabelt, und warum ist er *hier?*«

Verwirrt schaue ich über ihre Schulter zu Nolan. Wir sehen uns in die Augen, und seine Brauen ziehen sich zu einem dicken Balken zusammen. Er nimmt einen Schluck von seinem Drink und stellt ihn dann beiseite. Langsam macht er sich auf den Weg zu mir herüber.

»Ich hab's dir doch gesagt. Er ist mein Freund.«

Ich dachte, Nolan könne Fragen ausweichen, indem er sich hinter seinem geisterhaften Nebelvorhang versteckt oder was immer das ist. Aber meine Mutter ist wie ein Laserstrahl auf ihn fixiert. Wohl noch etwas, das sich für ihn verändert.

Meine Mutter macht ein verkniffenes Gesicht. »Er ist unhöflich, das ist er. Weißt du, was er zu mir gesagt hat?«

In mir schwillt eine heiße Welle verärgerten Beschützerinstinkts an. Was auch immer Nolan geäußert hat, ich habe keinen Zweifel daran, dass sie es verdient oder in irgendeiner Weise provoziert hat. Ich reiße mich von ihr los.

»Es ist mir egal, was er gesagt hat.«

Sie starrt mich an. Ich habe meiner Mutter noch nie widersprochen. Es ist seltsam … befreiend.

»Wo in aller Welt kommt diese arrogante Haltung her?«

»Meine Haltung. Meine Haare. Mein Kleid Mein Begleiter. Gibt es noch weitere Verfehlungen, die du heute Abend auf die Liste setzen möchtest?«

Sie zuckt beleidigt zurück. »Was ist denn in dich gefahren?«

Das Mädchen, das fest ein kleines Holzboot umklammert, kommt mir in den Sinn. Zum ersten Mal in meinem Leben glaube ich, dass *ich* in mich gefahren bin.

»Alles in Ordnung?«, fragt Nolan, tritt an meine Seite und legt seine Hand an die übliche Stelle in meinem Kreuz. Ich versuche, mich zu sammeln. Ich bin nicht hier, um zu streiten oder eine Szene zu machen.

Ich bin hergekommen, weil ich dachte, ich würde damit eine Tür offen halten, aber der Griff ist schon vor langer Zeit abgebrochen. Es hat keinen Zweck, eine Beziehung zu Menschen zu erzwingen, die sie nicht haben wollen.

»Alles in Ordnung«, sage ich, bis in die Knochen erschöpft. »Und bei dir?«

Ein Teil der Anspannung weicht aus seinem Gesicht. »Alles in Ordnung, Liebes. Bist du bereit, nach Hause zu gehen?«

Liebes. Nach Hause. Die Worte klingen wie ein Wunsch, den ich an eine Sternschnuppe gerichtet habe. Am liebsten würde ich meine Finger fest um sie schließen und sie in meine Haut hineinpressen, damit ich mich, wenn er weg ist und ich wieder allein bin, daran erinnern kann, wie es sich anfühlt, geliebt zu werden. Wenn auch nur für eine kurze Zeit.

»Ja.« Ich lächle ihn schwach an. »Lass uns nach Hause gehen.«

»Auf keinen Fall«, wirft meine Mutter ein und packt mich wieder am Handgelenk. Mir ist nicht klar, ob sie mich wirklich gegen meinen Willen festhalten will oder ob sie nur meine Aufmerksamkeit sucht. So oder so, es passt so gar nicht zu meiner stets beherrschten Mutter. Ihre Fingernägel bohren sich in meine Haut. »Wir haben das Familienfoto noch nicht gemacht.«

Nolans Miene verfinstert sich.

»Ich schlage vor, dass Sie sie loslassen.«

»Und ich schlage vor, dass Sie Ihre Meinung bezüglich *meiner Tochter* für sich behalten.« In den Augen meiner Mutter blitzen ungewöhnliche Emotionen auf. »Sie haben heute Abend schon mehr als genug gesagt.«

Nun reiße ich mich aus ihrem Griff los und schiebe meine Hand schützend über die halbmondförmigen Abdrücke. Ich hatte nicht viel erwartet, aber der Abend war eine Katastrophe. Nichts ist so gelaufen, wie ich es mir vorgestellt hatte.

Und doch ist es schwierig, mir darüber Sorgen zu machen, was meine Familie von mir denken wird, wenn ich bereits weiß, dass sie vom Schlimmsten ausgeht. Warum nicht mal etwas Neues ausprobieren? Warum nicht mal … aufhören, mich zu bemühen?

»Was hast du denn zu ihr gesagt?«, frage ich Nolan.

»Er hat mich als Närrin bezeichnet«, antwortet meine Mutter hastig. »Noch nie in meinem Leben wurde ich so behandelt …«

»Ich habe gesagt, dass sie *töricht* ist«, korrigiert Nolan, der mich weiterhin unerschütterlich ansieht. »Ich habe gesagt, dass sie töricht ist, weil sie das unglaubliche Privileg hat, von dir geliebt zu werden, und das ignoriert, um dich stattdessen zu kritisieren.« Er richtet den Blick auf meine Mutter. »Das habe ich gesagt. Genau das.«

Meine Mutter geht auf ihn zu und baut sich so dicht vor ihm auf, wie es in der High Society von Annapolis gerade noch so höflich ist. »Und was gibt Ihnen das Recht, so etwas zu sagen? Sie wissen doch gar nichts über unsere Beziehung.«

»Ich weiß genug«, sagt er schlicht. Er hat genug *gesehen*.

Ich lege ihm meine Hand auf die Brust. Wenn ich genauer darüber nachdenke, was er gerade von sich gegeben hat, fürchte ich, dass ich hier am Rand der Tanzfläche in tausend Teile zersplittern werde.

Noch nie hat mich jemand verteidigt.

»Ich würde jetzt gerne nach Hause gehen«, sage ich mit angespannter Stimme.

Er nickt und blickt abwechselnd meine Mutter und mich an. »Wenn du dir sicher bist.«

»Ja.« Ich schlucke schwer und fasse mir mit zitternder Hand an die Wange. Mein Gesicht fühlt sich taub an. Meine Finger sind kalt. In meinen Ohren rauscht es, und je mehr Druck sich in meiner Brust aufbaut, desto lauter wird es. Ich stehe an der Schwelle zu irgendetwas. Ich bin kurz davor, mir selbst die Flügel zu stutzen und herauszufinden, wie tief ich fallen werde.

»Könntest du mir meinen Mantel holen?«, frage ich. »Ich treffe dich dann an der Tür.«

Er sieht aus, als würde er protestieren wollen, aber ich drücke seine Hand. »Bitte«, füge ich hinzu.

»Aye, in Ordnung«, sagt er. Er bleibt noch einen Moment stehen, beugt sich dann vor und haucht mir einen Kuss direkt über mein Ohr. Seine Magie streift tröstend meinen Hals, leichter als seine Berührung und doppelt so warm. »Ich werde dort warten.«

»Wir haben immer noch das Foto nicht gemacht«, sagt meine Mutter und hält ihr Gesicht sorgfältig neutral, während Nolan sich seinen Weg um die Tanzfläche herum bahnt. Als der »Blumenwalzer« aus *Der Nussknacker* müde um uns herumschwebt, muss ich fast lachen. Ich fühle mich wie eine Blume. Etwas Zartes, das sich auf seinem zitternden Stängel dem Licht entgegenneigt. Immer so furchtbar bemüht, gesehen zu werden. Zu wachsen. Einen Strauß zu bilden und in der Gruppe aufzublühen.

Das alles bin ich so was von leid.

»Darauf werde ich dieses Jahr verzichten, glaube ich.« Mühsam versuche ich, meinen Standpunkt zu vertreten. Auch wenn ich weiß, dass es das Richtige ist, fällt es mir immer noch schwer, und mein Herz und mein Kopf schreien mich an, meine Ecken und Kanten abzuschleifen. Es in Ordnung zu bringen. Dafür zu sorgen, dass sich alle anderen wohlfühlen. Gegen dieses Gefühl stemme ich mich und balle die Hände zu Fäusten. »Ich weiß, dass ich in meinem Leben einige Entscheidungen getroffen habe, mit denen du nicht einverstanden bist, aber ich mag das, was ich mir aufgebaut habe. Es ist okay, wenn du damit nichts zu tun haben willst, aber du musst nicht … du musst mich nicht als einen schrecklichen Menschen hinstellen, nur weil ich mich für etwas anderes entschieden habe als das, was du wolltest. Ich bin es leid, wegen irgendeiner imaginären Sünde herabgewürdigt zu werden. Ich bin es leid, um deine Anerkennung betteln zu müssen. Ich gebe mir so viel Mühe, und wofür? Du bemerkst es nicht mal. Ich wünschte, du wärst ehrlich zu mir, statt« – ich deute auf das geschmückte Esszimmer – »… was auch immer das hier ist.«

Dieses ganze Theater. Diese unsinnige Hoffnung, dass ich mich irgendwie in jemanden verwandeln kann, den meine Familie *mag*. Dass ich mit genug Druck und positivem Denken all meine Macken und Eigenheiten unterdrücken und jemand sein kann, auf den sie stolz sind. Dass ich nur ein paar nette, passende Worte sagen muss, um dazuzugehören.

»Und ich nehme an, daran bin ich schuld, ja?« Ein gelangweilter Ausdruck legt sich auf ihr Gesicht. »Weil ich eine schreckliche Mutter bin? Weil ich dir das angetan habe? Deine Tante Matilda hätte das nie gemacht. Habe ich recht?«

Mein Herz zieht sich zusammen, die Enttäuschung umklammert dieses lebenswichtige Organ wie eine Faust. Ich bin so ehrlich wie noch nie, und sie hört immer noch nicht richtig zu.

Ich werfe einen kurzen Blick auf Samantha, aber sie starrt Löcher in ihre Stilettos. In diesem Gespräch bin ich allein, so wie ich es immer war.

»Ich möchte niemandem die Schuld geben«, sage ich so geduldig, wie es mir möglich ist. »Ich teile nur mit, wie ich mich fühle.«

»Du bist zartbesaitet«, schnauzt meine Mutter.

»Dann bin ich wohl zartbesaitet«, antworte ich. »Ich bin zartbesaitet, weichherzig, emotional und wahrscheinlich auch dünnhäutig. Ich weine bei traurigen Werbespots und entschuldige mich ständig – meistens aus Gründen, die ich nicht artikulieren kann. Anwältin wollte ich nie werden. Ich hasse es, zu streiten. Dieses Gespräch hier bringt mich gerade fast um, weil ich dir eigentlich einfach nur das geben will, was du von mir willst, bis dieses Gefühl in meiner Brust verschwindet.«

Meine Hände verkrampfen sich zu Fäusten, die Worte sprudeln nur so aus mir heraus. »Also ja. Mir geht alles immer viel zu nah. Das war schon immer so. Ich handle verantwortungslos. Zum Frühstück esse ich Kuchen. Ich füttere heimlich die Katze meiner Nachbarn, und auf meinen Pflastern sind meistens Disney-Prinzessinnen abgebildet. Ich bin farbenfroh und sentimental, und ich … ich mag diese Dinge an mir. Ich mag mein vollgestopftes Geschäft und ich mag mein winziges Haus voller Dinge, die mich glücklich machen. Ich mag meine Haare, wenn sie lockig sind. Ich mag dieses Kleid. Und ich mag diesen Mann, der geduldig an der Tür auf mich wartet, obwohl ich mir sicher bin, dass du offen versucht hast, ihn zu verscheuchen.« Mit einem tiefen Atemzug lasse ich meine Schultern kreisen. »So bin ich nun mal. Und darauf bin ich stolz. Du hast die Wahl, mich so zu akzeptieren oder eben nicht. Aber die Entscheidung liegt jetzt bei dir. Ich werde mich nicht länger darum bemühen.«

Meine Mutter beißt die Zähne zusammen. »Wenn du jetzt durch diese Tür hinausgehst, bekommst du keine weitere Chance mehr.«

Ich lächle gequält. Früher hätte mich diese Aussage wahrscheinlich völlig fertiggemacht. Aber jetzt?

Ich beuge mich vor und küsse meine Mutter flüchtig auf die Wange. Ich brauche keine weitere Chance, um jemanden zu überreden, mich zu lieben.

»Ich glaube, damit kann ich leben.«

Kapitel 30

Harriet

Die Heimfahrt von der Gala verläuft still. Sowohl Nolan als auch ich sind in unsere Gedanken versunken. Er legt mir seine Hand aufs Knie, als wir von dem kleinen Parkplatz an der Kirche losfahren, gibt mir aber ansonsten Raum und starrt aus dem Fenster, während wir zu meinem Haus zurückfahren.

Ich dachte, ich würde sofort von Schuldgefühlen überwältigt werden. Selbstzweifel bekommen. Aber stattdessen spüre ich nur eine seltsame Art von Schwerelosigkeit. Als könnte ich direkt in den Nachthimmel entschweben, wenn ich wollte.

Nolan räuspert sich auf dem Beifahrersitz.

»Du sitzt hier schon seit sieben Minuten mit dem Kinn auf dem Lenkrad«, sagt er mit ruhiger Stimme.

»Oh.« Ich lehne mich zurück, schalte den Motor aus und lockere meinen Würgegriff um das Lenkrad. Ich habe gar nicht bemerkt, dass ich auf dem kleinen Parkplatz hinter meinem Haus geparkt habe. Mein Muskelgedächtnis hat mich nach Hause geführt, während mein Gehirn eine Gedankenschlacht veranstaltet hat.

Das leise Schnurren des Motors verstummt. Es wird still. Ich stecke meine Schlüssel in die Manteltasche und lasse mich in den Sitz zurückfallen. »Entschuldige bitte.«

»Du musst dich bei mir nicht entschuldigen.« Er runzelt die Stirn. »Geht es dir gut?«

»Ja, es geht mir gut.« Ich stupse das Gefühl an, untersuche es auf Risse und stelle fest, dass es stabil ist. Mir geht es wirklich gut. Besser als gut. Ich fühle mich *richtig gut.* Fast euphorisch. Berauscht von der Macht, die darin liegt, endlich meine Meinung gesagt zu haben. »Tatsächlich geht es mir ziemlich gut«, ergänze ich.

Was ich sagen wollte, habe ich gesagt, und die Welt ist nicht untergegangen. Ich bin immer noch hier.

Ich habe eine Tür geöffnet oder … einen Kieselstein einen Abhang hinuntergekickt. Ich habe zu mir selbst Ja gesagt und mir keine Sorgen darüber gemacht, wie meine Beziehungen darunter leiden könnten. Ich habe mich nicht in irgendeine absurde Form verbogen, damit jemand anderes sich wohlfühlt. Ich war stark, mutig und vielleicht ein bisschen draufgängerisch.

Ehrlich gesagt, ist es eine Erleichterung.

»Ja?«, fragt Nolan und klingt skeptisch.

Ich nicke. »Sehr gut, ja.«

Als ich zu ihm hinüberschaue, wie er da eingeklemmt auf dem Beifahrersitz meines Autos hockt, die Knie fast an der Brust, juckt es mich in den Fingern. Ich möchte diesem Gefühl nachjagen. Es mit beiden Händen festhalten.

»Magst du mit reinkommen?«, frage ich.

Seine Augenbrauen zucken überrascht nach oben. »Möchtest du, dass ich mit reinkomme?«

»Warum sollte ich das nicht wollen?«

»Du hast kein Wort mit mir gesprochen, seit du mir gesagt hast, ich solle deinen Mantel holen.«

»Oh«, sage ich erneut. »Entschuldig…«

Nolans lange Finger drücken meinen Oberschenkel. Seit wir ins Auto gestiegen sind, hat er seine Hand nicht mehr bewegt. »Wenn du noch einmal Entschuldigung sagst«, erklärt er langsam, »verliere ich vielleicht den Verstand.«

Ich halte den Mund. *Entschuldigung* liegt mir auf der Zunge, aber ich schlucke es herunter. Er atmet durch die Nase aus, und ein winziges Lächeln zeigt sich auf seinen Wangen. »Gut«, knurrt er.

Dieses Wort wieder. Es gleitet über meine Schultern und setzt sich tief in meinem Innersten fest, warm und flüssig. Ich zittere. Nolans Lächeln wird breiter.

Aber dann wirkt er plötzlich wieder nüchtern und blickt plötzlich ernst drein.

»Ich bin derjenige, der sich bei dir entschuldigen sollte«, sagt er mit rauer Stimme. »Heute Abend bin ich zu weit gegangen. Das tut mir leid.«

»Wie denn das?«

»Deine Mutter kam zu mir, als ich an der Bar auf dich gewartet habe.« Er drückt mein Bein kurz, als würde er versuchen, sich selbst davon zu überzeugen, loszulassen, es aber nicht ganz schaffen. »Sie wollte wissen, was für eine Art von Beziehung wir führen. Sie war … na ja. Sie ist wirklich eine zickige Hexe.«

Ich pruste los. »Das ist sie wirklich, was?«

Meine Mutter wird sich nie ändern. Seltsamerweise ist es eine Erleichterung, das zu wissen. Um von ihr gemocht zu werden, habe ich versucht, so vieles an mir zu ändern, aber es hatte nie etwas mit mir zu tun. Das weiß ich jetzt. Sie hält an alten Verletzungen fest und ist nicht bereit, zu vergeben oder zu vergessen.

Jetzt, da ich meine Meinung gesagt habe, kann diese Wunde heilen.

Nolan lässt den Kopf nach hinten gegen die Kopfstütze fallen. »Ich habe die Beherrschung verloren. Es stand mir nicht zu, ihr Verhalten zu kritisieren.«

Mit einem unverbindlichen Brummen rutsche ich näher an ihn heran. Ich möchte dieses Gespräch nicht im Auto führen, mit einer Mittelkonsole zwischen uns. Ich möchte irgendwo sein, wo ich sein Gesicht sehen kann. Wo ich über seine warme Haut und die hervortretenden Narben streichen und mich vergewissern kann, dass er immer noch hier ist und neben mir sitzt.

Fürs Erste begnüge ich mich damit, unsere Finger auf meinem Oberschenkel zu verschränken. »Was hast du ihr noch gesagt?«

Nolan schluckt schwer, immer noch nervös. »Ich habe ihr womöglich gesagt, dass ihr Kopf einer Kartoffel ähnelt.«

Jetzt muss ich wirklich lachen. »Du hast was getan?«

»Du musst zugeben, dass sie irgendwie einem Wurzelgemüse ähnelt.« Ein Grübchen blitzt kurz auf seiner Wange auf. »Mir hat nicht gefallen, wie sie über dich geredet hat«, sagt er leise. Er streicht mir über die Innenseite meines Knies. »Mein Frust hat mich übermannt.«

Wieder kichere ich und beuge mich vor, um meine Lippen auf seine zu drücken. Das fröhliche, prickelnde Gefühl in mir breitet sich aus. Nolan war heute Abend für mich da. Er ist aufgetaucht, er ist geblieben, und er hat meine Ehre verteidigt. Er hat dafür gesorgt, dass ich mich *gut* fühle.

Ich fange seine Unterlippe zwischen den Zähnen ein und sauge daran, ein hingebungsvoller Kuss, bei dem er sich in seinem Sitz windet. Er schmiegt sich an mich.

»Du bist nicht sauer«, haucht er, als ich mit dem Mund an seinem Hals hinabfahre.

»Natürlich nicht.« Ich nestle an seiner Fliege herum, frustriert darüber, wie viele Knöpfe, Schnallen und Verschlüsse zwischen mir und seiner Haut sind. Er stöhnt, als ich meinen Finger zwischen seinen Hals und den Stoff schiebe und ihn dabei kratze. »Warum sollte ich sauer sein?«

»Weil ich deine Mutter mit einer Yamswurzel verglichen habe.«

»Ich dachte, du hättest Kartoffel gesagt.«

»Es gibt ein Sprichwort über Kartoffeln, aber ich möchte nicht in irische Klischees verfallen.«

Lachend drücke ich mich an seinen Hals und lehne meine Stirn an seinen Kiefer. Dieser Abend hätte leicht eine weitere schlechte Erinnerung an ein vergangenes Weihnachten werden können, die ich meiner bereits umfangreichen Sammlung hätte hinzufügen können, aber das war nicht der Fall. Ich habe getanzt, gelacht und die Worte gesagt, die mir seit Jahren ein Loch ins Herz gefressen haben. Ich war mutig, und das habe ich Nolan zu verdanken.

»Darüber will ich nicht mehr reden«, murmle ich.

»Worüber willst du dann reden?«

»Ich will gar nicht reden.«

»Verstanden«, sagt er.

Seine Finger wandern zentimeterweise an meinem Oberschenkel nach oben und verschwinden unter dem hohen Schlitz meines Kleides. Als ich nicht protestiere, folgt der Rest seiner Hand. Ich öffne meine Knie auf dem begrenzten Platz des Fahrersitzes und ermutige ihn, auf Entdeckungsreise zu gehen. Er folgt der Einladung bereitwillig, seine raue Handfläche streicht über meine Hüfte und umklammert sie, während seine Lippen wieder die meinen suchen. Ich versinke in ihm, kopflos und warm.

»Lass uns reingehen«, hauche ich und lege ihm die Arme um die Schultern.

»Aye«, knurrt er. »Halt dich an mir fest.«

»Ich halte mich ja fest …« Dann stoße ich lachend einen Schrei aus, als seine Magie plötzlich aus ihm herausbricht. Sie wickelt sich um meine Knöchel, streift hinten an meinen Oberschenkeln hinauf, über meine Taille und entlang meiner Wirbelsäule. Mein Puls schießt in die Höhe, und dieses fröhliche, kribbelnde Gefühl zieht sich tief in meinem Bauch zusammen. Ich schließe die Augen, halte mich fest und lache erneut, als wir federnd mitten auf meinem Bett landen.

Ich blinzle zu Nolan hoch, der auf Händen und Knien über mir hockt. Seine Fliege sitzt schief, und seine Haare sind verwuschelt, aber er trägt ein sanftes, etwas verwirrtes Lächeln. Als könnte er sein Glück kaum fassen.

Das Gefühl kenne ich.

»Ich liebe es, wenn du so lachst«, sagt er.

Ich grinse. »Wie eine Hyäne?«

»Als wärst du glücklich.« Er streicht mir ein paar Haare aus dem Gesicht. »Als könntest du es kaum im Zaum halten.«

Diese empfindliche, weiche Stelle in meinem Brustkorb glüht. »Du machst mich glücklich«, gestehe ich leise. Eben saßen wir noch eingequetscht auf dem Vordersitz meines Autos. Jetzt liegen wir auf meinem Bett. Nolan stützt sich auf den Ellbogen über mir ab, und ich habe immer noch meine Arme um seine Schultern gelegt. »Das war sehr effizient«, sage ich ihm.

»Die sinnvollste Nutzung meiner Magie seit Jahrzehnten.«

Mit einem Finger fahre ich an dem Träger meines Kleides entlang. »Ich habe noch ein paar andere Ideen, wie du sie nutzen kannst.«

Sein Lächeln wirkt plötzlich hungrig. »Noch nicht ganz.« Er legt mir seine Hand an den Hals und drückt mein Kinn sanft mit dem Daumen nach oben. Er hält es fest und mustert mich. »Meine Selbstbeherrschung ist bestenfalls schwach, Harriet. Ich muss es langsam angehen lassen.«

Aber ich will gar nicht, dass er sich beherrscht. Wenn ich ihn nur noch kurz behalten darf, will ich einen Beweis dafür, dass ich ihn hatte, solange er hier war. Ich will, dass Schneeflocken von meiner Decke fallen. Ich will Bissspuren auf meinem Bauch. Ich will, dass Magie aus seinen Handflächen pulsiert und meine Fenster in ihren Rahmen klappern.

»Du musst bei mir nicht vorsichtig sein«, sage ich mit leiser Stimme und zupfe an ihm herum. Endlich bekomme ich seine Fliege zu fassen, löse sie von seinem Hals und werfe sie blindlings vom Bett. »Das kann ich verkraften.«

Atemlos stößt er ein raues Lachen aus. »Ich weiß, dass du das kannst.« Das Lachen geht in einem dunkleren Laut unter, als ich die beiden obersten Knöpfe seines Hemdes öffne und seine Kehle freilege. Dort kratze ich leicht über seine Haut.

»Und das wirst du auch«, raunt er. »Das verspreche ich dir. Du wirst alles nehmen, was ich dir gebe, nicht wahr?«

Meine Haut wird heiß. Ich nicke.

»Aber vielleicht musst du vorsichtig mit mir sein, hm?« Er stützt sich auf seine Handflächen und starrt auf mich hinunter. »Es gibt so vieles, was ich mit dir tun will.«

»Ich werde sanft mit dir umgehen«, flüstere ich. Sein Blick wird weicher. »Das weiß ich auch.«

Ich habe mir nie viele Gedanken darüber gemacht, was fair ist und was nicht. Es war mir egal. Was das Universum mir gegeben hat, habe ich genommen und das Beste daraus gemacht. Aber ich bin mir nicht sicher, wie ich den kommenden Herzschmerz weglächeln soll.

Nolan gehört in eine andere Zeit. An einen anderen Ort. Er ist für eine wohlverdiente ewige Ruhe bestimmt, und ich habe nicht den Wunsch, ihn von dem abzuhalten, was er will.

Also verdränge ich die Schmerzen, die schon jetzt in mir aufflackern, und gebe mein Bestes, um im Hier und Jetzt zu leben.

»Dein Gesicht ist traurig geworden«, flüstert er. »Wo bist du gewesen?«

»Nirgends«, antworte ich. »Ich bin genau hier.«

Heute Abend werde ich mir keine Gedanken darüber machen, was als Nächstes kommt. Ich werde hier sein. Mit Nolan.

Ich spaziere mit den Fingern über seine Brust, öffne weitere Knöpfe und klopfe ihm aufs Herz. »Hoch.«

Sofort richtet er sich auf die Knie auf, und ich würde lachen, wenn ich nicht genauso begierig wäre. Unsere ungezwungenen Zärtlichkeiten gehen in fieberhafte Leidenschaft über, seine Finger arbeiten sich von unten an den Knöpfen ab, während meine von oben vorgehen. Er wirft die Schultern nach hinten und reißt sich den Stoff vom Leib, und darunter kommen glatte Haut und ein paar dunkle Brusthaare zum Vorschein. Straffe Muskeln und eine ausgeprägte Taille. Ein Körper, der durch Arbeit gestählt und durch die Zeit geadelt wurde.

Ich stemme mich weiter hoch und drücke ihm meinen Mund mitten auf die Brust, genau dort, wo sein Herz in einem rasenden Rhythmus schlägt. Mit beiden Händen in meinem Haar zieht er mich an sich.

So fühlt er sich überhaupt nicht an wie ein Geist. Er fühlt sich wie ein Mann an. Warme Haut und raue Laute. Narben auf seiner Brust und seinen Armen.

So fühlt er sich an, als wäre er *mein.*

»Harriet«, knurrt er zwischen zusammengebissenen Zähnen, als ich ihm meine Fingernägel in die Hüfte bohre. Er kniet über mir, rittlings auf meinem linken Oberschenkel, und ich kann ihm gar nicht nah genug sein.

»Was?«, flüstere ich, wandere mit meinem Mund tiefer und lecke an einer Narbe direkt über seiner Hüfte. Als ich ihm die Gürtelschnalle öffne, zuckt er am ganzen Körper zusammen.

Er zieht scharf die Luft ein, als meine Fingerknöchel über seinen Schwanz streichen.

»Ich kann nicht …«, sagt er. »Ich werde nicht in der Lage sein …«

Ich halte inne, lehne mein Kinn an ihn und starre an ihm hoch. Dabei schlinge ich meine Arme um seinen Oberkörper und drücke ihn an mich. »Was ist los?«

Seine Lider werden schwer, und seine Hände versinken in meinen Haaren. Er sieht entschieden – *und köstlich* – aus der Fassung gebracht aus.

»Ich will in dir sein, wenn ich komme.«

Alles unterhalb meines Bauchnabels zieht sich zusammen.

Ich blinzle. »Oh.«

»Und wenn du in diesem Tempo fortfährst, kommen wir wahrscheinlich nicht so weit.« Er legt die Hand an meine Wange und streicht mit dem Daumen über meinen Mund.

»Oh«, sage ich noch einmal.

Mit leicht geöffneten Lippen lasse ich seinen Daumen in meinen Mund gleiten. Sein Gesicht bekommt plötzlich einen tiefernsten Ausdruck, und seine Aufmerksamkeit gilt ganz meinem Mund. Er taucht den Daumen weiter hinein, und ich lecke mit der Zunge darüber. Er stöhnt.

»Verdammt«, flüstert er und zieht die Hand zurück. »Wir müssen nichts tun, was du nicht willst …«

»Aber ich will«, sage ich schnell. Ich will es so sehr, dass ich das Gefühl habe, ich würde aus der Haut fahren, wenn ich noch länger darauf warten muss. Ich lasse mich in die Kissen zurücksinken. »Komm her.«

Nolan legt sich auf mich, die Arme zu beiden Seiten meines Kopfes aufgestützt. Er beugt sich zu mir herunter und küsst mich, als wäre *ich* diejenige, die bald verschwinden wird. Mit beiden Händen halte ich mich in seinem Haar fest, während wir uns heiß und nass und langsam küssen. Ich versuche, jeden Moment auszukosten, bis ich unter ihm erhitzt und feucht bin. Von schmerzhaftem Verlangen durchdrungen.

Mein Rücken biegt sich durch. Ich taste nach dem hinteren Reißverschluss. »Nein.« Er drückt meine Hüfte unsanft wieder nach unten. »Lass das Kleid an.«

»Warum?«, wimmere ich.

Er zieht an meinem Rock, bis er sich über meinen Hüften auftürmt. Ich trage blassrosa Unterwäsche mit hohem Beinausschnitt, und er flüstert leise ein weiteres *»Verdammt«* und fährt sich mit der Zunge innen an der Wange entlang.

»Weil«, sagt er. »Ich dich genau so haben will.«

Dann schiebt er sich von meinem Bett herunter, geht auf dem Boden davor in die Knie und zieht mich an meinen Oberschenkeln zum Fußende. Mit einem kleinen Schrei in Richtung Zimmerdecke lasse ich zu, dass er meine Hüfte direkt am Bettrand positioniert, sodass meine Beine nutzlos über die Kante hängen. Er rückt mich exakt so zurecht, wie er mich haben will, indem er meine Knie grob spreizt, bevor er sich zwischen sie schiebt. Ich kann nur noch sein verwuscheltes Haar sehen, als er sich über mich beugt.

»Ich brauche das«, flüstert er, und alle Gedanken an befangenes Zögern verfliegen angesichts der rohen Verzweiflung in seiner Stimme. Er drückt mir einen sanften Kuss direkt unter den Bauchnabel. »Darf ich das haben, Harriet?«

Ich spreize meine Beine weiter.

»Ja«, flüstere ich. »Bitte.«

Er zögert nicht länger. Mit zwei Fingern zieht er meine hübsche Spitzenunterwäsche vorne zur Seite und klemmt sie mit dem Daumen an meinen Oberschenkel. Dann legt er seinen Mund auf mich, und mir schießt ein Blitz den Rücken hinauf.

Er geht chaotisch und direkt vor, so wie Nolan immer zu sein scheint, und ich kann kaum atmen, so intensiv ist es. Wie er den Mund weit öffnet, leckt, saugt. Als würde er versuchen, mich so schnell wie möglich und so gründlich wie möglich zu schmecken.

Meine Hände schweben über seinem Kopf. Am liebsten würde ich ihm die Finger ins Haar schieben, aber ich tue es nicht – das habe ich noch nie getan …

Als er zwischen meinen gespreizten Schenkeln meine schwebenden Hände bemerkt, erscheinen meine Lieblingsgrübchen bei ihm. Er grinst und führt eine meiner Hände an seinen Hinterkopf.

»Mach nur«, sagt er. »Zeig mir, was du willst.«

Während ich mit meinen Fingern durch sein Haar fahre, schließt er die Augen. Ich ziehe, und er stöhnt, sein Gesicht verzerrt vor quälender Lust. Überwältigt und außer Kontrolle drücke ich meine Hüfte gegen seinen Mund und wiege mich. Eigentlich erwarte ich, dass er mich stillhält, damit er die Kontrolle hat, aber er überrascht mich erneut. Er blinzelt mit schweren Lidern und starrt mich sinnlich an, während ich mich an seinem Mund reibe. Er lässt mich nehmen, was ich brauche.

Er lässt mich immer nehmen, was ich brauche.

Um ihn besser sehen zu können, stütze ich mich auf eine Hand, die andere bleibt in seinem Haar, damit ich ihn zwischen meinen Beinen an mich drücken kann. Wieder wiege ich die Hüfte. Immer und immer wieder.

Noch nie war ich so egoistisch.

Es ist *fantastisch*.

Die Hitze zieht sich in meinem Bauch zusammen, und ich lasse den Kopf nach hinten fallen. Mein Haar kitzelt die nackte Haut an meinem Rücken, während ich mich an ihm reibe.

»Nolan«, wimmere ich. »Ja.«

Keuchend zieht er sich zurück und ersetzt seinen Mund durch seine Finger, die weite, feuchte Kreise über meinen Kitzler ziehen. Er saugt an meiner Leiste, und ich höre das Klirren von Metall, als seine Gürtelschnalle auf den Holzboden fällt.

»So gut«, hauche ich, kratze mit den Fingernägeln über seine Kopfhaut und versuche, seinen Mund wieder dorthin zu führen, wo ich ihn haben will. Ich bin so kurz vor dem Orgasmus, dass ich vor Erregung zittere. »Bitte. Ich brauche dich.«

Sein Gesicht verfinstert sich, und er gibt mir einen weiteren Kuss genau über der Stelle, an der seine Finger mit mir spielen. »Zieh dein Oberteil runter«, presst er hervor.

Sofort befreie ich meine Arme aus den Trägern, und das Kleid legt sich als dickes, verdrehtes Bündel Seide um meine Mitte. Nolan packt es und zieht mich daran flach auf die Matratze. Er zieht noch einmal daran, bis ich genau so daliege, wie er mich haben will.

Das heißt, ich hänge halb vom Bett, meine Schenkel liegen auf seinen breiten Schultern und schmiegen sich an seine Ohren. Wenn er sich vorher noch irgendwie zurückgehalten hat, dann ist das jetzt vorbei. Jetzt konzentriert er sich nur noch darauf, mich so schnell wie möglich zum Höhepunkt zu bringen. Mit einem seiner Bizepse stößt er in einem schnellen, festen Rhythmus innen gegen meine Schenkel, und ich bewege meine Hüfte im gleichen Takt. Es fühlt sich so gut an. So, so, so gut.

Ich schließe die Augen und gebe mich dem hin, wimmernd und stöhnend, flüstere seinen Namen, fahre mit den Fingern durch sein Haar, über seine Ohren, seinen Nacken und an seinem Kiefer hinunter, bis zu seinem warmen und feuchten Mund an mir. Mir bleibt die Luft weg, als ich spüre, wie seine Zunge feucht über meine Finger leckt und mein Orgasmus sich in meinem Bauch zusammenzieht.

»Nolan«, hauche ich. *»Nolan.«*

»Sei nicht so höflich, Harriet.« Dunkelblaue Augen blicken in meine. *»Nimm es dir.«* Dann senkt er den Kopf und bringt mich dazu.

Der Orgasmus kommt langsam und intensiv. Genüsslich. Er steigt mir den Rücken hinauf, bevor er sich tief in meinem Bauch ausbreitet, sich meine Beine hinunterschlängelt und meine Schenkel zum Zittern bringt. Nolan sieht zu, wie ich komme, lehnt sich zurück und wiegt seine Handfläche entschlossen dort, wo gerade noch sein Mund war. Dabei erlaubt er mir, mich für den Rest davon an ihm zu reiben. Er weiß genau, was ich brauche, ohne dass ich überhaupt fragen muss, und steigert meinen Genuss, bis es sich anfühlt, als würde mein Orgasmus schon seit Stunden andauern. Ich schwitze und bin nicht mehr bei Sinnen. Ich stöhne wirres Zeug, während meine Hüfte zuckt und mein Körper unter ihm förmlich zerfließt.

Als ich mich endlich beruhige, beugt sich Nolan über mich, eine Hand neben meiner Hüfte aufgestützt, die andere fest um seinen Schwanz gelegt. Er beißt sich auf die Unterlippe, während er daran auf und ab streicht, und die Sehnen in seinem Hals treten deutlich hervor.

»Das ist genug«, keucht er. Er rutscht nach vorne und stößt mit den Knöcheln gegen meine feuchte, empfindliche Scham, dann drückt er die Spitze seines Schwanzes dagegen. Er reibt mich damit, während er sich weiter streichelt. »Das ist mehr als genug.«

Ich spreize die Knie und schüttle den Kopf. »Nicht für mich«, sage ich. »Ich will dich in mir haben.«

Er stößt einen gequälten Laut aus und lässt sich auf mich fallen, um meinen Mund mit einem wilden, ungestümen Kuss zu verschlingen. Ich schmecke mich auf seiner Zunge, und das erhitzt mich noch mehr. Mein Verlangen flammt wieder auf, mein Körper verlangt nach mehr.

»Harriet«, stöhnt er. »Ich glaube nicht, dass ich … dass ich durchhalte.«

»Das ist okay.« Ich schiebe ihm meine Hände ins Haar und versuche, ihn zu beruhigen. »Es ist gut. Es ist so gut.«

Er stößt wieder gegen mich und murmelt leise vor sich hin. Ich erhasche Worte wie *»wunderschön«* und *»unglaublich«,* sein Akzent rau an meinem Ohr. Dann hebt er meine Hüfte an und dringt heiß und prall in mich ein.

Er tut es langsam. So langsam, dass ich mich winde und auf mehr dränge, bis seine Hüfte endlich an meiner anliegt. Wir sind beide schweißnass, mein Kleid immer noch zwischen uns eingeklemmt. Nolan stützt sich über mir auf und hakt einen Finger unter den verhedderten, ruinierten Stoff, ein durchtriebenes Lächeln im Gesicht. Mit einem Hitzeblitz liegt das Kleid in Fetzen auf meiner Haut, seine Magie ein prickelndes Nachbeben.

Eine einzelne Stoffbahn legt sich um meinen Oberkörper, eine hübsche Schleife zwischen meinen nackten Brüsten.

»Ein Geschenk«, keucht Nolan. »Nur für mich.«

Ich lache, und Nolan streicht mir mit zitternden Händen die Haare aus dem Gesicht, während er kaum merklich lächelt. Er beobachtet mich, während er die Hüfte bewegt, und sein Kiefer erschlafft. Sein Rhythmus ist etwas ungeübt, aber dadurch fühlt sich alles nur noch besser an. Die Reibung. Der Druck seiner Hüfte an meinen Schenkeln. Wie er mein Haar packt und daran zieht. All das spüre ich nur häppchenweise, weil ich mir nicht sicher bin, ob ich es alles auf einmal verkraften kann. Es fühlt sich so intensiv, heiß und sirupartig süß an, so unter ihm gefangen zu sein. Hier zu liegen und mich ihm hinzugeben. Ihm zu geben, was *er* braucht.

Nolan runzelt die Stirn, stößt schneller zu, und ich weiß, dass er kurz davor ist.

»Zeig es mir«, flüstere ich, und er schüttelt den Kopf und beißt die Zähne zusammen. »Lass es mich sehen«, flehe ich.

Er schiebt die Hand zwischen uns, seine Finger suchend.

»Noch nicht«, befiehlt er. »Ich muss dich noch einmal spüren. Ich muss dich an meinem Schwanz spüren.«

Er weiß bereits, wie er mich berühren muss, denke ich wie im Delirium, während sein Daumen mich reibt. *Er weiß genau, was zu tun ist.* »Du musst das nicht …«

»Das ist nicht für dich«, stößt er hervor. »Ich brauche das.«

Er dreht die Hand um und reibt mit zwei Fingerknöcheln links und rechts der Stelle, an der er in mich hineinstößt, klemmt meine Klitoris ein und erzwingt Reibung, und das war's. Die Lust drückt mir die Luft ab und reißt mich mit. Ein scharfer, ungestümer Orgasmus durchfährt mich wie ein Sturm und raubt mir den Atem.

Irgendwo durch den Nebel höre ich ihn stöhnen, als seine Hüfte gegen meine schlägt und er seiner eigenen Erlösung nachjagt. Ich ziehe die Fingernägel träge über seinen nackten Rücken, während er sich versteift, alle Muskeln angespannt, und ihn die Lust durchströmt.

Er sieht wunderschön aus. Die Stirn gerunzelt. Der Mund geöffnet. Das Haar an den Schläfen feucht, und die Unterlippe geschwollen von meinen Küssen. Ich nehme sein Gesicht in meine Hände und beobachte, wie es sich bei seiner Erlösung entspannt.

Als er die Augen wieder öffnet, leuchten sie in einem verblüffenden Blauton. Einem, den ich noch nie zuvor gesehen habe. Seine Magie schimmert an den Augenwinkeln mit goldenen Sprenkeln, und ich strahle ihn an. Er grinst, die Brust noch immer wogend, und dann lachen wir beide wie liebestrunkene Idioten, und unsere Münder stoßen aneinander, als wir dabei versuchen, uns zu küssen.

Als er sich schließlich an meiner Seite fallen lässt, bin ich mit Kussbissen übersät. Nolan sieht genauso überwältigt aus, und seine Haare stehen ihm zu Berge.

Erinnere dich daran, sage ich mir, als er unsere Finger ineinander verschränkt, die Augen geschlossen hat und sich meine Hand an den Mund drückt. Er haucht mir einen Kuss auf die Fingerknöchel, und ich verstaue ihn an einem geheimen Ort direkt an meinem Herzen.

Bitte, bitte, bitte. Erinnere dich an ihn.

Kapitel 31

Nolan

In Harriets Küche sitzt eine Katze.

Genauer gesagt sitzt *meine* Katze mitten in Harriets Küche und wirft mir das Katzenäquivalent eines selbstgefälligen und wissenden Blicks zu.

»Builín«, begrüße ich sie über meine Tasse Kaffee hinweg, blinzle angestrengt gegen das morgendliche Licht an und versuche herauszufinden, ob ich gerade einen orgasmusbedingten Anfall von Hysterie habe. Das Fenster über dem Spülbecken ist weit offen, vermutlich, weil Builín sich selbst hereingelassen hat, und sie hat eine orangefarbene Pfote zum Maul gehoben. Ich habe sie seit ein paar Tagen nicht mehr gesehen. Jetzt weiß ich wohl, wohin sie verschwunden ist. »Brauchst du … irgendetwas?«

Die Katze blinzelt mich an. Ich blinzle zurück. Dann schlingen sich zwei Arme um meine nackte Taille, und ich spüre einen Kuss zwischen den Schulterblättern.

»Warum sprichst du mit einer Katze?«, murmelt Harriet schläfrig und träge, ihre Lippen an meiner Haut.

»Gut zu wissen, dass du sie auch sehen kannst.«

»Natürlich kann ich das.«

Harriet schmiegt ihr Gesicht an meinen Hals und gibt mir dort einen schnellen, feuchten Kuss. Wir haben es gerade mit Mühe geschafft, uns aus ihren Laken zu befreien, aber ich kann es kaum erwarten, wieder zurückzugehen. Bei all den Dingen, die wir letzte Nacht miteinander angestellt haben, sollte ich nur noch eine leere Hülle sein. Eine Hülle, die nach Luft und Stärkung japst.

Doch sobald ich Harriets Lippen auf meiner Haut spüre, zuckt mein Schwanz begierig unter der rot karierten Pyjamahose, die ich aus ihrer Kommode gestohlen habe. Sie ist viel zu kurz, endet knapp über meinen Knöcheln, aber sie ist weich. Es ist mir egal, wie lächerlich ich aussehen muss. Sie ist einfach unübertroffen … gemütlich. Jetzt verstehe ich, warum Harriet sie so mag.

»Oliver verschafft sich gerne mal Zutritt, um ein Leckerli zu bekommen«, sagt Harriet und schlurft zu einem winzigen Blechkanister. Sie öffnet den Deckel, holt ein Leckerli heraus und hält es Builín hin. Builín verschlingt es und stößt dann dankbar mit dem Kopf gegen Harriets Oberschenkel.

»Er ist harmlos, und ich mag die Besuche.« Harriets Blick fällt auf mich. »Oh! Ich nehme an, er kann dich auch sehen, oder? Du hast gesagt, Katzen können immer spüren, wenn ein Geist in der Nähe ist.«

»Das kann sie«, sage ich langsam. »Das tut sie. Aus vielen verschiedenen Gründen. Einer davon ist, dass das eigentlich meine Katze ist.«

Harriet runzelt verwirrt die Stirn. »Was?«

Ich deute mit meiner leeren Tasse auf das Tier. »Builín gehört mir.«

»Aber das ist Oliver.«

»Nein. Das ist Builín.«

»Äh, eigentlich …«

»Builín«, flöte ich. »Komm her.«

Sie stupst Harriet noch einmal an, stolziert dann auf mich zu, springt vom Rand des Esstisches auf meine Schulter und setzt sich. Ihr Schnurren dröhnt in meinem Ohr, während sie ihre weiche Nase liebevoll an meinen Kiefer drückt.

Harriet starrt mich an, eine Hand in die Hüfte gestemmt. »Ach was.«

»Aye«, stimme ich zu. »Es scheint, als wären wir beide hereingelegt worden.«

»Anscheinend.« Harriet bringt die Kaffeekanne herüber, um mir nachzuschenken, und drückt mir einen Kuss aufs Kinn, als sie fertig ist. Das weckt einen bedürftigen, vernachlässigten Teil in mir, und ich fange ihren Mund mit meinem ab. Builín springt von meiner Schulter und kommt mit ihren weichen Pfoten auf dem Küchenboden auf. Aber es ist mir egal, denn Harriet schmeckt nach Minze und Kaffee und nach der Feigenmarmelade, die geöffnet auf der Arbeitsplatte steht. So fängt jeder gute Traum an, den ich je hatte, und genauso fühlt es sich auch an.

Wie ein Traum, aus dem ich gleich aufwachen werde. Ein Traum, den ich eigentlich gar nicht haben sollte.

Harriet löst sich lachend und kopfschüttelnd von mir. »Wenn du mich weiter so küsst, kriegen wir nie irgendwas auf die Reihe.«

Ich lege ihr den Arm um die Taille und platziere meine Kaffeetasse blind auf eine überfüllte Theke, die mit Lebkuchenhäusern in verschiedenen Formen und Größen vollgestellt ist. Dann nehme ich ihr die Kaffeekanne aus der Hand und stelle auch diese beiseite. Mit der Nase bahne ich mir einen Weg unter ihren Haaren hindurch und drücke ihr Küsse auf die Kehle.

»Was müssen wir denn heute auf die Reihe kriegen?«

»Ach, ich weiß nicht«, haucht Harriet. Mit zwei Schritten schiebe ich sie rückwärts, sodass ich sie an den Kühlschrank drücken kann. Der Inhalt klappert. Ein Magnet fällt auf den Boden. »Kleinigkeiten. Auf den Wochenmarkt gehen, wenn du willst. Danach das Rätsel um dein Leben nach dem Tod lösen.« Sie fährt mir mit den Fingern durchs Haar. »Vielleicht deine Chefin davon abbringen, mich ins ewige Höllenfeuer zu verbannen.«

Ich lasse von ihrem Hals ab. »Ewiges Höllenfeuer?«

Harriet zuckt mit den Achseln. »Wir wissen immer noch nicht, was es mit diesen sehr mysteriösen Konsequenzen auf sich hat. Vielleicht verdammen mich deine Geisterfreunde dazu, bis in alle Ewigkeit zu brennen.«

Amüsiert schüttle ich den Kopf. »So ist die Hölle nicht.«

»Ach nein?«

»Mir wurde gesagt, sie ähnelt einem Wartezimmer in einem Großunternehmen, komplett mit Neonbeleuchtung.«

Harriet verzieht das Gesicht. »Gruselig.«

»Es gibt einen Wasserspender, der ständig tropft, und die Klimaanlage ist immer auf 25,5 Grad eingestellt.«

Sie schnappt nach Luft. »Wozu dann überhaupt eine Klimaanlage anschalten?«

»Ganz genau.« Ich lehne mich zurück und stütze mich am Kühlschrank ab. »Wie wahrscheinlich ist es, dass du diese Sache für heute Nachmittag ruhen lässt?«

»Was? Die Mysterien des Universums? Wohl kaum, mein Lieber.« Sie nimmt meinen verwaisten Kaffeebecher in die Hand. »Wir müssen dich doch noch zu deinem Leben im Jenseits befördern.«

Es trifft mich wie ein Schlag. Mein Leben im Jenseits. Es ist nichts, woran ich denken möchte, wenn ich noch die Spuren sehen kann, die ich auf ihrer Haut hinterlassen habe.

Bis jetzt habe ich ihr nichts von dem Kompass erzählt. Ich habe ihn ganz bewusst unter einer Kiste auf dem obersten Regal in ihrer Abstellkammer versteckt, weil ich nicht wissen möchte, was passiert, wenn er wieder in meinen Besitz gelangt. Was passiert, wenn ich ihn berühre? Ich möchte, dass meine unerledigten Angelegenheiten genau das bleiben … unerledigt.

Ich möchte bleiben, wo ich bin. Hier, in Harriets Küche, in einer geliehenen Pyjamahose, während die Sonne durch die Fenster scheint. Von der Decke hängen Papiersterne, Harriet trägt einen blassrosa Morgenmantel, und ihre Augen leuchten hell.

Ich will nicht weiterziehen. Ich will nicht von Harriet getrennt werden. Es ist die grausamste Wendung des Schicksals, dass das, was ich mir am meisten gewünscht habe, endlich in Reichweite ist und ich es nicht mehr *will.*

Ich werde wieder *lebendig*, aber wofür? Um das alles erneut hinter mir zu lassen, wenn ich meinen Kompass an mich nehme? Um ein letztes Mal davon gekostet zu haben, wie es sich anfühlt, ein Mensch zu sein?

Es ist nicht fair.

»Wir könnten heute hierbleiben«, biete ich an und starre auf den Küchenfußboden. Auf unsere Beine, die sich vor dem Kühlschrank ineinander verhakt haben. Harriets Füße in Pantoffeln und meine alberne Hose. »Wir könnten ...« Der Rest meines Satzes verliert sich, während ich mir den Kopf darüber zerbreche, wie es mit uns weitergehen soll.

Sie legt die Hand um mein Kinn und hebt mein Gesicht an, bis ich keine andere Wahl habe, als sie direkt anzusehen.

»So tun als ob«, sagt sie. »Wir könnten so tun als ob. Das wolltest du doch sagen, oder?«

Ich atme aus und nicke. Genau das will ich. Ich will so tun, als ob ich dies hier länger als nur eine Handvoll gestohlener Momente haben könnte.

»Und du willst in die Vergangenheit reisen«, stelle ich fest, und meine Stimme ist kaum mehr als ein Krächzen. »Du willst weitersuchen.«

Als sie die Lippen zusammenpresst, möchte ich sie so sehr küssen, dass es wehtut. Aber sie während dieses Gesprächs zu küssen, fühlt sich an, als würde ich etwas zurückstehlen, das mir nie gehört hat.

»Was ich will«, sagt sie langsam, »ist, dich zu behalten. Aber wir wissen beide, dass das für uns nie in den Karten stand. Das wussten wir von Anfang an, Nolan.«

»Wir könnten unsere Tage so verbringen.« Ich fahre mit den Fingerknöcheln vorne über ihren Morgenmantel. »Wir könnten ...«

Sie schüttelt den Kopf und unterbricht mich, indem sie die Finger auf meine Lippen legt. Ich verstumme, und sie streichelt mir über die Wange.

»Wenn ich dich schon nicht behalten kann, möchte ich zumindest dafür sorgen, dass du glücklich bist. Wo auch immer du sein wirst. Und das bedeutet, dass ich dir bei deinen unerledigten Angelegenheiten helfe und dich dann auf deinen Weg schicke.« Sie wischt sich mit dem Ärmel ihres Morgenmantels erst unter der Nase und dann an den Augen entlang. »Also ja. Ich möchte weitersuchen. Weil du es verdienst, glücklich zu sein, Nolan. Und es ist mir wichtig, dass ich dazu beitragen kann.«

Ich bin glücklich, möchte ich fast sagen. *Ich bin glücklich mit dir. Ich bin glücklich so.*

Aber ich tue es nicht. Weil sie recht hat. Ich kann nicht bleiben, und ich möchte ihr nicht wehtun, indem ich etwas anderes behaupte, nur um ihre Gefühle nicht zu verletzen. Es gibt Regeln, und ich habe jede einzelne davon gebrochen.

Aber diese Regel kann ich nicht brechen.

Ich wüsste nicht einmal, wie.

»Ich will dich auch behalten«, murmle ich und hoffe, dass sie all die Dinge hören kann, die ich nicht sage. Ich streiche ihr ein paar Haare aus dem Gesicht und lege ihr dann die Hand um den Nacken. Mit geschlossenen Augen spüre ich, wie ihr Puls flattert – Schmetterlingsflügel an meiner Handfläche.

»Wir gehen später«, sage ich widerwillig.

Sie nickt. »Erst frühstücken wir.«

»Und essen zu Mittag«, füge ich hinzu. »Und dann ein Nickerchen.«

Sie lehnt sich zurück und sieht mich an. »Ein Nickerchen?«

Ihre Augen sind rot umrandet, aber strahlend, und die Nasenspitze ist rosa. Doch sie lächelt trotz allem, wie sie es immer tut.

Mein Griff um sie wird fester.

»Ein Vorwand, um dich wieder ins Bett zu bekommen«, erkläre ich. Sie lacht, und ich beuge mich vor, um ihr den Klang von der Zunge zu lecken. Sie schmiegt sich an mich. Meine Finger verfangen sich in der Kordel ihres Morgenmantels.

Als ich daran ziehe, fällt der Stoff auseinander.

Ich werde Harriet nicht behalten können, aber ich werde mich an sie erinnern.

Und ich habe vor, das Beste daraus zu machen.

Kapitel 32

Harriet

»Du zögerst es hinaus.«

»Tue ich nicht.«

»Doch, tust du.«

»Tue ich *nicht.*«

Ich lache. »Nolan. Ich beobachte seit vier Minuten, wie du darüber nachdenkst, deinen Arm in diesen Ärmel zu stecken. Du hast meine Lebkuchenmänner zweimal neu angeordnet. Du siehst meine Girlande an, als wolltest du sie noch mal neu aufhängen.«

»Sie hängt etwas schief.«

»Nein, tut sie nicht.« Vielleicht ein bisschen. In der Mitte. Aber wir müssen jetzt nicht umdekorieren. Wir müssen meine Vergangenheit besuchen. Oder seine. Wohin auch immer uns seine Magie führt.

Nolan lässt den Kopf nach hinten fallen, kneift die Augen zusammen, und sein dunkelblauer Cabanmantel hängt an einem seiner Arme. Er murmelt etwas vor sich hin von *»stur«* und *»mehr Zeit«* und *»hätte noch ein Blaubeer-Plunderteilchen kaufen sollen«.*

Mein Herz wird weich.

»Ich weiß, dass du nicht gehen willst.« Dabei schlinge ich ihm die Arme um die Taille und bette mein Kinn auf seine Brust. Er späht zu mir herunter. »Ich will auch nicht gehen, aber es ist die richtige Entscheidung.«

Es ist das Einzige, was wir tun können. Als wir seine Magie das letzte Mal ignoriert haben, geriet sie außer Kontrolle. Das möchte ich nicht noch einmal erleben.

Außerdem muss ich mich selbst im Griff haben. Ich darf nicht aus den Augen verlieren, wie das hier enden wird. Es wird schlimm genug wehtun, wenn ich Lebewohl sagen muss. Aber ich will nicht so tun, als wäre es vermeidbar.

Kurz spannt er den Kiefer an, und der Ärmel seiner Jacke hängt immer noch schlaff herunter. Nolan sucht meinen Blick und hebt schließlich die Hand, um mir ein paar widerspenstige Locken hinters Ohr zu streichen. Er seufzt schwer. Aus tiefster Seele.

»Du hast recht. Wir müssen es tun.« Er schluckt mit suchendem Blick und kneift mit einem leicht schuldbewussten Ausdruck die Augen zusammen. Als er zu lächeln versucht, scheitert er kläglich. »Bist du dir sicher, dass ich dich nicht überreden kann, stattdessen den Nachmittag mit mir im Laden zu verbringen?«

»Wir können danach in den Laden gehen.« Ich halte inne und lasse meine Finger über seinen Nacken tanzen, direkt unter seinem Haaransatz. Er schließt die Augen und lässt die Schultern hängen. »Ich möchte nicht den Rest unserer gemeinsamen Zeit damit vertrödeln, auf das Ende zu warten. Okay?«

Seine Augen bleiben geschlossen, und er presst die Lippen zu einem Strich zusammen, aber er nickt. »Okay.«

»Gut. Jetzt küss mich, und dann lass uns gehen.«

Nolan öffnet ein Auge. »Sieh dich nur an. Du forderndes kleines Ding.«

»Ich habe von den Besten gelernt.« Jetzt spitze ich die Lippen. Nolan lacht. »Ich warte«, singe ich.

Stoff raschelt, als Nolan seinen Mantel ganz überzieht, dann wandern seine Hände meine Arme hinauf und über meine Schultern. Langsam. Fest. Sicher. Eine Beteuerung, dass er da ist. Dass er *bei* mir ist. Er stupst meine Nase mit seiner an, und ich bin mir nicht sicher, ob es in meinem Leben jemals einen perfekteren Moment gegeben hat.

»Küss mich«, fordere ich erneut und schmecke die Andeutung seines rauen Lachens, kurz bevor sich seine Lippen auf meine legen.

Er geht langsam und vorsichtig vor, mit einer köstlichen Gründlichkeit. Er hält mein Gesicht fest, und sein Mund bleibt geduldig. Langsam, ganz langsam. Ich fühle mich, als würde ich innerlich aufleuchten. Glühen.

Erst als Nolan sich von mir löst und wir uns an einem anderen Ort befinden, wird mir klar, dass wir in die Vergangenheit gereist sind. Die Reste seiner Magie funkeln noch in seinen Handflächen. Steingrauer Himmel und das offene Meer begrüßen uns. Möwen schweben über dem Horizont, und die See ist rau und aufgewühlt.

Nolan runzelt die Stirn, als er sich umschaut. »Meine Vergangenheit«, sagt er.

»Auf jeden Fall«, bestätige ich, während ich mich auf dem Deck des kleinen Schiffes umsehe. »Ist das dein Boot?«

Nolans Blick ist immer noch irgendwo in die Ferne gerichtet, die Augenbrauen tief nach unten gezogen. Er denkt nach. »Aye«, sagt er abwesend. »Es gehört mir.« Er schiebt die Hände in die Manteltaschen und wirft mir einen vielsagenden Blick zu, als ich dasselbe versuche. Ich hatte meinen pinkfarbenen knöchellangen Mantel mit den viel zu kleinen Taschen angezogen, bevor wir das Haus verlassen haben.

Ich halte Nolan meine inzwischen mit Fäustlingen bekleideten Hände hin und winke ihm zu.

»Danke. Ich möchte wirklich nicht, dass du an Deck eines Schiffes deine Hände nicht mehr benutzen kannst.«

Ich schaue mich auf dem Boot um. Wenn ich meine Arme weit ausstrecken würde, könnte ich mit beiden Händen die Seiten berühren. Hinten befindet sich eine weiße Kajüte. Eine Reihe von Netzen und Seilen liegt ordentlich aufgestapelt an Deck.

Nolan sehe ich jedoch nicht. Nur eine zurückgelassene Wollmütze, die über den Rand einer alten Kiste geworfen wurde.

Ein weiterer Windstoß hebt meine Haare an.

»Weißt du, in welcher Erinnerung wir uns befinden?«, frage ich. Von unter uns ertönt ab und zu ein dumpfer Schlag. Ich vermute, er ist unter Deck und tut … was auch immer Fischer tun, wenn sie dort unten sind.

Die Luken schließen? Seine … Planken polieren?

»Ich habe den Großteil meiner Zeit auf diesem Boot verbracht. Ich weiß nicht, welcher Tag heute ist oder warum wir …«

Er bricht abrupt ab, als das Schiff unter unseren Füßen schaukelt. In der Ferne sammeln sich dicke schwarze Wolken, die sich schnell auf uns zu bewegen.

Nolan streckt die Hand aus, um mich zu stützen, sein Griff ist fest. »Was ist los?«, frage ich. Er sieht verstört aus.

»Kannst du den Leuchtturm erkennen?«

Ich drehe mich um und starre in Richtung Ufer. Ganz schwach mache ich ein Licht aus, das aufblitzt und wieder erlischt. Aufblitzt und wieder erlischt. Aber um das Boot herum zieht dichter Nebel auf, und ich verliere es schnell aus den Augen. Es ist, als wäre es nie da gewesen.

»Nein«, sage ich schwach. »Ich dachte, ich sähe ihn, aber jetzt nicht mehr.«

»Kirchenglocken«, sagt er zu sich selbst.

Aus der Ferne hallen leise, unheimliche Klänge über das Wasser. Weit entfernt. Das langsame Läuten massiver Kirchenglocken schallt durch die Luft, bevor der Wind es davonträgt.

Mir stellen sich die Nackenhaare auf. *»Verdammt noch mal«,* flucht Nolan. »Ich weiß, welcher Tag das ist.«

Er schluckt schwer. »Das ist der Tag, an dem ich gestorben bin.«

Kapitel 33

Harriet

Nolan nickt, den Blick irgendwo in die Ferne gerichtet. Er hält immer noch meinen Arm fest.

»Nun …« Ich beuge mich vor und spähe über die Reling. Die Dünung wird langsam heftiger, hebt das Boot an und lässt es dann wieder fallen. Als hätte Poseidon selbst seine Hand aus dem Wasser gehoben, um mit dem kleinen Schiff zu spielen. »Das scheint mir nichts Gutes zu bedeuten.«

Nolan runzelt die Stirn und sucht das Boot nach … irgendetwas ab. Vielleicht nach einer Rettungsluke. »Nein, das ist es wirklich nicht.«

Vom Himmel prasselt jetzt heftiger Regen in dicken, schweren Schauern herab. Er macht meine Haare schwerer, aber ich spüre weder die Temperatur noch die Feuchtigkeit. Es ist ein seltsames Gefühl. Als würde man mit Wattebällchen beworfen. Oder als würde man durch ein Spinnennetz laufen.

Wieder schaukelt das Boot, und hinter Nolan taucht sein früheres Ich aus dem Unterdeck auf. Er trägt einen dicken weißen Pullover und eilt mit panischem Gesichtsausdruck zum Ruder. Er dreht am Steuerrad, um das Boot zu wenden und zum Ufer zu gelangen, aber selbst ich weiß, dass es zwecklos ist. Der Sturm zieht zu schnell auf. Der Nebel ist zu dicht. Er kann unmöglich wissen, wohin er fährt.

»Der Tag, an dem du gestorben bist?«, wiederhole ich. »Warum bist du allein hier draußen?«, rufe ich über den Lärm von Wind, Regen und schäumendem, tosendem Meer hinweg. Vielleicht spüren wir die Auswirkungen des Sturms nicht, aber der Lärm ist gigantisch. Wie ein außer Kontrolle geratener Zug. Ein ohrenbetäubendes Dröhnen. »Du hättest jemanden bei dir haben sollen!«

Nolan hält mich während eines besonders heftigen Rucks fester, einen Arm um meine Taille geschlungen. Er ist von den dunklen Haaren bis zu den schwarzen Stiefeln klatschnass, Wasser läuft ihm wie Tränen über die Wangen. Ich kann überhaupt nichts sehen, der Sturm ist wie ein dichter Vorhang um uns herum.

»Es ist ein kleines Boot!«, schreit er zurück.

Das Schiff ruckelt, und wir rutschen einen halben Meter nach links. Hektisch suchen wir mit den Füßen Halt auf dem nassen Deck, während der Nolan hinter uns versucht, die Seile zu sichern.

Mein Nolan beobachtet ihn mit einem unglaublich traurigen Gesicht und zusammengebissenen Zähnen. »Wir müssen hier weg«, sagt er.

Ausnahmsweise will ich nicht widersprechen.

»Ja«, antworte ich. »Lass uns gehen.«

Doch gerade als Nolan versucht, mich wieder zu sich heranzuziehen, schlingert das Boot erneut, und eine Monsterwelle bricht über die Seite herein. Wasser ergießt sich über das Deck, und ich verliere den Halt und schlage mit der Hüfte unsanft auf den Planken auf. Als das knarrende Schiff nach rechts kippt, rutsche ich weg und grabsche mit den Händen nach allem, was ich greifen könnte. Nach einem Tau. Einem Mast. Irgendetwas.

Aber vor lauter Adrenalin und Angst, Nebel, Wind, Regen und dem Ozean, der alles zusammenwirbelt und grau färbt, bin ich zu ungeschickt. Nolan brüllt mir hinterher, aber ich kann ihn nicht mehr sehen. Ich kann nur noch sein früheres Ich erkennen, das sich mit einer Hand am Steuerrad des Schiffes festklammert. Sein Pullover klebt ihm auf der Haut, und sein Arm ist in einem völlig falschen Winkel verrenkt.

»Nolan!«, schreie ich, nicht wissend, ob ich den vergangenen oder den gegenwärtigen Nolan meine. Vielleicht beide.

Er muss so viel Angst gehabt haben, hier draußen ganz allein zu sein. Wusste er, dass er es nicht schaffen würde, zurückzukommen? Oder hoffte er noch? Bis zu seinem allerletzten Moment?

Eine weitere Welle trifft das Boot mit ohrenbetäubendem Getöse. Ein heftiges Krachen ist zu hören, als würde sich plötzlich die Erde auftun, und der frühere Nolan verliert den Halt am Steuerrad. Ich strecke die Hand nach ihm aus, aber es ist zu spät. Das Boot steht fast senkrecht im Wasser, und er rutscht über Deck und kracht mit dem Kopf gegen den Schiffsmast, bevor er über die Reling stürzt.

Lautlos fällt er ins Wasser.

»Harriet!«, höre ich von irgendwo hinter mir, verzweifelt und panisch. »Harriet!«

»Ich bin hier«, versuche ich zu schreien. Ich kann mich nicht bewegen. Das Deck des Schiffes ist zu steil, das Holz zu rutschig. Die Wellen sind jetzt unerbittlich, eine nach der anderen schlägt gegen das Holz und zerschmettert es unter ihrem monströsen Druck. In meinen Ohren vermischt sich das Tosen des Meeres mit meinem Herzschlag. Mein schneller, panischer Atem und Nolans Stimme, die gegen den Sturm anschreit.

Ich muss zu ihm.

Mühsam erhebe ich mich auf die Knie und versuche, mich umzudrehen und blind in seine Richtung zu tasten. Das Holz ächzt unter meinen Handflächen, die Welt dreht sich, und das Wasser schlägt wie ein Hammer auf mich ein. Mit einem Schrei verliere ich meinen unsicheren Halt und stürze über Bord.

Unter Wasser ist es still.

Als ich langsam nach unten sinke, bin ich mir meiner Umgebung auf eine Weise bewusst, wie ich es wahrscheinlich nicht sein sollte. Das Wasser ist spürbar, aber nicht *fühlbar*, mein Körper passt sich nahtlos an die neue Umgebung an, weil ich nicht wirklich *hier* bin.

Atmen ist nicht nötig. Sehen auch nicht.

Ich bin einfach.

Ein Hauch. Eine Erinnerung.

Ich gehöre in eine andere Zeit. An einen anderen Ort.

Nebelhaft und verträumt und in Blau gehüllt schwebe ich nach unten, immer weiter nach unten.

Irgendein entfernter Teil meines Gehirns schlägt Alarm, aber er ist weit weg, und ich bin so schrecklich, schrecklich müde. Ich bin es leid, nachzudenken, zu kämpfen und zu wollen und mich zu sehnen. Jetzt möchte ich mich ausruhen. Nur für einen Moment.

Mir ist klar, dass ich mich an die Oberfläche zurückkämpfen muss, um Nolan zu finden und mich von ihm an den Ort bringen zu lassen, an den ich gehöre, aber ich habe nicht die Kraft dazu. Stattdessen lasse ich mich sinken und blinzle gegen den Druck des Wassers an.

Es brennt nicht in meinen Augen oder meiner Nase, und es schnürt mir nicht die Luft ab. Ich spüre einen leichten Druck, aber den kann ich gut ignorieren. Trümmer des Schiffes schweben träge um mich herum, und ich fahre mit den Fingern über ein Stück Holz. Vielleicht könnte ich damit an die Oberfläche zurückkehren?

Keine Ahnung. Darüber nachzudenken, ist zu viel. Eine Sorge, die ich leicht loslassen kann. Meine Überlegungen werden schwerfällig, und ich nehme nur noch Farben und Empfindungen wahr. Kaltes Wasser und taube Finger.

Blau. Lila. Das fahle Weiß eines Pullovers.

Das Meer wogt, und ich sehe ihn.

Vor mir im Wasser schwebt Nolan. Seine Arme sind schlaff, und sein Haar bildet einen Heiligenschein um seinen Kopf, der unter der Oberfläche einen dunklen Bronzeton angenommen hat. Er hat eine Schnittwunde an der Stirn, die seine Augenbraue durchtrennt, aber sie blutet nicht mehr. Er sieht aus, als wäre die Zeit für ihn stehen geblieben. Friedlich.

Schwerfällig und mit langsamen Lidschlägen öffnet er die Augen.

Ja, denke ich benommen. *Da bin ich. Du musst nicht mehr allein sein.*

Ich bin froh, dass ich am Ende hier bei ihm sein kann, auch wenn er nichts mehr davon wissen wird.

Niemand sollte beim Sterben allein sein. Schon gar nicht Nolan. Er war schon lange genug allein.

Ich strecke die Hand nach ihm aus, über die Weite des Wassers hinweg, und er blinzelt matt, seine Gesichtszüge werden weicher. Er hebt die Hand, als würde er nach mir greifen wollen, und wir treiben näher zusammen. Gemeinsam sinken wir immer tiefer, und das Meer um uns herum wird stetig dunkler. Wir sind schon so weit von der Oberfläche entfernt, aber es ist schön hier unten.

Ruhig.

Warm.

Ich brauche keine Angst zu haben.

Hier gehörst du nicht hin, flüstert eine Stimme. *Komm zu mir zurück. Schwimm, Harriet. Kämpfe.*

Gleich. Gleich fange ich wieder an zu schwimmen. Jetzt will ich nur bei Nolan sein.

Bei Nolan.

Bei … bei Nolan.

Nolan.

Um uns herum breiten sich Schockwellen im Wasser aus. Goldene Funken erhellen die Dunkelheit.

Hübsch, denke ich kichernd, und mir treten Luftblasen aus dem Mund. Nolan treibt von mir weg, immer weiter außer Reichweite.

Nein, denke ich. *Nein, bleib bei mir.*

Ich will nicht, dass er geht. Ich will nicht zusehen, wie er verschwindet.

Er sinkt immer tiefer. Seine Augen sind jetzt geschlossen.

Plötzlich packt mich eine Hand am Mantelkragen. Ein Ruck, ein magischer Blitz um meine Mitte …

Und dann ist da gar nichts mehr.

Kapitel 34

Nolan

Wir landen mitten in ihrem Wohnzimmer, bis auf die Knochen durchnässt.

Als ich versuche, ihr den pinkfarbenen Mantel von den Schultern zu zerren, ist er zu schwer, und ihre Arme sind darin gefangen. Sie liegt schlaff und regungslos unter mir, die Augen geschlossen, die Lippen leicht bläulich.

»Scheiße.« Wieder reiße ich an ihrem Mantel, und ihr Kopf fällt zur Seite. »Scheiße. Harriet. *Bitte.*« Mit einem magischen Schub verschwindet der Mantel, und der dünne blaue Pullover, den sie darunter trägt, klebt an ihrer Brust.

Sie ist zu still.

Sie fühlt sich zu kalt an.

»Harriet«, fahre ich sie an und schüttle sie kurz. Dann drücke ich ihren Mund auf und beuge mich zu ihr hinunter, um Luft in ihre Lungen zu pumpen. Aber ich weiß nicht, ob das funktionieren wird. Ich bin ein … ich bin ein Geist. Ich *atme* nicht wirklich. Also richte ich mich wieder auf, lege ihr meine Hände auf die Mitte der Brust und übe mit festem Rhythmus Druck aus.

Sie rührt sich nicht.

»Harriet«, sage ich noch einmal. Wie lange war sie unter Wasser? Eine Minute? Zwei? Zeit vergeht schnell, besonders in einer Erinnerung. Ich hätte sie auf keinen Fall loslassen dürfen.

Verflucht, ich werde nie vergessen, wie sie über Bord ging, mit vor Schreck weit aufgerissenen Augen, die Hände nach mir ausgestreckt. Ich hechtete hinterher, aber sie verschwand zu schnell.

Unter der Wasseroberfläche konnte ich sie nicht sehen. Ich konnte überhaupt nichts sehen.

»Harriet«, flüstere ich erneut, jetzt flehend, und übe weiterhin immer wieder Druck auf ihren Brustkorb aus. Ich zähle bis dreißig, nehme meine Hände weg und warte darauf, dass sich ihre Lungen füllen.

Sie tun es nicht.

Wieder drücke ich meinen Mund auf ihren.

»Harriet, bitte. Bitte, Liebes.« Mit zitternder Hand halte ich ihr Kinn. Die Versuche, Luft in ihre Lungen zu pumpen, lasse ich bleiben und küsse sie stattdessen. Ich bin verzweifelt. Sie ist so verdammt kalt. »Komm schon. Wach auf. Wach für mich auf.«

Sind das die Konsequenzen, vor denen Isabella mich gewarnt hat? Ist das der Preis, den ich zahlen muss? Wenn ja, ist der Preis zu hoch.

Ich starre auf ihr blasses Gesicht hinunter. »Harriet.« Mir bricht die Stimme. »Komm zu mir zurück.«

Mit dem Daumen streiche ich über ihre Wange. Wasser tropft aus meinen Haaren auf den Boden. Ich bin mir der Stille bewusst, die mich leise niederdrückt und uns auf Harriets Fußboden in einen Kokon hüllt. Sie schnürt mir die Lungen und meinen Hals zusammen, und ohne Harriets Atem ist mein eigener viel zu laut.

»Bitte«, flüstere ich.

Plötzlich stößt Harriet unter mir ein gurgelndes Keuchen aus und verschluckt sich am Wasser. Hastig drehe ich sie auf die Seite, damit sie es hustend und prustend ausspucken kann, während ich ihren Rücken stütze und ihr beistehe. Die Erleichterung schneidet mich auf wie eine Rasierklinge. Ich bin so dankbar, dass es wehtut.

»Alles in Ordnung«, tröste ich sie, während sie sich auf der Seite zusammenrollt und die Knie an die Brust zieht. Sie zittert am ganzen Leib, ihr nasses Haar ist ein einziges wirres Knäuel. »Wir sind zurück. Ich bin bei dir.«

Sie war unter Wasser, als ich sie fand. Ich habe sie zurückgebracht und sie nicht losgelassen. Jetzt ist sie in Sicherheit und wird sich wieder erholen.

Ihr Blick ist getrübt, ihre Zähne klappern. »K-k-kalt«, stammelt sie.

Mir entfährt ein hässliches Wort. Natürlich ist ihr kalt. Mit den Händen an ihren Schultern lasse ich meine Magie durch mich hindurchfließen, fiebrig und hell. Meine Kontrolle ist bestenfalls zittrig, sodass der Zauber in einer hektischen Welle aus mir herausbricht und die Ornamente am Baum zum Klappern bringt, während sie sich wie eine Decke über Harriet legt. Als sie in Gold eingehüllt wird, wimmert sie. Meine Hände greifen fester zu.

»Es ist alles gut«, wiederhole ich. Auch ich kann nicht aufhören zu zittern. »Wir sind zurück.«

Wir hätten nie in die Vergangenheit zurückreisen dürfen. Nicht, da ich inzwischen weiß, dass der Schlüssel, mit dessen Hilfe ich weiterziehen werde, auf dem obersten Regal in ihrer Abstellkammer versteckt ist. Diese Reisen sind reine Ablenkung und jetzt auch noch eine Gefahr für ihre Sicherheit. Ich hätte ihre Hand packen und sie in diese Zeit zurückbringen müssen, sobald wir auf dem Boot gelandet waren. Ich wusste, wo wir uns befanden.

Es war egoistisch, es ihr nicht zu sagen.

Meine Magie zieht sich zurück und streichelt Harriet sanft, bevor sie zu mir zurückkehrt. Rosige Wangen. Wirres Haar. Müde Augen. Harriet ist erschöpft, aber *am Leben* und liegt zusammengerollt wie ein Halbmond auf dem Boden ihres Wohnzimmers.

Sie wirft einen Blick auf ihre Brust und stößt einen überraschten Laut aus.

»Du h-hast den mit den Nussknackern ausgesucht.«

Sie zupft an dem Oberteil ihres Flanellpyjamas und lächelt schwach in Richtung der tanzenden Nussknacker. Ich kann nicht behaupten, dass es eine bewusste Entscheidung war. Das war das

Erste, was ich finden konnte und sie am schnellsten wärmen würde. Als sie fröstelt, runzle ich die Stirn und wedele wieder mit der Hand. Ein Sweatshirt taucht über den Nussknackern auf.

Es ist viel zu groß. Sie wirkt winzig in dem weichen Stoff, und die Ärmel reichen ihr bis über die Hände. Sie versteckt die Finger in den Bündchen und macht sich ganz klein. »Ist das deins?«

»Ja«, antworte ich sofort, und mein Herz hämmert immer noch in meiner Brust. Ich kann nicht aufhören, sie zu berühren. Immer wieder streiche ich über ihre Arme, ihre Schultern, ihren Nacken. Ich drücke meine Hände auf ihre warme Haut und atme schließlich erleichtert auf, als ich ihren steten und kräftigen Puls spüre.

Wieder fröstelt sie mit bebenden Schultern, und meine Magie bricht sich erneut Bahn und verpasst ihr Fäustlinge an den Händen und eine Mütze auf dem Kopf. Als ich blinzle, trägt sie außerdem eine blassrosa Schneehose, die an der Taille eng anliegt.

Ein amüsiertes Lächeln huscht über ihre Lippen.

»Das ist zwar alles sehr hilfreich, aber ich glaube, es wäre am besten, wenn du dich auch abtrocknen würdest.« Ihr Blick wird weicher, und sie hebt die Hand, um mir ein paar nasse Haare aus dem Gesicht zu streichen. »Deine Hände sind kalt. Du musst furchtbar frieren, Nolan.«

Schnell weiche ich von ihr zurück. Ich habe auf ihre warme, trockene Kleidung getropft. Habe sie mit meinen eiskalten Händen berührt.

»Es tut mir leid.« Wieder greife ich nach meiner Magie. Meine nasse Kleidung verschwindet zugunsten von Jeans und einem grauen T-Shirt. »Ich wollte nicht … du warst … und dann …« Ich beiße die Zähne zusammen, bis meine Backenzähne knirschen. »Es tut mir so leid«, bringe ich schließlich hervor.

»Oh, Nolan«, wispert Harriet. Sie streckt die Arme aus und rückt auf dem Boden näher zu mir. »Komm her. Du musst dich nicht entschuldigen. Mir geht es gut.«

Aber das wäre fast nicht der Fall gewesen, weil ich sie nicht beschützen konnte. Weil ich zu feige bin, ihr die Wahrheit zu sagen. Weil ich mich nicht fernhalten kann.

Ich ziehe sie auf meinen Schoß, vergrabe mein Gesicht in ihrem Haar und seufze schwer. Sie klammert sich genauso heftig an mich.

»Keine Reisen mehr«, sage ich dicht an ihrem Hals. »Nie wieder, Harriet. Wir gehen nicht mehr zurück.«

Sie kämmt mir mit den Fingern durch die Haare. »Aber wir haben noch nicht …«

»Nie wieder«, sage ich noch einmal, meine Stimme hart. Mit einer Hand auf ihrem Rücken drücke ich sie fester an mich. »Ich nehme dich nicht mehr mit. Das mache ich nicht mehr, Harriet.«

»Okay«, antwortet sie, und ihre Fingernägel kratzen über meine Kopfhaut. »Das ist okay. Wir bleiben hier.«

Ich nicke, meine Nase an ihrem Hals. Ich hätte ihr von dem Kompass erzählen sollen. Wir hätten nie in die Vergangenheit reisen dürfen. »Ich werde nicht … wir werden nicht wieder zurückgehen.«

»Okay«, sagt sie erneut, um mich zu beruhigen. »Wir gehen nicht zurück, Nolan. Es ist okay. Mir geht es gut.«

»Gut.« Mit geschlossenen Augen halte ich sie in meinen Armen. Ich sehe sie immer wieder vor mir, wie sie unter Wasser treibt, und ihr goldenes Haar schwebt um sie herum. Ihre bernsteinfarbenen Augen leuchten selbst in der Dunkelheit. Ihr rosafarbener Mantel und ihre Hand, die nach meiner greift.

Mit gerunzelter Stirn lege ich den Kopf schief und *erinnere* mich. Nicht daran, wie ich sie aus dem Meer gezogen habe, sondern an früher.

Kaltes Wasser. Ein stechender Schmerz in meiner Stirn. Druck auf meiner Brust und das Brennen in meiner Nase.

Alles verschwommen und dunkel, dann Licht. Ihre Hand. Sie greift nach meiner.

Ich dachte, sie wäre ein Engel.

Jetzt reiße ich die Augen auf.

»Ich habe dich gesehen«, murmle ich.

Harriet rückt sich auf meinem Schoß so zurecht, dass ihre Arme über meinen Schultern liegen und sie sich mit ihrer Wange an mich schmiegen kann. »Hmm?«

»Unter Wasser«, sage ich mit zitternder Stimme. »Ich habe dich gesehen.«

»Oh. Ja, das hast du. Ich dich nicht, aber ich konnte deine Magie spüren.« Sie drückt mir einen Kuss oben auf mein Ohr. »Danke, dass du mich da rausgeholt hast.«

Ich schüttle den Kopf. »Nein, Harriet. Ich habe dich *damals* gesehen. Ich erinnere mich an dich. Ich … ich erinnere mich daran, wie ich ertrunken bin«, stottere ich, ohne zu wissen, wie das möglich ist, aber ich spüre, dass es wahr ist. Ich *erinnere* mich. »Ich habe dich unter Wasser gesehen. Du hast deine Hand nach mir ausgestreckt. Du hast versucht, meine Hand zu greifen.«

Auf ihrer Stirn erscheint eine Falte. Ihr Blick sucht in meinem. »Du meinst, du hast mich gesehen, als du mich rausgezogen hast«, sagt sie langsam. »Stimmt's?«

Ich schüttle erneut den Kopf. »Nein. Es ist meine Erinnerung. Von damals. Sie ist verschwommen, aber ich erinnere mich an dich. *Dich,* Harriet. Sogar an deinen Mantel.« Kirchenglocken. Türkisblau. Meerglasgrün. Blassrosa. *Rosa.* Das Rosa ihres Mantels. »Harriet. Das warst du. Als ich starb, habe ich dich gesehen.«

»Wie?«, haucht sie.

Wieder schüttle ich den Kopf. »Das weiß ich nicht.«

Jetzt entsinne ich mich auch wieder an dieses komische Gefühl am ersten Abend, als wir uns kennengelernt haben. Sie saß auf ihrer Couch und hatte ihr Haar zu einem unordentlichen Pferdeschwanz zusammengebunden. Ich sah sie an und spürte, dass mir irgendetwas bekannt vorkam. Eine vage Erinnerung, die am Rande meines Bewusstseins schwebte.

Sie war immer schon da gewesen. Die ganze Zeit ist Harriet da gewesen.

»Was bedeutet das?«, flüstert sie.

»Das weiß ich nicht«, flüstere ich zurück.

Dann lege ich meine Stirn an ihre und atme ihren Duft nach Pfefferminze und Zucker ein. Ich spüre ihr weiches Haar. Mit geschlossenen Augen versuche ich, die Puzzleteile zusammenzusetzen.

»Vielleicht war es immer meine Bestimmung, dich zu finden«, sage ich mit heiserer Stimme.

Vielleicht, fügt mein Herz hinzu, *solltest du schon immer mir gehören.*

❄

Harriet nimmt diese Nachricht mit Fassung auf – und erholt sich schnell nach dem für sie fast tödlichen Schiffbruch vor der Küste Irlands im Jahr 1902.

Sie macht Pfannkuchen, die Zipfelmütze noch tief über die Ohren gezogen, die Fäustlinge auf der Küchentheke abgelegt, während sie den Pfannenwender schwingt. Die Erkenntnis, dass ich ihr heutiges Ich irgendwie in meinen letzten Momenten vor über hundert Jahren gesehen habe, hat ihre Theorien über meine Präsenz in ihrem Leben nur bestätigt.

»Ich wusste es«, sagt sie zum fünfzigsten Mal, seit wir ihre Küche betreten haben, und ihre Augen leuchten vor Begeisterung. Ein nasser Teigklumpen fliegt vom Ende ihres Pfannenwenders durch die Küche. »Ich wusste, dass ich dir helfen soll, weiterzuziehen. Und da haben wir's! Wir haben den Beweis!«

Ich denke an den Kompass, der auf dem obersten Regalbrett in ihrer Abstellkammer liegt, und rutsche unbehaglich auf meinem Stuhl hin und her. »Das ist nicht direkt ein Beweis«, kontere ich, immer noch bemüht, Zeit zu schinden. Immer noch bemüht, unsere gemeinsame Zeit zu strecken.

Offensichtlich habe ich meine verdammte Lektion nach wie vor noch nicht gelernt.

Sie stemmt beide Hände in die Hüfte und starrt mich vom Herd aus finster an. Sie sieht bezaubernd aus in ihrem viel zu großen Sweatshirt und dem Flanellpyjama. Mit wilden Haaren und rosigen Wangen.

»Ich dachte, du würdest dich darüber freuen«, sagt sie. »Das garantiert dir, dass du weiterziehen wirst.«

»So einfach ist das nicht«, sage ich müde. »Wir haben keine Ahnung, was es bedeutet. Nicht wirklich.«

Irgendwie hoffe ich immer noch, dass es nur eine Reihe von Zufällen ist, die in ihrer Häufung bedeutungslos sind. Zwei Schiffe, deren Wege sich im Dunkel der Nacht kreuzen, nicht mehr und nicht weniger.

Harriet schaltet den Herd aus. »Es bedeutet etwas, Nolan. Das weißt du auch.«

Genau davor habe ich Angst. Wie kann ich weiterziehen, wenn die Konsequenz ist, dass ich das hier hinter mir lassen muss? Pfannkuchen am Nachmittag und eine vollgestellte Küche mit zusammengewürfelten Teetassen. Harriet und ihre Pyjamas.

Die Ironie ist unglaublich. Dass Harriet der Schlüssel zu meiner Erlösung ist, wenn Erlösung bedeutet, dass ich irgendwo ohne sie sein werde.

Ich stochere in meinem Pfannkuchen herum. Der Stuhl mir gegenüber schrammt über den Boden. Harriet nimmt meine Hand. »Hey. Rede mit mir. Was ist los?«

Unsere Finger greifen ineinander. Ich weiß nicht, wie ich meine Schuldgefühle, meine Angst und mein Zögern in Worte fassen soll, also sage ich: »Ich weiß nicht, wie ich dir Lebewohl sagen soll.«

Sie gibt einen leisen Laut von sich und spannt kurz ihre Hand an. »Wir wussten, dass das passieren würde«, flüstert sie.

»Aye. Ich weiß.«

Mir war nicht klar, dass ich mich so heftig verlieben würde. Ich hatte keine Ahnung, wie wichtig sie mir in so kurzer Zeit werden würde.

Im Geiste sehe ich sie wieder unter Wasser vor mir. Ihren Gesichtsausdruck. Ihre Hand, die nach meiner greift.

Wie konnte ich ahnen, dass ich sie bereits seit mehr als hundert Jahren vermisse. Jetzt wird sie mir in einem weiteren Leben im Jenseits noch mehr fehlen.

»Ich will dich nicht allein lassen«, sage ich mit belegter Stimme.

»Ich werde nicht allein sein. Ich habe Sasha. Und Oliver.« Sie versucht, ein kleines Lächeln zu zeigen, aber ihre Lippen zittern. »Du musst dir keine Sorgen um mich machen. Ich werde schon klarkommen.«

Das weiß ich. Sie ist zäh, intelligent und so wahnsinnig liebenswert, dass es mir das Herz zerreißt. Sie ist eine starke Persönlichkeit, und ich habe miterlebt, wie sie in den letzten Wochen ihr Selbstvertrauen wieder aufgebaut hat. Inzwischen glaubt sie fest an sich – daran, dass sie sich behaupten kann und dass es ihr gut gehen wird. Dass sie es wert ist, mehr für sich selbst zu fordern.

Ich weiß, dass sie auch ohne mich zurechtkommen wird. Es wird ihr mehr als gut gehen. Sie wird richtig strahlen. Noch mehr als bisher.

Das weiß ich.

Ich bin derjenige, um den ich mir Sorgen mache.

Kapitel 35

Harriet

Noch drei Tage bis Weihnachten, und ich tue so, als wäre alles in Ordnung.

Nolan habe ich gesagt, dass ich schon klarkommen werde, damit er sich keine Sorgen macht. Er soll ohne irgendwelche Bedenken in sein nächstes Leben gehen. Das hat er verdient.

Aber Tatsache ist, dass mir der Abschied den Rest geben wird. Es spielt keine Rolle, dass er meint, ich würde mich nicht an ihn erinnern, wenn er weg ist. Mein Herz wird sich an ihn erinnern. Das weiß ich einfach.

Nolan äußert sich nicht zu meiner erzwungenen Fröhlichkeit, sondern küsst mich stattdessen jedes Mal wild, wenn ich eine weitere weihnachtliche Unternehmung vorschlage. Als ich ihn frage, ob er Lebkuchenhäuser bauen möchte, drückt er mich mit der Hüfte an den Küchentisch. Als ich ihn frage, ob er mit mir zum Schlittschuhlaufen gehen möchte, knutschen wir fünfzehn Minuten lang in meinem Auto. Als ich ihn dabei erwische, wie er ein Weihnachtslied mitsummt, muss ich so sehr grinsen, dass mir die Wangen wehtun.

»Was denn?«, fragt er.

»Du singst.«

»Tue ich nicht.«

»Du singst ein Weihnachtslied.«

»Tue ich nicht.«

»Also magst du Weihnachten *doch.* Sogar nach all dem Grollen und Murren.«

»Oder vielleicht« – er schnippt mit den Fingern, und aus der Lampe über meinem Kopf wächst langsam ein Mistelzweig – »färbst du auf mich ab.«

Wir verhalten uns nicht so, als würden wir auf eine Frist zusteuern. Wir sind einfach zwei Menschen, die die Weihnachtszeit genießen und ihr Bestes tun, um nicht zu bemerken, dass die Sanduhr fast abgelaufen ist. Ich möchte meine letzten Momente mit Nolan nicht mit Warten verbringen. Und ich will den Abschied nicht vorwegnehmen.

Und genau deshalb feiern wir Weihnachten unversehens etwas früher, mit einem Haufen Decken auf dem Boden meines Wohnzimmers vor meinem Kamin und mit genug chinesischem Essen, um eine kleine Armee zu versorgen. Ich weiß, dass ich mich an nichts erinnern soll, aber ich mustere ihn unter meinem Baum, als würde ich es schaffen, wenn ich mich nur genug anstrenge. Wie er gerade aussieht, mit übereinandergeschlagenen Beinen im Schein der Lichter, einer offenen Schachtel Lo Mein auf dem Schoß und einer Papierkrone auf dem Kopf.

»Ihr habt so interessante Traditionen«, sagt er mit einem schiefen Grinsen, spießt mit seiner Gabel ein Stück Brokkoli auf und steckt es in den Mund.

»Hast du feines Tafelsilber erwartet? Vielleicht ein oder zwei Kerzenleuchter?«

Er schüttelt den Kopf. »Ich habe aber wenigstens Teller erwartet, die wie Zuckerfeen geformt sind.«

Aufmerksam richte ich mich auf. »Hast du solche Teller schon mal irgendwo gesehen?«

Als er die Augen verdreht, zeige ich mit meiner Gabel auf ihn. »Für einen Geist der Weihnacht fehlt dir aber wirklich die Begeisterung für Weihnachten.«

»Man kann sich nur wenige Male ›Crabs for Christmas‹ anhören, bevor die Weihnachtszeit anfängt, etwas von ihrem Glanz zu verlieren.«

Ich schnappe nach Luft. »Das nimmst du sofort zurück. Das ist eine Tradition aus Maryland.«

»Das ist eine Farce aus Maryland.«

Ich schlage mir die Hand vor den Mund und lache so heftig, dass ich nach hinten umkippe. Nolan stellt seinen Teller beiseite, krabbelt mit einem Grinsen zu mir, setzt sich auf meine Hüfte, und dabei rutscht ihm die Papierkrone auf die Stirn. Das Herz dreht sich mir schmerzhaft in der Brust herum, wie ein Schlüssel, der sich in einem rostigen Schloss dreht.

»Du bist so schön«, sagt er. »Das habe ich dir gar nicht oft genug gesagt.«

Näher sind wir dem Eingeständnis des Unvermeidlichen in den letzten Tagen nicht gekommen, und hinter meinen Augen brennen Tränen.

»Doch, das hast du«, versichere ich ihm mit belegter Stimme.

Natürlich musste ich mich in einen Geist verlieben. Die kaputten und vergessenen Dinge habe ich schon immer am meisten geliebt.

»Ich habe ein Geschenk für dich«, sagt er mit tiefer Stimme. »Willst du es sehen?«

Ich kichere. »Warum klingt das so, als würdest du gleich die Hose ausziehen?«

»Das meinte ich nicht.« Er hält inne. »Aber gut zu wissen. Für später.«

In meinem Innersten brodelt es. »Später«, wiederhole ich.

Immer wieder erlebe ich bittersüße Fragmente dessen, was sein könnte. Vielleicht sitzen irgendwo in einem Paralleluniversum eine andere Harriet und ein anderer Nolan vor dem Kamin, ohne dass ihnen ein Ultimatum im Nacken sitzt. Vielleicht sind sie glücklich.

Nolan schiebt sich von mir herunter, setzt sich auf die Decke und schaut mich ernst an. Es gibt einen Hauch von Wärme, einen kurzen Funkenregen, und dann liegt ein größeres Paket auf meinem Schoß. Es ist nicht perfekt verpackt – Packpapier mit Klebeband, das die schiefen Ränder zusammenhält –, und mein Herz schlägt erneut schmerzhaft in meiner Brust. Ich stelle mir vor, wie Nolan es selbst eingepackt hat. Keine Magie. Er allein.

Vorsichtig löse ich das Klebeband und ziehe das Papier ab.

»So toll ist es nicht«, sagt er als Vorwarnung. »Ich will nicht, dass du zu große Erwartungen hast.«

»Zu spät«, singe ich. »Meine Erwartungen sind schon völlig außer Kontrolle geraten.«

»Kein Druck«, murmelt er und kratzt sich grob am Hinterkopf. Als ich das Papier endlich wegziehe, muss ich lachen.

Es ist eine alte Angelkiste. Marineblau und verblasst. Gebrauchsspuren an der Stelle, an der seine Hand sie hochgehoben und abgesetzt hat, wahrscheinlich Hunderte Male. Ich lege meine Finger an seine und lächle bei dem Größenvergleich.

»Vom Meer habe ich erst mal genug«, sage ich und tippe mit den Fingern auf den Griff.

»Aber sie ist wunderschön. Danke.«

Ich werde sie vielleicht für Gewürze in der Küche verwenden. Oder für meinen Schmuck oben.

Er verdreht die Augen zur Decke und greift nach dem kleinen Riegel an der Vorderseite der Metallkiste. »Das Geschenk ist da drin, du Biest. Ich hatte keine richtige Schachtel. Es ist schon eine Weile her, dass ich jemandem ein Geschenk gegeben habe.« Er klappt die Vorderseite auf und hebt den Deckel an.

Darin befindet sich ein ordentlich gefaltetes Quadrat aus Stoff, aus demselben Material wie seine Fäustlinge, die in den Taschen meines rosafarbenen Mantels an der Tür stecken. Ich fahre mit der Hand über den butterweichen Stoff.

»Das ist ein Schal«, erklärt er. »Aus dem Laden, von dem ich dir erzählt habe? 1978? Da gab es auch Schals. Den hier habe ich in meiner Wohnung gefunden. Ich dachte, du hättest vielleicht gerne ein passendes Set.«

Ich ziehe ihn aus der Metallkiste. Der Stoff ist dick und kuschelig, nicht abgetragen wie die Fäustlinge. Die Farbe ist auch etwas heller, als wäre das Garn erst kürzlich gekauft worden. Ich fahre mit den Händen über die nicht ganz ebenmäßigen Reihen. »Ich dachte, du hättest gesagt, es wäre 1976 gewesen.«

»Was?«

»Du hast mir erzählt, du hättest die Fäustlinge 1976 in einem Gemischtwarenladen gekauft.«

»Oh. Nun …« Er schluckt schwer. »Ich muss den Schal zur gleichen Zeit gekauft und ihn verlegt haben.«

Sorgfältig wickle ich ihn mir um den Hals. Ganz unten sind Initialen eingestickt. NC. Ich liebe es, dass er, obwohl er darauf besteht, mich wegen der Herkunft des Schals anzulügen, egoistisch genug ist, zu wollen, dass ich mit einem Teil von ihm herumlaufen soll.

»Danke«, flüstere ich. »Ich liebe ihn.«

»Du musst ihn nicht lieben.«

»Doch. Ich liebe ihn«, sage ich noch einmal. »Er gehört jetzt mir. Hör auf, meinen Schal schlechtzumachen.«

Er senkt den Kopf, um sein Lächeln zu verbergen, und ich lehne mich zur Seite und greife nach einem eingepackten Geschenk unter meinem Baum. Nachdem ich es ihm gegeben habe, falte ich sofort die Hände unter dem Kinn. Seit ich das Geschenk vor zwei Tagen im Laden gefunden habe, bin ich ganz aufgeregt und warte daher gespannt auf seine Reaktion.

Er starrt mit gerunzelter Stirn auf das Päckchen in seinen Händen. »Du hast mir ein Geschenk besorgt?«

»Natürlich habe ich ein Geschenk für dich. Es ist Weihnachten.« Ich fahre mit der Hand über meinen Schal. »Du hast mir ja auch eins besorgt.«

Mit seinen langen Fingern streicht er über das hübsche goldene Papier. »Mir hat schon lange niemand mehr etwas geschenkt.« Er legt den Kopf schief. »Schon sehr lange nicht mehr.«

Nach einer kurzen Pause sage ich: »Ist das der Grund, warum du den Weihnachtsradiosender so hasst?«

Er schnaubt. »Nein. Ich hasse den Weihnachtssender, weil ich das Lied über die Weihnachtsschuhe nicht ausstehen kann.« Er schüttelt sich und murmelt dann vor sich hin. »Wer macht bloß so ein deprimierendes Lied? Das werde ich nie verstehen.«

»Vergiss das verdammte Lied«, sage ich lachend. »Und mach dein Geschenk auf.«

Nolan grinst mich an und stürzt sich wie ein Verrückter auf sein Geschenk, sodass goldene Papierfetzen wie winzige Sternschnuppen auf mein Parkett fallen. Es erinnert mich an seine Magie. Wie sie funkelt und leuchtet und heller brennt, wenn ich lache.

Während ich auf meiner Unterlippe kaue, starre ich angestrengt auf die Schachtel in seinen Händen. Irgendwie möchte ich sie am liebsten aus dem Fenster werfen und weiter in diesem Zustand der Verleugnung leben, in den wir uns gemeinsam geflüchtet haben. Aber ich weiß, was kommt. Ich wusste es, sobald ich sein Geschenk im Laden entdeckt habe.

Unser Ende ist unvermeidlich.

Ich kann nicht länger so tun, als ob.

So sehr ich es auch möchte.

Nolan öffnet die kleine weiße Schachtel und erstarrt. »Harriet«, haucht er.

Ich beuge mich vor, um den Kompass in der Mitte der Schachtel zu sehen. »Den habe ich in der Abstellkammer im Laden gefunden. Ist das zu glauben? Er lag unter einer alten Marmeladenkiste. Die ganze Zeit über war er da.« Ich lache, aber es klingt irgendwie hölzern. Hohl. »Ich bin mir nicht sicher, aber ich glaube, es könnte deiner sein. Und wenn nicht, dann ist es eine ziemlich gute Nachbildung. Er funktioniert nicht mal. Genau wie du gesagt hast. Weißt du noch?«

Nolan schaut nicht von dem Kompass auf. »Aye. Ich erinnere mich.«

Er erkennt ihn. Ich weiß, dass er es tut. Die Erkenntnis jagt mir eine Gänsehaut über die Arme, meine Kehle ist wie zugeschnürt.

Mein Puls rast, und die Uhr, die bedrohlich über meinem Kopf hängt, beginnt zu schlagen.

Unsere Zeit ist um, denke ich traurig. *Ich kann ihn nicht länger hier festhalten.*

»Er zeigt immer nur in eine Richtung. Ist das nicht …« Um nicht zu weinen, beiße ich mir auf die Unterlippe. Das ist es, was ich wollte. Das ist es, worauf ich gehofft habe. Warum ist es dann so verdammt schwer? »Ist das nicht komisch?«, frage ich mit brüchiger Stimme.

Nolan dreht den Kompass leicht hin und her und beobachtet den Pfeil oben. Als ich ihn in der Hand hielt, zeigte er immer nur auf meine Brust. Es war egal, wie ich stand, er deutete immer in eine Richtung. Jetzt, da Nolan ihn in der Hand hält, zeigt er jedoch …

»Er zeigt auf dich«, sagt er mit leiser Stimme. Blaue Augen schauen auf und blicken in meine. Ein trauriges, wissendes Lächeln umspielt seine Mundwinkel. »Er zeigt direkt auf dich.«

»Oh. Das kann nicht sein …«

»Dieser Kompass gehört mir«, unterbricht mich Nolan sanft. »Du hattest recht. Mit allem. Du hattest recht. Du bist der Schlüssel, mit dem ich weiterziehen kann, genau wie du dachtest. Du und dein kleiner Laden.«

Mein Gesicht verzieht sich. »Ich bin so froh«, sage ich, und mir bricht die Stimme.

Nolan flucht, rückt sofort näher und legt die Stirn an meine Schulter. »Weine nicht.«

»Ich weine nicht«, sage ich, obwohl ich es sehr wohl tue. Meine Wangen sind nass von stummen Tränen. Ich schniefe und fahre mir mit dem Handrücken unter der Nase entlang. »Ich bin so glücklich, dass ich dir das hier geben kann. Das beste Weihnachtsgeschenk aller Zeiten, was?«

Nolan schnaubt, aber ohne Humor. Nur mit Frust. Resignation. »Ja. Das wäre es, wenn ich ihn nicht zuerst gefunden hätte.«

Ich schüttle den Kopf. »Ich verstehe nicht.«

Er dreht den Kopf an meiner Schulter hin und her. »Ich bin derjenige, der die Marmeladenkiste auf den Kompass gestellt hat. Ich wollte ihn nicht sehen. Ich wollte ihn nicht anfassen. Ich wusste, wenn ich es täte, würde mich das vielleicht fortbringen. Ich dachte, wenn ich ihn ignoriere, könnten wir so weitermachen wie bisher. Mir war nicht klar, dass du ihn auch finden würdest.« Beim Ausatmen schließt er die Augen und beißt die Zähne zusammen. »Ich hätte das verdammte Ding in den Hafen werfen sollen.«

»Ich glaube, ich hätte ihn trotzdem entdeckt«, flüstere ich.

»Ja, ich auch.« Er zuckt mit dem Kopf zur Seite. Als würde er *Nein* zu irgendeiner Stimme sagen, die ich nicht hören kann. »Ich will nicht fortgehen.«

»Nolan.«

Er greift nach meiner Hand. Wir verschränken die Finger ineinander, als goldene Funken von seinen Knöcheln zu sprühen beginnen und wie Küsse auf meinem Handrücken landen.

»Ich will nicht gehen«, sagt er erneut.

»Deine Magie«, hauche ich.

Er nickt. »Ja. Sie ruft mich zurück.«

»Zurück wohin?«

»Ich weiß es nicht.«

Mit Tränen in den Augen starre ich auf den Kompass, der auf dem Boden liegt. Ich habe so lange nicht darüber nachgedacht, dass Nolan mich verlassen könnte, dass ich keine Ahnung habe, was ich jetzt tun soll, da es wirklich passiert.

»Wie viel Zeit bleibt uns noch?«

Strahlend blaue Augen öffnen sich, sein Blick ist flehend. »Ich weiß es nicht.« Er schluckt, seine Gesichtszüge sind angespannt. »Nicht mehr lange.«

Ich nicke und sage mir, dass ich tapfer sein muss. Es war klar, dass es so kommen würde. Es wäre *immer* so gekommen.

Aber das macht es nicht einfacher. Wenn überhaupt, habe ich es nur noch schlimmer gemacht. Ich habe meinen Herzschmerz wie ein Gummiband gedehnt, und jetzt steht es unter größter Spannung. Wenn es nicht hält, werde ich in Fetzen gerissen. Genau wie das Goldpapier auf dem Boden.

»Ist schon gut«, sage ich leise, während mir eine Träne über die Wange kullert. Schnell wische ich sie weg und versuche zu lächeln. »Alles wird gut.«

»Ich will nicht gehen«, sagt er erneut, und mir bricht es das Herz, sodass eine seltsame Mischung aus Schuldgefühlen, Traurigkeit und Zuneigung aus mir herausströmt. Ich fühle mich, als wäre ich wieder unter den Wellen und würde nach dem Licht an der Oberfläche grabschen.

»Nein, Nolan. Es ist gut so. Genau darauf hast du gewartet.« Ich schniefe. Eine weitere Träne fällt, und er schüttelt den Kopf und wischt sie mir weg. Ich schmiege mein Gesicht in seine Handfläche. »Ich bin so froh, dass ich jetzt bei dir sein kann – am Ende.« Ich atme tief ein. »So sollte es sein.«

»So fühlt es sich aber nicht an.« Seine Augen blitzen auf, und wieder zuckt sein Körper heftig. Seine Magie ist wie ein Seil, das ihn von mir wegzieht. »Ich weiß nicht, wie ich mich von dir verabschieden soll. Ich brauche mehr Zeit.«

Mit einem traurigen Lächeln schüttle ich den Kopf. »Mehr haben wir nicht.«

»Nein. Nein, ich brauche mehr.«

»Das geht nicht.«

»Harriet«, fleht er. Er zieht mich mit der Hand an meiner Wange zu sich heran, drückt mich an sich und schlingt beide Arme um mich. Wild presst er mich an sich. Als könnte er sich durch bloße Willenskraft hier an mir verankern. »Harriet, ich habe noch nie …« Er schluckt und zittert am ganzen Körper unter der Kraft seiner Magie. »Ich werde jeden Tag an dich denken. Jeden Moment. Du wirst alles sein, was ich habe.«

Ich schließe die Augen.

»Bitte verabschiede dich nicht von mir«, flüstere ich, meine Lippen an seiner Wange, und meine Stimme versagt. Eine weitere Träne folgt der ersten. Dann noch eine und noch eine, bis ich leise an seiner Haut schluchze.

Nolans Arme umschließen mich fester. Sein großer Körper bebt an meinem. Er widersteht dem Sog seiner Magie so erbittert, dass er vor Anstrengung vibriert, nur um noch einen Moment länger zu bleiben.

Dadurch liebe ich ihn umso mehr. Dieser sture, unmögliche Mann.

»Was soll ich tun?«, röchelt er.

Ich lehne mich zurück, bis ich sein Gesicht halten kann. Dann streiche ich über seine Augenbrauen. Diese dünne weiße Narbe. Seine Wangenknochen und die starke Kontur seines Kiefers. Ich versuche, ihn ein letztes Mal ganz genau zu betrachten.

Ich werde mich an ihn erinnern. Das *werde* ich.

»Ich möchte, dass du mich küsst«, bringe ich unter Tränen hervor. »Und mir sagst, dass wir uns morgen wiedersehen. Genau wie am ersten Abend.«

Er stupst meine Nase mit seiner an. Seine Lippen berühren meine Mundwinkel. Erst die eine Seite, dann die andere. Ganz zärtlich.

»Harriet«, sagt er, und seine Lippen bewegen sich an meinen. »Wir sehen uns morgen wieder.«

Beim letzten Wort versagt auch ihm die Stimme, und ich nicke, schniefe und kneife die Augen zu. Ich will nicht mit ansehen, wie er geht. Das Einzige, was ich will, ist, dass sein Mund auf meinem liegt und ich mich ganz eng an ihn pressen kann. Ich hebe den Kopf, und er küsst mich, langsam und zärtlich und so verdammt ernsthaft, dass ich wieder aufschluchzen muss. Ich kralle meine Fäuste in sein Haar und halte es so lange fest, bis ich es nicht mehr kann.

Bis ein Regen aus goldenen Funken fällt, und ein gequältes Flüstern meines Namens ertönt.

Bis ich allein auf dem Boden vor meinem Kamin sitze.

Ich halte meine Augen geschlossen und ziehe die Knie an die Brust.

»Vergiss nichts«, sage ich in den leeren Raum und drücke meine Stirn auf meine Knie. Ich schreibe seinen Namen auf den Stoff meines Pyjamas. Ich singe ihn, immer und immer wieder.

Nolan.

Nolan.

Du liebst ihn. Und ich glaube, er hätte dich auch lieben können.

Mit etwas mehr Zeit hätte er dich vielleicht für immer lieben können. »Vergiss nichts«, sage ich noch einmal. »Bitte, bitte. Vergiss nichts.«

Kapitel 36

Harriet

Als ich in meinem Bett aufwache, sind meine Augen verquollen, und mein Hals kratzt. Ich starre an die Decke.

Nolan, denke ich und schließe erleichtert die Augen. *Er heißt Nolan.*

Ich habe ihn nicht vergessen.

Dann denke ich daran, wie sein Haar sich am Kragen lockt. Wie sich sein Lachen anfühlt, wenn er sich an meinen Rücken schmiegt und sein Arm schwer auf meiner Hüfte liegt.

Eine Träne läuft mir aus dem Augenwinkel.

Erinnere dich, flüstert eine beschwörende Stimme in meinem Hinterkopf. *Erinnere dich und warte ab.*

Mühsam quäle ich mich aus dem Bett und schleppe mich die Treppe hinunter. Ich hebe den liegen gelassenen Kompass vom Boden auf und stelle ihn auf den Kaminsims. Dann mache ich mir eine Tasse Kaffee und warte.

Während ich am Fenster sitze, beobachte ich das Wasser und warte.

Während ich zuschaue, wie die Sonne über den Himmel wandert, warte ich.

Während ich zu den Sternen blicke, die zum Leben erwachen, warte ich.

Ich falle auf meiner Couch in einen unruhigen Schlaf. In meinen Träumen warte ich.

Nolan kommt nicht, aber ich warte.

Der nächste Tag kommt und geht. Dann der übernächste. Ich stelle eine Kerze ins Fenster und erinnere mich.

Ich erinnere mich und warte.

Kapitel 37

Harriet

»Lassen wir die Bäume bis zum Monatsende stehen, wie immer?«

Sasha behandelt mich seit den Feiertagen mit Samthandschuhen und spürt zweifellos die Melancholie, die ich wie einen Schal trage, den ich nicht ablegen kann. Weihnachten ist gekommen und gegangen, und Nolan ist nicht zurückgekehrt.

Ich bin ein Trauerkloß. Das weiß ich.

Es ist schwer, es nicht zu sein.

Also lasse ich meine Gefühle zu, während ich im Krähennest herumschlurfe und an Nolan denke. Ich mache eine Bestandsaufnahme meiner Erinnerungen und hake jedes Kästchen ab, um mich zu vergewissern, dass nichts davon nachgelassen hat. Die Eislaufbahn. Die Baumschule. Die hintere Ecke des Ladens, wo sein Lieblingssessel steht, und mein Schlafzimmer. Meine Küche. Seine Teetasse.

Alles ist noch da. Jede Lücke und jede Nische, die Nolan gefüllt hat.

Vielleicht war das sein letztes Geschenk an mich. Ein bisschen Magie, um ihn hier festzuhalten.

Was auch immer es ist, ich bin dankbar, dass ich nicht vergessen muss, wie sein raues Lachen klingt oder wie er immer widerwillig den Mund zu einem Lächeln verzog. Als wäre er sich selbst nach hundert Jahren nicht ganz sicher, wie das geht.

»Harriet«, sagt Sasha vorsichtig. »Geht es dir gut?«

Die große Preisfrage.

»Ja und ja«, antworte ich und kaue auf meiner Wange herum.

»Die Weihnachtsdeko bleibt bis Ende des Monats hängen, und mir ... geht es okay.« *Okay* scheint mir ein ausreichend passendes Wort für meinen Zustand zu sein.

Sasha schaut mich stirnrunzelnd vom Rand eines antiken Spiegels aus an. Ich erhasche einen Blick auf mich selbst in dem vergoldeten Rahmen und zucke zusammen. Mein Haar sitzt als unordentlicher Dutt oben auf meinem Kopf. Unter meinen Augen liegen Schatten, ich wirke müde, und meine Schultern sind bis zu den Ohren hochgezogen. Den Schal, den Nolan mir geschenkt hat, habe ich mir dreimal um den Hals geschlungen.

»Vielleicht geht es mir doch nicht ganz so okay.«

Sie nickt ernst. »Den Spiegel habe ich mit Absicht benutzt. Du musstest mal einen gründlichen Blick auf dich werfen.«

Ohne Begeisterung schaue ich sie an. »Das habe ich mir schon gedacht. Danke dafür.«

Sasha huscht um den Rand des Spiegels und um den Tresen herum zu mir, wo ich versuche, Aufkleber von der Unterseite verstaubter chinesischer Gläser zu schrubben. Wir haben einige Bestände von einem benachbarten Antiquitätengeschäft übernommen, das seine Türen schließen musste, und die hatten aus unerfindlichen Gründen überall Aufkleber angebracht.

»Hat dein kläglicher Auftritt irgendetwas mit dem Schal zu tun, den du gar nicht mehr ablegen willst?«

Ich vergrabe mein Kinn in dem Stoff. Er riecht immer noch irgendwie nach Nolan. Nelken und Meersalz.

Ich *vermisse* ihn.

»Kann sein.«

Sasha hält inne und wartet darauf, dass ich das näher ausführe. Aber das tue ich nicht.

»Hat es irgendetwas mit diesem heißen Typ zu tun, der mit dieser heißen Frau hier war?«

Ich höre auf, meinen Kummer an dem Boden des Weinglases auszulassen. »Daran erinnerst du dich?«

Sasha runzelt die Stirn. »Das war letzten Monat. Natürlich erinnere ich mich daran.«

Ja, aber … Irgendwie hatte ich angenommen, dass sie es vergessen würde. Nolan hatte gesagt, dass man sich an Geister nicht erinnert. Dass sie, sobald ein Sterblicher sie sieht, sofort wieder aus ihrem Bewusstsein verschwinden. Ich frage mich, was noch …

Abrupt verscheuche ich den Gedanken. Nein. *Nein.* Das bedeutet gar nichts. Nolan ist fort, und ich bin hier.

Es hat keinen Zweck, über die Feinheiten einer Welt nachzugrübeln, über die ich nie mehr erfahren werde.

»Der Typ hat dich irgendwie angeschaut, als könntest du ihm die Sterne vom Himmel pflücken«, fährt Sasha fort. »Und seitdem habe ich ihn nicht mehr gesehen.«

Ich nicke und kratze an einem Aufkleber. »Ja. Da war … Wir hatten da was am Laufen.« Etwas, das sich wie *alles* angefühlt hat. Etwas, das mich möglicherweise für den Rest meines Lebens für alle anderen verdorben hat. »Aber es war nur was Vorübergehendes, und das wussten wir beide. Er … ist inzwischen weitergezogen.«

Ich kichere leise. Es klingt verdächtig nach einem Schluchzen.

Sasha sieht mich an. »Kommt er irgendwann zurück?«

Ich schüttle den Kopf.

»Oh. So ein Mist.« Sasha lehnt sich mit der Hüfte an die Theke neben mir. »Müssen wir uns deswegen betrinken?«

»Nein.« Lächelnd lehne ich meinen Kopf an ihre Schulter. »Ich verarbeite das Ganze noch. Im Moment gebe ich mir einfach den Raum, um dem nachzutrauern, was hätte sein können, schätze ich.«

»Das ist verständlich«, sagt Sasha. »Hey, wenn du darüber reden willst, bin ich für dich da, okay?« Sie tätschelt mir leicht den Rücken. »Ich verspreche, keine weiteren Faxen mit dem Spiegel zu machen.«

»Das weiß ich zu schätzen.« Ich lache.

»Aber du siehst ein bisschen aus wie Miss Havisham, wenn du mit dem Schal herumläufst.«

Ich verdrehe die Augen. »Ist notiert.«

Sasha deutet mit dem Daumen über die Schulter. »Ich gehe mich mal mit meiner Lektüre beschäftigen und tue so, als würde ich den Lagerbestand zählen. Ruf mich, wenn du mich brauchst.«

»Wenigstens bist du ehrlich«, antworte ich ihr laut.

Sie winkt über ihrem Kopf. »Du kannst dich mir immer gerne anschließen!«

»Manche Leute haben noch Arbeit zu erledigen!«

Während ich mich durch den Rest der Gläser mühe, lasse ich meine Gedanken schweifen. Den Schal behalte ich um den Hals und drücke ab und zu mein Gesicht hinein. Vielleicht bin ich ja wie Miss Havisham, aber es ist schön, das Gefühl zu haben, dass ich immer noch ein Stück von Nolan hier bei mir habe.

Andere materielle Erinnerungsstücke habe ich nicht. Der Kompass verschwand am Morgen, nachdem Nolan mich verlassen hatte, vom Kaminsims. Nur die kleine weiße Schachtel, in die ich ihn eingewickelt hatte, und die goldenen Papierfetzen zwischen meinen Dielen sind noch da.

Der Gedanke, dass er jetzt bei Nolan sein könnte, ist tröstlich. Wo auch immer das sein mag.

Das Glöckchen über der Tür bimmelt, als ein Kunde hereinkommt.

»Ich bin gleich bei Ihnen«, rufe ich. »Sehen Sie sich ruhig um und sagen Sie Bescheid, wenn Sie Fragen haben.«

Als die Tür ins Schloss fällt, klappern Stöckelschuhe über den unebenen Boden. Ein Schatten fällt auf meine zusammengewürfelten Gläser.

»Eigentlich hatte ich gehofft, mit der Inhaberin zu sprechen.« Als ich aufblicke, lächelt mich meine Schwester jenseits des Tresens etwas unsicher an. »Wenn das in Ordnung ist.«

Ich mache uns Tee und finde in einer der hinteren Ecken zwei Esszimmerstühle, die ich an eines der Fenster stelle, damit wir uns dort unterhalten können. Es schneit heute, ein leichter Flockenwirbel hinter der Glasscheibe, bei dem ich an faule Vormittage im Bett denke. An Nolans Hände in meinen Haaren und meinen Mund auf seiner nackten Haut.

Mit einem Blinzeln richte ich den Blick wieder auf meine Schwester und rühre meinen Tee etwas zu energisch um. Der Löffel klirrt immer wieder gegen den Rand meiner Tasse.

»Ich bin überrascht, dich zu sehen«, bemerke ich. Seit ich ihr die Tasse gereicht habe, hat sie außer einem halbherzigen *Dankeschön* nichts mehr gesagt, und obwohl ich ihr gerne Zeit gebe, sich zu sammeln, habe ich keine Ahnung, was sie hier will. Möglicherweise spioniert sie für meine Mutter, aber das erscheint mir dann doch eine Spur zu verzweifelt für Donna York. »Ich habe nicht mit dir gerechnet«, füge ich hinzu und zwinge mich, ruhig zu bleiben. Zu *warten.*

Samantha nickt und schaut in ihre Teetasse, als wären darin die Geheimnisse des Universums verborgen. »Das leuchtet ein, wenn man bedenkt, wie unser letztes Zusammentreffen verlaufen ist.«

Ich lächle gequält. »Außerdem hast du seit Monaten auf keine meiner Nachrichten reagiert.«

Sie verzieht das Gesicht. »Das lässt sich nicht leugnen.«

Ich schweige. Falls sie auf eine Entschuldigung von mir wartet, wird sie keine bekommen. Nichts von dem, was ich am Abend der Gala gesagt habe, bereue ich. Zum ersten Mal seit Langem war ich ehrlich. Ich war mutig. Nolan hat mir gezeigt, dass ich beides sein kann, ohne mich dafür entschuldigen zu müssen. Und ich habe nicht vor, all diese harte Arbeit zu zerstören, indem ich es Samantha leichter mache. Obwohl es mir durchaus schwerfällt, die Kluft zwischen uns nicht mit Beteuerungen zu füllen, bleibe ich mir treu. Ich puste den Dampf von meiner Tasse und warte ab.

»Weißt du, ich habe dich immer beneidet«, sagt Samantha schließlich.

Fast spucke ich meinen Tee aus.

»*Was?*«

Ein verhaltenes Lächeln huscht über ihr Gesicht. »Ist das wirklich so schwer zu glauben?«

»Ja«, sage ich sofort mit Nachdruck. »Du … du …« Ich stelle meinen Tee auf das Fensterbrett. Meine Hände zittern zu stark, als dass ich ihn festhalten könnte. »Du hast *mich* beneidet? Warum?«

Wie das?, möchte ich fragen. *Wann?* Samantha war immer diejenige, die alles im Griff hatte. Die, an der meine Mutter mich gemessen hat, nur um festzustellen, dass ich gegen sie kläglich schlecht abschnitt.

Ihr Lächeln wird traurig. »Du konntest immer genau so sein, wie du wolltest, während ich keine andere Wahl hatte, als mich in die Form hineinzuzwängen, die für mich gemacht wurde.«

Schockiert blinzle ich sie an. »Samantha.« Jetzt muss ich mich erst einmal sammeln. Ich weiß nicht, ob ich zornig oder erstaunt bin, dass wir beide es geschafft haben, uns von genau derselben Sache so tiefgreifend verletzen zu lassen. Vielleicht eine Kombination aus beidem. »Ich habe mein ganzes Leben damit verbracht, in diese Form hineinpassen zu wollen. Es fühlte sich an, als würde … es fühlte sich an, als würde eigentlich niemand wollen, dass ich hineinpasse.«

Sie nickt. »Das ist mir jetzt erst klar geworden. Das heißt, ich glaube, es ist mir nach dem bewusst geworden, was du bei der Gala gesagt hast. Ich dachte immer, du hättest einen unerschöpflichen Vorrat an Selbstvertrauen, zu dem ich nie Zugang gefunden habe, und dass du einfach tust, was du willst, ohne Rücksicht auf die Konsequenzen.« Sie stellt ihre Tasse neben meine, sodass sich die Henkel aus Keramik berühren. Sie haben zwar nicht das gleiche Design, passen aber wunderbar zusammen. Ich starre sie eine ganze Weile an.

»Als du dich entschieden hast, Jura aufzugeben und stattdessen diesen Laden hier zu übernehmen«, fährt Samantha fort, »war ich stinksauer. Es fühlte sich an, als dürftest du tun und lassen, was du willst, während ich gefangen bin. Während ich die Scherben deiner Eskapaden aufkehren muss. Das ist keine faire Reaktion, und ich arbeite mit meiner Therapeutin daran, aber … ich glaube nicht, dass ich jemals in Betracht gezogen habe, dass dir nicht die gleichen Möglichkeiten gegeben wurden.«

»Sie mochten dich lieber«, sage ich ihr. »Sie mochten dich immer schon lieber.«

»Ich glaube, es hat Mom Angst gemacht, wie schnell du mit Tante Matilda warm geworden bist«, sagt Samantha. »Sie hatte wohl immer Schwierigkeiten, dich zu verstehen, und es war hart für sie, dass Matilda es beim ersten Versuch gleich richtig hinbekam. Das soll keine Ausrede für sie sein, aber ich glaube, sie hatte das Gefühl, dich schon verloren zu haben, bevor sie dich überhaupt hatte.«

»Ich war bloß ein Kind.«

Samantha nickt. »Ich weiß. Es ist nicht fair, wie sie dich behandelt hat. Unsere Eltern sind auch nur Menschen. Sie machen Fehler und entscheiden sich auch mal falsch. Aber du …«

Sie verstummt. Mein Herz schlägt wild in meiner Brust. »Aber ich?«

»Du warst immer so mutig«, fährt Samantha flüsternd fort, während sie kurz aufblickt und dann wieder zu Boden schaut. »So viel mutiger als ich. Du hast scheinbar alles verkraftet, was Mom dir an den Kopf geworfen hat. Du bist nicht zerbrochen. Du bist nicht daran kaputtgegangen.«

»Doch«, unterbreche ich sie. »Es hat mich verletzt. Jedes Mal.«

Samantha nickt. »Das sehe ich jetzt auch. Aber du warst auch sehr gut darin, anderen Menschen glaubhaft zu machen, dass es dir gut geht. Ich dachte, du hättest etwas, das mir fehlt.«

»Ja«, antworte ich lachend. »Einen Komplex, es allen recht machen zu wollen.«

»Und ich habe anscheinend einen chronischen Minderwertigkeitskomplex«, erwidert Samantha. Ein reumütiges Lächeln umspielt ihre Lippen. »Ich glaube, mit zunehmendem Alter hat sich meine Bewunderung in Frust verwandelt. Ich war so lange neidisch auf dich, bis ich vergaß, dass wir eigentlich im selben Team spielen sollten. Wir waren mal Freundinnen, weißt du noch?«

Mir brennen Tränen in den Augen. »Ja. Wir waren mal Freundinnen.«

Früher erzählten wir uns alles. Wir lagen nachts unter ihrer Bettdecke, unsere Gesichter nur wenige Zentimeter voneinander entfernt auf ihrem Kopfkissen, und flüsterten über all die Versionen, die wir gerne sein würden. Wir waren mal beste Freundinnen.

Samanthas Gesicht wird weicher. »Ich würde gerne wieder dahin zurückkehren, wenn wir das können. Das wird vielleicht ein Weilchen dauern, für uns beide. Und ich weiß, dass ich mich bei dir entschuldigen muss. Aber ich würde es gerne versuchen.«

Mit einem Schniefen versuche ich, mir mit dem Schal diskret über die Augen zu wischen. Aber als ich unten die winzigen Buchstaben *NC* ertaste, ist es vorbei.

Vielleicht war ich der Schlüssel, den Nolan für seine ewige Ruhe im Jenseits brauchte, aber ich glaube, dass er der Impuls war, den ich in *diesem* Leben nötig hatte. Er hat mich dazu gebracht, mich selbst in einem anderen Licht zu sehen. Er hat mir den Mut gegeben, für mich selbst einzustehen, und dadurch sieht auch Samantha mich jetzt in einem anderen Licht.

Es ist, als hätte Nolan über meinen Kopf gegriffen und die kaputte Glühbirne in der Abstellkammer ausgetauscht. Ich sehe alles aus einem anderen Blickwinkel als zuvor. In all meinen dunklen Ecken ist es plötzlich hell, und ich entdecke vergessene Dinge.

»Das würde ich auch gerne tun«, sage ich zu Samantha. Und ich wage es. Ich reiche ihr meine Hand. Als sie sie ergreift, ordnet sich etwas in meiner Brust neu, verschiebt sich und kommt zur Ruhe. Ich atme aus und lächle zum ersten Mal seit Wochen wieder richtig. »Sehr gern sogar.«

Kapitel 38

Nolan

Wenn ich gewusst hätte, dass das Jenseits nur ein weiterer Warteraum mit weißen Wänden und einem langweiligen Landschaftsgemälde ist, hätte ich nicht so verbissen darum gekämpft, hierherzugelangen.

»Bin ich in der Hölle?«, frage ich.

»Soll ich es zum fünfzehnten Mal wiederholen? Nein. Du bist nicht in der Hölle, Nolan.«

»Hast du vor, mich für alle Ewigkeit gegen meinen Willen hier festzuhalten oder nur für eine kurze Zeit?«

Isabella inspiziert ihre Fingernägel und interessiert sich scheinbar überhaupt nicht für meinen Ausraster. »Meine Güte, du bist in letzter Zeit aber wirklich dramatisch.«

Mit vor der Brust verschränkten Armen lehne ich mich in dem Plastikstuhl zurück, der mir zugewiesen wurde. Er knarrt bedrohlich. »Du hältst mich seit Wochen ohne Erklärung hier fest. Ich glaube, ich habe ein Recht darauf, ein bisschen dramatisch zu sein.«

Als sie mit der Zunge schnalzt, erscheint wie aus dem Nichts eine Nagelfeile. Sie beginnt, ihre Nägel zu feilen. »An diesem Ort gibt es keine *Wochen,* Nolan. Bitte versuche dich zu beherrschen.«

Das *kann* ich nicht. Ich bin ein Wrack, seit ich in diesem Raum gelandet bin – wie lange auch immer das her sein mag. Es fühlt sich auf jeden Fall an wie Wochen.

Wochen, in denen ich nicht weiß, ob es Harriet gut geht. Wochen, in denen ich an ihren Gesichtsausdruck denke, als sie mir sagte, ich solle mich nicht verabschieden. Wochen, in denen ich ihre Abwesenheit wie ein Messer in meinen Eingeweiden spüre.

Ich wurde geschickt, um Harriet heimzusuchen, aber am Ende sucht sie *mich* heim.

»Ich würde gerne gehen«, sage ich zum vielleicht sechsundachtzigsten Mal.

»Nein«, erwidert Isabella, während sie von einem Nagel zum nächsten wechselt. »Wie ich bereits betont habe, warten wir auf die Ankunft eines Mitarbeiters.« Unter dichten Wimpern blitzen dunkle Augen auf. »Hab Geduld.«

»Meine Geduld ist erschöpft.«

Sie verdreht die Augen. »Ach ne.«

»Ich will …«

Es klopft an der Tür, leicht und beschwingt. Drei schnelle Schläge hintereinander.

Isabella behält mich im Auge. Sie schnippt mit den Fingern, und die Nagelfeile verschwindet. »Kannst du dich benehmen?«, fragt sie.

»Kommt drauf an.«

Sie presst die Lippen zusammen. »Ich nehme an, auf mehr kann ich nicht hoffen. Herein«, ruft sie.

Die Tür quietscht, und dann huscht ein kleines orangefarbenes, verschwommenes Etwas hindurch. Builín flitzt herein, setzt sich geduldig zu meinen Füßen hin und peitscht mit ihrem orange-weißen Schwanz fröhlich durch die Luft. Ich blinzle sie an.

Sie miaut zur Begrüßung, hüpft auf meinen Schoß, drückt ihren Kopf an meine Brust und lässt sich dann theatralisch auf meinen Schoß fallen. Ich kraule sie leicht unterm Kinn, so verwirrt wie noch nie.

»Warum ist meine Katze hier?«

»Das ist nicht deine Katze«, sagt eine bekannte Stimme und lacht. Sofort schaue ich zu der Frau auf, die neben Isabella steht, ein sanftes Lächeln auf dem Gesicht und die Arme vor der Brust verschränkt. Ihre Augenbrauen heben sich, als sich unsere Blicke treffen, und das Lächeln auf dem vertrauten Gesicht wird noch breiter.

»Du erkennst mich?«, fragt sie.

Ich nicke. Harriets Tante Matilda steht in einem bunten Pullover mit weiten Ärmeln vor mir, ihr Haar genauso lockig und unordentlich wie das von Harriet. Ein heftiger Stich der Sehnsucht schießt mir durch die Brust, und es ist ein Wunder, dass ich nicht vom Stuhl kippe.

»Gut.« Sie klatscht in die Hände. »Ich wollte schon lange mit dir reden.«

»Es braucht Zeit, kürzlich verstorbene Geister von ihren jeweiligen Ruhestätten einzusammeln«, erklärt Isabella. »Deshalb mussten wir warten. Es gab einiges an …« – sie und Matilda tauschen einen vielsagenden Blick aus – »… Bürokratie zu überwinden.«

Als Matilda mit den Fingern schnippt, taucht ein Sessel auf. Es ist derselbe Sessel, den ich im Antiquitätenladen so mochte. Der direkt am Fenster, in dem ich meine Bücher gelesen habe, während Harriet vorne herumwuselte. Matilda lässt sich in den Sessel fallen, eine dampfende Tasse Tee in der Hand.

Natürlich ist es eine Weihnachtstasse.

Ich muss lächeln.

»Ich gehe davon aus, dass wir eine gemeinsame Bekannte haben«, sagt Matilda. Ihr Gesicht wird weicher. »Wie geht es meiner Kleinen?«

Ich beuge mich in meinem Sitz nach vorne, die Ellbogen auf den Knien. »Sie ist eine Katastrophe«, antworte ich mit brüchiger Stimme. »Alles ist bunt. Ihr Lachen ist immer einen Tick zu laut. Und sie ist süchtig nach Zuckerstangen.« Ich halte inne. »Innerlich genauso liebenswert wie äußerlich.«

Ich vermisse sie so sehr.

Matildas Lachen hallt durch den Raum und prallt von den schlichten weißen Wänden ab. Ein Lachen, das einen Tick zu laut ist.

»Klingt nach meiner Harriet.« Sie schließt die Augen und lächelt wehmütig. »Ich vermisse sie«, sagt Matilda leise.

»Sie vermisst dich auch«, antworte ich. »Du hast nicht … nach ihr gesehen?«

Sie schüttelt den Kopf. »Kann ich nicht. Es gibt zeitliche Beschränkungen. Wenn Geister sofort nach ihrem Tod in der Lage wären, ihre Liebsten zu besuchen, bin ich mir nicht sicher, ob irgendjemand je weiterziehen würde.« Sie lächelt traurig, aber ihre Augen funkeln. Sie nickt Builín zu, die noch auf meinem Schoß sitzt. »Aber ich habe Wege gefunden, die Verbindung aufrechtzuerhalten.«

»Builín gehört dir?«

»Ich bevorzuge Oliver, aber ja. Er gehört mir. Er hat Harriet Gesellschaft geleistet, als ich es nicht konnte.« Wieder dieses traurige Lächeln. »Ich wollte nicht, dass meine Kleine allein ist.«

Langsam streiche ich über Builíns buckligen Rücken. Ihr Schwanz peitscht an meiner Brust.

Ich wollte Harriet auch nicht allein lassen. Mir wird schon bei dem bloßen Gedanken daran übel.

»Bist du … bist du hier, um mich zur nächsten Stufe zu geleiten?«, frage ich. »Weil es Harriet war, die mir weitergeholfen hat?«

Matilda schaut mich aus großen Augen an, die Teetasse halb zum Mund gehoben. »Du weißt es nicht?« Ihr Blick huscht zu Isabella. »Er weiß es nicht?«

Isabella schüttelt den Kopf. »Er hat es noch nicht kapiert.«

Mein Gesicht verhärtet sich. »Was weiß ich nicht?«

Sie ignorieren mich.

Matilda stellt ihre Weihnachtsbaumtasse auf einen Beistelltisch, der aus dem Nichts erscheint. Noch so ein Schmuckstück, das ich im Laden gesehen habe.

»Er glaubt doch nicht etwa, dass das alles Zufall war?«

Isabella zuckt mit den Achseln. »Für einen so intelligenten Mann scheint er bemerkenswert dumm zu sein.«

Matilda stößt einen nachdenklichen Laut aus. »Er ist ja wohl auch direkt in einen Sturm hineingesegelt und dann gestorben. Nicht gerade die hellste Kerze auf der Torte.«

»Da hast du nicht ganz unrecht.«

»Entschuldigung. Könnte mir mal jemand erklären, was los ist?« Ich schaue zwischen den beiden hin und her. Matilda hält inne und fährt sich mit dem Daumen über die Unterlippe. Ich habe Harriet schon tausendmal dasselbe tun sehen, und mein Herz schlägt wieder schmerzhaft in meiner Brust. »Was glaubst du, warum du hier bist, Nolan?«

»Um gefoltert zu werden.«

Isabella schnaubt.

»Nicht das. Was glaubst du, warum du zu diesem Ort weitergezogen bist, Nolan?«, fragt Matilda. »Diesem …« Sie deutet auf den offenen Raum um uns herum. »… Wartezimmer.«

»Weil …« Ich werfe Isabella einen Blick zu, aber sie macht ein völlig ausdrucksloses Gesicht. »Weil Harriet herausgefunden hat, welche unerledigten Angelegenheiten es bei mir noch gab. Sie hat den Kompass entdeckt, und damit wurde irgendein jahrzehntelanges Rätsel gelöst. Ich konnte weiterziehen, als sie mich auf den richtigen Weg gebracht hat.«

Isabella kneift sich seufzend in die Nase. Matilda starrt mich an. »Meine Güte«, sagt Matilda. »Du bist ja wirklich strunzdumm.«

Ich knirsche mit den Zähnen. »Ich hätte gern eine Erklärung.«

Diese nebulöse Diskussion halte ich keine Sekunde länger aus. Meine Geduld ist am Ende. Jedes Mal, wenn ich die Augen schließe, spüre ich Harriet, wie sie in meinen Armen zittert. Ich sehe ihre großen braunen Augen vor mir, in denen sich Tränen sammeln. Mein Wohlwollen ist erschöpft.

»Der Kompass war nie das, was bei dir unerledigt geblieben ist.« Matilda nimmt ihren Becher vom Tisch. Builín hüpft von meinem Schoß und schlängelt sich zwischen ihren Beinen hindurch. »Es war Harriet«, sagt sie.

In mir wird es ganz still und angespannt. Wie bei einem dieser Spielzeuge, die ich als Kind hatte und bei denen man an einer Schnur zog, die hinten herauskam. An meiner Schnur wurde gezogen, aber es passiert nichts. Zwischen meinen Ohren ist nur noch Rauschen zu hören, meine Kehle ist staubtrocken.

»Was?«, hauche ich.

Isabella streicht sich mit den Händen über den Rock. »Hast du dich nie gefragt, warum du ein Geist geblieben bist, obwohl du jede Aufgabe erfüllt hast, die ich dir je gestellt habe?«

Ich schweige.

»Du hast gewartet, Nolan.« Etwas ungewöhnlich Zartes und Weiches legt sich über Isabellas strenge Züge. »Du hast auf Harriet gewartet. Darauf, in derselben Zeit wie sie zu existieren. Eure Seelen waren am Anfang vereint, und so soll es auch am Ende sein.«

Mit weißen Knöcheln klammere ich mich an die Kanten meines Sitzes. Ich wage kaum zu hoffen. Zu atmen.

»Wie kannst du …« Ich atme aus. »Bist du dir sicher?«

Isabella zieht spöttisch eine Augenbraue hoch. »Du dir etwa nicht?«

Der Kompass. Jener Tag auf dem Meer. Das Gefühl, als würde ich immer weiter in ihren Bann gezogen. Wie ich mein Leben mit Suchen verbracht habe. Die Schwingungen unter meiner Haut, jedes Mal, wenn sie mich auch nur flüchtig ansah. Wie ich an jenem ersten Abend dachte, ich würde sie wiedererkennen. Wie sehr ich sie *vermisse.*

Aye, ich bin mir sicher.

»Das passiert nicht allen Seelen«, erklärt sie ruhig, und eine uralte Traurigkeit blitzt hinter ihren dunklen Augen auf. »Und manchmal gibt es … Komplikationen … die verhindern, dass zwei Seelen einander wiederfinden. Du hast unglaubliches Glück, Nolan.«

»Glück«, wiederhole ich mit trockener Stimme.

Isabella nickt.

»*Glück*«, sage ich noch einmal. Ich lasse die Stuhlkante los und drücke die Handflächen stattdessen auf meine Knie. Meine Hände zittern, mein ganzer Körper bebt von der Wucht dieses … Gefühls. »Du willst mir sagen, dass ich gezwungen war, in einer anderen Zeit zu existieren, ohne die Frau, die ich …« Ich schlucke das Wort hinunter, denn ich bin nicht bereit, es laut auszusprechen, bevor ich es nicht Harriet gesagt habe. Mit geballten Fäusten versuche ich es noch einmal. »Ich habe mehrere Menschenleben damit verbracht, ohne Grund oder Erklärung zu warten. Ich war *verzweifelt.* Und du behauptest, ich hätte *Glück* gehabt?«

Isabella sieht mich mit einem unergründlichen Blick an. »Und jetzt, da du es weißt, wie viele weitere Menschenleben würdest du warten? Für deine Harriet?«

Mit einem Mal verfliegt mein Ärger. Plötzlich bin ich erschöpft. Bis auf die Knochen ausgelaugt.

»So viele wie nötig«, antworte ich. »Egal wie lange.«

»Gute Antwort«, sagt Matilda aus ihrem gemütlichen Sessel.

»Aber hättest du das nicht mal erwähnen können?«, frage ich Isabella und fahre mir frustriert mit der Hand durch die Haare. »Du hast die ganze Zeit über Konsequenzen geredet, aber hättest du mir nicht einfach *sagen* können, dass sie für mich bestimmt ist?«

Ihr Gesicht bleibt ausdruckslos. »Das hätte ich nicht gekonnt.«

»Warum nicht?«

»Hättest du mir geglaubt? *Nolan, das hier ist keine Übung. Das ist deine Harriet. Deine. Sie wurde für dich geschaffen, so wie du für sie geschaffen wurdest.*« Sie grinst. »Du hättest mir ins Gesicht gelacht.«

Nach kurzer Überlegung gebe ich widerwillig zu, dass sie recht hat. »Kann sein.«

Isabella schnaubt erneut und verschränkt die Arme vor der Brust. »Ich habe dir so viel erzählt, wie ich konnte. Alles andere hätte für mich selbst Konsequenzen gehabt. Eure Reisen in die Vergangenheit sollten den Prozess beschleunigen. Verstehst du nicht? Das Boot, als sie ein Kind war. Wie du immer die Weihnachtslieder gesungen hast, die sie am liebsten mag, noch bevor du sie kanntest. Sie hat sogar die gleiche Marmelade gemacht, die deine Mutter dir als Kind vorgesetzt hat. Sie hat ihr ganzes Leben lang auf dich gewartet, und du hast genauso lange nach ihr gesucht.«

Mir kommt die Erinnerung in den Sinn, in der Harriet auf ihrer Couch saß, das Kinn auf die verschränkten Arme gestützt, und aufs Wasser starrte. Eine andere, in der ich zu Hause am Tisch weilte und dasselbe tat.

Wir beide allein.

Ich fahre mir mit der Hand über den Mund, und meine Kehle ist wie zugeschnürt. Hinter meinen Augen sitzt ein Druck, den ich nicht wegblinzeln kann. »Das war's also? Bin ich deshalb hier? Weil ich noch länger warten soll?«

Matilda beugt sich vor. »Du bist hier, weil du jetzt eine Entscheidung treffen musst.« Sie schnippt mit den Fingern, und eine Zuckerstange taucht in ihrer Hand auf. Grinsend packt sie sie aus. »Und ich rate dir dringend, die richtige zu treffen.«

Kapitel 39

Harriet

Wieder starre ich auf die Kerze in meinem Fenster, deren flackernde Flamme sich in der Scheibe spiegelt. Ein tiefes Goldgelb, das stetig vor sich hin züngelt.

Diese Kerze brennt, seit ich sie zum ersten Mal angezündet habe. Das letzte bisschen Magie, das Nolan hinterlassen hat. Der Docht ist nicht heruntergebrannt. Das Wachs ist nicht geschmolzen. Ich bin ein und aus gegangen, und die Kerze brennt immer noch. Sie leuchtet hell in meinem Fenster, um verlorene Seeleute nach Hause zu rufen, genau wie damals bei Nolans Mutter.

Nur dass mein Seemann nicht nach Hause kommen wird.

Das ist das Problem, glaube ich. Ich muss aufhören, mir Nolans Zuhause als etwas vorzustellen, das mit mir zu tun hat. Das hier war nie sein Zuhause. Es war nur eine Zwischenstation auf dem Weg zu etwas Besserem.

Vielleicht eine Lektion für uns beide.

»Es ist nur eine Kerze«, sage ich mir. Ich kralle meine Finger in die Ärmel meines Sweatshirts. »Du wirst ihn nicht vergessen, selbst wenn sie ausgeht.«

So kann ich nicht weitermachen. Jedes Mal, wenn ich die Kerze ansehe, fühlt es sich an wie ein Stich mitten ins Herz. Ich vermisse ihn. Ich verzehre mich nach ihm. Die Kerze erinnert mich nur an alles, was ich verloren habe. Alles, was ich nicht mehr haben kann.

Ich werde mir etwas wünschen. Ich werde meine Augen schließen, die Kerze auspusten und mir etwas wünschen. Genau wie früher, als ich ein Kind war.

Also beuge ich mich vor, atme tief ein und …

Lautes Klopfen an der Tür, bis die Türangeln klappern. Ich erstarre, nur wenige Zentimeter von der Flamme entfernt. Hoffnung ist ein launisches, unbeständiges Ding. Sie schnürt mir die Kehle zu und raubt mir den Atem.

Das kann nicht sein.

Es ist völlig unmöglich.

Die Kerze lasse ich stehen und stolpere über die Weihnachtsdekoration, die ich immer noch nicht weggeräumt habe, zur Tür. Meine Hand zittert. Ich reiße am Türknauf und …

Und stehe Darryl gegenüber, meinem unberechenbaren Postboten.

Er grinst und tritt auf meiner Veranda einen Schritt zurück. »Hoppla, Harriet. Was für ein Empfang.«

Müde lasse ich mich gegen den Türrahmen sinken und fahre mir mit zitternder Hand über die Stirn. Immer wieder sage ich mir, dass ich aufhören muss, mir unmögliche Dinge zu wünschen, aber kaum bietet sich mir eine Gelegenheit, bin ich wieder dabei.

»Hallo, Darryl.«

»'n Abend, Harry.« Er rückt seine Tasche zurecht, die er über der Schulter trägt. »Du siehst aber gar nicht gut aus.«

Ich nicke. Das ist das Problem mit der Hoffnung. Sie endet immer mit gebrochenen Herzen.

Und wie es sich herausstellt, bin ich besonders geübt darin, meinen Herzschmerz in die Länge zu ziehen.

»Mir geht es gut.« Ich lasse die Hand sinken und versuche, ein Lächeln aufzusetzen. »Was kann ich für dich tun?«

Er kramt in seiner Tasche und holt eine kleine Schachtel heraus. »Ich habe ein Paket für dich.«

Ich runzle die Stirn. »Du hast abends um halb zehn ein Paket für mich?«

Er nickt. »Und ob!« Dabei wackelt er mit dem Karton vor mir herum, in dem etwas klappert. Wahrscheinlich ist es die kleine

Tasse mit Untertasse, die ich mir aus lauter Selbstmitleid bestellt habe. Mit einem winzigen Amor, der einen Pfeil abschießt statt eines Henkels. Ich reiße ihm den Karton aus der Hand, bevor er das verdammte Ding zu Bruch schütteln kann. »Ich habe mich heute schon einmal verfahren, aber keine Sorge. Ich liefere Pakete immer dort ab, wo sie hingehören.«

Das ist faktisch nicht wahr, aber ich bin zu müde, um mit ihm zu streiten.

»Nun, danke, dass du es vorbeigebracht hast, Darryl. Das weiß ich zu schätzen.«

»Kein Problem.« Er wippt auf den Fersen, dreht sich zum Gehen um und hält dann inne. Mit verschränkten Armen bleibe ich in der Tür stehen und beobachte ihn auf meinem kleinen gepflasterten Pfad. Hinter ihm liegt die Straße im sanften Schein der Laternen. Die Sterne funkeln wie eine helle Decke am Himmel. »Bist du dir sicher, dass alles in Ordnung ist, Harry? Du wirkst wirklich angeschlagen.«

»Das bin ich auch«, antworte ich lachend. »Aber es wird besser. Ich glaube, ich habe mich zu sehr an Dinge geklammert. Wie heißt es doch so schön: *Wenn du etwas liebst, lass es los?*«

Darryl schaut mich skeptisch an. »Den Spruch fand ich schon immer blöd.«

Daraufhin muss ich erneut lachen. »Ja, ich auch.« Wir lächeln nun beide. »Es wird mir sicher bald besser gehen.«

»Natürlich wird es das.« Er nickt einmal. »Wir sehen uns.«

Kurz winke ich ihm nach. »Bis dann.«

Nachdem ich die Tür hinter ihm geschlossen habe, gehe ich zu meiner Kerze zurück. Ich starre auf die orange-goldene Flamme. Durch die Spiegelung sieht es aus, als stünden fünfzig Kerzen in einer Reihe.

Es wird mir wieder besser gehen. Es wird wohl eine Weile dauern, aber vielleicht kann ich schon bald an Nolan denken, ohne mir zu wünschen, dass es anders ausgegangen wäre. Ich muss keine Kerze im Fenster stehen haben, um an all den guten Dingen festzuhalten, die er in mein Leben gebracht hat.

Also schließe ich die Augen, das Bild, wie er immer seine Hand um meinen Nacken gelegt hat, im Kopf und puste die Kerze aus.

Es klopft an meiner Tür.

Ich verdrehe die Augen zur Decke.

»Darryl, ich schwöre bei Gott …« Ohne das Versandetikett zu lesen, hatte ich das Paket auf meinem kleinen Tisch im Eingangsbereich abgelegt. Wahrscheinlich hat er das falsche Paket an die falsche Adresse geliefert und möchte seine nächtlichen Sonderlieferungen fortsetzen. Ich schnappe mir den Karton, klemme ihn mir unter den Arm und reiße die Tür auf.

Aber es ist nicht Darryl.

Kräftiger Kiefer. Breiter Körper. Die Hände locker an den Seiten abgelegt. Als er näher tritt, fällt das Licht des Weihnachtsbaums, den ich noch nicht abgeschmückt habe, auf sein Gesicht.

Sein Haar ist dunkel. Leicht gelockt. Vom Wind zerzaust und unordentlich. Nolan lächelt mich etwas unsicher von meiner Veranda aus an. »Hallo, Harriet.«

Ich lasse die Schachtel fallen.

Er schluckt und wirkt nervös. Mit einer so schmerzhaft vertrauten Geste, dass ich weinen könnte, fährt er sich mit der Hand durchs Haar. »Du erinnerst dich vielleicht nicht, aber wir sind uns schon mal begegnet. Ich …«

Ohne abzuwarten, bis er den Satz zu Ende gesprochen hat, stürze ich mich auf ihn, schlinge ihm die Arme um den Hals und klammere mich mit den Knien an seiner Hüfte fest. Sofort schließen sich seine Arme um mich und ziehen mich noch enger an seine Brust, und mit einer Hand krallt er sich in meinen Haaren fest.

»Ich erinnere mich«, sage ich mit viel zu hoher Stimme, während ich ihm wilde Küsse aufs Kinn, auf den Kiefer und die kleine Vertiefung unter dem Ohr drücke. »Natürlich erinnere ich mich.«

»*Verdammt*«, flüstert er eindringlich, sein Gesicht halb in meinen Haaren. »Harriet. *Mein Gott,* Harriet. Ich habe dich so vermisst.«

Lachend und schluchzend drücke ich seine Unterarme, seine Bizepse, seine Schultern. Ich knülle den Stoff seines Flanellhemds in meiner Faust zusammen und halte mich daran fest.

Er ist *hier.*

»Was passiert gerade? Bist du wirklich wieder da?« Heftig blinzelnd versuche ich, die Tränen loszuwerden. Ich will ihn richtig sehen können. Ich will mir sicher sein. »Warum bist du nicht weitergezogen? Ist irgendetwas schiefgelaufen? Muss ich das in Ordnung bringen?«

Nolan schüttelt den Kopf und marschiert mit mir ins Haus. Er tritt die Tür hinter uns zu und schmiegt sich noch enger an mich, das Kinn auf meinen Kopf gebettet.

»Ich bin hier«, sagt er, und mir läuft ein Schauer über den Rücken. Wie viele Nächte habe ich beim Einschlafen von genau diesen Worten fantasiert, die genau so geflüstert wurden? »Ich bin bei dir, Harriet. Das hier ist real.«

»Bist du dir sicher?«, frage ich, und meine Worte kommen nur stoßweise heraus, weil ich schluchze.

»Aye, ich bin mir sicher.« Er zieht sich etwas zurück und wischt mir mit den Daumen die Tränen weg. Sein Lächeln ist zärtlich. Sein Blick warm. Irgendwie sieht er anders aus. Als hätte er endlich mal gut geschlafen. Als hätte er genau das gefunden, wonach er gesucht hat. »Es gibt nichts, was du in Ordnung bringen müsstest. Ich bin weitergezogen, genau wie ich es wollte.«

Ich schüttle den Kopf. »Ich verstehe nicht.«

»Ich hatte die Wahl. Zwei Türen, durch die ich gehen konnte. Eine sollte mich an einen Ort der Ruhe und des Friedens bringen. Und die andere …«

Er hält inne. Ich studiere sein Gesicht mit suchendem Blick. »Die andere?«, frage ich.

Ein Lächeln beginnt auf einer Seite seines Mundes und breitet sich langsam aus, bis die Grübchen unter seinen Bartstoppeln zum Leben erwachen. Die Fältchen um seine Augen treten deutlicher hervor.

»Und die andere sollte mich zu der Frau zurückbringen, die ich liebe«, sagt er mit rauer Stimme.

Aus meinem Mund kommt nur ein gebrochener Laut. Ich lege die Stirn an seine Brust und fange jetzt ernsthaft an zu weinen. »Ich verstehe nicht.«

Er fährt mir mit der Hand durch die Haare, während er lacht und mir den Rücken streichelt. »Ich glaube nicht, dass wir das verstehen müssen.« Er wiegt uns hin und her. »Du warst es, Harriet. Du bist diejenige, auf die ich gewartet habe. Du solltest mich nie irgendwo anders hinbringen, du solltest mich hier festhalten. Mich an dich binden.« Er drückt die Stirn an meine. »Du warst immer für mich bestimmt.«

Mir ist, als wäre ich in einem Traum gefangen. Als würde ich jeden Moment in meinem Bett aufwachen und ganz allein sein. Ich möchte ihm so sehr glauben, aber ich habe Angst.

»Könntest du mich küssen?«, frage ich, meine Wangen noch feucht von Tränen. Ich weiß nicht, wie ich mit dem Weinen aufhören soll. »Kannst du mich küssen, damit ich weiß, dass das nicht …«

Nolan legt mir die Hand an die Wange und zieht mich näher heran, um mich zu küssen, als hinge sein Leben davon ab. Und in gewisser Weise tut es das wohl auch. Er kam aus einer anderen Zeit, um mich zu lieben, und ich habe nur darauf gewartet, ihn auch zu lieben. Darum ging es bei diesem hohlen Schmerz in meiner Brust.

Wir mussten einander nur finden.

Seine schwieligen Hände verfangen sich in meinen Haaren und zerren grob daran, als er sich hinreißen lässt und mich immer leidenschaftlicher küsst. Er leckt in meinen Mund und drückt mich nach hinten, bis ich mit einem dumpfen Schlag gegen die Wand pralle.

»Entschuldige«, murmelt er an meinen Lippen, als mein Kopf gegen eine Deckenleuchte stößt. Er streicht mir über mein Haar. Dann wird er abgelenkt und schlingt es sich um die Faust.

»Musst dich nicht entschuldigen«, hauche ich »Küss mich noch mal.« Es ist kein Traum.

Es ist echt.

Er ist zu mir zurückgekommen.

Er gehört mir. Ein Mensch, den ich haben kann. Ein Mensch, den ich behalten darf.

Wir küssen uns, bis mir schwindlig wird. Bis ich nicht mehr weiß, wie spät es ist oder wo wir sind.

»Was passiert jetzt?«, frage ich und zeichne den seltenen Beweis seines Glücks in seinem Gesicht nach. Ich hebe den Kopf und drücke ihm einen Kuss auf die Wange. Weil ich es kann. Weil ich nie gedacht hätte, dass ich es jemals wieder tun könnte.

Nolan grinst, so atemberaubend schön, dass ich fast wieder anfange zu weinen. Oder vielleicht weine ich immer noch. Ich weiß es nicht.

Er beugt sich vor und flüstert mir die Worte zu: »Wir sehen uns morgen, Harriet.« Dann küsst er meine Unterlippe, das Grübchen an meinem Kinn, die Kuhle an meinem Hals. Mit der Hand an meiner Wange hält er mich fest. »Wir sehen uns auch übermorgen, und überübermorgen, und überüberübermorgen.«

Jede seiner Aussagen unterstreicht er mit einem Kuss, bei dem seine Bartstoppeln meine Haut kitzeln. Als er sich zurückzieht, hält er mein Gesicht zwischen seinen Händen und blickt mich mit zärtlichem, schmerzlichem Verlangen an. In dem tiefen, sicheren Wissen, dass ich ihm gehöre.

Als er sich schließlich von mir löst, sind seine Lippen geschwollen, und seine Augen strahlen.

»Ich werde an jedem neuen Tag bei dir sein, den du mir gewährst, und ich vermute, danach auch noch eine Weile.«

Ich halte mich an seinen Handgelenken fest. »Du bist dir ganz sicher?«

Er nickt. »Die unerledigte Aufgabe, die ich habe, betrifft dich, Harriet York. Du gewöhnst dich am besten daran, mich um dich zu haben.«

Ich schniefe. »Du willst mich heimsuchen?«

»Nein.« Er lächelt. »Ich will dich lieben.«

Danksagungen

Danke, dass du Harriets und Nolans Geschichte gelesen hast. Ich weiß, dass sie sich ein wenig von dem unterscheidet, was du von mir gewohnt bist, aber es ist eine Story, die schon seit einiger Zeit in mir brodelt. Die Idee eines eigensinnigen Geistes der vergangenen Weihnacht, der die falsche Frau heimsucht, kam mir direkt nach dem Schreiben von »Lovelight«, aber ich habe sie auf Eis gelegt, bis der richtige Zeitpunkt gekommen war. Und anscheinend war es so weit, als ich im achten Monat schwanger war und meine eigene unvermeidliche Deadline auf mich zuraste.

Ein Freund hat mir einmal gesagt, dass das Schreiben eines Buches wie das Einlegen eines Lesezeichens in ein Kapitel unseres Lebens ist. So vieles von dem, was wir als Menschen durchmachen, spiegelt sich in unserer Arbeit als Autoren wider. Ich stelle mir gerne vor, dass dieses Buch widerspiegelt, wie hoffnungsvoll ich mich fühlte, während ich meinen Sohn in mir trug. Die große, beseelende Liebe, die ich bereits für diesen winzigen Menschen empfand, den ich noch nicht einmal kennengelernt hatte. Das Warten und Beobachten und das Wissen, dass sich alles zum Besseren wenden würde.

Vielen Dank also, dass du dieses Buch in die Hand genommen hast. Ich hoffe, es hat dir etwas geliefert, das du gebraucht hast. Ich hoffe, dass du, wenn du dich wie etwas Verlorenes und Vergessenes fühlst, erkennst, wie schön und besonders du wirklich bist. Und ich hoffe, wenn du das Gefühl hast, dass du warten musstest, auch darin etwas Schönes liegt. Dass das, wonach du gesucht hast, vielleicht gleich um die Ecke zu finden ist.

Was meine Schreibarbeit angeht, möchte ich meiner Agentin Kim Lionetti danken, die mir zuhörte, als ich in einem leeren Restaurant in New York über Geister schwadronierte. Sie nickte und sagte mir, ich solle darüber schreiben. Es ist etwas Unglaubliches, wenn jemand an deine Ideen glaubt, bevor du sie artikulieren kannst, und ich bin unglaublich glücklich, Kim an meiner Seite zu haben.

Vielen Dank an das Team von Avon, das dieses Projekt mit so viel Enthusiasmus willkommen geheißen hat. Während es schon wunderbar ist, wenn jemand an deine Ideen glaubt, bevor du sie überhaupt artikulieren kannst, ist es geradezu magisch, dass ein Team so positiv reagiert, wenn die Ideen erst einmal auf dem Papier stehen. Shannon, du hast den Text so wunderschön in das Buch meines Herzens verwandelt. Ich kann es kaum erwarten zu sehen, was wir noch alles zusammen schaffen werden. Und DJ, der gefühlt von Anfang an an mich geglaubt hat: Es ist mir eine absolute Freude, (endlich) mit dir zusammenzuarbeiten.

Vielen Dank an alle, die dieses Buch in seine endgültige Form gebracht haben: die Lektoren, das Marketingteam, die Formatierer, alle ausländischen Publikationsteams und die absolut unvergleichliche Brittany Keller, die das Cover meiner Träume entworfen hat. Es braucht wirklich ein ganzes (sehr talentiertes und spezialisiertes) Dorf.

Und ich danke meinem Dorf. Danke Adri, dass du mir immer den nötigen Mut zusprichst. Danke Annie, dass du mein Gehirn so gut kennst und liebst. Danke meinen Autorenfreunden, die diesen seltsamen, wunderbaren Job so viel weniger einsam machen. Und danke allen, die jemals meine Bücher gelesen, verkauft, verliehen, geteilt, sich darüber aufgeregt oder sonst irgendetwas dafür getan haben. Diese liebevolle Gemeinschaft macht dies zum besten Job der Welt. Ich bin sehr, sehr dankbar.

Mein größter und herzlichster Dank gilt meinem Mann. Dafür, dass er mich liebt, auch wenn ich mich in einen Abgabetroll verwandle und ihn über meinen Schreibtisch gebeugt anschnauze, sobald er den Raum betritt. Mein Kompass zeigt immer direkt auf dich.

Und meinen Kindern, die immer noch glauben, dass Mami in einer Buchhandlung arbeitet. Ich habe mein ganzes Leben auf euch gewartet.

Ich hoffe, ihr kommt bald wieder zu Besuch in die Abteilung für Heimsuchungen und Geister. Ich habe das Gerücht gehört, eine Schnitterin wäre ausgebüxt.